广东诗词卷

卷 一

广东诗词学会 编

中国书籍出版社

China Book Press

图书在版编目（CIP）数据

中华诗词存稿·广东诗词卷 / 广东诗词学会编
. -- 北京：中国书籍出版社，2020.8
　（中华诗词存稿）
　ISBN 978-7-5068-7885-2

　Ⅰ . ①中… Ⅱ . ①广… Ⅲ . ①诗词—作品集—中国—
当代 Ⅳ . ① I22

中国版本图书馆 CIP 数据核字 (2020) 第 107982 号

广东诗词卷

广东诗词学会 编

责任编辑	李国永
责任印制	孙马飞　马　芝
封面设计	采薇阁
出版发行	中国书籍出版社
地　　址	北京市丰台区三路居路 97 号（邮编：100073）
电　　话	(010) 52257143（总编室）　(010) 52257140（发行部）
电子邮箱	eo@chinabp.com.cn
经　　销	全国新华书店
印　　刷	北京虎彩文化传播有限公司
开　　本	710 毫米 ×1000 毫米 1/16
字　　数	910 千字
印　　张	84.5
版　　次	2020 年 8 月第 1 版　2020 年 8 月第 1 次印刷
书　　号	ISBN 978-7-5068-7885-2
定　　价	898.00 元（全 4 册）

总 序

　　我们这个诗歌大国有一个很好的传统，历来注重"采诗"、搜集整理诗歌材料。作为唯一的全国性诗词组织的中华诗词学会，自1987年5月成立以来，就十分重视这项工作。学会每年的学术研讨会和历届"华夏诗词奖"，都出版论文集和获奖作品集。纪念学会成立二十年、三十年时，还专门编辑出版了《大事记》《论文选集》《诗词选集》。《中华诗词》创刊以来，每年都制作年度合订本。2007年5月，在北京天识东方文化艺术传播有限公司的资助下，以近代以来诗词创作、诗词理论、诗词运动重要文献汇编，当代名家个人作品专集等为主要内容，出版了《中华诗词文库》。经过十来年的编辑整理，已经出了近百卷。这些诗集、文集的出版，记录了近百年来尤其是改革开放四十多年来，中华诗词从起步、复苏走向复兴的砥砺前行的历程，为近、当代诗歌史的撰写准备了丰富的资料。

　　党的十八大以来，中华民族优秀传统文化重新受到应有的重视。习近平总书记《念奴娇·追思焦裕禄》词和《军民情》七律的相继发表，引领中华大地诗潮滚滚而来。《中共中央关于繁荣发展社会主义文艺的意见》和中办、国办《关于实施中华优秀传统文化传承发展工程的意见》，都明确提出"加强对中华诗词、音乐舞蹈、书法绘画、曲艺杂技和历史文化纪录片、动画片、出版物等的扶持。"国家教育部组织制定由中华诗词学会起草的新中国语言体系中的新韵书《中华通韵》已经通过国家语言文字工作委员会语言文字规范标准审定委员会审定，即将颁布全国试行。这些都使我们真切地感受到，中华诗词的春天真的到来了。诗人们乘着骀荡春风，正以高昂的激情，书写着中华民族伟大复兴的新时代、新史诗，国家富强、民族振兴、人民幸福的中国梦；正以与人民同呼吸、共命运的诗人之心，对人民的欢乐、人民的忧患、人民的情怀给以诗意的表达；正以"美"或"刺"的诗人之笔，对市场经济大潮中人民对幸福生活的期待，对美好未来的希望，对假丑恶的深恶痛绝，或给以方向，或给以赞美，或给以鞭挞。正如习近平总书记所指出的："好的文艺作品就应该像蓝天上的阳光、春季里的清风一样，能够启迪思想、温润心灵、陶冶人生，能够扫除颓废萎靡之风。"

当前，传统诗词创作者和诗词爱好者队伍发展迅速，已超过三百万。每天创作的诗词作品超过唐诗、宋词、元曲的总和。诗词评论研究队伍也成长很快，诗词评论、诗词学、诗词创作理论研究成果丰硕。如何从浩如烟海的诗词作品中"淘"出优秀作品，并使之存下来、传下去，如何使诗词研究理论成果"面世"并发挥应有的指导作用，确实是摆在我们面前的无可回避的一个重要课题。中华诗词学会是一个没有国家编制，没有国家拨款的社会团体，事业的运转主要靠社会赞助和会员费支撑。俊识（北京）文化传媒有限公司总经理吕梁松、北京采薇阁总经理王强，两位一直是对中华传统文化情有独钟的热心人，慷慨解囊，愿意同中华诗词学会一起，搜集整理编辑推出《中华诗词存稿》这套书，共同为中华诗词文化的继承和发展，做成这件十分有意义的事情。

《中华诗词存稿》主要搜集整理出版三部分内容的资料：一是当代诗词名家的个人作品集；二是当代诗词评论家、诗词学者的学术著作集；三是当代诗词作品、诗词理论学术成果阶段性、专题性、地域性的集成类作品集。诗词作品强调精品意识，沙里淘金，把"有筋骨、有道德、有温度"的优秀诗词作品搜集起来。诗词评论、研究类资料强调理论性和创新性，应具有鲜明的个性特点，具有创建性的见解。集成类的资料应有一定的史料保存价值。总之，做成一套具有当代价值和历史意义的好书。在此，我们编委会人员，向提供资料、筛选编辑、版面设计、校对勘误，包括所有为这套资料付出辛勤劳动的同志们，表示真诚的谢意！

郑欣淼

二〇一九年七月于北京

凡 例

一. 本书为广东诗词的当代篇，只收建国后尚在世的诗人的作品；1949年10月1日以前去世的诗人的作品，一律不收。

二. 本书原则上只收生活和工作于广东（含港澳）的诗人的作品，原籍广东而生活于外地者不收，但原籍外省而生活于广东者则收。

三. 本书稿件的来源有三种途径：1、由各地诗社选出其成员的作品送来。2、个别在世或已去世的重要诗人，直接向其索稿或向其家属征稿。3、以上两项来源如有未足之处，参考全国或我省重要诗词选本以及个人诗集作为补充。

四. 本书编选的宗旨是希望能较好地反映出我省当代诗词的创作水平，因此，在具体编选工作中，既突出杰出诗人，也广泛照顾一般，力求做到点面结合，详略得宜。在题材和风格方面，也尽量照顾到多样化和多面性，力求做到百花齐放，多姿多彩。

五. 每位诗人入选的作品，由一首至二十首不等，不完全因此而定优劣。因为有些诗人的作品分散难找；有些诗人又十分谦虚，自己寄来的作品就很少。当然，也不排除由于编者见闻不广等原因，漏收了一些不该遗漏的作家和作品，造成了遗珠之憾，这是要向大家致歉的。

六. 每位诗人都附有简历，介绍其年龄、籍贯、经历、著作等基本情况，但不因详略而显示其高低。因诗集主要是看诗，简历不过是一种参考。同时因为很多诗社寄诗时都未附作者简历，编者搜集为艰，所以对有些诗人的介绍就十分简略。

目　　录

丁思深

广东省五华县人，1948 年生。嘉应师专毕业后，先到中学任教，后回嘉应大学（前嘉应师专），先后任党委办公室主任、监察审计处长等职，兼教授。著有《适闲堂诗选》《适闲堂二集》《适闲堂三集》，现为梅州嘉应诗社副社长、《嘉风》诗刊主编。

六十生朝感赋 （六首）

（一）

甲子回环六十春，鬓苍头白海生尘。
曾经霰雪红羊劫，险作梗萍漂泊人。
大约还丹空即色，小楼梦雨幻中真。
倦名心借诗书长，不耻恂恂下走民。

（二）

紫雾盲风大劫天，经磨历劫亦曾缘。
湖山爱恨留心迹，家国兴亡逐口禅。
冀北骅骝空伏枥，淮南鸡犬早升仙。
楼头怅望沉沉夜，忧乐凭谁问后先？

（三）

衔名自署适闲堂，辟户披襟无事忙。
且喜文能馀硬骨，但凭酒可涤愁肠。
情投鱼水风荷静，意契云山草味长。
弦管悠悠春柳岸，梦魂犹逐马蹄香。

（四）

惯居斗室怕登楼，惭愧难为四海忧。
面壁几曾能破壁？昂头原不许低头。
风花过眼皆同尽，雨雪怀归可自由。
检点箱笼仍旧稿，刊书试砚胜封侯。

（五）

径自开三松竹居，此中情味正宜予。
忘言不碍心能远，罢钓无妨食有鱼。
养性好栽陶令菊，涂鸦但学右军书。
老兵菜妇嬉孙乐，斜日晖光自晏如。

（六）

六十人生只一回，自家老小祝深杯。
名山事业由他去，萝屋心期逐我来。
暮雨朝云容可想，呼牛应马已无猜。
但期身健即为宝，不用文殊问疾虺。

迎春走笔 （二首）

（一）

又值尘寰岁序更，和风袅袅接春声。
花开北地龙蛇竞，燕剪南天草木荣。
词客胸中思远客，书生笔下系苍生。
时平自喜贞居好，陌上歌吟缓缓行。

（二）

愧无诗赋动乡关，却喜年来日日闲。
事赖亲躬知捐益，书难尽信合存删。
文章不忌美和刺，骨格何妨老愈顽。
一酌曹溪开觉路，悠悠心会对南山。

咏梅 (二首)

(一)

漫天霰雪映芳华，为有云容不自嗟。
月下谁怜枝瘦劲，水边我喜影横斜。
拂胸涂额香盈袖，翻锦回肠客忆家。
索笑巡檐宜折寄，少陵懒赋海棠花。

(二)

二三之子为何来？梅子岗头共赏梅。
疏影几曾萦梦想，繁英端赖着诗催。
高情漫续孤山韵，逸兴还赓小岁杯。
风袂浣香劳杖履，从知明日即春回。

马万祺

1919 年 10 月生，广东广州人，大学学历，获澳门东亚大学工商管理荣誉博士学位，暨南大学名誉博士。历任澳门及内地教育界、政界要职，现为全国政协副主席，澳门中华诗词学会名誉会长。著名诗人、书法家。著有《马万祺诗词选》。

潘汉年同志诞辰一百周年纪念

一身肝胆映丹心，为国为民百炼金。
虎穴龙潭闲信步，诗书深处几千寻。

访南海

南海风光日月新，西樵山上意归真。
云端小聚乡情重，万物朝宗祖国亲。

游江门市

圭峰山上彩霞熙，电力台城奠大基。
五邑江门俱奋发，岭南处处展鹏飞。

抒怀

白云苍狗无声去，一片彩霞闪闪来。

环球处处纷纷乱，唯有东方气象恢。

【注】

毛主席说：风景这边独好！余来京治病四月，成效虽甚佳，但仍未能行动，如此好风景，幸得翁主任与医务人员扶助，得亲临欣赏，诚幸事也。特留诗一首，以兹纪念，并向翁主任及其他医务人员致以衷心的感谢。

马光辉

1939年生，广东汕头市人。1959年入伍，历任汕头警备区政委、汕头市委常委、市人大副主任。现任汕头市法学会会长、杏园诗社名誉社长。

村景

练水迢迢连海天，五溪春色绕村前。
清波十里飞仙鹭，渔火如花无限妍。

马冰山

（1920—），原名马义进。广东省潮阳县人。1938 年赴延安抗日军政大学第四期学习。新中国成立后曾任广州市人民政府秘书厅第一副主任、广州市教育局长兼广州市教师业余进修学院院长、广东省出版事业管理局副局长兼广东人民出版社社长。著有《冰山集》。

虞美人·咏怀

少年鏖战平原上，出入青纱帐。壮时耕作雨和风，雕了韶华还恋水流东。　　而今系马红棉下，业待新筹划。未知惆怅向黄昏，爱好园花岸柳竞朝暾。

马武仲

（1880-1964），名复，原名孝武，字武仲，号经，广东顺德人，尝佐徐固卿、胡展堂幕，晚岁寓香港，有《媚秋堂诗》传世。

壬戌杂诗

漠漠南云唤不开，水周堂下看沿洄。
衡门尽日无人过，赢得秋阶一寸苔。

怀黄晦闻

书佣身世蚁旋磨，就菊秋期负汝多。
怆恨卅年前一语，款扉来别戒蹉跎。

怀胡展堂

诸将骄横又一时，江楼对酒换深悲。
如何料理乾坤手，遗恨平生老去棋。

春日感怀

一春无计觅欢惊，峭峭轻寒翦翦风。
俗客不来清梦稳，闲门深掩雨声中。

集孝若山楼同镜藜

汤徐往矣事堂堂，烛转风轮鬓脚苍。
何只令威城郭叹，夕波红处海生桑。

【注】
汤指汤廷光。徐指徐绍桢。

姚粟若美人引镜图余楚马风集唐人句题其上黎心斋得之以赠（二首）

（一）

梅黄过雨柳绵飞，归燕心情有镜知。
欲就画中人软语，劳生难遣是秋期。

（二）

酒徒画笔崭然新，断送流光卅五春。
正叹光宣朝士尽，那堪重话集诗人。

王 起

（1906-1996），字季思，浙江温州人。中山大学教授。著名文学史家、戏曲史家。曾任中山大学古文献研究所所长、广东中华诗词学会会长。主要著作有《〈西厢记〉校注》《玉轮轩曲论》《玉轮轩古典文学论集》《中国文学史》《王季思诗词录》等。

关山月

"关山月"本乐府旧题。一九四二年中秋，旅居福建南平，夜闻有歌思归曲者，辗转不寐，因成新制。"我的家在东北松花江上，还有那衰老的爹娘"，时行曲子《九·一八》中句也。

关山月，照西湖。万灯环妆镜，双桨出菇蒲。何人月下情怀恶，脉脉哀音动寥廓："松花江上是儿家。""爹娘"一声双泪落。关山月，照钱塘。烟波白无语，烽火红渡江。江头刺促谁家女，午夜随群过江去；几回回首望西湖，泪眼迷糊不知处。关山迢递动经年，脚底崎岖路万千。抛残头面凭谁问①，瘦损腰肢只自怜。月团圆，人离别，别来五度中秋节，一度中秋一肠绝。怪道当年辽左儿，良宵对月长凄咽。如今月下自伤情，却恐他乡人厌听。何处笙歌随画舫？谁家语笑到天明？为君一唱"关山月"，江水东流尽哭声。

【注】

① 头面：元剧称首饰曰头面，今浙西尚有此语。

苏堤曲

芳草何萋萋，十步五低迷。

西湖女儿水，裙带作苏堤。

苏堤日暮停画船，断桥风柳袅轻烟。

家家灯火方争夜，处处笙歌欲沸天。

湖山歌舞朝还暮，花草伤心迷不悟。

葛岭惊传胡马嘶，钿车久绝西泠路。

寒碧玲琮出石根，翠禽无语向黄昏。

春来万树桃花发，更与西湖添泪痕。

题王实甫画像

葬花天气昼愔愔，一曲西厢有赏音。

谁会才人歌哭意，女娲炼石补天心。

自题《翠叶庵乐府》 (二首选一)

几年绮梦惓江南，乐府新题翠叶庵。

欲起湘灵歌一曲，洞庭霜实已红酣。

选注《聊斋志异》书成志感 (二首)

(一)

人天凄艳《长生殿》，云雨荒唐《燕子笺》。
丝竹中年吾倦矣，爱他儿女说蒲仙。

(二)

香消酒醒不成词，几卷《聊斋》寄梦思。
孤愤满腔何处诉？秋灯照见鬼擎旗。

自题玉轮轩 (二首)

(一)

旧传萧瑟诗千首，新种葱茏竹万竿。
冰雪照人肝胆澈，开轩正对玉轮寒。

(二)

人生有限而无限，历史无情还有情。
薪火相传光不绝，长留双眼看春星。

金缕曲·吊阮玲玉

玉汝何时醒！可还能、开帘约月，回腰照镜？罗袂生尘花失艳，眼角啼痕空莹。再不见、双眸炯炯。撷取人间无限恨，向情天、一现惊鸿影。身与世，两难问。　　十年踪迹嗟萍梗。况高堂、桑榆景迫，须人定省。谁识银灯光照处，颦笑都存至性。漫只赏、歌清妆靓。谣诼蛾眉何处诉，恨颠风、一夜吹春冷。天不管，儿女命。

金缕曲·送友人至三磐防次

词苑论交谊。最难忘、幼安奇节，龙洲豪气。酒后狂言惊四座，白眼看人一世。偏许我、忘年知己。燕市悲歌谁击节，枉抛残、湖海英雄泪！壶玉缺，壮心碎。　　回首长安何处是？忍重看、江山半壁，依稀天水！三月东风吹海蹙，想见中原万骑。可记否、西城题字？快意铅刀期一割，倚南天、长剑宁终弃？君行矣，我且至。

金缕曲·罗忼烈教授邀游香港浅水湾，时中东战事又起，下片因及之。

浅水湾头路，恰新晴，嬉春士女，花团锦簇。山上欢呼情人节，山下求神拜佛，喜渐见、中西同俗。借问神官修何行，剩此心、不动如柘木？神不答，但瞑目。　　人情乱久思平复。看枝头、鸣春娇鸟，似歌丰乐。海色苍茫奔眼底，照见万灵起伏。更鬼伯、蛮君竞逐。安得天吴移海水，把海湾战炎一瓢沃。归去也，三杯足。

沁园春·悼念胡耀邦同志

一代英豪，千秋功罪，谁为分明？是中兴朝气，凝成风骨；革新意志，铸就精诚。喜舞群伦，高歌健步，欲向玉皇顶上行。春正好，怅风云突变，雹碎红英。　　当年万里长征，问记否岷山雪后晴？任霜风扑面，都成暖气；玉龙映日，尽化流冰。为国兴才，鞠躬尽瘁，长使诗人热泪倾。征途远，愿我辈继起，斩棘披荆。

念奴娇

正值中日和平友好条约签订之际，喜得波多野太郎教授来书，赋此答之。

东来青鸟，衔采霞一朵，翩然欲下。唤起殷勤双白鸽，天半翻飞相迓。富士冰消，昆仑雪化，万里秋如画。和平友好，欢声响彻东亚。　　还期南国春深，蓬莱客到，映日花争发。十亿人民手携手，不许强梁称霸。一水盈盈，千帆隐隐，历史传佳话。举杯遥祝，江南词客潇洒①。

【作者注】
① 波多野太郎教授有称"江南词客"。

水龙吟①

海山仙阁茫茫，人间自有埋忧地。凉飙初过，炎威不到，一襟如洗。古洞寻碑，老坑访砚，昔游曾记。甚江山未换，风云突变，黄流溢，天阍闭。　　回首瞿然一梦，话沧桑不须雪涕。旅游胜地，他年会见，琼楼四起。星岛妖姬，金山俊侣，阑干同倚。待乱云散尽，玉轮东上，看西山翠。

【注】
① 1979 年暑期，作者重游广东肇庆七星岩时写此词。

浪淘沙

1961 年 7 月 27 日秦皇岛夜起望海，时报载长江流域各省普得甘霖。

渤海早安澜，皓月临关。何来白浪打苍岩？应是玉龙行雨罢，卷甲东还。　　暗想十年前，雨雪连天，艨艟衔尾向幽燕[①]。残霸西风何处也，潮水无言。

【作者注】

① 艨艟衔尾向幽燕，指解放战争中美舰载蒋军在秦皇岛登陆。

金缕曲·病起示海燕[①]

一病连三月。梦惊回，群魔乱舞，残星明灭。谁与先生传好语，帘外啾啾唧唧？是双燕飞来海阙："岂有人间成长夜，渐海东、霞起蒸天赤。青山在，青林出。"　　十年前事宁堪忆？有几多、沾巾儿女，一朝诀绝。谁信蛾眉蟓首里，有此崚嶒风骨，敢戟指、璇宫妖孽！独为元勋悲早逝，摘青松翠竹标高洁。长相勉，霜筠节。

【作者注】

① 十年浩劫中，我曾两次因重病住院，海燕每以"黄梅时节有晴时""留得青山在，不愁没柴烧"相勉。1976 年 1 月 8 日，周总理逝世，海燕与中山大学中文系诸同志热心布置追悼会。后于电视中见江青在周总理遗像前不脱帽，戟指大骂妖精。

念奴娇·游东坡赤壁，与钱仲联先生同赋

百战山河，淘洗出、多少中华英物。一炬曹瞒何处也，长想东坡赤壁。笛韵悠悠，天风渺渺，吹起漫江雪。浩然赋就，千秋无此词杰。　　因念年少清狂，登高怀远，意气因公发。头白亲临形胜地，但见烟波明灭。一谪黄州，再投瘴海，宁损公毫发。联吟归去，车窗正见新月。

金缕曲·庚午中秋悼海燕

中路为夫妇。说不尽、恩恩怨怨，风风雨雨。回首前尘三十载，苦雨都成甘露。问何事渐消眉妩？儿女如今都长大，有几多心事思倾诉。无一语，匆匆去。　　东廊又见月轮吐。想霜娥、轻舒舞袖，盈盈起步。我向霜娥低声唤，娥也可曾闻否？早云掩、团团桂树。云过月明天不老，怎人间、月落无寻处？为谁诵，春星句。

【注】

海燕以壬戌六月十五日生，小名月娥。今年海燕六十九岁初度，与坐玉轮轩东廊待月，为诵赵秋舲咏月曲："我初三瞧你眉眼皱，十三窥你妆儿就，廿三觑你庞儿瘦。都在今宵前后，何况人生，怎不西风败柳！"回首前情，不胜悲慨！海燕最爱诵我自题玉轮轩句："薪尽火传光不绝，长留双眼看春星。"因以此意作结，勉自振拔。

水龙吟·庚申中秋，有怀南京、台北校友

故人隔海相望，举杯如见钟山月。乱云散尽，山河表里，清光四澈。桃渡联吟，长桥买醉，素娥能说。问当年俊侣，海桑三见，几人保、如霜发？　　翘首航天一叶，想银河今宵可涉。碧落无声，双星在望，天容全别。哪有人间，盈盈一水，长教隔绝？待他年此日，三方高会，庆团圆节。

沁园春·赋得梅花接老爷①

几日轻阴，一番新霁，春寒减些。渐钱塘门外，暗香浮动；金牛湖上，疏影横斜。难得休官，转添逸兴，来访孤山处士家。临安府，得随车陪语，羡煞梅花。　　梅花忽地开言，道"小的梅花接老爷。恨此身错嫁，林逋老子，但知吟咏，不顾生涯。鹤子无能，还求提拔，也好跟跟小汽车。财神庙，恰侬家左近，请吃杯茶。"

【作者注】

① "一个哼来一个哈，老爷坐轿看梅花。梅花忽地开言道：'小的梅花接老爷。'"是讽刺那些附庸风雅的官老爷的一首诗。1947年春初，宋子文到孤山赏梅，杭州市长一路替他开车门，提皮包。戏写了这首词。宋子文是四大家族之一，曾任国民党政府财政部长等。

王　越

（1903-），广东兴宁人，资深教育家。历任中山大学教授、教务长，暨南大学教授、副校长，广东省政协第四、五届副主席，广东中华诗词学会名誉会长，全国教育学会第一届副会长，全国教育史学会副理事长。有《南楼诗词钞》一卷。

玉玺之歌①

二世沦亡子婴少，刘邦军入咸阳道。

三章约法定人心，楚歌四面诛残暴。

郡国舆图入汉家，转头诸吕王侯加。

椒房弄权时有几？皇后之玺埋尘沙。

沧桑陵谷因时变，历史车轮闪如电。

螳臂当车竟有人，秦砖汉瓦都迷恋。

捡来玉玺笑颜开，一日摩挲三百回。

向往千秋吕与武，"人生不乐胡为哉！"

"老娘"雌伏三十载，如今时会真难再。

"玉容"标准应高悬，文官果花从容戴。

"文攻武卫"忆当年，哪管累累尸骨填？

已报春申归掌握，更罗羽翼拜灯前。

狗头狄克计何密？"漂零子弟"夸秃笔。

王八张扬鸣八驷，袍笏登场在朝夕。

闻道唐山万壁空，且将樽酒醉薰风。

天旋地转传"佳兆"，"一统江山"指顾中。

讵知一觉黄粱梦，机关算尽徒增恼。

不堪回首抱成团，今日琅珰同入瓮。

大害除来大愤平，山欢水笑遍寰瀛。

斑斓玉玺成何用？馋煞狰狞白骨精。

【注】

① 考古工作者掘得"皇后之玺"一颗，据称为吕后之物，江青视此为至宝。

白下吟

行人浪说蒋山青，南朝金粉古今情。

桨声灯影秦淮月，士女烟波任摇兀。

朝歌暮弦夫子庙，中朝大吏恣欢笑。

浑忘国事日蜩螗，忽报东夷袭沈阳。

白水黑山三千里，火热水深寇焰张。

朝颁密旨电波漾，卷甲戢戈休抵抗。

唯将炸弹扔江右，先安后攘仍高唱。

千百万人齐怒吼，张杨将军肝胆剖。

独夫俯首下骊山，亿众昂头燃火炬。

敢教血肉作长城，直赴前方杀骄虏。

卢沟桥畔战云深，淞沪郊原血漂杵。

寇氛弥漫向金陵，唐昧大言不知兵。

龙蟠虎踞成何事，蠢蠢虾夷踏国门。

虎狼入室肆残暴，卅万平民命如草。

惨于扬州十日屠，竟同纳粹焚尸灶。

太阳旗飘走铁蹄，破户括人任鞭笞。

累累系颈向墙隈，黑雾压城城欲摧。

一寇挥刀百头落，杀人竞赛血盈泊。

更推锋刃刺婴孩，纷纷肝脑填沟壑。

万千屠夫发狞笑，兽道轮回武士道。

腥风血雨石头城，刀下冤魂有谁吊。

扬子江头悲风嘶，游鱼吹浪满浮尸。

呜咽江声流日夜，此恨沉沉无绝期。

子遗一妇向何处，玄武湖中芦苇薮。

炮声隆隆震耳聋，水鸟惊飞扑钟阜。

朔风吹衣心胆寒，糇粮啮尽啮芦根。

室家残破孤身在，哭夫念子摧心肝。

偷活蹒跚过残垒，野犬啃尸向人吠。

夜色迷蒙星斗稀，呼天吁地空余泪。

莫吁地，莫呼天，中华古国五千年。

健儿忠愤薄云天，切齿倭奴播烽烟。

蹈火赴汤持久战，延安号角着先鞭。

平型关头寒敌胆，百团鏖战史无前。

前仆后涌终破敌，凯歌江南遍江北。

纵观东海竟扬尘，太阳旗抛堆垃圾。

峨眉山上夫已氏，故态复萌野心肆。

磨刀霍霍向黎民，欲卷神州纳囊底。

重挑战火弥三载，不戢自焚古垂戒。

万里求援唤奈何，冰山已倒将何待。

历史车轮岂等闲，人民世纪卷波澜。

百万雄师越天堑，雪花飞舞遍人寰。

壶浆箪食涌江干，红旗飞上紫金山。

人民世纪卷波澜，红旗飘扬天地间！

【注】

八十年代中期，余探访南京某职工宿舍，晤及一司阍老妇，彼于叙谈中缕述当年日寇侵占南京时自身所历之惨状。

上井冈山

群峰莽莽驰湘赣，林海茫茫护井冈。

曾是风雷惊域内，更留火炬映朝阳。

当关故垒丰碑耸，荫道新坪引兴长。

甲子重周齐额手，名山长伴赤旗扬。

访问瑞金

赣水苍茫雨露濡，长驱平野入红都。

参天树挺堪千岁，寻丈台高拥万夫。

叱咤风云飞羽檄，艰难岁月上征途。

从今整顿河山好，辟得桃源看老区。

浣溪沙·绍兴兰亭

若个神摹百代传，银钩铁划古源泉。茂林修竹故依然。　　水到兰亭转呜咽，散零真帖是何年？昭陵遗土漫荒烟。

水调歌头·访绍兴、瞻仰鲁迅故居纪念馆

于越有豪士，慷慨渡扶桑。八年上下求索，学海稔津梁。灿烂智珠盈握，独立风华正茂，"呐喊"费平章。争奈孤军战，"荷戟独彷徨"。　　漫漫路，沉沉暮，夜未央。高燃马列火炬，"一卒"更投枪。冷对千夫戟手，怒向刀丛觅句，正气薄穹苍。故里遗容在，千载闪光芒。

王万然

汕尾日报社总编辑，广东省作协会员。著有《海之魂》《万然诗选》等。

秋赋

一场秋雨一场凉，两鬓秋风两鬓霜。
人入秋初秋不识，半山黄叶半山苍。

秦陵兵马俑

生为豪杰死称雄，泥俑铜车护地宫。
无奈孟姜千里泪，长城哭倒一场空。

王伟怀

1933 年 5 月生，广东梅州兴宁市人，大专学历。原任梅州市政协副主席、梅州市委统战部部长，广东省第七届政协委员。中华诗词学会会员、广东中华诗词学会会员，小说、散文、诗歌曾在多家报刊发表，著有《情容大海——王伟怀诗文书画选集》。

瞻仰日本岚山周恩来总理诗碑

瞻望岚山不见红，只缘花季未相逢。
碑前吟颂周公句，万象姣妍入眼中。

王林书

（1937-2005），原籍江苏，曾任韶关大学粤北文化研究室负责人，副教授。著有《林书诗稿》《当代旧体诗论》等。

陪同大哥自台返乡抒感

卅年与国共艰难，苦在秋深看月圆。
今日相逢风似定，华颠如雪气如山。

鹧鸪天·苦雨

渐近天南苦水期，楼头长挂雨丝丝。人双老去时难待，情一成魔悔已迟。　　新剪烛，旧题诗，欲填恨海枉添悲。名园行处花争发，万里沉阴有尽时。

思佳客·春寒

不到春寒欲雪时，情怀万种两心知。无缘既已有缘聚，玦月何愁满月期。　　吟夏夜，结秋衣，风风雨雨一年诗。阳台旧种悭花树，自君一顾绽万枝。

王忠义

1939年生，山东蓬莱人。香港大学中文系毕业。曾任香港官立中学教席及校长、香港考试及评核局科目小组主席及委员多年。现任新市镇文化教育协会文化委员，致力于推广诗词及对联创作活动。著有《方外诗存》。

回归日近即事

媚郡明珠合浦还，地垠犹是旧江山。

一花历劫仍看暖，两制纡谟见妙娴。

助顺天心争日月，登坛新印慎跻攀。

炎黄捷报期终济，整顿乾坤视等闲。

锦田春游

水绕平林绿一围，江村幽处坐忘机。

樽前春事无深浅，乱后人间只是非。

细雨藏山鸠唤急，岸风嘘草蚁浮归。

来迟敢恨匆匆去，且倩灵英扃岫扉。

山居

乍雨还晴二月余，投闲深退似离居。
山行仍梦寻蕉鹿，鸟散非因集苦樗。
蔓草犹怜思远道，春芳渐歇悟玄书。
重来尚有渔樵约，细说沧桑论太初。

早蝉

槁饿嘶酸上彻天，不平孤愤自年年。
春冰已化谁堪语，薄翼空腾独惘然。
怀抱枯荣终一树，声闻知遇只当前。
旅歌唱尽炎凉意，昂首苍冥日正悬。

旧梦

旧梦芳菲歇，新愁海易量。
经旬怜委坠，触念欲腾骧。
胸次三巡热，浮生十驾伤。
晓风吹不极，野蔓有清霜。

暮春重经前督辕

日暮群芳静，风微晚浪平。

碧山堆玉阁，老干布朱樱。

孤鹗云间落，初蝉竹坞鸣。

不知歌舞歇，乔木正迁莺。

秋日过黄花岗

烈士填沟壑，风雷动九垓。

亦知今日死，所念兆民哀。

四野层阴重，三秋义气摧。

鬼雄无一语，谁荐菊花杯。

云城宿霍二宅 (五首录二)

(一)

绿茵夹道静无尘，日暖风轻鸟过频。

一架紫藤初解语，也垂丝蔓欲牵人。

(二)

虬松屋角拄青空，地锦盆栽次第红。

伛偻独怜枫老本，一阳劫后待春工。

言志

破立机锋法度深，各言尔志见胸襟。
回看树杪西沉月①，不负凌云一片心。

【注】
① 明紫柏老人集："知行合一之者可得乎？……曰：回看云树杪，不觉月沉西。"

寄内（八首录三）

（一）

我所思兮在远岑，归期细数更沉吟。
移居未惯愁滋味，新梦偏多入晓侵。

（二）

非关夜雨损宵眠，短梦何曾有上签。
莫笑疏慵耽午睡，相思花月一时牵。

（三）

犹记叮咛十疏时，录常琐事费覃思。
青禽传语多珍重，补画榴花五月眉。

秋日绝句 （三首）

（一）

今夜团圆月，清光入我怀。
本无圆缺相，潮汐自往来。

（二）

桂影方斑驳，秋云阴复晴。
天人都入梦，一月独倾城。

（三）

嘉木悬秋色，青圆子欲沉。
浮香初醉月，幽梦在霜林。

王冠明

广东吴川人。医学博士。上世纪90年代初居港业医，兼任香港理工大学客席讲师，佛教华夏中医学院教授；香港注册中医学会学术部主任及《香港中医杂志》编委等职。广东中华诗词学会会员。

游湖光岩

玛珥湖如镜，花香去影间。
龙鱼翔湛海，古寺映幽山。
曲径登亭阁，危峰眺港湾。
神龟牛女梦，仙境接人寰。

初春

远山如黛映朝霞，燕舞莺歌蝶恋花。
日暖风和枝吐蕊，霜消雾霭笋抽芽。
晴川柳下同观燕，春水池边独听蛙。
万象更苏腾瑞气，南飞喜鹊入农家。

咏马

生来默讷有灵犀，无怨无尤劲奋蹄。
崎道奔驰随远近，中原逐鹿任高低。
献身世用非名利，拼力红尘岂醉迷。
伯乐感知心自慰，几经艰苦观菩提。

王睦武

1952 年生，出版有《王睦武诗词书法选》诗书集、《驼铃集》新诗集和《一蠡诗话》文论集。现为全球汉诗学会理事、中华诗词学会会员、广东省作家协会会员、汕头市岭海诗社秘书长、汕头市杏园诗社副秘书长。

行香子·庐山

水秀山清，崖峭岩倾；看松杉、蓊郁扬旌。明湖静穆，花径幽清。感霎时云，霎时雾，霎时晴。　　悠悠岁月，衮衮公卿；竞登临、青史留名。美庐、剧院，依样原型。引几多思，几多慨，几多情。

【注】

美庐在民国时期曾为蒋介石每年避暑之"官邸"。新中国成立后，毛泽东、林彪、邓小平等人都曾先后在那里下榻过。剧院即庐山剧院，1959 年批判彭德怀的中共八届八中全会以及 1961 年的中央工作会议、1970 年的中央九届二中全会均在此召开。

炒股吟

股市一开动九州，　电屏闪闪夺人眸，
炒股搏金激情涌，　盈盆溢钵望中求。
曾见猛牛脱缰奔，　股市日日飘绛云，
股民个个心欢笑，　追涨何曾吝资金。
众气同蒸热浪翻，　指标节节欲攀天，
都道春来花正好，　讵料花秾春已阑！
浮红泛绿多变幻，　风生水起天地变，
波涛卷海浪排空，　乌云滚滚千山暗。
无情风雨一时来，　摧花折蕾扫八垓，
无边木叶萧萧落，　满目凄凉遍地哀。
急风骤雨方三日，　账面亏空十六七，
人人扼腕惟叹嗟，　只求保本不求利。
朔风凛冽锁天阴，　旗偃人息万马喑，
夏至犹飞六月雪，　但听悲鸟号空林。
黑熊咆哮犬同吠，　大厦欲颓天欲坠，
惊魂悸动心茫然，　万念尽随东流水。
风雨历程路迢迢，　红消香断乱飘摇，
空谷冥冥不见底，　鸟飞兽遁长寂寥。
一夜东风忽复来，　万树千株花竞开，
鹊儿又报春消息，　暖气频吹轿频抬。
久冻人心纷起蛰，　空山百鸟散还合，
驱散阴霾初见阳，　又闻牛蹄响磕磕。
噫吁嚱！股海深深万丈深，利益风险互依存，
从来多少投机客，　最后赢家有几人？

王路风

1934年10月生，广东兴宁人。长期从事小学、师范教育工作。现为中华诗词学会会员、广东中华诗词学会理事、兴宁市铁峰诗社常务副社长兼秘书长。有《路风诗草》《绿莺集》等行世。

水调歌头·梅乡香雪海

普宁文艺界一行廿人，奔赴梅乡高埔、梅林、大坝赏梅采风，归来赋此。张华老师特为此词谱曲。

结伴寻春去，逸兴破霜寒。眼前香雪如海，盛誉无虚传。疏影横斜月魄，皓态孤芳傲骨，怎比这梅山？映日腾银浪，清气透青天。　　遮垄陌，漫山野，斗媸妍。繁蕾争放，千树万树玉琅玕。素艳生春含笑，农户辞贫竞富，楼宇喜莺迁。料得青梅熟，载舞载歌还！

绮罗香·山村女教师

断续钟声，敲残晨雾，回荡孤村小道。三五儿童，追逐相随来校。读书声、飞出山腰；心暗喜：没人迟到。短发蓝裙格子衫，槿花墙角争探脑。　　新修公路盘绕，峰险天低岭峭，月斜林表。瘦影青灯，怀里梦酣宝宝。忽十年粉笔生涯，无怨悔红颜先老。把青春奉献山娃，年年桃李俏！

王静波

（1931—）黑龙江省巴彦县人。将军。历任团、师、集团军政委，广西军区政委、党委书记，第七届人大代表。有诗歌二百余首散见于各报刊。

挽贤妻

人去魂飞唤不回，隔河相望泪长垂。

无情寒暑催君逝，等我奈何桥上来①。

【注】

① 据佛经说：阳间和阴间这中间有条河，人死后魂须过河上的桥才能到阴间。这座桥叫"奈何桥"。

自乐

纷飞战火几春秋，血沃花红剩此头。

日照山河酬夙愿，胸怀家国别无求。

泉台先祖知欣慰，膝傍儿孙识患忧。

戎马生涯心自乐，摧坚挫锐最风流。

王肇民

（1908-2003），安徽萧县人。著名水彩画家，曾任广州美术学院教授。旧体诗词工力很深。出版有《画语拾零》《水彩画选集》和诗词集《红叶》等。

山后王楼作

一泉当户路三叉，栲栳峰前暂是家。
万顷麦田翻碧浪，满山榴树吐红芽。
路旁柳暗听啼鸟，窗外风多数落花。
更向高山最高处，采来野草作新茶。

雨后

墙头山杏开红锦，堤上垂杨笼碧纱。
独有石榴春信晚，昨朝经雨始抽芽。

落花

三月园林小劫频，蓬飘萍转任沉沦。
未知踪迹归何处，但觉繁华误此身。
遗臭遗香千古事，旋开旋落一番春。
教他枉自怜脂粉，只嫁东风不嫁人。

将赴渝送衍芬归母家

薄薄行装短短程，母家此去一轮轻。
稚儿不解愁将别，尚唤阿爹随后行。
暂时分手莫衔哀，不用山头望客回。
白雪天涯纵别去，绿杨时节定归来。

山行

峰岭参差叠翠鬟，征途一发白云间。
只因山好添诗思，却为诗思误看山。
山头白雪依然在，山下桃花放早枝。
想是东风吹不到，峰高反自得春迟。

读高启梅花诗后

先生不识岭头春，惯把冰容比美人。
谁解此花心更苦，结成梅子尚酸辛。

题花植庵先生抗战杂咏诗后

半壁河山感慨深，中原何处致忠忱。
放翁心事杜陵泪，合与先生作苦吟。

芙蓉

露冷霜清翠袖寒，宵深应怯绮罗单。
横塘月出初分影，小院人归正倚栏。
有酒权将金菊醉，临流可作玉莲看。
几回愁向江头望，漠漠烟波涉采难。

寄北平友人

巴山日暖杏飞花，燕市风寒柳未芽。
安得身如双燕子，衔将春色到君家。

雨声

山庭地湿长莓苔，桃杏家家当户开。
正恐春时花事了，隔帘吹过雨声来。

闻子规

一声关塞动征鼙，二载仓皇此息栖。
杜宇不知归不得，春来偏傍耳边啼。

雁

一声嘹亮过芦塘，南北匆匆来去忙。
楚水燕山千万里，问君何处是家乡。

种菜

秋来一雨觉天寒，当路新泥尚未干。
闲向小园学种菜，绿芽嫩叶作花看。

闻捷

闻道东南破虏兵，长江万里可扬舲。
老亲爱说还家事，笑眼蒙眬仔细听。

团圆

光华灿烂影姗姗，拥出中天冰玉颜。
嘱咐白云休掩蔽，团圆难得到人间。

晨

红日当窗起较迟，阶前小立看花时。
孤怀自笑多情甚，细拨蛛丝救蝶儿。

王耀光

1942 年生，号逸轩，广东东莞人。台湾师范大学国文系毕业，曾任香港九龙民生书院中文科主任、鸿社诗社社员。著有《逸轩诗稿》。

春日漫兴

风暖郊原阔，开春见物华。
尘高妨去路，草短衬闲花。
莽有浮云动，偏随落日斜。
逍遥能几许，隔岸认渔家。

偶忆大屿山之游今五载矣而景物宛然在目课余之暇率成此篇

曾从小径到山巅，一路林花在眼前。
巨石苍云藏紫贝，梵宫古井得甘泉。
天回众海宽无岸，日落双峰淡有烟。
我欲重来寻旧迹，误投尘网又经年。

读静庵师近作

漫云诗格后山同，差近诚斋与放翁。
语重景真情更厚，空灵高远味难穷。
横冈草树含春意，小阁灯光衬晓风。
病起尚余幽兴在，钧天掷地句何雄。

连日暴雨多处山崩灾情严重今天气稍晴因有感而作

迅雷忽自八方来，水潦横流处处灾。
土卸山崩泥一丈，水深途绝石千堆。
新晴乍放魂初定，残物犹存扫不开。
此祸百年今仅见，固知天意未能回。

感事

大唐设都护，何处是边关。
藐尔古林邑，岁贡同百蛮。
如何狐假虎，耀武天东南。
汉裔遭放逐，输金宁止贪。
长风送一舸，巨浪高如山。
死者饱鱼腹，生者犹多艰。
岛国不可入，寄命人鬼间。
雪熊久为患，猘犬尤凶顽。
举世不诛伐，人道诚空谈。

漫成

又见妖氛漫半天，纵横时局竞相牵。
悲歌送腊风弥急，彩笔迎春日未妍。
金鼓正喧葱岭外，虎狼犹扰阿京前。
相期劲旅诛群丑，八表清平到万年。

观火

环村烈炎冲霄汉，严夜哀鸿不忍听。
惊破千家黑甜梦，劫馀谁认旧门庭。

绿波

冉冉风生处，磷磷水暖时。
一湖青欲涨，两岸绿弥滋。
自笑乘流好，谁云下钓宜。
平桥初过了，幽赏几人知。

谒袁崇焕纪念馆

督师雕像矗新园，昔守辽西震北番。
卓识功丰留正史，雄才胆壮卫中原。
思宗庸懦多臣媚，巨柱倾颓万载冤。
可恨鼠蝇当要路，至今犹见祸坤乾。

丁亥岁晚即事

剑锷寒风人困顿，无端归客漫徘徊。
遥知雪地延千里，莫讶贫黎布九垓。
屋破衣单难度日，鱼亡稼毁惨成灾。
官商颇吝施援手，否卦将终望泰来。

风入松·雨后游惠州西湖

甘霖骤过洗尘寰，淡雅钗鬟。翠堤玉塔平湖映，水亭外、九曲桥闲。三两芙蕖绽露，百千林木回环。　朝云孤墓卧孤山，竹笛哀旋。东坡去后遗佳迹，伴芳洲、乍起微澜。芦岸渔郎垂钓，绿丛归客相喧。

区友云

（1924—）广东番禺石壁人。曾任海南岛东泰农场职校校长。著有《石壁风情》《梅魁楼诗词》等。

随想

闻道阋墙同损失，应移棠棣联芳日。
欢呼两岸泯恩仇，携手三通歌统一。

早发西樵山

尚余宿酒醉醒颜，复忆前宵兴未阑。
放眼江心船逐浪，回看窗影日衔山。
晴空野鹤忘机过，浅水沙鸥赋性闲。
料得西樵杨柳树，晓风和月舞腰蛮。

雨后随想

天上银河泄漏来，人间酥润涤尘埃。
洗清混浊官衙镜，尽显鲜荣陋室苔。
千里垄田驱旱厉，满园果木借滋培。
佳时喜告诗盟友，莫负甘霖大展才。

齐天乐·海角红楼闲记

漫行荔子湾头望，连横垄田禾黍。两部蛙鸣，三江绿水，古往今来谁主。渔舟泊渚。爱夏日长天，引迷津渡。竹倚红楼，鬓香花影弄潮处。　　斜阳怅然渐暮。借珠帘画舫，沽酒延伫。柳外黄鹂，松梢紫燕，悄入昌华梁柱。荷风月浦，莫放过良宵，听琴低诉。一领青衫，赏高云远树。

区季谋

（1897-1988），别字季子，广东南海人。善诗词书法，为人豪爽热诚，南北文士亦乐与交游，张大千南游曾客居其家，并作借居图以纪之。

自题岁寒三友堆砌口占一绝

竹瘦松苍香暗开，幽幽共石默低徊。
岭南好在冬无雪，一一天真各本来。

题洋百合花画

海角移根绝俗姿，雨阳烟月百般宜。
明窗净几图乘兴，纸沁清芬谢画师。

赠沈厚韶

沈菊真能有雅传。掌珠菊外更山川。
一从囊卷黄山后，无限烟云海外悬。

题李可染归牧图

牛背无鞍胜马驮，斜阳烟霭绚林柯。
纷纷鸦噪如相唤，要听无腔归牧哦。

题李国明立鹤图

咫尺在天，野云无侣。
词仙画史，神用理趣。
抗坠悠悠，声容栩栩。
一帧翩翩，千秋翎羽。

贝闻喜

1924年生，广东揭西县人。广东教育学院毕业，历任文联副主席、县志办公室主任等；离休后任揭阳县（市）诗社常务副社长18年，《揭阳诗词》主编17年，现为名誉社长。中华诗词学会会员，广东中华诗词学会和岭海诗社理事，岭南诗社顾问等。与杨方笙合编《三山国王丛谈》，与人合著《潮汕半山客》，出版诗词选《湖光集》《湖光续集》等多本。

蝶恋花·赴马来西亚，祭吊大哥、三哥墓

节届中元人接踵，祭扫先茔，钱纸飘丘垄。细认碑文双泪涌，孤鸿断雁声声恸。　　生隔天涯终未送，海外来寻，乱草迷荒冢。一瓣心香虔祷颂，魂兮常托还乡梦。

【注】

马来西亚华侨多于中元节祭扫祖坟，并举行盂兰会。是日余由侄儿陪同，祭吊葬身异域的大哥、三哥之墓。

深圳小住，与稚孙对弈

六岁娃娃七十翁，堂前对弈乐融融。
飞车起炮声威壮，斩士将军杀气汹。
观战爸妈帮稚子，下厨婆奶护孙童。
菜香饭热催开膳，"先罚爷爷酒一盅"。

瞻仰海南东坡书院赋感

岭外炎方戴罪身，天涯荒域死为邻。
经纶满腹豪吟客，柴米三餐凄苦人。
日课生徒扬教化，夜亲乡老启愚贫。
文风远播开琼岛，歌海诗乡继火薪。

虞美人 (二首)

苍松赞

峥嵘虬干参天傲，独立寒山道。从无媚态入
时宜，铁骨铮铮、羞学绿杨枝。　　根深叶茂临
深涧，斗日凌霜惯。愿将膏脂利人间，化作清辉、
光烛照尘寰。

红棉赞

春来乍暖还寒日，万木似萧瑟。干枝突兀入
天云，独具英雄本色气超群。　　红灯绛烛开千
朵，满树青春火。柔棉轻絮漫飞花，正喜因风飘
播到天涯。

毛谷风

1945 年 9 月生于杭州，祖籍浙江兰溪。杭州大学中文系毕业。曾任教浙江师范大学。上世纪 90 年代两度受聘为浙江大学人文学院教授、传统文化研究所研究员。退休后移居深圳。有《唐人五绝选》《宋人七绝选》《二十世纪名家诗词钞》《历代律诗精华》《谷风斋文史论稿》等著作十六种。

过曲江怀张九龄

大唐贤相重当时，千载犹歌感遇诗。
明月一轮生海上，曲江风度惹人思。

过郴州怀秦少游

郴江依旧绕郴山，异代千秋一刹间。
词苑至今怜逐客，藤阴醉卧不曾还。

槟城海滨漫步

海上无风未起潮，高楼灯火夜迢迢。
此身恍在西湖畔，谁信关山万里遥？

长沙谒贾谊故居

博士方年少，雄才论过秦。
满朝多绛灌，治国乏经纶。
吊屈临湘浦，求贤问鬼神。
长沙卑湿地，恸哭为何人？

重游杜甫草堂

诗圣雄今古，秋阴访草堂。
文章惊海峤，车马集江乡。
笔扫千军阵，胸罗万仞冈。
重来时世换，松竹饱风霜。

夜宿天台山国清寺

万籁皆岑寂，山泉冻不流。
隋梅开馥郁，古刹夜清幽。
梵呗催诗兴，晨钟撼寺楼。
鉴真从此去，佛法被瀛洲。

春游玄武湖

玄武湖边柳，丝丝欲挽春。
芳洲风日好，嫩叶岁华新。
款步回廊下，相携曲水滨。
满园童稚乐，嬉笑最天真。

春夜宿山村友人家

春涧鸣弦管，苍山吐月轮。
犬声风入户，花影烛摇身。
香茗留佳客，欢歌聚比邻。
明朝辞谢去，长忆葛天民。

春夜婺城闻笛

永夜数声笛，春江一苇航。
骊歌何怨抑，杜若郁芬芳。
斗转蛙鸣岸，风微月照廊。
伊人千里外，襟袖湿寒光。

与张英杰会长游槟城极乐寺登万佛宝塔

槟州极乐寺，花木绕禅堂。
殿外闻清磬，龛前袅梵香。
慈云回佛塔，海色荡波光。
北望乡关远，家书寄数行。

重谒武侯祠

卧龙韬略兼文武，羽扇纶巾管乐才。
剑外千秋传俎豆，隆中一对孕风雷。
凌霄古柏人长往，濯锦崇祠我又来。
万世堂堂出师表，夜阑盥诵有余哀。

秋怀

风飐罗帏气渐凉，南征塞雁又成行。
霜枫醉染千山赤，玉露微催万叶黄。
书卷生涯人莫识，诗家襟度海难量。
流年似水堂堂去，怀远登楼易感伤。

读陈子昂感遇诗

春生兰若郁芬芳，摇落西风最可伤。
六代铅华凭涤荡，三唐气格此开张。
骚心侠骨沉牢狱，硕鼠封蛇踞庙堂。
天地悠悠独垂涕，千秋怅望感参商。

读屈原赋

裛裛风前望众神，芳洲薄暮百花春。
月华远照洞庭浦，环佩初闻澧水滨。
七泽凄迷中夜雨，三湘憔悴独醒人。
佞臣嬖幸皆尘土，骚赋长留宇宙新。

惠州西湖怀东坡居士

湖山百劫仍无恙，当日飘零似转蓬。
佐酒常充藤菜绿，荐盘初食荔枝红。
朝中群小争钩党，阁上孤臣卧瘴风。
欲向罗浮寻抱朴，梦回身已在琼东。

赋贺大马诗人槟城雅集

旗峰耸峙月轮高，古刹钟声卷碧涛。
酣饮华堂飞玉斝，朗吟雅座聚诗豪。
神游六合吾安适？梦阻三山海怒号。
莫道书生无一用，存亡继绝领风骚。

乙酉端阳昼梦书感

菖蒲花发散芳馨，乱绪如棼未觉宁。
品茗流观廿五史，焚香闲览十三经。
天低云影窥窗入，叶密禽声隔户听。
倦伏片时回远梦，长风送我渡沧溟。

生查子·西湖忆旧

烟波似酒浓，熏得离魂醉。槛外列群峰，影
漾明湖水。　青春旧梦多，略减郊游味。风过
百花丛，簌簌怜红蕊。

方孝岳

（1897-1973），安徽桐城人。曾任中山大学教授。毕生从事文学、经学、佛学研究，在汉语音韵学方面成就最为突出。主要著作有《中国散文概论》《广韵研究导论》《广韵韵图》等。

哭佟绍弼 （三首选二）

（一）

梦断平生语，神伤往事过。
高情犹昨日，后死欲如何？
天上秋云淡，人间白露多。
西风正摇落，承讯泪滂沱。

（二）

脱手蒙庄旨，常怀山水音。
论诗曾我共，得句谢君深。
六代源同尚，三唐绪可寻。
沿流非薄宋，千载有孤斟。

方烈文

1939 年生，广东普宁人。1964 年毕业于暨南大学中文系，曾先后任过汕头市文化局局长兼党委书记，政协汕头常委，学习与文史委员会主任。主编过《潮汕民俗大观》等专书 20 多部；有诗词集《望海潮》《南天云锦》等书 4 部。

铳城怀古

细雨轻车辗薄云，云端访古论纷纷。乾坤之大大无比，南澳虽微是国门。官屿来朝乌屿背[①]，鸿儒八股武兵屯。铳城立在云端上，一系安危万万村。百任总兵勇镇守[②]，风如刀剑地氤氲。谁人曾慨家何在，身许家国一守军。画角南关天地动，三更入梦是烟墩。戚氏神威荡倭贼，刘公"虎"气今犹闻[③]。郑森四顾英风发[④]，功绩如山民族魂。噫吁嚱！戍边卒，大将军，狂澜万里铳城固，此辈不书祭鳄文。

【注】
① 相传宋帝师召官屿、乌屿朝见，乌屿背北弗理，故乌屿也称"乌心肝"屿。
② 据统计，南澳曾驻过 140 多任总兵。
③ 总兵刘永福在南澳书"虎"字，笔迹犹存。
④ 郑成功，名森，曾四上南澳岛。
⑤ 云澳与深澳交界的雄镇关南面匾额书"云深处"。

江城子·〇七春季汕头招商引资经历活动

百年海月照归程。聚良朋，尽豪英。一条水布，万里碧波声。同挽大风歌大曲，春意绿，满滨城。　　晚来娘酒酒心情。说真诚，认真诚。近谋远算，焰火半天明。敲定家园兴业事，潮欲立，泪纵横。

方晓璇

1971 年生，女，陆丰市碣石镇人。供职于陆丰市建设局建筑设计室。系陆丰诗社、碣石湾文学社社员。

寂寥

心中冷暖自家知，小字红笺不解痴。
翻妒碧空星伴月，谁人灯下共相思。

无题

婉转清风暗赠君，何劳青鸟递诗文。
灵犀一点千般意，明月天涯共一轮。

鹧鸪天·秋怀

一夕西风满院秋，霜天斜挂月如钩。时人本已伤秋色，冷影更添一份愁。　　思渺渺，恨幽幽，青灯素卷掩风流。秋心已共秋声老，出岫浮云任去留。

邓水明

1954年生，广东电白县人。华南理工大学本科毕业，高级工程师，河海大学兼职硕士导师，中华诗词学会会员，茂名诗词学会名誉会长。

春

春更闲于我，时时到酒边。
窗收千嶂翠，风皱一湖烟。
花气侵几案，禽声作管弦。
殷勤堤上柳，来补未成篇。

观海

破云山势尽东回，袖底沧溟一望开。
画舸载霞天际出，沙鸥翻雪日边来。
欲呼犀手三千弩，怒射鲸涛十万堆。
我劝羲和敲莫急，咸池浴罢共徘徊。

垂钓

溟波垂钓且偷闲，已把浮名付碧烟。
忽见长空来雁阵，诗情飞上九重天。

邓仲锦

1957 年生，广东中山人。中山诗社常务理事、副秘书长。著有《斗室诗词钞》。

寻菊

久仰孤芳傲世名，寻踪野岭见秋英。
孱躯敢与风霜搏，亮剑谁人不动情？

谒岳庙

岳庙知何处，栖霞草木茵。
青山埋烈士，绿水伴将军。
三字奇冤雪，元凶丑态陈。
何时熔白铁，添铸宋昏君。

邓步峰

原名邓崇岳。澳门学人出版社社长，《诗词净土》主编。主要著作有工具书《文辞大观》、散文集《赌城夜话》、章回小说《海湾战争》、诗词集《步峰诗词》，主编报告文学集《教坛孺子牛》。

如梦令·山海棠

寂寞美人何处？岁岁白云同住。访旧远来寻，零落满沟红雨。无语，无语，况乃乱藤缠树。

读《路边吟草》敬和熊鉴老赠诗原玉

路边吟出血，掩卷仰狂生。
士也多奴态，君兮只正声。
气倾三峡水，笔写万民情。
海阔蛟龙恶，相期带剑行。

汝伦兄大病趋愈，喜甚，以诗代柬

曾经九死难为病，除却至情不是诗。
相约他年登泰岳，人间不见大王旗。

虎

低头似病步蹒跚，鸟粪由它背上干。
忽觉草丛狼露影，潜身一吼岭生寒。

绿头鸭·伊拉克入侵科威特

水溟溟，犹闻太古涛声。指油轮旗标万国，
银鸥逐浪忘形。俏佳人是科威特，弱皇室有聚金
瓶。色惹狂蜂，财迷惯匪，小姑独处总心惊。强
将那、玉环珠佩，行贿买安宁。祈留得、镜前整鬓，
月下调筝。　　正星儿迷离似醉，梦甜笑指娇矜。
一沉雷，刀横锦帐；三闪电、血染宫绫。笼鹉无言，
铜驼有泪，红羊劫后气犹腥。只空余、波斯湾上，
潮作震天鸣。问谁敢，英雄救美，怒海骑鲸。

鹊桥仙·虎骨草

草名虎骨，可见其气。深埋三尺能钻出地面，烧剩一点茎节
也能发芽。以此自勉。

秧针颜色，杨枝体态，正醉春光初抱。樵夫
却割作柴烧，灰更被、恶风横扫。　　雨疗焦络，
泥医醉骨，一箭新芽又冒。而今青翠立高崖，依
旧向，春光微笑。

邓祖选

1944 年生，湖南桂阳人。曾任中国人民武装警察部队广东省总队政治委员，少将警衔。广东省第八届党代会代表，第九届全国人大代表。现任岭南诗社副社长。

周庄

绿水人家绕，扁舟载客游。
小桥眠闹市，古镇柳风幽。

次万绿湖水月湾

群峰抱秀湖，银镜岛山孤。
醉卧林中客，月明惊鸟呼。

肇庆鼎湖山

小径幽林寂，登山溪伴行。
念经人不见，钟声绕云鸣。

游桂山感赋

秋来犹有傲霜枝，今古文章各一时。

莫听高山流水响，此中真意我心知。

蝶恋花·清明扫墓悼母

重雾冥冥情万绪。爆竹浓烟，钱串知何数。先址爷爷安葬处，蓬蒿踏出清明路。　　子女哭啼三月墓。正是黄昏，无计和娘叙。泪眼潸潸流不住，孩儿怎忍娘离去。

邓桐芬

（1911-1976），字楚材，号别庵，广东顺德人。青年时代曾在中山大学校务办公厅任职员。业余好以词自乐，辛勤探研，艰苦创作。中年以后因病困守家中二十年，仍吟咏不息。著有《引庵词》行世。

点绛唇·落花

几度春风，片红飞减余香殢。飘零无计，一任游丝系。　　除是来年，谁见春妍丽。愁凝睇，柳边莺底，暖雨和烟细。

水龙吟·舟次糕村，伤春感逝，黯然成阕

子规啼彻清明，声声归去催春暮。残阳一缕，苍茫烟水，当年意绪。吮损霜毫，砑残吴绢，难笺心素。怅天涯芳草，萋萋不尽，还重过，销魂处。　　准拟停桡泊渚，浣尘襟、倩谁为主？弦歌响寂，落红谁拾，欢惊无据。宝篆香零，银屏梦窄，几回凝伫。剩东风似旧，飘摇满目，是黏天絮。

踏莎行·岁晚薄游北郭

野菜盈畦，方塘半亩，眼前景物空怀旧。梅花几树冒寒开，**繁霜阅尽增奇秀。**　　古树鸦归，荒台叶走，乱山斜日悲风吼。休嗟薄暮怨残年，良宵花月先春透。

瑞鹤仙

东风寒乍暖。正长街终日，飞絮零乱。柔条自轻款。笑生涯偏负，好春过半，乡心渐远。渺新阴、迷蒙望眼。任残鹃、啼彻清明，不管湿红千片。　　还见，灯飘珠箔，雨隔红楼，燕迷深院。银屏梦短。谁念我，病怀倦。怕年芳随水，明朝窥镜，两鬓吴霜又满。抚空樽，寂寞杯盘，故家味浅。

解连环·南堤感旧

水云空阔，记繁华梦里，几番风月。渐闹舸、灯火黄昏，似天上管弦，玉楼吹彻。迤逦香车，认前度、尘消罗袜。傍飞桥夹岸，唤渡蛋娘，步引轻屐。　　当年故欢易别，屡沧桑劫火，楼阁埋没。枉目断、浩渺烟波，伴残照苍茫，去棹天末。卅载萍蓬，悄临水、愁生华发。更消凝，碎声乱影，半堤坠叶。

齐天乐·夜闻车声

半台残月房栊寂，恹恹素衾慵恋。碍梦轻雷，呼风断角，听彻钿车轮转。宵寒漏短。只生白虚窗，助人凄婉。败壁哀蛩，夜阑独自诉幽怨。　　无眠偏念倦旅，笛声催去急，离绪零乱。媚妩山光，苍茫野色，供得征途排遣。关河路宛。便瞬息驰驱，几番寒暖。别泪天涯，雁归劳望眼。

浣溪沙

又逐香车向晓行，初晴广陌试新莺，野塘波暖縠纹平。　　掩映竹篱孤店远，迷茫烟浪片帆轻，数声水调倚肩听。

齐天乐

月闲庭院春魂冷，黄昏淡烟疏绮。缀玉词新，当帘影隔，篱角一枝斜倚。罗浮梦里，想袖薄天寒，为谁沉醉。半掩冰奁，画栏杆外暗香细。　　盈盈空对素屦，故人云水渺，春讯难寄。旧谱芳名，孤山丽质，偏忆人间清气。铅华净洗，任抹粉施朱，让他桃李。逐客江南，笛声楼畔起。

蝶恋花

梦里浮生昏复晓，一枕惺忪，宛转闻啼鸟。镇日管弦声袅袅，可怜无计成欢笑。　　雨横风狂春又老，寒食清明，青冢难为扫。望断素馨斜外道，缁尘野粉迷芳草。

蝶恋花

漠漠轻阴寒又暖，瞥眼芳菲，似水流光转。浪蕊飘萍空历乱，天涯燕子多离怨。　　烟雨楼台闲眺晚，百丈游丝，翦也无由断。陌上柳绵吹渐远，东风何日将愁浣。

谒金门

归不得，满抱消凝堆积。春日绵绵人作客，帘深幽梦隔。　　风雨时捎窗隙，黏径愁香狼藉。蜀魄啼红朝复夕，闲门空掩抑。

玉楼春·喜季行归穗赋赠

茫茫尘梦嗟蓬转，愁雨愁风天不管。严霜酷暑惯消磨，莫为漂流肠暗断。　　岁来年去东风展，燕子定巢春事远。归来端合有清欢，未老吟情应款款。

邓菊兰

（1979—）女，笔名曲男，号素心斋主人，又号丹霞仙子。生于广东韶关，现旅居广州。广东岭南诗社社员。近年来在《中华诗词》《当代诗词》《诗词》等报刊上屡有作品发表。有诗集《素心集》《兰若集》等。

秋感

年年花事怨西风，便是新来转眼空。
我有柔情千万种，与花开谢半相同。

春来

东风破露日新晴，晓对轻烟与水平。
春树人家如寂寞，唤醒枝上旧啼莺。

玉楼春·效晏同叔格

画楼西畔垂杨处，燕子黄昏双剪舞。闲愁易向望中生，浅酌如何多醉语？　　酒不伤人诗不苦，最怕春来春又去。短亭之外复长亭，朝送烟花暮送雨。

邓斯

1937 年生，大专文化。曾任广州汽轮机厂试验室工程师。岭南诗社社员。

西子妆·乙酉初夏顺德碧江行

碧水浮江，青阴覆径，盛镇园林重布。劫馀宝物幸珍存，有东坡、后人留寓。牵情吊古。望赋鹤、朱扉玉户。赞神工，问紫雕金贴，阿娇曾住。　　风和煦。值放新莲，睡足脂匀注。锦廊铜刻创长图，倚翠堤、石街云树。祠堂屋宇。相辉映、苏郎诗句。正陶然，旧燕迎迓俊侣。

一萼红·荔湖览胜

念西关，爱荔湖览胜，草木总斓斑。小艇夷犹，新莲掩映，挹翠桥卧微澜。转幽径、青葱粉竹，声悦耳、窥听恋禽喧。老石添苔，古榕争绿，漫步盘桓。　　堪羡宜人风物，记泮塘荷路，茅店茶轩。柳陌纵横，亭台错落，千秋风月芳园。报春暖、红棉吐艳，赏秋光、丛菊傲霜妍。四季长思秀茂，情切绵绵。

探芳信·秋游清远太和古洞

近秋杪，探古洞寻幽，青峦争峭。想武陵溪畔，渔翁曾到。晋来尽说桃源事，知隐苍林渺。过云门、怪石苔深，俗尘风扫。　　阳煦嫩寒少。任独听鸣泉，洗心清啸。攘攘熙熙，长安路，使人老。劝君爱赏山家笛，访胜应从早。正欢怀，晚照晴天更好。

渔家傲·重过清远飞来峡

画舫拖蓝轻浪溅，峙屏岭嶂晴阴转。一叶渔舟浮水面。沙鸥远，回翔欲与人亲善。　　午饮不辞深盏满，日斜惊怕时光贱。醉醒浊清天不管，江风软，初生凉气将怀浣。

踏莎行·芳村偶书

南汉香畴，西城花滘，拓修十里康庄道。灯红酒绿素馨斜，笙歌入破人重少。　　醉墨闲书，观鱼谈笑，名园水秀萌春草。清晨深巷杏初开，凭栏漫赏茶烟袅。

邓敬佳

广东阳西人。《中华诗词网》诗词原创版首席版主，网名"石磊山人"。

给少平

吾之旷野道非耶，秋水兼葭望不遮。
某日离筵思锦瑟，红年别路厌红花。
漏船莫载刘伶酒，陋巷难温陆羽茶。
但抱油瓶解消渴，一贫一病两无邪。

秋感用古求能杨启宇酬唱韵

秋心如海感秋魂，莽莽群山印血痕。
千万冤魂无定所，始终皇帝最为尊。
战天斗地灭阶级，烹狗屠羊荡晓昏。
那段和谐重作秀，艳星紫赤又当门。

邓锦生

1916 年生，广东龙川人。大学文化。岭南诗社社员。

客地看燕子

寄迹洪湖逐浪花，渔舟唱晚夕阳斜。
离巢燕子知春讯，日暖依然觅旧家。

偶吟

萧瑟秋凉竟境牵，一弯冷月柳梢边。
孤灯寂静思风浪，半世浮沉化雨烟。
叶落吟诗无好句，虫鸣振耳却难眠。
凭栏瞭望辰星灿，俯首低徊在牖前。

古从新

1955 年生，广东五华人。广东中华诗词学会会员，岭南诗社社员，五华诗社副社长。《琴江诗苑》主编。有《五味轩诗词集》。

贺新郎·春日写怀

碧水粼粼皱。正春回、晴涵芳意，莺啼堤柳。桃李不逢游客赏，一任蜂围蝶守。倩谁语、绿肥红瘦。惆怅年年愁鬓乱，愿清波、净洗心无垢。风日美，独消受。　　如今谁是经纶手？看江涛、悠悠东逝，岂堪回首！岁月无情催人老，变幻白云苍狗。只落得、夕朝诗酒。世事多因忙里误，算人生、尘海犹奔走。心所幸，意无谬！

浣溪沙·万绿湖见孤鸳鸯

平镜波澄落日低，他乡怜影独相依，野鸥汀鹭竟多违。　　交颈寒塘双宿杳，藕花孤月诉分离，觉来知待觅双归。

水仙

冰肌疑隔洞庭波，三五横塘自绮罗。
知是仙魂招不得，风前醉影促吟哦。

梅花

客来相赏已忘言，带雪应怜扑面寒。
次第几重清若许，知音谁道只孤山？

夜读

醉眼情端在古书，传奇电火夜知庐。
试教明月从容照，何处身闲得我如？

广州嘉应宾馆夜宿偶成

客来借问宿谁家？却道乡音胜著花。
日暮羊城催倦旅，梦魂应不到天涯。

秋江望芦花

芦花两岸雪疑堆，玉柱迎风异蜡梅。
江似白头遥对客，城分苍野静登台。
年华逝水和秋重，乡路依山隔岭回。
休道壮怀时不竞，闲吟犹逐管弦催。

九日有怀

一刻光阴值万钱，秋逢何处寄吟笺？
黄花赋就凭谁赏？绿酒杯斟只自怜。
风雅漫随游子兴，疏狂偏向故人前。
相知独似王摩诘，欲遣丹青待画传。

重游启明寺兼寄友人

遥指烟霞认旧踪，独来此日觅谁从？
心牵净土人何在，径破枯禅路不封。
欲赋清机长系瀑，吟将丹鹤寄寒松。
眼前景物堪相忆，翠色依然掩寺钟。

湖寮泰安楼留题

瑞云凝聚石楼春，南望千峰倍有神。
灵草盈庭谁独见？奇花迓蝶自相亲。
古今事逐经年久，天地情随入韵新。
独悟泰安深意在，尘寰幸是远离秦。

古为今

1919年生，广东高州市人。大学毕业。曾任清远市第一中学高级教师，清远市老干部诗、书、画协会副会长，清远诗社副社长。广东中华诗词学会理事。

沁园春·广州诗社丙寅中秋追月雅集抒兴

极目南天，玉露金风，曼舞轻讴。看羊城旖旎，千园花放；珠波闪烁，万户灯浮。雅集"南音"，欢联"越秀①"，且把闲情半日偷。骚人会，喜兼迎国庆，又送中秋。　　此身更复何求，云散尽、平生愿可酬。顾孺牛未瘁，犹摇木铎；雄狮已醒，尚缺金瓯。莫负余年，聊输剩热，作育回归献厥猷。同声唤：举冰觞酹月，重振神州。

【注】
① 越秀公园南音厅雅集。

咏松

长居峻岭度春光，不羡园林与庙堂。
束束苍须承雨露，层层紫甲战冰霜。
风狂更显涛声壮，雪大方知晚节刚。
且喜天青云雾散，依然耸翠舞穹苍。

嗟时误

人生易老耄，知识无涯域。
卷帙牛汗车，光阴驹过隙。
若欲凌云霄，必须丰羽翮。
朝夕纵惕乾①，亦难臻百十。
况复蹇剥多，尤易时虚掷。
辰运每不齐，少青常婴疾。
逮将而立时，扰攘罹兵革。
黄金壮盛年，更遭阳九厄②。
浩浩左倾潮，漫天云幂幂。
本思求孟晋③，宣言论阶级；
本思拓其知，开口批专白；
本思展其能，动机堪疑惑。
芸芸俊彦才，多少遭摈斥。
哀哉犁牛子，骍角谁尔识④！
正疑山路穷，春雷忽惊蛰。
豪气舒我怀，庸甘长伏枥？
振鬣嘶东风，窃幸蹄未蹶。
渐觉影像斜，奈何夕阳昃。
闻道鲁阳戈，力挥能返日。
勤以补蹉跎，庶挽东隅失。
老马横征途，梦犹牵疆埸。

【注】
① 朝夕纵惕乾：出自《易乾》。形容一天到晚很勤奋，谨慎。
② 阳九：古称百六阳九为厄会。文天祥《正气歌》："嗟予遘阳九。"

③ 孟晋：《文选》："盍孟晋以迨群兮。"孟晋，勉进。

④ "哀哉"二句：引自《论语》："犁牛之子，骍且角，虽欲勿用，山川其舍诸？"言劣种牛生下来的小牛，却毛色纯赤而且角又周正，用这种好的小牛去祭祀山川的神，山川的神也一定很喜欢，不肯舍弃它的。

古求能

1948 年生，广东省五华县人，大学学历。参加工作后始终从事文学编辑工作。从梅州市的文学期刊《嘉应文学》创刊到退休刚好三十年。曾任《嘉应文学》主编、梅州市作家协会主席，梅州市文联常务副主席等。曾与熊鉴、老憨合集出版过《同声集》。现为广东省文联委员、广东省作家协会理事，广东中华诗词学会副会长、《当代诗词》主编、《作品》编辑。

花甲感言（六章）

（一）

顺天容易顺言难，花甲年光见尚偏。
寄迹书城甘寂寞，厕身尘海厌嚣喧。
苍茫暮色归林鸟，浩渺烟波靠岸船。
穆穆云山淡淡月，阑珊灯火一凭栏。

（二）

结庐人境即为家，四壁图书满苑花。
云影天光怡倦眼，池香墨彩伴清茶。
觅珠尚许探龙穴，疾恶知难拔虎牙。
环顾寰中谁抖擞，喑喑万马寂无哗。

（三）

浮名月映水中央，颇笑耽诗去日狂。
欲挽时轮沦左界，岂忧灾祸起萧墙。
任凭道绕仍崇外，不悔微吟尚继唐。
为写竹梅呵冻笔，横斜疏影透芸窗。

（四）

春愁浩荡独登楼，陋室聊为听雨舟。
人鄙明珠杂薏苡，谁沽狗肉挂羊头？
清明时代精英萃，末俗人间糟粕留。
紫陌红尘车马客，看桃岂识使君刘？

（五）

作嫁他人未计年，谋身碌碌亦悠然。
每删蛇足成佳句，屡遣蝇头付短笺。
筑梦最烦蚊结阵，窥灯常见鼠沿檐。
书生已惯清贫乐，琪树丹崖高处寒。

（六）

一支秃笔一杯茶，冷暖人间问自家。
矬地风尘门北掩，烧天烈焰日西斜。
身边眷属情如盼，怀里娇孙美似花。
但使平安长属我，敢同王霸较荣华。

依韵和丁思深韵梅花 (二首)

（一）

品自清奇气自华，久经风雪未曾嗟。

山中高士吟肩瘦，林下美人日影斜。

玉笛飞声传万岭，铜琶入韵到千家。

腐儒莫作非非想，大雅堂堂是国花。

（二）

又向罗浮低首来，钟情独有岭头梅。

雍容器宇烈风助，馥郁芳踪雾雪催。

不悔耐寒曾锻骨，还教悦目到擎杯。

花前勿怪频留影，怕被东风召唤回。

依韵和阿丁《迎新走笔》（二首）

（一）

隔年黄历又新更，钟摆交传脉动声。

世界风云惊聚散，潮头人物看枯荣。

乱麻俗务驱难尽，废井诗情触更生。

竹杖芒鞋随众步，未妨吟啸且徐行。

（二）

多歧生路尽雄关，鹤象鸥盟且等闲。

安得酒逢知己饮，任凭诗要自家删。

心声心画修难比，童趣童贞老更顽。

腹有狂言终怯说，我为峰处下为山。

古桂高

1943 年生，广州市人。毕业于中山大学哲学系。书法家。

游白云山

清风轻拂白云山，身入绿涛沧海间。
几缕丹霞横碧汉，一轮红日照青关。
北来五岭连天地，东去三江接宇寰。
此际放情千里目，羊城如画细相看。

游东莞虎门

远来沐浴虎门风，卷海波涛荡五中。
敢有凶鲸侵故国，岂无勇士抗西戎。
中华自古多豪杰，旧垒而今忆俊雄。
肃目碑前长驻足，销烟池畔祭林公。

丙戌春日回康乐园怀冼子玉清师

长忆校园康乐村，天涯归梦念师恩。

琅玕诵读书犹熟，金石吟哦句尚温。

旷世才情尊女史，从头学问立程门。

当年曲径回寻久，万语千言咏玉魂。

【注】

余在 2005 年 12 月 2 日羊城晚报上登有《琅玕馆里受教益》一文，忆念在中山大学就读时，亲聆冼师教益的二三往事。

千秋岁·三十三中母校五十周年

忆龙溪玉砌，桃李飘香际。春雨润，风和细。情随粤海远，梦绕云山丽。童生会，相逢知命重联袂。　　都把冰心寄，素志凭谁励？海幢畔，芸窗里，师恩同追忆，敬酒声声继。缘难尽，花开岁岁依贤棣。

左章权

漠江诗社社长。

渔家傲·遣昼

香蕊分茶消昼永，斟词酌字诗成未。岂必惊人耽一句。空满纸，恃才自古归何处。　　岁月滔滔桥下水，男儿多少襟怀事。徒叹翻云输覆雨。当须记，误人最是书生气。

沁园春·送秋

点染秋光，红叶黄花，未感凋零。任霜风凄紧，云舒云卷；里闾歌哭，倚入新声。灯火楼台，清寒巷陌，各领人间一段情。流年改，问还能饭否，斗酒谁惊。　　沧桑世态难凭，对蜗角蝇头耻一争。记登临意气，低徊今古；抱心似月，粪土浮名。秋去冬来，关河洗白，次第春回又替兴。斜阳外，向湖山拾韵，芳草还生。

临江仙

帘外秋风吹夜雨，疏灯小巷清凉。堪留人处是当窗。半分书卷气，一缕砚台香。　　不把余生江海寄，樽前何忍言狂。甜酸寸寸检回肠。难翻怀旧曲，逝水剩思量。

秋意

雨馀门巷不胜清，又听寒虫夜半鸣。
一季难禁当夏暑，四时生感是秋声。
朱颜酒碗狂空在，白露芦花老已成。
策杖亦堪行万里，湖山风月待关情。

岁暮寄兴

难留岁月去堂堂，檐角斜阳恋寸光。
酒至筵终知聚好，茶从人走便生凉。
几分春色思芳草，一树寒梅惜早香。
漫对荣枯惊岁晚，千家冷暖动诗肠。

石河

（1927—）又名瑞琦，广西平南人。历任西江地区市县宣教文科等部门领导工作。中华诗词学会、广东中华诗词学会、中国楹联学会会员。已出版《东篱诗稿》、《二有集》。

解读峨眉

几度登金顶，峨眉众望归。
俯看崖壑黑，仰视太空低。
露重沾衣湿，林深障日晖。
佛光欣一见，不负上云梯。

星湖寻梦

万顷微澜阔，群峰绿意明。
柳堤浮水远，天柱挹云停。
星落湖生色，秋临月有情。
重游忘几遍，旧梦绕难平。

减字木兰花·湘黔道上

车行转向，西折夜郎穿叠嶂。路接潇湘，昔日荒蛮变富乡。　　受降战胜，浴血八年留见证。如海苍山，旷代英雄越娄关。

东篱咏菊

东篱傍故屋，篱下种黄菊。

挹露绽繁花，晨昏看不足。

为何爱近痴，难为敬之笃。

群芳各有性，艳丽或馥郁。

牡丹富贵迷，桃绯残落速。

青莲品固高，仍赖清流濯。

节劲勇凌霜，当推篱下菊。

春荣不与争，冬寒当冷浴。

抖擞显精神，沉着对祸福。

敢耐西风侵，不屑寒流逐。

淡雅蕴素心，文静免华服。

篱边居下位，超然能脱俗。

悠悠倚南山，春回复翠绿。

最喜友松梅，结缘向修竹。

不亢又不卑，情趣重和睦。

岂是出世型，宜作品位读。

龙庆锵

（1915-1994）广东顺德人，生前是中华诗词学会、广东中华诗词学会会员，曾任新会冈州诗社第一、二届副社长。遗作有《五老遗韵》诗词集。

瞻仰陈少白先生墓

寻丈安碑只一茔，无功无己更无名。
中枢秘要倚方重，故梓通和事匪轻。
信是大材甘小用，最难国老作乡丁。
丛篁葱郁标乌柏，五马归槽浩气清。

【注】
庄子《逍遥游》："至人无己，神人无功，圣人无名。"

东篱香

　　女，本名郑瑞英。1942 年生，广东揭阳人。长期任职于揭阳市文化局，现为揭阳诗社副社长。有《东篱香诗词》。

一萼红·癸未年新春咏水仙

　　水清清。惜新春有信，玉立意娉婷。金盏银台，青裙翠袖，无限款曲多情。恰芳液，瑶池捧出；看怜我，月友共星朋。罗袜无尘，水波照影，雪洁冰贞。　　岁岁履端来见，引东风入梦，遍惠芬馨。传讯佳音，与忻与悦，不负今约前盟。问谁解，清标俊逸；美仙子，天地独钟灵。蕙脯兰窗此际，一例晴明。

疏影·咏梅

　　冰肌浸月。向冷郊野浦，横出清绝。铁干虬鳞，碧藓苍枝，幽馨沁自芳骨。琼妃不惯春衣重，但独愿，栖霜餐雪。有翠禽，一意偷窥，岂解此心如佛。　　曾记花魁韵事，蜀妖壁上句，吴艳双靥。梦里罗浮，额角新装，更与孤山情结。丹茶紫菊前连后，恰正好，小寒时节。玉精神，俊爽高标，早得国花名列。

一萼红·木兰

癸未年新春家栽紫木兰婷婷秀出，芳馨宜人，一盆数茎，直开至顶端。家养数盆，分置书室与厅堂之中，朝夕挹芬，四时怡目，蔚成佳景。因以咏之。

玉婷婷。又仙姝簇拥，贺岁意盈盈。扮额珠圆，滋唇色润，风韵堂上方生。绿裳软，卿云冉冉；展笑靥，春日正晴明。捣碎龙涎，薰蒸薇露，携得芳馨。　　酬世岂无佳品，正宜人芬馥，时布时凝。一片丹霞，半霄绛帜，王母先遣飞琼。谢知己，良辰履约；未辜负，痴绝我真情。期嘱年年此际，还绽红英。

疏影·倚云绿玉

家有倚云绿玉，于癸未元宵前后开放，翠茎似玉，碧瓣如琼，秀出绿丛，高标绝俗，叹其真有停霞驻月之魅力，清神爽骨之风韵，因用白石道人韵咏之。

倚云碧玉。有秀株赏眼，团翠凝绿。乍见清姿，风韵娟娟，高标宛似修竹。琼英素蕊枝头立，况脉脉，笑敷芬馥。引照人，灿烂春晖，入我牖窗堂屋。　　九畹归来那日。恰逢燕姞梦，都说多福。白璧双双，种自蓝田，尽羡情真志笃。晴和天气张灯夜，岂肯误，嫦娥芳足？坐对久，已觉身心，早到净香王国。

疏影·咏美女兰

黄裳款款，自碧空广宇，飞降云集。又是秋深，金桂香时，琼枝软倚娇立。裙衣已展身姿妙，但舞转，和音谐律。点认来，几自瑶池，几自九重宫入。　　怜取芳心一片，布施不住相，将好情给。对月盈盈，脉脉温馨，胜得春风千十。如今雅洁还逢处，叹此意，有谁曾及？最可人，随我晨昏，共把贝经同习。

水龙吟

己卯新岁厅堂蝴蝶兰花开似绛云笼盖，因欣欣展望国庆五十周年、澳门回归、二千年世纪之交而咏

引将红蝶飞来，琼枝嫩软同欢聚。丹唇笑靥，绛衣新裹，有何娇语？绿玉肥光，茵毡裁就，最宜笙鼓。把者番情意，着来向我，贺新岁，翩翩舞。　　大块春晖和煦，跨千年，群芳齐遇。紫荆开艳，朱莲敷馥，归还慈母。谁奏云和？更擎翠盏，共邀银兔。笼卿云朵朵，正歌五秩，请春长住。

平韵满江红·游汕尾市捷胜得道庵

曲径幽篁，凝绿处，山抱海含。迂回转，翠松苍柏，神畅心酣。鸟语清音皆梵乐，花风香气是伽蓝。问禅林，有殿宇巍峨，得道庵。　礼莲座，拜庄严；登石舫，乘慈帆。可脱离三界，了断痴贪。自笑何方除六贼？唯求大士洒千甘。遍人间，尽草木虫鱼，欣润沾。

西江月

访雪窦山妙高台，为寻高僧大德修道圣迹，非景仰蒋宋之亭台别墅也。

雪窦幽深佳境，妙高肃穆悬崖。拂衣整束掸尘埃，当年大德何在？　任汝纷纭世象，随他巧致亭台。问禅此际伴同侪，为觅身心无碍。

生查子·游四明雪窦山千丈岩赏飞瀑

一桥横两峰，烟霭浮双足。千丈水晶帘，高挂苍翠谷。　老松岩壁悬，亭翘临崖矗。伫立近闲观，风掷生珠玉。

庆春泽·重游潮州韩文公祠用柏森先生韵

书卷流辉，花光溢彩，重来再度登临。庙宇巍然，行行细读碑林。恍疑灵椽芳葩绽，有馨香，浓袭诗襟。对清流，一表斯文，百代崎嵚。　　韩江水碧韩山绿，念雄词祭鳄，感戴民心。德泽犹如，东君遍洒甘霖。起文传道千秋计，振颓衰，山斗之钦。又堂前，多少衣冠，多少留吟？

踏莎行·访会稽兰亭

兰渚清溪，茂林修竹。当年雅集留馨馥。流觞曲水竞风华，诗旗飘荡书碑矗。　　嗟古悲今，骋怀游目。烟云过眼岂能逐？亭前唯有墨犹酣，晨星启照待人读。

【注】

"晨星启照"为赵松雪跋定武兰亭语。

平韵满江红·游河婆广德庵

苍翠芳林，遮阴处，清涧醴泉。桥廊曲，向幽深里，别是洞天。古木三株交互立，虬根千节结罗蟠。更老梅，历岁月风霜，添壮观。 尘难染，心可安；铺云坐，摘霞餐。尽苦忧愁恼，一掷齐蠲。欲掣毒龙求好手，岂逃浮世入桃源？广德庵，也大士开来，大愿船。

桂枝香·河婆三山国王庙瞻礼

青峦号玉。正峻岭相环，对巾明独。龙脉绵延收处，蕴藏山麓。香烟缭绕心仪久，拜英威，三王山国。雾松高拱，风篁低唱，满庭凝绿。 念生民，恩承泽沐。岂百载千秋，能移风俗？四海灵光争祀，认同民族。霖田祖庙源流远，看开唐封宋存录。至今黎庶，纷来朝圣，祷安祈福。

【注】

三山国王庙开唐封宋，历史悠久，如今香火遍布台湾省及东南亚等各国。

踏莎行 (二阕)

丁亥春末夏初之际，有昔年同窗乙才秀娥伉俪自揭东来，惠我薝卜香花盈掬，丰腴、洁白、芬芳浓郁。薝卜者，东坡居士雅称林间仙也，盛于金盘供佛，开展华严，感咏二阕。

(一)

雪魄精雕，梅魂巧琢。丰姿贵在存真朴。坡仙曾羡坐林间，芳名典籍称薝卜。　似竹山溪，犹兰涧谷。更如天月离尘俗。悠悠榕水几多深，有谁能比言能足。

(二)

沉水旃檀，芬陀薝卜。时开更有群芳簇。春深时节展华严，馨香浓袭厅堂屋。　宝藏灵文，光明王国。真如体性虚空伏。甚深微妙太新奇，堂皇富丽心安足。

卢木荣

1962 年生，广东陆丰人。陆丰诗社理事，汕尾市作家协会理事，岭南诗社、广东中华诗词学会、中华诗词学会会员。著有《芳草萋萋》《云岩诗草》等。

抒怀

闲来遣兴独耕诗，一任时人笑我痴。
利禄安知是祸福，何须苦煞费心机。

杂感

野佬荷锄催日月，不知寒暑汗滂沱。
金秋喜得千升谷，不及烟楼一段歌。

见屋檐下蜷缩者口占

南国春花遍地开，琼楼广宇玉鳞排。
世间仍有饥寒客，路冷风檐蜷一堆。

虞美人·断梦

窗纱鸟语惊春梦，瘦影梅花弄。薄衣轻步上层楼，云断独看星落水东流。　　良辰美景如虚设，但愿宵宵约。梦中犹得醉相欢，梦断空留思绪意千般。

卢志刚

1954年生，广东广州人。广东楹联学会副会长，《岭南诗歌》编辑。

再登威远岛古战场凭吊

烟销燹灭六台荒，鼎祚终衰假虎狼。
讳述旌帆来浩浩，哀怜锈炮瘗苍苍。
民心不涣圆天助，国力宜抟盛海防。
猾夏诸夷频款塞，融和九囿系苞桑。

重访袁崇焕纪念园感赋

擎天柱折覆明朝，鬻国奇冤百载昭。
惨毙头从京北断，伤归魂应水南招。
乡邦有赖衣冠冢，族党无沾血泪朝。
未富休争藤县籍，新祠大把纸钱烧。

流溪公园留咏

饱尝风露畅蝉吟，好景邀来慰素襟。
五指山头观远瀑，三丫塘脚转高林。
胜游虽赚仙缘结，雅赋焉防俗虑侵。
跌宕余生牵入世，明朝不复仰嶔崟。

石门公园留咏

袒露颠行乱石溪，斯文变相不堪题。
飞湍滑步烟云暗，隐岫寒心卉木萋。
笑有奇闻山鬼害，嗟无艳遇野狐迷。
顽躯合爱多情水，小涉欢如万仞跻。

华严寺拜会印觉大和尚

芙蓉道驻访丛林，一晌分茶仰圣襟。
入世诗缘传往昔，出家法脉颂函今。
禅锋故训明师解，梵夹新编惠我吟。
暂歇风尘非物外，菩提处变事唯心。

【注】
　　明清之际，南禅青原行思系下曹洞宗，以"道函今古传心法"序列嗣承，其"函今"二代多诗僧，名耀于时。

卢叔度

（1915-1996），曾任中山大学教授。主编《中国方术大辞典》。著有《卢叔度集》。

无题诗草 （选十四首）

诗家总爱西昆好，独恨无人作郑笺。

———元好问

（其一）

我爱吟诗亦爱茶，不穿袍子不穿裟。
闲来卧读齐谐志，满眼妖狐鬼蜮蛇。

（其二）

涎沫横飞笑语香，毛尖碧绿任君尝。
诗情尽付杯中味，不管人间说短长。

（其三）

尝思隐姓随屠狗，拍膊忘形醉市廛。
大块文章大块肉，文章如土肉千钱。

（其四）

半生煮字难为米，铁笔雕虫昼夜磨。
狂慧每随惊梦断，庭西处士落秋河。

（其五）

僧尼日诵传灯录，妙契菩提百窍通。
顶礼佛前参寂灭，可怜禅悟不相同。

（其七）

老树经霜未尽摧，且将箩畚共徘徊。
斯文扫地寻常事，大雅扶轮实可哀。

（其十二）

群山堆雪松心冷，泪竹无衣苦折枝。
古道病梅愁岁暮，春寒风雨落花时。

（其十五）

新燕寒鸦满殿飞，几人骨瘦几人肥。
书成鬼哭难为火，梼杌春秋是也非。

（其十七）

虞卿穷困著春秋，岂是穷时百事休。
不作穷途哭阮籍，高山穷目望神州。

（其十八）

九月凉风落木飘，越王台上望江潮。
珠娘晚唱孤舟月，惆怅烟波逐浪摇。

（其十九）

极目苍茫天地昏，云山欲坠气深沉。
风雷磅礴知何意，寥廓虚无日月心。

（其二十）

底事糊涂数不清，人情冷暖话人情。
胸怀洒落书生气，虎逼虫伤眼自明。

（其二十二）

峭崖怪石送行舟，村下人家古渡头。
水色山光浑欲变，莫为江柳乱乡愁。

（其二十六）

白首论交恨已迟，抗风听雨细谈诗。
宋人自有连城璧，独爱寒梅疏影时。

容老希白先生假座南园酒家饯别陈国器世兄敬陪即席

碧纱疏影浮香动，翠竹鸣箫别样幽。
小港烟林供画绘，五村啼鸟入吟讴。
珠崖望断边门路，海角常思古帝州。
不逐风波追往事，相期重聚醉江楼。

题鲁焕诗遗

世路谁知此日穷，诗才零落锦囊空。
烦冤郁勃成新鬼，太息低回叩九重。
鉴水渔歌声苦咽，观山樵唱鸟惊弓。
夕阳残照惺忪眼，想见荒原冢上松。

八十一抒怀

历劫平生志未残，且将诗兴寄湖山。
当年英发腾江易，壮岁伶俜行路难。
君子安贫无大过，达人知命有余欢。
夕阳红胜中天日，老却何为物外观。

卢国奎

1930年生，广东梅州人。曾任广州市东山区区长，广州市第十届常务委员会委员，市人大华侨外事民族宗教委员会主任。现任广州叶剑英史料研究会副会长，广州地区老游击战士联谊会副会长；岭南诗社顾问，梅县诗社名誉社长。著有《政海一粟》。

高阳台·颂改革开放三十周年

改革宏开，神州启泰，三中全会新篇。摸石过河，铁鞋踏上峰巅。东风劲拂蔷薇艳，喜今朝，春意盎然。尽斑斓、荆紫莲娇，百卉娇妍。　　连云甲第城乡旺，更车驰天路，峡放能源。箭发长征，嫦娥探月奔天。江山叠绣和谐赋，发展观、科学周全。舞蹁跹。功著千秋，德载云笺。

满庭芳·北京奥运圣火点燃传递成功感赋

奥运鸿篇，体坛经典，火炬燃递烘烘。激情奔放，千载梦圆中。跨越千山万水，接力棒，引领时空。祥云灿，驱邪匡正，圣火耀珠峰。　　相融。欢盛事，长城内外，鼓震旗红。更传统文明，好客谦恭。瞩目全球健将，北京聚，共济和衷。高风尚，捧杯夺冠，深谊贯长虹。

汉宫春·马来西亚红槟榔

　　四季无寒，得天时地利，马域槟榔。亭亭玉立，风流不掩孤芳。衣穿尺寸，度腰身，鲜艳红裳。无粉墨，青丝扰扰，风吹雨打何妨。　　种植私家门第，广场游旅处，一览炎凉。闲谈笑声细语，儿女情长。呈祥献瑞，尽芳菲，倩影难忘。关山隔，甚时能嫁，广东鱼米之乡。

游肇庆丹顶鹤生态园

生态园林候鸟栖，鹤中丹顶最珍奇。
封侯头戴红缨帽，破壳身披白羽衣。
展翅晴空飞碟幻，泛舟湖上雪花移。
闲情未似今朝好，美景迷人头一回。

卢沛鸿

1936年6月生，大专文化。现为广东中华诗词学会会员，岭南诗社、荔苑诗社社员。

鹅潭新韵

明月鹅潭照古今，清清江水绿堤阴。
眼前突兀双龙舞，高耸琼楼赏夜吟。

鹧鸪天·看国际龙舟赛

极目江天一片红，彩龙威武耀长空。千夫奋力离弦发，万子同争去箭功。　　时正午，日当中，岸边人海闹龙宫。是谁问鼎英雄汉，虎虎雄姿飒飒风。

卢耀斌

女，1945 年生，广东东莞人。曾任广州纺织企业集团公司党委办公室主任。岭南诗社理事。

洞仙歌·南郊小洲村

环流绿水，趁风生潮动。泊岸渔舟抚波弄。古榕须、浦溆随意低垂，浓密密、牵惹游人寻梦。　　盈盈青石路，小巷幽深，老宅蚝墙旧门栋。河汉贯村庄，水畔人家，桥陌连、鸡鸣犬纵。看绣女飞针缀珠花，伴皓妪黄童，笑声轻送。

叶永新

1969 年生，广东省东莞市人，高中学历。东莞中华诗词学会理事、副秘书长。作品多次发表于《当代诗词》《深圳诗词》等诗词刊物上。辑有《落英诗集》《月桂风荷草堂随笔》以及《西窗杂记》。

春日

庭前无雨有轻雷，一树夭桃半未开。
春色满园人不到，任教蜂蝶去还来。

风篁馆品茶听曲

楼前烧水试新茶，楼外红棉斗晚霞。
一径幽篁疏月影，数声清笛落梅花。

秋日

高岑众木怨西风，百里云黄万叶红。
此际愁怀何处遣，一声征雁破长空。

居闲

栖幽何必定高枝，隐隐蜗居自适之。

性是多情难富贵，生无媚骨合吟诗。

偶然纵酒穷三斗，时亦拈花拼一痴。

行止每扪心自问，风流岂欲为人知。

叶发琼

1933 年生，广东新会人。现任新会冈州诗社副社长。全国中华诗词学会会员。有诗词作品在省级刊物发表。

金缕曲·戊戌变法 100 周年怀任公

历史重评说。慨回头，百年跨越，几多风雪！笔走龙蛇惊华夏，举起横空响笛。倡变法，丛生歧逆。困厄浮沉终不悔，振国魂尽献图强策。研五色，补天裂。　　飘零万里心如铁。去京华，东瀛寄客，鼓频弦急。搜摘真经容寻觅，探索披荆斩棘。改革梦、情深意切。目断天涯回归路，护共和统一神州业。今古事，照明月。

登凌云塔

苍茫烟雨望银洲，联袂车船畅物流。
古塔重修离古意，新城再造焕新猷。
前瞻玉带连阡陌，远盼铁龙接海陬。
改革宏图光梓里，任公环顾立高丘。

叶宝捷

（1938—）广东澄海人。中华诗词学会会员、广东省美术家协会会员、汕头市政协岭海诗社副社长、汕头诗书画文化研究院副院长。

紫藤

经秋历夏不知愁，独处冬岩韵亦幽。
昨夜春风吹古树，三千紫蝶上梢头。

贺新郎·红头船

为一座大型红头船石塑，矗立在澄海外砂桥畔，韩水潺潺，每过是处遥想父祖辈漂洋过海情事，感慨不已，是为赋。

石舫情依旧。惹几多、沧桑意绪，不堪回首。橹越伶丁天似鼎，浪谷浮槎如蚪。竹扁担，码头空瘦。望断云山鱼雁杳，叹红颜、蜡炬风前朽。秋气肃，怕重九。　　侨乡青史啼痕厚。想船头，应由泪血，染成描就。游子万千天涯路，梦绕离榆别柳。欣改革、神州重绣。放眼梅花开万树，问潋澜、解得侨心否？春雨绿，凝思久。

叶剑英

（1897-1986）广东梅县人。中国十大元帅之一，曾任广东省人民政府主席、广州市长兼军事管制委员会主任、中南军政委员会副主席。后历任中央领导重要职务。为粉碎"四人帮"树立大功，为新时期的各项决策树立大功。这里主要选他有关广东的诗作二十首。

羊城杂咏 （十绝）

（一）

竟装奇骨落鸿荒，不向情场向战场。
别有愁心易抽乙，晚风残角咽斜阳。

（二）

晚风凉抹粉墙东，碎步微吟韵小虫。
为数归鸿抬望眼，一枝春在小楼红。

（三）

乍逸闲情事薄游，轻鸿飞上最高楼。
明灯万点人如海，恍惚银河障女牛。

（四）

春来跨马古城东，十里莺花潋滟红。
鞭息徘徊亭畔路，绮怀缭绕白云中。

（五）

寻芳归去马蹄骄，惆怅云山路已遥。
可有轻雷惊蛱蝶，一鞭残照总无聊。

（六）

飒飒东风扫暮霞，木棉落后更无花。
箫声咽似寒潮咽，不见秦楼见月华。

（七）

曾向瑶台揽翠裾，梦从沧海撷芙蕖。
满腔情绪何由达，惆怅经旬寄一书。

（八）

神仙迢递片帆迟，容与中流意转痴。
我已痴痴卿泛泛，为谁怜入鬓成丝。

（九）

荔枝湾傍阿侬家，艇入芳丛叶叶遮。

生怕西风莲有苦，不教容易误年华。

（十）

神光离合彩云随，妃子凭虚未可私。

最是板桥桥上柳，为卿长系阿侬思。

满江红·香洲烈士

　　香洲兵变死难同事凡二十五人，多剑之良朋益友也。剑为之营葬于狮山，工竣乃联合各界开会追悼之。时1925年10月3日也。剑念河山依旧，人事全非，有不禁怆然泪下者。悲痛之余，词以悼之。

　　镇海狮山，突兀处，英雄埋骨。曾记得，谈兵虎帐，三春眉月。夜半枪声连角起，繁英飘尽风流歇。到而今堕泪忍成碑，肝肠裂。　　革命史，人烟没，革命党，当流血。看神枪满地，剪除军阀。革命功成阶级灭，牺牲堂上悲白发。更方期孤育老能养，酬忠烈。

梅 (二首)

(一)

乞得嫦娥一片痴，孤山风雪自怡怡。
林郎别久无消息，娟影依然傲故枝。

(二)

心如铁石总温柔，玉骨姗姗几世修。
漫咏罗浮证仙迹，梅花端的种梅州。

赠刘三姐剧团

(一)

壮家三姐擅斯文，一曲能当十万军。
正是鸡鸣风雨夜，中流砥柱出钗裙。

(二)

绯桃红后木棉开，三姐江干带笑来。
黑夜歌残天大白，万家欢乐唱千回。

怀屈原

泽畔行吟放屈原，为伊太息有婵娟。

行廉志洁泥无滓，一读离骚一肃然。

八十书怀

八十毋劳论废兴，长征接力有来人。

导师创业垂千古，侪辈跟随愧望尘。

亿万愚公齐破立，五洲权霸共沉沦。

老夫喜作黄昏颂，满目青山夕照明。

回梅县探老家

八十三年一瞬驰，木窗灯盏忆儿痴。

人生百岁半九十，万丈霞光值暮时。

油岩题壁

放眼高歌气吐虹，也曾拔剑角群雄。

我来无限兴亡感，慰祝苍生乐大同。

羊城怀旧

百战归来意气雄，念年人事各西东。

关心最是公园路，十丈红棉依样红。

叶健敏

又名柳青，女，1952 年 8 月出生于广州市。现为广东中华诗词学会会员，广州诗社、岭南诗社社员，广州荔苑诗社副秘书长。部分作品收入《春树人家桃李集》《二十世纪诗词文献汇编》。

山兰米酒

斟来月影泛金波，恍入椰乡万水河。
醉里情牵多少事，西风一夜垦荒歌。

【注】

山兰，海南特有之旱稻，多用作酿酒，尤以黎苗族所制为佳。万水河即万泉河。

题虎跳峡

峭壁千寻对擘开，回风激浪走惊雷。
咆哮猛虎凌江去，蹈厉狂龙喷雪来。

海南兵团旧友聚会

慷慨扬帆去，天涯路几程？
巡防真忘我，垦辟似鏖兵。
海月朝霞梦，椰风稻浪情。
卅年重把盏，回首论豪英。

登丹霞山海螺峰观日出

（一）

韶石开金阙，熹微一线红。

登临呼海日，伫立沐天风。

世事浮云变，河山亘古同。

豁然舒望眼，万象正朝东。

游缅甸勃固谒瑞达良大卧佛

何为离鹫岭？想是度天龙。

绀发星眸净，金身月面丰。

随缘观自在，修缮故雍容。

且莫悠然卧，环球未息烽。

【注】

该佛像身长 54 米，高 15 米，号称世界四大卧佛之一。

秋访扬州

疏雨轻霜入柳条，朱栏绿岸望中招。

平山香冷分花界，瘦水深清动画桡。

无恙依然千顷月，多情尤有一声箫。

湖光更胜前朝日，重领风骚廿四桥。

偶检旧物得四十年前"红卫兵"袖章

半尺依然触目红，三方大字几番风？
萧墙祸起殃黔首，星角寰生乱紫穹。
痛甚文华灰烬里，愚兮学子斗声中。
飞云四迭如烟去，此物堪留振聩聋。

题克光兄花卉摄影诗集

怜红惜绿亦男儿，铁骨峥嵘一剑知。
兰魄濡笺情得得，梅魂入镜意迟迟。
惯看雨妒风欺叶，未改霜摧雪压枝。
笔底精神心底气，凭他笑话不时宜。

上"海南农垦知青"网

——时为"上山下乡"四十周年纪念

胶林穆穆岭峨峨，屯垦天涯感慨多。
琴键弹敲新岁月，鼠标回点旧山河。
毋伤此日同人老，还唱当年战士歌。
伟烈平凡犹一辙，留将傲骨慰蹉跎。

丙戌新元题爱犬二十韵

春元暖日好，淑气贯碧霄。

戌岁论爱犬，酷比与乔乔①，

史册载名犬，《尔雅》说猃猇②。

陆机黄耳慧，东坡乌觜骄③。

我亦颇自得，左右两英翘。

虽非列名种，昂昂亦雄枭。

酷比性聪敏，从不违训条。

蓬松金毛色，锯牙钩爪骁。

乔乔肥硕体，粗食嘴不刁。

憨态殊可爱，扭胯兼扭腰。

良犬性忠实，恋主有风标。

不嫌贫与贱，依依服教调。

我出守门户，我归喜跃跳。

我行拥前后，我憩伏不焦。

举手示二犬，踊跃应招邀。

亲昵来膝下，一步尾三摇。

怜尔慧酷比，伴我夕与朝。

谢尔乖乔乔，见尔百愁销。

尔辈若知友，解语慰寂寥。

珍重同厮守，相安乐逍遥。

【注】

① 酷比、乔乔，爱犬英文名：KUBY、QQ 的译音。

② 猃猇，见《尔雅》："……长喙猃，短喙猇。"

③ 黄耳，陆机家犬名，能解人语，通消息。事见《述异记》。乌觜，苏东坡家犬名。见东坡《题犬诗并序》。

满庭芳·戊子春喜闻李永新弟近况赋此为贺

万象图新，六桥春早，日边霞绮题红。鹊喧庭树，花信透寒冲。珠海扬波汲浪，锦鳞舞、跃起苍龙。云山秀、良田玉泽，骚雅有遗风。　溶溶。情采处、云鹏振翮，天马行空。对文骨诗魂，任笑雕虫。自信十年淬厉，苦寒耐、化剑良工。春筵畔、留将醒眼，独立看文雄。

【注】

六桥，永新号。良田，永新家居地名。

解语花·菊 (用梦窗韵)

莺裳鹤氅，紫佩红巾，相映清泠岸。嫩寒剪剪。重阳后、水渚平沙澄浅。馀霞带晚。馥郁气、纷披浮远。月影移、浥露笼烟，绰约姗姗见。　莲炬兰英①送暖。看霜姿昳丽，玉容温婉。吹香无语，流光转、好梦销残题怨。幸剩得、三杯一卷。访故人②、月下篱边，写入秋声馆。

【注】

① 兰英，枚乘《七发》："兰英之酒，酌以涤口。"

② 故人，《古诗》："眼前景物年年别，只有黄花似故人。"后用以代指菊。

叶植盛

号朴庐，广东阳江人，1998 年毕业于广州美术学院，诗词作品入选《中华诗词》等刊物。

早耕

寒雨宵来湿万家，田间地软适犁耙。
啼鸡未冷三更舌，踏冻催牛下土巴。

早春

东君何日已巡归？万物逢阳暗结胚。
柳眼微开风细细，花心半卷雨垂垂。
瓦烟浮翠燕飞巧，芽草露黄鸡斗肥。
牛怯冬寒蹄尚懒，田畴一片叱声催。

画山水

驱使烟云气壮哉，书生原具霸王才。
砚边自有移山力，五岳三河一扫来。

田家谷

1930 年生，湖南古丈人。中华诗词学会、广东中华诗词学会会员。著有诗词集《风尘吟》。

谒海瑞墓

千秋丹史笔无偏，多少奸雄多少贤。
数世纪来人共仰，包青天后海青天。

羊城木棉花颂

铁骨铮铮吐艳葩，熊熊烈火映朝霞。
英雄城育英雄树，名冠南天第一花。

满庭芳·张家界琵琶溪游

水响琵琶，奇峰组列，人言好个瀛洲。三秋枫叶，霞染醉人游。宫殿巍峨肃穆，九仙阁，海市蜃楼。金鸡立，昂头引颈，报晓岁时稠。　悠悠，龙远去，凤珠顶冕，呼叫难休。喜逸秀多姿，姐妹云留。峭壁岩颠观耸，朝天阙，雨露飕飕。临幽境，心花怒放，了却万千愁。

丘海洲

1949 年 9 月生，广东人，中文专业研究班毕业，1985 年起在深圳大学工作，历任校长秘书、深圳大学艺术学院党委书记等职，现为深圳诗词学会副会长兼秘书长、全球汉诗学会副秘书长。著有《观云楼诗词选》。

白鹿洞探幽①

轻车百转过危峰，踏碎残辉寻梦踪。
遥看岚光藏紫阁，近听鸟语静幽空。
思贤台引诗心醉②，丹桂亭留书韵浓。
白鹿飘然无觅处，浔阳江畔月朦胧。

【注】
① 白鹿洞，即庐山白鹿洞书院，为我国宋代最高学府。唐代李渤在此隐居读书，养鹿随身，人称白鹿先生，故此处称白鹿洞，后为朱熹治学之所，内有朱熹手植丹桂，后人在丹桂旁立丹桂亭。
② 思贤台，筑于书院内。

嘉峪关至敦煌机上即占

川野莽苍苍，浑涵去路茫。
风停沙漠静，日烈焰波猖。
浩宇犹初醒，巨鹏疑未翔。
云烟遮断处，空姐指敦煌。

北疆哨所即景

四野苍茫云脚低，秋临塞外雁声稀。
骁兵整束荷枪立，霜气和尘透戍衣。

含鄱口览胜

含鄱口上望鄱阳，波色连天烟水茫。
湖上帆樯隐约显，金乌欲拨烟云幛。
匡庐倒影不可得，远水长开览者胸可藏！
浑浑彭蠡水，浩瀚似汪洋；
气象呈万千，涵星吞曜光。
西连吴楚云梦迹，东接长河滚滚向溟沧。
但看五老峰，嶙峋势威雄；
低头压彭蠡，仰首顶苍穹。
星聚层峦千百态，五老并坐悠然露慈容。
尔来年岁几千万？猿猱欲度途难通。
沧桑阅尽五仙颜未老，苍松作杖悠然驾虬龙。
乘青鸾，驾虬龙，我亦随之腾云遨宇空。
不见屈子望崦嵫，但听鹈欲鸣日之东。
感托吴越以正基①，更嗟太虚渺无穷。
神远驰，睹陆离，又见含鄱岭侧峙九奇。
山耸云霏欲蔽日，天削芙蓉显芝仪。
汉阳峰壑飞瀑泻，螺髻端庄称壮丽。
阳林以仁芳，醴泉涌阴渠②。
挥帚扫云雾，举杖舞晴碧。

世人游匡山，但说山南景色尽旖旎。

而今我欲拨开阴朔万重峦，览尽长江万里颜。

扬汩温汾流恍惚③，浊浪浮天其漫漫。

浩浩汤汤浪追浪，茫茫九派不知源。

君不见，浔阳城郭史千古，无数风流人物悠悠逐浪去。

江流汩汩无穷尽，千年万载不可阻。

君不见，日月倏忽其不淹，春秋迅转其代序④。

百川东到海，何年见回复？

朝青暮雪千秋叹，焜黄华叶转瞬腐。

人生在世须努力，莫使年华空逝去。

我今登山阿，但见含鄱岭头势嵯峨。

上临千仞峰，下临万丈坡。

峦青翠欲滴，古柏正婆娑。

亭台牌坊参差立，危栏石磴傍岩卧。

俯看岩巅巨口张，势欲鲸吞吴越海湖河。

匡岳风光看不尽，庐山美名声远播。

我今援涉凌仙境，爱作登临览胜歌。

【注】

① 感托句：上天将庐山放置于吴越。

② 阳林句，意谓山南林中藏芳香，山北溪中流甘泉。参看孙绰《游天台山赋》。

③ 扬汩：翻腾激荡。温汾：回转集聚。参看枚乘《七发》。

④ 淹：留、停。代：更迭。谓光阴迅逝，四时更迭。见屈原《离骚》。

石钟行

2005年8月庐山国际诗会期间,与会二百余人到石钟山采风,余与逸明兄等数人于游览常规景点外又冒险下临江边绝壁,寻访东坡遗踪,其险惊之状历久难忘,因记。

彭蠡壮景何方觅,石钟山耸势形逼。
山南鄱阳北大江,居高临下要塞扼。
江湖锁钥从古称,太平天国遗坚壁。
山石一扣铿然鸣,脆浑南北各异质。
或曰覆钟形定名,或曰名自石音激。
远眺匡庐山自闲,群峰如拱复如揖。
烟波浩渺船似梭,大孤小孤尽媚色。
我来钟山访古踪,绝壁之下临江立。
江流披扬万马腾,穷曲随隈涛乱击。
潮涌石洞珠溅飞,其声嗡然骇异客。
恍闻猛兽森然啸,忽如凄鹤悸飞急。
岸柳飘摇颤若惊,石径纡曲危何岌。
江潮乍起风萧萧,江潭澎湃深千尺。
今日游陟长江浔,始信苏子如椽笔。
意马且逐山水驰,澡溉胸垒灵台涤。

念奴娇·嘉峪关

重楼高踞，试凭栏、一览断垣绵堞。百二秦关西到此，长叹飞鸿难越。川色犹秋，黄云蔽日，山接祁连雪。浩茫戈壁，望中荒漠横绝。　　遥想烽火当年，将军横马，战鼓冲天阙。不教匈奴侵寸土，壮志几多豪烈！往事千年，无分两界，英杰凭谁说？看吾华夏，九天同上拴月。

【注】

嘉峪关北傍龙首山、马鬃山，南接祁连山，横穿戈壁，雄踞南北山脉之间。

菩萨蛮·瑞丽道中

暖云如粉晴空碧，遥峰欲笑行人急。铃脆过山岗，黄尘隐马帮。　　榕荫遮客爽，茶水山泉酿。村落两三排，歌声扔过来。

蝶恋花·本意

倚石枕流飞笑语，溪涧无心，岂识情如许。别意总怀挥手处，依稀细说小孤渡。　　雨打客窗眠无绪，斜月残时，起听阶兰诉。梦断关山无限路，幽思怕被风吹去。

念奴娇·太行山

　　蜿蜒无尽，险惊处、人指太行山道。望眼离天知几尺，漫说身疑仙岛。怪石崩云，飞流裂玉，岭削奇岩峭。崎岖石径，些时云雾轻绕。　　登攀莽莽雄峰，风光览遍，更听天风啸。安得女娲施援手，试把千峦重调。东岳嫌柔，黄山太巧，势逊娲山浩。而今且愿，九州山水同俏。

【注】

娲山，即女娲山，为太行山别名。

满江红·虎跳峡

　　何处奔来？只恐是、银河泻落。分明见、巨蛟直下，飞崖惊魄。两岸劈分泅湍急，百江突聚雷霆作①。更咆哮、驱万马千军，擒潜鳄。　　雪山耸，千丈削；峰对峙，危深壑。问何方猛虎，恁般腾跃②？陡坎泻流飞七级，游龙旋转盘千岳。神驰处，只洗净灵台，无尘浊。

【注】

①　两岸劈分句，指虎跳峡横腰切断哈巴雪山与玉龙雪山，形成山岭高出江面三千米的大峡谷。

②　问何方猛虎句，传说有巨虎一跃跳过宽五六十米的湍峡。

满江红·壶口瀑布

万里黄河，从天泻、奔腾正急。开阔处、江流忽缓，险骄难觅。三里茫茫河面缩，十寻急急洪流集。倏那间、澎湃吼声鸣，如天坼！　破巨石，崩险壁。凶兽吼，狂飙疾。恰天河漏泻，只争朝夕。浊浪信由泥作体，龙河无奈尘为色。凭谁问、黄水向东流，何年碧？

念奴娇·尼亚加拉大瀑布

低云翻滚，是何方、猛兽飞龙酣舞？横跨国疆千二米，势欲吞虹凌宇。白雪千堆，银丝万缕，雷震吼声怒。奔崖穿石，溅惊珠雹无数。　天公争恁偏心，人间偌大，独此风光著。赠得五湖盛玉液，北美锦中添富。永夜长流，四时蓬勃，海外长称慕。而今安得，赠吾华夏同与！

【注】

尼亚加拉大瀑布横跨美加两国边境，为世界第一大瀑布。其水源为占全球淡水量五分之二的安大略等五大连湖。

邝金鼻

广东珠海人。著名儿童文学作家，珠海市作家协会副主席。

黄杨山第一峰西望崖门

山河尽入画图中，满眼风光第一峰。
海角当年沉国玺，天涯何处覆艨艟？
黄杨有幸埋忠骨，奇石无辜纪叛功。
古往今来谁不死，生为人杰鬼为雄。

沙田小景

宝鸭欢歌戏水来，几疑千朵白莲开。
芭蕉风爽葵风好，有酒塘边醉一回。

忆江南·珠海渔女石雕

香湾美！渔女玉玲珑。手举明珠迎海日，足
凌碧浪驾天风。出水一芙蓉。

冯伟

原籍广东省开平市，在雷州长大。大专学历。曾任雷州市文化局局长，雷州市政协副主席等职务。系中华诗词学会、广东省戏剧家协会、广东中华诗词学会会员，岭南诗社社员，湛江诗社理事，雷州诗社社长。雷州市楹联学会会长。

长相思·雷州名城

东合州，南合州，雷祖殊勋青史留，十贤曾宦游。　　岁悠悠，水悠悠，几度沧桑几度秋，依然胜景稠。

忆江南·雷州好 (二首)

(一)

雷州好，城古越千年，熊子开疆连楚地，伏波策马固南天。佳话永流传。

(二)

雷州好，设市谱新篇。再上层楼前景好，扬帆搏浪志弥坚。来日更婵娟。

冯刚毅

笔名云独鹤，又号兰海散人。原籍广东开平，1944 年生于印尼，曾在国内生活，后移居澳门。现为中华兰文化研究会会长，澳门中华诗词学会创会理事长。著有《天涯诗草》《落寞乡居》《镜海吟》《咏兰诗五百首》《望洋兴叹集》《步向逍遥集》《乐得逍遥集》。

初见太行山

洪雾昏沉网太行，崇山万象莽苍苍。
初惊踞地撑天现，忽讶潜龙卧虎藏。
记昔频年烽火热，誓将倭日寇雠殇。
百条隧道交相出，半在阴时半在阳。

王莽岭道上

卅年一路值歌吟，夹壑苍苍画色深。
瓦屋土房疑返古，铁车柏道始知今。
围棋漫说堪追祖，莽岭幽姿渐入林。
雾海迷茫秋日浅，汉时故迹待重寻。

阿拉法特追梦行

　　亚西尔·阿拉法特为巴勒斯坦民族之魂，立国之父。1929 年 8 月 4 日生于耶路撒冷一穆斯林之家；2004 年 11 月 11 日，卒于法国巴黎郊区之贝尔西军医院，享寿七十有五。阿翁毕生追梦，以创立巴勒斯坦国为己任。卅九年间，历劫无数，迭经艰险，直至须眉俱白，垂垂萎去，备尽传奇。其志可钦，其诚可感，其为正义事业献身精神可歌可泣，念之心不能已，爰为长句以咏。含金量之多寡，在所弗计；亦继《伊拉克战争行》尔后，以中华诗词创作世界题材之再度尝试也。

险踞西亚扼咽喉，一线贯穿亚非欧。

地中海东为本土，南角红海波悠悠。

黎叙约埃皆比邻，伊斯兰教布四周。

巴勒斯坦兵家重，自古便然伏隐忧。

罗马践踏跨纪元，犹太流散遍欧洲。

尔后又归阿拉伯，奥斯曼亦列疆畴。

一战复沦英委地，犹太复国续深谋。

浪人蜂拥返故园，不化玉帛化兜鍪。

地仅弹丸容两族，以巴间杂种仇雠；

巉巉裂谷盘死海，漠漠狂沙掩石油。

夏热气干洒黄汗，冬温风湿郁绿丘。

麦黍葡萄瘴烟暗，榄林柑野宿岚浮。

耶城兵气藏圣殿，海法危机逼高楼。

颉顽龃龉长不断，寡恩多怨纠无休，

雅各昔曾胜天使，两相角力劲方遒；

此际贪婪张欲壑，鲸吞狼咽气咻咻。

廿载披猖土全掠，五战恣肆势难收。

议决分治成虚话，立国无地巴人愁。
百万难民长颠沛，八方流徙任躏蹂。
耶城易帜应多泪，为因原罪皆当罾？
耶稣俯首望人寰，可见当年钉死地？
穆罕默德号先知，升霄可悉今朝事？
凄风惨雨逆时生，英雄初诞在圣城。
神与祥和为本意，阿拉法特是峰名。
水深火热苦巴人，加沙求学已难平；
温文莫谓无血气，首战抗以显豪英。
卅岁尝赴科威特，设计建筑揽工程；
商贾逢场唯表象，密谋行动露峥嵘。
暗里筹建法塔赫，夜深训练暴风营。
三度中东历战争，流亡海外梦魂惊。
卌岁巴解居主席，兼任元戎掌甲兵。
方格头巾诚自创，黑白相间树旗旌。
墨绿军装武且威，标志手势作 V 形。
为因自信多微笑，长在世人脑际萦。
联国讲坛慨且慷，即席陈词满座倾：
"我来携带橄榄枝，自由战士执枪支。
勿让橄榄枝滑落，手上和平会有时。"
擅文精武随信口，妙语隽言直解颐；
弃暴求和继易辙，颔首承认以色列。
反复谈判漫展开，大智大勇真人杰。
和约终签奥斯陆，巴人盼得能自治。
辗转流亡廿七年，终于可回桑梓地。
诺贝尔奖曰和平，授予阿翁名实至。
别有拉宾佩雷斯，分羹当亦无异议。

谁思霹雳响凭空，拉宾遽然遭暗刺。

和平路上荆棘横，魔光罩中凶焰炽。

二千年间九月晴，沙龙挑衅访耶城。

以巴族斗赤风起，圣殿山头碧血腥。

沙龙毕竟属奸雄，老谋深算赖阿翁。

往后派兵围巴府，滥将官邸作囚宫。

一生历劫真无数，暗杀便遭五十度。

弹轰常借在天云，居停每作埋人墓。

重车猛撞白惊魂，浑身鲜血红染路。

客机被袭散荒原，撒落尸骸百余具。

座驾遇击司机亡，邮包突爆迅雷怖。

以人丧心更病狂，欲送阿翁黄泉住。

阿翁百死聊一生，文攻武吓终无惧。

幸而化险尽为夷，不死之鸟安若素。

戎马生涯倥偬行，锻成硬骨铁铮铮。

终使流年届花甲，依然铁汉具柔情。

美秘原系千金女，苍髯偏慕一娉婷。

金发生于西岸曲，碧眼难忘异域明。

日晷长时爱苗苗，秋波横处积愫生。

两情相悦忘年恋，双星互映缔鸳盟。

蕙质足怡江海客，花颜可动石岩英。

莺歌百啭娇何极，柳絮千丝系在卿。

月缺月圆夜复夜，春来春去晴还晴。

巴黎俪影纷如蝶，红海鸾俦飘似萍。

每怀苏哈心难耐，乍忆阿翁泪暗盈。

聚少离多河自隔，天南地北雁孤零。

战争本属无情物，赴死方能息战争。

拉姆安拉兵屯宅，市内戒严森戈戟。
总部团团坦克围，重楼屡屡枪炮射。
敞车抛斜搁断垣，残旗洞破垂陈帛。
断水断电枕沙包，绝粮绝肉眠草席。
罐头污汁赖维生，缺医短药无灵石。
划地偏能作槛牢，冲天空叹折羽翮。
垂老那堪眼目蒙，迟暮忍见须眉白。
手凝素蜡惹猜疑，天不冰寒颤自剧。
苍唇翁动发声难，孱孱衰老堪怜惜。
废墟魑魅噬身心，炼狱饕餮销魂魄。
墨绿军装尚裹躯，黑白格巾仍加额。
阿翁固已烛临风，一点精诚欺金石。
繁华散尽画堂空，形影相吊孤灯碧。
爱妻还在水之湄，爱女还在地之脊。
生离死别几春秋，朝思暮想千日夕。
独悯临去尚茕茕，至亲犹是参商隔。
立国大任委谁肩？午夜梦回筹对策。
殚精竭虑托游丝，鞠躬尽瘁系余脉。
坚守危楼即国土，寸步不离战士责。
病入膏肓可奈何？就医巴黎表心迹：
"天如佑我会回来！"断肠言语行前掷。
劣境摧残五内创，复传中毒倍凄惶。
安拉云中遥接引，英魂缥缈返天堂。
伟人薨谢世咸悼，大星陨落民共伤。
万国衣冠送开罗，亿众泪眼唱哀歌。
追梦毕生堪崇敬，赢尽寰球感普罗。
有缘拜谒邓先圣，相拥仿如兄弟和。

知交幸结希拉克，六度花都契会多。

一朝跨鹤骑鲸去，玄色灵柩葬礼过。

爱女不唯啼惨恻，遗孀更见泪滂沱。

骨肉相违难一睹，夫妻分拆甚千疴。

此后人天长永隔，影事前尘逐逝波。

直升机载遗骸御，拉姆安拉遥飞去。

耶路撒冷愿长埋，末葬耶城厝此处。

生前槛狱锁雄鹰，死后陵冢寝英灵。

石棺下垫清真土，银首长朝麦加城。

薤露哀奏悼亡曲，西风悲送古兰经。

天雨未降流泪雨，枪声鸣时夹哭声。

府外万头齐攒动，义子百人痛相送。

捣首捶胸唤父亲，国父已殁徒悲恸。

臂林竞举棕榈枝，巾海交辉巴人旗。

还乡此日初为计，立国将来定有期。

甘地圣雄堪比目，中山伟抱可轩眉。

高峰不削知永在，大海长流莫得疑。

终生追梦阿翁热，赴火回归赤子痴。

梦境未因人皆老，七彩缤纷展晨曦。

青藏铁路通车行

　　西宁至拉萨之青藏铁路，全长1956公里。其中西宁至格尔木路段，于1984年运营。格尔木至拉萨路段，亦于2001年6月开工，2006年7月1日通车。此一路段长1142公里，海拔四千米以上路段960公里，最高海拔5072米。青藏铁路为一举世瞩目之伟大世纪工程，创造多个世界之最。此路全线通车，令人感奋自豪，诗潮涌动。

高原迢递通天路，首发青海格尔木。
遥奔拉萨终止处，此际长车相对开。
普天同庆尽欢怀，锦涛剪彩北京来。
专列沿途亲探视，殷殷温语人皆喜。
元首雄才知用士，雪域高原岁月荒。
西宁初始便苍黄，青海湖波蓝渺渺。
高原野草白茫茫，每常千里无鸡鸣。
巨龙寂寂独奔忙，旅客劳模今满载。
来掀史页揭新章，龙驰天路躯何直。
人到高原心不遑，倏而驶出南山口。
楚玛尔站在前方，玉珠峰顶插青冥。
昆仑仙境现银潢，万年积雪山头盖。
千幢琼楼雪中藏，抵角酣战百玉龙。
败鳞残甲乱飞扬，瑶池王母今安在？
清虚寒彻永凝霜，掣电逐风思八骏。
歌传黄竹吊穆王，漫道雄鹰飞折翼。
敢称巨龙胜腾骧，贴耳沿线犹矫捷。
俯身附轨敛昂藏，忽然雀跃欢呼里。

可可西里摄双眸，旷原喻指美少女。

旅人喜见藏羚羊，晴烟漠漠群居恬。

野草萋萋乐未央，暮听巨龙一长吟。

举头讶望未慌张，棕熊憨态真可掬。

庞然大物行何独？人立施然远处来。

睥睨高原应此族，临窗忽又见牦牛。

麇集冰川抵虎彪，牛阵黑黑冰川白。

铺天盖地突奔流，千蹄万蹄踏烟尘。

狂标一发莫能收，巨龙稳稳向前驰。

风火山高雪漫弥，冻土积堆亘古旷。

隧道修成冠世奇，为因气薄觉耳鸣。

偶需吸氧免心疲，先进功能见此时。

万里长江东入海，浩荡喧豗多壮采。

高原上有溻沱河，大江源头之所在。

水进珠玉育文明，浪泻琉璃溢光彩。

长江源头第一桥，巨碑赫赫立磊硙。

分发黄河澜沧江，罕绝景观当独宰。

摘星摩月欲临巅，唐古拉山顶破天。

世界屋脊离天近，湛湛大宇白云悬。

巨龙行驶通天路，直如登霄会群仙。

车到安多望藏乡，藏北草原醉羌塘。

错那湖畔生态美，蓝天倒影绿波凉。

草丛常立黑颈鹤，原上每见白绵羊。

羊似野云片片白，鸟趁闲花朵朵香。

唐蕃古道今重越，拉萨名河益辉煌。

火树银花呈异彩，喷泉华灯灿霞光。

藏胞载歌复载舞，哈达如雪献首航。
布达拉宫值凌晨，满天星月布祥光。
崇阁巍峨十三层，群楼高耸势皇皇。
五宫遍覆镏金瓦，千阙皆由白玉装。
藏汉衷诚连一体，明清御赐列中堂。
唐蕃会盟碑依旧，松赞干布未遗忘。
汉藏联姻忆文成，琵琶未带断肠声。
磨陶纸酒都携入，药医历算亦随行。
度臆君民应和乐，从知琴瑟必谐鸣。
生前创建小昭寺，大昭寺里塑真形。
一千三百余年事，公主千秋获美名。
而今雪域通天路，藏汉常戴旧时情。
千难万险真非易，回思天路通雪域。
生命禁区氧何稀，荒寒千里无人迹。
更有冻土亿万年，冻胀融沉难着力。
首倡建路是中山，建国方略谈大计。
续有泽东兼泽民，秉承大志相为继。
最终拍板是小平，锦涛总揽成其事。
勘测已然数再三，蓝图终是难更易。
兵工洒尽全身汗，技师淘空满脑汁。
奋起十万斗天军，拼出五年通车绩。
宏愿鼓舞几代人，圆梦旷持一世纪。
高原筑路历多艰，犹记决战风火山。
劈天罡风撕耳裂，滚地洪雷慑胆寒。
蓦又猛刮沙尘暴，地暗天昏不见边。
天时变幻人莫测，复降冰雹大如盘。

倏尔雷收雹亦散，晴空万里彩虹宽。

举锹抡镐胸常喘，打夯搬轨力易殚。

最高世隧冻土厚，呵气成冰寸进难。

不思偏遇泥石流，塌方堵口若封关。

钻洞鼓风延蚁息，输氧送水保金安。

兵工百数幸生存，一人皆未入桐棺。

孤月朗朗浮碧落，疏星灼灼镶天幕。

月影星辉映雪峰，籁音窃语临空壑。

雪域于今尚冷凄，高原亘古长寂寞。

征人夜夜守帐篷，唯有以球聊共乐。

球随步转闹声喧，静夜诸声相杂作。

忽然月下有婵娟，款款独从坡上落。

双十花颜娇态生，远观便已销魂魄。

操场转霎即时空，欲睹芳姿人拟雀。

阴疏阳夥可奈何？戍客那堪长离索？

郎在西陲妹在东，欢会莫如河畔鹊。

风火山高逼玉京，技师长驻傍仙城。

人间烟火几全绝，世上功名已不争。

埋首调研查冻土，专心修路造工程。

来时一头方黑黑，归日双鬓已星星。

有人忠骨埋黄土，春来野草满坟茔。

烈士英灵守高原，欲看天路顺通行。

老父献身才撒手，杰儿挺脊又肩承。

伟业得臻竭血汗，中华儿女愈坚贞。

天路亨通蕴吉祥，欣欣开发富西疆。

不唯势必强经济，况复将能固国防。

睦抚边邻应有托，制牵藏独岂无方？

声威敢望超欧美，国力当然胜汉唐。

雪域雄奇长所系，高原神秘每思翔；

盼得此方留净土，西行纵目赏殊乡。

永遇乐·贺辛弃疾逝世八百周年国际学术研讨会 （用稼轩韵）

胡马南来，攻城略地，尸首横处。万里荆榛，河山半壁，二帝遭囚去。国仇家恨，萦胸绕臆，但恐流光难住。执干戈、渡江跃马，干云豪气真虎。　　抗金驱虏，志存恢复，愿握良机指顾。报国无门，带湖闲散，欲进悲何路？惯常风月，英雄热泪，尽入梦中鼙鼓。足千秋、词开百代，问君知否？

登王莽岭

盘陀九曲路逶迤，绝顶登临险且危。

玉笋万根参大宇，紫纱百幅掩秋曦。

高寒信是周公直，诡谲难为莽帝辞。

天味堂中天味好，苍生盼得乐怡怡。

偶听老歌

老曲闻听兴味多，绕梁浏亮韵清和。

新声恬耳常无谓，老曲舒心每不颇。

岁月已随流水逝，雪鸿难奈落花何。

老歌逐渐成经典，自觉新歌逊老歌。

夏巡阳江合山果场

六月火云红，合山百果熟。

轻车发澳门，远寻长春谷。

林木郁葱葱，花卉芳馥馥。

龙眼圆似珠，黄皮美如玉。

波罗蜜巨垂，芒果香堪蓄。

村姑背箩筐，野童负竹篓。

蔓草杂而长，峡泉甜可掬。

犬豕卧庭除，鸡鸭入房屋。

擘果共尝鲜，奉茶随入俗。

不尽是烟霞，难填为口腹。

富贵属奢求，温饱已知足。

夏观恩城凤凰果场

客从虮海来，凤凰花落后。

主人自殷勤，引路行居首。

龙眼漫山坡，翠盖摇垄亩。

坠枝尚微青，满肉期圆透。

出山淘溪泉，洗面涤尘垢。

网罗雀与蝉，手捉鸟和兽。

开襟纳南风，围炉当北牖。

嫩摘番薯苗，浅尝蜜蜂酒。

林鸡美解颐，涧鱼甜适口。

树虫奏长歌，水风吹短袖。

此际憩深山，无以闻夜漏。

虚窗引月华，闲庭仰星斗。

冯倾城

1975 年生，澳门大学葡文学院学士、北京大学比较文学硕士、清华大学中文系博士生。现任职澳门特别行政区立法会，并担任全国青联委员、澳门中华诗词学会理事长等职务。出版有散文集《飘逝的永恒》、现代诗合集《镜海妙思》，译著有葡文诗集《静寂的周界》等。

水调歌头·初上井冈山步毛泽东原韵

自小思鹏举，今得上名山。四周无际林海，处处有朱颜。往昔穷山瘦水，此日风光宝地，世事岂无端？志士多遗迹，走马略瞻看。　　射豺豹，驱狼虎，靖尘寰。且欣锦绣罗织，花果满人间。两届千年方过，二度长征又始，蓬岛待归还。万仞何须惧？信步亦堪攀！

咏七夕

一桥鹊架月舒眉，弄巧纤云缈万丝。
如水清柔应目语，似花初绽是心期。
星河有约轻生死，王母无缘擘爱痴。
最待一年方一聚，为将梦里慰相思。

鹧鸪天·南湾湖冬晨咏

　　旭日明霞映碧空，南湾清水濯萍踪。双虹极目澄波上，孤鹜回眸江渚中。　　花解语，树葳蒙。云椰塔畔倚苍穹。如烟百代沧桑过，七子连心写大同。

【注】

闻一多著有《七子之歌》，澳门向有莲花宝地之称。

相思

　　未名烟柳忆千条，各自天涯望鹊桥。
　　星眼有情传客恨，月钩无力惹魂销。
　　暗将红豆春时撷，待把青蛾镜里描。
　　天上梦圆人寂寂，凭栏对影伫清宵。

汪辜二老相继谢世有感

　　鲸鹤相随去，高朋作古人。
　　搭桥功在世，著手欲回春。
　　松月林间照，珠玑海内珍。
　　一中常在念，两岸共沾巾。

咏兰诗 (二首)

种得兰花初开

细意勤调护，幽兰报我开。
素心真玉洁，芳息是香来。
王者怀先圣，骚人仰楚才。
新阳欣早到，悄悄上高台。

种得兰花又开

尽注心头爱，幽兰喜复开。
相期蜂未至，却见蝶飞来。
静坐香弥逸，凝思觉有才。
千丝待裁剪，好句闪灵台。

青藏铁路通车感赋

绝域通天路，荒原万里云。
烈阳常灼灼，大雪每纷纷。
野旷人何罕，天高雁不群。
从今连一脉，藏汉再难分！

吕坪

1923 年生，广东惠东人。曾任广东省文联党组书记。中国作家协会会员，中华诗词学会会员，岭南诗社顾问。著有《大地情兴》、《东风心韵》等。

泰山

巍峨泰岱接天庭，脚下浮云漫远暝。
日照峰前晖曙色，风旋谷底荡回声。
丹梯雾涌凌霄外，峭壁烟迷暮霭凝。
晚眺群山均俯首，夜来随手揽繁星。

黄果树瀑布

银河倒卷断崖摧，百仞凌空霰雪飞。
缟带千条山色秀，奔雷万阵壑声回。
虹霓影幻朝阳灿，青霭烟迷夜幕垂。
不尽天庭长泻水，白云涌动远喧虺。

延安嘉岭山

嵯峨嘉岭矗苍穹，宝塔擎天傲太空。
窑洞当年荧火夜，长留光影亮心胸。

太平山

狂飙怒卷太平山，鸦片烟沉国祚残。

百载劫尘随水逝，千秋功业庆珠还。

香江畴野开新宇，南海波涛涌远帆。

心系秦城明月夜，金瓯重合待台湾。

【注】

太平山是香港岛的主峰。

踏莎行·伦敦谒马克思墓

万里迢迢，重洋飞渡，英伦碧野驰林道。彩霞映宇衬蓝天，鲜花敬献先师墓。　　大地沉沉，高擎火炬，幽灵游荡悠悠处①。斗转星移换春秋，光芒永照天涯路。

【注】

① 《共产党宣言》第一句话就说：一个幽灵，经欧洲游荡。

都江堰

负山卧水劈岷江，截引洪涛润八荒。

作堰淘滩分内外，离堆锁峡战玄黄。

百川沃野腴巴蜀，千里风樯接楚湘。

拓凿鸿蒙回天力，浩歌长颂古魂乡。

广东惠州西湖

水浸西湖月，朝云隐晓亭。
苏堤迎晚照，玉塔伴晨星。
学士怀乡里，文风启后英。
长留迁客迹，永注庶黎情。

桂林漓江

飞鸟浮云外，船飘烟雨中。
浪轻山影碎，雾重岸迷蒙。
江水琉璃碧，峰岚彩色浓。
秋寒难觉冷，远近尽春风。

吕君忾

1939 年生，字无斋，广东鹤山人。曾师从朱庸斋、佟绍弼、陈寂等名家。广州诗社社委，曾任《诗词》报编辑。著有《无斋诗词钞》。

去去

去去三万里，男儿不回头。
飞云趋古月，灭烛看吴钩。
何事江山弃，他年风物酬。
可堪更长望，乔木尽含秋。

中秋

岂意动秋抱，北风时弄寒。
斯民自为节，而我独看山。
纳袖惊霜色，流晖想暮澜。
明朝有离别，不必问平安。

丁未上巳东湖 (三首)

(一)

岭表霜威减，微飔百姓衫。
好花开旦夕，其雨自东南。
海客心何在，人情水不咸。
候应盟上巳，坐阅柳毵毵。

(二)

一径宜梳草，蒙茸细雨滋。
花开寒定后，人并水之湄。
缓缓紫荆坠，交交黄鸟飞。
夜窗久蹃读，满意此春期。

(三)

感彼芳华召，来寻杜若游。
叶倾林雨碎，暖逼岸花稠。
水远空跂望，波柔故腻舟。
何当一奋楫，浩浩泛其流。

临江仙 （三首）

（一）

记得芙蓉花下路，清风十里河西。疍船歌到荔湾堤。波柔双桨腻，弦细一莺飞。　　拾翠回灯三五夜，几曾知道分携。竞夸年少比肩齐。满城春压帽，索笑护香归。

（二）

岭首木棉红尽后，玉兰飘砌成香。醉人花气袅轩窗。银笙消永夜，宝扇纳新凉。　　熠熠流萤轻似梦，因风吹过邻厢。窥人一线月侵廊。水晶帘半卷，心事两回肠。

（三）

素袂何堪秋作践，严城鼓角荒荒。天涯不见感迷茫。依山唯白日，傍水尽红桑。　　漫促珠徽排锦字，平沙雁影无行。韦郎别后费相望。露知前夜白，欹枕警寒螀。

鹧鸪天·次韵陈寂教授同止水、严霜 (三首)

(一)

明月高楼感慨同，楼前月下忆相逢。袖分兰露灯初炫，雀噪河洲眼转空。　　情懊恼，水西东。年年消得杜鹃红。徘徊紫燕巢应在，忍向乌衣觅旧容。

(二)

执手唯怜尚布衣，萍逢遽又送君归。日华红烬千山冷，秋水明霞一鹜飞。　　吹玉笛，折芦枝。白帆沧海荡遐思。鸡窗此后灯如豆，同是天涯忆念时。

(三)

经史穷搜亦渺茫，未闻隐肆有良方。春三二月花零乱，冠五六人酒半狂。　　歌子夜，引鱼肠。铜琶一曲换伊凉。书生的是真龙种，问舍求田也未妨。

送斯奋之海南

鹅潭日日送南航，折尽堤西柳未长。
春迹园林花几瓣，情钟我辈酒千觞。
岂期海月明江月，端得椰香染墨香。
自古边陲多俊彦，五公祠畔草低昂。

戊申除夕杂感

孤怀自抚赧颜容，徙倚斜阳问去从。
几树枯蝉偏乱意，一茎白发欲成翁。
闭关逐渐忘年月，破帽居然耐雨风。
履岳乘涛谈虎色，固应儒辈愧儿童。

点绛唇

平楚弥弥，锦江难渡侵晨旅。乍迷霜树。人起参差语。　　未必羁情，长向溟蒙付。空凝顾。野云低冱。遮断来春路。

相见欢

朝来闲步东篱。乍惊疑。昨夜殷勤微雨到寒枝。　　洗宫粉，留风韵，重矜持。只是初来不觉去依依。

满庭芳

再访莞城少友，盘桓竟夕，归省垣后书此以报

　　晓日乘霞，奔轮转翠，丽景频换晴川。路回清舍，芳树拥云峦。多少名花未识，相把臂，莫负蓝天。浑疑误，敲针邻子，溪畔钓童年。　　陶然。归便好，张弛有度，岁月随缘。恰艺圃初成，孰与流连。皱水纹山自抚，都不悔，往事如烟。良宵永，露蛩蛙鼓，商略藕塘边。

鹊踏枝·寄美国梁雪芸词妹

　　少日琴棋无觅处，荔子香时，万里传音素。记否分春桥外路，伴师携酒看云去。　　谁绾绿杨留寸絮。三十三年，老尽湖边树。零露清扬天独许，鹊已逐烟波旅。

渔家傲·木棉和止水

　　游目山川乔木灿。嵯峨百粤豪情绽。芳草连云三月晚。成浩叹。长烽夜烛莞城难。　　生计直须浮巨盏。雕弓醉向天狼挽。指日故山盟旦旦。英雄赞。征袍血染花千万。

朱光

（1906-1969）广西博白人。1927年参加广州起义，1932年参加中国工农红军。新中国成立后历任广州市军管会副主任、市长，广东省副省长，安徽省副省长。著有《朱光诗文集》（上下卷）、《朱光文集》《广州好》（单行本）。

忆江南·广州好（五十选十）

（一）

广州好，城古越千年。饱阅沧桑销劫尽，缅怀缔造接前贤，山立五羊仙。

（二）

广州好，三月吊黄花。"七二"英雄溅碧血，万千豪俊拔龙牙。辛亥耀中华。

（三）

广州好，我问白云山。南国擎天成砥柱，松林泉唱晓霞丹。何日摘星还。

（四）

广州好，凭眺越王台。千里江山来眼底，十年生息入诗怀。云海一天开。

（五）

广州好，忆旧访流花。桥畔象山迎盛日，湖开新翠舞飞霞。春色满天涯。

（六）

广州好，夜泛荔枝湾。击楫飞觞惊鹭宿，啖虾啜粥乐余闲。月冷放歌还。

（七）

广州好，晚照石门天。绿树青山霞降染，蜃楼明月海潮喧。唤我不归船。

（八）

广州好，月上试凭栏。银汉繁星燎夜宇，珠江渔火照明澜。俯仰几回看。

（九）

广州好，人道木棉红。落叶开花飞火凤，参天擎日舞丹龙。三月正春风。

（十）

广州好，解放十春秋。苦难已随流水去，繁华事业仗群谋。兴众乐淹留。

朱帆

1928 年生，原名朱已坤，别号谷水生，出生于湖南省湘乡。广东教育学院中文系副教授，已离休。著有《两乡楼诗词》。

金缕曲·故人劫后归来歌以迎之

往事何堪说。记当年，枯花萎草，断鸿啼。六月炎风吹溽暑，底事长空飞雪。甚桃李、无端摧折。霹雳一场君去也，怅年年、孤影鹅潭月。珠江水，空呜咽。　今朝相见俱华发，是人间，星移物换，几番寒热。翘首彩虹明灭处，满目经霜红叶。莫轻负、清秋时节。天际夕阳无限好，且舒展、青史从头阅。长安路，飞蝴蝶。

满江红·杭州西湖

十顷西湖，天酿就，一池醇醁。曾醉倒，东南半壁，几回倾覆。当日但驱胡地马，而今已获中原鹿。是山河改换我重来。心弥足。　残碑字，从头读。青史恨，何堪续。问苏堤杨柳，可添新绿。黄土有缘埋侠女，苍穹底事屈忠穆。且倚栏、长啸复长吟，英雄曲。

沁园春·述怀

坎壈平生，误尽韶华，人老五羊。叹才如酒量，半杯沉醉，书难饱读，几卷撑肠。韵事无聊，文章价贱，不弄风骚不卖狂。都何用，笑刘伶荷锸，鲁迅投枪。　　年年岭外徜徉，已浑觉他乡是故乡。有东坡笠屐，西昆酬唱，南宫墨渖，北海壶觞。懒拾闲情，轻抛宿恨，留得青山对夕阳。今朝好，趁眼明腰健，检点诗囊。

席间遇当年红卫兵

伤痕劫后可曾瘳，又阅人间几度秋。
蚁穴王侯原是梦，牛栏神鬼本非仇。
何妨此夜斟鸡尾，忘却当年砸狗头。
莫笑重逢仍瘦骨，沈腰潘鬓也风流。

有感

骨瘦非关二竖侵，更难无病不呻吟。
耽诗误唱清平调，观剧惊闻样板音。
但向杯中浮绿蚁，何须台上捧黄金。
男儿有泪酬知己，莫对青牛乱鼓琴。

步韵答友人

曾见深林万木摧，栋材先斫总堪哀。
非求世俗能容我，但冀天公不妒才。
览史每挥千滴泪，著书犹悸一坑灰。
残躯尚有头颅在，垂老难停浊酒杯。

新篁

新篁簌簌指云端，一夜东风十万竿。
休趁嫩晴争解箨，人间犹有倒春寒。

六十三岁生辰自况之一

六十三年愿向违，强睁醉眼对斜晖。
敢嗔世上神兼鬼，不信人间是与非。
懒傍鹅潭拖木屐，闲归鹤洞掩柴扉。
自矜囊内诗千首，啸傲天南一布衣。

戏笔

莫叹儒冠误此生，吹篪我自老羊城。
疏狂脾性知音少，游戏文章售价平。
颜子拾箪归陋巷，阿Q赊酒醉咸亨。
十年一觉牛栏梦，依旧人层第九名。

鹧鸪天·游周郎赤壁

赤壁鏖兵事渺茫，难凭野史赋兴亡。眼前一片春江水，谁信当年是战场。　　山石赭，岸花香。人间底事惜周郎。可怜呕尽英雄血，不为苍生为帝王。

偶有所感借熊鉴兄险韵再成一律

遍地荆榛总胜花，除苗种草不须嗟。
曹瞒髯割潼关道，嬴政魂飞博浪沙。
生死每成千载恨，输赢都只一棋差。
吾乡旧有痴人语，头断无非碗大疤。

赠熊鉴

短叹长吟未肯休，老来依旧气如牛。
不知纸上千行泪，能洗人间几点愁。
已卧松云归岭海，还论风水说潭州。
阿谁得似熊夫子，万首诗轻一颗头。

瞻仰翠亨村中山先生故居有感

天下何曾已属公，先生未见九州同。
卅年勇逐中原鹿，一念终输北极熊。
盖世功勋归竖子，无穷厄运付英雄。
我来空洒忧时泪，五桂山前夕照红。

咏史

朱仙镇上帅旗挥，也得寻芳上翠微。
青史纵随名共永，黄龙终与愿相违。
朝中未见诛秦桧，域内犹闻杀岳飞。
错指贺兰山下路，枉将尘土染征衣。

谒岳麓山黄兴墓

青史曾彪盖世功，三湘浩气总如虹。
当年纵已驱胡虏，此日犹难进大同。
每叹元凶成圣哲，更嗟竖子号英雄。
几时得见民为主，岳麓山前一奠公。

京沪车中有感

落拓羊城六十年，萍踪几度过幽燕。
铁轮疾越千重岭，银翼高飞万里天。
山海关前凭堞啸，邯郸道上枕书眠。
此生有幸非苏武，未牧胡羊到塞边。

重临当年五七干校旧址

钟落潭临干校前，重来身老思茫然。
荷锄昔我呼牛鬼，秉笔今谁继马迁。
不信山川无变异，也知天地有回旋。
樊篱犹是当年景，一抹鲜红箣杜鹃。

初临彼得堡于彼得大帝铜像前感赋

迷蒙烟雨望冬宫，涅瓦河边料峭风。
依旧城名归大帝，从来国运付英雄。
昙花开落前朝梦，野草枯荣异化功。
华夏君王谁彼得，万家屏幕说乾隆。

车行奥地利之野途中偶得

原野田畴绿入微，山头万朵白云飞。
路通罗马今犹是，人别巴黎昨已非。
多瑙河边商贾市，美璇宫里帝王扉。
平生快意何曾梦，老向欧洲望夕晖。

登南昌新筑滕王阁

又见滕王阁，依然赣水旁。
登楼观市井，依槛感沧桑。
慷慨王郎序，苍凉韩子章。
我来无一语，杯酒过南昌。

朱佛水

广东海丰人。世界汉诗协会常务理事。

边境少数民族用上洗衣机

九寨砧声拂晓稀，夷家响起洗衣机。
金花诗玛茶园去，不见清溪有浣姬。

【注】
金花，白族姑娘。诗玛，彝族姑娘。

朱庸斋

（1920-1983）名㪥，又名奂，字奂之，以号行。曾任广东大学、文化大学教师，讲授词学，后为广东省文史馆馆员。著有《分春馆词》《分春馆词话》五卷。

临江仙·庚辰秋望

故国登临多少恨，惊心片霎沧桑。野旂戍鼓满空江。重寻葵麦径，犹识旧斜阳。　　信道青衫无泪湿，何堪半壁秋光。回风惊雁欲辞行。江山如梦里，无处问兴亡。

甘州·登越秀楼赋示同游诸子

又沧江岁晚倚高秋，危旍拂残星。认旧游陈迹，离离禾黍，低接孤城。避地仍惊劫燹，风掠马蹄腥。霸气消磨尽，满地笳声。　　极目已非吾土，怅登楼王粲，醉魄难醒。感斜阳身世，应减鬓边青。对东墙、逞歌竞舞，是重来、名士又新亭。同载酒，向荒台下，休更论兵。

齐天乐·寒夜闻歌

病骸中酒黄昏后，笙歌乍传别院。被冷惊霜，楼空怯月，凄绝更闻清变。重帘骤卷。正舞困离鸾，翠箫迟按。一片销魂，听来应是后庭怨。　　人间欢兴未了，向承平偏爱，金缕葱茜。故国繁弦，天涯倦客，消得醉时肠断。青衫泪满。尚依约声声，和将更箭。送入行云，梦痕谁为浣。

台城路·白莲

楚江馀恨消沉尽，芳心为谁凄苦。翠盖扶云，明珰照水，应是冰魂归路。蘋洲漫谱。料褪酒奁边，万妆争妒。一舸重来，故陂休问闹红侣。　　西风铅泪似浣，叹婵娟旧约，空倩鸥鹭。太液荒凉，铜盘冷落，尚识鸳鸯眠处。霓裳罢舞。料难认当时，袜罗微步。梦到琼楼，素肌人在否。

珍珠帘·芍药

万红带雨翻寒砌。忍重话、金谷当年芳事。叠损舞衣裳，念脂痕谁洗。惊断绿窗罗绮梦，早悄换、东风人世。　　憔悴。自谢郎去后，更无歌吹。堪叹蝶恋蜂迷，问东邻桃李，芳菲余几。凭遍玉回栏，莫抛残铅泪。二十四桥春去路，想故侣、溅裙归未。无计。料剪罢重云，寸心难寄。

高阳台

蝶梦空寻，鸳盟已冷，青衫漫惹啼痕。花事无多，绿章谁问东君。寸心未忍成灰烬，想连宵、尚托行云。奈如今，一尺江波，难载桃根。　　故枝犹待春风发，怕离烟恨水，偏误归人。懒卸残妆，也知鸾镜尘昏。落花不管芳菲减，料因循、燕妒莺鹭。莫凭栏，衰草斜阳，容易销魂。

三姝媚

癸丑春暮，客余菊庵家，时方拟作归计，适杨铁夫丈来约饯春，且出示新词索和，因次原韵，并柬黎六禾丈。

芳菲容易度。正千红凄凄，好春谁主。燕子归来，纵画梁依旧，也应难住。数遍心期，都付与、半帘飞絮。回首天涯，雨歇云沉，东风无路。　　十载疏狂休诉。怕醉魄犹寻，故园歌舞。浣尽金衣，倩何人念我，酒痕曾污。泪眼徘徊，空省识、啼鹃门户。知否闲花陌上，新声又谱。

凤栖梧·重九后二日

尊酒翠微休共载。残画沧洲，绀碧年年改。黄叶西风成一派。重阳过了人空在。　　后约登临谁可待。故国茱萸，经乱难为佩。眼底秋光千万态。雁归正近斜阳外。

水龙吟·为无恙题叶南雪李香君小像

南朝艳迹无多，闲愁应满淮水。楼台烟雨，笙歌金粉，几更人世。香骨愁花，倩妆却月，芳盟空委。算如今犹剩，娇桃万点，都化作，当时泪。　　一曲琵琶未已，引兵尘、蓦然惊起。旧家桃叶，多时梦绝，征衫千里。宝马重来，故阶应有，玉钗潜坠。向碧城望断，前欢后约，倩行云寄。

烛影摇红·十月十二日赋海边落叶

秋尽神宫，羁魂海外归何世。西风到此却无声，空费千家泪。恨满扶桑弱水。怪冤禽、惊寒不起。顿教流散，异国残红，前朝衰翠。　　断梗空枝，彩幡纵有应难庇。严城暮鹊更何投，凄奏来天地。一曲旧游莫记。渺沧波、斜阳倦倚。樽前起舞，恩怨无端，湘弦弹碎。

满庭芳·江上送春

南浦波光，天涯鬓影，多情销尽斜阳。兰桡渐歇，流水断余香。欲系春韶暂住，空更倩、千缕垂杨。东风外，残红褪粉，明日便他乡。　　疏狂。终付与，隔帘蛱蝶，别岸鸳鸯。怕清歌未阕，先转柔肠。多少今宵闲泪，应洒遍、故国离觞。沧江远、零襟坠绪，休寄北归樯。

高阳台·早春过沥溪旧居有悼

柳勒残寒，梅悭晚色，翠房谁付深扃。倦客重来，瘗花愁续前铭。一樽欲荐芳魂住，奈今朝、不是清明。叹经时、索笑移灯，好梦都醒。　　横塘斗鸭依然在，恨山眉波镜，影绝娉婷。钿盒空留，茫茫碧落无凭。斜阳凄断蘼芜路，对昏鸦、休误啼莺。最回肠、江水如笺，难寄深情。

鹧鸪天·夜起

待曙灯窗眼欲枯，起来只影自相扶。酒能助泪休辞醉，梦到醒时始有吾。　　花暗淡，月模糊。秋心曾几为春苏。横塘绮语知多少，只是新来记得无。

烛影摇红

西塘杨柳，楚楚可人，酒外栏边，悯然兴感。

醉眼初回，蓦然青到帘钩外。困烟梳月未成妆，犹是纤腰在。愁认临风旧态。几多时、芳华又改。晴漪浅镜，簇雪东栏，消他无赖。　　容易清明，陌头佳约应难再。夜来一笛正关人，不为重门碍。消息天涯枉待。梦魂牵、迢迢翠海。此时心事，欲说还休，空持罗带。

蓦山溪·戊申初夏携浩江过陈村镇二十四湾

弯环廿四，恰称花风数。一碧恁销魂，漾夕照、人家几户。绮罗香散，应恨我来迟，春纵在、梦难留，只有啼鹃苦。　　兰桡望渺，冷落芳洲渡。向晚绿愔愔，愁更听、丛蕉过雨。扶头一醉，犹解问前朝，桥断续、树高低，错认江南路。

玉楼春

少年惯爱春光好。樽酒旗亭欢共倒。而今翻觉怕春来，会少离多长着恼。　　刺桐花落杨花老。心上闲愁谁为扫。须知百计未相逢，此恨东君能解道。

浪淘沙

与静庵不通音问二十年矣，庚戌秋日，得来书相讯起居，并以词见怀，赋此却寄。

绮陌换斜阳。地老天荒。凭谁商略藕花塘。一语平生都说尽，只有悲凉。　　廿载海生桑。孤抱微茫。还愁风雨近蛮乡。留得潇湘残梦在，各自回肠。

水龙吟

林嬛女弟模仿晴阁青山无恙图卷，深为李居端所激赏，谓足以乱己之作，并曾许亲为跋识。讵装池未竟，而居端遽归道山，林嬛亦远游海国，死生两诀，人事叠更，癸丑初春，区季谋出此卷嘱为题词，感逝伤离，曷胜怅触。

从知无恙青山，相看那得终如故。春教眉敛，秋将客老，伴人清苦。尺幅移来，寸心描就，只供愁聚。叹炉边俊约，海涯羁旅，生死恨，应难补。　　赭墨偏堆成泪，况披图、尚悭题句。林昏滞雨，帘深碍燕，旧踪何许。丘壑空寻，水天无梦，未须停伫。问客中谁为，鹧鸪声里，话乡关暮。

蝶恋花·黄花岗七十周年祭

　　天地低昂三月暮。气壮南州，势挟风雷怒。慷慨小东营外路。不辞七尺拼强虏。　　血洗春云开玉宇。郁郁长松，兀立迎新曙。共酹国殇倾绿醑。旌旗湿遍黄花雨。

玉蝴蝶

　　丁巳中秋前夜，隔院箫管，清宛撩人，展读静庵邮示此调，转增惘怅，即以同部韵赋答。

　　按拍传笺人远，素蟾何意，分照愁乡。一镜秋生，应感鬓发先凉。扇初藏、衣单仗酒，风乍歇、帘薄吹香。隔红墙。怨歌尘麝，飘落文梁。　　休量。恨同海水，清辉来夜，谁共孤光。笛无心，且催闲梦覆馀觞。负芳节、难酬剩句，渺海天，空引回肠。念欢场。团圆都误，休问重阳。

伍乘森

1949 年 7 月生，广东普宁人。中华诗词学会会员、广东中华诗词学会会员、揭阳诗社理事。普宁铁峰诗社副社长，《铁峰诗苑》副主编。著有《征途曲》《岭海天山集》。

别广东故乡赴疆

雄鸣唱晓上征途，回首依依感慨殊。
为爱未来轻万里，敢将心愿重微躯。
天山大漠行新路，练水源头别故庐。
创业浩歌挥手起，关山处处是音符。

由疆返乡作

当年负志走长途，大漠风沙苦斗殊。
雪野挥鞭惊远梦，冰天抡镐搏微躯。
塞鸿回首成新客，海燕寻春返故庐。
廿载萍踪思万里，丝绸路上撒音符。

思佳客·抢新娘

牧区婚俗，男方上门迎娶，喜宴赋诗，新郎迅抱新娘上马驰返。少顷，新娘家人马方呼唤追抢，实为欢送兼赛骑技也。

吉日迎春主客嬉。歌扬乐奏舞逢时。奶茶香酒斟同醉，骏马金鞍待共驰。　心早许，步轻移。任郎抢去未惊疑。娘家望影伴追闹，阵阵欢呼送祝辞。

任文媛

（1924－2006）女，又名亦娴。出生于香港。广东大学中文学士。历任中学国文教师。广东中华诗词学会会员，荔苑诗社理事。部分作品收入《春树人家桃李集》。

浣溪沙·次泰然兄见寄 （二首）

（一）

欲证兰因木落时，南园曾赋感秋诗。栏杆十二两心知。　谁解星辰非昨夜，玉阶伫立漏迟迟。不辞清露湿罗衣。

（二）

瑟瑟秋风路短长，微云淡荡惹思量。帘栊静寂叶敲窗。　唯有多情珠水碧，浪鸥波镜伴孤芳。最撩人处是清商。

临江仙·怀远人

针线抛闲襟袖冷，夜来叶落阶前。关山迢递挂眉端。更逢春雨细，点滴带梅酸。　尘案乱堆慵已惯，素怀怯寄琴弦。寻消问息倚栏边。千帆都去远，翘首海云天。

蝶恋花

春去春来情落寞。来去匆匆，花也伤零落。月上帘钩新梦觉，春心每为愁耽搁。　　画栋雕栏还似昨。乱絮随风，点点穿朱阁。镇日闲情何处托，紫薇架畔秋千索。

蝶恋花·流花湖

夕照云山天欲暮。坐爱葵堤，共惜湖光趣。曲折回环芳草路，依依留住行人步。　　欸乃兰舟无定处，头上垂杨，尽是相思树。迭迭浓阴遮密语，相怜只有侬和汝。

鹧鸪天·初访莲花山

嫩约清游兴未阑，寻幽探胜访莲山。嵯峨塔影苍云绕，掩映珠岩碧水湾。　　黄叶外，翠微间。雪鸿泥迹漫霞烟。归来欲解相思结，无那秋潮挟梦还。

向明

1928年生，原籍重庆市。先后在河南省军区、中南军区兼第四野战军和广州军区的宣传、文化部门工作。现任国际炎黄文化研究会常务副会长、广东中华诗词学会顾问。出版有新诗集《珍珠曲》《蓝水晶》《红宝石》等。

江南好·栖霞忆旧五

栖霞秀，白首又重游。人去歌飞枫树老，夕阳立尽几多愁。含笑付东流。

阳台

流云片片拂阳台，日月奇葩四季开。
莫谓尺台星依伴，红棉含笑入窗来。

一剪梅

戊辰秋，台湾著名诗人向明回长沙探望阔别四十年之亲人，因需赶赴泰国参加世界诗人大会而来去匆匆，乃寄此曲。

惆怅无情季候风，才看桃红，又看枫红。还乡好梦似秋蓬，聚也匆匆，散也匆匆。　何日家山可再逢？俯问流淙，仰问苍穹。客心长与月轮同，一半分西，一半分东！

郭梦兆

字寐熊，广东省大埔县人。1934 年出生于马来西亚柔佛州。曾任广东省委副秘书长、中共广州市委副书记、第八届广州市政协主席，现任中国诗书画研究院名誉院长、中国国际茶文化研究会副会长、广州诗社名誉社长、广州书画专修学院院长、广州茶文化促进会会长。专著有《改革开放与党的建设》等，诗集有《寤斋吟草》《寐熊新声》等。

茶韵

陆子高名永世留，茶经一本誉千秋。
众生自此珍茶道，香茗于今醉五洲。
翠影微微杯底漾，芳津汩汩腹中流。
慢尝细呷添情趣，共语几旁意更幽。

茶缘

己卯季夏，赴滇参加"云南省首届茶艺大奖赛"。随后应主人盛情邀请，前往抚仙湖游览。岛上风光秀丽，景色迷人，心悦神怡，得诗一首。

仙岛①茶缘赏翠微，年轻顿觉似朝晖。
一壶陈普交新友②，山水情浓醉我归。

【注】
① 仙岛指抚仙湖中的孤岛。
② 普洱茶是云南特产，以年代久远者为上品。主人特意以陈年普洱茶待客，浓情厚意，尽在其中。

忆江南·茶德

为弘扬中华民族优秀传统茶德——清、和、敬、美，特试填小词四首以咏之。

清

茶为饮，色味自清馨。洁白无瑕珠玉润，真纯有道雪冰清。公正更廉明。

和

茶为饮，和气重千金。雨润半瓯归乐境，风生七碗得知音。茶友一家亲。

敬

茶为饮，敬客显情真。莫道粗茶如水淡，须知友谊似潭深。敬业自精心。

美

茶为饮，美化众心灵。佳莸恭迎佳礼教，好诗敬奉好操行。美煞爱茶人。

长相思·茶意

　　因公务繁忙，未能应邀出席今年4月中旬举行的第10届上海国际茶文化节，谨献上小词一首，以表茶友之情意，并祝上海国际茶文化节圆满成功！

　　茶意浓，情意浓，滴滴清香细品中。壶边漾雅风。　　国运隆，茶运隆，赤县神州跃巨龙。腾飞舞太空。

刘波

广东中华诗词学会顾问。曾任深圳诗词学会会长。

少年游·畅泳溪冲

清秋时节到溪冲，碧海夕阳红。老当益壮，浮沉随意，畅泳若骄龙。　弄潮何惧惊涛涌，浪打总从容。静卧潮头，闲观秋色，其乐也融融。

沁园春·游深圳世界之窗

午后斜阳，世界之窗，分外艳娆。趁清秋闲日，遨游结伴，五洲漫步，四海云遨。古窟吴哥，巴黎铁塔，飞瀑珠帘挂碧霄。名城畔，集全球佳胜，恣意逍遥。　华灯初上人潮，共明月霓虹相比娇。看广场热闹，巡行竞技，轻歌曼舞，更是风骚，回首当年，荒滩野坂，喜得甘霖遍地浇。东风劲，正大鹏展翅，万里扶摇。

刘峻

（1930-1995）号严霜，广东台山人。弱冠即以文章见誉，并为香港报刊专栏撰稿。上世纪五十年代随其父刘栽甫先生移居内地，后任职广东省文史馆，晚年退休归港定居。著有《严霜诗词钞》。

春感（四首选二）

（一）

日日春山醉复醒，浩歌行遍短长亭。
古墙狮卧苔争绿，名苑蜂稀菜自青。
何地元龙堪筑阁，休言子政解传经。
芳菲无限骚人泪，流水那知絮化萍。

（二）

清歌入耳总无聊，百折骚心接暮潮。
夜压潜鳞波寂寂，春涵新羽梦迢迢。
古愁尚逐桃花水，旧曲虚遗紫玉箫。
残月一钩西阁下，暗香漠漠彩云遥。

除夕次陈永正韵

迢迢一棹买花难，客里难将鬓色看。
来日江山寻梦远，闭门灯火觉春宽。
宵深坐恐星辰坠，露滴遥怜燕子寒。
高阁巢痕应已泯，归期可待众芳残。

柳堤春望

杨柳依依拂水斜，行人无语鸟声哗。
一堤飞翠迷芳草，尽日轻烟护落花。
湖畔欲教谁驻马，天涯到处可为家。
从今不作阳关别，长笛何须怨岁华。

闻道

闻道诗人咏絮烟，清愁欲拂碧云边。
莲歌阒寂波如削，兰佩轻寒露渐圆。
笔若生花应尽落，扇当长夏已先捐。
红颜一去无消息，怅卧东风十二年。

次韵梁守中江阁诗却赠

江南柳老不堪攀，词笔春风一例闲。
任侠无人思短剑，埋忧何地问青山。
箧中红豆能怜汝，案上奇书去可还。
尚有丹青聊自抚，扁舟常在莽苍间。

菩萨蛮

少年爱弄南溟水，翩翩白鸟青霄里。初听小
红箫，柳烟深处桥。　　彩楼西域语，绮席胡旋舞。
悄立却思乡，轻衫明月凉。

清平乐

飞花庭宇，倦卧清阴午。欲梦燕山寒食路。
枕上漫听疏雨。　　雨余却作晴雷。悲笳更绕高
台。泪似接天春水，千秋空见君来。

秋感 (四首选二)

(一)

一径萧然带夕曛，小园秋老叶纷纷。
牛衣陌巷寻常见，凤管觚棱杳不闻。
剩有悲歌生远籁，漫将白眼看浮云。
闲行忽念黄花晚，浊酒寒村夜未醺。

(二)

年年何事总悲秋，盍向清江侣白鸥。
浪迹东南看画卷，行歌天地笑诗囚。
举杯浮影忧何在，荷锸寻山死即休。
但使相逢倾意气，布衣疑胜舞阳侯。

刘　涛

原名刘新涛，1949 年 9 月生，广东三水区芦苞镇人，在芦苞医院工作。现为三水诗社社委。

芦苞春晓

莺啼燕语日融融，旖旎春光淡淡风。
杨柳抽条榕着绿，胥江水碧木棉红。

题《黄祝蕖战时诗选》

落落芦江一布衣，倚天长啸感疮痍。
八年家国兴亡恨，付与先生一卷诗。

题二千年除夕在北江畔芦苇丛中留影

如斯岁月水东流，人与芦花共白头。
今日怅然舒望眼，白云苍狗两千秋。

题《往事如烟》照片怀仰陶师

蜡炬烧残夜未眠，追怀往事已如烟。
三十二年相聚处，摩挲遗物一潸然。

刘天干

1932 年生，揭西县人，原县政协常务副主席，现为广东中华诗词学会会员，揭岭诗社社长。著有《艺海一粟》诗书文集。

竹枝词

农娃暑假是农忙，收罢早禾插晚秧。
久盼一餐新米饭，肚皮撑破嘴还张。

刘卫林

字植之，广东东莞人，1958 年生于香港。香港大学中文系哲学博士，现任教于香港城市大学。著有《致远轩吟草》《致远轩诗话》等多种。

雨中忆金陵

壬午孟秋赴南京大学宋代文学研讨会，因得与王晋光、黄坤尧、周益忠诸教授同游金陵。除携手夜游秦淮，访王谢故里外，又于雨中登阅江楼。品茗高楼之上，披襟望远，共眺滚滚长江与石城遗址。其时朝夕烟雨，故于当地置一伞随行。今午忽雨。办公室内捡一伞外出用膳，撑开之际，见坚稳异乎本地所有，始悟乃曩日自南京将归者，雨中徐行，忆往日游金陵旧事。是以命笔有赋。

又听萧萧疏雨声，穿林打叶苦关情。
徐行伞底江南梦，凝睇楼头建业城。
岁月催人天未老，山河入座眼先明。
东风更约垂杨外，烟水秦淮杯复倾。

书案

壁上青霜满缀尘，襟期濩落向谁亲。
灯前犹有旧相识，开卷情多似故人。

当涂谒太白墓返灯下感赋

幽人窘步递相仍，弃世君平恨不胜。
岂得时清吟白雪，不须才士哭延陵。

己卯发岁偶书

书剑飘零久，寒窗白发新。
江山长入梦，鱼雁总怀人。
夫子怜回乐，诸公笑宪贫。
桃源成昨日，何以隔风尘。

读陈寅恪先生红楼梦新谈题辞诗有感

怜君往日说阎浮，漂泊身如不系舟。
衰世策名原可笑，残年饱饭复何求。
空华阳焰依稀梦，众鸟孤云寂寞秋。
寸断刚肠宁有恨，星霜白发已盈头。

拜读洪肇平教授览镜有感诗敬题拙句

老去功名视等闲，为霞天满尚斓斑。
高吟都付形骸外，直气谁堪伯仲间。
休问江湖多白鸟，归来几案即青山。
子云勋业千秋羡，岁暮如今正闭关。

题东坡次韵柳子玉过陈绝粮诗后 (二首)

（一）

莫怨才高位苦低，安容独鹤立群鸡。
应期稷契将身许，却效庄周志物齐。
终古词章存大雅，诗人情味足幽栖。
匡时岂仗微官力，风雨飘摇正晦迷。

（二）

苦夜茫茫雨晦迷，不眠倾耳待鸣鸡。
灯前谁复忆年少，林下君应解物齐。
远放楚臣犹愤懑，伤时才士漫悲凄。
骚人岂独怜迟暮，更恨青蝇玷白圭。

早发北碚

重庆唐代文学研讨会离会归途中作。

嘉陵江上雨初迷，半浸烟云水面齐。
叆叇漫天风飒飒，蜿蜒一路草萋萋。
山城几日留踪迹，文苑他年说咏题。
晨起征人归思骤，何堪更听子规啼。

读寅恪先生诗存有感

先生心独苦，孤怀抱酸辛。

辨亡空有论，四海尽兵尘。

寂寞钟陵侣，来为岭外人。

青史埋忧患，感慨梦中身。

怜才说红豆，故国想贞元。

事业馀田舍，甘心老隐沦。

伤时经泪尽，桃源岂避秦。

贤愚笔底判，词章耀秋旻。

斯文千秋在，长对柳条新。

忆江南·呈健行师及志诚先生，二公荣休，赋此以见离情 (四首录二)

长相忆，永日记绸缪。塞上风云俱策马，江南烟雨共登楼。何日更同游。　　长珍重，此别不魂销。终日故人应念我，几时还听浙江潮。鱼雁早相邀。

刘田夫

（1908-2002）四川广安人。曾任广东省省长和中顾委委员。有诗集《田夫吟》行世。

平型关大捷

日寇骄横势若飙，追寻主力试开刀。
我军夜半从天降，倭鬼晓来魂魄消。
相接短兵红白刃，非伤即死血填壕。
"皇军不败"成神话，皎皎太行明月高。

会战台儿庄

风云际会台儿庄，一举歼俘二万强。
深算老谋靡若定，狼奔豕突入毂亡。
捐躯良将尽忠死，史册殷红永发光。
沂泗长流江底月，岱宗屹立碧苍苍。

瞻仰叶帅雁洋故居

沙场百战老元戎，帷幄运筹不朽功。
斗室孜孜吟东府，武堂赳赳学黄公。
屡经离乱师俄后，数挽狂澜危难中。
风范长传千百载，征途稳步御东风。

【注】
黄公指黄遵宪。

吊蕉山战斗烈士

蕉山战斗急，同志勇献身。

肝胆照日月，风雷泣鬼神。

精忠垂万古，浩气千秋存。

来寻烈士骨，缥缈青山云。

峥嵘四十载，黯然欲断魂。

去者英模在，来者肩万钧。

苌弘化碧血，永启后来人。

当代佳人歌

当代有佳人，芳华三十春。

举止自娴雅，明眸闪慧真。

穿戴不趋时，菡萏玉娉婷。

待人常笑口，坦荡吐心声。

负笈园艺系，佼佼高才生。

学成奋壮志，远走高原城。

高原低温苦，蔬菜育难成。

专家频探讨，出路唯塑棚。

塑棚产量少，成本岂能低！

居民数十万，菜荒自可知。

佳人熟虑后，侃侃提新议。

迈步下农村，遍寻适温地。

岂畏路崎岖，岂念身劳碌。

铁鞋将踏破，终得南河谷。

一访当地人，瓜菜常年绿。

妙哉大温室，佳人眉黛开。

即建园艺班，且学且栽培。

教师记昼夜，学子急成材。

陌阡共切磋，晴雨勤来回。

星光怜倩影，烈日灼桃腮。

汗浇苗茁壮，锦绣巧手栽。

菜青千人爱，瓜大万人抬。

抬到省城去，市民热腾腾。

瓜菜何其美，学子道真情。

十人传百家，村村营菜圃。

荏苒二三年，家家小康富。

饮水自思源，父老叹师苦。

"孑然山野深，茕茕青春误。

幼儿呱呱啼，丈夫忙公务。

婆婆在北方，送儿北国去。

一家三口人，天各一方处。"

每看月团圆，绿鬓湿轻露。

银汉亘长空，岁岁鹊桥渡。

身为血肉躯，宁无爱与慕。

念及城乡难，倍思肩重负。

儿女重情真，岂在朝和暮。

刘永耀

字侯昌，广东顺德人。1950 年生于广州，后移居香港。1973
年毕业于香港中文大学崇基学院化学系。后任职中学教师。

诗梦

廿年诗梦与重温，灯下翻疑旧影痕。
最是教人凄绝处，知非知命两难言。

春日般含道中偶见

薄雾轻寒酿好春，灵风吹雨细如尘。
最怜几树羊蹄甲，粉态花光媚路人。

五十初度

五十徒言卅九非，何曾透网悟天机。
中流壮语声犹昨，济世神方梦久稀。
膝绕三雏还聒聒，霜侵两鬓已微微。
迅翁妙句盘胸臆，安躲小楼愿莫违。

凤凰木又著花矣旧居门前亦有一巨棵忽忆及之

高幢碍日乱丹碧，恰是重生火凤凰。
赪焰熊熊摇翠羽，泥人深忆旧山堂。

丹霞山长老峰远眺

层峰如削绚明霞，丽象图开望欲赊。
岂是巨灵操斧钺，料应深壑蛰龙蛇。
天风习习尘襟涤，岩树重重日色斜。
教外别传犹有寺，未逢羽客炼丹砂。

放我

放我山巅与水旁，一舒倦眼玩林芳。
苔深密点斑斑绿，风软微吹细细香。
蝉唱岂殊招隐语，泉声合是洗心方。
樊中泽雉因循惯，空忆蒙庄羡楚狂。

敬题义宁陈先生柳如是别传 (二首)

(一)

耻听狼头蠹下歌，何堪掘地出苍鹅。
从教负却元和脚，不采蘋花意更多。

(二)

作偈宁非泪与倾，名姝国士两难能。
已超绝学咸同外，晚节南离灿一灯。

刘初鹏

1920 年生，广东翁源人。曾任花县县长、中山市人民政府顾问等职。又曾任中山诗社副社长。

警惕日本军国主义复活

幽灵长见绕东京，狂妄如斯举世惊。
浪说反思图掩饰，谎言篡史露狰狞。
宜从前辙寻殷鉴，莫再沉迷梦"共荣"。
应识中华多猛士，横磨十万待屠鲸。

刘君续

1948 年生，广东中山人。曾任珠海市斗门区博物馆副馆长。中山诗社理事，沙溪诗社副社长。

日暮哼成

如歌岁月不曾闲，日晚赢来满鬓斑。
正喜甘棠时润泽，奈何风雨自连环。
老腰为米还须折，青眼凭他总是悭。
扫叶烹茶平仄仄，偶拈秋韵赋春山。

刘居上

1941 年生，广东梅县人。曾任中山市《香山报》主编。中山诗社副社长。

沁园春·五桂雄峰

五桂流芳，觅了沉香，又品桂香。恰晴岚似雾，松涛若海；客歌互答，醇比琼浆。解缆推舟，回翔而下，溅玉激珠不勒缰。急回首，问青山老友，笑否张狂？　敞怀直面沧桑，忆烽火当年血染冈。抚云崖石壁，犹存弹洞；余音袅袅，激越铿锵。珠纵红旗，扬威岭表，铸就中华正气章！呼俦侣，共良辰今日，阔步康庄。

刘柏青

1962 年生，广东省丰顺县黄金镇人。中学语文高级教师。中华诗词学会会员、岭南诗社理事兼丰顺分社社长。

竹

不论江湄与瘦冈，高标劲节意飞扬。
甘为纸笔兴邦策，耻作鱼竿钓利场。
穿石岂愁风带雨，盘根偏爱月流霜。
幽林待得春阳煦，十丈龙孙向九苍。

山茶

眼前晴翠尽苍黄，唯有山茶吐暗香。
断壁悬崖迎苦雨，青枝绿叶斗寒霜。
真情岂必当春发？瘦影何曾逗蝶忙！
独抱清芬怀朗月，千岩万壑是吾乡。

读李清照

黄菊风摧鬓已皤，寻寻觅觅费吟哦。
双溪水载千秋恨，八咏楼空一首歌。
谁挽时危思项羽，肯教国破陷铜驼？
河山也有红妆泪，不似书生纸上多。

鹧鸪天·西湖谒东坡纪念馆

浩渺沧波日薄曛，馆前松竹看氤氲。西湖自幸迎迁客，北阙终难遇圣君。　　庭寂寂，意殷殷，清风明月醑诗魂。大材未必终能用，百劫尘间万绪纷。

思佳客·秋思

历尽炎凉逼老成，波澜万顷砚边生。何愁尘劫兼天涌，自有缪斯伴我行。　　关河远，雁阵横。相逢青眼话骚盟。风流莫让襄阳子，高卧松云纵酒兵。

刘振波

1927 年生于东源县，曾任中心小学教导主任、校长等职务。现为河源市诗词协会会员。

东江画廊

游船逐浪弄春潮，两岸繁花分外娇。

高树蝉鸣空谷静，山歌一曲上云霄。

刘逸生

（1917－2001）原名刘日波，广东中山人。历任香港多家报刊校对、编辑。新中国成立后，曾任《南方日报》及《羊城晚报》副刊部副主任，暨南大学新闻系教授，广东中华诗词学会名誉会长。著有《唐诗小札》《宋词小札》《龚自珍己亥杂诗注》《刘逸生诗词》等。

青海纪行（五首）

（一）

唐贤万首久填胸，紫塞风烟梦未通。
行路渐多书渐少，要将丘壑济诗穷。

（二）

诗少幽燕气不豪，书生空说事弓刀。
据鞍慷慨悲歌意，老矣犹思邺下曹。

（三）

虎头得势便成侯，几见寒儒鬓不秋。
一笑但馀腰脚在，雪山题句尚能道。

（四）

青笻西指接秋光，东下群山万叠长。
一洗胸中尘与土，笔头初染鄂城霜。

（五）

漠漠黄沙缓缓坡，野花随意作婆娑。
谁云雁塞穷荒地，羊海堪同雪海多。

观填海

蜃楼明灭水云边，徐福何时得作仙。
鱼目日多珠琲少，不应沧海不桑田。

题花县洪秀全故居

横磨百万诛妖剑，半壁江山战伐多。
天国若教成一统，不知新政果如何？

黄狮寨山路陡险，林木蔽翳

石磴回环踏不穷，连柯接叶掩苍空。
行人身在碧波底，只少游鱼拨尾红。

书岭南画派

高陈猛士播声华，剑气光腾画史家。
熔铸中西翻粉本，百年卓卓岭南花。

【注】

辛亥革命，高剑父率勇士炸李准、杀凤山。陈树人毕生追随孙中山，皆当年猛士也。

霍松林见惠所著唐音阁吟稿有句云吾侪面目试难掩纵有阴风挟暗沙读之一笑戏书二十八字

艺苑纷纷拜选家，老来常觉眼麻茶。
从知御览中兴集，收得钱卢便足夸。

答人问诗

周子书来问我诗，其情恳恳其辞卑。

一读仰首三太息，再读俯首难为词。

悔不持毫学画图，悔不少年学吹竽。

寸缣尺楮人怜惜，一曲金歌价不赀。

花石不言无是非，为君素壁生光辉。

长箫短笛趁香肌，上客下客神魂移。

何缘辛苦学杜李，骑驴十载饥欲死。

纵使高名动万年，穷来唯有捉月耳。

君不见乌台案下多冤魂，棍子一动难存身。

又不闻王婆口舌饶轻薄，蛋中挑骨为至乐。

带镣跳舞那能圆，徒使心神日萧索。

吁嗟乎，八股文章尚入时，诗中那有倾城姿？

横街小巷万金子，笑汝谈诗真个痴。

读夕阳无限好书后并寄

早岁遭忧患，垂老遇"文革"。

苍茫身世凉，举头天地窄。

忆昔东寇狂，避走敢休息。

荆榛坎井间，老小须扶策。

苦盼到和平，香江仍作客。

龙蛇争大陆，海峡遂分坼。

满拟新世纪，物阜民登席。

劳止入小康，亦甘糟糠与。

天心未厌乱，悬剑常在额。

惴惴履薄冰，微命仍倾侧。

岂不思自到，更恐累子息。

延喘到"三中"，始觉天异色。

耳顺忽已过，桑榆暮景迫。

余热尚几何，黾勉难为力。

一诵夕阳句，五中长戚戚，

老马仰嘶风，疲劳难任策。

闻君去国行，栖栖有所适，

再诵夕阳句，为君三太息。

望海潮·斯奋自海南暂归

新晴呼酒，华年如水，花前莫漫凭栏。风雨留痕，相逢一笑，飘零何必关山？春暖意还寒，看诗情飘絮，墨影浮澜。杯底帘前，依然国色在眉弯。　　重来桃萼无言，念当年司马，梦也阑珊。回首浮名，从渠去住，马蹄怎数长安？崖海径须还，怕筑歌长引，止泪无端。抛却相思，多情谁问海天宽。

水调歌头·与斯翰夜话

我有一瓯血，磊落肺肝边。昆仑欲踏千丈，一呕向轩辕。闻道穷荒冻泽，中有凤呻鹤怨，百怪舞蜿蜒。拔剑苍茫出，迸泪忽如泉。　　抚白发，看终贾，正华年。云垂海涌，四顾漠漠一灯寒。放步雷霆深处，挽起长沟堕月，白眼睨霜天。此亦细事耳，归去再耕田。

沁园春·观舞剧《丝路花雨》

大漠明驼，上国丝纨，异彩缤纷。记梵宫神笔，碧瞳胡贾，几回聚散，两处飘沦。绝世名姝，投荒万里，重睹英娘掌上身。天花乱，有琵琶背撚，曼妙无伦。　　敦煌漠漠风尘，叹千载沉埋希世珍。想开元鼎盛，歌酣舞腻，阳关迢递，草暖芳薰。宝窟飞仙，炫今耀古，运古今朝更出新。花雨路，看霓衣羽袖，同庆熙春。

减字木兰花 (二首)

（一）

冷烟阑雨，遏断莺声扶不起。何处啼鸦，窗外时时落碎花。　　流光难闰，日日秋痕添一寸。说与垂杨，莫斗青蛾尔许长。

（二）

苦无诗思，辜负吟魂长徙倚。月过西窗，一点残灯独自凉。　　年时旧梦，蓦地醒来都懵懵。只有秋风，不隔蓬山几万重。

桃花

圣明有意植桑麻，千里冈原失锦霞。
至竟东君仍作主，再邀崔护笑桃花。

题桃花扇面

萧萧残柳乱栖鸦，金粉秦淮付梦华。
法曲琵琶零落尽，倾城扇底看桃花。

高山松

奇峰如墨锁深幽，谁拨顽云豁远眸？
应有古人难到处，满天风雨啸蛟虬。

刘斯奋

祖籍广东省中山市，1944 年 1 月生，1967 年毕业于中山大学中文系。现任广东省文联主席，广东省政协委员；系中国文联全委会委员、中国美术家协会理事、一级作家，作品《白门柳》获第四届茅盾文学奖，享受国务院特殊津贴。

老树行

南塘有老树，久枯无片叶。

及春雨向繁，离离发何烈。

持酒置其下，月出明皎洁。

清风从东来，鼓舞歌激越。

自言少年时，颇负凌霄志。

炎气日催长，零露暗滋茁。

忽忽二十年，白云渐相拂。

徘徊遏悲风，俯仰干白日。

方谓栋梁时，材高宜毋失。

焉知世不良，恶物转摧伐。

雷电实无情，毒虫恣穿穴。

愧非铁石躯，何由避蚫蚗。

一日繁花萎，两日叶尽脱。

三日死新条，所嗟犹半活。

中夜每惊寤，沉思痛惨栗！

悠悠天地长，何处托吾骨？

夜来感春气，壮心动郁结。

犹得为叶花，岂复占风月？

老叶未足珍，应能辨霜雪：

老花未足贵，春泥化其屑。

所以益后来，只此足愉悦。

我闻老树言，感动冲毫发。

启我日月情，照人肝胆澈。

因忆二三老，仿佛见高节。

起坐暂低回，长庚看明灭。

有赠

中庭有香木，伐之得两琴。

远知君子至，抱出绿榕阴。

洗手复弄之，发音清可闻。

始作暮云合，再奏山月昏。

三鼓弦何促，泪下忽沾襟。

岂不嘲客耳？聊用见率真。

奏罢即分赠，幸勿卑无文。

君看双琴上，宫商颇不亲。

此发彼辄应，用意何其深。

时时一相拂，所以存精神。

水调歌头

丁未重九，聚饮于广州南岸草肆，诸友先有《采桑子》之作，勉以长调应之。

君按采桑子，吾翻水调歌。登高休说，重九临水亦无何。未必华嵩还望，不见烟波南岸，风笛小亭过。座上沽屠客，胸次正嵯峨。　　已无酒，姑啖饼，议山河。夕阳容易，暗染鸦翅入庭柯。一笑明朝归去，各认前途风雨，回首指青螺。珍重男儿诺，莫拭泪痕多。

沁园春

己酉秋，高校应届毕业生分赴基层接受"再教育"。余适台山县烽火角军垦农场，有作。

金箭斜飞，惊散玉鹅，雪羽满天。渐远山收绮，银鱼跳月；平沙展雾，乌鹊鸣滩。沧海人归，黄粱半熟，相戏门前细犬欢。茅檐下，有泥溪新涨，可濯吾颜。　　生涯莫动长叹。任万虑樽前醉眼宽。甚长沙秋士，空楼吊影；孟尝狂客，长铗频弹？料理畚箕，安排土石，万古功名一笑间。连营静，又潮音催梦，依约前湾。

贺新凉·自台山农场假归赠刘峻

合是诗人未？似当年、剑门道上，雨斜风细。捡点青衫尘兼酒，总是远游情味。便蓦地、相逢故侣。世上风涛安足问？正高吟万里生奇气。深巷月，尚如水。　　少年杜牧伤春泪，待凭栏、从头拭尽，共君一醉。闻道江流千尺下，时见精灵来去。今古事，由他千虑。行路读书闲插菊，望遥山、对起青如髻。长相忆，为君誓。

永遇乐·去台山，赴海南就业。寄陈永正。

望断归程，忽成独往，天其何意！匝地炎风，吼云黑浪，万树碧椰子。人言旧是，坡仙游处，野水夕阳无际。怅重帘、佳人一病，关河柳色谁主？　　苍茫此夜，思君千里，莫问瘴江菰米。见说人间，而今草草，多少临歧泪！年来樽酒，秋风肝肺，过尽旗亭药市。凭谁问，乌啼月落，曲栏独倚。

城居杂咏

日暖晾衫天，小巷丽如绣。
云暗雨忽来，窗窗出素手。
道旁白兰花，夜来香欲喷。
零落不终朝，都上女工鬓。

琼居杂诗

八月炎天晓，卷帘山气苍。

小星先去月，微露不成霜。

且引壶清白，仍怜菊淡黄。

漂流应日远，秋事付长安。

鸣蜇静虚壁，复起于小窗。

客梦因愁短，清滩放月长。

自粘风絮入，不动野云凉。

落叶何骚屑，萧萧未满廊。

水调歌头·夏夜独酌兼怀斯翰

客里谁堪醉？闲门喜月过。莫问明朝风雨，玉镜正新磨。已有数竿修竹，尚欠一溪流水，此外更云多。饮罢忽长啸，双泪落金荷。　　吾倦矣，正思子，浩风波。行吟向晚何处？五岭郁嵯峨。且憩翠微顶上，待我梦魂千里，一笑指斜河。长笛还归去，天海共婆娑。

甲戌谒邓世昌祠

百年国运旋，纽枢在甲午。

四海已平波，屹屹忠魂拄。

满庭芳·京华逢旧

冰雪无痕，烟云有态，春深时节京华。繁城丽日，佳气望犹赊。一笑相逢窗下，携手处、逸兴交加。茶烟飐，雄谈恰似，千骑卷平沙。　　天涯，记当日，危楼倚遍，愁断飞花。思美人不见，风雨横斜。忽听惊雷破夜，春已到、万户千家。经纶事，更看妙手，天海弄晴霞。

踏莎行·题《白门柳》付梓之际

钟阜斜阳，秦淮别浦。熏风醉杀花无数。一从鼙鼓渡江来，漫天翻作惊红舞。　　秃管争晨，孤灯夺暮。华年心力甘分付。妍嬉异代未招魂，琵琶一曲凭谁诉？

区潜云书法集编成感赋

一从区子病不起，盘胸十万龙蛇死。
叱咤书坛要健儿，恸向南天无此理。
风雨心盟三十年，天真磊落感君言。
灯深犹记西关夜，小草新成杜秋篇。

【注】
潜云尝书杜牧之《杜秋娘诗》，小草精绝，以余爱之，遽以相赠。

雁荡山留题

苍崖万叠似重关，千尺龙湫绿影间。

南让雄奇北让秀，人间我重越中山。

丁亥上巳汇豪雅集席间有作

盈耳沧桑謷，炎蒸祸正张。

遣怀容我辈，修禊当春阳。

诗拾兰亭影，毫分古拓香。

天心若曲水，何必问来觞。

【注】

其时地球温室效应之忧甚嚣尘上。故首二句及之。

丁亥夏，予有庐山、井冈、黄山之行，而无诗纪之。是秋重九，汇豪雅集，斯翰议步小杜原韵，欣然动兴，遂有此作。

登高岂复羡雄飞，万壑苍茫着影微。

筇竹已输腰脚健，远岑空许梦魂归。

渐看老木生秋气，坐听风蝉噪夕晖。

今日故园逢九日，试临珠水照初衣。

刘斯翰

号童轩，香山沙溪云汉堡人。1947 年生于香港，1950 年随父母移居广州，曾任广东省《学术研究》杂志社主编、研究员。著作有《曲江集校注》《柳亚子诗选》《海绡词笺注》《汉赋：唯美文学之潮》《史与诗》等。

奉题杨伟老《三峡小集》

老杨三峡吟云雷，横胸诗思如倾罍。

归挟一卷光玫瑰，初下瞿塘舟怒发。

出门极叹双金甲，千黛万青新雨歇。

芳兰香芷暗荒滩，昭君环佩屈原餐。

四舷愁梦莽回还，阵图沉水帝城死。

曹瞒周郎呼不起，江天墨墨江声靡。

葛坝拦洪生赤电，神女舒眉鲧禹羡。

英雄挺出今始见，金霞喷薄桥飞虹。

登楼黄鹤鸣晨钟，披襟猎猎歌东风。

我方闻此嗟未已，诗翁大笑寒灯里。

手持长卷收江水。

黄山草

绝忆黄山草，离披天地间。
揽之风露色，念尔岁时残。
偃蹇苍松傲，嵯峨赭石顽。
生生终不息，今古一追攀。

白鸥

惘惘中年意，悠悠对白鸥。
弄晴翻窈窕，挟翅入潜游。
倦矣飞难进，迟回怯巨流。
唯将一片影，波上作琼楼。

行云

一片霓裳下，风回不自由。
寂寥分月地，散淡照林丘。
鹤羽蹁跹影，梅魂清浅流。
未随龙虎往，长白护平畴。

秋感 (八首选一)

一夜西风瘴雾开，万山红叶结楼台。
登高自许随天步，历劫何辞效古灰。
大宙有尘邀作月，秋心如火乞成才。
泱泱诗国非无种，会看英灵出草莱。

齐鲁吟草孔子故宅井

老井如有情，泠泠数尺朗。
千古一窥时，光影犹可网。

香港回归感赋

一百五十年，怅望珠沉海。
此夕庆回归，九州横异彩。

题筱孙兄《春泉图》

三月山泉瘦欲枯，忽逢霖雨便嗷嘈。
先生倚杖心窃喜，试剪春声入画图。

临江仙

草草心情难理，梦回瓶萼犹红。春归时听落花风。可堪一夜雨，狼藉到帘栊。　　远影幽幽寒月，长天渺渺孤鸿。入肠残酒并愁侬。人天分袂事，未醉已朦胧。

浪淘沙·听海

海雨拂空明。鼓舞长更。淡云斜月伺人醒。浑似当年伤别后，写徧寒筝。　　赤足踏沙行。风疾波腥。喁喁喋喋是柔情。浴日双鸥声甚锐，掩泪重听。

蝶恋花

枕压愁香香又杳。高阁新晴，一雨凭分了。噪鹊窥帘天欲晓，靓妆人憨月眉俏。　　休说闲情千百绕。那似潜鱼，沙暖一双好？镜里霜华嗟太早，天涯真有忘忧草。

好事近·元宵

细雨湿山茶，红艳小园香彻。记得隔年心事，又元宵佳节。　羹汤仍试小团，美意凭谁说？且待烟花散后，看月明微缺。

水龙吟·荷

可堪艳粉娇红，西风乱飐池中坠。莲娃去后，清霜初下，枯茎谁思。客里骚人，夜窗剪烛，听愁还闭。任荒沟雨霁，月斜依约，霓裳舞，寒更起。　沉想雨狂风恶，正春残、小红新缀。碧波窥梦，紫霞深护，曦光摇碎。万盏擎空，香云扑野，盈盈天水。算奇情纵剖，莲心自古，有痴人泪。

贺新郎·谒成吉思汗陵

欲共荒原语。向高秋、穹庐饮罢，风生如虎。万里沙场支倦眼，回首茫茫千古。似铁马、金戈犹怒。琴手歌娘多妩媚，怅英雄、儿女今谁主？原上草，莽如许。　成陵屹屹斜阳暮。叹威灵、满壁还记，竟无寻处。重拊金鞍弹清酒，倏起阴山云雨。更涌地，长河吞吐。一箭曾教欧亚服，笑人间、未了闲狐兔。金鼓动，大旗舞。

永遇乐·观越王勾践剑有作

　　铁贯霜文，冰澌斜刃，寂寞亘古。大匠炉锤，春秋霸业，一战埋荒土。长怀棘楚，清宵露下，炯炯深眸回顾。动哀吟、纷披断发，会稽蓦起豺虎。　　百年奇耻，凭谁湔雪，坐叹西风樯橹。地覆天翻，乾坤溅血，够向轩辕愬。河山一统，五星垂照，盛世殷勤重措。漫惊疑、中华利器，环球共睹。

水龙吟·答晋如

　　孤光乍起寒漪，怒明夭矫来何世。骚魂千古，一江春水，滔滔遥寄。剑气沉埋，蒿莱馀恨，几时能已。看青鬓多情，鸡声催老，应知道、愁滋味。　　此夕休谈个事。怕天长、惹愁长矣。子衿荡荡，予怀渺渺，莫名谁例。短信交驰，狂吟偏掷，泪流无地。但人间总有，闲情教想，吴刀堪佩。

夏云峰·题吾兄斯奋新作山水长卷

水云深，人踪杳，雁声涛影初沉。高柳乱蝉
招缆，自泊荒浔。夏丛香发，碕岸酒、洗濯愁襟。
山月小、须弥乍涌，如掷雷音。　　峥嵘天地何心？
竟鞭石蹴泉，簌树无禁。更教虎龙窟宅，啸怒交侵。
阴阳方割，昏晓荡、灵籁呻吟。惊梦觉、风霆万壑，
人在楼阴。

一萼红·牡丹、水仙、君子兰、百合、康乃馨杂咏

晓成阴。更潺潺冻雨，年色正骎骎。高厦云
簇，连街花绚，春意先动江浔。分素手、丛芳绣
束，弄娇娆、偏惹护花心。百合水仙，乃馨君子，
众美初临。　　玉盏薄摇香露，倚猩红细罱，默
默情深。媚眼惺忪，洛姬湘女，一笑对舞开襟。
几曾想、大唐妃子，矜国色、素面亚瑶簪？但止
清芬在室，全胜兼金。

刘景堂

（1887-1963）字韶生，号伯端，多以号行。广东番禺人。早年任职广东学务公所。1932年退休。1951年与廖恩寿共组坚社，推动词学，著有《心影词》《沧海楼词》《沧海楼诗钞》《词意偶释》等。

高阳台·春日过城南感赋

云阁轻阴，风消残雪，春光暗逗兰芽。游兴年年，凤鞋浅印银沙。江干柳老无花落，只绿阴、遮满天涯。任行人，折尽柔条，不系香车。　　等闲已有伤春意，况东君流转，催换年华。锦绣园林，如今处处栖鸦。白云深锁天台路，怎人间、不种胡麻。怕重来，流水红桥，知是谁家。

寿楼春

前月六禾自南岗归，为述梅花盛开，余未暇访也。岁晚过此，则零香委地，空见青枝，顾我来迟，负此幽芳矣。

寻缃梅来迟。恰繁英落后，憔悴空枝。想见当年游屐，水边低徊。传淡憬，矜冰姿。似寿阳、宫魂迷离。奈几日斜阳，连宵苦雨，零落在天涯。　　佳期误，君应知。问尊前有泪，还向谁啼。最恼青山情薄，瘗香无碑。残腊尽，东风回。正百花、争妍开时。甚独抱孤芳，不随好春先自归。

望海潮·登粤秀山怀古

　　佳哉山色，苍然秋气，凭高对此茫茫。西拥桂林，北蕃庾岭，何人力破天荒。秦汉晋隋唐。算一弹指顷，沧海生桑。兴废无端，漫将闲话付词场。　　鸣箛远引清商。又十年短梦，风雨蜩螗。茉莉未花，红棉渐老，重来事事堪伤。筇短路偏长。怕醉扶易倒，一任踉跄。回首高台，有人乘兴倚斜阳。

水龙吟

　　陌上木棉作絮狂飞，此乃南方风物，声咏所遗，陈显庵惜其不遇，属为词以彰之。

　　似闻粤柳无花，怪看飞絮漫天起。东风远引，江南春色，行云万里。遮莫离人，半襟幽恨，惹他香泪。甚才华粉黛，飘零一例。何须问，天涯意。　　红尽越台花事。又匆匆、雪飞琼坠。凭高却怕，斜阳如梦，鹧鸪声里。休讶层霄，顿惊残劫，半闲身世。更星星满眼，韶华催老，物犹如此。

莺啼序·感怀，用梦窗韵

残宵梦惊绣枕，揽重衾似水。蕙炉烬、静掩湘屏，胆瓶香弄娇蕊。正锦幄、狸奴睡稳，晶盘细颤灯花坠。隔朱楼丝雨，声中又牵情思。　　芳节频移，岭外候早，道繁枝结子。唤红袖，低卷珠帘，燕归何事不至。念韶光、才来几日，怎风信、催轮葱指。问东君、作暖悭寒，可知花意。　　当年旧恨，待诉还休，托半醒半寐。春已在、悄无人处，欲倩谁主。付与飞红，替他酸泪。明朝却怕，清明易过，人间都是伤心地。有莺莺、燕燕同憔悴。斜阳淡碧，相思万劫成灰，断肠酒边愁里。　　江南草绿，锦鲤来时，说蹙蛾减翠。暗记省、湖边携手，嫩约无凭，粉糁脂融，晓妆初起。朝云易散，沉欢零事。于今惆怅双鬟影，便重来、莫近冰奁倚。年年检点春心，一卷新词，叠成蠹纸。

满庭芳·赠歌者燕芳

烛黯金徽，香消银甲，坠欢如梦堪惊。杜郎重到，相赏不胜情。依约春深池馆，花枝好、低亚云屏。空惆怅、斜行倦雁，不似旧时声。　　凄清。偏感我，寒泉吊蚓，幽谷传莺。更一声呜咽，双泪纵横。莫是霓裳换谱，人间世、谁唱谁听。君知否、梁尘散后，残月在虚棂。

踏莎行

题梁羽生说部《白发魔女传》，传中夹叙铁珊瑚事，尤为哀艳可歌，故并及之。

家国凋零，关山离别。英雄儿女真双绝。玉箫吹到断肠时，眼中有泪都成血。　　郎意难坚，侬情自热。红颜未老头先雪。想君定是过来人，笔端如灿莲花舌。

英国诗人莎士比亚殁后三百载开会纪念

偶因天籁发长吟，海外流传咳唾音。
当日阳春难属和，只今黄绢费追寻。
语多讽世能移俗，曲妙登场见苦心。
三百年来成绝调，五洲人共仰高岑。

感旧

风流谁识杜司勋，春未成阴日易曛。
著著输棋真后手，朝朝独醒欲离群。
花元自妙何劳赏，麝已成尘不待薰。
更为眼前追往事，几番襟上拭啼痕。

刘麒子

（1943—）笔名新盦，大学文化。中华诗词学会副会长、中国楹联学会顾问、中华诗词学会诗书画委员会主任、《中华诗词》杂志社特邀编审，兼广东中华诗词学会名誉会长、汕头市岭海诗社顾问等。

回归颂

中华富庶无伦比，大国泱泱千百纪。
封建王朝年复年，晚清气运渐衰靡。
锁国闭关百业凋，列强滋衅虎狼视。
英商鸦片越洋来，吸食形枯颜似纸。
成瘾成风祸不穷，人亡家破随驱使。
洋人贩毒结官商，禁令地方行复弛。
壮哉钦差林则徐，堂堂国士真男子。
英雄力欲挽狂澜，靖扫邪氛除蝼蚁！
恳奏清廷求禁烟，洋洋至论皆宏旨。
缴收烟土令如山，缉拿官商惩地痞。
强令戒烟配药方，万箱烟土亲销毁。
敌舰寻仇压重兵，昏庸清帝声唯唯。
几番奏折系安危，自古良臣轻一死！
当时鸦片狼烟起，血战南疆互对峙。
滩险礁多敌舰惊，洋枪火炮皆空倚。
林公募勇聘高贤，谙敌之长师敌技。
铁链横江增炮台，海隅捷报传遐迩。
英军侵港困南京，欲置无辜于炮底。

东南肆虐逞凶残，读史于今犹发指！

屈膝清廷唯议和，三签条约蒙奇耻。

竟将香港让英夷，辱国丧权民切齿！

父老相看垂泪痕，几回肠断界桥址！

香江汩汩向东流，创业艰难从此始。

应是同胞几代人，百年血汗成都市！

沧桑兴废写春秋，昔日辛酸今已矣！

骨肉情牵入梦频，同心爱国相翘企。

巨人中国立东方，遂令西方不敢鄙！

应见长城似铁坚，龙腾虎跃日千里。

改革年华业绩多，雄图谁不叹观止！

迎来"九七"喜"回归"，香港迈开新步履。

扩张掠夺到头空，发展和平真道理！

十亿神州展笑颜，普天同庆"回归"喜。

港人治港运鸿谋，民主自同谁敢否！

一国之间两制分，互参优势相模拟。

共促繁荣大计襄，兴邦富国当如此！

高声共唱颂"回归"，更颂中华前景美。

一代诗魂振国魂，千歌万颂情难已！

客潮州凤凰山感赋

凤凰十日五登临，电站恢宏水库深。

一望茶园山毓黛，四围稻菽野铺金。

农场好客烹龙舌，林荫纳凉辨鸟音。

何处风光能若此，如诗如画系人心。

夜阑感事，辗转难寐，抚枕低吟，遂成一律

年来踪迹费评思，沧海横流自笑嗤。

意气如刀磨渐利，文章似玉琢方奇。

条条已悟非三昧，本本知难解百疑！

始信求真当务实，夜阑抚枕细吟诗。

礐石吟

汕头礐石，开埠伊始，即为外国领事馆、海关、教堂、别墅丛集之地。中华人共和国成立后，董必武、郭沫若、陶铸、周扬、田汉、老舍等名人先后流连于此，赋诗赞美，声名远播。改革开放以后更是姿容焕发，被定为广东省重点风景名胜区。

礐石南横呈画幅，海天气壮云飞逐。

峰峦十八起潜蛟，一脉名山天下独！

上有青龙此吐珠，中分白蟒落飞瀑。

龙泉古洞泉涓涓，蟹不横行龟颈缩。

细雨如酥曙色清，春风阵阵谱晨曲。

潮音海韵情无限，如画如诗堪品读！

路转峰回别有天，溪山处处松林郁。

桃花涧外辨青溪，底洞连环穿峡谷。

海角石林渐可寻，飘然亭在云间伏。

楼台飞叠接天街，津坞谁将庭榭筑？

误道仙家溢茗香，依稀云霭传丝竹。

奇峰翠挹美人妆，绿沼凝眸荷馥馥。

滴翠晴岚映镜波，遥怜西子春山蹙。

苏安景趣胜桃源，啸石若聆泉万斛。

烟起香炉绕远山，天坛庙宇如天竺。

焰峰潋滟塔山娇，美在山重与水复。

狮象奇岩峙两边，七星洞府争祈福。

官鞋胜迹杳无踪，此地神娃曾放牧。

天外有天一线穿，平台夜可窥星宿。

飞来巨石誉皇冠，海展绿笺笔架矗。

喜有角亭衔远山，举头似见图千轴。

我来更欲访名碑，百家真迹题山麓。

书坛俊彦笔峥嵘，满目琳琅英气扑。

日月升腾岭海间，山川灵气此臻毓。

潮人福境誉南天，邹鲁之邦堪叹服。

百载商埠万国船，粤东胜景荣光沐。

回看改革特区人，成就得来非一蹴！

锦绣山川锦绣图，征途四化争鞭速。

汕头望里日繁华，气象万千瞎远目。

巨轮鸣笛系五洲，彩云远伴三江舳。

寄情山水喜登攀，舒啸归来星斗簇。

香港回归后乘轮抵港游屯门感赋

杯渡青山云欲吞，天空海阔望屯门。

唐安营垒寻禅迹，英治商都觅泪痕。

良港真堪名宇宙，华人自可傲乾坤。

而今洗刷百年耻，民有精神国有魂！

潮州古城东门楼远眺

凤城广济东门楼，几度登临豁远眸。
春雨湘桥云润岫，秋风鳄渡浪催舟。
校园隐约书声巧，市肆喧哗喜气缪。
自古天南多胜地，最堪留恋是潮州。

永遇乐·次柏扶疏韵成黄山颂一阕

我爱黄山，天风云海，惊险奇绝。几度登临，
豪吟醉墨，腰为山川折。玉屏呈瑞，万峰俯仰，
不枉此生岁月。喜描下、天子真容，危峰奇石，
劲松白云红叶。　　一方胜景，吸引多少，古今
风流人物。黄帝腾龙，唐皇颁诏，传说天心悦。
放歌诗仙，游记霞客，历代诗讴墨泼，赞今日、
荧屏影视，报章迭叠。

杭州旅兴

武林览胜路迢迢，直下钱塘趁涨潮。
灵隐梵钟惊俗梦，平台皓月忆良宵。
湖藏八景馀诗债，水绕双堤作画描。
拜拜一声难尽兴，导游轻扭小蛮腰。

永遇乐·太行行吟

三晋河山，太行蜿蜒，险峻奇绝。逆旅唏嘘，凭高览胜，腰为行吟折。几多才俊，几多遗迹，几多风云岁月。古今事，存非与是，不同荒土黄叶。　　今看古邑，危楼拔地，簇簇频添风物。八面通衢，欢歌载道，处处民心悦。锡崖沟畔，王莽岭下，沃野甘霖洒泼。丰稔岁，喜融万户，贺诗迭叠。

丙戌中华诗词学会山西晋城盛会即兴

丙戌诗朋聚晋城，共倾肝胆吐心声。
和谐社会文风振，改革年华喜气盈。
引吭高吟荣与耻，持身慎别浊和清。
长磨脑汁春常驻，相逢莫笑白发生。

关山月

（1912-2000）广东阳江人。曾任广州美术学院教授、广东画院名誉院长、中国美协副主席，是著名的国画大师，岭南画派主要代表画家。出版有画册二十多种，另有《关山月论画》等。

湄南河忆旧

流离往事卅年中，西北西南几暑冬。
顶礼敦煌梦佛国，蜃楼戈壁幻蛟龙。
驼铃塞外阳关雪，市集椰林亚热风。
再泛湄南花果肆，水乡处处旧游踪。

画梅

画梅不怕倒霉灾，又接龙年喜气来。
意写龙梅腾老干，梅花莫问为谁开。

关则林

1928 年生，广东新会人。中华诗词学会、广东中华诗词学会会员，新会冈州诗社顾问。著有《清流集》。

新会大洞、虎坑双桥通车喜赋

大洞跨天马，虎坑弯玉弓。
霞光生眼底，塔影卧波中。
单辆如飞箭，连轮似猛龙。
千村开富境，百粤起雄风。
经济添新翼，城乡展美容。
桥通侨路畅，宾至主情隆。
仰望攻关将，赢来缩地功。
古冈张两臂，迎抱九州峰。

感时

大野生灵物，高天赐露浓。
康衢轮滚滚，前景意熊熊。
跃作骑墙虎，继为变色龙。
瞒天求过海，遁地欲潜踪。
挖穴藏蛇鼠，寻花逐蝶蜂。
赌场充阔少，酒阵逞狂雄。
本是泥菩萨，居然不倒翁。
自应随粪溺，何可当参茸。
百姓思包拯，千家盼武松。
高呼伸正义，挞腐树新风。

关应良

字止善，广东顺德人，1934 年生于澳门。曾任香港多家中学
文学、美术科教席及香港中文大学校外进修学院艺术课程导师。
擅长中国传统山水画、中国书法、中国旧体诗词，曾出版《江山
如画册》第一辑、第二辑。

与友煮酒兼柬潘新安

鱼鲜酒老可忘忧，入座春风满小楼。
品次盘飧兼味永，令人长忆九江游。

题自写万里长城卷寄简元俭

居庸关外草芊芊，云淡天高落照边。
车入秦唐通塞路，两登嘉峪望祁连。

秋怀

绝踪而去挽留难，黄叶飘残不忍看。
世路迂回思转曲，心如潮水起波澜。

怀张韶石

风过天香扑面来，无人不仰先生才。
木兰堂上曾为客，砚畔看花顷刻开。

再游意大利次和洪肇平赠韵

但丁坟畔好寻诗，自古骚魂感别离。
冷翠我来风景异，临楼披卷想当时。

卓翁见示七十书怀 （四首敬和其一）

虚谷传来草屐音，鹤回红萼发遍林。
有情长句酬新岁，无蚁深杯暖赤心。
入世难离文字相，归山始听响泉琴。
尘埃起伏三千界，得遇先生好学吟。

纵有

纵有闲情数落花，红消翠减树栖鸦。
新来梦逐作云淡，拂袖临江步晚霞。

论书 (二首)

(一)

悬针垂露真相异，翰不虚行各有宗。
据槁临危人不识，山阴遗法胜张锺。

(二)

英雄所见尽相同。千百年来水向东。
智巧能兼心手畅，不求力运力无穷。

相见欢

　　参差树影湖中，月如弓，舴艋不知何去载西
风。　　霜叶落，惊孤鹤，又惊鸿。画里秋心，
应在短墙东。

关性乔

广东南海人。中国楹联学会、广东中华诗词学会会员。佛山诗社副社长。已出版《韵寄神州》《关性乔楹联选集》。

登蓬莱阁

步上蓬莱第一楼，无边碧海逐飞鸥。
蜃楼海市虽奇景，过眼云烟未可求。

关振东

（1928—2009）广东阳江人。历任《南方日报》文艺部主任、《南方周末》主编、《共鸣》总编辑。著有《五岭笙歌》《游心集》《春风吹又生》《情满关山——关山月传》《关振东书法选》《关振东自选集》等。

水乡杂咏

牧歌

水鸟斜飞欲曙天，扁舟一叶鸭三千。
迎风和雾抛渔网，红是朝霞白是鳊。

蕉林

南风十里弄婆娑，翠影轻摇水底波。
璞玉满船人不见，绿荫深处起山歌。

题广州起义烈士陵园菊展

十年横雨尽蒿莱，留得秋芳劫后开。
纵使凋残犹傲雪，肯将高洁委尘埃！

漓江抒情

谁挥大笔写丹青？夹岸奇峰尽画屏。
只有沧桑难入画，漓江载满古今情。

夜宿鼎湖

飞泉夜雨两潇潇，远近溪声似落潮。
起看春林新若洗，禅钟袅袅晓云飘。

庐山月夜

云生脚底飘轻絮，天在山中一镜开。
我欲推窗摘星斗，松移月影入楼来。

南岳

绿海苍波八百里，七十二峰飞不已。
祝融振臂撑青天，回看朝阳肩右起。①

【注】

① 清代著名学者魏源《衡岳吟》有句云："恒山如行，岱山如坐，华山如立，嵩山如卧，唯有南岳独如飞。"信也。

夜过澳凼大桥

1995 年春末访问澳门，夜过濠江，望澳凼、友谊两桥飞架，满海灯光，胸襟为之一阔。

横空跨海跃双龙，嘘气呵云御大风。
濠镜一开烟水阔，珠光十里月明中。

孙中山先生一百三十岁诞辰感赋

手挥雷雨洗清明，大厦将倾一柱擎。
自立自强当自救，先知先觉更先行。
潮流顺我归民主，天下为公济众生。
医国针砭功未竟，后来继武仰英灵。

谒海瑞墓

冷露难凋古柏松，"粤东正气"薄云空①。
贪风又起清明后，百感苍茫一奠公。

【注】
① 墓道正门石匾上刻有"粤东正气"四字，在斜阳辉映下红光闪闪。

悼邓小平同志

廿年改革经纶手，两制推行锦绣篇。
敢辟新途开胜境，唯公胆略可回天。

登华山

削岩如铁绕车前，万仞苍崖剑插天。
一缆横空飞北岭，举头绝顶袅寒烟。

鹧鸪天·珠江夜韵

十里华灯五色绡，一屏如镜接云霄。珠江两岸珠光绕,画艇中流画意饶。　飞彩旆、过虹桥，欢歌笑语涨春潮。烟花万朵风前舞，几处楼台月下箫。

关润芬

1935 年生，广东阳江市人。广东中华诗词学会会员，阳江漠江诗社理事。

西江月·得友人秋思词次韵

岁月尚余肝胆，风尘唯看裾裳。酒酣诗老菊须黄，指处曾经击浪。　　慷慨宜留晚景，晴明先访江乡。几番桑海转寻常，依旧潮生月上。

秋日杂咏 (二首)

(一)

渔歌寂寞觅江津，十里烟光杂市尘。
问道明朝秋更好，欲呼风雨洗黄昏。

(二)

飞花落叶太匆匆，未尽楼头一笛风。
三十六陂烟水白，半屏山映夕阳红。

丁丑新春遣怀

莺狂蝶乱意何从，却问帘开一萼红。
春酒千门牛值岁，雷鞭万里鼠潜踪。
齐民富国乾坤手，归璧还珠九七钟。
良夜笙歌星月落，鸡声唤起剑如虹。

秋日感遇 (六首选五)

(一)

凉簟单衣渐觉秋，不关霜鬓始言愁。
追求已是终生累，归退何曾一日休。
翘企云霄思片羽，乘除岁月感零头。
茶烟消尽黄昏味，虫响阶庭月上楼。

(二)

莫笑年来笔下狂，盘空硬语碎柔肠。
佳人选美争倾国，秋日栽花得拒霜。
驹过光阴惊忽忽，杯为沧海见茫茫。
林烟霞彩千峰共，爱及天涯是夕阳。

（三）

芒角撑肠未废吟，海门空阔荡潮音。

凌云笔阵开生面，落日楼头许壮心。

风雨来前秋寂寞，笙歌散后夜深沉。

十年隐市耽花草，一叶飘黄念故林。

（四）

媒体纷坛意有加，遥方战火近桑麻。

难知天数参因果，休为人生找误差。

禾米岁收肥鼠雀，江河日下混龙蛇。

文如载道碑随口，形象民心定位斜。

（五）

诗心世路两蹉跎，未悔毛锥作剑磨。

共道新图真似画，谁编生命美如歌。

平川草木风霜动，秋水文章涕泪多。

且尽一壶桑落酒，疏篱菊老待吟哦。

江　东

(1926-2006) 广东普宁人。曾任石岐市文联副主席、《石岐报》主编；1961 年 8 月回普宁任教至 1989 年离休。中华诗词学会会员，曾任《铁峰诗苑》主编、铁峰诗社名誉社长、揭阳诗社理事。著有《华胄诗文稿》《片玉集》《片玉集续篇》《马克思主义·爱国主义·佛学》。

咏莲

亭亭如玉立，出水弥清香。
翠盖连波碧，熏风拂面凉。
污泥焉可染，秋气亦何伤。
持节酬知己，柔丝万缕长。

咏月

寻常顽石步虚空，才有诗家便不同。
小白书怀悲羁旅，大苏把酒问苍穹。
多情偏欲伤圆缺，守道何须怨达穷。
无愧人生心已足，回看月色正融融。

江　星

（1925-2005）江苏省泰兴县人。曾任广东中华诗词学会副会长、中国当代书画艺术研究会副会长。出版有《韵里江山》。

访古琴台

览胜寻幽上古台，千年弦断不须哀。
蛇山鹤舞新楼起，汉水钟敲古刹开。
百舸争航三峡去，一桥横跨万车来。
明时莫怨知音少，华夏中兴赖栋材。

过山海关

羁旅过雄关，卅年去复还。
长城沉夜月，辽海拍晨山。
南下人犹壮，北游鬓已斑。
昔年鏖战处，今日笑中看。

游崂山

驱车百曲上崂峰，拔海参天气势雄。
狮岭横云迷怪石，龙潭喷雨蔚青松。
千年汉柏枝犹壮，百代唐榆叶更葱。
谁说天涯人已老，还登鳌顶接飞鸿。

邓世昌将军殉国百年祭

甲午风云卷大波，百年遗恨未消磨。
水师喋血征狂浪，英杰捐躯发浩歌。
忍使海涛沉铁舰，不教敌寇犯山河。
成仁取义情何烈，留得雄风好伏魔。

登气鲵亭

云翻雨覆百经冬，甲午风云识俊雄。
长剑倚天为伏虎，沧溟踏浪敢屠龙。
血流黄海千秋碧，节壮神州万古红。
今日水师巡四海，气鲵亭上记丰功。

登东望洋山

登高千尺任凭栏，四处风光仔细看。
镜海浪飞千舸舞，松峰翠染一城丹。
山连港九思归急，水隔台澎待棹还。
放眼零丁洋上路，中华一统势如澜。

江恩莲

女，1949 年生，广州市人。毕业于广州美术学院。中国美协会员，广东省美协理事，广东中华诗词学会理事。

长城怀古

碧血凝城万里长，悠悠千载锁胡疆。
如今留得残垣在，犹忆当年小孟姜。

羌花如雪

冰肌玉骨雪为魂，淡薄平生羞媚群。
梅萼固然称国韵，却教冷艳让三分。

读父"崖门怀古"

壮烈词章锦绣篇，滔滔浪碧锁江寒。
一曲崖门怀古调，至今犹带泪痕看。

菊花诗

萧飒秋风岂可哀，金堆玉砌降瑶台。
冲天香阵谁能匹，疑是黄巢挂甲来。

汤凯如

1926 年生，广东新会人。现为广东中华诗词学会会员、新会冈州诗社社员。著有《炳烛斋诗文集》。

闻东瀛动态有感

遗孽参神社，狂言有石郎①。
妖氛方聚集，虎口正开张。
白下冤魂泣②，卢沟夜月凉。
屠城钟永响，未许弃戎装！

【注】
① 大发反华言论出石太郎。
② "白下冤魂"指日军南京大屠杀。

望海潮·春雨

随风飘洒，连绵淅沥，银线漫宇纷垂。坡树混蒙，方塘泛碧，千山万岭搽脂。入夜雨还奇，看灯光闪烁，舞弄丰姿。指晓临窗，浴余芳草更离离。　　春霖应节淋施，喜天妍地丽，泉涌诗思。造化手灵，挥毫点染，江山旬日霞披。南亩正春回，秧板连天绿，春水盈陂。春早人勤，俏语笑声满河湄。

许士杰

（1920-1991）广东澄海隆都人。曾任广州市委书记、海南省委书记。曾被群众评为"广州十大杰出公仆"之首。1995年广东人民出版社为其刊行《许士杰文集》。

论佛教南宗郆政于赵朴初同志

羊城丽日说南宗，镜树风幡一脉通。
顿悟皆因广涉历，净心自可正邪风。
非关避实求离俗，却是务虚能启蒙。
唯物唯心岂对垒，共为四化立新功。

【注】

1986年3月7日，在广州偕同罗培元、石安海同志拜会赵朴初会长，曾谈六祖慧能事，释云峰、新成在座，作七律一首，就正于朴老。

南风

轻装健步踱芳丛，冷眼平心辨旧踪。
秀木频遭刀斧劫，庸材却享济时功。
风前劲草宁摇摆，雾里繁花杂紫红。
正是春光明媚日，晴空万里有南风。

十六年后再度到海南工作

豪情华发逾当年，又种神州试验田。
喜见儿童成壮士，欣闻魍魉化云烟。
山光水色焕新彩，橡雨椰风异旧弦。
良种杂交亚热带，铁牛发动不须鞭。

许为璇

1946 年生，广东揭西县人。高中文化程度，揭岭诗社社员。

半月潭思乡

半月潭村汉品西，棉田万顷接云霓。
繁花似海帆何在？不得归时马又嘶！

许可青

1929 年生，河南太康人。曾任中国新闻社广东分社副社长。现任广东中华诗词学会副会长。

回乡曲

　　台湾返乡探亲团一行二十四人，一路穿着胸写"想家"二字的白衫，于一九八八年一月十六日抵穗。途尘甫拂，即带上台湾省黄土、清泉、鲜花、牲果飞往西安，告祭民族始祖轩辕黄帝陵。在团长何文德宣读《祭黄帝文》的激昂悲壮声中，所有成员痛哭难止，遂将台湾黄土撒在陵前，又取陵前瓦片带回台湾。余闻感甚，为诗纪之。

问长空万里泪谁倾？阿里谷应天山崩。

问黄帝陵前来者谁？古柏凄凄桥山惊。

廿四老翁排排立，未见黄陵眼已湿。

鲜花牲果供陵前，炮仗长鸣躬身揖。

揖者着衣世间稀，斜阳影里光熠熠。

白衫件件泣有声，"想家"字字呼归急。

黑字白衫陈怨怼，道尽人间辛酸泪。

别泪飞洒路八千，东风为之着意吹。

四十年前拉入伍，远驱台澎餐风雨。

春风拂尽秋潮生，秋潮涌痛中肠苦。

流光骎骎镜里惊，鬓斑须白成老兵。

奉命退役出营地，一肩行李两袖清。

侘傺人生若浮尘，形影相吊叹孤身。

每忆双亲慈颜慈，更念妻儿亲情亲。

家书辗转抵故宅，闻母思儿恸欲绝。

妻牵儿女对岸呼，幽怨泪洗三更月。

有家难归何所阻？仰首问天天不语。

蓦地里，火满腹，苍颜结伴一簇簇。

"妈妈妈妈好想你"①，大街高唱《回乡曲》。

曲韵凄恻萦碧空，苍穹垂泪路人哭。

曲出人应响惊雷，"想家"墨迹染白服。

曲曲呼风卷雨来，风吹雨激禁门开。

台北土香泉水清，台南摘果采芳梅。

烟波浩渺驾轻云，归思寄梦梦成真。

一月轻风抛一缕，一路摇情过千门。

望门不入奔秦陇，先祭华夏肇基人：

"胄裔绵衍踞东方，英雄迭起壮国魂。

兄弟阋墙国土裂，哀我骨肉常离分。

劫难未了聚无日，旧怨不息共沉沦。

愿我始祖佑华胄，同室止戈惠黎民"。

文德祭词感天地，一字一泪泣鬼神。

黄河息涛江住流，五岳颔首听吟讴。

东溟侧身翻作雨，欲倾沧海涤离愁。

君不见列岫皑皑冬云开，陵前无风卷黄埃。

黄土两地本同根，枝连体融相依存。

俄顷眼前幻飞龙，海峡腾空去无踪。

浊浪溪流通闽水，戴云臂连玉山峰②。

七夕牛女鹊桥望，金瓯一片愈葱茏。

【注】

① "妈妈妈妈好想你"为台湾流行之《回乡曲》歌词。

② 浊浪溪流，指台湾最长河流浊水溪。戴云，指福建东部戴云山。玉山，台湾最高山峰。

菩萨蛮·婆媳情深

　　有位外国学者说，谁能处好婆媳关系，谁应得诺贝尔奖金。足见婆媳关系难处，举世皆然。可是我祖母与我母亲却相处极好，胜过母女，儿时常听祖母夸赞我母。她们多年携手理家，尊婆爱媳，从无口角，令乡人惊叹。最难忘的是母亲病逝后，祖母常去母坟前哭媳，竟至日落不归。正值二位先人过世六十、七十周年之际，填词以祭，颂其大德。

（一）

　　榴枝举火梨花雪，竟贤婆媳情怀热。冷暖织衾衣，饪烹消渴饥。　　多年无口角，劳怨同愉悦。端饭几呼娘，声轻口味香。

（二）

　　时光锦绣兰心见，伤心最是亲情断。媳病医难痊，婆哀心似煎。　　清明连五七，泣饮芸芳碧。中日坠西坡，媳坟婆泪多。

【注】

五七，当时习俗，人死后五七三十五天，家人必去坟前祭奠。

回归曲

驱雷南天逐氛埃，九龙含珠金鳞开。

龙啸向天天地动，珠光映日日月回。

罂粟结梦毒惨烈，炮舰摧辱玉鳞缺。

难忍狂虬施劫技，攫夺尽是炎黄血。

峥嵘几作翔龙姿，龙须怒竖净肤肌。

昂首海云无羁绊，任沉任浮任腾驰。

巨龙托珠东天旭，赤帜星照紫荆绿。

荆花流韵太平巅，龙魂谱就回归曲。

一曲回归笑胡尘，金珠归主堪金真。

光耀东国开新纪，经纶杰士有来人。

君不见飞龙奔月敲玉盘，五洲华胄同一欢。

亲情凝铸相思月，共颂百年第一圆。

挥泪送伟人

1997 年 2 月 24 日，邓小平同志的遗体送八宝山火化，首都十万人民在灵车经过的路途两旁挥泪送别一代伟人。

垂泪京华步履轻，长安道上尽悲声。

灵车缓过心心送，同志小平慢慢行。

统一蓝图你绘就，金光大道你铺成。

香江未踏走何急？呜咽山河诉别情。

痛悼邓小平同志

噩耗惊闻举世悲，邓公功绩日同辉。
挥戈尤念国安泰，决策心忧民饱饥。
赤胆经天行改革，雄才纬地育甘饴。
捐躯医学临终愿，众口千年皆颂碑。

一剪梅·南国金秋

十月金秋金满畴，柚泛金辉，稻涌金流。橙欢橘笑晓塘柔。绸舞朝阳，又戏金球。　　竹影荔阴隐彩楼，左骋飞车，右绕轻舟。蕉林烟外蔗林稠。绿进田头，甜进心头。

点绛唇·蕉林夜语

绿倚红楼，蕉株和月敲蕉户。北窗蕉女，梦浸蕉花露。　　"女主莫嗔，为报殷殷哺。金梳举，帘栊不度，安得琼楼住？"

揭西大洋度假村观云景湖

红舍明山翠，流云一镜收。
春风轻展翅，为惜画图幽。

与汝明携孙女登衡山 (二首)

(一)

南岳蜿蜒路，携亲百里行。
青松铺锦幛，流水送飞声。
立峭豪情荡，谈书睿智生。
巅崖同叙愿，治学力高精。

(二)

谷涌坡流翠，云牵雾绕青。
脚登峰顶志，臂挽祖孙情。
日影丛林密，风轻伴鸟鸣。
衡山千里域，横纵见峥嵘。

访澳门诗友

芳草岸伶仃，豪江翰墨馨。
挥毫龙魄纵，遣韵汉魂萦。
人系胞情暖，山连故国青。
诗朋还旧友，是处话鹡鸰。

登云南玉龙雪山 (二首)

(一)

清晨攀曲径，近午揽青云。

展翅凭车缆，搀孙悦玉璘。

神蛙听佛教，菩萨现尊身。

七月冬装裹，空旷净无尘。

(二)

炎夏忽严名，高巅舞玉龙。

流云绕低径，游目透苍松。

山脚单衫白，银峰大袄红。

冬夏寒暑变，造化赖谁工？

【注】

神蛙、菩萨均为峰姿引出的传说。

晨立澳凼桥头

镜海收宵雨，晨妆故故娇。

长桥清露吻，凼澳两担挑。

水倚湍江睡，车欢寂梦摇。

凤凰双翼劲，跃跃待还巢。

【注】

澳门半岛与凼仔岛有两个跨海铁桥相通，远望似担挑凼澳。

许香癸

1930年4月生，广东潮阳区人。历任中共汕头市委宣传部干事、副科长，汕头市城建指挥部工办副主任，市总工会宣传部长等职。现为市人大杏园诗社理事。

沁园春

参观省潮州供水枢纽工程

浩渺汀梅①，越谷穿滩，聚就韩江。看风调雨顺，万家仓阜；洪汹堤决，百里汪洋。似练澄江，归帆去棹，水竭江枯空有樯。长思梦，冀蛟龙唯命，造福南疆！　以民为本安邦，粤俊彦、豪情慨而慷。建截江大坝，蓄留江水，灌田发电，四季通航。绿野欣荣，黄帆映日，沿岸腾飞金凤凰！千秋业，倘李冰尚在，定赞辉煌！

【注】
汀梅，即汀江、梅江。汀江在闽境，梅江在梅州市辖区内。

阮卓卿

1981 年生，广东中山人。毕业于华南师范大学生命科学院，现任职于沙溪镇政府农业办公室。中山诗社理事，沙溪诗社副社长。

清平乐·沙湖

水天一色，万籁唯空寂。偶见沙鸥同比翼，飞入荻芦难觅。　　烟波聚散浮萍，清风远近驼铃。欲把五弦轻抚，《高山流水》谁听？

阮退之

（1897-1979）名绍元，广东阳江人。曾任广东高等师范学校附中学监、广雅中学学监、上海暨南大学诗学教授、广东文史馆馆员，广东第四届政协委员。著有《阮退之诗选》。

论诗

商量诗派光宣后，对客曾为破壁言。
艺术之宫多自赏，几人投影到农村。

江行

五月舟行过白门，桑麻两岸树千村。
黄河老去珠江小，浩荡长江是国魂。

祭诗

海屋多年未劳诗，回舟今日始称厄。
一言国是全无及，此意时流恐未知。
事有同能求独胜，名非万世莫轻垂。
近来得句心仍小，不比童初入塾时。

凤君吟 （七首选六）

（一）

云阶对月成孤赏，海角听涛带恨声。
二十八年春梦冷，不曾倾国误苍生。

（二）

电笑珠难一置之，蹉跎不料我来迟。
诗成扇子知何处，昨夜南风已倒吹。

（三）

明知此泪定淋浪，迢递楼台不可当。
大海回潮春在望，香心深礼谢空王。

（四）

西林晓日狮山晚，寺坐郊行独汝携。
身世尽情倾不了，梦魂飞绕碧街西。

（五）

大宙春魂播未央，花时同忆旧题章。
予生不恨归趋晚，爱迹天涯手泽香。

（六）

靖难平夷剩此身，三分能武七分文。
江关一卷妆台献，梳椋风云乞与君。

珠海丹心

木棉入抱红千里，珠海横戈挺石姿。
东望虎门天水碧，贞心长护纪功碑。

偶测

偶测乾坤劫未消，五更无剑亦无箫。
咸阳古道多年少，解忆江南不忆辽。

心影

大沙头至西濠口，反帝旌旗遏路尘。
帅府森森重记省，渡江曾作上书人。

书愤

少慕男儿绝远征，楼头父老问长城。
塘沽协定书成后，我马何年过北平！

接树老客寄来游桂林杂诗即答

风雅旌甘作达名，九州雷雨是春声。
文章百代观摩遍，世有诗人未太平。

白云松涛

白云蒲涧研丹地，千载空山只独灯。
水库松涛今日眼，天风多处听涛声。

红陵旭日

河岳精灵接太阳，普天同照此为光。
青松翠柏明霞里，想见当年赤卫装。

东湖春晓

春花吐晓柳抽条，江峡嘉鱼亦放苗。
收取东山归倒影，凿湖人倚曲栏桥。

五十自寿 (三首)

(一)

狂言不作危心在，无怨邦家愿已虚。
五十浮名求总结，定庵诗句石庵书。

(二)

料无名世逢今日，闲写涛笺换白鹅。
大气屡遭原子变，小楼风雨入春多。

(三)

屈原在野无心极，白石吹箫句有灵。
何处适宜专垦计，青山拟筑待红亭。

牟国志

1955 年生，重庆市人。大学文化。曾长期于新疆生活。现为惠州报业传媒集团编委。著有诗集《西北抒吟》、散文集《最后一支骆驼歌》、小说集《相逢在海南》等。

南山感赋

莺歌一路上南山，草似清波车似船。
花色温馨入胸臆，风声澎湃荡心弦。
攀高顿觉群山小，举步方知世路难。
满岭松涛闻海啸，遥天极目看鹰旋。

江城子·有寄

荧屏画照忍相看，整衣纨，手轻弹。低眉凝咽，不怨玉门关。只为断肠人不在，思不易，忘还难。　　此时有酒共孤山，一杯干，祝君安。京城阔别，今夕是何年？天若有情天落泪，窗外雨，雨连天。

新合江楼 （二首）

（一）

风光绝美合江楼，两水萦回抱惠州。
邹鲁人文千载颂，坡仙屐迹此曾留。

（二）

风情千古合江收，旧府新城作兴游。
最是动人灯火夜，一天星月两江浮。

踏莎行

暮露轻拈，浓毫浅掠，灯前倚调依前约。遍寻词字未如怀，此情难道经年薄？　　细雨连宵，春寒绕廊，天涯万木添新萼。千千朵朵向谁开，心头但有一枝着。

孙乃一

1941 年生，天津市人。中国书法家协会会员、中国楹联学会会员、中华诗词学会会员、深圳诗词学会副会长。著有《孙乃一诗书画印集》。

题画梅

八四年游孤山归来写梅偶成

一夜朔风吹，天山雪千尺。
漫漫空万里，太息独挂策。
临窗写冰蕊，铁骨凛荒陌。
笔下生青苔，悬壁动魂魄。
犹闻笛三弄，罗浮梦清夕。
处士影横斜，叹非西游客。
云道法自然，泥古原不适。
我自写我心，离心定非则，
诗翁何所钟，雪海凝春碧。
倩谁月下吟，归去依顽石！

治印偶感

残篇闲校拂黔尘，惭愧雕虫作印人。
每恨心顽常煮石，岂知顽石是前身。

题画兰赠世广兄

雪飘瀚海写幽兰，路渺渺兮梦空山。

忽来山鬼被薜荔，谓我笔下生清妍。

一枝一叶出云岫，欲将玉佩求我售。

我写芝兰非天秀，奈何屈子味相臭。

移向深山愁风雨，汶汶察察不轻就。

毫濡朝霞夜敲诗，一字一句寒光透。

三笔四笔交凤眼，霜毫写断鬼神佑。

怪煞板桥老夫子，归去清风来两袖。

润格标出价三千，难写尘世人情瘦。

难得糊涂名千古，笔老苍苔香依旧。

兰子兰荪深山影，写到癫狂残更漏。

残更漏，好梦付骚篇。

大汉霜风西去客，一弯新月照天山。

举酒醉花前！

游西湖放鹤亭

处士当年半掩扉，寒烟冷月棹船归。

只今留得孤山影，犹立亭前看鹤飞。

纪英辉

1927 年生，广东汕头市人，华南师范大学历史系本科毕业。新中国成立前，在粤赣湘边纵队东江一支队从事文艺宣传工作。新中国成立后，从事工农干部文化教育工作和体育文化教育，1989 年离休，杏园诗社社员。

咏灵山寺壁兰致释光致辉上人

无地托根寄寺墙，梵音听罢咽寒霜。
晚云载出芳馨意，飘落石琴韵也香。

赠友

崦嵫雨后正黄昏，何必踟蹰数履痕。
且剪秋虹簪雪鬓，夕阳前面是朝暾。

清平乐

淡烟轻雾，笼遍芳菲路。骤雨潇潇人已去，紫燕低徊故土。　　鱼书再读何妨，追回缱绻时光。小巷卖花声俏，暮春却似秋凉。

劳 力

又名天佐，1929年生于广州，广东南海劳边村人。曾就读中山大学。新中国成立后一直在广东番禺县从事农村、宣教工作。1979年调到广州美术学院工作，1986年离休。广东省作家协会会员、广东中华诗词学会会员、番禺区炎黄文化研究会顾问、番禺翁山诗社顾问。著有《劳力近体诗钞》第一、二、三、四集。

番禺翁山诗社成立日遇张建白（采庵）老师，一别二十七年矣

人系江湖未了情，崎岖路尽又同行。
诗坛耆宿荣名重，艺苑驽骀驾负轻。
曩昔冰霜虽栗冽，师生意气尚纵横。
如仍不弃吾愚鲁，再立程门候教声。

与陈竹东老师诗交五载，赋此留念

历阅沧桑百劫尘，何缘相见即相亲。
雕龙技巧能传我，折桂心雄未让人。
可是江湖名利客？无妨市肆啸吟身。
此君高节逢晴晚，陋室清馨德有邻。

【注】
陈竹东老师，著名诗人，于一九九四年咏广州诗词大赛夺得冠军。

一九九四年愚《近体诗钞》第三集编成付梓有作

此身作兴入扁舟，不羡乘桴笑仲由。
可有纵情娱晚景，何妨拨累狎沙鸥。
摛词未效朦胧体，搦管难从意识流。
料理冰霜松柏卷，吟怀壮旺又三秋！

六月家居赋诗代柬答友人

乱时还与晏时同，底事家居六月中？
读史明窗思洞达，行歌永日气遒雄。
狂飙乍扫红薇落，暴雨频摧绿卉空。
不信霾天吞丽野，阮郎何用泣途穷？

咏象牙红

腊暮花眠冷，唯伊独醒神。
是烧非用火，如锦不争春。
兀傲三冬树，多磨百炼人。
群芳将步韵，同度岁华新。

过三峡

三峡神州险，雄奇独出群。
洪流天泻落，砥石水回分。
浪骇汹而涌，猿哀渺不闻。
航船千里疾，冲破万重云！

访荥阳古霸王城遗址

霸王城对汉王城，相隔鸿沟入望清。
举鼎英雄空钓誉，分羹竖子已成名。
遨游顿觉山川壮，梦寐仍愁战乱惊。
历史黄河俱伟烈，黎元唯盼国升平！

珠江夜游

放棹随流去，披襟月下吟。
楼台铺桂影，车马动江心。
横曳霓虹带，高悬钢铁琴。
凭舷何限意，浩荡大潮音。

登嘉峪关城楼

边城五月远跻攀，入目烽墩堞尚顽。
已见政宽安绝域，不须地险设雄关。
祁连积雪千峰静，大漠横天一杖闲。
独立戍楼时纵望，临风忘却发斑斑！

游剑门关

排闼峰峦列险关，层层苍翠拥回环。
山鹰振翮天风外，栈道穿云莽荡间。
历代兵家争据守，今朝游客易登攀。
丰碑高矗岿然在，川陕通途任往还！

壮游（进退格）

万顷烟波万卷书，桑榆落落与诗俱。
临流高咏心情在，对岳长歌郁结纾。
白下山川无霸气，齐州形胜又新图。
滔滔江水横天际，廓我胸怀壮且舒！

离青萝嶂干校归家赠内

眼前非梦亦非烟，劫后相逢意怆然。
历尽风霜何所愿？愿花常好月常圆。

〖中华诗词存稿·地域专辑〗

中华诗词学会 编

广东诗词卷

卷 二

广东诗词学会 编

中国书籍出版社

China Book Press

目　　录

苏 俊

（1975—）广东高州人。广东中华诗词学会会员。著有《石斋诗词百首》。

神山

神山非梦梦非烟，万里愁仍一水牵。
黄帝陵前休洒泪，恐教芳草怨年年。

读台北东吴大学韦仲公教授遗诗

一水难量恨浅深，百年人事费沉吟。
鹡鸰原上声声泪，鹿港沙头夜夜心。

读王国维诗集

楚泽东倾未尽哀，昆明水碧照人来。
绝知衔石无今古，不共年年燕子回。

念慈

繁星如梦夜如痴，约略明灯伴读时。
细抚春衫针线迹，一行行似孟郊诗。

夜起

四山浓睡月孤流，又此情怀又此秋。
大宙茫茫看槐蚁，长风浩浩走松虬。
美人天末应相待，奇泪尊前未易收。
欲上琼楼问今古，一灯如水屋如舟。

咏书

信是三生未了因，灯前枕畔亦佳人。
绝知忧患无终始，曾见兴亡入笑颦。
邺架琅嬛长赴梦，竹篱茅舍不嫌贫。
凄凉莫怨黄荛圃，也为临歧泪满巾。

【注】

黄荛圃晚年窘甚，至鬻其藏书。

悼乡贤陈公兰彬

手招鸾凤大瀛东，一缆高争万里风。
塞外尚存苏武节，帐前谁竟伏波功。
斜阳满树筝琶咽，故垒埋云锁钥空。
剩向苍山呼毅魄，年年鹃血沸春红。

【注】

陈公，晚清进士，曾任驻美、古、秘三国公使，风骨棱棱。
中日甲午战后，忧愤国事，吐血数斗而殁。

读网上《广东诗人三家谈》，愧极赋此

破帽遮颜已自羞，错刀虚负美人投。

何妨醉后还呼酒，忍向花前更说愁。

云重难留如愿月，江空容有未驯鸥。

歌辞零落慵收拾，只唤青山入钓舟。

乘巴士过站不知戏作

已惯推挤敢怨谁？聊同骥尾暂相随。

当时气直吞千里，此日身能立一锥。

过尽好山都不觉，呼将健鹘更难追。

归来却恐寻芳晚，绝忆江南杜牧之。

踏莎行

唤梦莺迟，亚门枝早，开帘却被红妆恼。一番雨酿一番寒，私心默为东风祷。　　嚼曲含香，填词侧帽，少年情味春知道。直教禅褟鬓成丝，人生只合看花老。

定风波

老大蛾眉不费描，听风听雨坐中宵。除却尘书栖倦手，何有？百唯一用是无聊。　　说与黄花花解未？须记，酒醒明日又生朝。忽忆插花年正少，登眺，也曾平视大江潮。

满庭芳·丙戌中秋约诸友同赋

天水平拖，暮云斜卷，倚栏谁唱歌头？为沽村酒，呼月过沧洲。欲借清辉一掬，凭空洗、古恨今愁。茫茫辨，乘风归路，都入玉盘流。　　沉浮，王霸梦，才圆便缺，去即难留。更休问兴亡，说甚曹刘。且散三千丈发，骑鹏背、弄影来游。银河转，试招词魄，听我擘箜篌。

八声甘州·星海祭

听长风骤卷万山来，眼底走黄河。挟田横猛气，灵胥积愤，昂首高歌。叱起中原冷月，千里射蛟鼍。莽莽青纱帐，云护雕戈。　　谁信花都紫凤，对红酣绿妩，客思偏多。放星槎一箭，激荡大瀛波。谱新词、手招貔虎；靖胡尘，击节上嵯峨。瑶琴动，问何人见？鹏背婆娑。

南乡子·读李后主词

烟月转秦淮，水浣铅华与泪揩。天上人间无限梦，惊回，占得千秋第一哀。　　情种久沉埋，尽道山川属霸才。吊古漫夸龙虎气，登台，花雨如潮洗恨来。

水调歌头·汪文辉兄招饮，醉中赋此

更尽半壶玉，却恐大江空。灯前斟酌今古，意气竟谁雄？恰似万峰飞瀑，挟得一天明月，直下荡心胸。我醉为君舞，铁笛叫西风。　　记年少，浮楚泽，过新丰。黄金散尽，那计酒薄与愁浓。合借北溟鲲背，共上三神山顶，捧日出天东。猛雨飒然至，何处认狂踪？

高阳台·友人为言劫中情事，泫然成此

燕幕惊心，牛栏限梦，十年尘壁慵呵。错铸相思，人间铁已无多。玉珰缄札俱零落，遍长天、目断云罗。更谁堪？雨暗巴山，枫冷吴波。　　吟魂欲共花魂醒，仗莺唇细说，蝶背轻驮。杜牧重来，匆匆见又如何！灯前只剩三生影，旧铢衣、带泪摩挲。卷珠帘，悄立银潢，痴对星娥。

齐天乐·刘乙老悼词

素弦弹到秋心碎，梧桐又敲愁起。贝阙珠沉，吴山碧断，天外空归环佩。危栏暗倚。更谁唱黄河、卷帘梳洗？大野云飞，一星如月镇相对。　燕台漫寻故址，霸才零落尽，今古同例。破寺谈狐，闲堂说剑，绝忆刘郎英气。风颠浪驶。跨鲸背长吟、玉鞭东指。泪泼高丘，目穷千万里。

莺啼序·东望台岛，万感为赋

灵鳌乍嘘梦雨，认东溟错绮。片云远，心眼年年，尽付烟浪淘洗。画楼畔、红愁百斛，柔丝袅袅春难系。正关情，芳草粘天，鹈鸰声碎。　小劫前尘，凤尾旧谱，剩苍凉角徵。大旗月、凄照黄花，冷香催换人世。瞰兴亡、秦城汉堞；倩谁拭、英雄奇泪？镇相思，题满吴笺，雁翎频寄。　江潭树老，杜曲门荒，一箭六龙驶。怅别后，美人何处？傍柳沽酒，望极中原，几重烟翠？长安巷陌，昭陵风景，山川城郭都无恙，怕离魂、又着莺呼起。佳期漫卜，依然雾障礁溪，那堪总误归计！　昆池水咽，绛阙鸥啼，叹涨空蜃气，但窈窕、星明斜汉，影转帘栊，耿耿相看，夜阑无寐。湘妃为舞，神鱼潜听，斜拈彤管吹怨去，架飙轮还向昆丘倚。千帆驮日飞来，醉拍栏杆，剑扶万里。

苏文擢

（1921-1997）广东顺德人。早年就读无锡国专，上世纪五十年代来港，曾任教于中文大学中文系、珠海书院文史研究所，晚年与组鸣社，弘扬诗学。著有《邃加室诗文集》《邃加室讲论集》《说诗语诠评》《韩文四论》《黎简年谱》《邃加室遗稿》等。

江船晨眺

浮空远岫郁相望，向晓船楼待日光。
楚国山川原浩荡，巫峰云雨尽荒唐。
滩逢乱石迎流急，草入晨风泼面香。
回首东云无限思，茫茫禹迹是何乡。

挽徐复观教授

文星遥夜掩雄光，目极东云百断肠。
早向高衢骧绝足，晚于行路惜迷阳。
狂澜欲拯人终溺，国士投闲世可伤。
寥落乾坤悲后死，为谁独立问苍茫。

秋夜

寻常踏地即乡愁。说是鸣蛩一夜秋。
不奈客怀孤迥处，自携新月上南楼。

秋荷（四首录二）

（一）

十亩平铺惨绿天。江南空忆旧田田。
莲房剥尽芳心苦，粉褪香消又一年。

（二）

无复清圆水面平，西风摇散绿云轻。
尚余破叶孤擎在，消得秋池骤雨声①。

【注】
① 清陆文蔚枯荷词：红衣卸后，绿云何处。

山居春望

楼高成旷望，平远入初阳。
媚港殊今古①，仙山接混茫②。
观缘神独往，避事世相忘。
坐觉春云起，连林动百昌。

【注】
① 所居临吐露港，南汉时采珠地，故名媚川。今日夜填海
筑路矣。
② 八仙岭。

东坡赋赤壁九百周年用陶公拟古韵成排律

尚想淘沙浪，当年有俊游。

乌台供白发，赤鼻说黄州。

一叶重来后，长江万古流。

英雄归草莽，词赋重山丘。

不尽盈虚感，空怀日月周。

南飞孤鹤意，还向笛中求。

蝶恋花·忆无锡惠山公园梅

玉骨芳姿离别久。岁岁江南，疏影应如旧。为问春来花著否，梦魂销得香盈袖。　　幽路孤山怜鹤守。一瓣寒心，证取松筠友。温热暖红无份有，惠园风雪人归后。

苏些雩

1951年6月生女，广州市人，祖籍广东东莞虎门。初中毕业务农七年，当工人五年，后到银行工作至退休。曾师从朱庸斋先生学词，有作品录入《当代诗词》《海岳风华集》《二十世纪诗词文献汇编》等书刊。

洞仙歌·新荷

莺催梦浅，了一番春信。水殿湘娥费重认。记黄昏疏雨，轻占横塘，应道是、翠袜凌波初印。　　而今凭薄暮，团扇香绡，漫掩鸳鸯影相趁。浴罢晚凉生，镜里犹添，七分玉、三分朱粉。待天畔、圆蟾过芳汀，再细贴芙蕖，酒醒红晕。

满江红·秋日放舟

一水苍茫，何须认、江南江北。谁唤起，赤龙狂舞，甲光向日？驾浪岂惊天野阔，乘风肯借鲲鹏力。放轻舟、直下海门东，观潮汐。　　渔唱晚、天水一，江风紧、云帆疾。看河山钟秀，神州古国！莫让韶光随逝水，应思缔造追陈迹。且扬舸，璀璨照征程，明星出。

行香子·山乡春日

日暖烟轻，草嫩沙平。傍林泉、鸟语嘤嘤。岗南犊卧，岗北机鸣，是旧时山、旧时水、旧时情？　　高田麦秀，低垄秧青。问谁家、肯误春耕？种瓜种稻，指日收成。趁桃花繁、柳花乱、杏花明。

玉漏迟·次韵傅静庵师新荷

野塘初料理。移家别浦，落霞烟水。打桨莲娃，未识暮春情味。放缆飘然自去，可还见、湘娥微醉？斜阳里，翩翩倩影，几曾忘记？　　暗忆二月新晴，有彩蝶分香，丽人寻翠。莫怨东风，只是欲开无地。尽日车尘远隔，漫留得、清芬田里。珠露美，不知月沉星起。

暗香·荷风

柳塘暮色，有片云伴我，清凉游历。欸乃一声，翠鸟惊飞出芦荻。长爱年芳静晚，凌波去、梦魂朝夕。风乍起，细浪鳞鳞，轻衬舞裙碧。　　将摘。袖半湿。笑粉坠素衣、香惹青笠。炫眸落日，匀染胭脂水花侧。停棹遥窥月上，几人是、乘槎仙客？想世外、终难有、露葊短笛。

疏影·荷露

　　鸣蝉乍歇，讶水晶世界，如许明灭。的的跳盘，点点沾衣，难忘放艇时节。相邀携手横塘路，记那日，团荷亲折。占鸥汀，雪萼婷婷，远浦彩舟如叶。　　从此山长水阔。采香只梦里，凭与谁说？飘渺梨云，淡荡芦烟，怎把湖光抛撇？因风委坠无人处，便忘了、孤飞蝴蝶。耿旧怀，今夕何由、一掬玉潭明月？

河传·水乡秋日 (二首)

(一)

　　秋暮，乡渡。蕉林数户，枕江听橹。一湾凉月浣归迟，柳枝，蘸波清影垂。　　夜阑天远机声歇，半明灭，两岸灯光缀。过芳洲，逐野鸥，碧流，稻香烟艇浮。

(二)

　　回望，孤港。沙禽拍浪，彩云飘荡。棹声伊轧送斜曛，水滨，短歌听未真。　　桄榔树下心相许，绣花女，绣出鸳鸯侣。看江村，袅夕烟，少年，驾舟天外天。

齐天乐·红棉

涅槃之凤青山外,遥看白云飞彩。一抹朝晖,一江暖意,堪笑寒霜无奈。春风自在。拂千树朱旗,漫天灯彩。绿野雏莺,几回梦与翩翩再。　　凭高满城翠黛。记经冬雨冷,长夜曾耐。数点星辉,半湾月影,照我丹心不改!绵绵是爱,对万顷波涛,九天轻霭。最是难忘,日华东浴海。

踏莎行·水仙

择水而居,凌烟若涉,依依倩影寒窗贴。春风昨夜拂尘轻,翩然惊起银蝴蝶。　　魂系梅花,梦留飞雪,湘灵别后歌千迭。灯红酒绿满人间,送君一盏玲珑月。

踏莎行·芦苇

水鸟相依,渔帆相接,黄昏相拥残阳血。将军立马眺河涛,千杆猎猎缨飞雪。　　野火无情,春风不绝,烟浮雁浴波光阔。天遥地远织相思,一梭织就梨花月。

八声甘州·水浮莲

借东风相送渡长川，摇荡碧帆船。剪春光半缕，云霞几片，浪迹天边。二十四桥明月，一十二回圆。短笛知何处？如雾如烟。　　凝望青山不老，把少年心事，一一重燃。记西湖昨夜，曾伴落花眠。莫回头、回头千里，有声声、啼鸟唤流连。谁知我，梦寻江海，岁岁年年。

踏莎行·山居

小陌轻车，疏篱老屋，山如屏障月如烛。松风满枕夜凉时，豆花零落荷花馥。　　彩蝶翩翩，白鹅扑扑，青蔬摘罢又新谷。呼儿早起下田垄，一声蝉唱一番熟。

浣溪沙·酒瓶兰

微雨黄昏忆故园，那回相约踏遥山。轻轻飘带拂轻寒。　　牧笛乍惊云雀梦，杏花徐荡绿杨烟。一春携酒待谁还？

浣溪沙·野葵

谁拟轻风入话题？当时燕子掠清溪。剪裁团扇碧萋萋。　　休羡桃花休羡杏，自家岁月自家为。深山寒露一声鸡。

长相思·佛冈探梅

丙戌冬日与友探梅，然花半零落，因赋

疏一枝，密一枝，疏密谁吟白石诗？翠禽知不知？　　半开时，半落时，开落无由且任之。香香粉翅儿。

清平乐·拾白兰

翩然飞下，雏凤归巢也。古调谁弹星月夜，拾得雪翎盈把。　　不如簪上鬓边，不如佩在襟前。总有清香一路，何悭唤我少年！

清平乐·山丹丹花

红红火火，山雀喧腾过。试问金瓶开一朵，可有莺儿唱和？　　苍崖峭壁风声，瓜棚豆架虫鸣。守住一方瘠土，由他倾国倾城。

苏树荣

1968 年生，广东省东莞市虎门镇人。广东中华诗词学会会员，广东楹联学会会员，广东书法家协会会员，东莞中华诗词学会理事。

秋风庭院

几丛菊蕊满庭芳，老蝶徘徊忆素妆。
隔树蝉鸣声曳远，邻家犬静梦偏长。
茶香开卷黄昏诵，露重添衣午夜凉。
一曲秋华能醉我，竹篱深处月如霜。

秋夜散怀

孤月浮沉花息影，桥头寂静有谁怜。
江流安可抽刀断，世事难期破镜圆。
隔岸灯微催入梦，他乡旅倦不成眠。
风凉顿觉沾衣露，几点疏星复眼前。

杜 岳

广州人。广东中华诗词学会会员。

老将军

脱下戎衣暗自藏，烽烟时起寝难安。
将军鬓上皆成雪，犹把兵书彻夜看。

金达莱花瓣

战地倾心拾艳英，香魂一缕伴生平。
朱颜早已成焦土，怜爱犹思旧日情。

李　门

（1914-2000）广东三水人。长期从事戏剧工作，曾任中国戏剧家协会广东分会主席。著有《粉墨集》等。

悼田汉同志①

南国《南归》到岭南，诗人慧眼泪斑斓。

秋风鼓角回春曲，蔽日旌旗会古关。

点染红花惊皓月，歌吟双蝶锁春山。

高标逸韵嗟凋谢，誓灭群魔仗剑还。

【注】

① 五十年前，南国剧社到广州演《南归》等剧。抗战前夕，锋社演过《回春之曲》。西南剧展时，田汉同志有"旌旗同日会名城"之句。新中国成立后，田老观粤剧《红花岗》，即在后台赋诗。所作《关汉卿》《蝶双飞》词，深入人心。这位才气横溢的无产阶级戏剧家为林彪、"四人帮"迫害致死，令人悲愤不已，谨以此律哭献于田老灵前。

浣溪沙·悼茅盾长者

细雨轻风寒食天，何堪千里哭先贤！感公文阵历烽烟。　　手泽尚闻金石韵[①]，重温《子夜》值芳年[②]。心香一瓣献灵前。

【注】

① 抗战胜利后，中原剧社和正报在港组织苏联影片专场放映，请茅公撰文推荐；粉碎"四人帮"后又蒙题词教导。墨宝犹存，读之泪下。

② 桑弧同志正在拍摄影片《子夜》。

李　平

清远诗社副社长，曾任中共广东省政策研究室机关党委副书记。

西藏感悟

久溺庙堂自恃雄，高原仰望撼囊空；
灵魂拷打三千次，圣水神山鞠个躬。

登天南第一峰

千年梦想一朝圆，脚踏云峰手托天。
放眼红霞三万丈，江山无限待英贤。

太湖即兴

云笑千山外，船犁成顷波。
飞来天外客，酣醉听渔歌。

雁荡山之春

嵯峨雁荡山，碧海照苍颜。

幛护芙蓉寨，瀑寒峭壁关。

灵峰情驻石，古木傲尘寰。

我自峰头立，烟云一笑闲。

春回静福山

岁月无痕影渐长，青春忽醒觅兰芳。

登临欲抱天然翠，坐卧还怜草木凉。

几片云山遮旧梦，一溪福水沐新阳。

暖风善解游人意，曳起林深万点香。

李　达

1921 年生，1948 年毕业于中山大学法学院，曾任韩山师专副校长、韩山师范校长、汕头地区教育处副处长。1983 年离休，1988 年参加岭海诗社。

浪淘沙·贺第九届国际潮团联谊会在汕举行

四海造辉煌，踏破重洋。异乡毕竟逊家乡。游子天涯心在望，泰岳朝阳。　　号角响潮疆，风正帆扬。鹏程万里共腾骧。搏浪归舟韩练上，锐意兴邦。

李　淼

1964 年生，又名李永飞，号"流浪诗人"。广东陆丰市甲子镇望湖人。军校肄业。著有《有病呻吟集》。

无题（三首）

（一）

南北江流数百川，无端卷入燕儿湾。

三分愁绪招来易，一寸幽思断去难。

独有豪情笑吾拙，更无尤物感君寒。

早知人意不如水，当日知音应别弹。

（二）

漂泊怜君也自哀，三亚渡口独徘徊。

如云往事不堪忆，似锦年华未忍灰。

海雾重重迷去路，猿声阵阵怨归来。

总疑此别原非愿，回首京华泪满腮。

（三）

相识时难别也难，独流清泪绿杨边。

十年秋恨随胡燕，一夜春思托杜鹃。

无可奈何君北去，不胜清怨我南迁。

欲知此后归乡事，千里潮州望月圆。

李小竹

（1910-1987）名松柏，字隐青，别署醇庵，室号碧琅馆。
广东东莞人，大学毕业。一生从事教育事业。生前被诗词界誉为
荔苑诗社三巨头之一。

蝶恋花

翠敛香销烟满渚，几日西风，做冷吹疏雨。
菊讯陶家消息阻，过鸿无计传言去。　　檐际商
量闻软语，早晚归飞，还认来时路。蛩自专秋秋
自暮，夜长又觉长年苦。

无题

督缚一夫自侈才，戮心无已士多哀。
年时幕燕飘摇感，随伴江潮挟雨来。

纸牡丹

剪纸为花冠众芳，根苗不着亦称王。
繁华旧梦沉琼岛，声价新传并洛阳。
莫道大言夸北胜，装成小样压南强。
一般富贵真同幻，浓艳相看漫断肠。

蝶恋花·怀洁持

素珍来过，述及谊女洁持近况，然疑间作，耿耿于怀，清秋夜永，偶读皋文"清影渺难即，飞絮满天涯"之句，感慨系之，凄然成咏。

二十多年缠别绪，有梦难寻，黄鹤楼何处？目断晴川云与树，素怀空向飞仙语。　　消息传来庸或误："娥月含矍，正自伤憔悴"。清影迢迢终莫觌，伊人岂便天涯絮。

金缕曲·群英阁分韵得道字

天气高秋好，车辚辚，风驰电掣，古汾江到。欲饫霜花追隔梦，难道今回太早。但败叶、堆黄不扫。猴子猴孙都散尽，忒惊心，树断浮图倒。了不得，不得了！　　可怜镂月裁云巧。镇无聊，湖山跌宕，品评花草。国计民生何所补，翻命清流素抱。但转念、散材安笑，有酒今朝姑共醉，又何须弃个肩担道。摊旧曲，打新稿。

次髯翁韵

风流格调肯随时，妩媚蛾眉不自疑。
一向绮罗香未识，自家好处自家知。

小　诗

游遍几处春花会，饱领千头浓艳香。
老眼麻茶看雾里，管它花后与花王。

酬某公 （四首选一）

检点风怀似旧时，好花能不与扶持；
海棠乞借春荫护，未省旁人笑我痴。

丁巳孟春南园纪事

去年此日，凌子与余陪寂老南园茗话。自兹一晤，寂老旋归道山，竟成永诀。今年此日，旧地重来，岂能无感，因成短章，以示凌子。

南国新竹绿交加，尊酒非关玩物华。
倍忆去年今日会，曾陪寂老共杯茶。

菩萨蛮·次韵逸老古意

五更寒重衾罗薄，西窗月落情怀恶。远梦不教沉，梦回翻系心。　寻常膏沐卸，绮思随灯灺。花尽识春疏，凄词填鹧鸪。

元夜溪桥悄立偶作

伊人终竟归何处，碧落黄泉路几千。
忽见柳梢初月上，怪它不似旧时圆。

风　雅

飘红堕白又番番，鬓短春残思两关；
不道孙雏亦风雅，缇巾裹就落花还。

己未春日杂诗

诗谶无闻出李唐，刺时讽上著篇章。
长空灼灼繁星外，李杜同争日月光。

题清游社忆旧图

清游旧侣散如烟，回首沧桑五十年。
此际凄凉图雅会，伯时笔下转茫然。

杂　咏

东馆西园惯从随，南皮佳士富才思。
应刘徐阮今余几，弦绝番番痛子期。

述情答客问

一往情深何？此义愿有述。

一往故不返，情深固不拔。

不返计已周，不拔性匪汩。

将欲笑其痴，于理未云惬。

太上解忘情，窃谓言过实。

天地能长久，性情为固结。

播物大钧心，一气周块扎。

仁者体好生，万物肯劲杀？

志士心在国，加民着忠烈。

所遇或非时，犹自厉名节。

平居天伦乐，奉亲无玷缺。

昆弟荫棣棠，静好御琴瑟。

安宁聚友生，商欢且排日。

更慕古之人，予怀常轧轧。

吾意独怜才，交亲甫与白。

挂剑徐君墓，高风吴季札。

死不背初衷，生长系契阔。

真性与真情，百代难磨灭。

孤悰偶然寄，比与游仙列。

眄彼绿蓴华，殷勤致条脱。

美人感迟暮，参差声自越。

情动而文生，兰若香越渫。

信芳未足讳，优游谅管穴。

遏情而闭欲，深虞堕郁噎。

畅遂此心苗，何忍事槎蘖。

达哉蒙庄言，见独在朝彻。

李开洲

1944 年生，广东南澳人。广东省民间文艺家协会会员，汕头市作家协会会员，南澳县文学协会会长，海韵诗社副社长，《海岛文学》及《瀛岛诗风》主编。

家住渔乡

诗朋常感慨，羡我住渔乡。
波荡云帆远，棹归鱼蟹香。
剪霞情溢海，悬月笔当樯。
但叹江郎老，难成锦绣章。

青玉案·郑成功招兵树

总兵府耸双榕树，似巨纛、擎云舞。抗击狂飙知几度。叶摇刀影，干挝鼙鼓，正是招兵处。　　当年郑帅冲天怒，誓欲挥戈逐夷虏。自古台澎吾国土。海飞舸舰，威扬寰宇，一统金瓯固。

李天兴

1924 年生，号镕盒，广东信宜人。早年毕业于广东省立法商学院政治经济系。广州市中学高级教师。现为岭南诗社社员、粤穗科技诗社副社长。著有《熔盒吟草》。

七夕 （时在安利农场）

金风玉露觉秋容，倒影银河挂翠枕。
月下停机怜织女，夜深敧枕听吟蛩。
横看宿海三千里，遍数巫山十二峰。
惆怅江楼云水远，鄘州今夕梦应同。

一九七八年重上越秀山

十年不上越王台，为觅芳春始再来。
汉苑依然张汉帜，唐垣不改护唐槐。
丰碑犹见先生志，覆辙空教后世哀。
渡海徒伤桴鼓绝，三千里路是蓬莱。

梦

梦入专栏作主持，评今论古说诗词。

元轻白俗投同好，梅瘦莲肥纳两歧。

不信"思君如月缺"，输他"爱你到心痴"。

黄钟毁弃凭谁惜，瓦釜雷鸣更可悲。

迎圣火示内

一唱雄鸡起病夫，今传圣火众望孚。

五环同济功非浅，四海为朋德不孤。

豪气干云惊过雁，欢声载道护征途。

人逢胜会精神爽，与子称觥引玉壶。

朝中措·乙酉立春

一川花气雨蒙蒙，帘卷觅芳踪。隐却花间彩蝶，传来楼外疏钟。　　日暄云散，长林泛绿，草醒泉淙。迢递东风千里，暗伤坠粉流红。

浣溪沙·无题

越调吴讴掷笔成，唐音宋韵系余情。铜牙铁板酒频倾。　　挑尽金英春馆寂，卷帘风送数声莺。推窗月洒半床明。

西河·电视直播汶川大地震，余心戚戚然，起填此解

强忍泪，汶川噩耗心碎。翻腾震撼坏廛园，劫灰骤起。斜倾倒塌殒三殇，方圆齐哭新鬼。　　百般恨，填眼底，痛伤惨戚萦系。羌猿隐隐蜀鹃啼，怎生入寐！梦随冷月到西川，磅澎幽咽岷山。　　十三亿众痛痒系。忆当年，城圮村毁，未把唐山抛弃。纵千难万险何须生畏，多难兴邦山河誓。

李五湖

1925 年生，广东省东莞市人。诗词作品散见于《岭南诗词》《岭海风骚》《诗词》《当代诗词》《新词综》《类编中华词大系》及《全球当代诗词选集》等，著有《知春集》《知春轩联草》（一、二、三、四集）《五湖舟文辑》（上、下册）及《软硬兼施篇》等。

毋忘火与血

——纪念中国人民抗日战争胜利六十周年

六十年前冤鬼哭，芦沟恨踏豺狼足。
东条血刀过洋来，为俎为刀宰我肉。
屠城卅万瘗金陵，掘土埋人登鬼录。
三光政策粒无余，火海滔天吞我屋。
家有亲，民有族，仇必驱，国必复。
民气凝成复国魂，一朝尽把仇雠逐。
作寇倭奴嗜血兵，断柯烂斧收残蠹。
收残蠹，祸心伏。欲卷土，重登陆。
战犯今犹祭有人，年年神社烧香烛。
魔身原是大和魂，祭鬼成灵人命蹙。
仇深血海岂能忘，删史胡言宁许续？
劝君莫作墓营人，挖地为坟先入木。

除四鼠，净乾坤

怒除四鼠乾坤净，酒设杨门洗快襟。
伏枥逢辰重振鬣，折弦感遇复操琴。
国家大计和盘论，沧海豪怀用斗斟。
摘下儒冠作牛饮，席间时听虎龙吟。

悼刘节教授

痼疾难苏后事哀，蛮笺象管叹蒿莱。
屡迎学海浮沉浪，尽展平生班马才。
劲矢箅中求老节，史星岭表仰文魁。
儒冠应比乌纱俊，直士三千祭夜台。

贺新凉·广州流花公园浮丘小岛修禊事

往事千年越。却依然东风骀荡，一天凉月。墨客清狂情趣别，老去诗朋常挈，喜共对酒香茶热。邺水朱华扬韵事，羡曹门座上多词杰。风骨健，襟怀洁。　兰亭更道风流绝，舞仙衣放歌曲水，迎风高节。最是临流呼醉处，酒盏螺杯响彻，怎管他玉楼金阙。儒士何曾伤敝屣，爱长流濯足清如雪。祝岁岁，同甘冽！

贺新凉·纪念爱国诗人辛弃疾诞辰八五〇周年

骥子龙文种。气吞霓，扬鳍振鬣，风流云动。功业平生多自许，征帜万夫曾拥；缚逆首，挥戈飞鞚。十论美芹天下计，纵黄公伟略何曾用！三尺剑，埋荒垄。　　渔阳鼙鼓家山恸，奈临安文酣武醉，风花闲弄。再起东山人半老，天意犹矜余勇，又岂料恶流横涌。白发征夫花有泪，甚归魂长化邯郸梦？愁与恨，凭谁送！

贺新凉·纪念苏东坡逝世八百九十周年

板击铿锵铁。响铮铮，眉山一老，江南一杰。曾照西湖冰雪影，皓首竟穷荒穴。高鹤唳，天涯响彻。狂气少年衰未歇，射天狼，飞矢横空截①。霜剑胆，何曾夺。　　闲来独揽天边月，倚高寒，一杯清酿，婵娟同酹。词笔纵横才调别，海雨天风雄绝②。写尽那，江东奇哲。省识红梅桃李妒，任浮花，浪荡飞如雪。香自异，孤高节。

【注】

① 苏东坡之《江城子·密州出猎》词有"会挽雕弓如满月，西北望，射天狼"句。

② 陆游之《老学庵笔记》云："试取东坡诸词歌之，曲终，觉天风海雨逼人。"

李文广

笔名戈兵，毕业于华南师范大学汉语言文学专业，中华诗词学会会员，中国楹联学会会员，广东省作家协会会员，广东省民间文艺家协会会员，阳春市文联副主席，阳江市中华诗词学会副会长，阳江市楹联学会副会长。著有：文学作品集《春花小草》，文艺剧作集《蔬海微澜》，格律诗词入门《春州抒怀》，诗集《韵海春秋》、《古韵新声》、《神州律吕》、《诗萃风骚》，词集《词萃千阕》等 14 部。

漠江即景

漠江清澈映蓝天，美景纷纷列眼前。
倒影晴岚披翠锦，穿云高树裹轻烟。
一屏彩画三春丽，两岸山花七色妍。
更喜沿河成闹市，商船十里紧相连。

应邀出席全国第十八届中华诗词研讨会感赋

瑞蔼氤氲辉禹甸，鄳城盛聚谱春秋。
歌吟仙洞云山秀，唱赋银滩韵海幽。
喜浴熏风新耳目，幸浇时雨润心头。
诗豪挥汗奇葩艳，词丈扬波拥翠流！

阳西之行 (四首选二)

上洋览海

茫茫氲水向天流，点点飞船逐众鸥。

对酒高歌情独有，和风赏海伴诗舟！

七贤书院

龚植梅花满树开①，昏君昔贬七贤来②。

令人景仰神州韵，励奋图强学圣台！

【注】

① 阳西七贤书院左右两边的两株梅树据说为清末思想家、文学家龚自珍所植。

② 七贤指唐代名臣李德裕，宋代名人寇准、赵鼎、苏轼，北宋散文家苏辙，北宋词人秦观，建炎进士胡铨。

李文光

1932 年生，广东省中山市人。曾任中山市文化局局长。现任中山诗社副社长兼秘书长。著有《烽火丹心》《异国风情》等。

荡舟宝峰湖

环眺峰岩绿，近观碧水清。
舟行波淡荡，风送鸟轻鸣。
竹筏鸬潜猎，歌船女诉情。
疑游仙幻境，旖旎动心旌。

减字木兰花·金鞭溪

蜿蜒十里，流水潺潺清见底。隔岸林阴，暑气全消凉入心。　　沿溪所见，怪石奇峰连一串。脱俗清幽，宁静舒怀涤万愁。

李文廉

1930 年生，广东吴川市人。曾任中学教师。系中华诗词学会会员、广东中华诗词学会会员、岭南诗社社员。

踏莎行·抢春光

大地回苏，长天舒霁。轻寒减尽和风细。黄江水暖浸晴空，晴空倒映濑江翠。　　赤县添辉，碧畴凝丽。枝头布谷声声脆。四更叱犊抢春光，春光早在秧田里。

虞美人·吴川元宵灯色

花街如锦灯如昼，宝马香车骤。梅城占尽岭南春，最是彩桥烟火醉游人。　　衣香鬓影流连处，何忍先归去。鉴江一夜涨清波，载得满船弦管满船歌。

满庭芳·吴川烈士纪念园

砌菊摇金，盆榴吐火，苑梅香送黄昏。百花齐放，园溢四时春。仰止丰碑屹立，崇先烈纪绩铭勋。危亭外，流连瞻缅，迟步忍逡巡。　　英灵应未泯，依稀如睹，叱咤风云。赞吴市男儿，悼念情殷。最是牡丹解意，全洗却、黛迹脂痕①。还相伴，湘筠流泪，缟素吊忠魂。

【注】

① 纪念碑前有白牡丹十盆，时正盛开，花大如碗，瓣如玉片，赏者络绎不绝。

李乐湘

1935 年生，广东鹤山人。长期从事教育工作，现为五邑中华诗词学会会员，岭南诗社社员。

游黄石寨

林茂山深远，云闲径曲幽。
斯名黄石寨，千古汉家侯。
辅主兴王业，锄秦报国仇。
功成身便退，可在此中游。

咏石榴

不妒春光不羡香，珠玑羞涩腹中藏。
几番风雨晴阳下，育就酸甜任品尝。

谢李国明惠寒梅图

无意争春诉片心，不须檀板寄微吟。
桃源有客香江去，却把梅花画到今。

满庭芳·陪文友登大雁山，后访东坡遗迹，阻雨朝云亭

雁岭登临，云连亭塔，极目原野城村。并虹双线，车车义逐征尘。俯瞰茫茫逝水，千帆过，度尽晨昏。呼佳鸟，同游好景，为我乐嘉宾。　　寻痕。还认取，东坡已去，寂寞关津。念香径朱阑，解意伊人。长恨西湖梦断，凭谁记，萍碎钗分。江亭外，凄凄烟雨，远近草如茵。

李永新

1980 年生，字宗雷，号摩诃子，广东省广州市人，现供职于中山大学古文献研究所。

念奴娇·过丘仓海故居

岭云嘘吸，荡天风海日，一楼消领。内渡乌衣无限恨，岂似莼鲈归兴。上界沉沉，鱼龙混混，野哭群生病。神山何许？礁溪虚梦烟艇。　　尝慕剑侠神仙，骑麟散发，谈笑平枭獍。豪杰功名都不灭，只有兴亡无定。藓蚀残碑，尘封玉版，空吊荒凉景。为君长啸，万峰松籁俱应。

念奴娇·万川诗会

百年驹隙，骤回首，曾是九州龙战。万马千旗驰骋处，收拾金瓯一片。净扫欃枪，斡旋宇宙，谁挽天山箭？滔滔英物，风流都付黄卷。　　凭眺此际逡巡，三河分野，五虎挲霄汉。栉比层台波乱耸，人道春风吹遍。狂约盟鸥，神飞逸藻，肘下生雷电。古今空唒，江山仍递青眼。

水龙吟

梦边试叱天龙，昆仑却返从千骑。乾坤斗大，万春一瞬，纵横无忌。月冷云荒，回头骤省，众生如睡。唤何人尽把，清愁百斛，皆写入、销金纸？　太息楼心扇底，遍秦淮、管弦声沸。云围峰阻，凭高争见，东南佳气？殷氏书空，龚生避席，依稀还记。向苍茫八表，吴钩醉抚，洒英雄泪。

贺新郎·重阳有寄

笛底苍龙吼，莽江关、嶂收残日，阵云高覆。世事懵腾浑不记，鬓菊惊簪重九。知谁念，东篱送酒？尘海茫茫怜君我，算寻常闲却谈天口。离别恨，付搔首。　登高落帽今何有，向尊前，满城风雨，一灯如豆。待扫寒蛟三百万，吐出撑肠星斗。听纸上，奔霆声骤。羊角扶抟成梦呓，甚年年落魄依屠狗？吾欲问，漆园叟。

杂 诗

（一）

手挑风雨入银筝，中有哀端不可名。
坐我潇湘三月暮，孤篷一夜听滩声。

（闻筝）

（二）

铢衣缥缈月丁冬，归去冥冥神女峰。
雾鬓风鬟自来去，人间何处辨行踪？

（纪梦）

（三）

依然云水最相关，谢屐重来肯放闲？
一蕊喷香春欲泄，万峰罗拜鸟绵蛮。

（帽峰）

（四）

羽蜕仙人安可寻，丸丸松柏气萧森。
鸟飞不到云初定，泉聒寒岩百丈阴。

（仙人峒）

（五）

满天风景荡残阳，一曲平堤柳线长。
尽日凭舷看山色，居然身在水云乡。

（玉湖）

（六）

书剑飘零恨莫传，此情非梦亦非烟。
何人为破心中贼，荡决红尘辟一天。

（飘零）

（七）

哭笑无端两不堪，井中尘史自封函。
只今谁是知心者，漫与来人作怪谈。

（无端）

五华诗社十年大庆社长从新兄索句书
此以报兼呈社中诸公

吾粤诗自曲江始，莽莽昆仑势雄峙。

宋元而后更龙骧，前后南园称十子。

直逼三唐开气象，重拾风骨扫糠秕。

梅江江上庾岭东，纠缪山川蕴多士。

中有诗人宋芷湾，红杏一卷饶生气。

行所当行止当止，横批竖抹无不是。

同时揖让李与黄，各奏雷琴彻天地。

风流震荡梅江隈，后浪层层看高起。

人境庐连海日楼，识者咸曰灵均裔。

诸峰匍匐此峰尊，旗鼓中原推二氏。

二公袖底有干邪，掣鲸直入东溟水。

落笔字字探心源，空明眼界无朱紫。

至今那复睹昔贤，升沉气数良有以。

盛极而衰衰且盛，大道其行认斯轨。

十年白社要撑持，一脉诗魂死未死。

感君殷勤索诗句，我诗非诗但游戏。

拈出数家与君说，景行仰止聊尔耳。

过都历块看驰驱，鳌头不立甘骥尾。

李祯荪

1930 年生，广东梅县人。曾任广州市人民政府办公厅主任、广州诗社常务副社长。广州叶剑英史料研究会副会长、《广州叶剑英研究丛书》编委会主编。

赠友人

庚午重阳后三日随友人乘炮舰出海，听风声，观海涛，得句赠之。

云山昨夜苦登攀，瀚海今朝逐岸边。
水接天连知远阔，潮吟浪唱虑危安。
胸涵大小深和浅，性蓄刚柔猛与宽。
一览苍茫遇渐悟，人情豁朗借宏观。

李邻先生家中失窃

李邻一辈是鸿儒，家有毫篇缺蚌珠。
梁上诸君寻雅致，也贪风韵乱翻书。

浪淘沙·某市人事局长遇水患逃跑

人事长官衙，主政奢华。轻歌曼舞酒烟茶。暴雨狂风声骤到，思绪如麻。　　赶快调公车，携带全家，拖泥带水浪淘沙。破烂乌纱随浊去！何处追查？

太阳花

插条旬日即粗长，花榜无名我自芳。
不上高堂繁矮屋，缤纷五彩向阳光。

李曲斋

（1916-1995）广东顺德人。诗人、书法家。曾任广州市文化公园园林顾问、广州文史馆副馆长、省书法家协会代主席、广州市书法家协会主席。

桂石山展览题首

桂林山水甲天下，万壑千崖竞潇洒。
缩得群峰入座来，咫尺烟云都是画。

莲花山赏月

溟蒙山气拥高岑，桂影流光过塔阴。
更喜新声传大野，水天一色共题襟。

题雄鸡图

虬枝劲节岁寒身，省识高标谱喜神。
兀立长林矜爪嘴，不须濡染自传真。

西樵山游草

直下三千尺，苍鳞十万重。
飞流溅奇石，亘古发玲琮。

好事近·菊湖云影造景

篱落嫩寒开，问讯菊丛消息。印水一湖婀娜，
倚云岩瘦石。　　万千红紫斗霜融，妆光艳秋色。
偃蹇顽枝擎露，笑西风无力。

题杨和明水墨兰石图

怒气写竹和气兰，偃蹇姿采一例看。
若从雅俗区文野，此中消息何纷繁。
回环辗转百回读，袖底飞霙漱寒玉。
泠泠直欲扑我眉，蘼蘼似漾海云绿。
无多墨气腾光怪，要洗愁心万千斛。
偶然一盏浇诗肠，声尘不落湖西曲。
我交和明昔少壮，卅年橐笔容疏旷。
香祖池头钓水烟，友石拜石成长想。

邓世昌塑像揭幕

剪纸招魂酹国觞，抉眸敢死意何长！
荧煌渤海神犹接，呜咽菖蒲水亦苍。
赍志不酬关世运，孤忠宁独卫纲常。
衣冠隐隐呈风骨，愿乞黄花一荐香。

过鸭塘寄友

江上酴醿客，终年缺一书。
岂徒关醉懒，不敢问乘除。
野屋空巢蜜，春晴已遣锄。
环龙桥外路，森柳近何如。

贺新郎·国庆中秋献辞

桂魄横空际。遍神州、九衢放夜，旌旗千里。
三十五年宏大业，灿灿中兴新纪。更抖擞、五湖
英气。策我征鞭争早著，播文明、鼓吹澜翻起。
歌未歇、起飞矣。　　长河一抹清如洗。趁银蟾、
灯轮火树，炫红抛翠。素影分辉秋未老，尽领芳
菲情味。正良夜、好风如水。动地歌呼声不落，
有倾城、曼舞鱼龙戏。抬望眼，新天地。

小重山·桂林石山展览

照眼浮岚荡碧封。青萝收作带，舞晴空。瑶
簪新押晓帘风。江山好，千嶂矗芙蓉。　　秀石
叠珍丛。山光分几席，小玲珑。透帷宵景接烟虹。
关环处，人在画图中。

李伟新

国家二级作家，广东省清远市文学院院长，清远诗社理事。

冬过鹿鸣关

岚风缭绕夜苍茫，木叶莹光点点黄。
极目长天悬冷月，千秋过客似晨霜。

张家界天子山

通身棱骨傲苍穹，醉落天声万绿重。
梦雨流云山海渺，千秋一笑道从容。

李仲华

1948 年生，广东三水人。现为三水诗社社委。

夜赏三水森林公园

消闲最爱踏青游，信步林间晚更幽。
几许蛙鸣惊睡佛，一声渔唱起蓬舟。
鸦归古木云归岫，月满重峦梦满楼。
玉树琼花争艳处，华灯泉韵竞风流。

庆春泽·夜游西南公园

暮色消红，湖光泛绿，小桥曲径花阴。褪尽残寒，淼城万象更。春光总把游思系，暖风轻，细草如茵。踏莎行，漫赏清华，暗涤尘襟。　　梢头新月消闲侣，看花溪柳岸，动影缤纷。幻彩涟漪，灯辉泉韵仙音，长塘犹记当年事，采浮莲，戏水惊禽。旧迹湮，几度环回，不觉更深。

李汝伦

（1930—2010）字怀仙，号种瓜得豆庐主人、得其所斋斋长、格格轩遄翁。籍贯河北盐山，生于吉林扶馀。中国作家协会会员、编审、中华诗词学会名誉会长。著有《杜诗论稿》、《种瓜得豆集》、《性灵草》、《紫玉箫集》、《犁破荒原》等。全国第一本诗词专刊《当代诗词》创刊人。获中华诗词学会、中华诗词研究院授予终身成就奖称号。

雪

天蓝碎作纷纷白，沉重千家压絮裘。
袅袅炊烟呼不起，冻尸一夜凸新丘。

望香山思陈子昂《幽州台歌》有作

天时人事两匆匆，一病千秋涕泪同。
欲访幽州台已晚，雁声云影古秋风。

拾穗

进出无非炼狱门，春来垄亩荡骚魂。
折腰如仪君休哂，例是秋风拾穗人。

乞妇行

有事惠州值风暮，江轮瑟瑟东江渡。
忽闻小儿呼人声，蓬鬓村妇城郊路。
面涂菜色睛无光，衲头破盏倚颓墙。
皱纸歪斜书大字：贫农三代衡山阳。
趋前俯身细讯问，讷讷讳说心积忿。
天公行令失律多，官家风雨难调顺。
农户谁敢饲鸡豚，荒废自留半亩园。
百姓有曲无处直，千家一苦为谁言？
前年春干秋霖溢，去年夫丧翁衰疾。
我弱待哺两饥儿，三餐糙粝何由出？
闻道岭外冬少寒，千里一儿乞行南。
音断祖孙守蓬荜，一老一少逢岁阑。
言罢酸泪双双堕，月来艰难足似跛。
按儿大礼谢叔叔，但愿天下善心多几颗！
我析困顿属暂时，未来日子当红火。
闻我斯语增辛酸，言到归乡足力殚。
抚儿怀中声咽噎，爷爷哥哥可平安？
雁落衡阳人过岭，隔山隔水不隔冷。
星河惨淡横长街，檐下每每长夜醒。
小儿为母拭泪行，我心波澜鼻如创。
抬头壁上留晚照，凛冽大字"粮为纲"。

到家与三位胞兄和胞姊共饮 (二首)

（一）

待弟终宵恨夜长，此时应忆过辽阳。
盈亏廿四年间月，一断鸰原两处肠。

（二）

互从衰发辨离颜，魂梦前宵尚少年。
兄弟一时相默默，举杯碰落泪灯前。

南岳忠烈祠

万绿丛深枫叶丹，艰危国脉抗狂澜。
鞠躬热洒江山血，青史昭昭黑也难。

登南岳祝融峰

子美萧骚望杳然，阿伦足下祝融巅。
湘江九曲朝衡岳，松柏群高绿楚天。
璧月洞庭渔火远，佛光仙影雁声悬。
人间块垒投幽壑，十万冬雷滚大千。

四家

江湖狂滥雨初晴，树倒猢狲散未能。
送毕瘟神兼疫鬼，四家连裾入秦城。

无题

四望皆秋树树凋，围坚路险断遁逃。
寒螀泣伴唐衢哭，泽树伤听楚客骚。
万顷空明思鹤影，一枝细弱羡鹪鹩。
投荒泪冷流人墓，左道乡关不可巢。

重到西安 （二首）

（一）

吟题四野种长安，魅紫妖红惑陌阡。
风雨潦残裘马地，坪梁埋尽汉唐天。
清诗每自杯中钓，盛世多从纸上观。
楼里弦歌尧舜禹，乐游原上旧炊烟。

（二）

鼓楼买酒酹栏干，晚照苍茫失骊山。
太液池香花渡语，帝王州夜月临关。
驼铃西去摇沙漠，甲士东归献可汗。
兴后亡前民在俎，一声叹息塞秦川。

黄昏行陇右公路

车傍残阳走，天开百石弓。
一弦鸣大道，劲簇射秋风。

春节花市买花口占

绵绵暖雨逛花街，一束春光买转来。
北望遥知天地雪，此间佳景靠盆栽。

汉霸二王城讽古 (之四)

空有重瞳只擅嗔，能窥袴下不观身。
黄金若早冠奇士，省了头颅赠故人。

天水女娲像

黄岭黄山泥土和，造人原料任仙娥。
匆匆漏正心肝位，佳士奇荒劣种多。

端午

楝叶花丝护屈魂，汨罗底享水波嗔。
上官后裔怀王胄，也作江边投粽人。

满江红·望祁连山

坐望祁连，蓝中白，玉龙颠蹶。掷满路，黄沙戈壁，断城残堞。偶地萧萧杨几树，忽然瑟瑟钩初月。钩不起，长卧势横天，千秋雪。　　昂藏态，嶒崚骨；寒云破，鸿钧裂。似银河浪涌，一时冰结。笛冷汉唐通塞使，霜埋将士安边血。折吾腰，烫酒奉晶明，浇君热。

刘耦生《百虎图》歌

耦生馈致长画幅，画中打面风粗鲁。
蓦然腿抖心突突，斗室居然围百虎。
腰无熊渠子之没羽箭，手无黑旋风之黑板斧。
景阳冈上无我胆，十多大碗二郎武。
齿交嗑嗑前致辞：体缺肥厚包瘦骨。
虎曰知君弱书生，滋味不过酸豆腐。
余等皆为美食家，缴首诗儿免食汝。
只许颂德兼歌功，体裁任凭律或古。
我道应制非可长，秃笔不擅细腰舞。
感公不吞不嚼意，小可敢辞作诗苦！
公等山林为行藏，自由之国百兽王。
松涛有乐鸟有簧，高天伞盖石榻床，
溪水春醅苍崖墙。一跃风随神扬扬，
跃到人间成豪强。不着红装着武装，
虎臣虎将驰沙场，捉得狐兔交皇粮。

虎痴许褚脱星当，蜀汉关张赵马黄。

窈窕为之披霓裳，封侯赐爵挂勋章。

虎而冠者吾不详，冠而虎者见平常。

攘攘熙熙聚敛忙，握符逐鹿坐庙堂。

噫吁嚱，苛政猛于虎之殃，妇人荒山泪断肠。

更有狡狐假威光，奸宄奴才为之伥。

此事虎曰太荒唐，岂需鬼物来相帮，

愚人莫犯吾发芒，人若犯我当馈尝。

生态平衡绩煌煌，食劣吞卑留刚强。

虎兮虎兮堪流芳，仁兽之名未可忘，

《聊斋》卷里曾表彰，松龄惜未寿而康。

颂歌唱起收难了，诗人虎前纷拜倒。

虎臀略如马屁拍，虎髯谁敢试一挠。

山林大烧而滥伐，公等领地日蹙小。

虎骨坚挺虎皮妍，猎户获之当稀宝。

浸之乙醇可壮阳，披之诸兽逃夭夭。

非鳏即寡婚姻难，独生一个也难保。

兄弟袍泽关囹圄，无期之刑胃无饱。

前岁我作曼谷游，鳄鱼湖园虎已老。

铁锁加项匍伏之，风雨骄阳昏到晓。

遭缚还遭叽儿吠，林泉梦断长林杪。

傻瓜相机争咔嚓，人虎合照美个鸟。

我思纵之山乡里，敌人岂不尝镣铐。

休为膝下悲空虚，虎子虎孙人间找。

为公叹息倍伤神，所见多矣难具陈。

百虎泣下数行苦，哀我族类同轻尘。

故园有路归魂魄，骨肉天涯共沉沦。

感戴先生能爱物，先生胸头揣个仁。

可堪商品大潮涌，一颗仁心值几文？

不如大款一口烟，不及小妞一点唇。

春光一缕千金夜，绿酒红包权力门。

刘氏藕生多高义，问苦敢与虎比邻。

保护区开宣纸上，长吼声自画中闻。

行扑眠坐纷百态，怨怒气多出岫云。

淋漓意匠泼浩渺，肖公形象蓄公魂。

诸公遗照凌烟阁，百家姓外郡望新。

伤心百虎返画图，世间几个同情人？

陶像歌娲皇，遗块坐匹夫，松根瘦骨马迁书。

翘首向天何所问？迩来可有诗文无？

观君似我又非我，冥顽似铁头二颗。

我本劫馀血肉躯，君经炉炼三千火。

羡君皱皱不再深，雨雪霜雹枉自侵。

喜君冲冠不新白，衫底包藏菩提心。

畏君绝巘不知退，跌落涧底纷粉碎。

幽兰幽谷空幽香，犹临蜀犬对影吠。

我命岂如陶土焉，炉膛只许化热烟。

驱云车兮帝阍过，白玉京冷不宜眠。

秋声秋色织萧索，唯有大白可堪托。

诗文何须传尧封，一生行状即遗作。

天生万类应自由，有泪专为苍生流。

蝼蚁之命不忍夺，雨狂总为草木愁。

葱茏丛里狐鼠众，毛锥当戈难为用。

书生之气常弥天，世道谲诡遭戏弄。

混沌西北有女神，成纪黄土太古人。

今日陶土克隆我，蚀骨不蚀狂猂魂。

此魂他日归荒草，休上韩公谀墓文。

室里墨痕帘外雾，樗材陶体相对处。

君未折腰米五斗，我未遥拜官尘路。

天堂地狱非我家，倚紧人间霜雪时。

南歌子·夫妻峰

人约黄昏后，山高月上迟，男儿意重女儿痴。
夜夜相滋清露解相思。　　昼里羞偎抱，明离暗
不离①。一更到五尽佳期，惹得游人心瓣痒兮兮。

【注】

① 两峰相并昼间无甚异处，入夜，月色映照，绝似一对男
女相拥对吻。

梦

酒罢摇摇过浅汀，迷离欲辨鹊桥星。

白梅楚楚红梅俗，醒眼昏昏醉眼明。

伤逝共留川上水，怀思小聚梦之城。

年年了却无端债，独有斯情了未能。

李材尧

1948 年生，广东吴川人。中山大学中文系毕业。曾任中学、大学教师，后任职珠海市经济贸易局。有学术著作及小说发表。诗词散见于《中华诗词》等刊物。

夜宿巴东

秋行巴峡客巴东，断续涛声断续风。
莫怪敲窗连夜雨，山魂尽在雨云中。

珠海特区二十五岁感赋

南粤河山几许愁，千年珠水去悠悠。
零丁洋上孤臣泪，濠镜关前壮士头。
积弱一朝成旧忆，来风八面展宏猷。
大潮起处多豪杰，光艳长偕日月浮。

谒薛涛墓

柳外茶旗间酒旌，楼头麻将杂歌声。
修篁为悯诗魂冷，尽偃青枝冢上倾。

李材济

1936 年生，广东省吴川人。历任中小学教师及教育行政干部。中华诗词学会、广东中华诗词学会会员，吴川诗社理事。编著有《砚耕唱和集》《吴阳古今对联拾萃》《吴阳梅花诗讯》。

西施

铅华尽洗一娇娥，色相迷魂降恶魔。
身败功成天亦老，越王复国又如何？

武则天

整顿朝纲洗诟尘，匡扶社稷保黎民。
中兴拓展开元业，宗庙缘何讳妇人？

文成公主

锦绣香车换太平，许身关外播文明。
蛾眉莫谓娇无力，远胜防胡万里城。

李秀南

1924 年生，广东广州人。大学本科毕业。曾任中学校长。岭南诗社常务理事，顺德诗词学会常务副会长。著有《桂畔留吟》、《留吟选集》。

路边菊

昂然挺立斗秋霜，荒草河边傲夕阳。
莫谓夜寒空野寂，炎凉冷对溢幽香。

红旗颂

十月炮声举世惊，南湖中共庆初成。
南昌起义军威壮，峻岭井冈赤帜升。
红军不怕堵围截，涉水跋山冒寒热。
二万五千里长征，众志成城坚似铁。
日寇侵华起狼烟，救亡抗日责在肩。
巍巍宝塔延安颂，砥柱中流领导坚。
解放战争历三载，雄师百万渡江先。
征骢驰疾追残敌，敢教日月换新天。
神州大地山河笑，解放城乡红旗耀。
宵衣旰食干群忙，为国为民肝胆照。
三中全会喜洋洋，改革风靡气昂扬。
除贫致富民安乐，经济腾飞国力强。
荆莲喜见花开盛，港澳回归联袂庆。

小平理论帜高扬，两制新猷为世敬。

廿年伟业庆丰功，富民政策万邦崇。

大明灯照十五党，宏图跨纪世称雄。

八十周年庆党生，红旗指引新纪程。

南水北调工程巨，开发西陲擂鼓声。

激浊扬清党风正，创新求实拼搏胜。

东方屹立大中华，冉冉红旗东风劲。

李伯勤

1946 年生，广东澄海人，从教 30 余年。出版有《教坛拾遗》《爱的音符》和旅游摄影诗词集《傻瓜集》。

水调歌头·游德天跨国瀑布

三级泻飞瀑，跌落廿余楼。银屏百丈横挂，飞出翠山头。但见雷鸣电闪，七彩飞虹跨国，玉柱碎浮沤。贪瑟瑟潭水，几欲纵身泅。　　跨楚河，逾汉界，坐排舟。仰淋雨霭，神乎仙矣乐悠悠。异国风情足下，四顾圆融如画，叹尔晚风流。但愿源长远，环宇忘恩仇。

李林根

1937年生，广东龙门人。曾任龙门诗社社长，广东中华诗词学会理事，著有《七星吟草》。

满江红·谒海瑞墓

柏翠椰苍，持高节、清风如昨。堪景仰、粤东正气，光明磊落。扶椁上疏抨失误，为民昭雪惩顽恶。两罢官，铁骨愈铮铮，丹心烁。　新编剧，瑕未着。姚逆笔，荒唐作。更摧碑捣冢，一时嚣浊。历史终还原面目，真诠定教黔黎觉。看游人，接踵拜虔诚，怀英卓。

念奴娇·观龙城外来工卡拉OK大赛

梁间音绕，萃夺标高手，"卡拉"欢悦。苦乐年华深体味，父老叮咛殷切。异调开怀，新声颂党，歌有千千阕。三军谁属，方家自有评说。　别了莽莽秦川，滔滔湘水，皎皎峨眉月。北雁南飞寻彩梦，偏爱龙城春色。潇洒一回，同心拼搏，奉献光和热。功酬四化，豪情且任抒发。

谒华彦钧墓

乐师长息惠山边，似感琴鸣绕墓前。
映月二泉情悱恻，淘沙大浪韵缠绵。
华年十八才超众，蹇命余生艺卖钱。
四海知音怀阿炳，春阳着意遣啼鹃。

文艺批评感赋

文艺批评怪亦奇，专家乏勇捉瑕疵。
伤人最忌言真话，明哲无妨献伪词。
贾桂奴颜难学坐，山鸡本性已驯移。
何当论苑疑云散，共育群芳肝胆披。

李国明

1946 年生，世居广东省鹤山市之桃源乡，因自号桃源乡人。1975 年居香港。有《李国明梅花册》《李国明小品》《李国明书画集》《晴轩诗词卌首》刊行。

幽山

幽山凉瀑被烟笼，把盏微吟半醉中。
静里不知秋又晚，拂榱枫叶可怜红。

山行

惯作郊行趁日斜，迷人枫叶映明霞。
凭高纵目山深处，时有炊烟逐暮鸦。

自题溪山暮霭图

屹屹苍涯巅，双松自屈盘。
一水来天外，江邨含翠烟。
图成有真趣，呼酒南窗前。
百载若流电，莫为尘网缠。
素心信穷达，醒醉亦陶然。

夷陵峡香溪谷（三峡游八首录一）

山上种嘉木，山下麦与菽。

夷陵一幽谷，深冬犹青绿。

隐约三五屋，篱落乃修竹。

有溪碧如玉，水凫时相逐。

行舟莫速速，待我深注目。

甲戌冬日盘桓桃源故居半月诗以寄怀

斯地真桃源，风貌与世异。

依然众峰峦，远近呈苍翠。

一溪绕村舍，缓急随形势。

离乡逾廿年，今看信妩媚。

故居待盘桓，家门暂解闭。

屋中无余物，壁有旧题字。

亲交得重逢，两眶盈热泪。

问我更何时，再作归来计。

未道归来期，尊前且先醉。

登大屿山

屿山梅有讯，扶醉踏高冈。

坦径转徯径，花香胜酒香。

岫云时远近，归鸟自低昂。

萧寺钟声暮，寻幽乐未央。

袁振鸣词丈招游罗浮山同陈雪轩诗老

豪迈袁夫子，招我作清游。
更邀雪轩老，结伴登罗浮。
疾车越林壑，远近绿阴稠。
老人峰顶石，如众瑞兽头。
新修黄龙观，气局殊难俦。
冷傲山中梅，欲得入吟眸。
踏歌欢未已，鸣鸟还相酬。

赋呈李大节夫子珠海 (二首)

珠海前山镇翠微访李大节夫子，桃源中学别后近四十年始复相见欣赋两绝。

(一)

一入前山问翠微，陌头花木满清晖。
斜街应是师居处，小小村庐半掩扉。

(二)

南窗午愒如酣醉，不管门前车马喧。
往事卅年随逝水，可曾缘梦到桃源。

黄山道中口占

石磴长无尽，群峰破碧穹。
山中云欲起，先著万松风。

丙戌仲夏赋呈王贵忱丈羊城

铁岭王翁饶奇气，南北转战真豪雄。
岭表欣睹花千树，闲来卜宅东山东。
治学早已忘岁月，古今事物俱兼通。
平生修身轻得失，道德胸怀谁与同。
昔日城中曾问道，谆谆堪见长者风。
冲雨乘车归去也，回首云山情意浓。

临江仙·答友人广州

昔日西园楼上饮，满园初绿娇红。十年能几
对春风。只缘新酿好，聊醉夕阳中。　　今夜持
觞萦别绪，此觞添恨无穷。絮云无迹鸟无踪。未
谙浮世事，一误与君同。

定风波·送友人随船远行

寂寂东流带晚烟。残霞乱点夕阳天。欲问征
途春水远。魂断，千帆影动月娟娟。　　莫道人
间离别语。何处，玉楼酒暖意绵绵。借得尊前歌
一曲，聊祝，长风万里客中船。

城头月·七星岩酒肆即景

平湖镜面随风皱。细雨黄昏后，青嶂云横，长堤柳绿，坐领星岩秀。　　山亭水榭情如旧。莫负相思久。尚可腰肢，容凭酒力，佳景登临又。

百尺楼·题周燕婷小梅窗词集

天暮古羊城，灯火明霜瓦。风送江声入画楼，闲倚梅窗下。　　底事苦沉吟，人道清真亚。试比花魂与月华，都让词心雅。

临江仙

乙酉清明后一日，鹤山桃源中学同届校友乡中叙旧，时离校已近四十五年矣。

久客驰归欢聚，同听山水清音。故园风物得重寻。吟怀翻感慨，梅雨莫相侵。　　卅载云踪萍迹，何曾意气消沈。今宵更合酒频斟。尊前还未语，热泪忽沾襟。

南乡子·生朝

　　帘外晓莺鸣。惹我披衣带梦听。三月风和烟也暖，清明。远近林峦色转青。　　宿酒正初醒。甲子从头百感生。争可心平如止水，无凭。还向吟边忆旧盟。

李育中

1911 年生，广东新会人，出生于香港。华南师范大学教授，广东鲁迅研究学会顾问。著有新诗集《凯旋的拱门》，报告文学集《缅甸远征记》，专著《岭南现代文学史》（合作），剧本《伴父生涯》等。

改革开放收获颂 (四首)

（一）

三十年轮一滚过，更新时代气巍峨。
河西东向轮回转①，立地顶天好事多。

（二）

革故鼎新宝剑磨，放开拳脚不蹉跎。
西方不亮东方亮，世事如棋要渡河。

（三）

放眼前程快着鞭，人人振奋意益坚。
展开科学严宽路，四处城乡发达传。

(四)

多年奋斗未轻松，戴月披星汗几重。

上下协同登大道，英明抉择喜沟通。

【注】

① 季羡林教授昔曾预言东西方换位，人皆茫然。今幸其言已中矣。

李经纶

1947 年生，广东台山人，出生于广州。广东中华诗词学会副会长。著有诗集《绝壁上的情歌》《情歌唱晚》《李经纶诗词选》等。

山西马斗全诗家嘱和宋人蔡襄《人日立春寄人》

四海飘零剩酒船，茫茫千载雨如烟。
夜沉雁唳盘空过，北极寒深郁气传。
眼底苍生愁一一，梦中花羽碎千千。
晨钟暮鼓人酣睡，犬吠鸡鸣又一年。

买花

买花赠情妹，欲系同心结。
花艳娇无比，花农双手裂。

浣溪沙·过无名烈士墓群

英烈无名墓草芊，藓苔碑上血犹丹。千年阴雨万峰寒。　　冰压黄河床道淤，楚歌含泪马头旋。凭谁铁笛裂苍天？！

临江仙·和熊鉴翁原韵

未谙由天运命，何来问舍求田。朝云暮雨看年年。一声秋笛下，六合草灰燃。　　落日残留黄血，牛羊没入荒烟。危楼谁复颤清弦？风流今古淡，闲唱白云篇。

清明赋得红棉（二首）

（一）

天地迷茫圣不仁，谁知几度泯昏晨。
冲霄一炬光明照，万古彤云岭海身。

（二）

黄钟大吕真天籁，瓦釜雷鸣徒惹讥。
以血凝膏肥沃土，英雄花树最芳菲。

慈

岂为自己图安乐，唯愿群生脱苦寒。
上士忘名沧海上，信天翁老碧云端。

清荷

淡荡秋怀高欲绝，曾经深淖混污泥。
天音妙谛无人识，借问蜻蜓你是谁？

惨

据4月2日《羊城晚报》讯：位于广东新广从路白云堡之"城市群英俱乐部"餐厅顶风作案，宰杀广东省重点保护动物夜游鹤、国家二级保护动物灰鹤炮制菜肴以吸引食客，罪恶令人发指！

惨叫笼中等下锅，欢声桌上酒肴酬。
贪囊饱满人称胃，刀下谁怜已断头！

蜗居

闸门关闭嚣尘绝，一统楼中昏夜黄。
幸有天窗星象阔，芳烟袅袅送秋凉。

李绍雄

1925 年生，广东澄海人，长期从事中学教育工作及剧团编剧。历任政协澄海诗社副社长、澄海文博研究会副会长。岭南诗社、岭海诗社社员。著有《樟林沧桑录》《樟东乡情》《若水斋诗词手稿》等。

车过汨罗江吊屈原

百里长沙野兴多，白蘋北渚觅湘娥。
投诗韵士哀骚客，抚剑川神奏楚歌。
山雨冥冥巫峡梦，秋风袅袅洞庭波。
沧浪渔父今休问，璀璨晨光浴汨罗。

李炳芬

1926 年生。退休医师。中华诗词学会会员，岭南诗社理事，中山诗社顾问。著有《乐天楼集》《李炳芬诗选》《乐天楼词集》等。

浣溪沙·怀旧

斜月穿帘入小楼，清光挑起旧春秋。难将前事付东流。　　欲淡还浓忘不了，是情是恨是离愁。长留滋味在心头。

过旧居南园有怀

旧居一片月，静看倍思亲。
寂寞怜阶草，伤情吊古人。
南园残迹在，遗句待翻身。
凄雨破窗入，寒风吐裂痕。
屋檐栖燕雀，楼物布灰尘。
为证儿孙孝，如何写下文。

题小榄菊花文化

菊会究其根，廿年寻事因。
翻书忘日夕，觅迹涉风尘。
乡梓留名种，神州搜异珍。
综编成巨册，香史世传闻。

李鸿烈

　　1936 年生，广东宝安人，香港联合书院外文系肄业，华侨书院中文系、经纬书院国学研究所毕业，加拿大西安大略大学哲学研究院研究员。曾任经纬书院中文系讲师，华侨书院中文系教授。著有《风远楼诗稿》《风远楼诗稿续编》《风远楼文钞》《宋词英译》等。

南京

我来空四顾，不见石头城。
六代馀山影，清谈变鸟声。
南迁犹是计，北望恐过情。
凛凛新亭喝，千秋警后生。

中山陵

屹屹孙陵在，锺山入望雄。
神州仗公力，白日起天中。
至道归民主，微言说大同。
崇阶肃仰止，万木动春风。

莫愁湖

风柳萧疏岸，莫愁曾此家。

平湖春渌水，双桨日飞花。

烟艇浮人世，波光映鬓华。

金陵佳丽地，最美汝生涯。

胜棋楼

昭烈武侯后，君臣同主奴。

层楼自今昔，来客感荣枯。

是局宁甘负，其心别有图。

黄金轻铸像，千古一陶朱。

南京中华门

虎踞龙蟠地，倭奴杀戮场。

江山多腐骨，吊唁只斜阳。

四十年空过，升沉势可伤。

登临感家国，宁独问沧桑。

西湖

好履湖山约，来寻梦寐春。

眠青垂岸柳，苏白是前身。

鹤去知何处，亭荒杳主人。

断桥朝日里，不雪亦风神。

岳王庙

三字莫须有，千秋冤狱成。

朱仙回铁马，神器付金兵。

复国宁无策，偏安早有盟。

庙前湖水碧，一掬酹忠贞。

武侯祠

古柏凝深碧，崇祠拜武侯。

安危肩大任，成败亦千秋。

八百桑何在，公忠气尚遒。

丰碑重读罢①，遥思不能收。

【注】

① 碑有刻"亮上后主表"者。

重庆

协议终成战，元元痛此时。
神州重一裂，国史写深悲。
功过焦唇舌，河山待鼓旗。
心潮无限叠，说与大江知。

三峡

两岸霜风急，猿声讵可闻。
船黏波面溜，崖向袖边分。
屈子空祠庙，巫山断雨云。
古怀何处著，搔首对斜曛。

秭归

对岸生词客，其名曰屈原。
一沉成自剖，终古郁奇冤。
斑驳苍崖色，归来精魄痕。
美人芳草意，文苑植深根。

岳阳楼

楼阁非前貌，湖波尚旧声。
君山望不见，湘水渺无情。
霸业余枷锁，来人说重轻。
伤今过怀古，惘惘意难平。

【注】
是日睹孙吴时所铸铁枷，重七吨。

锦江

宫人濯宫锦，绿染水波匀。
万古江南岸，三分剑外春。
蚕丛曾过客，望帝此观民。
独立渔烟渚，悠然想古津。

黄浦江

黄浦经千劫，江波带怒翻。
有桥名白渡，此日断黄魂。
恶客科头去，层楼刺眼尊。
中兴谁鼓吹，一振我元元。

虎丘

犹带三千剑，阖闾归此丘。
黄泉谁与敌，人主枉多忧。
水壁关龙穴，春苔没虎头。
兴亡如会得，啼鸟也应休。

寒山寺

张继泊何处，枫桥长日闲。
黄墙围冷寺，幽客话寒山。
经阁深常闭，霜钟去不还。
回溪涵古意，默绕铁铃关。

【注】
唐时古关，在寺后。

瓜洲

何处楼船渡，萧萧野岸风。
独怀千古意，来唱大江东。
北固孤标出，南朝一梦空。
放翁书愤句，今读气尤雄。

杜甫草堂

诗国花飞后，清阴自草堂。
形骸任漂泊，血泪注文章。
笔落诸天上，风高万里长。
回廊独来去，一瓣散心香。

李维新

1928 年 3 月生，广东揭西县人。离休后参加杏园诗社。自编出版作品《草集》。现为杏园诗社常务副社长、广东中华诗词学会会员、岭南诗社社员。

阿姆斯下台

穷兵黩武逞凶狂，独霸横行恶虎狼。

利爪擒羊心自得，瘫身陷阱意仓皇。

伊邦战事难收拾，举国攻弹不可当。

四面楚歌无脱计，将台星坠落沙荒。

李景康

（1890-1960）字铭琛，号凤坡，又号青山道侣，广东南海人。香港大学首届毕业文学士，先后任南海中学校长，香港政府视学官及香港官立汉文中学、汉文师范学校校长，致力倡导中文教育。香港沦陷时任国内军官训练团教席等。抗日战争胜利后返港，任职商界。著有《披云楼诗草》《阳羡砂壶图考》《七言律法举隅》《现代诗钞》等，遗作由门人编入《李景康先生诗文集》。

伤兵行

道旁有客声凄然，蓬头鳖足衣破肩。
双眸惨淡饿欲死，途人哀动纷赐钱。
自道从军尝勠力，戎马间关遍南北。
手足模糊有弹痕，百战馀生方偃息。
昔年转战东复西，仓皇拒敌途多迷。
戎夷肉搏似豺虎，扶伤救死无刀圭。
今日国仇虽已雪，遣散无家生计绝。
达官几见念前劳，落拓他乡眦欲裂。

岁既冬矣野闻鸿嗷恻然有作

幂幂寒云暮，凋伤万木稀。
岁荒闻雁唳，夜静怯乌飞。
天意空悲悯，人心伏祸机。
冰霜愁正厉，万户叹无衣。

香港乱后吊宋皇台遗址

坏空已证牟尼论，成住徒思辇路尘。
遗迹几经沧海变，荒台重历劫灰新。
靡芜尚厄虾夷祸，片石难留帝子魂。
一度登临一回首，翠华谁问水之滨。

丙戌除夕

一年忧患今宵尽，万点春光待晓来。
尘事骤如花过眼，苟安聊复酒盈杯。
无多闹市干戈后，尽有阳和宇宙回。
微醉灯前仍看剑，故山芜秽待君开。

静坐

抱膝虚堂畅远襟，烟云挂眼动微吟。
静中自有真天地，忙里宁知判古今。
无赖龙蛇腾绝壑，何妨猿鸟乐山林。
悠然倦客澄心处，未羡箫笙上界音。

春灯词

楼台寂寂夜迟迟，静对梅花三两枝。
如此元宵如此地，六街灯火忆儿时。

高阳台·碧杯

暑气消烟，浓阴覆岸，滞入画舫涟漪。一望田田，乍逢荷萼初肥。经年未踏昌华路，叹重来、风景依稀。最难忘、翠黛飞觞，翠袖催诗。　　仙人旧馆今安在，正垂杨绽碧，熟荔凝脂。倦客消愁，何妨折断莲丝。箭杯欲吸珠江月，看仙城、夜色迷离。欲归迟，几处香车，几度相携。

李锦全

1926 年生，广东东莞人。中山大学哲学系教授。长期从事史哲教研工作，与人合作有《简明中国思想史》《简明中国哲学史》《中国哲学史》等。

喜迎两岸学者共同研讨儒家思想兼赠董父教授

天涯海角喜相逢，共建文明夙所宗。
宝岛琼台争竞秀①，文林江海尽相通。
谁言指鹿能阿世，孰谓伤麟怨道穷。
自古儒门甘淡薄，人生且莫负初衷。

【注】

① 1991 年春，台湾淡江大学与海南大学联合在海口召开儒家文化与现代化国际学术研讨会。宝岛琼台指海南、台湾两岛，文林江海指淡江、海南两大学。

水调歌头·庆祝中山大学哲学系复办三十周年，喜迎诸学友。

弹指卅年过，岁月又匆匆。喜得同门俊彦，今日再相逢。漫道千言万语，且尽三杯两盏，休惜醉颜红。壮怀迎旭日，励志趁长风。　赋归来，谈变化，说穷通。为国争光谁属，学府论英雄。时代精神焕彩，理论菁华威力，应赞九州同。哲人生慧业，传播遍寰中。

念奴娇·游太湖

　　天南地北，历杭城沪市，又经无锡。指点太湖名胜地，满眼风光殊绝。万顷凌波，千帆落照，巨泽包吴越。登临送目，浩荡水天一色。　　凝想鼋渚滩头，万方楼畔，一盏春螺碧。七十二峰连缥缈，仙岛蓬洲何极！水水山山，莺莺燕燕，此度堪重忆。浪游四海，等闲莫待头白。

海南环岛行 （十首选二）

抵三亚天涯海角漫兴

　　海天一色绿如蓝，盛会难逢三月三。
　　草长莺飞无限意，何须低唱忆江南。

参观毛岸苗寨

　　路旁村寨见苗家，小店迎宾竞自夸。
　　民族服装添异彩，几人绿黛衬红霞。

李麟佑

1934 年生，广东省雷州市人。中华诗词学会和广东中华诗词学会会员、雷州诗社副社长兼副主编、雷州楹联学会副理事长。

早春

夜雨绵绵沟水平，谁人不动早春情？
铁牛开动田园乐，半是雷歌半笑声。

【注】
雷歌，指雷州半岛的民歌——雷州歌。

浪淘沙·山乡夕照

桥上喜凭栏，流水潺潺。群群鹅鸭戏溪滩。
短笛悠扬蹄步慢，放牧回还。　　遥望桔橙山，
滴翠流丹。笙歌笑语远频传。大板牛车无影迹，
摩托声欢。

杨　秋

1942 年生，广东顺德人。现为中华诗词学会、中国楹联学会会员，顺德容桂楹联学会会长。

水调歌头·过吐鲁番

闻道火洲好，午热晚清凉。遐观火焰山色，赭石闪红光。气贯纵横沟壑，疑是千阳喷薄，奇景信无双。石峙胜金岭，拴马记初唐。　　听流泉，游峡谷，赋词章。葡萄沟上，藤蔓交织水飘香。十里溪边赏月，半穴房前作客，果酒劝君尝。醉咏丝绸路，情调寄新疆。

宁夏银川承天寺塔

蝶迷花醉客，树荫鸟来群。
塔挂银川月，梯旋紫塞云。
承天挥巨笔，立地著奇文。
攀陟临三界，心经静里闻。

吉林长白山瀑布

林海千层浪，湖山百丈崖。
碧峰红日上，翠石紫烟埋。
彩练惊凡目，银珠动雅怀。
军声三十万，一水泻天涯。

杨之光

1930 年出生于上海，广东揭西人。毕业于北京中央美术学院绘画系。历任广州美术学院教授、岭南美术专修学院院长。

写生绣球花

澜沧江畔多情地，善舞能歌数傣家。
不待小楼抛信物，家家都有绣球花。

吴作人老师诞辰九十周年

恩师教诲贯言行，要做画家先作人。
无际胸怀策天马，一生班荡不沾尘。

六五感怀

沉浮岁月尽离奇，苦辣酸甜皆入诗。
莫笑老夫梳秃发，寿辰六五远征时。

题与欧初合作之画

欧初传统我西洋，非马非驴引怪吭。
画艺从无陈样板，且来避短共扬长。

题大峡谷速写

山崩地裂果真奇，空谷深渊天亦低。
何似人间多险恶，且离世俗学猿啼。

杨子江

（1918—1998）广东省中山市人。原任广东省教育厅长、政协常委。曾是岭南诗社社员、常务理事。

醉花阴·珠江纵队成立五十周年

五十年来风雨路，曲直凭谁诉？花落又花开，难改初衷，誓把春留住。　　珠江万里回眸处，遍地英雄树。旭日照红陵，带砺河山，信是南天柱。

八声甘州·南京

问滔滔逝水向东流，何处帝王州？念天低吴楚，龙盘虎踞，石砌城楼。回首百年兴废，岁月总难留。唯有千帆渡，鼎定金瓯。　　自忖南来远客，正寻师问计，沐雨绸缪。喜神州近地，桂蕊报金秋。望征途、漫漫修远，驾长风、往复海东头。君知否，白云深处，来轸方遒。

无题

禁书偷读剑魂多，舍却春华亦可歌。
午夜梦回来雨暴，三秋霜重惜残荷。
大娘起舞龙蛇走，野老行吟燕雀和。
鹿马盈庭谁省识，聊将淡墨写山河。

杨方笙

1925 年生。曾任汕头教育学院院长。现为潮汕历史文化研究中心副理事长、汕头食文化研究会副会长、岭海诗社顾问。出版有《潮诗纪事》及诗集、小说多部。

读中国封建史 (四首)

(一)

广阔星球水陆陈，不缘神造总缘人。
邓林弃杖方成树，大禹疏洪始有津。
多见泪泉浇白屋，罕闻仁路出朱门。
桃源仙境何由见？到处逢人说避秦。

(二)

鱼鳖龙蛇煮一锅，皇皇青史究如何？
刘邦流氓升阶舞，李闯人豪夹道诃。
自有帮闲敷粉黛，更凭甲士逞干戈。
凤阳出了朱皇帝，花鼓连连乞丐多。

（三）

烂谷陈麻实可嗤，镜中真相岂能知？

争权得位皆华衮，战胜还乡尽锦衣。

简册差存劝进表，泰山耻刻纪功碑。

放翁偶作《南园记》，竟惹千年说是非。

（四）

后世休惊史近诬，满朝才俊没阶趋。

东门黄犬成虚愿，西市朝衣尚未除。

令号六军徒负负，狱成三字枉呜呜。

泉台有憾将军岳，错把精诚许独夫。

生查子·赠画家

早岁九州游，踩破月下履。五日尽一山，十日完一水。　今也明窗前，铺展宣城纸。丘壑何其多，咫尺藏千里。

别意

握别依依泪浣巾，眼前大道漫车尘。

劝君少折一枝柳，留取青阴拂后人。

鹰

鹰势劲盘空，俯视人间小。

山林幽晦处，狐鼠横当道。

鹰眼照多时，忽然奋牙爪。

狐鼠丧魂魄，攫前尽一扫。

飞回岩石颠，引吭一长啸。

张羽顾盼雄，不愧英雄鸟。

年去又复年，那堪毛甲老。

吾闻雄鹰辈，青春能再造。

以嘴砺峰尘，其喙锐且峭。

以爪搏岩石，磨之使益糙。

鲜血滴淋漓，英姿复矫矫。

威势又重兴，傲然巡天表。

呜呼天地间，颇伤贪黩扰。

狐鼠何其多，雄鹰抑何少！

寄女儿加拿大

四野枫红异国天，抛雏别女计连年。

殊方言语口能熟，故土风情意岂牵。

寒最难禁邻北极，居多不易是长安。

剧怜一夕归乡梦，也绕寰球小半圈。

杨光治

1938 年生，花城出版社编审，曾任该社社长、副总编。中国作家协会会员、广东作家协会理事、中国诗歌学会理事、广东中华诗词学会常务理事。现为广东岭南诗社副社长兼《岭南诗歌》主编，广州市文史研究馆文史学术委员会副主任兼《文史纵横》副主编。有论著《诗艺·诗美·诗魂》《野诗情趣》《历代好词评析》，杂文集《不吐不快》，散文集《触动心灵》等二十一种。

无题

寒夜听三弄楼主弹《梅花三弄》，即席赋成此怪体，传阅后满座愀然，时一九七五年十二月也。

梅花三弄梁尘动，处士长歌野鹤鸣。
清渗银弦弦得意，意凝玉柱柱含情。
琵琶有泪蟾魂冷，锦瑟无端蝶梦轻。
我劝琴师敲莫急，曲终底事寄飘零。

红楼

红楼往事逐尘埃，几度依稀入梦来。
雾漫灵峰伤乱棘，风吹易水折英才。
徒凭絮语遗残句，怕忆花香侍酒杯。
急管繁弦纷此日，且看名角亮歌台。

罗浮消夏

千山万壑郁葱葱，夏日罗浮尽日风。
彩蝶蹁跹幽径外①，清泉腾漾小楼东。
朱明洞静纤尘远②，狮子峰高气象雄。
更喜群蝉齐唱晚，霞光影里渺飞鸿。

【注】

① 罗浮山多彩蝶，传是葛洪的遗衣所化。

② 朱明洞据传是秦代安期生的游所，汉代朱其人在此成仙，东晋葛洪在此行道，宋代白玉蟾在此授徒。

风入松·春感

　　杂花满树掩层楼，金柳漾波柔。者是春魂婀娜舞，袖拂处、绿了荒洲，彩蝶旋飞缱绻，黄莺婉转绸缪。　　春魂遮莫送青眸，芳草暗南州。伊欲去时从便去，我顽钝、不解闲愁。看惯飘零残絮，任凭风雨飕飕。

定风波·席上谈史

　　妲己嬉嬉纣破家，西施鬉笑误夫差。玉树歌狂人醉舞，离谱，胭脂井口月儿斜。　　浴罢华清娇无力，风急，渔阳鼙鼓震天涯。千古风云尊里酒，知否？三杯落肚好磨牙①。

【注】
① 磨牙：广州方言词侃大山之意。

水调歌头·与友人泛锦江

　　迤逦一江碧，夹岸竹青青。奇峰竞呈佳秀，千仞耸赤城。袅袅清风送爽，拂起粼粼翠浪，逐我小舟行。朋辈欢呼处，山角过苍鹰。　　江流转，峰峦接，沙渚明。波儿絮絮低语，切切撩诗情。捧起涟漪一掬，润我焦枯肠肚，腑肺尽晶莹。山影云光上，处处有歌声。

水调歌头

偶翻书页，睹枯蔷薇一丫，乃十五年前于协和园采摘者。抚萼追时，情难自已，感赋。

香殒色销矣，芳魄散谁家？纵无丁点媚妩，绰约想姿华。十五年兮风雨，多少艳芳佳丽，零落化尘沙。子幸得存骨，清影尚横斜。　　抚残萼，追畴昔，尽烟霞，烟霞缥缈何处？芳草遍天涯。造物端真善戏，当日花儿肖我，今日我肖花。切切奈何许，一笑看琵琶。

沁园春·登白云山

浩荡东风，滚滚松涛，莽莽青峦。看白云萦绕，峻峰耸立，野花斗艳，奇石巍然。飘阁流丹，危亭揾翠，无限风光耀眼帘。盘山路，漫蜿蜒如带，笑语飞旋。　　郑仙如若重还[1]，当长住双溪别院间[2]。喜桑田沧海，人间巨变，当年穗种，绿遍郊原。楼厦幢幢，山前簇拥，闪闪银弦越岭巅。想明日，现宏图四化，更壮山川。

【注】
① 据传，秦人郑安期在白云山采食菖蒲后升仙。
② 白云山上有双溪旅舍、松涛别院。

词二首为某些劣官写照

鹧鸪天

夜幕低垂月色凉，官仪暮气尽抛光。几杯美酒穿肠过，又闯红灯似虎狼。　　人影乱，步踉跄，缠腰贴脸舞颠狂。鸳鸯浴罢洋洋暖，醉死温柔梦亦香。

定风波

整日昏昏醉梦中，不知不觉到年终。总结何从谈政绩？甭急，身怀绝技自从容。　　小象瞬间成大象，膨胀，更将绳子变金龙。寄语弟兄休诧异，揭底，敢吹敢骗就神通。

杨竹庭

又名竹亭，1919年生，广东吴川市人。广东中华诗词学会会员。

奉和孔凡章夫子原韵乙卯迎春曲 (三首)

(一)

晚节菊篱彭泽家，盘桓归去任途赊。
宦途淡似江心月，世事虚如镜里花。
庭有文风顽石秀，家留清韵古津遐。
置身烟树疑无路，又叹青山绕晚霞。

(二)

大地青葱识岁更，浮烟吹散又天晴。
霜寒隔院晨鸡唱，春暖新巢旧燕营。
村笛山歌催播种，芒鞋竹杖踏春情。
小民挹让无饥色，能聚天伦不计名。

(三)

人去楼空鹤未回，音容渺渺悼泉台。
燕脂泪滴伤春逝，鸳帐魂归入梦催。
痛苦余生情未了，沧桑往事恨长来。
邙山恼却林花落，又恼林花岁岁开。

杨伟群

1919 年生，广东饶平人。曾在广东人民出版社工作，与刘逸生等老诗人多有交往。为中华诗词学会和广州诗社发起人之一。著有《无名楼诗词选》。

仲夏登长白山天池

策杖岩缝雪隙间，雪融飞瀑破晴烟。

想象云车御风马，挥汗始觉非游仙。

终竟万仞践脚下，天池千顷丽日悬。

笑傲临波俯鉴影，主峰与我两华巅。

孺子群嬉打水仗，女郎沐罢发披肩。

玄鸟惊过瞬杳杳，浮云漂洗净娟娟。

闻有才人先我至，追之不晤不拘牵。

人参仙果无意觅，唯采池畔白杜鹃。

一枝盛开插襟口，数朵含苞绾杖首。

舒啸飘然下峻岭，欲歇琼林入林薮。

白天鹅顶楼宵吟

高楼耸碧霄，绝顶赋逍遥。

五岭跳丸小，三江似丝绦。

涨海一瓢水，长鲸浮秋毫。

莺鸠不可见，鲲鹏正击潮。

九重阊阖启，寥廓传韶箫。

星月清扬婉，霓裳妙舞飘。

飞碟可来否？四下静悄悄①。

御风思列子，宇航乃天骄。

起飞看黄裔，银汉把斗杓。

悠悠会心笑，激赏此良宵。

【注】

① 悄悄，新韵读平声。

杨应彬

1921 年 10 月生，广东大埔人。曾任广东省政府办公厅主任，中共广东省委秘书长、常委，广东省政协副主席、党组书记。是中共十二大、十三大代表，全国政协七届、八届委员。著有《小先生游记》《岭南春》《东湖诗草》《金华集》（与郑黎亚合著）及《杨应彬文集》等。

咏红棉

南海苍茫南岭娇，东风怒卷粤江潮。
百年多少英雄血，溅上红棉照碧霄。

忆江南·羊城好

羊城好，赤帜舞朝阳。越秀山头云追月，海珠桥畔水浮光。花放满城芳。

越秀层楼

越秀云横镇海楼，知来鉴往阅春秋。
山连峻岭襟华夏，水接汪洋带七洲。
曾见寒潮凝大地，又看烈帜上高丘。
羊城最是今朝美，万种风情一望收。

赠珠海特区建设者

沧波莫问几春秋，血洒荒滩泪洒舟。
珠海月沉渔女恨，狮山日黯健儿仇。
忽然一夜澄天宇，不觉三年见玉楼。
历史今开新画卷，墨浓彩重写香洲。

渔家傲·访延安

宝塔山前风景丽，琼楼五彩连天际。绿满山
塬花满地。歌胜利，思潮驰骋万千里。　　不是
三头和六臂，只缘路线称人意。小米步枪成大计。
窑洞里，狂飙卷出新天地。

诉衷情·学习

新霜已染壮年头，刻意苦追求。前程美景如
画，更上一层楼。　　登泰岱，振神州，写春秋。
此怀常是：身在香山，心系环球。

丑奴儿·观林江反革命集团受审

当年鬼蜮倾华夏，血染黄埃，泪洒苍苔，万
户千门野哭哀。　　而今历史还真面，"副帅"
云哉，"女帝"云哉，都上人民审判台。

如梦令·开拓者

天地何时开凿？历史如何写作？人类在思维，又是如何探索？开拓，开拓，天际朝阳喷薄。

读《回忆录》感极赠丽霞

读君三万平倭史，往事如潮眼底来。
八载烽烟生妙笔，班超意气班昭才。
硝烟炮火此生经，身上征衣带战尘。
共借春霖同浣洗，春风得意马蹄轻。

少年游·题照赠杨震

漫将留影认从前，一万八千天。滑濑雪花，梅滩霜叶，神逐西岩巅。　　却今须发同斑白，重负复同肩。一颗童心，三分傻劲，应不减当年。

鼎湖西溪

人自米家画里还，枯藤老树鸟间关。
多情最是西溪水，一路鸣琴送出山。

临江仙·题关山月《山雨图》

关山月同志以王维"山中一夜雨，树杪百重泉"诗意写画相赠，特填词一首以报。

木叶枯黄岩角黯，惟余涧底涓涓。忽闻雷震起西天。山中一夜雨，树杪百重泉。　　久旱快哉逢大霈，顿时青满田园。蛙声咽咽兆丰年。画师三五笔，生意已盎然。

菩萨蛮·翻越十万大山扶隆隘

多年不见梧桐树，今朝忽遇桐花雨。花落又花飞，清风拂面吹。　　直穿林上隘，峰隐浮云外。流水下高山，心存一寸丹。

贺新郎·湘西索溪峪

久慕索溪峪。正高秋，迢迢千里，关河飞渡。路转峰回大地变，遥见苍崖列伍。似赤柱，擎天一隅。号角声声金鼓震，是贺龙，开辟湘西路。兵马壮，旌旗舞。　　名山胜水无重数。问人间，如此风物，几曾亲睹？西子娇柔华山险，难与湘溪并侣。想造物偏怜眷顾。借得蓬莱移仙境，好教人，阅尽精华处。长伴我，不离去。

赠深圳特区诸同志

此是当年旧战场，涛声似鼓动人肠。
丹心永照零丁月，浩气长存粤海香。
漫向蒿莱寻故垒，且从历史写新章。
春风化雨千山绿，独有边城树更芳。

喜读《深圳吟》赠施民

战士情怀学士词，雪梅霜竹两清姿。
春光南国花千树，喜看东风第一枝。

噩梦

白芒林畔草惊秋，叶落寒泉涧咽流。
何事有家归不得？山花无语只摇头。

【注】
白芒林为"干校"三连所在地。

杨和明

（1924-1996）广东普宁人。曾任广东画院副院长、广东省书协副主席。著有《杨和明扇画书画选辑》等。

答客问

余得遵义兰，睹者称奇，频询种名。

岩穴抽数箭，品格自高清。
远香出涧谷，何必更知名。

杨宝霖

1936 年生，广东省东莞市莞城人。历任东莞中学高级教师，华南农业大学副教授。广东中华诗词学会会员，曾任东莞中华诗词学会会长。著有《词林纪事补正》《自力斋文史农史论文集》等。

湖边晨读

日出澄湖潋滟光，嫩花凝露草凝香。
谁家小女携书出，树下英文读几行。

《词林纪事补正》书成感赋（并序）

《词林纪事》清乾隆间张宗作，搜集唐、五代、宋、金、元人词本事及评论，为治词者所重，然讹误脱漏殊多，余不揣浅薄，补其所遗，证其所误，引书千余种，历十九载，凡一百三十万言，厘为二十二卷，今日粗成，而两鬓斑矣，摩挲尺帙，感慨系之。

搜遗辑佚几经年，矮屋蓬窗作郑笺。
属稿岂因贫病辍，买书常被母妻嫌。
翻残典籍三更雨，负尽莺花二月天。
尺帙摩挲聊自慰，穷经应愧古人贤。

登昆明龙门三清阁（并序）

　　龙门在昆明西郊碧鸡山上，其巅为龙门，龙门下为三清阁，悬崖峭壁，下临滇池，龙门多石窟，三清阁依山势筑成，原为元代梁王避暑行宫。

石蹬三千仞，萦纡上翠冈。
白云封石阙，绿雾锁禅房。
茶碗摇山影，雕栏漾水光。
荡胸风袅袅，入目野茫茫。
远浦迷烟树，长堤绕水乡。
日晴帆出没，波暖鹭回翔。
古木依崖短，藤萝挂树长。
坠阶枫叶赤，傍砌菊花黄。
径险游心怯，苔深印屐苍。
曲通罗汉阁，侧入老君堂。
曙色铺丹陛，霞光染画梁。
石龛雕古佛，岩壁凿慈航。
碑刻留佳句，楹联记海桑。
劈崖钦石匠，避暑记梁王。
不信苍岩固，还如意志刚。
姓名今泯灭，遗迹永流芳。

木兰花慢·秋月

金风开玉宇，望皓魄，忆儿时。正祖母携余，桂花香里，教诵新诗。弱冠荒乡绛帐，共寒灯竹影两依依。备课萤窗几度，中秋误了清辉。　　蟾华依旧冷书帏。午夜静闻鸡。看叠叠芸编，行行电脑，生计如斯。文章贱，仍故我，任旁人背指笑书痴。辜负一庭秋月，今宵又减腰围。

虎门大桥万人行

万人漫步珠江口，中华千载几曾有？
欢心举足上桥头，清风送我云间走。
伸手重霄挹彩霞，张唇碧落衔星斗。
桥外连峰绿万重，桥上旌旗十里红。
岭表山河添秀色，大桥长助虎门雄。
虎门雄威传自昔，往事回思泪频滴。
夷氛遏退虎门潮，英雄血染珠江赤。
国弱君昏辱九州，山河此日无颜色。
莲花夜宴洋歌彻①，莲花山下江呜咽。
歌未阑珊酒未干，痛哉从此金瓯缺。
金瓯一缺百余年，愤慨凄凉事万千。
东风吹换人间世，花丽霞明赤县天。
朝阳照遍神州地，振奋人心多少事。
试看中华第一桥②，兴邦振国凭科技。
改革春风骀荡吹，香江处处插红旗。

金梁架海今朝喜，铁链横江昔日悲③。

长桥踏上起豪情，伫立桥头感慨生。

道路直通新世纪，欢歌笑语万人行。

【注】

① 林则徐集："日记道光二十一年正月初五日：是日，琦爵相（霖按：琦善）在狮子洋边之莲花城大宴英逆，巳刻，该逆兵头十八人、番通事（翻译）二人、夷童二人，并佛兰西夷二人，随带夷兵五十六人、乐工十六人鼓吹而来，与爵相相见。遂设满汉四筵，逆夷上座，署广州府余保纯、广州协赵承德于东西末座陪宴，夷兵及乐工给熟食，水手给羊酒，食毕逆夷等俱至爵相帐前称谢，乃忽大演枪炮，继以鼓吹，始登舟去。义律与马礼逊至爵相舟中私语移时，有明日再议之约。"

② 报载：虎门大桥是我国第一大桥，世界第六大桥。

③ 清广东提督关天培为防止英舰进内河，创制横江铁链两道，一长 1019.7 公尺，一长 1227.6 公尺，分别以 36 排、44 排大木排承之。铁链横江之处，大概在虎门大桥附近。

杨祈文

1949年生，现为中华诗词学会会员，广东省摄影家协会会员，揭阳市摄影家协会副主席，政协揭阳诗社副秘书长。

过苏州太湖渡口

漠漠寒烟笼泊舟，蒹葭已白太湖秋。

酒舻醺得垂竿醉，钓起矶头月一钩。

杨树彬

1942 年生，广东潮州市人。中华诗词学会会员，中国红楼梦学会会员，汕头岭海诗社理事，潮州诗社副社长。

同楚楠铮浩夜浴莲花山温泉

相携也学少年狂，入夜迎风觅小塘。
戏水如鱼知冷暖，归林若鸟识行藏。
星光闪烁云无迹，树影婆娑草有香。
笔会莲峰期大雅，清泉先引助诗肠。

杨奎章

（1921—2009）笔名杨群、于群。广东梅县人。曾任广东省政协副主席，民盟广东省委员会副主任委员。历任广州市文联副主席，广州市作家协会主席。著有《城乡关系问题》《青年与劳动》等。其传统诗词收入《岭南当代诗词选》《当代中国诗词精选》等专集。有诗词集《片叶集》行世。

加拿大多伦多安大略湖畔漫步

天风浩荡白鸥闲，碧水茫茫浪拍喧。
隐隐崇楼浮海市，憧憧精舍隐林间。
风和日丽花如锦，雨霁云开月更圆。
沃土无垠新大陆，炎黄后裔作家园。

圣·休伦湖畔观落日

平湖遥望碧连天，落日苍黄映翠泉。
渐觉满湖如火海，忽疑身在祝融边。

迈亚美之游

百里长桥卧碧波，一丝白练系青螺。
九天织女抛银线，绣出人间胜境多。

悼念黄药眠同志

阅尽人间万种情，心如秋水月澄明。
平生厌见风中絮，偏喜孤桐作直声。

游惠州西湖访东坡纪念馆暨王朝云墓

万里投荒白发新，蛮烟瘴雨浥芳尘。
一湖风月梅花冷，千古伤心作直臣。

重访赣州登郁孤台

秋来登上郁孤台，寥廓江天万里开。
苏子伤时辛子泪，骋怀渺渺有余哀。

新会崖门怀古

秋风萧瑟访崖门，浪拍涛喧野色昏。
十万英魂豪气在，三公贞烈古风存。
忠奸荣辱铭奇石，治乱兴衰系国魂。
稽古观今殷鉴在，苍生终教定乾坤。

痛悼黄新波同志 （二首选一）

小楼共洒忧时泪，感尔全抛一片心。
立尽斜阳烟水渺，流花湖畔哭斯人。

月夜有怀寄蕴道

卅年风雨共征程，华发霜催两鬓生。
桃李春风君有志，文章秋水我无成。
人间风露长相忆，天上星河共此情。
银汉横斜宵露冷，月明如水照心旌。

五老峰

庐山烟雨弄阴晴，山里迷蒙山外青。
我自飘然天上立，云翻雾谲望分明。

题林镜秋同志松石图

嶙峋石上岁寒枝，风雨来时共撑持。
野草闲花空自落，欣看绝顶显奇姿。

杨重华

（1919—2002）广东顺德人。原广东人民出版社副社长兼总
编辑。

临江仙·纪念屈大均逝世二百九十年

北走燕齐秦晋，南游吴越湘荆。亦儒亦侠亦
诗僧。慷慨真男子，不愧铁中铮。　　好个三闾
苗裔，书生不畏焚坑。雍乾枉自逞狰狞。文章千
劫在，今日播芳馨。

浣溪沙·偶忆十余年前英德县黄陂
"五·七"干校生活

百斗余生未自由，茅檐低矮易崩头。不须惆
怅不须忧。　　放牧负薪炊旷野，看云卧起爱平
畴。日斜泅水逐蛮牛。

杨资元

1928 年生，广东梅县人。中山大学文学院毕业。曾任广州市市长、广州市政协主席。著有《零斋馀墨》等。

"文革"纪事

忽然祸首缚登坛，激愤凝怀历劫艰。
高帽两回过闹市，黑牌一面入"牛栏"。
凛吾大节难成毁，输彼工谗善挟嫌。
九月幽囚腾怨气，兴宵忆险涌波澜。

忆江南

广州好，缔造仗云航，日暖松枝长覆荫，风和兰蕊久留香，不畏履冰霜。

和周湘玫同志《女神》

灵犀一点铸诗魂，千载禅迷待璧人。
似悔绮萌尘世梦，真如慧解不言春。
万物唯情难拂落，凡间深爱总含嗔。
生怕晨钟传误讯，倾心仍应启朱唇。

蝶恋花·重读《红楼梦》记曹雪芹

历历凄然尘梦醒，浊浪滔滔，非是梦中境。莽野花烟门巷冷，鸦栖蝉歇黄昏景。　　仿佛灯前红泪影，泪倘能还，也祛心头梗。砚水不随情意静，轩然文浪滔天逞。

游云南石林有感

顿觉森森剑气横，谁驱万石舞峥嵘。

苍天怒集群峰立，展尽人间恁不平。

到阳关遗址 （古阳关已湮没，不可复寻矣）

王维名句出阳关，凭吊黄沙百绪翻。

昔别故人投远塞，今逢盛世写华笺。

劝君进酒呼春至，喜汝豪歌旧梦还。

一览边城征战地，汉唐气象最昂轩。

谒胡耀邦陵园 （在江西共青城）

重标真理批"凡是"，一白沉冤万户春。

于今公子横行日，岂不怆然思此人。

杨崇立

（1938-2007）号兰竹轩主人，广东鹤山市人。佛山市第十届人大代表，历任佛山市石湾区文联副主席、文化馆馆长。著有《兰竹轩诗词选》《禹域吟踪记》《佛山古今情》等。

羊城居止旧事 （十选一）

百灵路下海珠旁，开笔犹思幼稚章。
小友逃堂过佛寺，旗人拜会是街坊。
葡萄有果临窗摘，粮米无缸倩袋藏。
堪忆仓前过哨位，东洋鬼子甚嚣张。

步香港潘新安先生《小山草堂诗稿》韵

世事如棋局局新，从头检点觉天真。
文章根底知无律，性格疏狂信有因。
半纪江湖漂泊客，十年风雨夜归人。
行囊贮得松梅月，变取诗情伴一身。

过洞庭湖 _(十选一)

洞庭天象幻，卜古记巫咸。
饮马多豪杰，行吟几布衫。
湖因云色变，浪借大江涵。
际遇风云会，情聊入小缄。

瞻湘妃子祠

洞庭云水卷，舟楫奈其何。
千载风箫怨，九嶷山鬼歌。
古祠悲白月，荒径蔓青萝。
不尽潇湘泪，苍梧雨雾多。

杨舜文

1919 年生，别署山民杨虞，广东南海人，朱九江第三传弟子。移居加拿大温哥华三十载，闭门读书，有著作十九种。已出版有《孝经通义》《大学知指》《中庸外传》《读老心悟》《英辉楼诗文集》，将编印有《易学史微》《全唐诗选评注》。

芝加哥寓所书事

小楼高卧日偏长，北郭人稀地较荒。
史里阙疑翻旧案，汤头变法拟新方。
出门冒雪非寻句，隔巷开帘只面墙。
似是逍遥还浪迹，望中骨肉各他乡。
掉臂街头东复西，不辞风雪不辞泥。
能飞似鸟虽无翼，行脚如僧却有妻。
白黑隔分心自异，高低错杂物难齐。
近来更少乡邦讯，但愿新朝止斗批。

酹寄叔惠兄碧园夜话有怀阮公自扬

大埔归帆挂夕阳，桃源隐隐树苍苍。
野禽无语四山寂，骚客不眠清漏长。
露坠白兰花径湿，风飘丹桂酒瓶香。
旧题追忆心如醉，况读新词更断肠。

访西樵山康南海先生读书处

白云洞外读书庐，来访先生早岁居。
百日政新移帝祚，万言书急上公车。
九江博雅初犹及，南海清风晚不如。
败寇成王归史笔，伊周管晏尽丘墟。

忘筌

静坐得内乐，谈诗随世缘。
一为绳墨缚，遂觉性情偏。
养鹤林和靖，骑驴孟浩然。
已无鱼在眼，何必更忘筌。

清和初霁

乍晴乍雨阻游踪，却喜田畴绿渐浓。
一度明霞拖霁色，天门开处两三峰。

日月潭涵碧楼晚坐

潭光绿油油，水镜明鱼队。
光华飞暮云，影入玻璃翠。

读正气歌

当权祸国，忠烈补天。
天裂七孔，石只一拳。
与天俱缺，与日并存。
壮哉文公，养此浩然。
诵歌琅琅，声落屋檐。

石涧遇雨

清溪昼夜流，陂塘见新涨。
杨梅落将尽，玄蝉凭高唱。
陟径缭而曲，枕石闲且放。
入林脱尘网，骤雨下云幛。
须臾天展晴，更蹑岩阿上。
潭幽涌诗思，崖碧穷画匠。
野食正甘腴，乌云忽荡漾。
疾矢四山来，奔流万马壮。
丘陵隔咫尺，转眼失方向。
岩栖信暂稳，衣湿各相望。
东边开晚霁，天阔视野旷。
曝背下松阴，温风吹柳浪。

庄子屠羊说辞禄事

事见庄生，道源墨子。
屠羊虽卑，窃禄反耻。
楚王市恩，未必重士。
有汉严光，富贵敝屣。
用舍由人，辞受在己。

连 登

1945 年生，广东顺德人。广东省书协副主席，广州市书协主席，岭南诗社副社长。

春日游白云山

百卉当春发，晴空紫燕斜。
山随松浪起，霞映竹亭遮。
绝壑迷烟树，临溪趁暖莎。
白云无限意，芳草遍天涯。

敦煌礼赞

画人难画手，善法在敦煌。
十指各长短，五兰妙屈张。
反弹成绝式，展卷诵梵章。
玉印传心语，金盘启智商。
拈花何淡淡，驰骏自昂昂。
十八描生彩，三千佛焕光。
前秦兴宝窟，魏晋继丰装。
满殿卿云舞，绕梁瑞霭翔。
隋唐臻至境，物类巧分疆。
大漠藏天制，丹青播远芳。

肖　宁

女，现为中华诗词学会会员，广东中华诗词学会理事。

夜游廿四桥

寒水烟波一径深，桥头流影露沾尘。
忽闻碧玉箫声起，寻遍霜天不见人。

路过瑶寨

半山雨过雾云收，寨外天青溪水流。
小路黄昏凤尾竹，野花一地不知秋。

肖耀堂

1932 年生，广东省兴宁市人。曾任中共广东省委统战部长，省政协常务副主席、党组副书记。离休后任广东省老区建设促进会第一常务副理事长，中华诗词学会顾问、广东中华诗词学会第二会长，著有《粤海和风》、《肖耀堂诗稿》。

1987 年考察连南瑶族自治县时吟

八重山耸雾蒙蒙，远望瑶排叠嶂中。
欲待云崖花绣锦，还须喜雨润东风。

惠东巽寮湾

碧波千顷际云涛，雪浪天风石自豪。
横卧金沙滩戏水，群山如黛入诗骚。

武侯祠感怀

少时肃敬老臣忠，今仰灵祠古朴风。
阅过经文多记忆，连横合纵最相通。

入伍六十年抒怀

潜离乡梓入烽烟，踏上征途六十年。

无奈微沾腥臊雨，甘为长守惠农田。

幸融学海添知识，恭步友营敬众贤。

年过古稀犹有兴，老区些事系心间。

（2009 年国庆前夕）

读斯大林“历史是胜利者写的”感言

彰功掩过论辉煌，信众疑徒各自狂。

梓记雌黄真伪事，何时探究费思量。

海凌岛渔港

百舸争流海浪花，云烟辉映漫天霞。

涛声唱罢千年事，闻道小康入万家。

南京中山陵抒怀

缓步拾阶上峻峰，回眸碧海舞苍龙。

陵园秀气天姿色，雕像威仪岩石容。

推倒皇权除帝制，施行宪政酿新风。

自由夙愿垂青史，民主潮流逐大同。

春游广州园博会

蓝天丽日彩旗飘，车上游园观景韶。
秀木柔茵抒本色，繁花鲜艳献妖娆。
楼台构筑风情趣，展室栽培技艺高。
细塑精雕堪赞誉，尚须防护费心劳。

壬午中秋赋

江风吹拂报新凉，月照花台舞凤凰。
歌唱团圆思海屿，诗吟两岸恋家乡。
情牵一国施殊制，心运多元振大邦。
盼得人和欢庆日，明珠璀璨更辉煌。

敦煌莫高窟

黄泥金粉绘春秋，几代精华入眼眸。
赞颂丝绸秀丽路，又吟西域古风稠。
唐时笔画毫锋锐，北魏佛陀细塑揉。
游子盛称华夏宝，炎黄文化耀环球。

鹧鸪天·庚辰三月赴兴宁罗浮老区

路远天辽云气低，花方释放蝶痴迷。华灯高照流霞绚，歌舞荧屏星灿霓。　　新集镇，老苏区，几经曲折梦真回。骄阳有志深山住，春色无边日丽辉。

浣溪沙·参观深圳特区郊外

阅尽风光都是楼，花红草碧醉双眸，坦途新镇汽车流。　　昔日穷乡荒野地，而今佳果妙香稠，厂房林立兴方遒。

上海世博会印象

千里来游世博园，繁华热闹看无边。
音殊情系苍苍色，万国同谋欢乐泉。

崇明岛国家森林公园

置身林海响惊涛，满目葱茏绿浪高。
花俏水清灵感现，采来一叶写诗骚。

吴　木

1934 年生，笔名吴枸，广东河源人。大学毕业。高级讲师。中华诗词学会会员，岭南诗社社员，河源市诗词协会副会长。著有《梅溪拾韵》。

寒梅赞

虬枝铁骨傲寒冬，斗雨凌风露笑容。

不受一番霜雪苦，哪来俏影夕阳红。

万绿湖

神工筑坝锁江流，巨峡平湖泛画舟。

宝岛仙山随意现，琼楼玉宇着心浮。

龙王圣驾观沧海，菩萨光临览翠丘①。

碧水蓝天多妙丽，风光无限胜瀛洲。

【注】

① 菩萨，指送水观音、百花仙子。

游鼓浪屿感怀

蓬瀛遥望赞三通，拍岸涛声唱大同。

故垒岩巅思合浦，水操台下叹英雄。

云开雾散海天丽，浪逐鸥吟旭日红。

物换星移今胜昔，陆台共愿架长虹。

吴三立

　　（1897-1989）字辛旨，广东平远县人。教授。从事高等教育60余年，先后任教于北京师范大学、中山大学、华南师范大学等校。专于语言文字之学，兼治古典文学。曾任广东省语言学会副会长、中国书法家协会广东分会副主席。著有诗集《靡骈集》《辛旨近诗》。

戊寅除夕

　　殊乡此夜年将尽，朔吹回寒酒半醒。
　　万事从知催鬓白，一灯犹解向人青。
　　应无冰炭留腑肺①，剩有疏花活胆瓶。
　　少日壮怀今尚在，未须天末叹飘零。

【注】
① 用郭象《庄子·人间世》注语意。

读陈中凡师蜀游草感题

　　落落平生飞动意，每从句里见瑰奇。
　　无穷怀抱供悲悯，更得江山助藻思。
　　羁客坐怜春事尽，故园忍问寇氛滋①。
　　暮云东望愁何极，正是江南草长时。

【注】
① 师家金陵，避难成都。

偶题

神州烽火照吟边，岂是低斟浅唱年。
欲揭苏辛扬士气，晓风残月谢屯田。

偶成

劫后江山百事悲，殊方流转竟安之。
栖皇半载曾三徙，牢落孤怀剩五噫。
穷谷经年黄独盛，望乡何处白云滋。
羁愁欲写还惆怅，又听荒城断角吹。

哭钱玄同师

炎燧漫天起，酸风动地来。
无穷桑海感，更作死生哀。
蠹简成遗迹①，鳣堂剩劫灰。
孤城斜照里，挥涕望燕台。

【注】

① 一九三三年秋，余离京应中山大学教授聘时，承钱师以初刻本《小学答问》见贶。并于卷端题识数行留念。此书为余杭章公所著。钱师早岁用篆法写成小楷。章公所称字体依附正篆，裁别至严，胜于张力臣之写《音学五书》者也。今早已绝版。

清明

栖栖行役辄兴嗟，倦客逢辰倍忆家。

近郭踏青春事晚，看人上冢夕阳斜。

剧怜原野厌膏血，空听寒林噪暝鸦。

十日层楼九风雨，等闲落尽野塘花。

读先师黄晦闻兼葭楼诗集敬题

廿年来已说诗心，一往孤怀略可寻。

风露入肝尘滓尽，蒹葭寄意溯洄深。

南冠北客伤时语，菊晚荷枯带泪吟。

逸调堪追陈正字，长留天地作商音。

得顾颉刚先生诗却寄

栖遑南北二毛侵，坐叹中原寇日深。

万卷撑肠计安出，冲冠怒发恨难任。

悬知长夜终回曙，不信神州遂陆沉。

闻子乱离犹强聒，茫茫坠绪接亭林。

忆江南·秋菊展览

广州好，秋菊满园黄。翠叶金华迎万目，餐
英泛酎趁重阳。霜月吐微香。

回寒

久暖回寒岂所期，楼头缩手向书帏。

凝阴郁郁天为窄，振瓦声声风弄威。

顿觉胫间寒起栗，忍闻道侧泣无衣①。

民生无告谁能恤，早见兵氛逐雪飞②。

【注】

① 寓楼后路上有一丐，裸胸露臂，向人告哀讨钱。

② 言反动派又挑起内战。

粤中诸老，在广州市文史馆为明末张乔三百四十一周年生日（一九五六年四月二十六日）雅集。与会者百余人，赋诗者甚众。余亦掇句志感

南纪女宗秀，清芬传到今。

新诗腾万口，爱国有丹心。

不惜歌者苦①，真同漆室吟。

无言哀窈窕，芳冢百花深②。

【注】

① 歌者张乔，号丽人，美而工诗，与明末广东诸节烈人士均有联系，常以诗唱和，卒年仅十九岁。著有《莲香诗集》，今存。

② 张乔墓在白云山麓梅花坳，世称为"百花冢"。

读杜少陵集

灯窗一卷少陵诗，静夜吟哦有所思。

稷契平生空许国，湖湘垂死只忧时。

卅年歌哭成唐史，一代风流接楚辞。

漫道残膏沾丐尽，千春元气尚淋漓。

壬戌春赴梅州市参加人境庐修复落成典礼有怀公度先生喜赋 (二首)

(一)

芷湾之后挺生公①，大句名篇世所崇。

人境集开诗世界，后生沾溉定无穷。

(二)

修复精庐曾几日②，亭台楼阁换新装。

如今瞻仰诗人宅，恍至成都谒草堂。

【注】

① 宋芷湾（湘），梅县人，乾嘉时著名诗家。是黄公度的同乡前辈。

② 修复人境庐，是由梅州市人民政府的热心倡议，拨出专款，并得旅港嘉属商会大力资助，所以能早日竣工。

悼念周总理

一代哲人萎，风号草木悲。灵行过处，衢巷哭声随。　　干翼思良弼①，谋猷树远规②。葵倾终向日，全德在无私。

【注】

① 《晋书》裴秀传："秀干翼朝政，有勋绩于王室。"
② 总理在一次政府工作报告中已提出"四化"的规划。

参加省政协第四届委员会会议喜赋

宾馆经旬聚德星，东风送暖一阳生①。
畅谈国是群情奋，欣睹寰区万汇荣。
四害潜根除务尽，一年郅治告初成。
老怀深契樊南语，为咏人间重晚晴②。

【注】

① 会议是一九七七年十二月下旬举行的。冬至后，古人谓阳气发动，因曰"一阳生"。
② 樊南，即李义山。义山五律"晚晴"一首，颔联云："天意怜幽草，人间重晚晴。"

吴天任

（1916-1992）号荔庄，广东南海人。后移居香港，在大学执教。著有：《何翙高年谱》《黄公度传稿》《元遗山评传》《梁节庵年谱》《郦学研究史》《牧课山房随笔》等逾三十种，另有初续集《荔庄诗稿》。

屠南京

一九三七年十二月十三日南京弃守，日寇入城大屠杀（丁丑一九三七年）。

夜传南京陷，陡觉灯火绿。
战守未经旬，弃之一何速。
军民艰突围，虏至惨屠戮。
争渡浦口舟，乱流尽倾覆。
腥血杂流水，积尸满江曲。
主将一失策，百万成俎肉。
忆自淞沪破，大局如转烛。
建业龙虎势，一朝忽觳觫。
江汉今行都，枢府颁告牍。
抗战决长期，百姓垂泪读。
如何不须筹，徙民出羁梏。
遂令与同尽，化作冤魂哭。
何年重收京，返旆拂拱木。
即今阅报章，飒然怆心目。

瘗诗并序

　　余决冒险越出陷区，徒步西行。因取诗文日记，埋之吴屋所居墙下，作此记之。戊寅一九三八年。

　　惘惘吾行未忍思，呕心惟剩数篇诗。
　　早知此事工无益，便贮名山待付谁。
　　井底漫同心史葬，人间莫起壁书疑。
　　即今岁月题珍重，记向秦灰觅子遗。

湘北捷一九三九年十月二日至六日长沙会战大捷

　　汨罗怒涛生悲风，阵云冽冽排秋空。
　　霜花带血吹腥红，倭奴卷土二十万。
　　长沙合围来决战，湖边十日草烧断。
　　悲笳数声泪如筵，倭酋夜逃征马嘶。
　　裹尸下舰默默归，湘累似闻忠魂语。
　　湘江月白风鹤舞，古来亡秦三户楚。

米荒叹

九月秋收苦不足，十月山田芋未熟。

流氓菜色无时无，城中米价胜珠玉。

枭商垄断利如麻，居奇更忍私糟麹。

自经变乱锁海疆，邻国不得输余粮。

去年稻蟹遗种断，干戈久废常平仓。

运漕使者费筹策，天下军储不供食。

府令日夜催冬耕，朱门酒肉半狼藉。

夜来卷地吹腥风，门外新填沟中瘠。

午过金冈龙口晚抵沙坪

幕府轮蹄满，金冈去几程。

路回龙口窄，水落鸭池平。

估客聚成市，防营喧点兵。

西江争战后，残劫话沙坪。

收广州一九四五年九月十六日在广州
行受降礼

初报翻惊泪满衣，万方送客受降时。

客经久乱参疑信，梦与西风较早迟。

乡树依稀秦郡县，天声飘举汉旌旗。

高歌便下羚羊峡，秋老犹思擘荔枝。

送干兴之海南幕府

闭门谁识陈无己，幕府初开入座惊。
早有风涛落胸次，可容蛟蜃作边声。
斜阳儋耳孤臣宅，薄酒黎涡客子情。
到日海南春未老，刺桐花发过清明。

九日寻宋王台遗迹

日落夷歌起，年深帝迹荒。
九州馀片石，孤抱对重阳。
采菊遗民泪，淘沙旧国殇。
厓门元不远，风浪想苍茫。

得遐翁书却寄

人去沧波槛欲平，经年书问意非轻。
晚收伟略还惊世，生际横流早避名。
兴废岂同诸史见，儒禅能以一身并。
海隅谁复论文献，独对春归雁已鸣。

题凹园遗稿

早忧雅废讬冥沉，敢谢相期力不任。
一瞑风尘多少事，廿年知遇死生心。
泉台寂寞今何似，陵谷经过日又深。
剩对遗编数灰劫，如闻太息动栖禽。

题寂园鱼尾集

湖海楼头昔梦同，年来真笑此才空。
藏山集早忧天压，书壁词偏得酒工。
与世浮沉歌哭意，托身消息马牛风。
闲吟有味先秋觉，一枕萧然静百虫。

梦见

相许平生刻骨深，魂来咫尺路难寻。
梦中好会应谁妒，海上残年独此心。
百转肝肠私语怯，重闻欢笑晚寒禁。
纷纷薄俗工翻覆，珍重靡芜长故岑。

次韵陈协之丈黄梅花屋易主

曾向花时凭曲阑，更从湖海接清颜。
百年秀野惊非主，何处桃源许买山。
尚忆分寒修竹畔，早传卜宅浣花间。
栖心别有濠江月，莫遣风光一日闲。

春归

咫尺云罗路几千，音书寥落送华年。
晓携残梦经花下，春与斜阳共水边。
风雨夜来愁片玉，人天劫后怆幺弦。
江南会有相逢日，留取孤芳证旧缘。

浣溪沙·李凤坡丈属题梅花卷，次自题韵

春信还从竹外寻，一枝谁寄陇头吟。此时看
此乱乡心。　　词客合愁花照眼，美人空忆月生
阴。江南风景已非今。

吴友添

1924 年生，广东揭阳人。揭阳诗社、岭南诗社、广东楹联学会会员。

庆春泽·中秋怀台北亲人

花海如潮，人流似鲫，碧空皓月圆明。遥望苍穹，海天脉脉亲情。鬓毛已伴流光白，忆当年洗剑言兵。笑今生，老态龙钟，何事能成。　　中秋最是思亲节，盼团圆共酒，畅叙离情。惆怅何堪，醉杯独咏秋声。嫦娥玉兔千年韵，恨悠悠谁和箫笙。待词英，咏转冰轮，海峡波平。

吴有恒

（1913-1994）广东恩平人。历任广东省军队和地方要职，又曾任广东省作协副主席及文联副主席。著有长篇小说《山乡风云录》《北山记》《滨海传》，粤剧《山乡风云》以及大量诗词、散文。

赠胡希明

虎斗龙争局未终，平生难得是从容。
剩馀栗烈三杯酒，想象骅骝万里风。
惭愧夜行矜故将，持存冷眼陋群雄。
白头合在人间老，点缀年华又一冬。

一九七六年一月作

大野曾临怜日暮，长河独往怯星沉。
风流已歇无人物，道义谁传渺古今。
漠漠云天过白鸟，萧萧木叶下丹林。
岁寒或有春消息，只恐梅花瘦不禁。

无题 (二首)

(一)

见道见魔几极端，居然老大得休闲。
馀年自惜能微醉，旧梦无因又故山。
所思美人成隔世，重逢壮士半衰颜。
文章不是无情物，秋赋春词久未探。

(二)

偶坠空云万仞端，醒来顿觉海天寒。
谁为国士无双者，何物淮南有小山！
老去苏卿惟秉节，数奇李广但羞颜。
可怜班马文章在，多少情怀未尽探。

悼古大存

《楚辞》何事赋《招魂》，使我心哀古大存。
一自凄惶成死别，十年冷落老红军。
天隔独在真无畏，正气长持凛有神。
却忆兵间曾共读，美人香草屈灵均。

吴华大

1938 年生，广东新会人。现为广东中华诗词学会会员，新会冈州诗社理事，新会葵城诗社社长。著有《春菲集》。

圭峰叠翠

天湖泛彩澄如镜，万木林烟伴鸟翔。
叠翠丛中花弄影，层楼深处酒飘香。
瀛洲春色开新岭，玉寺灵光耀古冈。
百侣登吟饶韵味，峰回路转任徜徉。

小鸟天堂

墩林十亩平畴起，叶茂枝蕃一树奇。
戏水盘根榕独秀，遨空比翼鸟千姿。
正宜壮志云端鹤，更喜柔情梢上鹂。
熙物华春灵地发，天堂羡煞度良曦。

吴志敏

1967 年生，潮州人，中专学历，从事建筑业。

癸未腊月望后六日，赴广府竞投道中，临海小饮，有寄

接天碧水自悠悠，海色苍茫入望收。
人似浮云难小住，心随白浪逐闲鸥。
挂牵一路怀安释，劳顿半生谁与谋？
回首家山迷远树，数行短信寄绸缪。

夏日偕儿戏荷塘

一望田田正可怜，弄花冠叶共狂颠。
旁人休笑鬓初染，我亦花中老少年。

吴宗和

顺德诗词学会会员。

咏日光城

当年一纸息兵戎，铸剑为犁百代功。
宝塔生烟诸界净，丰碑立影九衢通。
城头法号和军号，岭上红宫掩白宫。
回看二昭斜照里，经幡如火舞罡风。

清明

九天消雨暖长冈，放眼平川一指量。
铁塔方迎新岁月，云衢已改旧苍凉。
童无顾忌漫山跑，鬼自逍遥百味尝。
如此晴明看世界，不须闷酒濯诗肠。

梅园

若游香海能知味，谁入斯园不醉花？
山锷远观生凛气，村居深闭锁流霞。
梅嘲客旅千般相，身叹尘寰一撮砂。
最是歌人无负累，吉他弹了又琵琶。

吴镇圭

1943 年生，毕业于广州中医药学院中医班。广纸医院中医主治医师。广州荔苑诗社常务理事、副主编，岭南诗社社员。

万仙山郭亮洞

绝碣如屏傲碧空，红岩巨峡势难穷。
天梯磴险常悬命，地穴渊深只弋龙。
凿壁穿岩心若砺，驰车跃马气如虹。
山民卓有英雄概，郭亮长廊万世功。

登中岳嵩山

少林谒罢上嵩山，飞索高悬万仞间。
滚滚碧涛声悦耳，层层玉障雾成环。
浪桥风起凉酸足，石磴云生雨湿颜。
回眺三皇烟锁处，峰峦壁立不堪攀。

登西岳华山

人头攒动上名山，履险如夷老却顽。
铁索攀爬猿展臂，栈桥跨越犬通关。
天门雾锁群仙缈，玉女棋开一着闲。
满目烟波残照冷，数峰云起雨潸潸。

岑　文

1924 年生，广东顺德人。岭南诗社社员。著有《岑文诗集》《文心集》《文采集》等。

临江仙·耆趣

八十五年寒暑，人呼白发公公。阿翁最会扮痴聋。骚朋常约会，晨起舞春风。　苑内芬芳桃李，堂前玉树临风。冶游来去白云中。琴棋娱永日，书画点苍穹。

岑世钰

1934 年生，广东顺德人。曾任顺德县农林局副局长，顺德县农业学校校长等职。岭南诗社社员，广东中华诗词学会会员，顺德诗词学会副会长。

踏莎行·送别老同事出国定居

一曲阳关，几回握手，何堪再折长亭柳。同侪此别隔天涯，传书祝愿人长久。　　远涉重洋，深怀挚友，故园昔日芝兰秀。望穿秋水盼归鸿，侨居异国仍华胄。

何　春

1951 年生，广东省东莞市人。中华诗词学会会员、广东中华诗词学会会员、东莞市中华诗词学会理事。诗词作品发表于《中华诗词》《当代诗词》等刊物。

水调歌头·和温雄老师中秋有怀

欲抱蟾宫月，把酒看江湖。岂知天上风雨，桂树有荣枯。今夜清风怀抱，往事云烟尘外，心已醉冰壶。此际能容我，天地是吾庐。　　今古月，圆犹缺，笑寒儒。不应有恨，何事偏读古人书。只有兴亡满目，赢得骚愁千斛，可笑世人愚。唯有兰陵酒，能饮几杯无？

何乃文

　　1933 年生，广东顺德人。1951 年居香港，曾任香港树仁学院中文系教席十数年。著有诗文集《窝山集》。

寿陈干庵师寄沙田

啸歌台馆上参天，充栋堆床止旧编。
早岁共传三语掾，才名无补半文钱。
市楼争座神犹旺，老干经霜节愈坚。
举酒祝师千万寿，高居横睇海成田。

酬髯洪

清谈落笔一万字，山谷句非今所云^①。
起陆龙蛇毋浼我，击秋鹰隼合烦君。
卜邻恨不偕王翰，并世频蒙重子云。
早晚凤城归棹远，髯兮搦矢感孤军。

【注】
① 近人动辄拉杂堆砌以万字论文骄人。

忆昔寄张文粲

影乱声喧月在天，课余茶室更流连。
无钱且啜东江水，摘句同参曹洞禅。
身老海涯思旧友，名高坛坫要先鞭。
书楼讲学应多暇，好续诗功四十年。

赠林圣锦旅加国

海西艺展暮春时，函电排空索我诗。
垂老未忘三绝事，嗟君无乃一生痴。
映窗弄笔输闲暇，把酒论文待后期。
国故传扬惊碧眼，仰天神往为支颐。

寄赵钝翁澳洲谢惠听雨楼诗草

万里贻将海外书，斑斓照眼尽璠玙。
遥知听雨添篇什，久缺因风问起居。
绕指柔应经百炼，从头学愿补三馀。
兼葭句法于今少，可许金针度与余。

张翁金泉索诗翁年八十通数国语常返港任音乐评判

美亚迢遥万里程，是翁夔铄惯长征。
语言谁似天才好，音乐群推月旦平。
痴注虫鱼乖俗尚，耻为禽犊盗虚声。
鲰生久矣人中隐，索句宁关世重轻。

北大钱志熙教授来港讲学一月，李国明、黄坤尧二君宴之岭南楼叨陪末座爰赠此诗

大学名高博士师，不曾试面早观诗。
明灯照席颜逾少，香海传薪责未迟。
古调久嗟乖俗尚，骚坛深幸有新知。
往来旬月真驹隙，握手先愁别路歧。

次韵陈永正教授生日诗

勤注虫鱼磊落人，岭南文献系其身。
忙中挥翰能开派，沐后弹冠不染尘。
名有万年非妄语，诗推五子信前因。
瀛寰共庆千禧日，好酌羊城竹叶春。

（陈在岭南新五子中年最少）

丁巳花朝南薰社集归寓后作

苜蓿淡生涯，焉知物候嘉。

卷多如束笋，眼倦自生花。

集社春惊半，哦诗月未斜。

明朝又寒食，扶醉梦还家。

挽傅静庵先生

忧畏古骚人，平生岂易亲。

有身长抱病，至死讳言贫。

树老花枝好，心疲句法新。

只今诗国彦，几辈近梅陈。

何大海

1949 年生，广东省海丰人。汕尾捷胜诗社社长，广东中华诗词学会常务理事。

自乌鲁木齐经戈壁大漠进关中

万里黄沙到此收，欣欣绿野见芳洲。
崤函自古兴王霸，畴壤如今遍阁楼。
海内早成新气候，关中紧逐大潮流。
承平莫忘前朝事，秦月依然挂陇头。

读《史记·刺客列传》

不管奇行赢与输，难从褒贬作评估。
吴廷疾入鱼肠剑，秦殿惊穷督亢图。
吞炭难明吾吐语，剜睛怕累姐连诛。
当场血溅三千尺，岂是庸庸可滥竽！

【注】
中四句隐春秋战国时期专诸、荆轲、豫让与聂政四大名刺。

忆及儿时读《玉梨魂》《雪鸿泪史》，追赋一律

碎瓣堆阶杜宇啼，弥天风雨夜凄其。
礼防阻隔三生约，愫札牵连两地痴。
花已落时梨带泪，情无用处梦缠丝。
翩鸿不蜷云间爪，苦向蓬山印雪泥。

【注】

《玉》《雪》二书，一为小说体，一为笔记体，同述何梦霞与白梨影之哀情故事，江苏常熟徐枕亚（时有东方仲马之誉）著，系清末民初文学流派"鸳鸯蝴蝶派"代表作，曾风靡一时，其主旨所谓"发乎情而止于礼"者也。

谒海丰五坡岭方饭亭追怀文信国

碧草离离吊五坡，胡蹄曾碎汉山河。
伤时鼎覆戈谁执？纾难臣孤志不磨。
鹃血永啼穷北路，精魂长伴海门波。
丹心已把汗青照，万代承传正气歌。

【注】

① 文天祥五坡岭被执前后，作有"留取丹心照汗青""化作啼鹃带血归"及"传车送穷北"等诗句。

② 海门，指新会县崖门，陆秀夫负宋帝昺沉海处，宋祚终于此。

参观庐山会议故址怀彭帅

百战从容不锈钢，何期冤祸起萧墙。
万言书是元戎泪，更比庐山瀑布长。

参观梅州雁洋镇虎形村叶帅故居

雄踞岗头虎势成，雁声阵阵尚谈兵。
迁梅客带中原气，蒸出蓬门起将星。

何汉添

1931 年生，广州越秀区朝晖诗书画社副社长。广东中华诗词学会会员。著有诗词集《敝帚集》。

乙酉除夕前一日驱车陈村买花

香陌连绵远近通，花棚处处绿茸茸。
种桃道士皆荣耀，采菊渊明独守穷。
爱雅佳人兰蝶舞，慕财大贾草猪笼。
春风十里游人盛，今日陈村尽易容。

初　夏

几番冷暖催春去，一道南风入夏来。
梅子结成莺渐老，梨花落尽笋初胎。
斜阳天外筛残酒，骤雨晴时现绿苔。
长短袖衫常脱著，小窗闲眺觅诗材。

一剪梅·遣怀

流转韶光又一年，老病俱全，懒倚危栏。诗情酒兴渐阑珊，往事如烟，白眼青天。　　落日余晖照远山，暮霭迷川，烟淡云寒。一城灯火影姗姗，宿鸟飞喧，岸泊归船。

何永沂

　　1945年农历7月2日在广州市出生，广东中山小榄镇人。毕业于中山医学院，任内科副主任医师。中华诗词学会理事、广东中华诗词学会副会长。编著有《实用内科急症》，诗词集《点灯集》。

三笑 (二首)

(一)

万劫谁能不入魔，送他一朵曼陀罗。
刀山剑树飘皇帜，马面牛头唱鬼歌。
材不材间且混沌，我存我处费吟哦。
中秋学士问宫阙，笑倒天涯春梦婆。

(二)

灯前开卷史如麻，笑看人间乱坠花。
正教居然红有最，春山老矣绿无涯。
借真名士一盅酒，配铁观音极品茶。
此日尚存头可雪，尚能高处啸烟霞。

（三）

小楼听雨惜花枝，草长杨垂莺乱飞。

总有人知春去处，岂无诗送夕斜时。

岭南红豆思佳客，塞上残星拂大旗。

得点自由存个性，笑他舍我问其谁。

迎五十七岁杂感 （十二首选二）

（一）

愿人长久共婵娟，过了明天又一年。

难得糊涂肝胆雪①，不如归去口头禅。

五湖已被官家占，多士曾蒙霸主鞭。

友尽与时俱进者，岭南诗酒对红棉。

【注】

① 稼轩词："唤起一天明月，照我满怀冰雪，浩荡百川流。"

（二）

不信童心不可招，杏花疏影记吹箫。

原来姹紫嫣红遍，莫负天涯海角潮。

百载江湖随出没，千秋风雨自飘摇。

无常变幻无须问，守住吾家独木桥。

夜读遣怀

漫道天涯共此时，梦宽路窄有谁知。
年来诗与人俱老①，江去霞随鹜并飞。
尚可梅边吹玉笛，不期亭壁画吾词。
明天月色当如旧，且上名山问酒旗。

【注】
① "诗与人俱老"，陈衍诗，见《石遗室诗话》卷八。

元宵杂感

　　元宵前夕，与步峰、经纶、敬佳联床夜话，谈诗论事，放言不忌，思无边际，翌日得七律一首。

曾借深山法自然，夕云飞处梦诗仙。
倩谁叱起红帘月，为我铺开白雪笺。
放浪形骸情若水，戏嬉尘世劫如烟。
流星雨落天无语，走马花灯肖影旋。

三月

半卷残诗狂注我，一池春水皱由它。
谁能催客登楼去，风雨连天送落花。

烟花

枫赤菊黄秋又声，香销梦断在堪惊。
烟花散尽天如墨，独立河西认晓星。

飘灯

飘灯听雨梦依稀，海立黑风飞赤旗。
一自人知天命后，登高安问小狐狸。

自题《点灯集》卷后

天人合一寻常劫，月我成三浪漫诗。
纸上沧桑真自在，此情曾告夜潮知。

游沙坡头乘羊皮筏渡黄河

王维千古绝唱"大漠孤烟直，长河落日圆"当咏于沙坡头。
余乘缆车到沙山山脚，再乘羊皮筏渡黄河。

生涯九曲石多磨，大缆飞车欲放歌。
合是诗人沙莽莽，羊皮残照渡黄河。

贺兰山下游览西夏王陵感赋

仰天长啸记凭栏，幼唱雄词感未删。

几座王陵无语立，兴亡只问贺兰山。

浣溪沙·答友人

　　海岳如图剑似虹，也曾大漠看弯弓，感时夜放烛花红。　　向落花前歌白雪，于无声处听黄钟，二更明月五更风。

水调歌头·探金沙江虎跳峡

　　停车远眺长江第一弯，步行穿栈道，近观玉龙雪山与哈巴雪山相夹而成的虎跳峡，野兴横生，得词一首。

　　青藏高原雪，化作大长江。V形第一弯折，挥手去茫茫。高峻双山欲迫，险窄雄奇峡谷，一线莽天苍。劈破关门锁，澜击石低昂①。　　玉龙怒，哈巴震，雪涛狂。雷鸣星溅，势似天际落银潢。石上彩虹七色，摄得人间异景，野趣入诗囊。壁上旁观我，久立染斜阳。

【注】

① 虎跳石，在惊涛骇浪中忽隐忽现。

减字木兰花·秋夜意识流

天涯枫叶，未遇霜寒休滴血。险峡铜琶，卷起千堆白雪花。　　有时无语，江月江风随梦去。谁是诗仙？天子呼来不上船。

鹧鸪天·春夜整理《后点灯集》诗联稿戏作

百岁人生几卷诗？风乎仙岳浴乎沂。纷纷梦境狂花落，莽莽神州蜡象驰。　　观黑道，打金枝。忽闻民主好东西。岭南一夜潇潇雨，灯映吾家自铸词。

浣溪沙·新春有寄

紫陌归来夜读庄，桃花休笑老刘郎，可能哀艳杂颓唐①。　　登五层楼还剑气②，卷千堆雪送珠江，某年碧海接红桑。

【注】

① 龚自珍《己亥杂诗》"少年哀艳杂雄奇，暮气颓唐不自知。"

② 越秀山五层楼（镇海楼）联："万千劫危楼尚存问谁摘斗摩星目空今古；五百年故侯安在令我倚栏看剑泪洒英雄。"

何幼惠

1931 年生，广东顺德人。曾任香港顺德艺文社社长、大方书画会会长。现任春晖艺苑社长。

甘州·春郊晚眺

正芳菲三月在江堤，丹霞照山明。看玉蜂弄蕊，海棠著锦，翠蔓缠青。处处渔歌唱晚，铜板接潮声。深树斜阳里，宿鸟嘤鸣。　　领略辋川图画，叹人生几有，如许闲情。向杏村沽酒，浅酌便懵腾。恨年年引针压线，肯遣怀、容与问春耕。归去也，抱香盈袖，端正窥城。

高阳台·悼振邦甥

多历冰霜，重经沧海，风尘憔悴应怜。磊落襟怀，何因中道相捐。徙元无术君知否，冷蒲觞响绝哀蝉。去匆匆，一朵行云，跨鹤长天。　　珊瑚断了明珠碎，记滔滔渭水，流涕如泉。九折回肠，惊心月化为烟。每逢玉缺乌啼夜，问荒魂，可慰堂萱。最堪悲，天妒斯人，犹未华颠。

玉楼春

昙花一现三千界，年少应为娇媚态。劝君爱惜绮罗香，过了三春无处买。　　数茎华发情何奈，无计挽春春意在。金樽自酌对清辉，烂醉东风终不怪。

烛影摇红·落叶

梦湿烟霏，暮蝉抱影梧桐悴。枯荷败苇乱横塘，水涩鱼龙逝。零露侵帘似沸。最惊心，司霜夜气。也应怜惜，片片辞林，飘零何地。　　一曲苍凉，柳堤绮陌埋衰翠。可堪吹折护春旛，哀鹊声频起。寂寞山门又闭。倩谁人，残妆料理。茂陵伤感，怕看毛二。

风入松·晚兴

锦城深窈飑风过，花叶舞婆娑。玉阶露色而今好，荡长空，月抱银河。窗下闲拈兰草，灯前试写曹娥。　　人生难得受清和，佳景甚消磨。肯听遥处蹄声急，是蕉间，逐鹿人多。只问青门烟水，管他荆棘铜驼。

何竹平

（1921-2004）别署节庐，广东顺德人。1946 年移居香港。著有《顺德历代邑人尊孔文选》《顺德诗征》《顺德艺文集》《学海书楼七十周年纪念文集》《何氏世系源流》《孝经浅释》《节庐诗文全集》等。

纪游

北上长城日，南游泰马时。
西登川藏险，东步浙苏奇。
镜匣收罗马，诗囊载洛矶。
乾坤如此大，老我有谁知。

扬州道上

春风十里近花朝，先见霜林瘦影飘。
桐树经寒曾耐久，琼枝吐艳已非遥。
开樽同醉二分月，问路犹知廿四桥。
如此江山如可待，何妨异世作渔樵。

抵汕头市

飞车尽日过潮阳，夜渡榕江水似霜。
暮色灯光惊喜外，忽疑汕市是仙乡。

惠州西湖

玉塔灵光老愈强，悠悠天地出寻常。

风华不让三潭美，草色犹为一冢香。

九曲桥头通古岸，六如亭外挂斜阳。

似曾相识苏堤畔，倍羡湖山日月长。

黄丈君璧约集早茗并赐云岩观瀑图

逸笔真参造化奇，六榕薪火世先知。

空灵绵邈宗山谷，浩气纵横接大痴。

一纸寻常载华岳，万流如注落昆池。

有缘不负倾心愿，满座春风拜画师。

踏莎行·闻雷

雾里繁花，云边绿树。不知春梦归何处。他乡已惯夜沉沉，忽惊一响光争曙。　　霹雳轰碑，英雄失箸。千秋往事随风去。动威彰德本中和，呼来时雨滋黎庶。

风入松·和李丈寿坚自三水寄示丙子重阳

匆匆又过了重阳，松菊晚江乡。悠悠惹起怀归梦，青灯下，夜气方长。一阵西风撩我，空怜去日堂堂。　　愿随缘陟彼高冈，俯仰沐晨光。襟怀涤荡忘忧乐，只浮云，尽入诗囊。

余小殁于穗垣赋悼

亦儒亦佛见平生，茗畔忽传弃杖行。
此日当从仙府去，烟花三月别鸥盟。

何秀荣

中华诗词学会会员。

柳如是 (二首)

(一)

古来恩怨属名花，梦里愁端次第加。
几处燕莺争暖穴，一般杨柳听胡笳。
秦淮魂断六尘月，南国烟飘八艳琶。
身死江山谁定鼎，无缘问得后庭鸦。

(二)

晕碧裁红泪不禁，可怜烟月故园心。
九州消息应愁里，南国春寒直夜深。
从此江山非汉帜，向来淮水是哀吟。
如何商女忘情曲，唱与人人次次斟。

敬悼钟敬文教授

六载诗心甘作贫，情思理智释迷津。
红楼落叶添秋意，蜡叶兰窗忆圣人。
一代文衡风过树，百年襟抱血写真。
愧我灵前未哭奠，秾华漫饰可怜春。

何叔惠

1919 年生，号薇盒，广东顺德人。历任香港各大专教席、学海书楼及市政局国学讲座讲师，凤山艺文院院长等。有《薇盒存稿》刊行。

香江八咏

（一）

帆影移天近，西风动远吟。
石堤春草碧，灯塔暮江深。
涨落原无迹，兴亡不住心。
斜阳罶墟里，逐队噪归禽。

（鲤门潮汐）

（二）

岩壑鸣松吹，风声到枕寒。
蟾华翻地白，沙岸拥冰抟。
千载英雄远，一春旅梦宽。
尘缨如可浣，此处足盘桓。

（石澳涛声）

（三）

岂异松江鲙，乡思二十年。

人羁尘障外，秋在晚凉天。

一舸明灯火，千家散管弦。

相逢各醒醉，休问杖头钱。

（石排酒舫）

（四）

隐约笼烟雾，长虹隔岭遥。

山川奔赴目，楼阁直摩霄。

梦断辞巢燕，心随入海潮。

姮娥如可待，尊酒伴清寥。

（龙翔晚眺）

（五）

梵宇随缘住，溪山照眼明。

松杉千树矗，钟磬一声清。

浮海来何处，拈花觉有情。

欲寻支遁隐，回首已三生。

（青山禅馨）

（六）

恍入桃源路，鸡鸣垄亩通。

潺湲闻逸响，天矫护虬松。

不解随人意，非无济世功。

难求真面目，仙子隔房栊。

（林村飞瀑）

（七）

高峰盘磴道，晓露滴清滋。

足侧惊苔滑，心闲策杖迟。

乍看红烧海，陡觉鬓飘丝。

感慨孙登啸，乘风欲下时。

（凤凰旭日）

（八）

漂泊长为客，芳时事钓游。

到江疑尽地，磐石竟成洲。

樯橹千层暗，川原一览收。

子陵青箬笠，五月尚披裘。

（塔门钓石）

辛丑生朝 （八选七）

（一）

初阳回复昼阴阴，冷峭霜风感未禁。
烟雨微茫迷晚渡，咏歌危苦失东林。
罗巾漫掩他年涕，银烛虚悬一寸心。
多事江南愁作赋，鸱鸮毁室入哀吟。

（二）

寥汜山川百卉腓，南翔孤雁入云微。
高林野烧深寒色，远水长天接落晖。
丧乱转忧乡讯至，死生能令故人稀。
旧栽杨柳知何似，来岁青青已十围。

（三）

抚缶歌噫不是欢，苍凉秦赵自衣冠。
鱼凭短辙犹堪泣，燕幕危巢苦未安。
浊酒绐人千日醉，好花容我百回看。
儿家门巷寻常换，滚滚朱轮入梦寒。

（四）

兵中骨肉忍相望，欲见方知道路长。

壮岁久苓供宿病，夜阑衾枕即吾乡。

鱼龙乍变风云色，魑魅来争日月光。

不有忮求随分过，枯桑海水亦何常。

（五）

坐守寒檠入冥思，会心吾与古人期。

居高俯下将何见，炙火依冰只自知。

老骥忍饥甘苜蓿，秋花和雨湿胭脂。

黍离麦秀成今昔，行迈歌谣总费词。

（六）

相逢休问酒盈尊，入座唯闻聒耳喧。

车笠盟心谁负约，云泥殊路竟何言。

难从后死忘人我，偏与劳生解怨恩。

敬始慎终空有悔，采葵今日已伤根。

（七）

黑霾已没海西头，起伏山城隐百忧。
马角收京虚待岁，茧丝悬命不禁秋。
莫寻归梦三千里，渐泛洪涛五大洲。
安得汉臣鞭血地，引刀吾欲快恩仇。

送新安之云城

酌彼尊罍注酒深，夜风飘袂一沉吟。
诗成我自重回首，云汉洪蒙万里心。

题杨若明绘牡丹花

竹间水际永嘉多，谢客标名白傅歌。
往事开元恩眷重，仙春馆里醉颜酡。

何卓坚

（1912-1992）广东新会人，曾任新会冈州诗社理事，松园诗社顾问。遗作有《何卓坚诗词集》、《愉居诗存》等。

秋晚漫游象山

娟娟眉月动游兴，象岭登临稚子迎。
熊塔归帆帆隐见，榕台古树树欣荣。
家家白瓦炊烟起，座座新楼电火明。
今日故园新景象，乍看疑是五羊城。

何炎燊

1922 年 10 月 6 日生，广东省东莞市人，广东省名老中医。

自嘲

岁岁随缘逐浪潮，文章身世两萧条。
痴心少日思昂首，傲骨如今耻折腰。
往事萦怀惊鬼蜮，新交何处访渔樵。
读书陋室无梅鹤，盆菊晨昏伴寂寥。

业医有感

十年误我是儒巾，小隐壶天可寄身。
堪笑自家撄痼疾，千方检遍不疗贫。

满庭芳·一九四八年冬与徐亦良先生游东波阁

斜日衔山，暮云垂野，佛寺钟鼓迟迟。羊肠小径，风动草高低。玉砌金雕何在？凝眸处、破壁残碑。危楼外，昏鸦三两，寒树冷烟迷。　　堪悲、当此际，骚人已杳，胜事难期。叹谢馆王亭，逝者如斯。百载浮生梦也，胡遑遑、竟欲何之？流年改，身闲贵早，休待鬓成丝。

【注】

东坡阁在资福寺旁，传苏轼贬惠州时曾在此小住，现已毁。

沁园春·香港回归有感

百五年前，御侮硝烟，几许英雄。恨清廷聩聩，敌酋咄咄，丧师割地，屈膝卑躬。不与家奴，宁资夷狄①，岁月如流耻辱重。何堪受，这病夫恶号，国弱民穷。　　炎黄岂是愚蒙。看奋起神州一巨龙。有伟人睿智，运筹大计，群贤鼎力，建树新功。宝岛回归，良辰七一，举国欢腾笑语中。王冠暗②，叹米旗飘坠，残照西风。

【注】

① 清政府歧视汉人，采取"宁赠夷狄，不与家奴"政策。
② 英国殖民主义者把香港誉为王冠上放光的宝珠。

何淙祥

（1945.11—）广东潮州人。岭南诗社、汕头岭海诗社社员。潮州瀛园诗社理事。

携孙游滨江长廊

木棉花灿映层穹，江畔爷孙兴致融。
满地落英鲜带露，拾回春色一篮红。

小草

石缝墙头能寄身，叶微根浅亦知春。
虽无姿色迷人眼，一粒黄花自有神。

砖

身经火炼出长窑，虽置场边甘寂寥。
一旦建楼征作料，层层直上耸云霄。

何超华

现为清远诗社副社长，广东中华诗词学会会员，清远广播电视台办公室主任。

晨起寄兴

宿雨初干天际明，叶芽含露意盈盈。

窗推旧梦难成忆，鸟逗新欢可动听。

翠岭飞霞呼日丽，疏林吐气赏心清。

闲来已了千般事，岁累尘肩一拍轻。

邱世友

1925 年生，广东连县人。中山大学中文系教授。著有《词论史论稿》等。

浣溪沙·题禅宗六祖慧能别母石

一卷《金刚》启慧根，卖柴人梦宝林春。石移牵动岭梅魂。　别母情怀常黯黯，寻师滋味又欣欣。甚时回望荔枝云。

清平乐

时近中秋，《文心雕龙》国际研讨会在京召开。会后香港浸会大学罗思美教授寄慰函及相片。爰作此解奉答。

兰情高会，初结同心穗。皇苑①沉沉闲且美，正自秋光试媚。　人才荟萃京华，文心研讨争夸。记取复堂好语②，羡君吐纳无涯。

【注】
① 研讨会在京皇苑酒店召开。
② 谭献《复堂词录自序》云："夫作者之用心未必然，而读者之用心何必不然。"此语有同乎 TS 艾略特《论诗与诗人》一书之意。罗君会上阐而发之。

买陂塘·悼卢叔度教授

更能消、岭南霜气，秋心难展凝雾。纸钱泪湿篆烟袅，凄寂影堂如许。天也怒，只赢得、风流儒雅非人遇。伤心漫与，剩廿载幽怀，笔情墨绪，付与痴儿女。　　平生事，总被细腰人妒。蕙兰零落无主。梦痕恰似高唐赋，好景还争清路。邻笛怨，问底事、深灯呼我成绝语。弥留最苦，待留取真容，冬青坟畔，吟我断肠句。

点绛唇

今年一月与施议对博士重叙于澳门大学，入其室，则四顾萧然，唯图书杂陈，学者风尚欤！施君早岁从学于夏老承焘，继而吴世昌教授。其博士论文《词与音乐》创为新论，评说者众，余亦厕身其间。施君蒐而集之，属予题咏，乃以此解寄焉。顾彼为《文学评论》编辑日，尝辑刊拙文《谭献之柔厚说》，今词及之，盖用其语之义云尔。

吴夏高门，雪中伫立词韵远。乐词一线，羡尔新研撰。　　港澳京华，一样春风面。重相见，乱书亲选，柔厚春星烂。

念奴娇

日本国新任驻广州总领事小原育夫登白云山作《念奴娇》咏日中邦交廿五周年。余亦用此调和之。

　　飞来白鹤，正尧天韵远，高秋舒翼。海上明珠光四射，照景鹅潭凝碧。史鉴殷深，人情博雅，形势增同识。回眸廿五，韶龄英气奇历。　　我亦徐步登临，白云危岫，来访安期迹。玉液瑶池人世有，呼饮良朋相得。赤县东瀛，蓬莱阆苑，协尽同心力。晴明秋霁，半宵联咏诗什。

金缕曲·悼暨大历史系教授黄庆云师

　　洒尽西州泪。向灵前、凄迷低诉，此身如寄。小院回廊犹在眼，病榻频呼小字。似绛帐、莞然深致。遥想关河蹂躏日，正中流、击楫见高义。夏日映，丹心丽。　　艰难转徙浑无计，又牵裳、痴儿幼女，此时情味。虎仆糜丸黄昏后，还把康梁料理。命我谱、维新冤史。噩梦惊回邻笛怨，幸长年、辛苦成图志。三十卷，烛人世。

水龙吟·偕少康宗齐廖静谒美国林肯墓陵

美洲风雨洪波，黑奴呼吁惊园主。桁杨大劫，妻孥惨号，怨饥寒苦。纵位尊崇，绨袍泪湿，劳工前度。算论功无极，艰危国步，都难使、骅骝驻。　　陵墓春田故里，有荒坟断碑萦堵。眼前遗像，灵和英杰，两眉愁妩。幽室门开，华雕隽永，旧情空会。正飘萧鬓影，参禅揽涕，趁斜阳暮。

高阳台

自美回国，过香港，宿罗思美教授大埔区宅。感焉有怀，而成此解。

吐露湾深，八仙拥翠，小楼闲倚烟霞。峤海谁题，凄凄换写浓华。百年饱历沧桑矣，记前尘、碧血黄沙。最销凝，新界屯门，一片昏鸦。　　多君到处生游兴，探屿山佛性，神院清嘉。禅定弥撒，天和浸润家家。回归盛日团团锦，好江山、照眼荆花。甚年年、看尽香绵，海日龙蛇。

解连环·题《耶鲁潜学集》兼怀作者孙康宜教授女兄美国耶鲁大学[①]

　　潜心耶鲁。正楼光妩媚，学深研处。念故国、鹤唳华亭，遍巡烈士茔，泪倾铅露。晴雨松江，云间顾，百眉词谱。又虚怀倦入，拥翠申江，绛帐施户。　　阿乐顿园别墅[②]。过花风十里，春意能赋。抱素质、文采诗情，早接武前修，自然轩翥。绿减红衰，听秋韵、园林慵驻。乍飞来、阖家倩影，慰予万绪。

【注】

① 孙教授《陈子龙柳如是诗词情缘》有作者松江陈子龙墓前玉照。她来上海必请教于施蛰存教授。施老松江人，词学大家。于云间词派最稔。

② 阿乐顿园九七年春，一同参加《文心雕龙》国际研讨会。会址设于此。

临江仙

　　又到羊城签证处，漱珠桥上风光。琼楼画阁映珠江。几多儿女，欧美试新航。　　越海过洋云路渺，更行更远回肠。炎黄文化最思量。几番魂梦，明月照龙江。

三犯渡江云

孙康宜教授以阖家彩照暨耶鲁水笔见赠。吴承学博士持归。怅触良多，爰作此解，兼怀人美国。

郁金开五度，蕴情阿乐，雁阵起雄邦。乍惊春在眼，雨雪摧花，黯悒压清狂。飘零海客，净尘襟、依旧凄凉。惟万回、残笺衰管，断阕不成章。　　欢场。糜丸虎仆，叠纸缄书，写幽绪衷肠。谁倩吟，承平才思，艳逸宫商。遥知举案齐眉美，甚永年、庠序明扬。嗟老我，微辞借彩瑶光。

金缕曲·悼麦佩娟女弟

娟也何时起，可还能、举杯约月，师生同醉。五十悠悠风雨过，改革而今真味。每聚首、殷勤联袂。天意从来高难问，洗沉冤又被沉疴毁。愁似织，拭残泪。　　深灯小院浑无计。步幽阶、花团锦簇，倩魂归未。举案齐眉重惊见，半老徐娘尚媚。更俊赏、儿郎奇气。自古人生如一梦，正春华秋实应栽刈。悲莫切，岭南美。

霜叶飞·题《迦陵填词图》

　　髯翁挥麈，赏心事，荆溪罨画藤树。半囊诗料到愁边，难写忧时谱。爱一卷、《乌丝》寄愫。凄凉谁解英年苦。记紫笋烹泉，扇漫约、蛟桥舞袖，认取眉语。　　复社当日沉埋，铜仙泪洗，《落叶》箫咽蛮素。乐章琴趣遍人间，冷艳从能觑。袯旧恨，晴丝万缕。无心闲咏风前絮。试再作、新图看，各族融和，体情高处。

邱卓恭

（1923-2000）自号行是斋主、凤山一介，广东澄海人。长期在香港出版界工作。擅长文史、诗词、书法。

退休感怀 (二首)

（一）

老去投闲信步行，登高无语看云生。
江山灵气青青在，一样千秋翰墨情。

（二）

灵台无计破禅关，廉锷消磨鬓亦斑。
更上层楼应一笑，剑光如电照河山。

邱鉴波

中华诗词学会会员，广东中华诗词学会会员，清远诗社副社长。

沁园春·禺峡泛舟

凝碧追潮，犀潭访月，古寺寻禅。听祖龙铁骑，梅关踏雪；文帝银弓，峡口惊弦。地转天开，猿归梦暖，半袭云帆系故园。倚篷窗，接诗魂万里，浪溅华笺。　如斯逝水年年，有樵唱渔歌起夕烟。叹沉沙黄钺，收来网底；梵音醒世，萦绕坛前。两岸青峰，一江萤火，明灭横斜入小船。情深处，数钟声百八，星斗三千！

满庭芳·游故宫

日照宫门，龙飞阶砌，层台紫气萧森。雕栏拍尽，感慨复沉吟。凤阁龙楼鹿苑，长松下，涌翠流金。抬望眼，皇家仪仗，鼓角逝遥岑。　惊心。而今剩，横斜甬道，碧草争侵。又几番荣辱，几许升沉？六百年间青史，全化入、冷月寒林。君知否？悠悠天地，哭笑也沾襟。

读《长恨歌》

千秋谁肯恨蛾眉？蜀道铃声带泪飞。
不是江山无所谓，霓裳歌舞使人迷。

尘情

如絮纷纭世事中，千思百解尚朦胧。
毒如能作欺彭祖，假也成真戏塞翁。
贫富少闻鱼水共，官商我见利名同。
常言蜀道难行走，唯有方兄路路通。

佟立章

（1923—2007）资深报人，著名诗人、作家。曾任《华侨报》副总编辑、澳门中华诗词学会副会长等。曾获葡澳政府颁授文化功绩勋章。出版诗集有《晚晴楼诗》，另有与穗港澳书画家合作的《三径吟秋》及与林近、叶泉合作的《共谛芳菲落镜湖》等诗书画集。

摊破浣溪沙

欢笑无多涕泗多，仙槎何以渡星河？锦字年华都过了，在干戈。　　白练弄云舒水袖，乌丝盘鬓拥烟螺；一诺梦云忘未得，听伊歌。

倚栏 （二首）

（一）

为眷芳菲一倚栏，低头蝶翅耐清寒。
但祷如人春自好，恐无心力更抛残。

（二）

漫将遥夜比长途，一月相随影不孤。
索寞何妨茶作伴，一瓶新沏读闲书。

寻觅

寻觅芳菲入梦遐，悄无意绪散为霞。
定知青路非仙境，尘壤难求不落花。

赋句遣怀

但求无愧不求知，枝上流红鬓上丝；
心力殚残谁解得，眼中情意梦中词。

春归

吹绵处处落繁英，过雨迢遥始解晴。
放眼何曾春事了，撑天浓绿最怡情。

重至氹仔公园眺海水涯红树丛

觅句人来手自叉，临流还欲问春华。
绕涯红树年年好，羡杀双飞鹤作家。

月下作

半被云迷半曝光，亦曾欢忭亦凄凉。
今宵望月情何似，一样清辉过石墙。

司徒乃钟自加拿大归澳倾谈画事拈句勉赠

世态无常有替兴，丹铅不废意飞腾。
自须物理求真外，爱是心源不蚀冰。

重听歌人唱予诗词声带倚夕阳漫成一绝

清音袅袅唱诗心，未觉黄昏绿欲沉。
信有尘寰情不朽，昨宵立影梦梅林。

八号风球高悬困蜗居中作

蓦惊泼墨变晴空，咫尺浑难入望中。
解得涔涔蒸汗雨，片时闲趁一楼风。

独夜徘徊月下得句

望断蟾前眼欲枯，始知清照一身孤。
殷勤不变长厮守，心上娉婷枕上书。

题杨星莹牡丹图

回溯汾江水一涯，丹青在手意尤遐。
我诗君画忘年月，同拾芳尘艳艳花。

佟绍弼

（1911-1969）原名立勋，字绍弼，又字少弼，号腊斋，广东广州人。曾任勷勤大学、广东大学、国民大学、广州大学教授。工诗词、书法。有《腊斋诗集》《佟绍弼书法集》等。

羊城八咏

（一）

红云高烧始星星，万古精神碧血凝。
最是一轮朝日动，英雄陵上万松青。

（二）

一桥破碎想当时，难阻长驱百万师。
南尽九州归禹土，飞楼天半拥雄姿。

（三）

浩浩松风水漫流，白云改尽汉时秋。
人间法力真无上，试问山灵亦点头。

（四）

步上山园百尺楼，倚栏极望绕田畴。
繁城睚古愁生产，外患多年病广州。

（五）

宛宛飞龙下九天，车轮马迹四方连。
桥南望过望桥北，散采传明万点烟。

（六）

战客一船江上游，沧波如练白鹅浮。
堤边灯色潭心月，不薄扬州爱广州。

（七）

竹外桃花日影筛，一湖春水碧犹夷。
红桥九曲凭栏处，燕子飞来唱柳枝。

（八）

人言明月是前身，月满萝峰色更真。
但得山中一夜住，不知姑射有神人。

为陈寂题枕秋阁图

一阁秋临附郭山，登楼人境自虚闲。
夕阳红染层楼影，霜叶浑如被酒颜。
信有诗情天外至，直教尘虑梦中删。
十年踪迹随流水，留与朋侪数往还。

前诗既成而遐想未已复成一律

屈子行吟未是哀，庄生齐物莫轻猜。
迁乔何以居幽去，成佛都从面壁来。
噩梦可憎醒更厌，深情欲揭抱难开。
凭谁为写风云态，日下应多作赋才。

客楼酒后作

笑倚危栏问暮云，白衣苍狗几番新。
醉中尘念抛难尽，觉后人心认更真。
无橘盈千可终老，有楼涵万未全贫。
便当归种山田去，追逐渔樵作幸民。

【注】
余家有涵万楼为庋藏卷籍之所。

昙花

千呼万呼莫来迟，了了明妆合夜窥。
绝世容华珍一盼，无心明月恰相随。
蜂媒蝶使无由闹，菊影梅魂有点痴。
自去自来深处在，是真是幻勿轻疑。

英雄树

烽火珠河梦寐亲，一枝遥忆岭南人。
顶天立地夫何壮，奔电惊雷始作春。
燕吭莺簧歌岁月，虹光海斗比精神。
风云阅尽筋弥健，谁敢花前下斧斤。

题剑父无叶兰花

绝句初知下笔难，不烦装点写红颜。
画师老去余羁抱，一味幽香满指间。

题谷雏画

蜀山嶻嶻桂山奇，子厚文章杜甫诗。
想是高情若天放，风连云走万蹄驰。

海角红楼晚步

莲叶田田花又初，江南风物较何如。
水光浮动平收塔，日影斜偏乍上鱼。
板屋溯洄晴雨幻，回栏尽处海天虚。
人间饱领炎蒸味，请割红楼一角居。

与汪季行途次漫谈及门而别赋寄

府前园后仰清空，一片晴云鸟出丛。
羡子楼居偏一角，诗心浑染木棉红。
紫荆花发木棉开，屈指时光暖渐回。
明日便交三月朔，几时相约泮溪来。

四月

鹈鸠声中日影高，莫愁荃蕙化为茅。
东君自有相寻处，四月风开夹竹桃。

六月廿八日大暑偕汪简诸君游烈士陵园

千竿苍玉绿云摇，更有鸣蝉唱柳梢。
不解何因声断续，想来可是欠风调。

余立中

1929 年生，字庸甫，自号"知还斋主"，广东东莞人。南方大学毕业。曾任广州金融高等专科学校讲师。岭南诗社社员。著有《知还斋吟草》《知还斋诗词钞》等。

谒孔庙怀古

巍峨孔庙杏坛前，虔拜先师桧树边。
道冠古今金振玉，德侔天地史尊贤。
大成殿上祥云绕，圣迹堂中诗礼传。
一卷四书遗世读，崇儒弟子岂三千？

游旅顺军港

碧水连天接港滨，风光明媚正怡人。
北洋舰队军曾驻，黄海英魂志未伸。
大好江山寻胜迹，几多朝代见忠臣？
游程万里情无限，不负浮生寄此身。

余远鉴

1946 年生，广东海丰人。中华诗词学会、中国老年作家协会、中国散文诗学会会员，广东中华诗词学会、岭南诗社理事，广东省作家协会、楹联学会、散文诗学会会员，汕尾市作家协会理事，诗词学会秘书长，《海陆风》编委会副主任，海丰县文学协会会长，诗词学会、楹联学会副会长，《海丰文学》《海丰文史》主编，《海丰乡音》顾问等。已出版诗词联小说集《海陆风情》《海陆风骚》。

《海陆风情》问梓感赋

诗苑联坛鸣凤鸾，江郎斗胆亦参和。
只缘舜日文风盛，不复桀天冤狱多。
海陆双丰传捷报，风情万种试吟哦。
伯牙莫把琴弦绝，流水高山任放歌。

出席中国作家世纪论坛感赋

赫赫人民大会堂，作家云集共龙骧。
延安讲话逢花甲，世纪论坛发曙光。
南北联珠文会友，东西合璧凤仪凰。
春深更觉河山秀，大吕黄钟乐未央。

缅怀忠襄公

岭南山秀武溪清，旷世名贤应运生。

绥众折冲①匡宋室，睦邻②知广③恤民情。

一身正气传风采，千古良臣④照汗青。

启后承先扬祖德，裔孙万代振家声。

【注】

① 宋仁宗谕余靖公"文理足以绥众，武备足以折冲"。

② 余靖公乃外交奇才，三使契丹，七平西夏，使宋、辽、夏和睦相处，并遏止交趾犯宋，化解民族矛盾，改善邻邦关系。

③ 嘉祐六年余靖公知广州充广南东路经略安抚使，下辖十四州四十三县和肇庆府，政绩卓著，故广州建八贤祠，其中奉祀着余靖公。

④ 《幼学琼林》："庆历四谏士（余靖、欧阳修，王素、蔡襄），实千古良臣。"

两广诗人雅集感赋

吟会花都诗意浓，寒冬时节暖烘烘。

情牵两广源流远，功在千秋翰墨丰。

大吕黄钟歌未了，青须白发劲犹雄。

芙蓉嶂胜兰亭阁，喜予骚人唱大风。

满庭芳·赞汕尾市迎春书画展暨文化界联欢会

文化之春，人才荟萃，喜看翰墨飘香。生花妙笔，字画不寻常。胜似奇珍异宝，佳作满目琳琅。堪惊叹，风骚尽领，有幸赏群芳。　　艺人同聚首，轻歌曼舞，如醉如狂。联欢会，迎春谱写华章。吟咏吹拉弹唱，贺新岁、喜气洋洋。同心干，振兴汕尾，勠力铸辉煌！

余定华

1945 年生，广东饶平县人。国家执业中医师。中华诗词文化所研究员，岭南、岭海、潮州、饶风诗社社员。

鹧鸪天·望月思乡

独上阳台月似冰，几分寒意带凄清。经年羁绪飘零客，下海屠龙浪不平。　　居闹市，梦乡情，秋来春去愧无成。平添鬓雪天涯路，遥望家山月魄明！

余昭正

1966 年生，名政，陆丰市碣石镇人。广东中华诗词学会、中华诗词学会会员。著有《原上草》诗词集。

读《点灯集》赠何永沂先生

大块夜如釜，遥天一盏灯。
不平尘世事，笔底见原形。

春游

——寄高国权

飞鸟归何处？青山不见人。
何时一樽酒，重与赏芳春。

春末游园

春逐莺声碎，花飞蝶影稀。
谁云花事了？香气湿人衣。

甲申中秋寄诸亲友

一片玲珑月，明光接太清。
中秋无所有，遥寄一壶冰。

仲春遇雨作

半生尘虑剧，一雨刷清新。
竹笋尖尖翠，菜蔬片片茵。
青山横素画，绿水赋瑶琴。
只可长吟咏，那堪持赠人。

自题拙作《原上草》

一株原上草，自长自枯荣。
不逐良田植，只从荒漠营。
黄沙扬黑浪，绿甸筑青城。
不息强根底，更行更远生。

春夜海上泛舟

遍是桃花水，繁华浪作堆。
海云兼雪卷，渔火杂星来。
月涌孤帆远，潮洄万壑哀。
逸游良可咏，恨乏祖生才。

年终有感

无论魏阙与天涯，随遇而安便可家。
秋雨难摧凌雪节，东风未沐傲霜芽。
艳桃长共三春发，芳草依然绿树遮。
只恐壮心随岁去，且持高烛照年华。

水龙吟·吊聂绀弩诗翁

北荒芳草连天，人间直振凌云气。淘天黑浪，满城狼火，松枯竹悴。愁损诗肠，困骞老骨，梦楚如寄。幸斯人天降，诙谐幽默，唐宋后，何人继？　　休道秦坑不死，只萧萧秋风凌厉。倩谁料理？苏辛风骨、放翁旗帜。诗礼神州，楚辞邦国，得抒微志。问谁人擦去，荒原冰雪，与诗人泪。

余雪芹

1913 年生，广东台山人。广东中华诗词学会理事。广州朝晖诗书画社社长、广州越秀区楹联学会会长。著有《雨草填词》《雨草新声》等。

登爱群旋转餐厅

胸襟思远客，白雾漫秋雕。
大厦珠江水，城楼上九霄。

甲子秋偕拳友练拳于烈士陵园

微茫秋色入丝桐，菊蕊含香日影东。
佳节重阳人爽朗，凉风大地气豪雄。
红花岗上垂青史，碧血亭中集彩虹。
拳罢诗思何处去？情浓一曲漫天空。

余福智

1936 年生。1958 年毕业于中山大学中文系。出版有《唐诗底蕴》。退休后加入中华诗词网，任论坛副坛主，网名宝瑟馀音。

绮罗香·纪念詹师安泰

云笤幽燕，风狂岭表，花国燔然深雪。噩梦惊魂，黏着残章断阕。茶泼了、纸墨糊涂，人去也、心弦灭裂。平章处、旧屋重梢，沉沉默默飘黄叶。　　彩笺应写新页。有湘灵鼓瑟，寒蝉凄切。萤火流星，枥马轻车油壁。旋长袖、风拂蓝天，歌慢调、珠弹斜月。君不见、弄影芳丛，栩然飞舞蝶。

香蕉歌

过渡曾闻不怕穷，各寻妙计立新功。
我在深山无壮志，如常耕种尽装聋。
山里农家多淳朴，强弱尊卑相爱护。
山前电线渐伸长，村翠频添新仓库。
青年山嘴垒砖窑，老汉竹林削篾条。
家家填鸭又槽鹅，屋前屋后种香蕉。
香蕉从心吐绿叶，新叶老叶重重叠。
看这天然翡翠亭，宫廷飞阁容颜怯。
梅兰菊竹总不如，青莲出水比还输。

绿叶吐完情更切，吐出硕果一梭梭。

梭梭硕果人心足，薰香瓮里催成熟。

儿女撒娇跟入圩，归时炫耀新衣服。

"割尾"锋头正势凶，千会万会耳边风。

书记拖横贴身坐，长长脸上泛愁容：

"上级检查明日到，有人要走你村道，

你村底细我心知，动手砍蕉须及早！"

晚霞归去故迟迟，草木苁葱夹小溪。

卷裤涉溪人影乱，心中乱絮却谁知？

乱絮如麻难织布，昨夜寒风初入户。

农民几个手中钱，非偷非抢长招妒！

一路沉吟坐又蹲，抬头乍见满天昏。

山似獠牙吞去月，云似疯魔扑向村。

村中电灯金星散，家住村头最当眼。

隐隐雷声天外来，一束灵光心上绽。

赶回村里细商量，摆布停当意气扬。

明天愿借横风雨，助我奇谋救故乡。

小路崎岖滑又陡，大路泥泞八寸厚。

可怜上级抢头功，一日十村匆匆走。

雨衣雨帽卷风前，水珠弹来挂眼帘。

"莫走塘基免危险"，我来带路绕山边。

山边绕到家门口，且看门前何所有：

粗株嫩笋百尸横，犹喷蕉香浓似酒。

上级喜问是谁家，故作迟延未答他。

旁人夸我好榜样，才肯微微点下巴。

既然队长做榜样，社员当可凭推想。

砍了七千六百株，请将数字填表上！

三杯老酒一盘鸡，葱白麻油拌蒜泥。

资本主义全砍倒，上级劳苦莫挨饥！

上级年青闯劲大，革命豪言夹脏话。

一挥能挽大江流，一声禁阻轰雷炸。

酒入肥肠脱外衣，鸡油涂舌话多时：

"这话只能跟你讲：为人最要会举旗。

看准风头将旗举，队长才能经风雨。

路线斗争日日新，紧跟首长莫犹豫！"

送了上级连夜归，社员把我家门围。

几个婆婆多感慨，对着蕉尸热泪挥。

风停雨歇人静后，月朗星稀环村走。

丛丛蕉影隔还连，似有哀思同垂首。

香蕉香蕉你莫哀，一家顶替百家灾。

冤魂必去缠上级，千年万载不重来。

重来终有更大祸：鹅鸭鸡猪何处躲？

砖窑穷顶了无烟，反见竹林一片火！

蕉树忽然入梦魂，千株万株站满门。

张张大叶油油绿，细看张张杂血痕。

醒来犹觉心闭翳，却被广播催开会。

会场布置甚堂皇，邀我上台坐前位。

上级口齿有神通，砍蕉惟数我英雄。

"兴无灭资促进派"，奖旗映我脸皮红。

掌声如雷我讲话："七千六百全不假。
上级领导太英明，一夜造成公天下。"
高音喇叭拼命吹，无兵战鼓尽力捶。
庄严演出滑稽戏，只觉雏鸦正学飞。
飞上云空前景阔，猛忆香蕉怕折堕：
奖旗原是牵鼻绳，今后泥潭怎样过？
好人哪肯陷泥潭，好花开放在深山，
好鸟好鱼挣破网，冲天潜底两不还！

余鞠庵

（1907-1999）名潜，以字行；又号海棠花馆主。广东中山人。曾任广东省文史馆馆员、广东省书法家协会会员及美术家协会会员、中山市美术协会会长。

秋亭独坐

秋风初掠水之湄，弱柳随风不自持。
为爱新凉成久坐，一亭四面看涟漪。

秋声

平生爱秋声，况此月明夕。
徒忆家塘边，瓜棚鸣促织。

回乡遇雨宿瓣香斋小楼

小楼屋盖似船篷，听彻宵来雨更风。
晓梦远寻游钓地，不知身在故乡中。

秋夜

火云压地仍奇热，银汉横空又立秋。
月堕半天人未睡，屐声时听过街头。

孙中山先生故居

四山环抱一溪横，中出人豪举世倾。
帝制芟除经百折，潮流高瞩领群英。
即今社会从新革，正是先生所欲行。
我到故居玩遗墨，沉雄宽厚见平生。

题画梅

本性由来冷，冰姿迥出尘。
眼前多俗物，知己是诗人。

梅坪道中

地僻千山静，春晴荔着花。
风传闻犬吠，林外几人家。

中秋对月怀远

昨宵雷雨洗星河，佳节平添月色多。
遥念天涯诸旧好，不知秋思又如何。

新居

市声不到似荒村，寂寂新居日闭门。
好是明窗资远眺，先安笔砚对烟墩。

余藻华

（1912－2000）广东新会人。广东省文史研究馆馆员。曾
任荔苑诗社社长、岭南诗社副社长、广东楹联学会副会长。部分
作品收入《荔苑诗词》。

荔湾风采 （赠荔湾区博物馆）

莺飞草长柳丝低，绿涨晴波漫钓矶。
一带楼台环海角，万家春树沐朝晖。
新修仙馆基初奠，重展风华愿未违。
博物纷陈无价宝，明珠烨烨灿奇辉。

秦王兵马俑

楚人一炬霸图空，二世才传国祚穷。
效死难凭兵马俑，石头不是万夫雄。

白云晚望

松风谡谡碧森森，一抹余霞蔼作金。
选胜人如禽择木，知还心羡鸟归林。
轻车缘壁四轮稳，飞阁临崖千尺深。
劫后云山依旧好，诗情长得契苔岑。

太湖

独立鼋头渚，襟披水面风。
三山笼蜃气，两岸隔鸿蒙。
吴越舟同济，苏杭轨可通。
至今师范蠡，货殖奏初功。

番禺县首届冼星海艺术节

当年曲曲最强音，激发全民爱国心。
风雨鸡鸣同起舞，青锋划破夜深沉。

朱仙镇岳王庙碑林

王师未老竟无功，痛饮黄龙愿已空。
虎兕三千齐解甲，山河半壁付和戎。
遗民空作还都梦，战士难酬报国衷。
世事原多莫须有，留教史笔判奸忠。

登泰山

飞车送上玉皇巅，云壑深深铁索连。
回望黄河真似带，重寻秦時已成烟。
历朝封禅碑仍在，万世儒宗道有传。
东岳独能侪北斗，得名原不借神仙。

秋宵吟

一角书城着此身，晚来弥觉砚池亲。
诽而不乱骚风正，贫亦能安陋室珍。
灯火惯依耽吟叟，秋声只恼失眠人。
荧屏为我添诗料，到眼风光幕幕新。

邹永亮

广东中华诗词学会会员。

戏梦

击水三千万里风，扶摇直上九霄重。
古今多少红尘事，了却原来一梦空。

临池偶感

翰墨经营秋复冬，隋唐晋汉溯源踪。
人间冷暖身尝后，书味原和世味浓。

翠云洞拾趣

翠云洞口翠云深，洞口春风笑古今。
把酒临溪轻试问，青山何处不知音。

南岳行

春来南岳雪初融，驱径千旋路几重。
半岭云封仙界外，众山雾掩画图中。
寒泉道道奔幽涧，碧玉条条挂古松。
长啸登临抬望眼，祝融峰顶御天风。

邹优添

1977 年生，广东湛江人。五邑大学中文系毕业。现供职于中山市文化局。

久别有赠少年友人莫华

故人久别意何如，袅袅春风过绿芜。
千里单车同雨雪，十年灯火隔江湖。
情非深处谁弹泪？人坐穷时仍读书。
把酒高楼犹未晚，狂歌欲醉月来扶。

邹颂华

女，1977 年生，广东河源人。岭南诗社社员，广东中华诗词学会会员。

学诗有感

寻吟月下久徘徊，数点萤光映碧苔。

欲看砚毫生异彩，须经风雨煅诗才。

苦求妙语歌新纪，乐写青笺抒壮怀。

铸就华章凭热血，骚魂神韵破云来。

行香子·登黄鹤楼遐思

鹦鹉洲头，黄鹤悠悠。倚雕栏，揽月神游。留云酬唱，醉眼难收。咏南楼秀，西楼险，北楼幽。　　落梅玉笛，解语勾愁。楚天远，但效沙鸥。蓬瀛世外，永不知秋。愿逐波来，随波去，踏波流。

南歌子·闲思

点点飞花语，萧萧雾里榆。南窗低首阅闲书，尽日无言却看乱云趋。　　不解相思苦，冰心在玉壶。轻拈红豆黛眉舒，目送飞鸿带雨入青芦。

邹捷中

1932 年生，广东韶关人。曾任韶关市政协秘书长。韶关诗社名誉社长。著有《晴窗诗草》《晴窗诗谭》等。

峡水泛舟

烟暾禺峡秀，绿染一江天。
岸窄牵流急，船危激浪颠。
霞飞疑寺动，桨轻觉涡旋。
七二云峰立，三千浴女妍。

武江春意

武水朝暾视野新，春风拂却旧时尘。
鲜舫酌酒尝鲈嫩，短棹横江载客频。
列岸垂杨争日曜，排云绮厦向天伸。
征航铁笛声声唤，报道山陬正脱贫。

秋游云门寺桂花潭

一泻飞流落九天，澄潭漾碧骤生烟。
风呼翠壑疑嘶马，客戏瑶池恍作仙。
古木千重消暑汗，银泉万斛沁心田。
今来欲问云门水，可把人间污浊蠲？

辛干民

1929 年生，广东阳春市人。原湛江地委秘书。曾任湛江诗词理论研究组组长。著有《雪泥鸿爪集》。

悼王力师

传后藏山廿卷篇，广文弟子过三千。
赤诚可对丹阳照，傲骨能摧铁杖坚。
甘作孺牛长洒汗，爱驱驽马苦扬鞭。
愿将微力承师道，掏尽童心献少年。

卜算子·昙花

癖性不争光，未惹群芳妒。伴汝中宵苦读书，始把清芬吐。　　放蕊洁如冰，赢得诗家赋。来去匆匆一瞬间，慨叹人无数。

汪 石

1928 年生，广东揭西人。新中国成立后先后在广东省人民政府、中共中央华南分局、粤西区党委、佛山地委、广东省委机关工作，职至广东省委办公厅副主任（正厅级）。现任广东中华诗词学会常务副会长。出版专著《汪石接待实践》诗集《松韵集》。

游黄龙登岷山

极目岷山气势雄，红军血染杜鹃红。
游人雅士惊回首，铁马金戈不世功。
千里危峰成胜境，三军足迹见遗踪。
黄龙异彩撩人醉，觅句寻诗意不穷。

井冈行

结伴轻车古道行，登高一望巨龙腾。
千峰展秀连天碧，万象迎春入画屏。
漫向黄洋寻故垒，更从林海听涛声。
井冈道路千秋颂，永记红军肝胆情。

品味

一生碌碌鬓毛斑，伏枥仍思过五关。

百味穿肠辛味苦，千家美酒自家甜。

清汤似水水酣醉，野鹿丰肌肌益寒。

问道聊思明至理，毋馋毋占更毋贪。

自励篇

自律

为官切莫饮贪泉，赤子为民不为钱。

冰雪肝肠常自律，清心两袖乐悠然。

守朴

茶坊酒肆素无缘，不必腰间带酒钱。

壮骨养身非盛馔，清心守朴乐天年。

求知

潜心苦学索新知，立雪弯躬拜老师。

熟读群书知世道，喟然一笑少年时。

黄山拜松

黄山峰上一奇松，铁骨铮铮傲碧空。
昂首云衢抒翠色，扎根黄土啸长风。
斑斑鳞甲披残雪，卓卓英姿贯彩虹。
峻节巍巍昭日月，漫经风雨显殊雄。

欢呼“神舟”五号啸傲太空

巡天火箭气如虹，一跃神舟傲太空。
故吏梦圆夸众志，征人智勇建奇功。
嫦娥妙舞迎佳客，华夏高歌唱大风。
明政兴邦千古颂，摩星揽月敢称雄。

耕夫颂

背负苍天恋土香，酸甜苦辣历沧桑。
犁耙辘辘耕天地，风雨潇潇夺米粮。
难得糊涂情可贵，远离名利志尤刚。
人间看惯浑闲事，当颂耕夫冰洁肠。

纪念邓小平同志百年诞辰

誉满全球一巨人，敢挥铁臂转乾坤。

漂流过海求真谛，俭学勤工见赤心。

右江起义试刀剑，百色挥戈慑鬼神。

淮海鏖兵歼虎豹，中原逐鹿扫妖氛。

南征北战军旗猎，追日射狼震九级。

戎马挝天鼓，扶危振国魂，叱咤风云北斗尊。

呕心沥血思图治，竭虑殚精力万钧。

怎奈穹苍霜雨恶，一生几度笑浮沉。

天翻地覆全无惧，拨乱安邦重立根。

奋力挽狂澜，披荆开国运，开元全赖再回春。

临难兴邦肩重任，运筹帷幄策千军。

明令催军旗似火，山呼海啸势吞云。

南粤先行开血路，万邦急起践南巡。

西疆开发马蹄疾，北国迎春笑语温。

洞察国情兴特色，倡行两制庆同欣。

神州崛起东风劲，权霸横行烈火焚。

万丈丰碑昭日月，人民世代颂高勋。

（二〇〇四年四月四日）

深切悼念习仲勋同志

少岁雄风誉八方，红旗猎猎凯歌扬。

陕甘伟绩彪青史，西北殊勋耀碧苍。

情系河山酬大志，心悬黎庶荡回肠。

任劳任怨披肝胆，无畏无私傲雪霜。

历尽沧桑腰不折，几经坎坷志犹刚。

待人宽厚诚相见，律己严明气自昂。

荡荡胸怀融激浪，铮铮铁骨护帆樯。

殚精竭虑为民瘁，饮泣茹辛忧国殇。

拨乱兴邦思壮举，建言改革启南疆。

劈开血路通天下，创办特区招凤凰。

盛德丰功长不朽，高风亮节永流芳。

惊闻噩耗公仙逝，溅泪含悲作悼章。

（二〇〇二年五月）

胡耀邦登上镇海楼

耀邦乘兴越山游，健步攀登镇海楼。

眺望南疆歌创举，回思历史浪催舟。

故侯归去成千古，春色淋漓极九州。

粤水粤山铺锦绣，毋忘前辈稻粱谋。

深切怀念任仲夷同志

惊闻噩耗泪横飞，珠水悽然山岳悲。

啸傲平生担道义，驰驱南北振风雷。

励精图治匡时略，拨乱兴邦壮国威。

敢向禁区群贤敬，江海兼容众望归。

福泽黎元开富路，心存社稷树丰碑。

有谋有识诚豪俊，无畏无私鉴是非。

磊落光明人仰止，德高望重自崔巍。

殊勋灼灼彪青史，伟绩长同日月辉。

极目南天千嶂秀，盼公载梦踏歌回。

（二〇〇五年十一月十六日）

汪季行

（1910-1993）名思成，以字行，广州市人。广州法学院毕业。曾任律师、教师、职员。住过广州、汕头、兴宁、香港、西贡、金边。1963 年病退赋闲，主理家务。后参加荔苑诗社，创作有诗词数百首。其子女精选为《白发少年诗词选集》梓行。

烈士陵园

趋步陵坪意气轩，松阴幕地鸟争喧。
敲棋窗下思先烈，驻足碑前体国魂。
金碧侵天亭在望，鸽原映日血留痕。
白云迢远英雄近，一舸湖心细细论。

萝岗赏梅 (二首)

（一）

人间此地有仙台，十里横斜迤逦开。
正是花多撩眼乱，几疑身向雪中来。

（二）

丰年含笑茁新机，一样争春未肯遗。
好与梅花长结伴，枝枝朵朵向朝曦。

人月圆·中秋月蚀

人生几见清光满，飞镜又悬空。笑姮娥懒，画眉深浅，一线还融。　　吴刚酒熟，桂花香透，谈笑生风。伊人何处，伊人在望，露冷霜浓。

江城子·品老失去佟老书赠沁园春朝日词嘱代抄

佳日调声薄醉中，气凌空，晚霞红，盛世词华，手迹惠诗翁。暗里龙飞蛇伏了，难寻觅，望流东。　　青青萤火老书僮，近朦胧，故从容。鸦涂墨浪，笔秃字难工。却累鲁鱼明眼辨，歌一遍，倚南风。

蝶恋花·昙花

荏苒韶华春已误，犹有仙姿，月下相存顾。环佩无声轻款步，冰衣难掩香如吐。　　一刻千金须惜取，休怨无言，试问从何诉？又见黯然那忍去，迟行恐惹人间妒。

鹧鸪天·枕秋阁题词赠陈寂教授

怡乐村新曲径幽，绿阴深处读书楼。风翻落叶飘诗窟，星护蛾眉到枕头。　　蛩切切，梦悠悠，迟迟暗惹桂香浮。明朝禁得黄花哂，红日窥窗醉未休。

浣溪沙·九日答品老

登上高山友白云，带来酒气二三分。黄花莫笑我狂人。　　唯大英雄能弃旧，是真名士解怜新。天边鸿雁自成群。

水调歌头·七一年六月十八日即事

怅望来时路，一线渺云烟。四山翠嶂垂地，荏苒忽经年。笑我长安不易，结束乡耕娱老。击壤颂尧天，解带南柯下。种竹北窗前。　　此间乐，搔华发，独无言。怀人千里，瘦损浑懒理琴弦。遥想云山珠海，风雨楼台如晦，何日续前缘。杜宇还多事，客倦又闻蝉。

丑奴儿·辛亥闰五月

有情留得韶华住，才醉端阳，今又端阳。旧杯重整泛蒲觞。　　无情无奈人千里，梦里家乡，梦觉他乡，千杯难遣是离肠。

庚戌秋回穗晤贤楷招游麓湖

奕馀楼上记题诗，一往疏狂不自知。
积稿炊灰痕尚在，可堪细雨梦回时。

鹧鸪天·冠老题赠白发少年次韵

野火烧馀劫后身，残灰细抹静怡神。撩人最是嘤鸣闹，第二乡音认客亲。　　山作友，水为邻，自然陶冶得天真。不知世路长多少，稚气平添白发春。

鹧鸪天·有怀

堪笑恹恹老尚痴，旧游如梦费寻思。三千白发还嫌少，更缚春蚕一缕丝。　　春在迩，我何之，情牵无据有谁知。霾云咫尺天涯路，休说醒迷梦也迷。

理发座上偶吟

厌顶仇根一剪光，老顽偏遇狠心肠。

须鬓过盛诚疵累，器宇无端及幻妆。

揽镜稍欣天杀雪，回头旋讶地凝霜。

愁眉剃却难为泪，又见怡怡步履扬。

戊申春夜儿辈齐集有琴箫之乐即席口占

春满小楼夜不阑，天伦乐事酒杯宽。

劳生未易寻常叙，风雨人归偶一团。

十年湖海一枝箫，吹彻沧澜百丈潮。

弹指尚稽愁鬓白，只应壮志未全消。

品老留别次韵

稻浪千重接素秋，平沙万顷入吟眸。

岂能无意人非石，一任优游子类鸥。

写到黄花容比瘦，老于红叶复何求。

江干未醉难为别，勉曳柔丝系去舟。

沈言璧

1935 年生，广东汕头市澄海区人。1955 年参军，入军校读书。1958 年复员，在市商业部门工作至 1994 年退休。

采桑子·晚香

"爷爷"声里如秋至，心未苍凉，鬓忆凝霜。欣幸天伦乐未央。　　回头笑对春华远，花尚留香，果自金黄。人醉晚晴伴夕阳。

宋丽娟

女，1954年生于香港。著有《新月楼诗词初稿》、《春在轩集》。

南亚海啸大灾难

世事太无常，何分你我乡。
水墙来府洞，岛屿没汪洋。
命贱同蝼蚁，国贫添雪霜。
颓垣哀切状，能不为悲伤。

张　宜

（1912-1972）女，字纫诗，广东南海人。幼受业于叶士洪及桂坫之门，肄业上海复旦大学，曾为陈融掌书录，1956年适越南华侨蔡念因，偕隐香港宜楼。著有《张纫诗诗词文集》等。

知粤垣人相念赋此寄之时客金陵

八面柳窗摇影绿，灯昏归思入疏砧。
重帘匝地炉烟冷，孤雁书天江水深。
秋薄已无云可赠，夜深惟恐月先沉。
越王台畔金陵下，一样西风万里心。

张北海台湾来书赋答

三千弱水未扬尘，先约桴槎渡此身。
山月肯留终古魄，书灯曾照历朝春。
野狐入市传魔道，海燕归梁卜社辰。
樵斧不临榛莽路，眼中忧国是何人。

旅怀

太平山下小长安，夜夜浮灯水不寒。
人海沸馀槐聚蚁，雁声沉后月移阑。
哪闻犬马忧天变，稍置琴书觉地宽。
文字亦随风土转，众中任作腐儒看。

春夜

门外桥通故国车，小园唯见月西斜。
贴墙竹影浓于墨，出土兰茎暖欲花。
河汉在天光可荐，春秋作枕梦无邪。
将军正有芜城怨，自抑乡心阅岁华。

读洛川酬白雪仙诗次韵

马樱花雨扑晴轩，帘卷山光月满门。
丝竹有情非栗里，杯盘闲话到梨园。
不教白社斯文坠，何止红毹一艺喧。
尚想栏杆题浅夜，珠玑齐落牡丹村。

庚子中秋无月

西风挟浪出江头，应序盘飧且莫休。
居市几人真爱月，近山无树不朝楼。
万家酒畔团圆望，一夕帘间洒淅幽。
尚有围灯诸弟妹，天涯同度雨中秋。

冬夜

月色无偏左右邻，帘垂几席暖于春。
深灯卅载成知己，苦茗三杯论古人。
重叠云山仍在眼，寻常天地且容身。
风华递与才情减，笑不从轻况是颦。

宜楼除夕

故家风气竟南流，压岁孤怀笔下收。
随分鬓丝如梦改，无多心茧为谁抽。
夜笼碧海添新浪，春在湄河更上游。
堤岸归来灯似昼，满身花影上宜楼。

端午前一日乘翔禽号游船出海

主宾成雅约，帆影逐禽翔。
一水阴阳绿，千林远近芳。
天垂人语外，风起酒澜旁。
明日欢重午，先投楚佩香。

好事近

细雨两三丝，滴碎模糊心影。残酒不知深浅，被疏钟敲醒。　断无消息又黄昏，渐觉一襟冷。却暖旧时魂梦，到鸳鸯芳径。

朝中措·壬辰元夜

宋王台上草黏天。青不似当年。一样东风帘影，春灯争照朱弦。　旧经随我，茶烧蟹眼，酒换山泉。留得满衾明月，今宵归梦应圆。

相见欢

门前短草平沙。树无鸦。难得西窗红烛共年华。　夜色浅，月光满，斗尖叉。好贮一囊诗句待梅花。

踏莎行

花奈馀寒，山争斜照。闲鸦三两归林表。书声自赏附城楼，向西窗外行尘少。　　旧雨离踪，少年吟草。回头便悔知愁早。凭栏月上一般明，已无肠断随人老。

西江月·旧梦

风讯二番深苑。茶香一样闲庭。空余花月慰长醒。心上春归无定。　　便有清词写梦。不如芳树栖莺。至今犹是旧啼声。只许当时人听。

浣溪沙·春晚

昨夜看花不满枝。小窗灯火绣春衣。引愁针线与心违。　　日上半檐莺舌脆，梦回一水渡头迷，东风未许柳绵低。

张　思

女，1958 年 10 月 21 日出生，广州市人，毕业于广州外语学院英语系。广州美术家协会会员，广东青年美术家协会会员，广州诗社社员，广东中华诗词学会等诗会会员。

蝶恋花·重聚

柳岸分携三岁整。紫陌重逢，犹是当年景。记否遍游观翠颖，寻诗只为初吟咏？　一任风熏浓似酪。叵奈春心，难与繁花竞。细数落红随燕影，幽情谁解还谁听？

好事近·浮萍

才聚又分离，心事未堪明说。暗怨柳花无语，伴水流呜咽。　东风便肯递芳音，又恐幽情泄。频顾镜中妆影，只痴心难绝。

行香子·夏日写生

翠踏峰峦，照影微澜。枝头鸟、迎客争喧。画人却步，遥指烟村。爱蕉堤绿，沙溪碧，藕塘鲜。　心中幽壑，笔底林泉。休忘了、添只渔船。重调彩墨，再展银笺。记榴花乱，栀花俏，柳花颠。

踏莎行·重过郊外荷塘有感

　　绿浅红疏，萍孤柳漠。回塘怅望今非昨。风前失望笑蜻蜓，遍寻不见青青角。　　密密青罗，芸芸紫萼。碧盘承露珠玑托。当年只道是寻常，始知花事犹难约。

水龙吟·随郭应新老师月夜初访祖师朱庸斋分春馆

　　遥天月影迷蒙。分春旧馆何寻处？深街石仄，趟门堂寂，几番延伫。四秩悠悠，依稀景物，唏嘘衰暮。认苔痕斑驳，蛩音冷落，似还听，谆谆语。　　往事低回如梦。想当年、俊才争聚。秋声墙外，春风帘里，雅谈词赋。移性评茶，趋庭闻训，宛承甘露。看亲莳幼树，已成乔木，有新花吐。

张汉青

1931 年生，广东揭西人。历任中共广东省委副秘书长、中共
广州市委副书记、广东省人大常委会副主任。现任岭南诗社社长、
广东中华诗词学会名誉会长。著有《张汉青文集》。

在武汉东湖客舍听京剧团关正明演唱
《八十书怀》

细浪轻飘竹管音，春风化雨润芳林。
书怀八十沧桑史，夕照燃明老帅心。

南望

归莺对对伴秋霞，树木葱茏不见家。
啼啭声声难尽意，高山流水在天涯。

金鸡岭

巨峰独峙大江边，拔地雄关半壁天。
唱白东方迎旭日，闻鸡起舞竞争先。

访泰诗草之驾摩托艇出海

海空连一色，击水醉天然。
浪急轻骑疾，壮心若少年。

狗年石马赏桃并访农舍

红霞唤我到田畴，笑语迎风陌上流。
春色无边谁点染，画眉檐下正啁啾。

自题赏梅照片

粲然白发与梅同，犹自心仪岭上松。
且喜骋驰风雨后，漫吟山水得从容。

纪念屈大均逝世二百九十周年

骚人志士一身兼，岭表风流锦绣篇。
愤世何曾存独善，忧民常必念时艰。
海云望月志无减，塞上追风誓执鞭。
掩卷沉吟思故哲，宝珠岗上祭翁山。

缅怀陶铸同志

一剑磨成夜气寒，弱冠矢志振江山。
倥偬戎马征邪恶，秋雨铁窗斗桀顽。
军旅地方双大任，从文演武两歌传。
京华最是见真色，松柏高风赛古贤。

【注】
陶铸原名陈华，字剑寒。

七十抒怀

沧桑饱历出闲情，壮志常怀阅废兴。
七尺何曾图逸懒，寸心唯有护旗旌。
栉风沐雨知时节，跌宕沉浮炼性灵。
满目青山好景致，低吟浅唱夕阳行。

观海一九八四年夏于北戴河

沧溟有道最深情，一刹烟消万里晴。
眼底惊涛驱白雪，长天寥廓不波平。

松花江畔

浩浩江波昼夜流，倩谁彩笔写春秋。
悲歌长谱伤心恨，杨柳青青月似钩。

己未秋月西樵山小住

人道秋光好，西樵复漫游。
飞流天外泻，古树入云头。
茶醉南山阁，谈文小木楼。
凭栏何所见，金穗满田畴。

流溪河森林公园

依托森林建此园，果然名字不虚传。
丛林郁郁藏朝露，碧水盈盈蕴巨澜。
石径清风生乐趣，层岚薄雾洗嚣烦。
流溪一曲凭君唱，山色湖光入管弦。

张华云

（1909-1993）广东普宁人。曾任汕头市一中校长、汕头市副市长、政协副主席、广东中华诗词学会副会长、汕头市政协岭海诗社首任社长。著作有《张华云喜剧集》《筑秋场集》《潮汕竹枝词百唱》等。

改右吟

伪朝扣我左倾帽，今代加之右派冠。
二十二年思不解，嗟予左右做人难。

雕虫

冰销雪霁放春晴，技痒雕虫亦奋兴。
离合悲欢翻古调，旦生丑末唱新声。
都门曾击名家节，海外遥牵赤子情。
祸福从来多变化，沙虫猿鹤去冥冥。

游翁公书院旧址

拄杖攀藤山上行，龙泉芳草野烟生。

残花屋角缠绵意，归燕颓梁眷恋情。

夜静但闻狼虎啸，日长无复读书声。

廷臣勋业随流水，身后空余未定名。

踏莎行·怀缶庵

缶庵被迫回乡。时京中打倒四人帮，大地回春，石下幽草，岂无生生之意？

岁润中秋，阳生冬至。荣枯宠辱人间世。黄藤苦刺也开花，岂无报竹平安字？　　丽日消阴，蕙风散翳。长安报道拘魑魅。梅魂本自雪中香，南枝应有生生意。

张旭初

1928 年生，江苏省沭阳县人。16 岁即离乡参加革命，入抗日军政大学。此后，戎马倥偬数十载，历任部队及地方领导工作。离休后致力诗词，著有《潜志集》《无逸集》《砥砺集》《秋水集》等诗词集。

自序秋水

潺潺碧水向东流，无限巨川沧海投。
曾记庄生书牍论，未忘王子序文讴。
镜留清影知长短，剑露寒光辨劣优。
休问险滩馀几许，总将芳泽润田畴。

敦煌鸣沙山

瀚海如霜映晚霞，乘驼逸兴笑声哗。
凭临险境寻奇韵，静听沙鸣忆塞笳。

长江抗洪颂

拍岸惊涛自九天，雷鸣电掣夜无眠。
千村沃野如卷席，万户穿庐似坠渊。
举国齐心降水患，三军竭力解民悬。
壮歌一曲传寰宇，更绘宏图可永年。

香江吟

涛声如诉海横流，百载风波一叶舟。

往事莫忘明鉴在，扬帆万里气方遒。

七十初度抒怀

流年功过任平章，俯仰无惭我自臧。

长剑倚天星乱舞，碧箫吹月夜飞霜。

千崖万壑迎风笑，北斗南箕带露凉。

我欲乘槎游广宇，挥毫醉写纸千张。

减字木兰花·夜渡洞庭取常德

烟波浩渺，不尽湘莲湖里笑。昨夜初开，喜
见天兵踏浪来。　　千帆齐发，白浪滔滔心激越。
晓雾苍茫，勇士攻城逐虎狼。

风入松·参观广州经济技术开发区

曾闻此地是荒丘，愁草望沙鸥。珠江滚滚云
帆过，问谁个、足迹长留？紫燕呢喃远去，黄莺
展翅云游。　　春风今日满南陬，百鸟比娇喉。
梧桐引凤添佳景，始赢来、处处花稠。莫道宏图
初起，频看不尽琼楼。

张志达

广东中华诗词学会会员。

观秦王兵马俑有感

血泪凝成卫戍军，当年黎庶苦难申。
如今络绎观兵马，太息无辜有几人！

赞壶口河床石

默默无闻卧水边，激流冲撞万千年。
坚强本色终难改，不怨不忧心泰然。

张作斌

　　1924 年生，大学文化，曾任人民解放军师副政委，广东省委宣传部常务副部长。离休后曾被聘任为社会科学大学副校长。现被聘为广东中华诗词学会名誉会长，中华诗词学会顾问，广东京剧艺术促进会常务副会长，国际文化交流中心副理事长，广东炎黄文化研究会常务副会长。

白梅礼赞

　　笑傲寒冬里，无情更有情。百花方睡梦，一树已峥嵘。瘦美莹如玉，高洁冷似冰。枝斜品却正，色淡味偏浓。耻作王公客，甘为隐士朋。　　温馨能预卜，开放敢先行。不惧迎头雪，何忧扑面风。繁华留姊妹，孤寂许阿侬。宁愿芳踪泯，但期万卉荣。寒霜凛冽下，举旆报春风。

沁园春·渝州感怀

　　南国雄城，虎踞龙蟠，气象万千。望两江流奔，滔滔东去，双桥飞架，人往车还。壮丽都堂，秀逸鹅岭，百丈云楼势触天。繁华甚，看万商云集，比美争廉。　　犹怀抗战当年，引天下贤俊聚此间。有文杰武将，山城豪会，周公董老，卜居红岩。谈笑风生，运筹帷幄，笔剑舌枪斗蒋顽。人长逝，留高风亮节，永驻人寰。

孙中山诞辰一百二十周年

风开南粤气钟灵，雄狮猛醒巨龙腾。
康梁变法摇清基，中山举义誓兴中。
目睹民族陷水火，志在驱虏济苍生。
呼号九州倡革命，奔走寰宇结同盟。
为寻真理究哲理，身兼统帅亦士兵。
利剑加头无反顾，道路崎岖更前行。
千回鏖战成兼败，几番蒙难死复生。
深恨同道生异变，幸得知音寄衷情。
热同红棉一团火，洁比清莲两袖风。
赖有卓识并远见，还凭大勇共至诚。
力倡三民尊国策，勇开一大依工农。
摧毁帝制开新史，实现共和建殊荣。
勋高可比华盛顿，德盛堪追甘圣雄。
名垂青史功不朽，千秋泪雨洒长陵。

颂邓公业

铁打金刚汉，宏猷冠大千。
八年驱暴寇，一役败凶顽。
斗鬼拍案起，除妖带笑还。
长征多险阻，巨柱可擎天。

浣溪沙·迎春感赋

　　紫气萦回岁换新，韶光似水逝无痕，红棉吐火笑迎人。　　谁道人生无再少，黄昏过后又清晨，诗魂剑胆驻青春。

退入林泉再写诗

　　戎马烽烟百战时，刀光剑影系鞭丝。
林泉莫道英雄老，卸下军装再写诗。

哀悼耀邦同志 （二首）

（一）

　　噩耗传来不胜哀，顿时热泪洒瀛台。
黄泉此去应无憾，遍地哭声悼念来。

（二）

　　噩耗传来万众忧，花悲柳泣水滞流。
北风狂号天公愤，扑面黄沙助恸忧。

叶剑英元帅诞辰一百一十周年

一自赤旗举粤郡，沙场百战气凌云。
揭张巴蜀济时危，促蒋西安建伟勋。
驰延驱渝酬统战，趋京走沪觅和津。
北都南国施新政，东海西疆练铁军。
拍案高庭斥兔鼠，擎杯华筵睦芳邻。
勇除四害抛肝胆，力荐贤能见腹心。
巍巍大智兼大勇，浩浩国魂系诗魂。
元戎长逝英风在，冯吊红陵泪满襟。

南乡子·十七岁生辰言志

长夜暗云天，冷雨凄风户半残。无限忧民忧
国泪，潸潸，滴入松江化巨澜。　　把剑舞灯前，
遍地哀歌易水寒。愿掷头颅复汉鼎，着鞭，誓扫
倭奴奏凯还。

痛悼周总理逝世

霹雷一响巨星沉，八亿神州痛断魂。
举国哀伤旗半下，全球惊震缅怀深。
半倾大厦折梁柱，多难群黎丧至亲。
百里灵车人似海，雪纷纷共泪纷纷。

新世纪畅想曲

　　炎黄史久远，今幸谱新篇。改革开放三十载，全靠邓公掌舵启征帆，不怕山高和路险，乘风破浪勇向前。国开富民路，民种责任田。人群素质变，精神面貌骞。广开生财道，深挖幸福泉。都市呈锦绣，乡镇建桃源。物阜衣食美，人欢歌舞甜。嫦娥舞奔月，飞船越云端。清风徐拂面，飘飘人欲仙。台海思一统，两制创新天。巍巍我中华，屹立天地间。前程歌远大，富强冠人寰。老夫逢盛世，心情返少年。涉水不忧险，登山不怕难。为迎新世纪，为创新纪元。为了子孙和后代，跨马横刀再向前。

张凯帆

1946 年生。荔苑诗社秘书长。岭南诗社社员，编有《春树人家诗文钞》。

学电脑

浮生半百学从头，坐爱屏前兴未休。
捭阖视窗连世界，纵横网上启鸿谋。
抚琴敲出心中事，点指呼来梦里求。
驾驭胸犹千百万，忘情五笔乐而优。

四哥周年祭

深宵醒坐梦难延，只觉吟声到枕边。
窗下嘘云追旧影，秋中残月入愁笺。
招携柑橘情非昨，寂寞人琴事隔年。
路往青山无数曲，举头似有鹤盘旋。

丁亥诗朋澳口追月

小桥柳岸座风流，旧约溪前狎鹭鸥。
匝地银光诗可拾，称心螺粥味相投。
信无知己难成兴，隔是清宵正好秋。
话契杯频容此醉，海归人共月当楼。

赋谢香港李国明君赠《晴轩诗词䀱首》

叨座情如故，杯深不可量。

行披骚雅趣，纸透麝煤香。

近竹人深秀，斯缘愿有常。

泮塘诗酒约，一任少时狂。

庆中共十七大胜利闭幕联谊雅集宝墨园

湖边泼墨现红潮，百叟狂歌万鲤邀。

未老童心秋正好，开怀盛事话当饶。

和谐似水兴时策，科学尤春长绿条。

八十六年寒暑易，风流人物又今朝。

张采庵

（1904-1991）名建白，广东番禺人，早年毕业于广东大学。长期从事诗词研究和诗词创作活动，为南粤著名诗人。曾任广东中华诗词学会常务理事、广东楹联学会副会长、广州诗社副社长。有《春树人家诗词钞》。

无题 (二首)

（一）

排愁无计遣心兵，十里林塘九月晴。
故作春容霜叶色，饱含秋意晚蝉声。
江乡阅世多因革，野渡于人但送迎。
吹得西风狂似虎，挺胸消受水云清。

（二）

秋心未老尚惊雷，自展残编送酒杯。
本愿琉璃香界住，却从滟滪险滩来。
诗能曲解当投火，心已难明渐向灰。
如此星辰犹昨夜，天方长话费章回。

拥书

僭拟诸侯早不存，拥书为鬼笑长恩。
三家零落春秋传，一纸荒唐大小言。
若起古人生近世，何如述叔遇彊村。
东风野火原相识，芳草新来绿到门。

江楼秋思 (四首)

(一)

商风剪剪十三楼，水态云容易变秋。
江浒好招佳日会，天涯应替美人愁。
辞寒节序将催燕，息影情怀试问鸥。
但得花前能小饮，醉乡无意觅封侯。

(二)

夕月浮黄渐上楹，萧然人坐一灯青。
放低帘幕秋还在，拍遍栏干意未宁。
白雁横空兵气厉，老鱼吹浪海风腥。
年年烽火南天外，每向长原念脊翎。

（三）

我亦清狂杜牧之，碧山芳草寄相思。

古人未必甘低首，贫女何难巧画眉。

九月风情秋扇识，百年心事夜灯知。

只今倦着西窗下，且伴黄花读楚词。

（四）

卷地风来酒欲醒，秋心忽泛麝兰馨。

共怜赤凤非常色，别抱文犀一点灵。

塞上铀花依重水，云间仙乐渡飞星。

从知福慧无关锁，宝马长驱不耐停。

柳侯公园吊柳柳州

丹荔黄蕉柑子香，柳州心事百年长。

中兴才具文章伯，远死蛮荒瘴疠乡。

尚有灵祠念遗爱，独寻芳草吊斜阳。

此来一拜衣冠冢，想见先生耿耿光。

闻歌

己未秋，佛山诸文友清宵雅集。酒边俏梅歌苏超撰之琵琶上路，嘉荣歌予所作沈园春，皆粤曲也。哀丝豪竹，录入磁带，二白持以示予，开匣试听，不胜感喟。诸君子各附一诗，命予续作，统录于曲后云。

录得新词百尺长，清宵端合奏清商。
陆郎钗凤空回首，赵女琵琶总断肠。
红豆好声歌者少，赤羊余悸砚池荒。
如今虽负持杯听，也似佳人锦瑟旁。

西湖岳庙

庙与坟皆被毁于一九六六年，今已全部修复。

鄂王遗庙德斯馨，冠剑巍然谨造形。
三字奇冤秋再白，一娄新土草回青。
坟前翁仲犹余石，世上风波竟有亭。
诵得满江红好句，仰天长啸与王听。

外海调陈少白先生墓

与孙文、杨鹤龄、尤烈合称四大寇。墓于文革放毁。

当年一寇翊孙文，圣火飞扬未恕君。
独对残碑生苦笑，容予来拜党人坟。

成都谒杜甫草堂，菊花特盛

万里桥西杜老庄，记从耆旧念襄阳。
此来锦里皆新意，遂觉黄花有异香。
茅屋三重人论敌，草堂千古圣兼王。
江干车马纷无数，敬为先生酹一觞。

登峨眉山

山高3099米，是旅游山最高者，全盛时寺观七十七家。

枝北枝南唶冻鸦，亭长亭短卖春茶。
金峰拔地三千米，琳宇藏山七十家。
寒甚乍添诗意味，月斜偶见佛光华。
陂陀磴道飘风紧，却有崖香欲试花。

潮州韩祠

辟佛千言孰听之，佛门光大胜韩祠。

南城风雨孤臣像，北斗文章万世师。

曾有孙阳怜老马，更无皇甫过通眉。

我来独立岩墙下，苦抹尼龙读故碑。

【注】

修建中庙内碑记皆用薄膜护封。

萧蒂岩远寄所编西藏文艺六期答以诗

不见萧郎又两年，远邮忽送雪山编。

野人新解奇如此，藏女情歌怪可怜。

何日亲随拉萨庙，以时遥望吐蕃天。

悬知立马高原上，文艺花香月更圆。

市桥喜见劳天佐

荷戈一去断声闻，故里诗筵忽遇君。

雨意灯情犹往日，白衣苍狗总为云。

此生极感艰时念，不死当扬劫后芬。

菊瘦蚧肥须痛饮，老天还未丧斯文。

岁暮漫兴

书窗难耐脆裘风，一卷阴符读未通。
渐觉寒花催腊破，且煨微火话冬烘。
急功莫待三年艾，善射休藏七札弓。
猛忆吾家传百忍，守雌何莫不知雄。

思佳客

寒食谁曾吊冷烟，鬟云粉雨素馨田。渡江双桨春堪载，出谷黄莺境亦迁。　矛盾律，死生缘。买愁散尽旧青钱。当时若得浮丘石，已补娲皇未补天。

菩萨蛮·看中国女排与世界名星队之战

一声银角双开垒，强攻急杀拼生死。网上巨雷鸣，砰訇铁障倾。　翻腾球往复，疯了场中玉。苦战夜灯昏，春冰危战魂。

山鬼谣·番禺翁山诗社

纪念爱国诗人屈翁山逝世二百九十周年大会献词

　　甚天涯、独无芳草？灵根遥托南武。翁山郁郁骚余在，长不绝兮终古。翁亦苦。忍一死、逃禅入侠悲禾黍。江关词赋，看鼻息排云，墨花射日，孤剑索前路。　　禺山会，同念高阳旧户。女萝山鬼何处？市桥今度诗人节，不是故常端午。香可祖。让来者、滋兰善诵先芬去。新风如许。有时代芳馨，灵真笑语。大白合高举。

张树人

1918 年生，广东汕头市人。曾与饶宗颐教授合编《广济桥史料汇编》。1984 年担任汕头市政协委员至 1998 年引退。有《香港回归纪事诗》及《剩馀集》。

咏昙花

弹指匆匆去复来，只能一现事堪哀。
谁传上苑君王诏，错导昙花连夜开。

【注】
武后游上苑诗："花须连夜发，莫等晓风吹。"

张峙帆

1935 年生，广东番禺人。1956 年毕业于省仲恺农校，从事农业科技、农村工作四十余年。现为四会市老年诗书画研究社秘书长。著有《张峙帆词选》。

游井冈山

燕舞莺歌上翠微，竹深松密柳丝丝。
峰峦耸叠罗霄险，弹洞斑痕五哨奇。
烈士陵前深一拜，黄洋界里漫长思。
缨矛土铳今犹在，谁识当年鏖战时。

新丰江水电站

万顷浮光耀碧湖，峰峦环抱缀明珠。
一泓秋绿新丰水，绘出千山发电图。

郊原秋色

野桥农舍绿荷塘，鸟唱牛鸣稻浪香。
放眼郊原秋色好，排云雁阵负斜阳。

张桂光

广东南海人，1948 年生于广州。中山大学古文字硕士。现为华南师范大学文学院教授。

减字木兰花·越秀晚眺

夕阳初下，潋滟云霞供入画。宿鸟归飞，珠海云山入望微。　　轻烟细细，越秀风光多绮丽。新月初华，更喜清芬透野花。

高阳台·麓湖春游

胜日寻幽，馀寒未剪，同来指点春山。依岸繁花，环湖一镜新妍。东风吹绿萍池水，荡波心、掩映沧澜。正朝霞，摇漾晴漪，叶底游船。　　相将吟啸登临处，看茏葱松柏，耸秀峰峦。乐事欢情，江山不付啼鹃。忘形正自供游赏，放歌声、响彻溪湾。映旌旗、万叠珍丛，夹道琅玕。

望江南

广州好，三月木棉红。照灼朱葩迎晓日，扶摇百尺起长空。本色是英雄。

水调歌头·重游惠州西湖

佳日恣清赏，结侣过鹅城。初阳掩映高树，深处度啼莺。三月朱华照水，十里红楼连岸，烟景画中明。如此好山色，坡老可曾经？　泗洲塔，朝云墓，六如亭。浩然歌啸，迎眸云起万峰青。洲上留丹碧血，望野东征故址，往事逐江声。屹屹木棉灿，火炬引征程。

入疆首日行车有感

大野茫茫草不生，驱车终日少人行。
蓦然转过西山坳，绿到兵团锦绣城。

克拉玛依河感赋

茫茫荒漠一水来，戈壁明珠胜境开。
肯与江南争秀色，周遭万绿耸楼台。

鸣沙山滑沙

壮游唤起少年狂，抖擞犹登百仞岗。
一霎竹橇呼啸下，乍惊还喜兴飞扬。

张海鸥

1954 年生，河北围场县人。1997 年毕业于复旦大学中文系，获博士学位。现为中山大学中文系教授。主要著作有《两宋雅韵》、《宋代文学与文化研究》等。又有诗集《水云轩集》。

樱花行（用词韵）

日本樱花闻名世界，效《玉树后庭花》《春江花月夜》体咏之。

君不见，海国年年美琼樱，春来处处溢樱醒。
新妆络绎承天赐，艳质联翩舞后庭。
君不见，一树樱娇可倾国，树树樱凝可倾城。
粉蕾如腮羞少女，雪葩如玉绽壶冰。
素面仙风清到骨，无尘无隐自高情。
遂令举国人如醉，露艳香浓尽寻樱。
和服玉女声娇细，长剑雄男慎横行。
鹿儿岛上开琼宴，札幌城中舞娉婷。
上野园中人掬玉，京都阙下士含英。
暗香脉脉随流水，疏影盈盈逐新晴。
传语四海怜樱者，把酒临风听我樱花行。
樱花美艳春风倚，美人脂粉郁芳芷。
不知人面与樱花，落雁沉鱼孰能已。
却问楚汉咸阳客，衣锦何须还乡里？
又问燕赵风华子，男儿何必衣冠紫？
此生此地一观樱，清怀淡荡俗心已。
樱脸樱唇漾樱氛，樱林樱士携樱姊。

武士争雄文士狂，妖姬倾倒红颜子。

红颜自古最痴情，芙蓉女儿为情死。

绛姝弱质犹葬花，神瑛惜玉酬知己。

世人但解爱樱花，谁止樱魂委流水。

可怜天下有情人，几时执得长生蕊？

樱魂零落苦难久，月夜春江樱浦口。

雨中独立惜樱人，伤情饮尽樱花酒。

樱魂缥缈知何处，随风随水随晨帚。

抛家傍路萍踪碎，不若寒塘枝枝藕。

寻郎愿凭风万里，又恐樱色难持久。

记得去年赏樱时，玉色天香盈君手。

樱花四月芳菲尽，玉人折尽门前柳。

待得樱花却来时，莫教白云变苍狗。

君看庭中一树樱，寻遍天涯何处有？

樱花月影印苍苔，倦客天涯久徘徊。

春深孤馆叹孤旅，穗上佳人懒画眉。

湘南虽有樱花艳，苦无素手共衔杯。

西园数遍樱千树，馨香怎致君袖怀？

芳华入土还生树，青春一去不复来。

君不见，秦野樱林长短材，弘法大师几度栽？

吾妻山上缘何发，浅见溪头为底开？

君不见，樱林树树皆连理，樱樱相顾委尘埃；

鸳鸯同戏樱花水，听风听雨总相偎。

樱花开复落，无苦亦无乐。

荣枯皆随分，来日还同昨。

长伴富士千秋雪，惯看林下闲庭鹤。

风暖欣然生，雨打怡然落。

不恋枝头势，不染市廛浊。

倏忽来去俱无言，不争华庭与沟壑。

来如蓝天一片云，去似夜空一灼烁。

任尔天真烂漫女，采于芳枝弃于陌。

纵得千秋一知己，不负人间寻常约。

樱怀自古无怨艾，樱色从容唯淡泊。

临岐寄语爱樱人，随意花间年年酌。

八声甘州·二○○七年八月三十一日
于香港中文大学天人合一亭

正昔时月色照香江，客子又重游。念天人亭上，伊人几度，为我凝眸。远水斜晖脉脉，厄酒送行舟。纵有江淹笔，难赋离愁。　　长记深宵携手，倚一池寒碧，唱遍甘州。许相知白首，风雨共行舟。叹而今、中年何逊，独飘零、华发又经秋。梅边事，恍然如梦，梦也难留。

瑞鹤仙·悼巴金

叹仙人鹤起，问此后谁知，家春秋事。悲欢百年里，顾沧桑、荣辱为文宗谇。哀情怎已？雾雨电、寒园夜憩。不忍将、赤子丹心，尽圮与荒唐世。　　曾是，巴黎学子，逐自由行，岂平庸辈！天才早慧，千秋笔，中外声蜚。负盛名，半世享清誉永，未料华章困馁。录真言，忏悔相随，玉如此碎！

庆春泽·寿业师王士博先生八十华诞

朔漠风寒，春城酒暖，琼瑶鹊踏年年。长忆从公，抠衣立雪堂前。苏黄沧浪从容数，到而今，三昧依然。羡吾师，道义文章，雅似坡仙。　　春风化雨蕃桃李，有箪瓢弟子，希圣希贤。塞北江南，看羊放鹤皆妍。灵椿未许昆彭老，兴方浓，悟道参禅。笑从来，镜水人生，非梦非烟。

多丽·大学同窗三十年聚

沐春风，红羊劫后初逢。叹十年、青葱岁月，无奈世乱途穷。羡冯谖、弹铗倚柱，惜我辈、未解愚蒙。赵郡燕原，风云寂寂，敢期长索系蛟龙？　　泯心志，与斯文远，瓦釜笑黄钟。天边月，年年依旧，汉苑秦宫。庆春泽，灵蛇蛰起，芜黉又许飞鸿。跃龙门，一时骄子，书香里，意气方浓。四载同窗，磨勘砥砺，临歧分袂太匆匆。阔别久，携沧桑事，重聚话萍踪。凭卮酒，祝君余岁，其乐融融。

高阳台

增城小楼镇何仙姑家庙有桃树一株生于屋顶，不接水土，每岁开花结果，堪称绝世孤芳。里人视为天赐，极珍贵之。

毓秀钟灵，餐风饮露，仙姑允绽奇葩。一树凌空，怡然云里生涯。曛风半倚开红萼，问此地，谁与横斜？但凭高、漫道孤芳，自许清嘉。　平沙远水南飞雁，算曾经眷顾，几度流霞？阅尽悲欢，依然采采蒹葭。当年王母席间客，若倦游，且驻云车。对庭荫，醉卧何须，故土桑麻。

南乡子

丙戌年（2006）十二月十九日首届穗港澳大学生诗词大赛颁奖典礼后，众嘉宾评委并诸生燕集康乐园酒家，酒酣而歌，鸥击节碎箸，众因以"击节碎红牙"为句，各作《南乡子》以绪风雅。鸥作如下。

击节碎红牙，素手清唇蝶恋花。记取康园风雅事，鸣笳，且任诗心醉晚霞。　远水绕蒹葭，闲趁斜阳数暮鸦。缓步浮生宽窄路，堪嗟，寂寂天涯好弄槎。

水龙吟·依胡马张七韵略写送迎之意

2005 年夏秋，铁坞张七（湖南张庚鑫）毕业于中大中文系，赴梅州五叶伸任。胡马（江北徐晋如）将自北京南投陈永正教授门下攻读博士学位。诗友各赋此调次韵赓和，亦一时雅事也。

梦回蝶舞从容，庄生不问今何世。匆匆铁坞，翩翩胡马，栩然如寄。天纵英才，湖南江北，飘蓬难已。算谢公去后，马岗岑寂，谁还解、当时味？　莫叹无常风雨，但披蓑，任疏狂矣。康园今夜，正荷风细，依年年例。执酒连宵，趁箫声远，评章天地。待春来冬去，与燕云子①，折荆花佩。

【注】

① 余别号"燕云子"盖木兰围场人氏。

咏柳

康乐湖边有柳，枝半垂。人熟视而为常，唯鸥见之，遂叹柳生中原而为柳，移之南荒，则难为柳矣。

浮生学道飘零意，知命知天未觉迟。
朔漠孤鸿长寂寞，炎天弱柳半纷披。
无心瘦马频冲雪，有意名黉缓寄炊。
自忖持家乏紫绶，微躯幸得倚清池。

增城白水寨

天分白水落增城，许此江山锦绣盟。

仙子灵风矜善弱，古藤神脉佑繁荣。

大丰峡谷河流远，小寨人家景色清。

更喜派潭堪酌饮，也宜风雅也怡情。

芜湖遇梦芙二十二韵（用词韵）

吾爱大雅士，啸云意气殊。

诗心通古圣，骏骨任长途。

天柱邻西岳，皖水毓清儒。

家学温且厉，庭训孔颜劬。

皇天谪文曲，旷世一梦芙。

苦其心与志，劳其体与肤。

蹭蹬数十载，学富五车书。

去京还沘水，包拯祠畔居。

忧国忧民意，一饭未尝疏。

性情兼义理，深心愿世苏。

诗名悄然起，四海许执觚。

文章丕正气，乾坤一丈夫。

我意钦国士，东来访诗庐。

相逢颇恨晚，相知复相娱。

放言今古事，议论识贤愚。

切磋长短句，妙语若联珠。

齐山寻秋影，九华共凌虚。

宜城黄梅好，笑我赏丹姝。

七步成绝句，才思敏若狐。

妙词承三赐，高华气韵舒。

从此心相许，冰心鉴玉壶。

江畔三分月，长照南海桴。

张楚生

　　广东省揭西县人。揭岭诗社理事。出版有《张楚生诗词选》和长篇小说《寒水东流》。

东湖绝句

　　罗浮天外影朦胧，白水回环绕黛峰。
　　渔火流萤三四点，星如睡眼月如弓。
　　冷烟疏雨染湖山，归鹊飞鸣岸树间。
　　早觉他乡难眷恋，一番风送一番寒。

张靖邦

1947 年生，广州书法家协会会员、理事，广州佗城篆刻家协会理事。

虾趣

逍遥觅乐海河中，恶浪无妨未畏风；
不赴清明厨子约，为期浅处待游龙。

紫藤

苍藤带露逐缠绵，春梦迷蒙化紫烟；
瑞霭随风新雨后，经研醉墨上云笺。

冬树

朔风如割瑟嘶嘶，绝好轻装蓄锐时；
苏挺寒躯春讯早，新芽又绿去冬枝。

陆景秋

1927 年生，广东新会人。中华诗词学会、广东中华诗词学会会员，新会冈州诗社顾问。著有《听雨轩集》《金秋集》等三本诗词集。

【中吕】喜春来带过普天乐·参观新会水果批发市场

仓橱佳果陶人醉，商贩开心居货奇。前车运出后车归。人积极，货销南北畅东西。北地西瓜，岭南红荔，加州提子，澳国啤梨。李爽甜，梅开胃，传统柑橙夸新会。食榴莲、个个笑开眉。哈密瓜甜无土栽，香蕉试管，天下名果此间齐。

【双调】蟾宫曲·冬日寄鹅绒被给台湾挚友

送鹅毛到天边，投也新鲜，收也新鲜。邮资重重，礼仪薄薄，情意绵绵。　暖君心，得偿所愿；凌海峡，一线相牵。望眼将穿，欲语无言，盼煞团圆。

疏影·福泉别墅

　　银楼嵌玉，有画屏雕圃，泳池修竹。室舍清幽，厅阁豪华，禽鸣牖外新绿。青山碧水相辉照，况又设、健房桑浴。置豪宅、各界名流，共享盛时清福。　　回首前尘憾事，穷庐堪纳膝，雨漏难宿。北国南天，黎庶芸芸，尚见秋风茅屋。连年却又天灾发，每当忆、动人心曲。愿明朝、千万民居，尽是锦团花簇。

陈　凡

（1915 — 1997）原名陈百庸，香港《大公报》记者及编辑。著有《壮游诗纪》《往日集》《出峡诗画册》《尘梦集》《一个记者的经历》《壮岁集》等。

滇游，从海埂望西山

好从海埂对西山，古木高崖不欲还；
取与坡仙长卷较，更多浑厚更斑斓。

滇游，凤鸣山

短衣乘兴出东关，车走幽香麦浪间；
不为铜亭三桂殿，万松邀我凤鸣山。

滇游，大观楼

大观楼畔碧栏回，恍在江南绿水隈；
苟恕壮怀贪浩阔，西湖只似水盈杯。

滇游浮想

此日偕行雪上颠，当时匹马正英年；
海桑老眼看兴替，益信人间后胜先。

昭陵四骏

四骏今由别阁崇，中原驰骋见英风；
人民不作江山主，飒爽都归鬼域中。

秦坑抒怀

秦坑想象始皇雄，六国诸侯尽弃弓；
再读柳州封建论，陶訾扬剧等秋虫。

告别西安

泾清渭浊几多寻？不及当筵主谊深！
回首灞桥千树柳，柔条万缕绾离心。

贺新郎·夜宿井冈山

五口连危岫，郁苍苍，罗霄耸峙，龙盘蛇走。湘赣边区形胜地，合是此山居首！想当日、霆深电骤。甲士三湾余八百，问茫茫，谁是回天手？绝续理，待分剖。　　高楼最记灯如豆，铸鸿篇，狂澜倒挽，换星移斗！我弱寇强经百战，壁垒森严依旧。是真理，自应不朽。今又中流撑一柱，唤五洲四海歼群丑。云水怒，风雷吼！

水调歌头·登井冈山黄洋界

饮过延河水，又上井冈山。黄洋界上遥望，相顾尽开颜，入眼筱青杉绿，脚底层峦叠，身在彩云间。俯瞰宁冈嶂，九曲十三湾。　　万千险，英雄汉，敢登攀！星星之火烧起，众志傲艰难。寒则单衣拒雪，饥则南瓜果腹，终竟换人寰！世上风云变，都作这般看！

念奴娇

十一月八日，因事渡江，归途遇暴风狂雨，涛浪滔滔，竟至船不能泊

大江涛滚，又东西割面，恶风狂叫。尚记晨行晴日好，远近青峰了了。五岳嵩呼，层宫沸应，四海鱼龙啸。险夷常换，人生才觉奇妙。　　更忆天堑前横，雄兵百万，催趁钟山晓。想见当时争渡处，无数英姿夭矫。今日贪生，明朝怕死，此意真堪笑。扣舷邀浪，豪情犹胜年少。

贺新郎·西湖

里外西湖水。问曾看、几番兴替，几多醒醉？几见帝王歌酒歇，几见万家憔悴？更几见酣红堕翠！飘絮飘花飘不尽，这中间多少凄凉泪？思往事，愁无涘！　　千愁万恨随风逝。只如今、江山似画，霾消天霁。入眼两堤杨柳绿，荡得波光如绮。喜湖畔欢歌潮起。再上孤山凭四照，倩一瓯、把我尘襟洗。西子面，特娇媚。

陈　本

（1906-1996）字幹卿，号参天阁主，广东增城人。少日为陈济棠将军器重，使掌记室。居港后，历任各大专院校教授。著有《参天阁集》。

柳色

如雪如烟态总宜，非花非雾更迷离。
轻舒眉翠还愁敛，乍泄春光已暗窥。
描黛错疑秦女粉，染衣犹爱李郎姿。
入时深浅矜颜色，素薄红茸与紫蕤。

八十生日书怀

老未忘情忆旧游，廉州邕桂又渝州。
国犹多劫天胡醉，道岂难行海载浮。
修竹高松贪日倚，夭桃秾李恼春勾。
燕塘霜角虹桥月，羁趣无端上酒沤。

七十初度书怀 (二首)

(一)

长怀王母最深怜，四代同堂爱我偏。

弱岁粗谙弄柔翰，文场肯让着先鞭。

曾培桃李三千士，薄养椿萱四十年。

仰俯无惭贫亦乐，从心更欲道心传。

(二)

岁月闲闲七十过，但期道义老研磨。

少年湖海惭书剑，往事风尘付醉歌。

全命许同名士亮，抱孙笑比老夫佗。

菽觞且看痴儿献，犹爱诗赓旨酒多。

陈 立

广东中华诗词学会会员。

浣溪沙·有怀

一上庐山四望遥，将军心底系民谣，万言书可续离骚。　　路远坑深怀往事，翻云覆雨失萧曹，凭谁把酒酽滔滔。

返革命老区祭扫堡垒户邓宝兰墓

松枝带草作花环，来吊罗帏邓宝兰。
猛志不随黄土掩，好风长在白云间。
传书巧插三香火，果腹常谋一饭箪。
鱼水依依成隔代，泱泱此调少人弹。

甲申迎春

欲借馨香荐甲申，持将心胆忆前尘。
周期率内兴和败，覆辙车前汉亦秦。
一代天骄余片羽，半边明月悟前因。
冷风随序依时到，不见梅花也是春。

陈　奋

1943 年 5 月生，笔名奋然、奋言，号二乐斋主，广东郁南人。大学本科文化。广东三水市政协退休。中华诗词学会会员，广东中华诗词学会、广东楹联学会理事，三水诗社社长。主编出版有《北洋政府国务总理——梁士诒史料集》《黄祝蕖战时诗选》《三水历代诗词选》等。

重游丹霞山

重揽丹霞胜，先观初日妍。
宵深临绝顶，雾漫翳遥天。
万木连幽壑，千峰浴紫烟。
金轮呼欲出，境美乐流连。

怀集印象

崇山沧海阔，罗带一绥河。
地拔孤峰壮，岩飞石燕多。
松脂开富路，泉水起沉疴。
有物皆为宝，何辞赋颂歌！

游南海市南国桃园

桃园南国胜桃源，恰值初来晴雨天。

几处湖山堪醉眼，一家玉宇足留仙。

安闲但得寻幽去，吟啸忻缘抱月眠。

独厚得天饶富地，景观珠履更三千。

游昆明大观楼

壁挂奇联历几秋？位尊自古四名楼。

游人但说公园美，止步终悭纵目收。

两岸围耕湖益窄，一波未起水无流。

渔人百十争招客，短唤长呼上小舟。

奉和文白诗长见赠

华章宠赐启愚顽，北斗星高未易攀。

壮岁识荆犹恨晚，文坛涉足始知艰。

弃官陶令诗尤逸，开府庾郎笔忍闲。

漫笑才人多潦倒，谋成遇合古今难！

饯别友人之星洲省亲

得遂凌云志，银鹰待展程。

怀思牵两地，乐聚慰平生。

星岛春同好，枌榆月自明。

情深一席话，握别共杯倾。

陈 卓

原名锦卓，号近拙楼主，广东宝安人，1932年生。华中大学艺术系毕业，尝任国内大专教席。居港致力弘扬文化，对中西绘画、古文、诗词、易理、佛学均有涉猎。编有《宝安沙井陈氏族谱纂略》，与何乃文先生合编《参天阁集》，并自著《近拙楼集》。

登镇海楼

纵目登楼望，羊城景色舒。
白云珠海阔，容我读诗书。

一九四八年广州知用中学肄业时少作。

独游惠州西湖并序

丙子秋重访惠州，独自游湖。自苏堤过点翠洲，而芳华洲，旧梦伤情，口占成句。

惆怅西湖独自游，行行信步过芳洲。
无家我幸家随处，有梦谁怜梦未休。
学易方知天地意，读禅岂为死生忧。
诸般往事如流水，回首横塘不系舟。

全球汉诗三届年会纪盛

风骚继往复开来，多士披襟亦快哉。
佛国蓬莱盈一水，诗人墨客醉千杯。
成尘沧海经三度，撼柱狂澜挽几回。
眼底红榴花正好，故园丹荔倚云栽。

尼加拉瓜大瀑布游船观景

此身疑入画图中，洒落胸怀万里风。
急水三千天挂练，狂涛上下地奔洪。
凝云散雾神仙境，断壁危崖造化功。
几度浪花频扑面，临流高处兴豪雄。

重会旧同窗并序

甲子初夏自港返穗，邀约余文德、徐锡敏、刘绍咏、邓国炜、钟炯森诸同学或携妻儿，薄酌于白云宾馆。时为同门毕业于华中大学三十周年纪庆也。

白云携手共登楼，忆别中原三十秋。
细认丰神犹未老，相逢何必问封侯。

李丽珊奥运金牌夺标凯旋万人空苍夹道欢呼电视机前口占 (二首)

(一)

鼓乐喧天奏凯还，空前盛况万人看。
夺标百载英雄榜，生女当如李丽珊。

(二)

辉煌光彩照盈眸，奥运风帆第一流。
闪烁金牌挥手上，钟灵毓秀是长洲。

千禧新世纪元旦遣怀

垂老身经两纪元，苍天厚我感深恩。
艰难岁月闲中乐，浩瀚诗书醉后翻。
曾写丹青换柴米，莫输名节易灵魂。
道人指点看明月，石上孤松亦有根。

云泉仙馆花甲馆庆

胜地聚仙缘，坪峯隔野烟。

白云依北斗，紫气满南天。

大道逢周甲，斯文历万年。

园林留客处，堪悟个中玄。

西江月·一九八二年夏日过石龙郊外所见

沃野平畴翠岫，小桥流水渔舟。蕉森榕荫卧耕牛，荔熟蝉鸣时候。　　遣兴何须携酒，赋诗不用登楼。白云飞鸟意悠悠，阵阵熏风吹透。

卖花声·锦山修禊雅集用李易安韵

三月好春风，轻送游踪。锦山修禊每年同。记处骚人舒翠袖，凿壁题空。　　画里两三峰，雨淡烟浓。流觞曲水有无中。拈取永和遗韵句，寄予飞鸿。

沁园春·花朝

十里莺啼，识面东风，无限逍遥。惹骚人雅兴，题红品绿，丹青傅粉，淡写轻描。桃李争妍，群芳斗艳，暗把阳春律吕调。春光好，向园林载酒，乐赏花朝。　　芳郊百卉娇娆，犹仿佛、蛾眉衬紫绡。引游蜂舞蝶，行歌拾翠，卖花声远，细雨酥飘。燕子来时，几番风信，谁倚楼头听凤箫。回眸处，有佳人揽镜，顾盼魂销。

沁园春·惠州忆旧游

云远山高，沙走平川，城俯江流。看东新桥畔，重帘细雨；西湖水阔，几叶轻舟。雁塔参天，红棉映日，姹紫嫣红点翠洲。登临处，正凝眸白鹤，纵目罗浮。　　来游已易三秋。曾几许、题诗月上楼。恰丽人天气，携琴载酒，芳菲时节，斗韵赓酬。翰染丹青，约盟鸥鹭，欲与闲云任去留。微醉后，见满庭桃李，笑意盈眸。

【注】
昔年苏轼居白鹤峰。余曾于惠州执教三年。

陈 哲

（1926—2003）广东番禺人。曾任广东中华诗词学会副秘书长兼《岭海风骚》主编。

浣溪沙·山野杜鹃

叠叠红云压翠枝，东风如醉客如痴，蜂围蝶舞日迟迟。　　不与名花争上苑，甘留村野报春时，山乡儿女最相知。

过葛洲坝船闸

远别巫山十二峰，横江有坝水从容。
巍巍广宇连堤畔，隐隐轻雷漾太空。
神女初惊风物异，襄王长恨梦难同。
猿声两岸今何觅？尽见船羁大闸东。

〖中华诗词存稿·地域专辑〗

中华诗词学会 编

广东诗词卷

卷 三

广东诗词学会 编

中国书籍出版社
China Book Press

目　录

陈 章

又名梅小坚,1956 年生,广东陆丰人。曾任《陆丰诗词》主编。

登黄鹤楼

千年鹤迹了无痕,不见崔诗壁上存。
李白当时曾罢笔,我偏试斧上班门。

自题斗室

斗室何堪暗闷嘈,时逢炎夏更难熬。
一支灯管整天照,几卷蚊香彻夜烧。
志愿先忧师宋哲,天将大任降吾曹。
但求框顶高三寸,出入无需再折腰。

赠《胡杨泪》主人公钱宗仁

廿年含愤走天涯,冰塞黄河几断槎。
鹰隼当时悲折翼,好花今日喜萌芽。
坚心似铁真豪杰,往事如烟不怨嗟。
最是胡杨人景仰,随身到处即为家。

海丰五坡岭方饭亭吊文天祥

力挽横流万里波，运移宋祚奈公何？
拼将一掬孤臣血，凝作千秋正气歌。
生死箴言堪景仰，英雄事业怎消磨？
名亭方饭铭贞烈，长引游人到五坡。

李清照

寻寻觅觅竟何为？国破家亡事最悲。
南渡无人思项羽，中原何日见王师？
忍将一掬伤时泪，凝作千秋愤世诗。
人杰鬼雄堪景仰，只今浩气压须眉。

无题有赠

莫叹青春去不回，神州劫后尚余灰。
由来物缺终能补，倘若心衰最可哀。
欲为家邦添异彩，急需我辈尽全才。
赠诗今日情何切，肝胆为君坦荡开。

陈 寂

（1900－1976）字寂园，号枕秋，广州人，祖籍怀集（原属广西）。早年在粤东、南各地中学任教，后任中山大学教授。有《鱼尾集》《枕秋阁诗词》及《粤讴评注》《二晏词选》等。

驿馆

驿馆三更雨，空江一夜秋。
已经伤远道，况复抱离忧。
薄被难留梦，轻阴易上楼。
相思如可见，早发秣陵舟。

答青萍海上见寄之什用原韵

江上春深渐褪寒，看君题句在阑干。
残刍不饱牛羊队，天路常宽雕鹗盘。
老眼已迷宁却足，寸心谁念莫刳肝。
冥鸿海鹤从回首，齐瑟朱弦只永叹。

浣溪沙

夜夜流光冷碧丛，谢堂春梦半朦胧。自将幽恨画屏中。　　楼迥忽惊双燕去，路长难得一樽同。思量前事太匆匆。

寄人诗

自种青蔬足晓供，流溪幽响答邻春。
未临短案参齐物，却就荒园养蜜蜂。

虞美人·十月十六日晚眺作

平生已分凄凉过，且伴寒山坐。断笳声咽送残秋。又是夕阳烟柳向人愁。　　几年漂泊还依旧。无奈空消瘦。可怜心绪不堪论。拟把一樽沉醉遣黄昏。

鹧鸪天·癸未仲秋

百战山河草木腥，白头为客盼承平。谁知短晷山阳笛，却向蛮溪掩泪听。　　书断续，梦伶仃。故人江海数晨星。明朝不敢登高去，愁满西风野史亭。

忧潦

匝月淫霖势不回，沉霾天象郁难开。
下田鸠妇先垂翼，傍屋龙孙渐破苔。
游女追凉呼晚涉，湿云衔热扇奔雷。
卧听急响生忧潦，石角方传决岸来。

楼居

暑月楼居气已蒸，正耽闲日病偏仍。
栽花易遣成丛菼，茹蘗何堪当饫冰。
世事厌看枰上劫，道心谁验佛前灯。
客来漫报饥鹰下，剜臂惭非最上乘。

寄竹翁

泉石盟深信有之，前身吾岂戒禅师。
再来南海翻如梦，若上嵩山足采芝。
何必硁硁夸绝业，只应落落脱尘羁。
衙官屈宋非难事，骖驾昆仑始足奇。

偶述

世间何处有骅骝，膝折盐车殆可羞。
物论固知成语赘，心光无碍即天游。
行年未老偏多病，问事浑忘讵遣忧。
落落百旬同运会，功名容易白人头。

七绝（两首）

（一）

金棺玉骨化云烟，汉武旌旗在日边。
验取二千年旧事，马王堆上有寒泉。

（二）

达人豹变实随时，雨覆云翻未足奇。
池上看君垂钓去，不妨沧海钓蛟螭。

题画绝句（五首选三）

（一）

水墨淋漓眼便开，玉泉鸥梦几低徊。
仲圭旧友吾心折，写尽罗浮气势来。

（子玉）

（二）

渺然三十六烟鬟，倒挂虬松石影斑。
试向渐江寻画迹，一生狂梦在黄山。

（渐江）

（三）

叔明子久竟谁先，草木风雷起眼前。
天阙山头狮子吼，凭谁来叩画中禅。

（石溪）

七绝 （五首选三）

（一）

天涯芳草应生恨，千里斜阳莫照愁。
手把玉钗灯下看，隔年春梦太悠悠。

（二）

痴儿心绪赛吴蚕，一碗琼浆胜蜜酣。
无奈春衫抛却了，尚留针线在漳南。

（三）

当时小苑共盘桓，曾见罗衫倚碧栏。
今日孤坟怯风雨，楚宫颜色梦中看。

论诗十绝 (选二)

(一)

蒹葭刚父与葵霜，末代才人共一乡。
后五百年当视此，未应还笑楚人狂。

(二)

龙州烟瘴不须提，韦柳能工路竟迷。
逐日愿空夸父老，海藏楼上负幽栖。

陈　谦

（1913-1999）广东饶平人，历任中共汕头市委宣传部长、汕头文联主席等职。1984 年，与张华云等倡办岭海诗社，任第二任社长。有《履迹思痕》《苑边草》《苑边吟墨》问世。

晚景

余年虽屈指，握管更从容。
墨韵涵春碧，笔锋染剑红。
生当持素志，老亦守初衷。
晨起舞笤帚，晚来吟好风。

陈一民

1922 年生，广东潮安人。曾任广州市文化局党委书记、局长。广州诗社顾问。著有诗词集《征鸿吟》。

三峡行

舟过夔门入画中，两厢峭壁接苍穹。

雾腾神女千秋梦，水绕巫山十二峰。

险峡百回崖有尽，长江万里浪无穷。

人生仆仆何相似，滚滚洪流竟向东。

水龙吟·迎新

遥瞻浩瀚南瀛，虬龙晨沐翻腾起。昂头舞爪，金鳞闪烁，扶摇空际。喷薄朝阳，初透霞绮，染红千里。五羊呈异彩，天衢云厦，纵横瞥，多新意。　　堪喜回天有计，挽狂澜、迎来盛世。花开妍蕊，人抒豪气，春辉寰宇。百载沧桑，十年风雨，一川流水。看龙骧虎步，岭南志士，创新天地。

念奴娇·东江纵队成立四十周年有感

东江呜咽，浪花飞溅处，赤泥凝血。志士悲歌擎义帜，号角千山腾越。大岭摧师，阳台猎兽，顽敌频频折①。纵横捭阖，凯歌南国传彻。 卅年岁月如流，征人聚首，惊讶头皆白。触景长吟情不禁，神往青山松柏。半世沧桑，万夫功罪，今日重评说②。日高烟敛，喜瞻江浪澄澈。

【注】

① 东莞县大岭山与宝安县阳台山皆是抗日战场。

② 林彪、"四人帮"反革命集团对东纵极尽诽谤污蔑之能事。曾生同志在大会发言中提到为东纵平反，全场热烈鼓掌。

陈一峰

（1927-2007）广东江门人。曾任岭南诗社常务理事，广东中华诗词学会常务理事。著有《一峰诗词集》。

嵌名诗奉陈秀燕

香溪花月两增威，掠水穿帘贴翠微。
新雨有缘陈屋巷，古榕无间荔枝围。
初闻妙谛风疑响，久悟纶音石可飞。
记得旧时门巷好，多情秀燕伴春归。

题云浮蟠龙洞

此处多岩谷，山城十里幽。
蟠龙藏绝壁，乳石枕清流。
史迹千年铸，灵光一岫收。
天香花雨现，仙洞在云浮。

猿洲远眺

一叶飘然海上游，东风送到古猿洲。
新兴烟火横江照，旧恨洋关赴水流。
雨后桑麻青郁郁，春来禾黍绿油油。
田畴远望无阡陌，两岸潮平见白鸥。

陈广杰

1921 年生，广东电白人。曾任广东省委党校理论部代主任等职。又曾任岭南诗社副社长。

咏蚯蚓

寂寂无闻地下藏，长年累月护花忙。

但求大地春常在，身化成泥土亦香。

陈小明

普宁人，1957 年生，大专文化。铁峰诗社理事。

再登黄鹤楼

冬春十易复登临，槛外新颜悦客心。
水抚牙琴怀既往，山鸣浪鼓壮而今。
衢通九省烟尘远，曲绕三城意蕴深。
百代崔诗光岸阁，时风拂起楚龙吟。

陈文海

1949 年生，大专毕业，广东吴川人。吴川市人大副主任。中华诗词学会会员、吴川诗社社长。著有《诗词楹联集》待出版。

自勉诗

砚田清润四时春，昔日涂鸦未可珍。
学到知羞人渐逊，凡胎脱却意常新。

陈文惠

1933 年生，广东揭西人。先后任文化局长、文联主席。现为中华诗词学会会员、广东省作家协会会员、岭海诗社副社长。主要著作有《观潮集》《观潮二集》等。

红螺山

残脂剩酒涨湖波，十匹红绫一曲歌。
宋嫂鱼肥天下瘦，君臣能不走红螺？

【注】

红螺山，在饶平东界境，陆秀夫护赵昰、赵昺驻跸于此。宋嫂鱼，南宋时西湖名肴。

春山

淡淡青峰着素纨，朝霞暮雨幻云鬟。
春山亦似时髦女，一日新妆换几番。

菩萨蛮·喜春来

春光怯怯惊寒恼，累移云步迷烟草。商略唤梅花，溪边催柳芽。　　春风终得意，冻雨枝头坠。陌上尽芳菲，晴和燕子归。

陈少平

1965 年生，广东陆丰人。广东中华诗词学会会员。

易水怀古 (四首)

(一)

貌似聪明却蠢才，替人作肉上砧台。
人临易水千波白，歌动燕山万户哀。
政欲江山家万世，卿空潇洒走一回。
舞阳鼠胆何堪笑，一样生身去不来。

(二)

美人舆马钓英才，烈士真为饵诱来。
太子多情供玉手，荆卿末路望金台。
莫言事败夏无且，总算英雄刺独裁。
千古伤心燕速祸，更无人问祸之胎。

(三)

九州离乱始皇灾，狗盗鸡鸣尽栋材。
人有雄才思撼地，马因卧圈等凡胎。
江干击破渐离筑，日下寻欢太子杯。
便得生还遇王喜，侯门未必为卿开。

（四）

国以庸人作主裁，英雄儿女枉多才。
田樊首级空抛了，徵羽歌声亦壮哉。
滚滚黄河流血浪，萧萧寒水泣人灾。
临皋不见皆陈迹，一种苍凉悲去来。

夜谒何永沂兄于番禺宾馆

曲栏浮榭景千般，呼酒宾园夜正阑。
有客迟来灯再点，忧天将坠曲重弹。
轻抛金榜题名笔，同制银翘解毒丸。
悄立市桥人尚健，一星如月几回看。

夜行舟京杭大运河

千里航程千里波，山川假我以高歌。
欲寻黄帝分都野，来看隋炀大运河。
明灭渔灯光照岸，往来船只月穿梭。
登临甲板夜何许，乌鹊南飞星斗罗。

卜算子·夏日闲情

春去问谁留，荷绽清塘早。一曲鸣蝉分外幽，万籁东南杪。　　鸦背夕阳收，天际疏星小。拟熄昏灯作夜游，笑语伊人到。

鹊桥仙·咏莲

东风送雨，熏风送露，袅袅罗裙漫舞。良辰几度醉颜红，又岂料秋心清苦。　　征鸿过尽，芳菲老去，冠盖萧疏无据。泥根抱节暗传香，割不断愁丝恨缕。

满红红·惆怅词 (三首)

（一）

我到人间，也不过，随心看看。果然是，一丘一壑，一盘一碗。听说当时西北极，并无今日星辰灿。拿天体从脚到头量，如鸡蛋。　　也曾以，巢做院；也曾以，石做剑。有外星笑我，猴身马面。偶尔遮羞三片叶，一呼杀贼千条汉。把黄汤，饮剩泼成河，回肠转。

（二）

是甚因缘，惹来了，一身痴怨。回望处，猿山鸟道，张罗穴陷。入脑海兮尘土梦，思佳人也琵琶面。问井边、轳轴为谁忙，千回转？　　读史也，常受骗；读诗也，常流汗。待何年读破，世人心眼？花月空随行客旅，酒杯不让愁肠展。要扶风踏岳奋长枪，挑云胆。

（三）

阮籍何狂，破瓮处，群猪同酌。浪嬴汉，荒烟大漠，英雄萧索。只见将军啤酒肚，不闻丞相撑船腹。费周旋，还守旧形骸，吾宁作。　　金人口，应长缚；浑沌面，不能凿。便凿开也只，玉焚金烁。天上才人鹦鹉舌，草间怨女麒麟角。还我真，一曲解千愁，清平乐。

陈永正

1941 年生，字止水，号沚斋。原籍广东茂名。中山大学中国古文献研究所研究员、中文系博士生导师，中山大学——香港中文大学华南文献研究中心主任，兼任中国书法家协会副主席、广东书法院院长、广东中华诗词学会顾问。出版有新诗集《诗情如水》、旧体诗词集《沚斋诗词钞》等。

二月

二月风如吻，温存到野塘。
溶溶开笑靥，草草着情妆。
山色远摇梦，水花时度香。
也知临步口，曾几欲褰裳。

南园

兵气严城满，南园且一来。
流红秋在水，迟月夜低台。
径仄欲何往，禽惊还自回。
所思眇不见，徙倚生微哀。

戏题陶渊明集后

读书不甚解，好读益其愚。
彭泽固可人，耿介令我吁。
但畏当世欺，披褐厌厌居。
不作天下计，只解爱吾庐。
常欲效夷齐，相将窜海隅。
又为鲁两生，易代作贞夫。
我思三叹惋，戚戚真腐儒。
其读山海经，嗜之如食鱼。
胡不为刑天，与帝争并俱。
胡不为夸父，竞日神力殊。
甲子小事耳，何必着意书。
安得三斛灰，一涤肠中迂。

钟落潭忆梅

十年江国见华枝，过眼如云总自持。
此夜满潭微月荡，到无寻处始相思。

西樵

夜雾伏山脚，朝来腾作云。
我行山外路，欲访云中君。
青鸟将安适，微音竟不闻。
眷言忽日暮，灵雨正纷纷。

登白云山晚望

九点烟沉渺上京，颓阳血色堕江城。
涕洟趋海吾安往，魑魅窥途骨欲惊。
何限幽花委穷壑，肯跻云路叩神扃。
沉沦亦爱人间世，灯火千门最有情。

再寄刘郎

夜半朔风排天来，广野荡圻声何哀。
城北有客独不寐，忽忆海南真奇材。
谷中樟楠高百尺，四山壁立不得出。
地僻正宜屯云雷，我今胡为长叹息。
但悲君去城中空，千树万树不能红。
尽日书空谁堪语，夙昔情怀一记取。
邂逅论文沙面阴，大道未同恩未深。
五载相过犹貌敬，话牵时势各沉吟。
岂意地仄天欹后，众流俱向海东就。
重逢梦觉喜生还，豪气飞扬皆改旧。
故交得心成新知，吾辈有合终不移。
握手雄谈连朝夕，有时呜咽各无辞。
刘郎何事与我别，使我忽忽心如结。
黄云碧海行路难，朗朗唯见中天月。

赠刘子

刘子忍久饥，能令有众饱。

饭牛既不闲，苦读常至晓。

五车虽载去，腹书烧未了。

发为新歌诗，深意知者少。

所喜二三子，心印相明了。

暇日叙一快，茗碗每倾倒。

所忧颜色损，俯仰不自保。

白发才数茎，中岁竟曰老。

谁谓国无人，其人在莱草。

海上归十年，尚戴辽东帽。

山川

山川草木负前期，危涕江楼忍独归。

东海每悲狂士蹈，中宵恰值老鼍饥。

翻寒脱叶林犹黑，入梦游魂月亦微。

我欲呼天问奇字，摩崖来写大王碑。

夜汲

提桶穿丛荆，赤足夜汲井。
的烁自流星，阴森独处境。
老魅露半面，累然大树瘿。
恶服饲饥鼠，敛羽蹲枝顶。
驻足不得前，惕惕心暗警。
我来今几夕，万事思俱捹。
解衣浴尘骸，齿漱一盂冷。
渐看迟月出，土色啮残饼。
浅濑语幽潺，文鳞跃波醒。
群虫纷以鸣，变化在俄顷。
愁源千尺深，欲引无修绠。

罗浮村宿晓作

松波警宵梦，板屋荡如艭。
石气白千堑，罗山青一窗。
摇摇星在垄，的的焰留釭。
四百峰全赤，朝阳势始庞。

戊辰新春奉和傅静庵先生

小园丛菊静娟娟，且放时花着意妍。

暖眼新书看日上，随人清酒贺春先。

云雷廿载仍存我，朋旧今朝愧问年。

却羡词翁铸天地，坐收风物到无边。

（傅老原玉有开炉共铸新天地语）

暮航抵哈尔滨

挟得南岭云，一击八千里。

跨海出关东，又渡松花水。

置身天地间，一往无依倚。

暮霭互纠结，迎人来亹亹。

哪知是尘世，俯临黑无底。

高空色深苍，繁星在掌指。

黑苍相接处，霞灿一线绮。

渐看渐浓厚，浮金变沉紫。

新月微如羽，光作芒不起。

因思平山君①，抉此神秘美。

西域古王女，静卧荒漠里。

华光乍闪烁，疑是反粒子，

湮灭释高能，转化无时已。

复想外星人，飞碟附我尾。

精诚与我通，面目与我似。

转瞬百光年，去来竟何以。

星云如纤埃，宇宙固稊米。
亿万恒沙劫，旋成复旋毁。
当有大宇宙，循环无终始。
时空浩茫茫，生命岂偶尔。
或为马为牛，或为兰为芷。
轮回千万态，核糖核酸耳。
净化归自然，何论此与彼。
忽降云海中，翻腾不暂止。
四顾同机人，色变胆落矣。
俄而着跑道，滑行疾于矢。
回颜向舷窗，欢呼灯火市。

【注】
① 平山：日本画家平山静夫。

读刘严霜遗集泫然书后

香江惊电水云翻，劫后英辞幸稍存。
可悔才华系哀乐，欲回生死问丘原。
畸人避地真长往，醉语刳心总罪言。
昔共履霜寒至骨，十年幽愤托诗魂。

偶成

谁人晞发向阳阿，满眼楼台夕照多。

入世渐深诗渐浅，不知沧海有惊波。

五十九岁生日自寿

世上无端出此人，忽惊石火梦中身。

五洲群愿千年寿，大宇星如万点尘。

修短在天元有意，枯荣于我究何因。

明朝恐被黄花笑，甲子书来又一春。

南昌谒刘世南教授和熊盛元韵

才难老伏生，独行中天月。

长恐逆浮云，坐令清光歇。

今看愈澄明，照我肝肺揭。

益感匡我恩，廿载泽至骨。

诗论贯众流，议政特英发。

殷勤子熊子，相携探岩窟。

喜沐自由风，天远仰一鹘。

【注】

先生曾撰文勘余《黄仲则诗选》注释之误。

木棉

大手笔书天地春，九州横绝孰能伦。

南离正气堂堂出，一炬高擎海宇新。

周正光君自美归赋赠

蹈海少年子，白头天外归。

涕洟殊域尽，尘土故邦违。

初志竟全负，余生何可依。

分春读书处，风雨一灯微。

（四十年前，同学于朱庸斋先生分春馆。）

九日雅集怀佳有用小杜韵

危楼千尺碍云飞，宙合沉冥信息微。

南国地卑天易尽，北山泉咽子安归。

临风物外怜幽抱，约茗花前驻夕晖。

一笑履霜明日事，从教清露泫初衣。

陈幼之

广东楹联学会会员。

无题

空谷幽兰梦久移，故人颜色尚依依。
传音只恨天涯隔，苦煞春蚕欲老时。

忆菊

几日东风玉露还，何堪孤馆似逃禅。
愁温巷外鸣蛩夜，苦忆篱边过雁天。
一派秋容厌自赏，千般离绪向谁传。
如今我亦思君瘦，怎奈飞鸿没晚烟。

陈竹东

（1917-2002）又名成威，广东省斗门县南山乡人。1939年考入黄埔军校十八期，曾参加抗日战争鄂西战役。广东中华诗词学会会员。京粤诗书画社编辑，编有《群声诗词集》十辑，著有《竹东诗存》。

秋日登镇海楼

槛外秋光变不穷，登临回首海云东。
举将赤帜风斯烈，开到黄花鬼亦雄。
百里城环开广厦，五层阁立倚高空。
天教形胜持门户，大虎潮生细认艟。

兰圃雅集

秋暾气爽映幽兰，跌宕题襟结古欢。
花放正当流午韵，竹深谁更倚天寒。
共寻朱帅佳章读，且作韩陵片石看。
畅好风来香茗熟，路亭觅句倚长栏。

登番禺莲花塔

历劫浮图尚屹然，振衣百仞俯晴川。
蕉林相映平畴绿，垒迹从知卫国贤。
狮子洋光浮槛外，白云山色在眉前。
骋怀正值黄花汛，不尽飞帆入远天。

【注】
渔人以十月上旬为黄花鱼汛期。

麓湖鹿鸣楼即景 （四首选二）

（一）

巍巍电塔指云头，影落平湖一镜收。
烟艇自来还自去，是谁低唱粤人讴。

（二）

小憩楼前白石桥，几分酒气未全消。
三千尘俗清波涤，顾影何妨为折腰。

次韵黄巽教授赋得大树临风

午窗梦觉鸟惊呼，散策徐徐绕北隅。
带雨狂飙临广野，凌霄大树折多株。
从知生计根基浅，不为飞廉势力殊。
试向黄山高处望，苍松千载照云衢。

咏莲

满池香韵上青衫，却暑延薰自不凡。
貌似六郎徒谄笑，花承大士便庄严。
冰丝尽可牵为缔，翠叶何妨曳作帆。
外直中通君子德，羡他多口得三缄。

麓湖驻景楼即兴

驻景楼台翠竹间，秋光寥廓此开颜。
螺鬟指点浓而淡，萍水涟漪往复还。
摄影偏宜真景物，寻诗借助好湖山。
时明可恋应行咏，莫谓年高步履艰。

流花玉宇

可有流花待我看，刘王往事古漫漫。

平湖映日成新赏，杰阁凌空得大观。

共道明时如此景，莫吟高处不胜寒。

当年多少挥锄者，细数红香倚画阑。

读陈振光和王文农《竹风咏》步其原韵

潇洒称君子，风流今若何。

摇枝明劲节，舞叶映清波。

素有排云概，时传戛玉歌。

晚来凉月好，修影自婆娑。

黄埔军校同学会己巳春节联欢

大钧回律起灵蛇，春到羊城景可嘉。

百业飞腾惊异域，十年改革振中华。

寇仇已化东邻友，庭院宜开棠棣花。

举酒一杯浮远想，归人犹滞海之涯。

喜逢学兄陈安由台来穗

一踏鲸波渡海来，知君胆气亦豪哉。

相逢未恨头俱白，话取沧桑付酒杯。

陈伟名

1945 年生，广东汕头人，中山大学中文系毕业。历任南澳县文化馆馆长，南澳县文联副主席兼秘书长。

登南澳岛大尖山

巍巍西岭耸奇峰，云拥雾萦古木笼。

最爱秋高临绝顶，海山浩气荡心胸。

陈芦荻

（1912-1994）原名陈培边，广东南海人。中山大学毕业。曾任暨南大学中文系教授。自小爱好新诗写作，有诗集《桑野》《驰驱集》《旗下高歌》《田园新歌》《南海颂》《芦荻诗选》《荻花集》等。

国明赠梅花册。时维暑月，读之如傲然香雪海也

万芳如海一襟梅，展卷君归雪蕊开。
几页幽香清浅外，林间应有玉人来。

过邯郸

南归此日辞京国，千里车行一枕关。
大野鸣鸡催早醒，梦回曙色过邯郸。

咸阳道中

日落桥头渭水滨，咸阳道上送飞尘。
阿房宫瓦遗残片，剩与游人话古秦。

有寄

横流沧海客楼船，直挂云帆醒暮年。
知有文章图报国，天涯肝胆故山川。

陈作宏

1942 年生，汕头市人，1967 年毕业于广州中山大学中文系。曾任揭阳市文化局局长。现为中华诗词学会会员，汕头岭海诗社副社长，揭阳诗社社长。

满江红·山水长卷《春江万里图》

万里澄江，谁泄露，早春消息。舒望眼，峰苍云白，蕊红林碧。击楫中流帆去远，钓鳌野叟人相识。待夜阑、传古刹钟声，迷骚客。　　瞻形胜，凝咫尺；浇块垒，开长帙。任疏星皓月，晓风斜日。翰墨丹青挥妙手，诗情画意描春色。共文心，展一卷山河，飞橡笔。

陈伯

澳门高等教育辅助办公室主任。著有《三国演义悲剧探源》、《生活粤语本字趣谈》等。

登岳阳楼

三层四柱赤流金，潋滟名湖眼底临。
巫峡秋云浮蝶梦，潇湘夜雨幻牙琴。
左宜右有希文作，后乐先忧国士箴。
一戴儒冠知任重，无惭天地立丹心。

海宁观潮

眼底钱塘接碧霄，横空落寞起银条。
烟涛冉冉生奇卉，金鼓沉沉逐怒飙。
偃蹇山移天地仄，奔腾云卷古今遥。
身前度越才平伏，狂慧幽光竞涌潮。

雪中登华山

岿然白璧联绵列，谁个登临不讶嗟。
踏碎琼沙如踏浪，拈来柳絮似拈花。
雾凇款款垂银练，云海悠悠幻紫霞。
净绝琉璃超俗界，一天飞雪粹西华。

八声甘州·清晨游无锡蠡园

对碧澜绿树映蓝天，迸无限春光。渐南隄朗
豁，早莺清啭，回荡长廊。湖石千姿曼妙，迎客
夹花旁。冉冉轻云过，塔影迷茫。　　堪叹陶朱
极品，家国功成日，解绶何妨。共佳人携手，岂
用羡鸳鸯。试营商，千金三致；试营园，千载耀
江乡。浑闲事，掌中名利，眼底沧桑。

沁园春·游大观楼赏长联怀髯翁

势压滇池，气越龙门，艺苑夺魁。想大观楼
上，古今凝注，长联写就，惊震风雷；严拒查搜，
宁终不仕，富贵于君亦点埃。漂湖海，效君平故事，
傲雪衔杯。　　科场岂识真才。笑天下英雄入彀
哉。看楼前流水，优游逝去，云边鸥鸟，宛转飞来。
就食从容，如逢旧雨，乐与髯翁永作陪。临风处，
一树垂杨柳，无限低回。

蝶恋花·游西安华清池公园

碎雪纷扬春寂寂。一树黄梅，古意随香溢。
圣宠如泉温润极，马嵬泪血云泥易。　　设想英
雄垂暮日，乐舞清平，岂尚勤谋划。回首方惊天
变疾，千岩万木茫茫白。

昆明早发樱花

身临始信实春城，水际山前满玉菁。
转到中园人尽叹，缘何冬日绽红樱。

浣溪沙·舟过巫峡

垒彩重重偃蹇峰，烟霞云海两交融。前山滴翠后山蒙。　　十二金钗分艳异，万千气象并雍容。优游神女隐芳丛。

陈贤增

1941 年生，广东潮安县人。现为汕头岭海诗社社员、澄海诗社秘书长、澄海楹联学会副会长兼秘书长。

酹江月·怀远

梦中犹见，漾双双倩影，小溪澄碧。只恐高声惊宿鸟，恰是重门深寂。未尽缠绵，举头遥望，银汉飞天璧。两情如水，可怜今夕何夕。　　争奈突变风云，蛇神牛鬼，遇合无颜色。咫尺萧墙空足迹，陌路何须消息？蓝田种玉，和田怀瑾，岂揽玎玎质？娟娟明月，去来城阙为客。

陈牧汀

曾任惠州市宣传部长、惠州丰湖诗社社长。有《望湖集》出版。

碣石湾周恩来同志纪念碑前感赋 (三首)

(一)

怒发冲冠敌万夫，中华儿女勇捐躯。
何须洒尽伤时泪，端待迎来瑞色敷。
起义南昌扬正气，东临碣石振宏图。
鞠躬尽瘁为民死，玉洁冰心不朽株。

(二)

碣石湾前碧海隅，丰碑矗立耀云衢。
三河血战垂今古，百粤惊涛历劫危。
卷地浮天迎赤帜，南城北廓望红师。
柔风暖日山川秀，万里神疆草木苏。

(三)

鼍吼鲸回白浪飞，擎天碑刻纪雄姿。
三河波涌功垂败，碣石风高势正危。
旧日神皋皆瘦色，今朝赤县尽清腴。
峥嵘岁月悲歌壮，德业馨香系我思。

陈泽儒

（1938-2006）广东新会人，曾任新会冈州诗社副社长。

在梁启超故居会晤梁思礼伉俪

凌云塔下志凌云，赫赫丰碑励后昆。
凤女龙儿荣老宅，文人墨客慕名村。
梁家有子称新会，史志传宗独此君。
戊戌风流虽百日，狂生不愧记殊勋。

陈建冰

1964 年生,笔名鲁渔,陆丰市碣石镇人。汕尾市诗词学会会员,浙江同晖学社理事,《卫城文苑》主编。已出版作品集《白墨诗草》《空谷回声》《无聊斋诗草》等。

谒包公墓

曾览包河到合肥,龙图埋骨在河畿。
祠前三铡已生锈,留与导游夸虎威。

吊诗仙

为君端合饮千樽,揽月欲招江上魂。
宠犬噬天吞日月,明皇重色贯晨昏。
空怀壮志靖环宇,独挟仙风泛九原。
将相凌烟悲阁毁,诗志长与海山存。

秋游观音岭

台风过后海山幽,气爽天高好个秋。
骚客远游常乏力,家山信美足堪留。
不辞晌午道弯曲,来就清湾沙软柔。
赏了奇礁重读浪,欲留落日浴潮头。

陈春燕

1990 年生，女，生于广东英德，有诗词作品在《当代诗词》
《诗词》等报刊发表。系岭南诗社社员。现就读于深圳大学。

赋得

夜色朦胧月色熏，荷花一共稻花新。
谁家种得葡萄子，为探秋光问路人。

陈荆鸿

（1903-1993）名文潞，号蕴庐，广东顺德人。以书画诗文著名于世。居港后，历任各大专院校教授。著有《蕴庐诗草》《蕴庐文草》《艺文丛稿》《海桑忆语》《独漉堂诗笺》《蕴庐诗画集》等。

少年游·本意

游方万里一征筇。闲与水云同。吴楚青苍，关河壮丽，都入啸吟中。　　如今久倦沧桑眼，旧梦转朦胧。风景不殊，豪怀渐减，但侣钓鱼翁。

菩萨蛮·深春

碧天无际沧波绿。帘钓闲卷汀江竹。一枕梦难求，斜晖半上楼。　　欲寻冥想处。又逐炉烟去。悄立海棠阴，明朝春更深。

葛岭

湖山终古尚苍苍，南渡君臣事可伤。
荒草野烟鸣蟋蟀，不知何处半闲堂。

曲院风荷

无人深院碧苔鲜，曲曲阑干系小船。
露梗风荷都已老，一湖秋水淡于烟。

虎邱

江山万里独登临，虎迹苍茫剑气沉。
绝忆吾家元孝句，半楼月影动秋砧。

小北江舟中

小北江中百里行，陂塘束水作滩声。
一枝凉橹三更月，过尽村庄不记名。

甲申五月流寓开建潘小磐自郁南来诗问讯云有传予出仕者次韵答之

遑论非我与非鱼，哀乐中年百劫馀。
四海渐无干净土，一肩徒有未烧书。
殷勤远字劳相问，俊逸新诗愧弗如。
腰脚自怜疏懒惯，宁堪斗米拜衙胥。

夜抵析津饮冯武越家

寒风深雪入津门，不为寻诗也断魂。
小火红炉闲夜话，故人情似酒杯温。

九日登开建城闉

重阳留我封州住，合䜣明眸对早晴。
千里白云亲舍远，满城黄叶客身轻。
登高畏洒山河涕，避地犹惊草木兵。
故里龙山依旧否，西风吹帽不胜情。

寄怀黄宾虹燕台

百劫仓皇痛定思，犹堪忍死待清时。
每经阳朔佳山水，辄忆春明老画师。
一代风骚谁管领，十年消息久淹迟。
可能更续谈诗约，五月南来啖荔枝。

陈树衡

字士恒，号秋涵，广东东莞人，世居香港九龙。台湾师范大学国文系学士，香港能仁书院文史哲研究所硕士，英国诺定威大学教育硕士。曾任中学校长。现为《砖玉集》主编。

过江即兴

安澜水渡过瓯江，江上云阴蔽午阳。
两岸楼房涵山影，北来楚尾纳秋凉。

西溪偶成

一路冬晴不见云，清寒吹我会钱君。
淮南佳句堪千醉，野老情深说旧闻。

湖畔即事

白玉梧桐绿翠枝，湖涵烟水静风时。
西泠桥外葱笼处，天地为庙引酒卮。

迎春金花

堕圆瓣蕊串梭金，水上摇姿草映深。
许羡梅樱浮岭白，护春同到万芳林。

抚南山摩崖碑刻望隔江明文笔塔

南山岩下北江影，文笔游移上下浮。
扶石摩挲寻古迹，丛篁拂水意悠悠。

临江仙

定柳条垂帘幕幕，舟行柳外如梭。回澜拍岸
水纹磨。暗红枫叶小，华盖杂枝柯。　　为觅杨
堤知味观，观鱼花港轻过。林间晕映树婆娑。市
廛声渐近，高会语偏多。

陈厚实

（1943-1994）笔名田莘，普宁人，毕业于中山大学，曾任汕头市委副书记、汕头市政协主席。出版有《陈厚实诗文集》。

送潮剧团赴新加坡演出赠黄赞发团长

敲玉转簧乐太平，潮音今日起新声。

五娘未老双娇出，二丑还童八美生。

千里月明千里念，一番曲袅一番情。

遥知星岛上元夜，人艳灯红花满城。

陈振家

1941 年生，广东潮州市人。曾从事纺织工业、轻工业等工作。

有感成咏

下海捞金胆未坚，谋生唯赖薄薪牵。

泥诗敲韵癖难改，守拙安恒性已然。

耽句错投归宿处，买书误用养家钱。

山妻见惯不相怪，人笑我迂伊益怜。

游山有解

懒向华佗学五禽，独来丘阜听松音。

仰瞻鹰隼常翘首，箕踞溪山任解衿。

偶对瑶英偷老眼，时因蝼蚁唤童心。

人生趣味唯平淡，岂为勋名寒处寻。

陈海生

1955 年生，广东省揭阳市人，大学文化。中华诗词学会会员、一级作家。现为揭阳市作家协会副主席、揭阳诗社秘书长、揭阳市榕城区文学工作者协会会长、榕城区诗词学会会长、《揭阳诗词》编委、《榕城文艺》副主编、《榕风》主编、《榕江风情》副主编。

岳飞诞辰九百周年作

风波长浩叹，弦断几人寻。
天日昭昭逝，瑶筝悄悄喑。
冤沉三字狱，血饮半生心。
莫道知音少，凭栏听到今。

陈雪轩

1922 年生，又名仲子，笔名白屋，号半右先生，广东省东莞市人。广东中华诗词学会会员、东莞中华诗词学会顾问、石龙老干诗书画社顾问、东莞古籍整理小组成员。著有《雪轩诗钞》《白屋文存》等。

旧怀 （四首录一）

旧怀怅触思如潮，顾影惊鸿梦已遥。
洛女情深投玉佩，明珠泪尽泣鲛绡。
最锋芒角磨应损，是极温柔福未消。
惆怅楼头今夜月，照人虚度可怜宵。

九七港九回归感赋

谁号诗楼曰射鹰，当年志士气难平。
皇冠宝落知无奈，合浦珠还喜有声。
荆蕾乍舒征国运，金瓯完固本民情。
姓资姓社何须较，要向狂波驭巨鲸。

【注】
清道同间福建林昌彝有《射鹰楼诗话》。

秋日杂感 (选二)

(一)

放眼登楼意自遥，长空秋阔上盘雕。
心随原野成焦土，泪到江河是退潮。
几见峰头松谡谡，微闻枥下马萧萧。
偶然拾得寒山句，书与先生破寂寥。

(二)

潮来东海卷沧溟，谁挽银河洗太清。
骨市千金徒有价，茶凉一夕已无名。
燃萁煮豆苍生泪，赋楚歌唐毕世情。
窗外芭蕉闲自语，衡门欹枕听秋声。

读《聂绀弩百年诞辰纪念集》 (二首录一)

莽莽风云孕怒雷，星星之火起秦灰。
一枝笔下无前哲，千古诗中有别才。

陈鸿文

1941 年生，出生于泰国曼谷，1946 年归国。曾当民校教师。出版有《简易楷书入门》《自书诗词选》等。

养鸬鹚

竹排冲浪养鸬鹚，人鸟相依度四时。
借得长竿当彩笔，写成渔乐画中诗。

陈寅恪

（1890-1969）江西义宁（今修水）人。近代著名历史学家，诗人。其研究范围甚广，专著有《隋唐制度渊源略论稿》《唐代政治史述论稿》《元白诗笺证稿》《柳如是别传》等。有《陈寅恪诗集·附唐篔诗存》行世。

忆故居并序

寒家有先人之敝庐二：一曰庐，在南昌之西山，门悬先祖所撰联，曰"天恩与松菊，人境托蓬瀛"。一曰松门别墅，在庐山之牯岭，前有巨石，先君题"虎守松门"四大字。今卧病成都，慨然东望，暮境苍茫，因忆平生故居，赋此一诗，庶亲朋览之者，得知予此时之情绪也。

渺渺钟声出远方，依依林影万鸦藏。
一生负气成今日，四海无人对夕阳。
破碎山河迎胜利，残馀岁月送凄凉。
松门松菊何年梦，且认他乡作故乡。

【注】

时盟军攻陷柏林，四月二十七日墨索里尼死于Como湖畔，日本势亦穷蹙。

吴氏园海棠 （二首）

（一）乙亥

此生遗恨塞乾坤，照眼西园更断魂。

蜀道移根销绛颊，吴妆流眄伴黄昏。

寻春只博来迟悔，望海难温往梦痕。

欲折繁枝倍惆怅，天涯心赏几人存。

【注】

李德裕谓凡花木以海名者，皆从海外来，如海棠之类也是。

（二）丙子

无风无雨送残春，一角园林独怆神。

读史早知今日事，看花犹是去年人。

梦回锦里愁如海，酒醒黄州雪作尘。

闻道通明同换劫，绿章谁省泪沾巾。

【注】

《吴氏园海棠二首》录自作者书赠吴宓（雨僧）手搞。第一首《寅恪先生诗存》题目作《燕京西郊吴氏园海棠》，其中第三句为"蜀道移根销绛靥"。注：陈寅恪诗录自《陈寅恪集·诗集》，"编者注"的"编者"指该书编者陈美延。下同。

蒙自杂诗和容元胎 (二首)

（一）

少年亦喜定庵作，岁月堆胸久忘之。

今见元胎新绝句，居然重诵定庵诗。

定庵当日感蹉跎，青史青山入梦多。

犹是北都全盛世，倘逢今日定如何。

【注】

《蒙自杂诗和容元胎》录自《吴宓诗集（续编）》，原为四绝。《寅恪先生诗存》刊布时第三首改题为《别蒙自》，第四首改题为《蒙自七夕》，文字亦略有不同。

（二）咏成都华西坝

浅草方场广陌通，小渠高柳思无穷。

雷车乍过浮香雾，电笑微闻送远风。

酒醉不妨胡舞乱，花羞翻讶汉妆红。

谁知万国同欢地，却在山河破碎中。

【注】

此律吴宓钞稿题作《华西坝》，第一句作"浅草平场广陌通"，第三、四、五、六句作"雷奔乍过浮香雾，电笑微闻送晚风。酒困不妨胡舞乱，花娇弥觉汉妆浓"。

乙酉七七日听人说水浒新传适有客述近事感赋

谁缔宣和海上盟，燕云得失涕纵横。

花门久已留胡马，柳塞翻教拔汉旌。

妖乱豫幺同有罪，战和飞桧两无成。

梦华一录难重读，莫遣遗民说汴京。

庚寅人日

岭梅人日已无花，独对空枝感岁华。

黄鹄鲁连羞有国，白头摩诘尚馀家。

催归北客心终怯，久味南烹意可嗟。

闭户寻诗亦多事，不如闭眼送生涯。

霜红龛集望海诗云"一灯续日月不寐照烦恼不生不死间如何为怀抱"感题其后

不生不死最堪伤，犹说扶馀海外王。

同入兴亡烦恼梦，霜红一枕已沧桑。

文章

八股文章试帖诗，宗朱颂圣有成规。

白头宫女哈哈笑，眉样如今又入时。

癸巳六月十六夜月食时广州苦热再次前韵

墨儒名法道阴阳，闭口休谈作哑羊。

屯戍尚闻连汉水，文章唯是颂陶唐。

海天明月伤圆缺，岭树重楼困火汤。

一瞬百年强半过，不知何处觅家乡。

乙未阳历元旦诗意有未尽复赋一律

高楼冥想独徘徊，歌哭无端纸一堆。

天壤久销奇女气，江关谁省暮年哀。

残编点滴残山泪，绝命从容绝代才。

留得秋潭仙侣曲，人间遗恨总难裁。

陈卧子集中有秋潭曲，宋让木集中有秋塘曲。宋诗更是考证河东君前期事迹之重要资料也。乙未人日

岭南此日思悠悠，愧对梅花六岁留。

废疾久遮今世眼，登临犹发古时愁。

画符道士翻遭祟，说梦痴人总未休。

节物不殊情绪异，阿龙何地认神州。

丙申六十七岁初度晓莹置酒为寿赋此酬谢

红云碧海映重楼，初度盲翁六七秋。
织素心情还置酒，然脂功状可封侯。
平生所学供埋骨，晚岁为诗欠砍头。
幸得梅花同一笑，炎方已是八年留。

【注】

时方笺释河东君诗。

辛丑七月雨僧老友自重庆来广州
承询近况赋此答之

五羊重见九回肠，虽住罗浮别有乡。
留命任教加白眼，著书唯剩颂红妆。
钟君点鬼行将及，汤子抛人转更忙。
为口东坡还自笑，老来事业未荒唐。

【注】

本诗第七句唐筼另一录稿作"为口东坡休自笑"。近八年来
草论再生缘及钱柳因缘释证等文凡数十万言。

春日独游玉泉静明园

犹记红墙出柳根，十年重到亦无存。

园林故国春芜早，景物空山夕照昏。

回首平生终负气，此身未死已销魂。

人间不会孤游意，归去含凄自闭门。

【注】

此律录自吴宓丁卯年日记。徐骑省南唐后主挽词：此身虽未死，寂寞已销魂。

挽王静安先生

敢将私谊哭斯人，文化神州丧一身。

越甲未应公独耻，湘累宁与俗同尘。

吾侪所学关天意，并世相知妒道真。

赢得大清干净水，年年呜咽说灵均。

【注】

甲子岁冯兵逼宫，柯罗王约同死而不果。戊辰冯部将韩复榘兵至燕郊，故先生遗书谓"义无再辱"，意即指此。遂践旧约自沉于昆明湖，而柯罗则未死。余诗"越甲未应公独耻"者盖指此言。王维《老将行》"耻令越甲鸣吾君"此句所本。事见刘向《说苑》。

寄傅斯年

不伤春去不论文，北海南溟对夕曛。

正始遗音真绝响，元和新脚未成军。

今生事业馀田舍，天下英雄独使君。

解识玉珰缄札意，梅花亭畔吊朝云。

阅报戏作二绝 (选一)

弦箭文章苦未休，权门奔走喘吴牛。

自由共道文人笔，最是文人不自由。

红楼梦新谈题辞

等是阎浮梦里身，梦中谈梦倍酸辛。

青天碧海能留命，赤县黄车更有人。

世外文章归自媚，灯前啼笑已成尘。

春宵絮语知何意，付与劳生一怆神。

【注】

　　此诗录自《吴宓诗集》。吴宓注："按《红楼梦新谈》系宓
民国八年春在哈佛大学中国学生会之演说。其稿后登《民心周报》
第一卷十七及十八期。"虞初号黄车使者。

陈皓东

1958 年生，笔名徐达，中华诗词学会、中国楹联学会、广东中华诗词学会、广东楹联学会会员。珠海市诗词楹联学会第五届、第六届理事，副会长。《珠海诗词》《珠海诗韵》主编。

清平乐·应邀参加中国易学堪舆研究会第五届学术研讨会

飞鸿传瑞，道是经书对。《易》典无声殊有味。一片东方霞蔚。　　连连苦苦幽寻，相寻大海捞针。好趁蓬莱盛会，聆听国粹佳音。

陈湛铨

（1916－1986）少号青萍，又号修竹园主人，广东新会人。毕业于中山大学中文系。历任中山大学、上海大夏大学、广东珠海大学教授及香港联合、华侨、经纬、浸会、岭南等书院中文系主任。著有《庄学述要》《诗品补注》《杜诗编年选注》《苏诗编年选注》《修竹园诗》（共四集）等。

禅关

禅关何计得轻安，恻恻微生意独寒。
门外更无罗雀地，世间还见沐猴冠。
文章正脉看将断，风雨危弦苦自弹。
说与故交应太息，食梅今竟不知酸。

天转

天转疏星没，风翻宿鸟危。
近闻长乐老，也作七哀诗。
亡国宁无责，偷生各有辞。
春秋严斧钺，尔汝欲何之。

春望

侧陋相看是楚囚，阑干百遍拍吴钩。

未嗟笔秃难成字，正要峰尖与割愁。

天意果真妨直道，星河谁信不横流。

十年师友今余几，泪湿春风望广州。

陈弼荣

1950 年生，广东汕头人。中华诗词学会会员，中国楹联学会广东分会会员，政协汕头市岭海诗社社员，汕头市翠园诗社副社长，濠江区文联秘书长，《濠江文苑》《翠园诗词》主编。

嘲蟹

公子横行恃剑螯，龙宫称将领风骚。
书生借得捆仙索，教汝青衫换赤袍。

过万人冢

两岸芦花白，一川落叶黄；
河山已破碎，家国尽痍疮。
亲骨弃郊野，壮夫走异乡；
临歧千滴泪，揉断九回肠。

陈锡楚

曾任汕头市金山中学教师。

沁园春·读金山中学130年校史感怀

胜境名区，岭表连云，翠柏青松。我百年名校，依山厚重；几多翘楚，坐镇开宗。源出金山，凤凰一叶，古寺开元书味浓。雄鸡唱，礜岭迎日出，万里长空。　　云帆适值长风，岂料到，阴霾蔽碧穹。惜五车八斗，尽归神鬼；一丁半桶，竟扮英雄。丽日蓝天，披荆斩棘，此后清明一路通。不须憾，请迈开大步，径取蟾宫。

望海潮·五月花

南天如洗，江流似带，莲桥水涨潮惊。高阁耸霄，层楼叠翠，迎来大海涛声。金凤醉春城，绿云垂深院，满地红英。万户千门，花街耀眼看分明。　　欣逢日丽风清，有莘莘学子，荟萃园庭。桃李吐芳，歌诗竞盛，胸藏广厦图形。久别又相逢，握手频频语，共赴前程。指日腾飞万里，把酒赋豪情。

屈原与渔父

未染污泥品自高，焉能把酒对波涛。
可怜渔父用心苦，怎奈灵均守节牢。
岁月悠悠千载事，江流淼淼一蓬蒿。
龙舟鸡黍情深重，天有斗辰诗有骚。

吊卢沟桥

硝烟烽火古城头，晓月西风叶落秋。
草木悲摧呼猛士，军民愤恨斗倭酋。
丹书奋笔河水赤，碧血连天岁月稠。
国耻无忘孙子辈，斯民亿万吊卢沟。

陈静娜

女，1937 年生，广东澄海人。现为翠园诗社理事，岭海诗社社员。

清明节随想

令节清明风俗殊，名车扫墓大潮趋。

阴间神鬼比奢侈，阳世高堂厚养无？

陈嘉顺

1978 年生，广东汕头人。现为汕头市书法家协会理事、汕头民俗摄影家协会会员、汕头政协岭海诗社社员。

从戎赠友

二十从军此别家，独行西蜀望天涯。
千山万水闲经过，再到乡关赏菊花。

【注】
余从军前，逢公园办菊展，有好友邀同游，惜时间匆忙，未成行。

陈德鸿

1929 年生，广东普宁人。曾在汕头大学、汕头市政协等单位任领导职务。现为岭海诗社社员。

观豪华楼堂馆所有感

巨资投注美修装，气派豪华竞比量。
一宿万金焉足道，四方诟议又何妨。
侈奢自必招衰败，勤俭方能致瑞祥。
史册昭昭殷鉴在，阿房一炬古今伤。

临江仙·"文革"四十周年祭

四十年前往事，二三千万冤魂。神州上下乱纷纷。山河飞血泪，志士�‌脘如焚。　　噩梦虽然远去，覆车之辙犹存，居安切莫脑昏昏。祸根需彻铲，华夏免沉沦。

赞《炎黄春秋》

　　《炎黄春秋》是北京一份以史为主的综合性纪实月刊，作者为一批高水平的老革命家和资深的专家学者。余订阅多年，深受教益，谨以所感赋一首以赞。

浩漫书山玉石陈，一峰独秀见淳真。

振聋发聩春秋笔，破禁除迷德赛亲。

每读高明开闭塞，亦从错妄鉴前尘。

但祈谔谔动天听，资治中华气象新。

【注】

　　"德赛"，指五四运动所倡导的民主与科学精神，通称德先生与赛先生。

陈襄陵

（1913-1989）名诵樵，以字行。号红豆蔻词人。广东南海西樵山人。嗜倚声之学，终身不厌，著有《旧香楼词》。

临江仙·劫后返穗城沙河视亡妹莫离女史墓

尘世烽烟缭乱处，一抔埋玉深深。十年生死两侵寻，慈亲新白发，游子旧青襟。　　故里重归为寄旅，低徊易主园林。仓皇别后到如今，佳城无恙绿，泪点认苔芩。

临江仙

豆蔻梢头春梦断，落花留伴鸳鸯。一湾流水送斜阳。银灯先替月，玉盏渐凝霜。　　过分相怜多怨怼，何堪过分思量。茫茫来日恨方长。也应从此绝，襟袖有余香。

蓦山溪

烟波北岸，约我初逢处。传语再丁宁，石阑边、榕阴一树。还教牢记，襟上小红花，春正好，日初长，惯有行人住。　　流云逝水，往事知何许。失落少年心，倚南楼、无端凝注。情天不老，尘世自沧桑，犹认得、渡江船，朝暮频来去。

三姝媚

　　斜阳晴雾雨。向东风园林，绿烟随步。旧倚阑干，认露珠红晕，试愁凝伫。觑遍繁枝，终不似、年时一树。耐得相思，题叶无心，问花无语。　　踪迹流莺知处。念几日吹香，沾泥何遽。为惜轻盈，已乍惊轻薄，更谁堪诉。买梦银笺，休误却、江关词赋。约指金寒，离怀玉暖，情缘自苦。

烛影摇红

　　烟雨楼台，翠微高处迷春昼。凭阑心事去来今，茬苒中年后。燕子斜阳巷口，尚猜疑、飘零未久。故园桃李，故国河山，思量时候。　　镜影灯痕，醉魂千万长相守。生涯前定作词人，哀怨天然有。少小多情记否。慰分携、无端赠柳。等闲离绪，从此移根，东风非旧。

醉花阴

　　红叶黄花衫影翠。露点凝珠泪。镜月又中天，才照欢娱，又照人愁悴。　　一番圆缺真容易。埋没殷勤意。除是梦来寻，音问难通，何况相思字。

解连环

　　素弦声咽。知条风料峭，絮云重叠。护海棠、借得春阴，甚不念夜来，有花无月。暗绿楼台，听深处、一鸠啼切。又箫笙渐起，晓暮按歌，但赏桃叶。　　非关怨怀自结。奈闲情易老，同梦终怯。怕软尘、冷沁兰襟，便欢唾泪痕，也都销歇。镜晕朦胧，认眉黛、淡浓难别。更何堪、旧色旧香，背人细说。

少年游

　　馀花谢了，香红赊尽，才算识春愁。深树鹃声，留春不住，连夜促春休。　　华鬘劫后仍风雨，门外水横流。泪替珠圆，心随玉碎，断梦接残秋。

烛影摇红

　　天上春来，赋情借酒春云展。春江晓暮涨新潮，旧梦春前断。老去春人兴浅。怯春寒，湘帘半卷。过墙春色，出谷春声，游春还倦。　　花鸟殷勤，画屏一枕函幽怨。吟边应有未销魂，袅袅随香篆。寸寸柔丝自剪。又无端、蛮笺泪泫。素心何处，小别何长，华年何短。

临江仙 (四阕)

(一)

前夜等闲挥手别，误人来日方长。乍传铃语到芸窗。换巢鸾凤，声影限宫墙。　格外温存才一度，后期未及商量。卅年埋恨水云乡。相思重叠，新梦旧斜阳。

(二)

芳约寻常来别浦，等闲便趁兰桡。伤春情绪未全销。暂凭尊酒，暗自慰无聊。　不定梦魂轻去住，因循雨暮云朝。蓝桥旧路阻新潮。而今才觉，如此可怜宵。

(三)

前日邮筒知误托，明朝又约重携。渡头南畔石阑西。梦魂今夜，先自到长堤。　淡墨残笺亲递与，要他细味箴规。秋花无分作春泥。许多良愿，唯愿莫相亏。

（四）

重过那回携手处，幽丛一径参差。月华灯晕异当时。纷纷人境，唯念蔚蓝衣。　　如此相逢如此绝，不应如此相思，闻声无分见无期。更难忍泪，轻易让他知。

思佳客·壬子 （四阕）

（一）

一染春愁两鬓霜。韶光九十九回肠。缄书渐少珍珠字，纫佩先寒豆蔻香。　　缘太短，恨何长。游丝飞絮渡幽窗。垂帘遮断烟波路，风笛声中又夕阳。

（二）

续梦重来杜若洲。茶香亲款最高楼。琴心玉碎教谁补，烛泪珠圆信自休。　　山北向，海东流。一帘风雨送残秋。炉烟小篆相思字，拣遍新愁减旧愁。

（三）

絮果重修别有因。闻声对影拌销魂。蛮笺爽约恩成怨，翠被余温梦当真。　　辞碧落，恋红尘。错将明月认前身。蓝桥路半还珠后，一念铭心第几人。

（四）

流水行云不可寻。水情云意早同谙。罗衾绮梦寒金玦，素袖缁尘污玉琴。　　花灼灼，柳深深。愁红惨绿旧园林。凭君十斛珍珠泪，未抵秋莲一点心。

范耀英

1979 年生于广东英德。曾任《汽车时尚报》记者，后转入政府部门工作。著有《投石集》《铿锵集》《粤北当代十诗人作品选》等。

寄人 (二首)

(一)

世间多重情，自古伤离别。
天意可怜人，分与两轮月。

(二)

君住北江头，我住北江尾。
明朝如不见，认取北江水。

水乡周庄

水巷人家尽枕河，呼茶唤酒老阿婆。
一声摇橹双桥下，来听吴侬软语歌。

羊城春日赏题樱花

江南最忆少年游，二月樱花半带羞。
一片春思红淡淡，谁家心事在枝头？

林　戈

广东揭西人。1930年出生于泰国华侨家庭，少年回国读书。历任汕头市委办公室副主任、广东省委党校校委委员兼副教育长、秘书长。现是中华诗词学会会员、广东岭南诗社副社长。有《林戈诗文集》。

夏日观黄果树瀑布

大江掀雪浪，直泻入牛潭。
遍地鸣鼙鼓，漫天起白烟。
晴空倾暴雨，深洞挂珠帘。
欲涤尘寰扰，心清可作仙。

云南石林

擎天拔地景森森，一片汪洋变密林。
曲径蜿蜒行百道，奇岩突兀耸千寻。
望峰亭眺洪涛涌，看剑池研碧水深。
最是多情阿诗玛，五洲四海古今吟。

过马嵬坡杨贵妃墓

芳魂宛若香坟绕，犹听当年《长恨歌》。
非是君王施腐政，何来兵变马嵬坡。

林　杰

1953 年生，广东省东莞市人。中华诗词学会会员、广东中华诗词学会会员、东莞中华诗词学会会长，东莞市第六届文联委员。出版有利用地方史人物资料写成的短篇历史小说等。

金缕曲·登延安宝塔山

今日人欢悦。正冒雨登山，激荡一腔情血。宝塔山巅崖边望，十里延河流歇。各大道、车流奔突。广厦琼楼摩云处，正教人、忆起沧桑劫。问古塔，如何说。　　仰天笑答金瓯缺。有英雄、江山重整，中华伟业。当日运筹寒窑里，几许孤灯明月。挥手处、敌军消灭。喜见九州升旭日，照尘寰、万里霞光热。民奋起，醒狮烈。

念奴娇·华山抒情

缆车飘荡，把书生送到，横空西岳。仰见华山高耸处，树翳风清云薄。步上天梯，直奔金锁，万壑岩如削。西峰佳处，堪惊鬼斧神凿。　　山色邀我流连，未到山巅，难遂当年诺。自信男儿生世上，壮志凌云为乐。脚踏南峰，手探北斗，欲挽天河落。尘间涤净，欢歌回荡寥廓。

满江红·游都江堰

滚滚岷江，从此处、横流东裂。凭智慧、筑成江堰，汗青一页。鱼嘴洲头奔泻急，宝瓶口里回旋烈。想当年、父子缚苍龙，真英杰。　灌巴蜀，兴百业。荫万代，功难没。上离堆、静听鸟讴虫咽。古堰涛声传四野，岷山远望千重雪。蓦抬头、朗朗此苍穹，秦时月。

雪梅香·邯郸丛台怀古

风萧瑟，冒寒征雁破云来。到邯郸佳处，邀朋痛饮新醅。漫步回廊醉金菊，擎觞高阜问枯槐。几多事、付与东流，荒冢堆堆。　丛台。想畴昔、蔽日旌旗，匝地惊雷。拓土开疆，一时骑射雄才。胡狄强秦心忐忑，婵娟雅士舞低徊。鸾声远、沙丘此际，尚有余哀。

金缕曲·五十初度抒情

雨冷初秋月。问灯下书生，恁把光阴虚掷。触动思潮如春水，几许微澜波折。人在世、浪中一叶。莫道垂髫芸窗梦，付当年、鼎沸神州劫。错过了，好年月。　工余夜读无寒热。困书城、翻残典籍，韦编三绝。想学前贤风韵事，只得三分孤寂。怎会得、三分刚烈。曲折平生多忧愤，向何人、倾诉胸中结。愁揽镜，鬓凝雪。

林仲琹

广东中华诗词学会理事。

旅澳诗词 (二首)

浣溪沙·晨趣

小鸟呼人雾色开，朝阳如血上台阶。卷帘飞去复飞回。　　一树残红嗟雨暴，满城新绿映窗来，东篱芳径独徘徊。

离澳洲返穗前夕

畅叙天伦乐一堂，莱衣娱老胜霓裳。
欢愉未了情难舍，归去来兮愿已偿。
珠水云山榕夹岸，悉尼海角月疑霜。
稚孙不解离愁苦，犹自投怀问短长。

见报台湾当局准回大陆探亲消息

十万雄师已白头，陟冈西望几春秋。
偏安堪笑新亭泣，有梦能无故土游。
忽报探亲好消息，相逢问旧盼归舟。
鸡鸣犬吠犹邻巷，星斗横斜人倚楼。

林兴鸿

1963年4月生，广东省吴川市人。现任吴川市某公司办公室主任，系吴川诗社理事、湛江诗社理事、广东中华诗词学会会员、中华诗词学会会员。诗词对联作品散见于《当代诗词》等报刊。

春思

春风弄柳燕还家，鸳侣相嬉蝶吻花。
为问江潮归甚处，芳心可寄到南沙？

守岛春情

望月怀乡恨信迟，翻看红豆更相思。
往年电迅繁忙日，总是春潮涨岛时。

闻某医院心脏移植成功感赋

如今医术日高明，脏腑堪移死复生。
若把贪心全换掉，人间岂不少纷争？

故乡秋行

故乡九月风光好，蕉绿橙黄满眼秋。
碧水环村开画卷，半江金稻半江楼。

养蜂人

春华谢后向秋华，何处花开何处家。
忍别妻儿辞故里，为追甜梦到天涯。

林志达

1973 年生，号东照，自署日照轩主人，祖籍广东揭阳。中华诗词学会会员，广东中华诗词学会会员，广东岭南诗社理事，汕头岭海诗社副秘书长、青年部主任，《岭海诗词》编委。

岭海、杏园二社采风南澳，因事未赴，赋此以志昔游

恍似方壶梦里逢，瀛南曾记畅游踪。
山连海色高低树，寺隐岚烟远近钟。
亡宋君臣犹剩井，驱荷将士尚留榕。
四年未访榴花去，依旧诗情酒样浓。

浣溪沙

裁锦铺霞妆点频，一番花信一番新。东君临去倍殷勤。　　莺舌有情翻百调，柳丝无计绾三春。惊从驹隙悟前尘。

林贤道

曾任阳江市中华诗词学会、楹联学会副会长。有《格竹轩作品选》行世。

题图《墨芙蕖》

菡萏含苞墨染胎，亭亭难掩内哀哀。
岂惭污淖同颜色，瘦尽西风怯未开。

无题

三千世界各缤纷，难写庐山面目真。
巧饰疮痍矜俊健，坦披肝胆笑迂陈。
诗书不为冰霜冷，翰墨当随日月新。
风骨文章天共老，昙花虽美未堪珍。

访阳西七贤书院

崎岖万里谪南疆，岭表云横望帝乡。
宦海浮沉谁主宰？天心偏正史评章。
穷荒敢忘忧家国，谠谳何妨任短长。
院落古梅堪解语，年年着意吐清香。

林宗彦

曾任雷州政协办公室主任。

中越边境贸易点

十万山头觅旧缘，铁丝绣断藕丝牵，
边民买卖千般价，邻睦情深最值钱。

【注】
铁丝，指中越边境军事冲突时期双方架的铁丝网。

颂秋瑾

忍卸红妆换战袍，鬼雄人杰女中豪。
懦夫枉作男儿汉，故国巢危挂宝刀。

重庆白公馆

歌乐山头无乐歌，铁窗毋奈铁人何？
先驱为遂平生志，不惜头颅换共和。

广武鸿沟吟

中原板荡出群雄，刘项何缘乱世逢？
合道诛秦同拔剑，分途逐鹿互张弓。
招灾招祸黎民怨，为寇为王史册崇。
楚汉相争非义战，教人褒贬两朦胧。

雷州"姑娘歌"打擂台

一株花朵艺坛栽，独特风情自古来。
浅句成章生妙语，深思蓄意显奇才。
破题答辩频攻守，隐语迷离半掩开。
纵使诗童曹植在，不妨七步上擂台。

雷州石狗奇观 (三首)

　　——雷州石狗有"南方兵马俑"之称，列入中国民族民间文化保护工程

（一）

百越之乡石狗多，蹲村立巷守江河。

先民崇尚图腾俗，俚族遗风久未磨。

（二）

相貌如狮亦似狸，兽身人面两依稀。

形神兼备生奇趣，尽是雷民巧构思。

（三）

笑脸迎宾贵可亲，狰狞面目对瘟神。

斯文威武寓人格，粗犷造型意逼真。

林适民

（1919-1989），广东潮州人。终生从事文教工作。曾参与民国《潮州志》编纂，成《兵防志》。1956 年与吴华重先生合编《潮州音字典》。有《霜操集》刊世。

咏菊

不嗟天意薄，已自惯风霜。
红紫纷沾地，芳菲独上场。
施朱诚可贵，着墨又何妨。
颠倒陶郎者，篱边晚节香。

咏竹

稚筠穿覆石，解箨自刚强。
胸臆空城府，肌肤厉雪霜。
清风发异响，直节拄危墙。
一夕春雷动，凌霄百尺长。

看蜘蛛结网

檐牙屋角势嵯峨，刻意攀援结穴窠。
卦阵敢夸心计巧，丝纶自诩腹中多。
恨无长索兜寰宇，竟有痴蝇入网罗。
叵耐根基原浅薄，难禁风雨漫天过。

林艳仙

女，1944 年生，广东阳江人。任职阳江市中医医院。漠江诗社理事，广东中华诗词学会会员。

无题

横扫罡风柳絮飘，桃花人面两迢迢。
魂牵午夜三更月，梦断残宵廿四桥。
故地幽兰随渺渺，天涯芳草任萧萧。
浮生有劫东流去，碧海长空看浪潮。

秋思

凋零百卉待春开，底事黄花却不衰。
瘦骨铮铮香满袖，一枝笔傲伴秋来。

林粉容

女，1959 年生，广东揭阳人。从事报刊编辑工作。广东岭南诗社揭阳分社副社长。有《林粉容诗词》。

咏月

飞沉碧汉眺风云，情系人间爱恨吞。
岭壑江皋邀玉魄，梅枝竹节伴冰魂。
难消雨雪伤心冷，点亮晴光笑脸温。
岁月悠悠留大爱，经天宏愿得长存。

玉兰

霜娥眉眼幻犹真，步月撩云自写神。
几树绿阴雕玉透，一笼花气沁香匀。
风摇水榭来清梦，雨洗天街浥素尘。
那日移家盆蕊馥，人兰同臭复同薰。

冬夜江滨漫步感怀

梦幻灯光感不禁，寒风拂面忆晴阴。
痕留鸿爪萍踪在，影照江流草色深。
笑靥如花当日我，愁肠似月哪时心？
白驹过隙朝还暮，淡抚霜丝逝水吟。

戊子仲春登山

山是乡山不问名，因循路径步犹轻。
半天雾里窥云影，万绿丛中听鸟声。
西岭如城红日近，东风似染碧峰清。
危崖忽看烟光好，杂树难攀松柏明。

读诗感怀

身无媚骨自高吟，冷眼人生敢砭箴。
浩气一腔由剑胆，豪情万丈本琴心。
秉持朴质珍和璧，自葆贞怀佩德音。
松竹参天寒更翠，崖巅溪际拂风襟。

鹧鸪天·夜吟

闹市宵深万蕊灯，东流榕水滑无声。年来草树垂垂绿，此日江河渐渐清。　　翻世面，转心情，吟诗自笑读葩经。书中多少清闲味，煮入工夫一盏馨。

鹧鸪天·伴读

又亮华灯接日光，新闻看后夜尤长。楼头月泻溶溶魄，座上风吹淡淡香。　　怜女少，课书忙，瀹茶伴读已寻常。居家自享天伦乐，敢盼蓬门出凤凰？

林曼兰

1939年7月生，女，笔名半丁，广东潮州市龙溪人。大专毕业，原安平中医院诊所中医，安平区第九届人大代表。中华诗词学会会员，广东中华诗词学会理事，岭海诗社常务理事，杏园诗社副社长、主编。著有《中国历史人物百咏》前后集、中篇小说集《情结》、长篇小说《奇情侠侣》、《岭南英杰》及《半丁斋诗词》集。

蝶恋花·无题

曾慕人间仙侣影，旅雁孤飞，历尽凄寒境。野草闲花皆耐冷，幽岩峭峪诗魂醒。　　漫道焦桐烧未竟，可制瑶琴，无意将弦整。悟得人生胸臆净，邀来明月擎怀请。

无题

前尘一梦中，啸傲九天空。
毁誉无憎喜，唯愁句未通。

林添盛

1976 年生，笔名花无知，广东汕头市潮阳区人。现就职于汕头潮阳区某集体企业。有《妖血集》等稿。

秋风

衰翠残红舞未央，黯云迷雀没斜阳。
兰台悲感成骚辩，驿馆愁怀结乐章。
倚雁天寒能得护，隔鹈风冷若相偿？
可怜一夕相思泪，飞作明朝瓦上霜。

【注】
骚辩，宋玉《九辩》。乐章，柳永《乐章集》。

林维新

1948 年 2 月生，字炎生，号漫涂轩主，广东省东莞市人。中学数学教师。广东中华诗词学会会员，广东省书法家协会会员，东莞中华诗词学会副会长兼秘书长，东莞市书法家协会主席团成员，中国书画函授大学东莞分校书法系主任、副教授。著有《漫涂轩吟草》《漫涂琐语》等。

游洛阳白马寺题白马石雕

寺享千秋誉，经驮万里程。
时闻风叶落，疑是马蹄声。

春日

霏霏连日雨，花信惜无多。
初霁忽思韭，乍晴忙种荷。
沁脾闲处茗，放胆醉时歌。
偶纵涂鸦笔，非关换白鹅。

登白云山

远近层峦暮色浓，穿云踏破路千重。
游人不识时相问：何处天南第一峰？

红棉

春来休笑着花迟，除却朝霞孰似之？
为草木增千股劲，向骚人献一囊诗。
轮囷肝胆狂飙后，磊落身躯骤雨时。
勋策南疆天地立，金铃十万影参差。

西江月·从化道上

叠横塘乱树，孤村斜日疏烟。黄云浪涌到车
前，十里香风扑面。　　才访流溪胜景，又寻从
化温泉。远游无处不流连，镇日歌甜语暖。

林锡强

1937 年 11 月生，清远市人。中山大学中文刊授本科毕业。任教三水中、小学。三水诗社副秘书长。

海啸原玉奉和黎承塑词长

展诵华章不再歌，探骊此日费吟哦。
虽无彩翼飞千岛，却有丹心献普罗。
底事天公怜我少，偏教龙海怒涛多。
何期忧患释怀日，共踏银沙荡碧波。

述怀

几忆红羊浩劫年，椒焚桂折史无前。
萤几苦读空怀志，雁塔题名愧乏缘。
半纪风云惊旧梦，廿年雨露颂时贤。
壮心未与年俱老，忧患情怀入素笺。

听芦苞发展规划有感

彩笔点金瓯，新图豁众眸。
碧江浮画舫，绿野耸琼楼。
百尺银涛壮，千寻玉带流。
丹忱鸿鹄志，业绩足千秋。

林群戴

1924 年生，广东新会人。新会冈州诗社社员，新会古井新泉诗社名誉会长。著作有《旧雨闲情》和《梅心集》。

登熊子塔

熊塔登临恍出尘，孤标挺拔孰为邻。
关河星列难穷目，村落棋连争早春。
陶令休嗟桃渡杳，葵乡可见物华新。
寻幽自有康庄道，何必武陵去问津。

招　明

女，别署老三届，广东佛山人。生于越南，长于澳门，及笄赴沪，入读复旦中学。翌年以知青被分配至黑龙江省引龙河农场，耕牧五载。1973年定居香港。擅于书法、诗词。

八声甘洲·偕友重过庐园

看横塘菡萏乍销残。西风绿波间。甚深深庭院，堆烟杨柳，紫燕时穿。是处游人络绎，管急趁弦繁。小径徘徊久，思绪漫漫。　　转瞬星星双鬓，笑五湖倦客，好梦频还。恁风霜雨雪，努力勉加餐。约他朝、松菊栽就，过东篱、芳舍共盘桓。琴台畔，有诗书画，相与陶然。

西江月·丁亥春作海南游并习气功于海边古寺

梦中几回曾遇，熏风叠浪蛙声。椰林星月若为情。接引深机虚静。　　春草春花照眼，南山南海逢迎。老藤古树小芳亭。法侣行禅入定。

眼儿媚·读黄崇嘏鱼玄机冯小青诗有感 (二首)

(一)

高楼西北起哀弦，心事倩谁传。伶仃冷雨，阑珊清夜，泪溅花笺。　　钗钿屈却凌云志，一例付风烟。镜残妆影，尘封秀迹，难掩妍鲜。

(二)

画墙烟柳织春愁，无语泪凝眸。飘零身世，苍茫天地，还自沉浮。　　黄昏细雨难将息，幽恨锁琼楼。无才乃德，三从唯命，负汝千秋。

江城子·牛房杂忆

游鱼鹭起野塘中，乍相逢，浪排空。欢声呼应，翻卷水溶溶。春草连岗堪试角，霞影艳，酪浆浓。　　豆黄麦熟黍成丛。雪花风，落丹枫。将青捣麦，围火说年丰。牛老知牵旋作脍，回首唤，泪蒙蒙。

忆江南

眉庵师以忆江南五阕课徒，每阕皆引容若"忆不分明疑是梦"句，余效颦成此解。师云何哀怨乃尔，余谓伤心人岂独淮海小山容若诸公哉。

深院静，月色透重帘。忆不分明疑是梦，梦回清泪湿衾缘。往事未随烟。

忆江南·怀人

晶帘卷，独立小楼头。皓月清晖侵翠袖，和风检点鬓边愁。音梦两悠悠。

沁园春·香港回归

金粉红尘，禹域名都，乱世逸民。本平沙香榭，水邨渔市，杖藜野老，缠足罗裙。唐韵南音，宋姻龙女，崖角悲吟帝昺魂。罂粟泪，痛兵临城下，换了王君。　　移山填海纷纷。更引入科研事理新。作东西枢纽，兼容开放，百年啼笑，三代人文。蕞尔炉峰，腾蛟栖凤，天地无言自在春。看明日，是谁家子弟，起舞清晨。

欧 初

1921年生，广东中山人。历任广东省和广州市重要领导职务。现任广东炎黄文化研究会名誉会长，广东中华诗词学会名誉会长，广州诗社、岭南诗社名誉社长。著有《五桂山房丛稿》《五桂山房诗文集》等。

画竹偶题

闲来偶画两三枝，根固心虚是我师。
漫道琅玕寒一色，凌云傲雪竞芳姿。

画梅题句

岁老情怀更惜时，严寒喜读咏梅诗。
推窗未见霜前影，落笔思留铁杆枝。

念奴娇·神女峰

倚舷远眺，见群峰晃荡，望霞开合。雾鬟云鬓天上女，朝暮亭亭玉立。斜雨横风，长纤短筏，指引江头客。仙姿绝代，玲珑宜入天册。　　传说玉帝如霜，天兵似雪，遂向尘寰谪。宋赋襄王寻美梦，讵掩高唐冰色。覆地载天，平湖高闸，缥缈巫山极。蹁跹神女，待听湘瑟渝笛。

过零丁洋^①

零丁不复叹零丁，号角三声妖孽惊。
纵目东江潮未落，射鲸何必数归程。

【注】
　①　一九四五年二月，日本帝国主义为防止盟军登陆及我战略反攻，对珠江三角洲根据地大举扫荡。广东人民抗日游击队珠江纵队奉命东渡与东江纵队北上。是年六月三日，我与珠纵参谋长周伯明及第一支队政委梁奇达率部队横过零丁洋。途中闻淇澳岛为黄琪仔匪部盘踞，遂登岛歼之。

香山颂赠《中山画册》

我本香山人，爱说香山事。
岐江水清甜，家乡山毓翠。
人杰而地灵，岂徒仗鼓吹？
悠悠八百年，县治早设置。
南宋陈进士，建城从此始^①。
沧海变良田，云物有新意。
嘶马六棉道，疏钟西山寺。
烟墩燃火炬，五桂葱茏起。
改革屡先锋，行行有旗帜。
揭竿惩腐恶，为首陈祖二^②。
伟哉孙逸仙，覆清有决志。
主义倡大同，千秋留德懿。
农运风云涌，犁旗导起义^③。

抗战经八年，巍峨根据地。

军民鱼水情，奏凯驱妖魅。

华侨二十万，见月发乡思。

仗义乐输财，兼善喜博施。

琳琅载典籍，风骚尽堪志。

鲍伍何黄李，擅名诗画字④。

诗僧苏曼殊，佼佼非常器。

大地今回春，香山更展翅。

城乡渐富裕，华堂三酒备。

五洲来重译，笙歌连友谊。

今时已胜昔，后又胜今耳。

温故可知新，郅治来不易。

我乡文物盛，濡笔难尽记。

嘤鸣求友声，伫听时贤议。

【注】

① 南宋陈天觉，领导争取以石岐为县城，称铁城。

② 陈祖二反对腐败统治，曾攻占县城。

③ 第一次国内革命战争时期，香山农民曾于石岐近郊卖蔗埔起义。农民协会当时以犁头为旗号。

④ 鲍俊、伍瑞隆、何璟、黄香石、李遐龄，为明清时有名之学者，诗书画家。

水调歌头

1985 年访意大利，归国途中曾小住芭堤雅，此次重游，爰填此阕。

曾作威尼客，小憩暹罗湾。匆匆踏雪来去，未及赋诗还。快意重游旧地，潇洒风光满眼，春暖鹭鸥繁。纵有米家画，何似八重滩！　涛破碧，烟开嶂，海天宽。凌空伞落，回首高处不知寒。一叶轻舟飞渡，欲与鱼龙嬉戏，撇浪赏波澜。更借琉璃艇，海底检奇观。

大雁山留题

往昔游击粤中，军务匆遽；新中国成立后，忙于经济，无暇探胜寻幽。今秋主持第三次岭南文化研讨会，自江门、新会而鹤山，因登大雁。环视长江飞架，西江奔腾，车如流水，船似游龙，城镇矗立，村落焕新，栋宇连云，楼台满目，快意今昔，遂成一律。

一架砼桥接，飞驰峻岭秋。
放开千里目，来看大江流。
市镇星棋布，田园稼穑稠。
沧桑曾几许，金雁满南洲。

与刘海粟大师钓鱼台相晤

曾经沧海傲霜姿，艺苑投枪第一枝。
欧陆三游增邃密，黄山九上转多师。
宏深美约校良训，磊落坚贞众口碑。
漫道桑榆将日晚，方开百岁若童时。

太平山下接晨光

回归环宇话香江，投老当年事不忘。
任是途经为上客，何堪车禁奈空囊。
千人高会诚奇遇，两制并行乃首倡。
一愿从心观庆典，太平山下接晨光。

【注】
　　承邀参加庆祝香港回归活动，因忆抗战初赴港，身上不足二十元而被拘留；1981年随广州访问团赴美，归途港府以礼相待。全国七届人大三次会议参与基本法表决等事，心潮澎湃，乃赋。

欧阳

（1929-2002）湖南长沙人。毕业于南开大学物理系。原华南师范大学教授。曾为中华诗词学会和广东中华诗词学会会员。

江上曲

雪压层林万树森，何来江上数峰青。

风情不是潇湘韵，闻道蓬莱别有灵。

十八娇娃名碧玉，李子村中花有树。

偶见云端仙鹤飞，芳心遂逐天边去。

十里洋场不夜空，浦江花月射帘棁。

风生蘋末香初动，酒染蓝衫色渐红。

华灯紫幕鲜花艳，闪出新星光若电。

蜂团蝶阵乱纷纷，一出芳台生死恋。

无边春色集延川，道是南泥好种田。

撕扇折巾辞绿宴，捧心描黛入红天。

艺苑文华称鲁圣，雄歌爱谱尧天颂。

都道新来女学生，聪明俏媚堪人重。

果然巫梦不荒唐，终见祥云护楚王。

夺暖好同鸠占鹊，攀高漫演凤求凰。

一泄春光举世惊，红天白地目同瞪。

列班策献大鹏鸟，不许雌枭出禁庭。

长安道上车千乘，雉入金巢成彩凤。

烟锁奇峰不见春，偶露峥嵘还似梦。

瀛台秋夜玉屏凉，空羡唐宫有媚娘。

无奈汉皇偏重色，夭桃冶杏恣颠狂。

天生妖质难自弃，琼楼日夜思飞计。
誓教宇内仰惊眸，且向云间藏绮翼。
忽然黑雾起金轮，殿里君王大演神。
受剑红肌充圣母，建麾白骨炫夫人。
波云火种芦花荡，跳趷琼崖娘子军。
旗手阵前多小将，钦差衙内集名臣。
龙挥凤叱风雷乍，地黑天昏神鬼怕。
断头台上合家欢，炼骨油中分类炸。
别姬一曲自堪悲，何处重寻骏马骓？
四面楚歌埋鬼杰，八千子弟化寒灰。
一时牛鬼多如蚁，马厩猪栏连夜起。
下石同悲落井蛙，投罾共哭登船鲤。
世说红都有女皇，唐时宫服汉时妆。
门开金马趋千宦，帷绣银莲绻六郎。
居处果然猫绝迹，禁中不许狗蹲墙。
忠君凤阁呵中院，违命名花贬洛阳。
东驱西赶何时歇？捅罢禽巢捣蚁穴。
新安道上亲子离，石壕村里夫妻别。
血染神州草木殷，秋原厉鬼捉冤魂。
最悲万马齐喑日，舌断嘶风毙玉麟。
人间威福宁常道，大恶到头终有报。
狱火流中地欲焦，紫禁门峨惊海啸。
鲍鱼哭肆祖龙颓，一曲渔歌送落晖。
不见城头升玉兔，但闻神手射蛾眉。
枝头冻雀欣春近，雪下僵虫庆暖回。
田畔歌扬天放笑，街边酒溢地生辉。
共看昨日红鸾鸟，扑向樊篱作雉飞。

蟹帮入瓮虾帮寂，夜雨秋图闻暗泣。
自言本是晋灵獒，吠跖吠尧唯命即。
我闻此语心暗念，果是曲终人不见。
仰眸搔首问苍天，但睹嫦娥嫣笑面：
人间自古急风雷，几见精生白骨胎？
说鬼谈狐皆呓语，风雷本是上天来。

读《两乡楼诗词》赠朱帆兄 (二首)

(一)

酒韵诗情可许狂，祝融痴望两家乡。
只应月下潇湘笛，吹出梅心岭海香。

(二)

信是人间八斗才，春风不拂凤凰台。
绝怜洛水流睛际，曾睹惊鸿照影来。

灯前

一自潇湘折柳枝，天边雁断几多时。
灯前忽睹飞龙笔，惹得瓶花笑我痴。

七十自述

生长诗书世代家，高丘原不在铅华。

心期碧落追翔凤，情远红沟哭逝花。

宝剑舞低江上月，玉笙吹堕岭头霞。

长吟只待魂归去，更伴灵均唱楚葩。

相思致德先生

忆昔芳春学字时，先生入耳惹相思。

皎莹每作临风想，俊逸时窥照水姿。

欲捧心丹亲玉趾，愿将血碧进金厄。

痴情岂道如今苦，白首犹歌红豆词。

贺洞庭诗社成立二十周年步熊鉴诗原韵

一从孽海起横波，天下诗人望汨罗。

屈子泽边风淅沥，湘妃湖上雨滂沱。

洞庭秋水鸣三户，华厦春林放九歌。

今古国魂同一笑，秦烟无奈楚骚何。

读《紫玉箫集》赠李汝伦诗家 (二首)

(一)

奇诗奇器复奇人，失喜神州有此君。
天上捉雷烧警句，地中夺火炼真魂。
好头敢为群生献，硬骨宁容二竖侵。
长向寰间吹紫玉，彻霄变徵落心音。

(二)

已判身同爇后灰，秋凉难令菊花肥。
忽惊彩凤来天际，顿觉灵犀启窍扉。
夜半倚思桃蝶梦，日中诗气袭兰帷。
文姬耻向黄沙老，心奏胡笳逐雁飞。

江城子·清明怀先兄鹏

髫龄珍忆总难忘，少年郎，颖无双。昨夜月明，仿佛见轩昂。料得泉台应似旧，勤捧卷，读书忙。　抛单鸳侣最堪伤，抱遗章，断肝肠。一缕贞魂，何处问苍苍。宝剑锈残人共萎，湘累恨，塞珠江。

欧阳世昌

1956 年生，广东顺德人。大学中文系本科毕业。曾在中山大学古文献研究所从事古籍整理研究工作。中国韵文学会会员。

【正宫】醉太平·戏作

漫道是知识无价宝，只累得两鬓见霜毛。叹人生怎走了这一遭。悔不去觅顶乌纱帽，摊头摆卖风流报，街边砌个馄饨灶，檐前捉把剃头刀，强胜这学府堂堂穷训导。

江城子·《聊斋志异》读后

烛光摇曳雨蒙蒙，对苍穹，恨填胸。写鬼描狐，孤愤问谁同！地狱人间真幻合，挥秃笔，起悲风。　　袖金输璧进凡庸，考官聋，虎狼凶。显贵图荣，粉墨画婳容。欲诉真情何处有？幽谷底，远山中。

蝶恋花

昨梦长安花满路，浅紫深红，留得馨香住。今日相逢无半语，凝眸胜却千千句。　省识幽怀谁共汝，争奈清狂，屡把朱颜负。疏雨添寒秋近暮，衣单怕立当风处。

风雨游庐山

车近匡庐天骤变，盘旋四百客心惊。

风摧林木群鸦噪，雨泻狂涛万壑鸣。

龙首崖前浮水气，仙人洞外听云声。

犹闻当日彭公懿，勒马高呼系国情。

卓佛坤

1936 年生，广东五华县人。原任河源市文化局局长。中华诗词学会会员，广东中华诗词学会、岭南诗社理事，河源市诗词协会会长。

遣怀

当年下得祭坛无，腑角偏遗也者乎。
汉苑重生三夏草，唐风倍暖九秋梧。
敢迎盛世闻千响，聊发清声准一呼。
爱奏民间衣食曲，是甜是苦问村姑。

寒梅之约

——步霍山梦鹤韵

踏雪情真我露容，崖边笑影共寒松。
冰肌已托诗千卷，玉骨犹含意万重。
孤傲唯随和靖僻，清高屡引放翁踪。
深闺默许迎春约，淡雅幽微谨候冲。

罗　滨

笔名洛川，广东梅州兴宁人。曾任梅县地委宣传部部长兼文联主席，现为中国作家协会会员，中华诗词学会会员，嘉应（梅州）诗社社长。著有长篇小说：《铁笔游击队》、《洛川诗文集》（两册），《梅州风物诗话》，《阴那山胜概》，《洛川吟稿》一、二、三册等。

登梅州千佛塔

势镇东南此一雄，峭然郢斧复神工。
塔中观塔千年古，云外拿云上界通。
江水有情还绕郭，梵音无句不言空。
眼前秋色撩人甚，更喜中宵五彩虹。

游八乡山水库

石破天惊说八乡，披荆斩棘著华章。
泱泱碧水千层浪，岳岳群山百里光。
天道酬勤人有志，地缘献宝谷盈仓。
口碑处处称公仆，日月流徽姓字香。

有忆

羊城风雨留残梦，半似程门近弥陀。

政事纷纭南海浪，沙场扰攘鲁阳戈；

人心向背天难定，学海沉浮我奈何！

负笈生涯遗憾事，诗书几卷未消磨。

参观龙门石窟 (二首)

(一)

北魏隋唐石窟稠，历年五百数风流。

伊河造化遗天阙，洛邑文明漫地球。

龛有声名闻世远，艺存花气万年遒。

则天女圣临朝日，造像崇禅遍九州。

(二)

石窟高潮北魏兴，禅林烟火大形成。

褒衣博带为风格，瘦骨清神是精英。

擂鼓台中留古迹，宾阳寺里悟真经。

骚人墨客今安在？远望乐天古墓晴。

每赏故乡木刻恒念鲁迅先生 (二首)

(一)

夜气如磐压大荒，腥风血雨暗宁昌。
有心取火申江畔，着意传薪岭海疆。
沃土当能培劲草，蚍蜉难得撼垂杨。
先生雅训千秋在，要创英雄板画乡。

(二)

雅教长留念二函，光辉见解尚宜参。
粤民习俗源由北，艺术源泉本自南。
不倦诲人燃蜡烛，辛勤创艺比春蚕。
何妨代代常研读，省得凭空醉后谈。

瞿秋白囚室老榴

幽居方丈室，寂寂一樊笼。
都道无春色，长闻有夜蛩。
十年风雨急，一旦坦途通。
不羡苔痕绿，宁拚数点红。

赠党史座谈会诸同志 （二首）

（一）

少年身许国，未解惜头颅。
雨暴风狂夜，龙争虎斗图。
神山昭劲节，宁水唱楷模。
凤老虽云倔，犹堪上碧梧。

（二）

昔辟荆荒地，今书正史篇。
关山留胜迹，人世立尧天。
慨说开天业，欣看破浪帆。
凌烟今日阁，应着几帧丹。

《老新闻战士通讯录》出版喜赋

虎帐深山石作台，机前野菊趁风开。
心朝北斗横天线，捷报飞来势若雷。

船灯舞

春江漾漾荡轻舟，短褐渔郎艇女柔。
箬笠红巾迎碧浪，船家乐奏庆丰收。

罗会同

1945 年生，广东南雄人。文学硕士。华南师范大学副编审、《语文月刊》副主编。岭南诗社常务理事。

秋日登北京香山

醉人秋色眼中收，无限风光伴客游。
红叶撩情吟妙句，金风送我上高楼。
登山有志凌乔岳，健步无心恋小丘。
春满京华添美景，鼎新革故劲方遒。

新春夜会海外友

桑梓年轮又一周，故园何日见归舟？
已凭飞雁传深意，更盼浮觞聚小楼。
心系良朋情入梦，鸡鸣灯火影盈眸。
岭南新绿撩人爱，愿借春风伴客游。

罗伯尊

1928 年生，广东湛江人。曾在湛江市第二人民医院工作，是著名的老中医。诗、书、画亦擅长。

题曾江涛画师设色葡萄

莹莹如珠玉，丰乐舞婆娑。
切莫为佳酿，人间醉者多。

题盆栽《双人舞》

酒绿灯红事可伤，歌声袅袅带微黄。
沈郎干劲超千古，舞断头颅不下场。

谒稼轩祠

一代词人百代名，大明湖畔谒豪英。
而今多唱流行曲，谁振铜琶铁板声。

戏题南京贡院应试士子塑像群

纸上功名岂等闲，工夫用尽落孙山。
请君不必频锥股，听说金钱可买官。

罗 烈

1918 年生，广西合浦人。中山大学中文系毕业。曾任香港培正中学教员、罗富国师范学院讲师、香港大学教授。一九八三年退休后，复任香港中文大学及澳门东亚大学客座教授。著有《话柳永》《周邦彦清真集笺》《词学杂俎》《两小山斋杂著》《文史闲谭》等十余种。

效白乐天何处难忘酒六首按第一及第七两句是定格白公自作十四首王荆公王雪山仿作皆如此 (六首录二)

(一)

何处难忘酒，绥巾已数重。
不须遗噍类，只合奏肤公。
上蔡当刑族，马嵬犹覆宗。
此时无一盏，何以祝亢龙。

(二)

何处难忘酒，飞霜六月滋。
未休鱼丽阵①，先立党人碑。
可惜良家子，翻成恶少儿。
此时无一盏，空赋七哀诗。

【注】

① 《左传》桓公五年："为鱼丽之阵。"《释文》云："丽，力之反。"按圈声之说，于古无征，故顾炎武谓一字两读不必然。丽可读如字。

怀旧八韵奉题无盦师詹安泰教授谢世二十周年纪念文集

坪石初相谒，山村作学宫。

开门惟白水，润屋有新桐。

戏论茶烟袅，剧谈酒浪烘。

诗心期拙重，词笔务沉雄。

旷劫犹通问，大鸣每叩钟。

已从游北海，便欲采河东。

文苑方时运，辞林失大宗。

空悲楸槚合，不及谱昭融。

丙寅中春成都谒杜工部祠

万里桥西锦水湄，三千里路拜公祠①。

清词丽句虽天巧，翠篠红蕖异昔时。

运祚从来更否泰，江山原不限华夷。

先生老病南征日，犹念宗臣表出师。

【注】
① 自香港飞成都，航程约三千公里。

又同日谒诸葛武侯祠

锦官城外但黄尘，丞相祠堂失本真①。

自古虎争终一统，当年龙战费三分。

人因小说传嘉话，客向丹青拜荩臣。

可笑苍生皆礼佛，清明谁与奉崇禋②。

【注】

① 新开马路，距祠门不仞咫，可见主政者无知。

② 是日清明，佛寺香火甚盛，而武侯祠则殆无游人。

千秋岁·浅水湾头与忏盦老人同作

数峰清丽。轻浪黏天翠。云鬟乱，罗襦坠。凌波游女下，鼓椎湘娥济。风细细。日烘沙软鹅鹅睡。　　忆昔扁舟子，常逐文鸳戏。青板荡，长江尾。藕花清露泣，玉树声歌死。曦发地。鱼龙寂寞冲风起。

忆旧游

正花前课罢，柳外鸳啼，帘冲春深。小萼飘庭砌，记绿萱手拾，付与湘函。紫檀几劫犹在，华发不胜簪。奈草碧陇阡，香锁霉简，岁月骎骎。　　幽岑。短灯下，叹病眼凄迷，重见何堪。也共人憔悴，似清春蝉羽，惊坠堂阴。梦痕老去回首，遥夜托孤吟。早泪冷莱衣，青霜过翼无处寻。

金菊对芙蓉·看舞共忏盦、伯端二老同赋

翠幕笼灯，沉檀按拍，窈娘天与娉婷。看宫中腰细，掌上身轻。口脂狼藉金钗溜，偎个郎曼衍将迎。水堂东畔，阑花深处，款语丁宁。　　十年一梦堪惊。奈风尘冉冉，白发无情。问何时扶醉，重到西城。尊前懒逐红裙起，任柘枝奏彻新声。佳人笑里，游人回首，洒泪先零。

满庭芳·歌筵感旧，同伯端、希颖、韶生

豆蔻春宽，珠帘影秀，十年醉别钟陵。晓风残月，清韵几曾听。还似旧家深院，红牙趁、百啭春莺。宫眉敛、桃花扇底，歌彻断肠声。　　盈盈。银烛下、殷勤劝客，掩抑含情。是当日尊前，未嫁云英。漫说琼楼梦好，争知我、瀚海飘零。休回首、青衫瘁损，无泪为伊倾。

碧牡丹·共伯端丈赋木棉，依晏小山体

血泪沾云幔，林麓撑华伞。不比夭桃，稳占佳人心眼。可惜高枝，难把斜阳挽。朱颜易成衰晚。　　又春半。杜宇声最怨。年年越王台畔。一寸丹心，化作陨红千片。短梦荣华，能几番依恋。人间空与魂断。

调何教授沛雄老弟 (二首)

(一)

横经数日徐文远[①]，明统三篇章望之[②]。
我已耄期君亦老，乐夫天命复奚疑[③]。

【注】
① 见新旧《唐书·儒学传》。
② 见《宋史·文苑传》。
③ 借陶渊明《归去来辞》句。

(二)

学文早过苏明允[①]，觅句晚于高达夫[②]。
傥有文章传海内，不争早晚又何如。

【注】
① 苏洵年二十七始学为文，沛雄肄业培正中学时已能文言文矣。
② 高适五十岁始为诗，沛雄近始为诗，已年逾花甲。

一寸金

丙午早春有怀坚社存殁，伤忏盦、伯端二老，依清真体，并柬希颖

阊阖晴开，早见宫梅谢东阁。渐信风坼甲，青舒岸草，初阳铺锦，红翻阑药。林表占灵鹊，游丝乱、漫黏翠箔。轻寒褪、欲检春衣，旧写羊裙那堪著。　　苒茬江湖，忧愁风雨，蹉跎误前约。叹古藤阴翳，空悲幽梦，黄炉酒熟，谁同清酌。花鸟惊心眼，芳洲外、又生杜若。沾襟处、久客登临，怨笛须更作。

罗英奇

1955 年生，广东南澳人。笔名罗山人。现为县"海韵诗社"、市"岭海诗社"、省"岭南诗社"社员，南澳分社理事。

海水养殖场

谁生雅兴弈波中，布下浮棋闪碧空。
忽见机排鸣入局，始知"九段"是渔翁。

罗冠群

(1914-1994)广东兴宁人,著有《揽胜吟草》《罗冠群诗词选》。

青玉案·祝愿

春深寂寂闲庭院,怎忍听?莺声啭。目断天涯芳草远。朱门依旧,桃花人面,往事思量遍。　　多情只有归来燕,岁岁年年去复见。我有丹诚三祝愿:花儿长好,月儿长满,人也长康健。

罗培元

（1918—2007）广西陆川人。中山大学毕业。历任广州市委统战部部长、广州市副市长、广州市政协主席。著有《小夕斋诗词集》。

珠江棹歌

斗酒酬君意未足，抱弦歌尽江南曲。
明朝有意早些来，认取侬门春水绿。

虞美人·赠舞蹈家资华筠

婆娑绰约飘香草，拂柳三春好。蹁跹倩影丽裳中，窈窕霓裳能有几人同？　　红旗招展长虹绕，孔雀屏光照。春江花月夜如何？碣石潇湘别绪数君多。

过费城怀马思聪先生

城边小歇暮云垂，念有流亡未展眉。
重播怀乡肠断曲①，炎黄隔海更相思。

【注】
① "文化大革命"前对台广播以马氏《思乡曲》为前奏，大陆滞台同胞闻之，多为泪下。

重游金鸡岭

青年游迹老来寻，只影临风思不禁。
重对金鸡无一语，暗将泪眼向高岑。

虞美人·为穗港青年联欢节作

羊城一水连香岛，盛节今朝好。管弦激越舞生风，头角峥嵘种出世间龙。　　关情最是炉峰下，"九七"狂欢夜。休嗟花谢水流东，且数河山一统几人雄？

广州政协四十周年

风雨河山四十年，苍黄云海动晴川。
南天柱下歌吹处，花树扶疏绕木棉。

菩萨蛮·珠江夜色

长堤灯火珠江水，思同银汉相争美。夹岸万千家，绿窗都是花。　　铁虹垂五度，来去车船路。何处白鹅潭，西天罩水蓝。

清平乐·广州生物工程公司厂房小景

云停昼永，日暖扶疏影。草染池蓝仙苑景，何事楼前人静？　　遗传变异专家，工程生物新芽。夺秒显微镜下，饶他冷落庭花。

菩萨蛮·过坪石有怀

青山绿水林中道，当年花好人尤好。静处啼春鹃，幕天枕石眠。　　滩前嬉水浴，低唱同心曲。此度见残红，迷茫旧梦中。

秋夜偶成

只影何堪月下愁，风摇竹动报凉秋。
蟾宫无竹无风夜，又恐霜多易白头。

菩萨蛮·参加南宁南湖公园李明瑞、韦拔群烈士雕像揭幕礼后。

永生烈士凌空立，未亡战友碑前集。耳际又回萦，当年鼓角声。　　悲歌方歇处，出穴精魂语；放眼此寰中，寰中应大同。

菩萨蛮·登天池

　　崎岖曲折穷攀路，葱茏一派摩穹树。倒影入瑶池，连天碧玉披。　　秋风徒自烈，雪固群峰洁；西北正霜寒，丹枫应未残。

虞美人·题美籍画家周千秋赠《春江花月夜》

　　月笼玉树花如霰，柳曳春芳甸；清江宛转夜溟蒙，楼上相思人瘦盼归鸿。　　西行所思无寻处，水自东流去；嫦娥能捎几多愁？送我沉沉西上一扁舟。

罗道证

1928 年生，福建连城县人。原广东汕头金山中学高级教师。汕头市杏园诗社理事。作品有《长短句小集》。

醉花阴·海门莲花峰

碧海天风潮万丈，浪拍层崖上。顿足碎肝肠，顽石须臾、裂变莲花状。　　丹书剑刻英雄像，遐迩来瞻仰。浩气炳千秋，极目骋怀，心比涛声壮。

罗翼群

（1888-1981）广东兴宁人，早年参加辛亥革命，曾任广东省人民政府参事室副主任。著有《罗翼群诗选》。

朱执信殉国十四周年感赋

欲湔国耻知何日？每到艰危念子贤。
大地已无干净土，小民仍想太平年。
雄文淑世堪贻后，杀敌冲锋孰点先？
我亦凌空书咄咄，感时怀旧倍凄然！

海隅晚望

野色苍茫夕照微，边城非复汉旌旗。
疏林影乱群鸦集，远浦烟含一雁飞。
故国干戈馀涕泪，贵游裘马自轻肥。
辛勤只有前村叟，待下牛羊未掩扉。

答友并告学习马列主义

一叶桐飘已报秋，夷方犹苦火西流。
读书此日知前进，揽辔中原忆旧俦。
大节应崇民主将，愚忠莫作独夫囚。
眼前尽是兴亡事，人祸天灾迭未休。

黄公度逝世四十周年感赋

昔年我十六，谒公人境庐。

时维甲辰秋，正值州试馀。

步出梅城东，旋达君子居。

湘帘垂檐际，花气袭阶除。

桐阴静悄悄，当公睡起初。

奚童肃客入，公坐厅右隅。

怡然命我坐，觉公貌已臞。

身御短棉袄，足登方舄鼻。

头戴瓜皮帽，手提水烟壶。

谁云曾显宦，寂寥类寒儒。

料应忧国苦，更兼党祸俱。

即便道姓名，并申求见愚。

公闻色然喜，笑口方徐徐。

随言世变亟，亘古之所无。

慨自鸦片战，国力日空虚。

远从欧美逼，近有东邻狙。

藩篱已尽撤，台彭复丘墟。

一切不平约，桎梏加吾躯。

堂堂我中华，被侮为病夫。

芸芸四百兆，岂肯供人奴？

凡有血气伦，悉宜振臂呼。

老夫虽病废，未死忍须臾。

尔辈新青年，允为国先驱。

学为有用学，毋徒章句拘。

师人之所藏，补我之所需。

群策合群力，富强反掌如。

不待三十年，雪耻"恢黄图"。

聆训气一壮，兴辞谢启予。

何期仅半载，公竟赴华胥。

我方教小学，惭未陈生刍。

临风一洒泪，掩卷长嗟吁！

忆未识公面，先读公著书。

岂惟钦词博，尤佩识独殊。

九牧称霸才，时论非过誉。

艰难半世纪，公愿今不孤。

乾坤已扭转，国威炳寰区。

五洲一统大，拭目可俟诸。

先哲与先烈，万世其如斯。

南岳

记从泰华归来后，南岳三登兴不孤。

更喜此番闲岁月，扶携梅鹤胜林逋。

七十五岁生日偶作

百年尚有四之一，赢得痴顽眷晚晴。

酒熟宜春因共醉，东兴明日又催耕。

风吹桃李蹊如故，雪后松筠韵愈清。

何幸闲人天竟许，独惭无以答苍生。

罗雯娟

女，1971 年出生，广东省东莞市塘厦镇人。东莞中华诗词学会理事。

咏红棉

群山生色带春雷，朵朵红棉向日开。
傲骨凌空羞媚俗，浪蜂游蝶故难来。

晚归

林蹊漫步自归家，笑采溪旁小白花。
一脉稻香蛙唱里，满山红荔逐流霞。

春行早

好雨连江润杜衡，何妨垄上看春耕。
满园橘树花如雪，片片清心向月明。

周正光

1940年生，广东开平人。华南师范学院毕业。1977年移居美国，有《听雁扣舷集》。

湖上

微云远树两濛濛，板阁无人只暮钟。
归棹绝怜三月水，一湖春涨尽飘红。

残梦

漠漠流云失断鸿，花间残梦太匆匆。
经秋一水重来在，只有苍崖堕晚红！

别友人 (二首)

(一)

曾同载酒踏春阳，一醉俄惊万木霜。
我欲投诗东向水，涉江人去莫搴裳。

(二)

无端分手大江潮，从此诗魂不可招。
好向寒花问消息，秋山如梦草萧萧。

页页 (四首)

(一)

页页轻帆页页云，依人微月正三分。
何期晓梦春江上，不采幽兰只采芹。

(二)

辛苦依然伫水湄，新词密写只堪悲。
片云最是来无据，莫向秋琴索后期。

(三)

夜幕沉沉欲寐迟，启函重睹昔年姿。
流金岁月人安在？总负猖狂梦里时。

(四)

木兰赠我有余芳，绿叶轻盈白玉光。
纵使花残香寂后，也从心底礼春阳！

泪

弱水茫茫极目看，大千沉没浪犹寒。
有涯生命无涯泪，身到成灰尚未干。

浣溪沙 (二首)

(一)

落叶初惊露井桐，卷帘依旧是西风。乍晴天气望征鸿。　　秋雨怀人词笔秀，春灯撩影画楼空。年年歌泪不成红。

(二)

莫向危栏听杜鹃，凭他丝管慰韶年。春来不少好花天。　　醉我一杯仍淡酒，消人几阕是么弦。柔情如月月如烟。

以斗牛士长颈酒杯插兰一茎

四海萧森卉渐残，盛时相对有清欢。
斗牛人洒一杯泪，养得无根国士兰。

无题（二首）

（一）

已负浓华未算迟，狂潮荡起也难支。
红莲水畔深深爱，夜半无人欲绽时。

（二）

明珠摇曳玉当胸，琥珀温柔豆蔻红。
不及天然花一朵，了无遮盖草坪中。

有怀（二首）

（一）

深巷缓行且唱诗，诗中寄意两心知。
一城飞絮春三月，微雨微风共伞时。

（二）

春色徒教缓缓看，此心原属一株兰。
梦回深谷今何夕，小院依然月映栏。

周克光

1947 年生，广东澄海港口乡人。中华诗词学会会员，广东中华诗词学会副会长，《当代诗词》副主编，《岭海风骚》主编。广州诗社社委、编委，《诗词报》编辑。中镇诗社社员，荔苑诗社社员。

海南绝句（自题所摄照片）

（一）

青山一发未为遐，海韵椰林处处嘉。
若问天涯何最妙，直临净界赏云霞。

（二）

许将冰雪铸肝肠，四望迷蒙亦不妨。
天地光明容一合，此身在处是朝阳。

（三）

栈道盘山隐雨林，渊明到此信归心。
索桥竹舍花堆锦，石转清风万古琴。

（四）

不虚山曰鹿回头，世界仙姝岁岁留。
卅里银滩椰荫绿，新城楼阁胜香洲。

（五）

槟榔椰树荫黎村，湖晓风漪无一痕。
莫道水中皆幻境，人间本有两乾坤。

（六）

寄生一树拔奇姿，历尽沧桑岁自知。
幽绿千峰成独秀，漫天红叶洒清诗。

（七）

生云生月拓天开，逼岸才知日夜雷。
君向汪洋问消息，龙翻鲸怒自晏哉。

厓门

万舸波吞天地怆，赵家自是吏风亡。
莫嘲灭宋原臣宋，弘范谁教作大梁。

步盛元兄定庵诗韵

笔奋惊雷醒九州，才尊一代自风流。
泪从红袖柔情拭，思发公羊忒意游。
万里钱潮矜远势，四方绝响欲重谋。
诗人风骨千秋健，谁复东陵问故侯。

奉和盛元兄戊子人日次载石堂韵

寄野存天性，怡云作逸人。
重重知岭远，点点格梅新。
禅入成虚境，书开得古邻。
闻牛喧蚁矣，万化足同真。

西关世家临眺

凭窗面水细斟文，丝管昌华绝不闻。
当日千门一望阔，茶烟漫拂说红云。

风中看紫荆花

颠狂转绿复翻红，谁信韶华倏已空。
一曲千峰情醉甚，遗簪遍地舞天风。

茶诗《秋茗》步卢国奎韵

山怀涧育白云边，饫得乾坤大气全。
助汝思寻明月谱，挟吾神入菊花笺。
一斟清逸真奇矣，万虑尘嚣倏荡然。
更欲肝肠莹雪色，屡凭响韵展拳拳。

与柳青董岱流花湖边味道酒家品茗谈诗论易

临湖坐拥水云宽，桂息蒸熏乐倚栏。
天候澄霾催境幻，鹤翎起伏得心安。
情高细问前贤路，杯小从翻千载澜。
胜会连台惜走马，晚霞留待别时观。

周　锡

中山大学文学硕士，香港大学哲学博士。现为香港大学中文系副教授，广州诗社副社长。主要著作有《诗经选》《杜牧诗选》《王安石诗选》《陈恭尹及岭南诗风研究》等。

过居廉旧宅

春浣郊南过石桥，烟滋篱落画痕消。
门前小港旧流水，一脉遥生珠海潮。

【注】

居廉是岭南画派创始人，其旧宅隔山画室在广州市南郊，与今广州美术学院遥遥相对。

病中游漱珠冈[1]

秀色南天閟此丘，闲寻野径独来游。
乾坤历劫余贞石，风雨看花豁倦眸。
身有微温常贮火，心如健翮早思秋。
登临我欲扪天语[2]，凿得熔岩意未休。

【注】

[1] 此冈为古火山之遗。
[2] 冈顶有观星台，为清代天文学家李青来观天象之所。

登楼

睥睨无余物，登楼又此时。
月蓝龙砺角，霜白鼠撩髭。
莽莽深灯感，沉沉孤鹜辞。
直须寻禹穴，沧海弄云旗。

寄斯奋烽火角

漠漠天风时裂石，沉沉碧海几扬尘。
休嗟负却屠鲸手，万水千山要有人。

书　苑

书苑何寥寂，竦然心眼开。
鹤飞微有迹，龟老尽生苔。
已料万人敌，能令终日哀。
更揽虹作笔，天地一摩崖。

赤　壁

终古龟龙幻帝京，几番相斫复相盟。
四方豪杰游吴会，万户荆榛嗥哭声。
霸业诗才空盖世，东风芦火两无情。
行人莫近华容道，乌鹊群飞夜数惊。

题李筱孙等七人画展

腕底熏风笔有香，九州妍丽沐春阳。

数枝红豆生南国，不信桃花易断肠。

北固山凌云亭

"第一江山"有此亭①，金焦飞入眼中青②。

倚栏谁唱南乡子③？唤起鱼龙跋浪听！

【注】

① 梁武帝称北固山为"天下第一江山"，南宋书家吴琚重写勒石尚嵌廊壁间。

② 金焦：金山、焦山。

③ 辛弃疾《南乡子·京口北固亭怀古》："何处望神州？满眼风光北固楼。"

浣溪沙·书事

照水盈盈欲问津，惊风倏起战云屯。横刀一笑截昆仑。　　大义固知难少贬，微躯何惜暂沉沦。数枝寒孕隔年春。

周燕婷

1962 年生，女，生于广州，祖籍广东顺德。广州师院物理教育研究生毕业，现为广东中华诗词学会常务理事、广州后浪诗社社长、广州市越秀区政协委员、广州市第十中学教导主任，高级教师。著有《小梅窗吟稿》《画眉深浅》（合）等。

摊破浣溪沙·夏夜

架上蔷薇倦晚红，天街凉渐露初浓。可有流萤供扇扑，月朦胧。　　深院谁家圆舞曲，楚云湘水各无踪。第四桥边人影静，夜朦胧。

永遇乐·夏末江滨漫步

淡日云浮，浩波烟渺，春去何处？老叶成阴，黄梅坠子，芳事浑非故。荷亭风定，药阑人悄，独对垂丝千缕。水茫茫，寻芳旧迹，还见系船江树。　　十年情事，灯帘梦，欢怨都归尘土。别绪愁怀，吟笺枉费，多少伤春句。恨如流水，何曾流到，云幕深深深户。江空晚，迷蒙一片，吹荷乱雨。

踏莎行·小梅山漫步

　　古藓沿阶，轻烟绕树，蔷薇偏惹东风妒。番番花讯送春归，黄昏更送些些雨。　　月暗梅枝，水平江渚，林阴恰受山阴护。无端飞絮乱迷蒙，天涯可有春归处？

高阳台·媚香楼

　　草暗平桥，烟迷古渡，倦云斜倚江楼。照影寒灯，曲屏重幕深幽。一床弦索芸窗下，锁香尘，不锁春愁。向斜阳，燕子归来，絮语檐头。　　秦淮自古伤心地，对无情脂水，有恨荒丘。遍岭桃花，东风扇底吟秋。月痕空作眉痕怨，奈当时，梦影分收。漫追寻，珠泪无端，弹上吟舟。

临江仙·读《浣溪沙·乡梦》寄些雫

　　摇碎海棠枝上月，芸窗洒落芳痕。风蝉入夜渐无闻。圆荷空舞影，可是那时根？　　闲倚阑干思往事，长空一色流银。花开花谢岂无因？蛛丝频织梦，笑看网中人。

小瀛洲海棠已谢

陌上寻芳叹已迟，海棠空剩梦边枝。

好花留作明年看，不负心头一点痴。

鹧鸪天·羊城席上赠智妙吟友

信道随缘即是缘，初逢恰值蜡梅天。云多芳意成新雨，酒趁闲情试小寒。　　花有序，梦无边，人潮法海两相关。红尘莫问真耶幻，自有心灯照百年。

新春

春来那复计余寒，自守心窗梦易安。

檐角有声清滴答，蕉屏无影绿回环。

流经曲折终归海，云喜悠闲不避山。

读罢新词无个事，浇泥静待燕儿还。

浣溪沙·读斯奋先生山水长卷感题

一抹林烟向晚收，二三白羽信天游。四围山色翠悠悠。　　欲借清溪闲浣梦，怕凭红叶说知秋。年光无赖傍人流。

重游南京莫愁湖

旧时眉月旧时风，十一年来梦影中。

寄语愁波莫轻起，与君依约似初逢。

暮春阳台小坐与为儿品茗论世

漫品林泉乐，当窗树色新。

清时真有味，入世岂无尘？

偶得天风顾，常思鱼水亲。

春光般若好，终属少年人。

鹧鸪天·丁亥暮春重建母墓

一别东风梦也稀，堂前翠叶渐成围。流波宛转归何处，乳燕呢喃忆旧时。　　云淡淡，草萋萋，山川浑未解相思。西园立到蟾光尽，不觉泠泠露湿衣。

浣溪沙·和东遨守梅

剪剪轻风递暗香，清箫婉转似情长。友于松竹不知旁。　　疏影淡生诗外趣，片云凉荫水边窗。远山微黛月微光。

临江仙·谒美龄庐同李岚

秋草春花多少事，小庐曾记风流。可能花草也知愁。莺羞藏绿叶，云倦倚红楼。　　倩影芳踪何处认？桐阴宿雨初收。烟波湖上梦归舟。轻岚笼远壑，隔岸听渔讴。

丁亥冬至游九寨沟童话世界

深林藏小海，漱石见斑斓。
草结冰花俏，光生雪岭寒。
何人探月窟？有瀑泻云端。
恍惚时空转，童年梦未删。

东风第一枝·新春试笔步梅溪韵

嫩叶才尖，疏枝渐老，梅英暗坠尘土。轻寒还在珠帘，细雨又侵碧户。春来今日，倩谁问、春归何处？倚楼望、山角云涯，隐约一丝芳缕。　　犹记取、题红旧句；漫料理、踏青新绪。可怜水韵兰情，唤醒莺朋燕侣。桐阴柳陌，喜长日、酽风斟雨。便见得、花卜佳期，商略蝶蜂来去。

冼玉清

（1894-1965）女，广东南海人。出生于澳门，幼年在香港度过。23岁入广州岭南大学就读，1927年任岭南大学国文系讲师，后升副教授。岭南大学并入中山大学后，任中山大学文学系教授，兼任岭南大学博物馆馆长；后又任广东省文史馆副馆长。是著名的文史专家、书画家，别署"碧琅馆主人"。著有《广东女子艺文考》《广东文献丛谈》《岭南掌故录》等，多达300万字。有《碧琅诗抄》多集行世。

夏夜风雨不寐

一庭风雨疑秋至，涤荡炎氛夜未央。
竹籁远喧来枕簟，荷裳暗解念池塘。
纷营尽日人皆热，寂处高眠我自凉。
耿耿胸中千感集，数残更漏已晴光。

佛山寒食

冷节寻芳喜午晴，林坰放眼试衫轻。
栽桑户接千株绿，挑菜人归半担青。
犹记轻烟传蜡事，不吟细雨断魂声。
归途自笑真痴绝，折得闲花细细评。

春暮感怀

惊心时局百回肠，无限江山暝色苍。
杨柳多情应眼倦，卷葹未死总心伤。
楼台变幻知何世，风雨纵横诟一方。
极目沧波徒袖手，有人披发托佯狂。

蚕

闲情无复落花边，半卷湘帘幂篆烟。
不尽柔丝吞复吐，无端春恨起还眠。
菜根素味偏如我，蝉蜕红尘且学仙。
多谢狸奴好将护，薰香长伴绮窗前。

一九二九三月十五怀士堂观剧步月归有怀

（一）

急管繁弦总不堪，兰成萧瑟自沾襟。
可怜舞罢氍毹月，万里天涯一夜心。

（二）

飘零抱恨自年年，纵许相逢梦亦烟。
第一不堪怅触处，十分好月照人圆。

秋晚登楼用杜韵

濩落空余万里心，阑秋倦旅怅孤临。

云山霸气成终古，珠海潮流变自今。

白雁传书频信误，黄花压鬓只愁侵。

兰成未老多萧瑟，哀到江南掩泪吟。

东坡生日案头悬石墨画像设清供赋诗

东坡少日读范史，慷慨心期孟博仪。

六十年间万劫身，几见澄清空揽辔。

谠言謇謇折奸回，敢谏肫肫说仁治。

去思到处羊公碑，却聘翻惊高丽使。

九重读策叹奇才，合使邦衡归措置。

却怜玉宇自高寒，蛮烟蛋雨从沦踬。

述作徒留身后名，经纶莫展平生志。

凤泊鸾飘一例哀，千秋付与才人泪。

公言生被聪明误，慧业由来非福器。

道尊本不为容悦，名高况复常遭忌。

晚归玉局得澈悟，生天入世成游戏。

年年初度一相逢，心香永属横流俟。

清樽拜酹诵公诗，室中寒昼回春气。

掀髯顾笑见风流，借笔起衰惭海思。

琴山

松韵涛音满耳清，谁将琴字与题名。
成连悟到无言处，多少高山流水情。

中秋夕有怀

此夜羊城月，天涯共尔圆。
清光空万里，别路已三千。
款语凭寻梦，相思惯废眠。
天人何寂寂，把酒问婵娟。

苦瓜

苍凉堆卓态，簇簇到篱阴。
一种穷愁味，千秋苦节心。
鲋鱼来雨候，竹笋共秋吟。
阔窄随生理，回甘最耐寻。

秋日卧病有怀葱甫美国

目断云山雁影稀，凉风天末起遥思。
穷愁易老生花笔，卧病偏多感旧诗。
海上问春怜迹阻，校南坐月记眠迟。
寒香一段君知否，为惜霜浓到菊枝。

题自绘白菊立轴

淡到无言意转深，篱东小立自沉吟。

渊明去后谁真赏，好与西风托素心。

北游

轻装襆被出江乡，壮丽初瞻旧帝疆。

云树描摹归画本，江山收拾入诗囊。

胜流竞结壶觞约，到处争留翰墨香。

我是忘机一鸥鹭，海天空阔任翱翔。

郑 玛

(1922-2009) 广东恩平人。曾任广西军区政治部主任、岭南诗社常务副社长。岭南诗社顾问。

老竹颂

犹记幼芽发翠枝，笕笃叶茂挺英姿。
凌霜傲雪竿常绿，老节秋深色不移。

浪淘沙·元宵寄语

回首亿千年，海角天边。环球何处少波澜？
正义胜邪犹历历，昭示人间。　　巨变史无前，
誉满瀛寰。神州处处换新颜。万里征程同迈步，
接力扬鞭。

郑水心

（1900-1975）原名天健，广东中山人。早岁加入南社，嗣在香港办报，中年从戎参政，后定居香港，历任大学讲席并创海声词社，著有《水心楼诗话》《水心楼词话》《东珠集》等。

卜算子·壬辰冬至后十二日，重往沙田晦思园探梅，梅尚未开。

无梦到罗浮，又踏沙田路。拨尽寒云入上方，不见花生树。　　疑有暗香来，一水盈盈处。莫惜东风抵死催，怕被东风误。

清平乐·癸巳重阳后二日，过沙田晦思园。桃开二度，并讯月溪上人。

琳宫缥缈。石径随山绕。匝地秋阴人悄悄。忽报桃花开了。　　居然满眼春光。吐红闪绿飞黄。说与诗僧休笑，一时颠倒无妨。

人月圆

杏花嫁后春风恶，惨绿不成阴。莺魂蝶梦，墙头村外，犹自追寻。　　当年可有，十分春意，一片痴心。金铃无语，看他憔悴，直到而今。

临江仙·浅水湾海浴

山上夕阳山下雨，濛濛浅水湾头。凉波飘面欲成秋。潮生还自落，几见海西流。　　文采鸳鸯三十六，浪花齐打轻舟，看他双桨去悠悠。相思何处寄，杜若满芳洲。

眼儿媚

黄昏犹是雨纤纤。灯影淡重帘。一春消息，花开花谢，都上眉尖。　　算来做梦真良计，梦也有时甜。奈伊不信，炉烟将歇，又把香添。

太常引

木棉未落已春深。高阁正沉沉。长自怯登临。怎消得、朝阴暮阴。　　三山风引，重溟雾锁，辛苦是精禽。做梦也难寻。只斜月、窥人独吟。

筲箕湾

云懒烟荒山四围。筲箕湾外雨如飞。
珠娘打桨无多浪，笑说先生缓缓归。

重登越秀山怀九龙宋社诸子

劫后重登路已迷，层楼今喜易丹梯。
横山飞雨木初脱，大野入云天更低。
早觉浮名成塞马，不辞吾道等醢鸡。
九龙城郭沉烟水，何日风花待品题。

鼓浪屿

危石临江断复连，升旗山下浪吞天。
绿阴满径无车马，十里朱楼只昼眠。

郑孟彤

（1925-1997）海南省海口市人。中山大学中文系毕业，曾任暨南大学中文系教授。著有《唐宋诗词赏析》、《中国诗歌发展史略》、《李清照词赏析》、《建安风流人物》、《醉翁艺苑探幽》等书。

漫兴

春去匆匆烟雨中，子规何苦泣江风。
一年好景时时有，入夏榴花开更红。

初冬书怀

独坐楼头意万千，园林荒寂入冬天。
新檐尚有啼寒雀，枯树已无噪暮蝉。
遣闷唯摹摩诘画，伤时只学杜陵篇。
青年"十杰"真堪赞，盛宴席前泪泫然①。

【注】
① 在"十杰"颁奖晚会上，二十三岁的土家族小学教师，"全国十杰"中最年轻的宋芳蓉说："昨天主办单位为我们准备的晚宴很丰富，但我却吃不下，我想到我们顶坪的山里孩子，他们可能一辈子也吃不到这么好的食物，他们甚至从来没有尝过一片西瓜。"他的话让在座的"十杰"动容。

官街

莫笑贫穷县，官街十里长。

洋房如栉比，飞阁竞堂皇。

气象迷人眼，良田变帝乡。

可怜老百姓，岩洞且栖藏。

【注】

① 报载，某县干部抢占耕地，营造洋房，鳞次栉比，被称为"官街"，而百姓却有穴居岩洞者。

郑春霆

（1906-1990）原名震，署名郑三，广东中山人。早岁毕业澳门崇实中学。战时在澳门组洁社，以文艺宣扬救国；胜利后归广州，1949年居香港。著有《笳声集》《岭南近代画人传略》《帘帘楼诗草》等。

丁丑重九

当时烽火起卢沟，此日登临杂百忧。
士马又趋黄歇浦，风霜偏迫仲宣楼。
不堪多难逢佳节，岂有闲情属暮秋。
满眼斜阳独遥望，浮云何处是神州。

送方人定表兄之美

万里乘风此壮游，楼船远泛十三州。
直缘忧患当时会，翻似旬宣为国仇。
箧里丹青沧海月，梦中烽火故园秋。
料知击楫归来日，已报军前饮虏头。

沽酒寄朱庸斋

不尽衰兰送远情，宝钗空后玉壶倾。
旗亭画壁怜诗拙，茅屋经秋况雨晴。
块垒胸中浇未得，牢愁梦里扫难清。
狂花病叶多相忆，木客还山弄月明。

初秋和冯印雪

残暑夕方敛，西风生薄凉。
蛩声号坏砌，藓迹晦幽墙。
秋浅树犹密，露浓花更香。
旅人从不寐，莫恨夜初长。

简张谷雏求写卷帘楼图卷

昔日江乡读书处，数椽自署卷帘楼。
不知陵谷何年劫，坐阅风烟几度秋。
魂梦偶归看历历，尘埃无际想悠悠。
烦君为写家山景，伴我囊衣不系舟。

卖蚝声澳门即事

拥被春眠夜向明，隔街闻唤卖蚝声。
不知何与闲人事，蓦上心头总有情。

诵先为歌者零雁作零雁图嘱为题句

红蓼沧江淡月痕，西风迢递透云根。
纤腰抱雨飘零梦，孤影生秋去住魂。
似听清歌愁一概，绝怜絮语得重温。
只今画里依稀是，曾记文姬入塞门。

少年游·晚霞

砌蛩凉语傍朱门。可奈近黄昏。淡烟如抹，
遥山将暝，犹照画眉痕。　　细思孤鹜闲飞意，
底事便轻分。不须惆怅，好留风景，红处易销魂。

郑家秀

（1936-2007）广东中山人。1961年毕业于武汉大学数学系。曾任中学高级教师，中山诗社副社长。

庆春泽·己未春旦日咏怀

鞭卜声声，桃符万户，民间放禁欢狂。鹤发称觞，垂髫嬉试新妆。如雷画鼓群狮舞，更桃夭柳媚春旸。好时光，台榭园林，倩影双双。　　十年已是阴霾散，看元戎经略，重振朝纲。艺苑花繁，喧喧百鸟翱翔。太平景象民思治，欲河山装点辉煌。志昂昂，发奋图强，科教兴邦。

七十写真

花甲重开又十年，依然牛马抵挥鞭。
鼓将馀喘嘘残月，空对流波咒逝川。
七彩人生孺子事，一摞灯影案头笺。
发疏牙假蒙眬眼，好在神清脊尚坚。

郑　尤

1947年生，广东中山人。广东中华诗词学会会员，中山诗社理事，沙溪诗社社长。

西江月·菜田春早

农路新修平坦，菜田一望无边。大棚座座紧相连，气走觅虫飞燕。　　棚里菜苗嫩绿，基头瓜蔓攀援。笑言收入胜前年，德叔春风满面。

贫富

豪苑山腰耸，蜗棚地角排。
雍容肉食者，高调论和谐。

官蔚成

1934 年生，广东陆丰人。陆丰市教师进修学校退休讲师。广东中华诗词学会会员、中华诗词学会会员。

踏莎行·姻缘

——某君离休方作新郎，淑女退休始为新娘

贴起红联，摊开盏碟，张灯结彩为谁设？当年战友喜相逢，姻缘千里红绳结。　须发披霜，云鬓夹雪。山盟海誓心犹热。春风送暖夕阳红，晚晴正是芳菲节！

定风波·喜闻侄女将由台返梓省亲

一点灵犀两岸通，归期秋后寄情浓。碧水盈盈多少梦，堪纵，何妨未识便相逢。　雨过天晴风亦定，犹幸。花开原自赖春风。一罢吴钩天下乐，当诺，团圆定欲醉千钟！

青玉案·致诗友

逢君正是将去，语切切，情如故。兴会诗缘难定数。几番离落，几番风雨，谁唤春同住？　　天晴应是鱼龙舞，一夜东风绿千树。莫问闲情今几许，半窗明月，一庭清露，肝胆同倾诉！

赵　尧

1930 年生，广东新会人。现为五邑中华诗词学会会员，新会冈州诗社社员。著作有《松林涛声》诗词集。

沁园春·银洲湖礼赞

静谧银湖，融汇双江，注入大洋。惜黄金水道，长埋风采；中华入世，才露光芒。天马行空，物流发展，海运腾飞闹直航。银湖好，似甘泉乳汁，哺育葵乡。　　前人夙愿今偿，看港口新城展翅翔。有码头口岸，欣迎百舸；桥梁公路，连结千乡。引客招商，镶金铺锦，昔日茫滩变画廊。朝前望，见朝阳万道，磅礴霞光。

赵　治

（1926-1989）广东新会人，曾任新会冈州诗社副社长。遗作有《赵治诗词集》。

沁园春·咏小鸟天堂

一水回环，几亩青榕，鹤族仙瀛。望凌云塔耸，茶坑在近；崖山门立，银海长平。水转鱼虾，田爬螃蟹，群鸟南游借渚汀。东方晓，又白鹭飞去，灰鹤回程。　　从来万物争荣，更生态平衡益鹤龄。看白翎灰羽，和平共处；密林孤岛，旦暮相迎。远客高朋，登楼目览，别有忘机脱俗情。期他日，再滋生繁衍，名重京城。

赵一翰

1964 年 6 月生于广东新会。现为中华诗词学会会员、广东中华诗词学会常务理事、新会冈州诗社社长。诗词作品经常发表于省级以上刊物。

夜泊古战场

银湖秋夜月，照我望崖亭。

大岭天边合，长桥廓外横。

微风吹缆响，细浪拍船轻。

仰止三公德，扬帆起一程。

新会有机农业工程

自古司农倍敬夸，于今益见好年华。

宏声唤起千村梦，平野催开万里霞。

敢让阡河藏宝物，欣将埝道植金瓜。

春来满眼东风绿，最是深情系百家。

赵迪生

1947 年生，浙江乐清人。中华诗词学会、广东中华诗词学会会员。

套曲【越调】斗鹌鹑

报载成都火车站派出所有半数警察勾结小偷①

说荒唐实在荒唐，欲想象真难想象。制服整整齐齐，警徽铮铮亮亮。雄赳赳巡逻又放哨，威武武捏棍又荷枪。原以为是捕鼠的"猫"，怎作了吃人的狼？长为贼联营，真叫人失望！

【紫花儿】有点儿冤枉，有点儿惊惶，有点儿迷茫。我们未偷国库，未抢银行。凭什么把我们比豺狼？帮几个小偷小摸成啥名堂？我们也是受潮流影响，只不过时人善包装，我们被曝光。

【小桃红】常言道上梁不正歪下梁，使腐败成为时尚。想当年厦门的那几个局长、关长、市长……真开放，竟与那走私大王赖昌星齐声合唱，兀的财源滚滚随潮涨。这才叫棒，这才叫靓，真个不寻常。

【调笑令】好榜样，数福州的一伙同行，与劫匪拉帮结党，谋钱财害命栽赃②。更有辽宁的同行张永军，谋财也有新花样。收贼车日日销赃，当刑警年年获奖③。

【麻郎儿】搭小偷成一党，搭小偷演双簧。谁知道分了他们的赃，却上了他们的当。

【秃厮儿】你们花的是纳税人的款，吃的是种田人的粮。本应该除暴安良，为什么和我们一样黑心肠？喜欢和我们搭档。

【金蕉叶】站内行人挤挤攘攘，"囊中取物"便便当当。都按时向你们交费和分赃，我们是合法的小偷理应受到保障。

【圣药王】有你们做保障，使我们更嚣张。偷不成时就公开抢。怎承想你们这群霸道狼，也如瓦上霜。和我们一样见不得阳光，却带挈我们进高墙。

【尾】看人间事物多形状，听台上歌声响亮。窗外雾蒙蒙，长天更抽象。

【注】

① 载 2005 年 5 月 24 日《南方都市报》。

② 中国网：福州警匪勾结杀人夺财……文章来源于 2005 年 5 月 19 日的《南方周末》。

③ 2005 年 6 月 15 日《南方都市报》：《优秀警察》竟收购赃车……涉案公安人员 20 余人。

过街鼠

无人敢喊打，所到便成灾。
结队穿街过，黑猫充后台。

【中吕】耍孩儿

自修的资料知多少？辅导的教材真不少。齐塞进了小孩子的大书包，可怜孩子压弯腰！恨只恨不少课堂的本本如垃圾；恨只恨不少学府的头头似毒枭。巧借育苗捞票票，凭权威生搬硬凑，凭权威逼买强销。　　是谁给我们戴上了这无形铐？每日里落深更起大早，长期在苦海里煎熬。最难堪父母唠叨：说什么囊萤映雪名声显，说什么刺股悬梁志气高。明天又是期中考，昨宵何曾合眼，今夜又要通宵。　　好容易挨到了期终考，看试卷难题儿一道道，没奈何只得把头皮儿搔，愁只愁这次成绩会糟糕。老师面前难交卷，父母跟前难撒娇，同学之间受讥诮。何人理解？只自心焦！　　幼稚的脸庞难见一丝儿笑。幼稚的心灵早添几分儿懊恼。想而今只有我们孩子最辛劳。看许多大人们却乐逍遥，每日里舞步转而歌声野，香烟熏而美酒浇。嬉嬉闹闹把方城造。欲求求高端领导，请掂掂小子书包。

赵拱卿

1914 年生，广东新会人。曾任新会冈州诗社副社长，现任新会葵城诗社顾问。著作有《爱吟诗集》和《新会民间故事》。

古冈怀古

文物千年万代遥，古冈遗迹始秦朝。
海滨邹鲁非蛮夏，城外隋唐溯蛋瑶。
宝塔玉台呈画境，银湖崖浪涨诗潮。
珠玑南徙繁荣渐，无数老葵育幼苗。

赵维江

1955年生，河北人。研究生毕业，博士。现任暨南大学中文系教授、系主任，中文研究所所长。

应县木塔

辽燕恋家邦，至今绕塔梁。
千年不朽木，相伴阅苍茫。

【注】
应县木塔，斜而不倒，群燕环舞，甚是壮观。

寻幽

金陵城南牛首山，又名牛头山，中有唐弘觉寺、南唐二主陵等占迹。丙子初春，与徐定宝诸友游于此，不意喧嚣世界中竟有如此幽寂处，感而赋之。

六朝金粉地，牛首独幽然。
孤塔白云里，荒陵青嶂前。
野禽翔竹外，家犬吠村边。
往古诗中景，而今竟在焉。

五十有感效义山锦瑟体并步其韵

长路遥遥似锦弦，巴人白雪唱华年。
燕山云薄托家雀，岭海雨多啼杜鹃。
杨柳有情醒晓月，琴瑟无丝醉暮烟。
唤起黄鸡曲未尽，兰舟催发意茫然。

八声甘州·落花

似佳人晓起弄严妆，镜前细端详。喜峨眉山
远，玉容桃艳，不负春光。何处几声，顿作泪千行。
点点青鸾血，空念檀郎。　　怅恨落红片片，正
魂离幽木，飘洒回塘。问匆匆倩影，竟或是情殇？
叹浮生、朱颜一瞬；更为伊、痴想断愁肠。何时见？
纵憔悴去，犹有余香。

赵嘉平

1942年生，广东新会人。2006年8月移居加拿大多伦多市。现为中华诗词学会会员，广东中华诗词学会理事，新会冈州诗社副社长兼秘书长。

端阳怀古

又逢端午忆前贤，千古汨罗吊屈原。
忧国忧民传累代，悲风悲雨恨当年。
《离骚》且作牢骚读，《天问》堪为世间研。
节外忽生谋杀论，至今犹悸是谗言。

登黄云山谒烈士纪念碑

葱葱松柏壮蓝天，碑写苍穹气浩然。
旭日东升呈异彩，朔风北去靖岚烟。
长怀先烈明心志，偶感浮生愧俸钱。
四野欢声敲耳鼓，春花一束荐前贤。

胡文汉

1951 年生，广州市花都区人，广东中华诗词学会会员。

流溪竹枝词 (三首)

(一)

百里流溪百处湾，弯弯绿水绕门前。
悠悠载着愁和梦，未晓何时快意还。

(二)

百里流溪百里缘，阿哥搭渡妹撑船。
偷将机号塞哥手，细嘱天天短信传。

(三)

百里流溪弯又弯，阿哥阿妹水连山。
哥陪妹上农科课，妹伴哥修电脑班。

冬日从化石门赏枫梅

枫梅盛约我来寻，云舞霓裳风弄琴。

听石有声泉有韵，观花成咏叶成吟。

排云两扇向天撑，守住原初古朴形。

未了凡心休到此，入门便与世无争。

胡伯洲

1938 年生，广东中山人。曾任中山市委宣传部副部长、《中山日报》社社长等职。现为中山诗社副社长。

黄山行

千柱奇峰万顷松，碧泉紫石雾云彤。

灵猴岂敢欺吾老，踏遍黄山不仗筇。

胡希明

（1907－1993）河北沧县人。曾任冯玉祥部国民军团长、代旅长、中华民族革命同盟上海支部书记。曾任香港《星岛日报》特派记者、香港《力报》采访部主任、《周末》报社社长等。1949年后历任广东省文史馆馆长，广东省第四、五届政协副主席，全国人大第五届代表。著有《三流诗集》等。

白云松涛

明珠楼外耸群冈，此是平英旧战场。
一代雄风常烈烈，百年胜迹总堂堂。
粘天黛色凌冬冷，拔地涛声卷夕阳。
放眼新松千万树，白云高处挺南疆。

病中纪事

低垂破帐避饕蚊，哀哭中宵响未沉。
闻道新声多壮语，等闲敢作病中吟。
十月热风榕叶落，羊蹄甲树正开花。
无端凉月侵窗入，怯向辽天问物华。
鱼目明珠未易分，当年悔作热中人。
中宵寂坐心如沸，只为平生未报恩。
干戈秦陇曾相识，南国相逢鬓尽华。
握手中途唯一笑，悠悠烟树又天涯。

怀夏公

梦里年华却倒流，觉来雁唳汾河秋。
江东馀子知无几，南国佳人已白头。

怀绀弩

　　十年浩劫，略知绀弩被囚山西事，北望旧友，感与愤并，遂有所作。谢家因书寄北京。后得绀弩复信，并附和作。

　　莫惜明珠没草莱，盛名终古等微埃。
　　故人几辈经风雨，谁向骚坛问霸才？

有忆 (二首)

(一)

锦样年华火样心，追思尘影合沉吟。
五花马逐流光去，压岁难忘约指金。

(二)

已甘铁石埋心迹，绝少闲情得岁阑。
冷对西江今夜月，风酥雨腻梦江南。

看汉剧后寄意杨石 (三首)

一九七九年岁阑,在广州看汉剧《王昭君》,重见老艺人黄桂珠,读作家杨石观剧诗,悠悠有作。

(一)

禁宫深锁梦难归,胡马南来雁北飞。
都护生降名将没,汉家鼓乐嫁明妃。

(二)

少年《雷雨》撼冰山,绝代声名震剧坛。
彩笔迷茫云外信,琵琶声渺大青山。

(三)

千载阏氏论未央,曲中心事向王嫱。
公孙老去芬芳在,岭外新声渡大江。

【注】

"少年雷雨撼冰山",指曹禺。话剧《王昭君》乃其新作。

悼念饶彰风同志 (二首)

　　与饶彰风同志灵灰告别后,雨晦风明,时忆逝者。后读定庵诗,因集龚句。一九七四年冬,此诗集成后未予发表。现值十年后祭日,特予发表,借寄远思。

(一)

夜闻邪许泪滂沱,光影犹存费网罗。
隔岸故人犹未死,江湖侠骨恐无多。

(二)

回肠荡气感精灵,此事人间有正声。
今日不挥闲涕泪,万千种话一灯青。

答有恒

高歌常忆信天游,又道天凉好个秋。
所恋故家唯古井,不胜寒处见高楼。
管他春夏秋冬去,笑指东南西北流。
莫说宋皇台旧事,百年弹指变芳洲。

"四五" 两周年

泪海花山赋《大招》,中华儿女信天骄。
定知金水桥边血,流入江河化热潮。

饶彰风同志逝世十二周年祭

当年但有心填血，黑狱长留壮士魂。

猛忆风波亭畔事，宝刀终憾未诛秦。

怀念古老①（二首）

（一）

孤军一旅战粤东，重围哪怕大王风。

如何策杖星湖日，尚在惊雷薄雾中②？

（二）

海沸星摇时代殊，八乡山迹认模糊③。

昔时子弟还相问，"张炳"重来事有无④？

【注】

① 古大存，第一次国内革命战争的极端艰苦时代，坚持粤东武装斗争的红十一军军长。五华人，新中国成立后任广东省人民政府副省长。一九六六年"文革"初期逝世。在此以前，五十年代中，广东反地方主义，他已经卷了进去。

② 这两句写的正是反地方主义前夕，惊雷薄雾，风雨将至的情景。星湖，即肇庆七星岩风景区。古老最初提议将这里建成风景区。

③ 八乡山，红十一军根据地，在五华、丰顺、揭阳交界处。

④ 张炳，古大存同志当年的化名。

柯明铮

1931 年 11 月出生于广东阳春。现为中华诗词学会和广东中华诗词学会会员，新会冈州诗社副社长。著作有《铮鸣集》和《艳阳新采》。

访旅顺口及观日俄监狱遗址

洪波滚滚吐朝暾，两水青黄出海门。
旅顺百年经国难，沧桑一页振民魂。
电岩古炮英风在，监狱囚衣烈概存。
今日中华能说不，只缘扭转旧乾坤。

鹧鸪天·游曼谷湄南河

浊水河边十万家，椰林滴翠树开花。轻波缓送游船绕，寺塔檐牙挂紫霞。　行闹市，看繁华，高楼矮宅互参差。穿梭小艇频呼卖，芒果榴莲蜜味瓜。

香权根

1971年2月出生，广东省东莞市横沥镇人。东莞中华诗词学会理事，横沥中学教师。

春日村野漫行

悠悠信步近田家，低唱乡歌漫看花。
半壁苔痕侵石巷，一园草色染窗纱。
晴空风暖须沽酒，夜雨溪河可钓虾。
人道黄昏春最好，菜畦深处几声蛙。

悼　姊

死别茫茫事事非，当年忆却泪垂垂。
空留衫裤挑灯补，不见魂灵踏月归。
肠断人前装笑脸，梦回枕畔怯晨鸡。
可怜欲祭无寻处，浊酒三杯酹落晖。

小重山

风带斜光入竹门，小园花瘦矣，落纷纷。韶光易过黯销魂。箫撇罢，闲扫砌苔痕。　　含笑摘金萱，自伊长去后，问离尊。倩谁遍拭旧罗裙。那滋味，更酒后黄昏。

丑奴儿

偷闲已是春耕了，漠漠秧田。绿涨天边。水满西溪下钓船。　　卖虾记得村墟远，酒幔歌弦。人笑街边。鸟啭清风近暮天。

青玉案

炊烟孤馆斜阳树，数点寒鸦又归去。酒后疏狂无寄处。他乡明月，人家灯火，笑里轻轻语。　　东风不解离情苦，砌起闲愁万千缕。一夜春潮迷古渡。落红狼藉，飞来点点，幻作相思句。

钟　鸣

　　1943 年 12 月生，广州市人。先后任市艺校校长、华南艺大校长办公室主任、广州诗社副社长、广东中华诗词学会副会长、佗城篆刻家协会主席等职。有《钟鸣诗书画集》行世。

己卯除夕游天河花市

东风初染色倾城，拂落星河彻夜明。
不尽人潮灯下醉，无边花海锦中清。
泰来否往催春发，阴逝阳生逼岁更。
欢乐今宵除夕会，零时钟响接元正。

次国奎先生《咏茶》诗韵

古自神农品莽乡，悬崖踏遍又临霜。
银针玉嫩春前摘，金饼香陈岁后藏。
饮出乾坤称道大，浇沉块垒叹天长。
同游霁月光风里，偶赋闲花句亦香。

两广诗人登都峤山

百丈都峤上翠微，扶云一啸与天齐。
顿开远目千重嶂，自觉回肠九曲时。
阵阵山风吹幅履，悠悠梵乐解愁眉。
兴来每见真情性，两广同游共赋诗。

阳光海陵岛观海

极目沧溟万顷蓝，滚雷翻雪撼天南。
等闲吞吐风和雨，随意送迎鸥与帆。
西抹红霞成晚景，东升旭日薄朝岚。
骊珠不负弄潮者，海样深沉大器涵。

游海陵岛

岛孤通一径，海抱草王山。
艇小依危岸，鸥轻下碧湍。
渚云翻逾白，海日浴还丹。
最喜临新境，沙明十里湾。

钟木元

1911 年生，广东梅县人。曾任中学教师、韶关诗社理事。著有《思改集》《梓园诗词集》。

对月为汪辜会谈作

轮月望中遥，晶莹透碧霄。
迎来三五夜，送去万千朝。
隔岸光无阻，随风影自摇。
何当汪辜会，对镜两心昭。

喜朱素娥老师南行北返过港赠诗一首

又逢丑岁忆牛犁，文劫无端十载悲。
秦火高烧书断页，楚囚低跪骨伤皮。
天开雪散爬虫死，地转春回寒雁啼。
爱晚亭前书院乐，千年朱子作人师。

钟家智

1932 年生，字慧卿，广东湛江市人。曾任县人民检察院检察长，县人大常委会副主任。中华诗词学会、广东中华诗词学会会员。著有《家智吟草》1-3 集，合著《羊城十家诗词选》。

怀故知

花落月明时，萦怀念故知。
观书追往事，睹物惹遐思。
藕断丝还系，魂牵情更痴。
孤灯长盼汝，夜夜入眠迟。

虎头山抒怀

海岸层林隐翠楼，滔天碧浪拍山丘。
松涛渐涌新亭现，雾霭初消紫气浮。
阁上凭栏观百景，虎头翘首眺千舟。
云烟缭绕留佳影，芳院娇姿逗客游。

蝶恋花·清明思念

又是清明思玉蝶，几许春花，伴绕窗前月。数度相寻终未竭，天涯有路从头越。　　夜赋新词心欲绝，一阕初成，何处和君接？梦寐念伊情更烈，人生切勿轻离别。

忆江南·花城美

（一）

花城美，美在满城花。万树红棉栖火凤，千株丹荔吐奇葩，百卉舞飞霞。

（二）

花城美，美在四时春。春夏秋冬花簇锦，东西南北客如云，香蕊竞芳芬。

踏莎行·云水阁感赋

红荔染香，双池映翠，茂林深处群芳萃。清风瑞霭润仙庄，琴书韵感游人醉。　　云阁藏幽，诗文显美，名家书画多新意。如珠翰墨溢清馨，陶情悟性开吾智。

踏莎行·极浦亭

始自文庄，继于极浦，杏坛桃李辉尧宇。名师致力效中华，莘莘学子成梁柱。　　古迹重光，名亭播誉，吴川文物浥甘露。春风化雨育奇才，状元故里群芳聚。

【注】

极浦亭位于吴川市吴阳镇。始建于南宋淳祐年间（1241-1252）。亭之开基人李穆，号文庄（宋嘉定进士）。李之长子凌云，号极浦（宋淳祐丙午科解元）。李父子二人相继执教于极浦亭，有门生数百人，多为俊才。

俞　辉

（简历暂缺）

西安交大外语系美籍教师柯罗娜姑
娘先后收养三个中国残疾弃婴的动人事
迹，刊载于一九九三年第一期《知音》上，
念读后，深为感动，特据事书此寄怀。

人情有冷暖，世态叹炎凉。

感情有真假，真情最难忘。

姑娘柯罗娜，真情应赞扬。

交流文化去，别离爹和娘。

只身赴华夏，跨越太平洋。

受聘西交大，教学好繁忙。

一天去看病，候诊室徜徉。

忽有一老太，穿着农妇装。

盯着姑娘看，满脸呈哀伤。

递过一女婴，请她帮一帮。

姑娘接过来，抱着细端详。

老太"拿药"去，频频回首望。

时间慢漫过，不见老大娘。

婴儿号啕哭，姑娘无主张。

打开小被看，纸上字两行：

"婴儿出生后，母亲已病亡；

您是孩子妈，谢谢您帮忙。"

姑娘看了字，内心好悲伤：
婴儿没有妈，如何能成长！
回想孩童时，常在妈身旁。
妈妈勤照料，母爱尽情享。
眼前这女婴，没有爹和娘。
小小一生命，今后会怎样？
抬头寻老太，再不见大娘。
婴儿微睁眼，呈现乞求样。
思绪万万千，胸中情荡漾：
为救小生命，我来做她娘。
急急抱回家，轻轻放在床。
转身上街去，买下床一张。
婴儿食用品，一一全买上。
急忙向家跑，摆满一厅堂。
随即喂牛奶，手脚不停忙。
婴儿哭喊声，招来邻居望。
众人议纷纷，齐声同赞扬。
姑娘无经验，养育是外行。
婴儿有病痛，抱着到天亮。
厅堂慢踱步，小曲轻轻唱。
婴儿常哭闹，逗着亲脸庞。
劳累且艰辛，胜似亲爹娘。
一日复一日，婴儿慢慢长。
姑娘渐渐瘦，心里却舒畅。
看着小笑脸，喜悦满心房。
奉献何其多，无私不计偿。

姑娘柯罗娜，一副热心肠。
收养一个后，又接来一双。
三个残疾婴，幸福中成长。
温暖如春日，母爱尽备尝，
有时齐哭喊，像是三重唱。
又像幼儿园，更似一课堂。
倾心细照料，日日夜夜忙。
一心为孩子，众口齐赞扬。
姑娘事感人，感动一大群。
司机赵建安，帮助最殷勤。
常去洗尿布，日久见精神。
互相受感动，慢慢萌爱心。
抚育婴幼儿，共同献青春。
相互表情志，融为一颗心。
语言虽不通，难隔感情真。
国籍虽不同，真情无法分。
姑娘心中想：命中有缘份，
共结连理枝，同做父母亲，
加入中国籍，做个中国人。
终身三大事，电话禀娘亲。
老娘听到后，心里好欢欣。
随即复电话，祝贺她成婚。
愿他俩幸福，同德且同心。
母亲同意后，紧紧抱郎君。
胸中情激荡，满脸飞红晕。
两人商量后，决定向沪行。

先治婴儿病，婚礼去教堂。
上海无亲友，郊区租住房。
抱婴去看病，得过黄浦江。
转车又步行，往返时间长。
医院知身世，领导出主张：
两婴齐手术，再加一张床，
母婴同住院，免得奔跑忙。
医护精心管，日渐得复康。
治愈出院时，领导来送行。
医护齐叮嘱，事项一桩桩。
姑娘心感激，泪水满眼眶：
中国人真好！回首久久望。
姑娘感人事，频频见报章。
好事一见报，瞬时传四方。
引来更多人，争着要帮忙。
几个小姑娘，常常来看望。
抢着做家务，忙着扫住房。
姑娘有小病，医生来一双。
主动送医药，争着献良方。
有一女律师，连夜找姑娘。
全家商量后，献出两间房。
邀请姑娘住，时间可短长。
姑娘受感动，泪花闪金光：
待我这样好，一生永难忘。
婴儿康复后，忙着选教堂。
简单行婚礼，悄悄不张扬。

秘密传出去，邻居暗商量：

逼她度蜜月，孩子大家帮。

姑娘感真心，接受这主张。

友人真热情，忙着饰新房。

朋友送鲜花，满屋溢芳香。

伉俪迎宾客，含笑敬喜糖。

姑娘柯罗娜，美名远近扬。

好事传千里，越过太平洋。

真情连两洲，意义深且长。

人间真情在，真情价难量。

但愿人世间，真情像太阳。

人人得温暖，欢乐万年长。

俞万钭

1930 年生，辽宁新金人。军队离休人员。中华诗词学会会员，岭南诗社顾问，《岭南诗歌》编辑。

瞻仰叶欣塑像

景仰慈容揖远芬，眉清面秀眼传神。
英雄此去辉天宇，留取丹心启后昆。

【注】
2003 年春，广州突发非典疫情，作为护士长的叶欣站在抢救病员最前线，不幸被感染，光荣牺牲。

航天英雄赞

英雄杨利伟，为国立丰碑。
探宇情豪迈，征空志不移。
飞天惊霸主，返地显龙威。
索秘扬眉者，功名入史诗。

学诗感怀

平平仄仄奈吾何，勤诵常敲细琢磨。
豪气千徊寻雅意，柔肠百转谱新歌。
灯前斟酌真情溢，枕上调声乐趣多。
息影老夫吟盛事，风骚台上舞婆娑。

告慰焦裕禄

公仆典型焦裕禄，甘棠留泽至今朝。
力除盐碱禾苗壮，巧治沙丘桐树高。
雪访工棚情切切，雨探农舍意迢迢。
九泉告慰好书记，粮硕花香兰考娇。

饶宗颐

1917 年生，广东潮安（今潮州市）人。字伯濂，号固庵，别号选堂。自少聪颖，未到十八岁即受聘于国立中山大学广东通志馆。1949 年 10 月起移居香港。历任香港大学、新加坡大学、香港中文大学教授。期间并先后赴印度、法国、美国、日本等国的多所大学及研究机构从事研究工作。获得法国多种荣誉奖项及香港特区最高荣誉"大紫荆勋章"。一生治学领域广博，研究成果十分丰富。诗词创作有《选堂诗词集》。

泰姬陵 （二首）

（一）

雄心剩欲寄温柔，倾国生来有底愁。
竞逐名花憔悴损，玉钩残梦冷于秋。

（二）

名陵风月异朝昏，眉妩遥山带泪痕。
莫道霸图今已矣，御街坠叶为招魂。

夜访吴哥窟①

曲径江通欸乃村，冲寒何事叩重门。

疑云成阵蛙争鼓，残月无声犬吠昏。

荇藻陂池悲寂寞，龙蛇山泽想军屯。

塔铃不语今何世，聊欲寻诗石尚温。

【注】

①　吴哥古城旧有宫殿栏庑，皆白石雕琢，光莹精巧；后竟鞠为茂草。

拿破仑墓①

百战终焉厄倒戈，剩从阙下抚铜驼。

深宫池水犹哀咽，绝岛风涛孰更过。

长算累欷悲短日，丰碑突兀对奔河。

归魂丰沛原无憾，遗语真令涕泗沱。

【注】

①　墓在塞纳河畔，拿翁昔练兵于此，曾语他日愿葬斯地，后人如其言，并镌其语为墓铭。

怡保道中

山翻碧浪连云起，一路寻秋入太平。
失喜峰峦同八桂，冥搜石乳足千龄。
风吹野日荒荒老，雨打篱花脉脉情。
何处仙人能驻景，崎岖我欲问曾城。

胡姬花下作

天入西南异我乡，小楼山紫暴秋旸。
乍凉乍暑叶犹媚，舍北舍南花不香。
压酒传诗空缱绻，碍云暗雨自荒唐。
分愁去雁共千里，冉冉飞星劳夜长。

高阳台

雨湿芜城，鸦翻遥浦，倦游远客惊心。千里
兵尘，野风腥入罗衾。玉箫难续繁华梦，倚危亭、
迢递层阴。雁讯沉、叶警精魂，风起骚吟。　　江
山如此故交渺，又楼高天迥，节往秋深。平楚寒烟，
尽多乡思枫林。铜驼荆棘知何世，舞吴钩、岂独
伤今。意难任，霜落萧晨，休去登临。

【注】
此弱冠抗战时羁旅念乱之篇，友人录示，聊存少作之一斑云。
选堂识。

登巴黎铁塔放歌①

高标特起支山川，皋原千里此脊椽。

攀登吾意独茫然，苍苍上有日月悬。

悬车辘轳响连连，烈风吹我帝座前。

我眼因之穷无边，下窥城郭蚁附膻。

此中陵谷几变迁，忆昔蛮触相熬煎。

断流千里争投鞭，名王衔璧既牵挛。

万兆辇致莫敢愆，黎民倾囊有余钱。

积愤难将山谷填，大辱谁教江海湔？

造为此塔上撑天，岂同士马斗精妍。

即今都会何阗阗，奔车日夜喧哀弦。

吐茵时见口流涎，文章绮靡出市廛。

润色繁华推后贤，沃土由来非自全。

势高气厚理则然，我来窥天废朝餐。

摩挲乔木参风烟，嘉日游人趋涌泉。

莽苍一气接原田，江流滔滔去蜿蜒。

逝者如斯百喟缠，谁从碧落整坤乾，

欲起拿翁笑拍肩。

【注】

① 铁塔以工程师艾菲尔得名。1870 年普法之役，拿破仑第三被俘，明年二月二十六日媾和，赔款一万兆法郎，分五年清偿。以国民捐输踊跃，先期偿清，德军始撤退。故以余款建此塔为纪念。

浣溪沙·秋兴

（一）

犹是桃花不死心，春风吹梦到青林。此情天与海同深。　　白发缘愁空作缕，黄金铸泪漫成吟。绿攀红笑伴霜琴。

（二）

积草空庭欲掩茎，眉山攀损发髯髻。一龛如画卧枯僧。　　灯蕊梦中开自喜，雨声心上滴常憎。离魂自抚渐生棱。

八声甘州·携琴海畔，秋深夜阑，万籁俱寂，泠然清响，不知人间何世也

共水天入定，渺苍烟，山色有无中，忽泠泠霜响，溅溅石濑，遥答鸣虫。不耐琴心挑引，冷月尚惺忪。但听商声起，处处秋风。　　犹有征招遗韵，似孤飞野鹤，去住无踪。望愁漪千顷，隔海意难通。写吴丝、凝云流水，恐冯夷、深夜出幽宫。沉吟久，成连何在，海气蒙蒙。

凤凰台上忆吹箫·杜鹃谢后有寄

雨急还收，云开仍闭，春阴只在高楼。望星星鸿没，梦渺神州。休谱湘南怨曲，怕风起落叶成秋。清明近，夕阳芳草，一样风流。　　江头，新蒲细柳，傍水面残花，泪点难收。况杜鹃血泫，红上帘钩。波外美人何处，黯关山、千里凝眸。清钟动，层涛孤峤，落雁遥舟。

法曲献仙音

岚山去京都二十里，枫林弥望。十月则霜寒涧碧，红叶满山。惜余行色匆匆，未过秋风便成归计也。晚泛归来，谱此依白石韵。

双桨萍分，一泓欲暮，忘却此身归处。平楚苍然，暝鸦无恙，停舟暂共尊俎。望隔岸丛祠远，疏钟唤愁去。　　漫相顾。算文园伫多欢意，终恨我、未见冷枫红舞。十里卷珠帘，有娉婷歌吹如许。忍说将离，且投君、缄泪绮句。待他时重到，莫负溪山风雨。

台城路

偶作《仙山楼阁图》，忆往岁游狮子国，流连圣城，阿育王始所谛构者也。残塔荒鼗，败荷颓柳，禅草未刬，慧灯犹续，令人神飞生死之表。今兹奋管和羌，驰心兰迹，云机月杼，倘亦世间儿女顿悟之资乎？

沈郎早作归魂赋，荒村不闻人语。怯柳弥天，愁荷委地，曾是梵宫深处。寒蛩莫诉。正洞府高秋，自鸣仙杼。似到青穹，夷犹镇日甚情绪。　　灵风尽吹梦雨。又疏钟断续，添几残杵。雨去何方，风来甚色，楼阁门开无数。云根独与。便玉树琅玕，漫伤无女。露泣冰盘，水澄圆月苦。

尉迟杯·新泽西州道中，用清真韵

天涯路。尽叶脱、密雪涵芳树。萧萧巷陌人家，更欲停车何处。绵绵远溆，偏淡写、奇峰没荒浦。看朝来、浣断征尘，朔风吹雨飞去。　　回首杜若芳洲，呼残梦冥搜，落照鸦聚。不是鹅黄曾相识，犹误认杨花醉舞。瞻前路、霜汶旷野，听鸣笛、邀云欲共语。渺空山、罢按瑶琴，怨兰聊觅鸥侣。

莺啼序·满山红叶，玉露凋伤，和梦窗

丹林斗香万里，渐飞霜掩户。散繁囿、触目川原，看足霞彩朝暮。野烟起、晴霏悄悄，孤村流水天边树。问题红心事，沾泥早似飘絮。　　异国萧条，乍冷欲雪，浥轻尘暗雾。碧波迴、江阔人稀，绕空鸿写幽愫。挂星岑、黄昏吐茜，出林际、绀云堆缕。挽西风，同入柔柯，再盟鸥鹭。　　碎虫休诉。白露惊纨，云端复寄旅。正缱绻、夕阳花坞，气雾天末，叶可藏鸦，蔓能穿雨。曾阿景仄，荒凉古道，卷蓬无数天涯老，更啼乌、月冷枫桥渡。千山落木，不堪客路遭回，对此哪不怀土。　　芳洲采采，摇荡蕙华，转眼余几苎。但可惜、招来春妒。旋作秋声，塞马齐嘶，井梧邀舞。鲛绡传恨，单谁共，衰颜借汝朱一霎，拼哀音、弹入秦筝柱。依依万点新愁，梦渺宫沟，旧欢在否？

瑞龙吟·青山忆旧游，用清真韵

屯门路。犹记杰阁低天，飓波摇树。依依竹里人家，远帆欲渡，神栖甚处。　　悄凝伫。梦挂六朝丝柳，网檐朱户。丛松箭径萧条，青山一抹，昏鸦乱语。　　前度长亭携手，薄云飘荡，飞花闲舞。可奈岁时推迁，人异今故。　　题扉坏壁，难觅昌黎句。休回首、吞舟巨浪，艰难天步。节冷羁人去。　　凭谁为理，相思万绪。辜负肠千缕。吟望久、沉沉鸡鸣风雨。竟宵雪，满头堆絮。

声声慢

夏瞿禅先生挽章，次玉田回杭韵。记1980年冬，访翁于燕京朝阳楼，穷巷深辙，樽酒言欢。翁誓不还杭，体逾健壮，而神志昏瞀，前事都不省忆。晚岁喜言白石合肥词事，举止亦类白石意度，今绝响也。

马塍花谢，秦望山空，真成玉老田荒。惜取朝晖，风煦不暖垂杨。待寻飘髯隐处，剩依稀、巷陌斜阳。故人渺，泣分山断碧，玉笋苍凉。　　唤起梦中双桨，奈神昏体壮，负却诗囊。月冷千山，深灯写泪枯江。苔枝老来结伴，共著书、微补疏狂。恨未了，望余杭、不算故乡。

木兰花慢

自天竺归，闻董彦堂先生之丧。偶检其遗札，追思曩游，竟同隔世。爰依疆村哀半塘翁韵，以志余悲。杜老追酬高蜀州诗，叹为爱而不见，情见乎词也。

支床谁复问，但弦拨，夜泠泠。算排遣居诸，消磨豹鼠，蠹简犹青。飘零。白头去国，泣苍山落日故人情。见说归神太素，湖江遽失鳣鲸。　　望京。草个上荒亭，沧海倘扬灵。甚凋残诗雅，难写巧历，徒附中经。沉冥。山河邈若，怆知音踯躅更吞声。虫篆如今莫继，尘笺空想平生。

水龙吟·玉湖之志久矣，江空人静，悄焉余怀

势回天际孤舟，夕阳正恋登临地。寒鸦坠影，征帆催暝，行人敛避。瓯脱浮家，广居弹指，重楼烟闭。便呼春百鸟，伴人一霎，刚经雨，孤花泪。　　黄帽何时雾底，听鸣蛙、夜凉歌吹。衣襟泡翠，沙洲雁落，四山云起。强啄春词，愁滋冻草，暗生幽意。怕春风拂瘦，帘钩独冷，剩梅花比。

施议对

　　1940 年出生于福建泉州，字能迟，号钱江词客，台湾彰化人。福建师范学院中文系毕业、杭州大学语言文学研究室研究生结业。中国社会科学院文学硕士、文学博士。中国社会科学院文学研究所原副研究员、香港某出版机构总编辑、澳门大学原中文学院副院长。现为澳门大学社会科学及人文学院中文系副教授、中国社会科学院比较文学研究中心学术顾问、河南大学兼职教授。曾师事夏承焘、吴世昌，专攻词学。有《词与音乐关系研究》《施议对词学论集》《人间词话译注》《能迟轩诗词集》（未刊）以及《当代词综》等多种著作行世。

浣溪沙·雨中杜鹃

　　细雨亭台暖翠浓。水光浮动影重重。鹭鸶飞出乱花丛。　　长记西园春色好，不孤山半杜鹃红。晚风吹过了无踪。

鹧鸪天·自嘲奉和罗烈教授

　　岂为虚名役此身。我生乐道且安贫。大锅吃饭无愁米，小井看天自在春。　　居闹市，亦闲人。书城坐拥味甘辛。会当磨取数升墨，洗却毫端万斛尘。

减字木兰花·澳门一九九九

阳关未彻。赶赴晖台待交接。旗帜鲜明。一降一升一牵情。　　春风得意。立马桥头看仔细。毕竟非同。映日荷花别样红。

菩萨蛮

人人尽说家乡好。家乡人却他乡老。石塔立西东。宝莲迎日红。　　番风经廿四。功业八千里。佳节记年年。今宵看正圆。

蝶恋花·香江怀友人依原韵却寄

总是匆匆朝与暮。春到枝头，莫把春光误。两岸猿声啼不住。殷勤唯有相思树。　　梦里几番湖畔路。珍重前游，贻我前时句。彩蝶翻飞么凤舞。楼高露重无寻处。

鹊踏枝

宝马奔驰新干线。高树栖鸦，油菜黄天半。水绕人家船泊岸。门前熠耀桃花粲。　　昨夜春风吹未断。缕缕雨丝，一路来相伴。待得满城灯火乱。阑珊意绪凭谁管。

鹧鸪天·香江风物 (三首选二)

(一)

日色殷殷竹径西。一弯如许碧萋萋。横斜青石惊难稳，高下柔枝蹑足随。　　山不动，任船移。翻飞彩蝶意凄迷。忽听天外轻雷震，快步吟将叶底诗。

(二)

软碧温红浅水湾。斜阳如洗接山巅。岸沙无意如堆雪，弱柳偎人醉欲颠。　　风细细，雨缠绵。寻将佳句证前缘。却看万顷波涛外，一粒坚贞伴月圆。

金缕曲·重游西湖

一棹西湖水。酿清愁，平波倦潋，暖风慵起。不了晴丝飘柳岸，队队无言桃李。费多少，红情绿意。烟雨画船应依旧，甚当年争渡今何地。横翠盖，舞双袂。　　重来合共佳人醉。对长堤，沙鸥笑问，鬓毛斑未。客子光阴驹过隙，唯有此情难已。纵几度，蟾宫折桂。曲院晓来闻莺语，正沉沉帏幕眠西子。凝皓腕，乱钗髻。

寿星明·夏瞿禅（承焘）教授八秩晋五华诞志庆

驰骋骚坛，声学宗师，今代坡公。汇九州大地，江山神秀，千秋雅业，人物英雄。翠袖红巾，铜琶铁板，铸此熔炉百炼中。行歌处，看洞庭张乐，云卷晴空。　　筇边吟兴方浓。奋词笔春风举玉锺。记传薪西子，景行鳣席，观荷北海，信步峦峰。乳虎食牛，老罴当道，廿载长思哺育功。逢华诞，祝八千椿岁，岱岳苍松。

【注】

甲辰年间瞿师书赠条幅，有"老罴尚欲身当道，乳虎何疑气食牛"之句，迄今二十春秋矣。

贺新郎·初到氹仔

晨早闻啼。似未堪、清秋时候，初寒时节。啼到数声寻无处，镜海波光明灭。升共退，愁肠空结。小岛来看沧桑换，正半山红翠半山缺。楼拥起，地崩裂。　　人生能不头飞雪。算几番，风晴月朗，吴歌凄绝。道是曾经经已矣，十二巫峰横列。推曰去，郎心如铁。驰盖须教随缘住，料蟾宫毕竟凝芳洁。拼一醉，岂分说。

【注】

沈约《东都西门行》有"驰盖转徂龙，回星引奔月"句。

贺新郎·丁丑秋早，乐清雁荡山纪游

雁荡何喧荡。入眼来，峰峦突兀，雾烟腾放。更有石溪清且洌，接我山行展杖。临绝顶，群雄交让。滴水洞天天一线，待从头、品说镜中象。惊鬼设，魄魂丧。　　归来梦境岂依样。记分明、龙湫大小，巨流霄降。作雨成虹雷奔吼，低日高风莽莽。探枕穴，犹驰昆阆。又记观音香火盛，到灵岩求得签之上。凭卓笔，与参讲。

金缕曲·癸未秋早自神农架经昭君故里过黄牛庙至三峡大坝

何处神农架。待观摩、祭坛篝火，土人荒野。道是周遭多侵伐，留此一方无价。仰老祖，导民耕稼。又道和番功彪炳，向杜鹃红湿香溪帕。深涧底，冷泉泻。　　归来都市明珠夜。漫寻思，要终原始，自然成化。百万飞升鱼鳖外，投石断流休怕。坛子口，平湖高挂。巫峡巫山今而后，看齐齐拜倒黄牛下。朝与暮，大哉坝。

贺新郎·癸未秋晚铅山拜谒辛弃疾墓

壮岁旌旗拥。渡江南、平戎万字，东家树种。但得君王心事了，身后生前歌颂。金印大，祸无旋踵。雁避船回风波恶，算初成三径盟鸥共。情与貌，众山奉。　　我今拜祭清词供。向溪桥、社林茅店，儿童嬉弄。隔岸莲塘青碧小，霜柚枝头沉重。路宛转，云烟走动。一竹一松真朋友，料胸间勿尽凭收纵。时不予，岂堪痛。

金缕曲·癸未仲秋鄂尔多斯草原访大汗行宫

塞下秋来早。尽西风、牛羊何处，行宫衰草。还是今番腥膻染，滚滚黄流倾倒。大一统，八方量较。走马沙川谁能敌，看两排英武立通道。兵将帅，石雕好。　　弯弓只识亦奢傲。宋辽金、北南分界，雁书不到。多少新亭挥泪客，热血满腔图报。恩共怨，生生难了。落日孤烟胡天阔，驾长车踏破志非小。篝火动，舞要渺。

金缕曲·乙酉仲夏自敦煌赴雅丹游览地貌公园途中纪胜

旷古流沙地。所经焉、三危圣迹，祁连黑水。夹岸白杨依依柳，楼阁层层叠起。洞窟小，欲开还闭。四壁画图金明灭，正印坛说法闻如是。知我者，曰无二。　　于今阅尽人间世。问池塘、几回吹皱，干卿底事。道路丝绸通西域，烽火雄关布置。驼迹远，此情谁寄。美酒琵琶催马上，到雅丹风貌称奇异。心与象，总相似。

金缕曲·乙酉中秋前五日泛舟西溪有怀先师夏瞿禅（承焘）教授

曲渚罕人迹。望烟岚、秋眉山黛，溪流寂寂。古刹荒寒岩阿傍，匝地荻芦抽白。鹳鹤舞，莓苔点石。红柿黄橙香菱紫，绕祠堂松柏森森碧。追往事，悼词客。　　宗师一代曾谁识。想当年、高吟朗啸，月痕沙碛。风雨晴阴原无有，今夕不知何夕。觅好句，霜篷时入。门口侬家应依旧，待先生料理三春陌。斟北斗，万梅侧。

金缕曲·挽当代词学大师唐圭璋教授

中国当代词学大师唐圭璋教授，三十五岁即遭鼓盆之戚。次岁，抗日军兴，避寇入蜀。所传《南云小草》，善将家国存亡之痛及个人身世之感打并入内，甚是动人心魄。晚岁所刊词集题名《梦桐》。六十几年中，著述山积，成绩斐然，四海归宗匠焉。八十年代初，余因编撰《当代词综》，求教于先生。此后并曾两度赴宁拜谒，亲聆教诲。近十年间，音书未断。今春闻知先生卧病，未及前往探望，不意竟留下此无穷悔恨。（1990 年 12 月作）

仔细来书说。五千年、歌诗发展，鼓钟盈列。何故骚坛欣重振，砥柱一朝倾折。怕到此，惊心时节。桐影萧疏霜寒降，正孤鸾入夜清吟彻。魂梦断，世缘绝。　　填词留有南云阕。记真州、山河破碎，旅怀凄切。百卷功成平生愿，赢得满头堆雪。更垦植、学庭芳洁。引望曾交忘年好，甚匆匆远去无由别。挥泪祭，寸肠结。

洪金华

1954年生，笔名钟海，广东南澳人。中文大专毕业。县文联二届副主席，中华诗词学会会员，广东岭南诗社南澳分社副社长兼秘书长，汕头市作家协会理事等。已出版著作《南澳好风光南澳特产歌》《瀛岛情思》等。

浣溪沙·深情赠你虎斑螺

　　碧海银滩踏浪歌，手牵妹妹戏清波。甜言好比浪花多。　　妹你诚心情似水，阿哥惬意溢心窝。深情赠你虎斑螺。

洪柏昭

1932年生，广东新会人。南开大学中文系毕业，暨南大学中文系教授。广东中华诗词学会副会长。个人专著有《辛亥革命时期的诗歌》《孔尚任与〈桃花扇〉》《中国古代十大词人作品选》《三苏传》。担任主编或主要撰稿人的著作有《中华新韵府》《元散曲选注》《元明清散曲选》《宋代文艺理论集成》《诗词曲知识辞典》等。

天安门抒情 （六首选二）

天安门广场

又踏长街过广场，轻寒乍暖漾春光。
城楼百尺凌空矗，十丈红旗映日扬。

人民英雄纪念碑

百年凄厉旧山河，壮志凌霄洒血多。
赢得英雄传不朽，一碑如剑慑群魔。

"神舟"五号载人飞船发射成功畅想

一箭凌虚逐电飞，扪参历井探茫微。
灵槎有约原非幻，《天问》无心答可期。
禹甸已腾龙跃气，神州久蓄驭空机。
嫦娥应免连宵悔，碧海苍溟迓客归。

小平南行谈话颂

初春柳眼未苏眠，雨露天南独早沾。
晓雾溟蒙迷旭日，晴晖灿耀映山川。
航程指引明方向，改革迎归大有年。
赢得万民齐奋翮，相携创业谱新篇。

绮罗香·漱玉泉怀李清照

演漾回塘，萧疏细柳，寥廓迎人秋暮。千里来游，粤客独寻佳处。临水照、对影梳妆，卷帘起、因花拈句。最怜他、诗酒风流，溪亭不解寻归路。　　中原惨淡鼙鼓，忍见惊鸿失伴，飘零嫠妇。奈值元宵，漫拥雾鬟暗伫。怅西风、正恁凝愁，看新雁、过时更苦。尽深情、谱入诗篇，好词传万古。

曲阜谒孔尚任墓

夙昔读君书，今来展君墓。

碧桃千树已凋零，残叶随风不知数。

高碑悄立古道旁，惆怅无人为君赙。

吁嗟薄命叹才人，侘傺平生坎壈身。

一曲歌坛称绝调，离骚惹泪委轻尘。

忆昨城头遭惨变，舆图换稿生哀怨。

生憎煮鹤逼钗钿，更痛焚鸥摧俊彦。

俊彦摧来锁钥开，南朝金粉化尘埃。

百年广厦凭谁毁？遗孽儿孙是祸胎。

石门隐读闻遗事，愁绪满怀凝笔楮。

欲从旧恨谱新篇，见闻未广难谐媚。

初因衮冕下尼山，讲学遭逢识圣颜。

蜃影错从忙里认，京华掉臂感恩欢。

长河治水黄淮去，斥卤波涛行迹苦。

西团村里访渔民，朦胧镇上开淤渚。

结客淮扬器识新，更从诸老搜遗闻。

酒酣耳热声呜咽，更深人静吐情真。

娓娓快谈惊昨梦，兴亡遗恨萦心恸。

枣园庭院按拍悲，海陵衙署摘文痛。

金陵西去访秦淮，幽咽寒流水一隈。

故苑萧条龙柱冷，夕阳衰草孝陵哀。

更寻道士栖霞远，白云庵里耆宿见。

铮铮数语发精微，心有灵犀得不浅。

归来宛转更情伤，太息残棋欲断肠。

烟月陈隋多少恨，未成曲调已凄凉。

海波巷里情怀恶，岸堂风月星初落。
慷慨淋漓纸上声，喧传一曲倾京国。
扇底桃花暗恨盈，覆巢燕子断痴情。
最怜溅血污纨扇，堪叹捐躯护玉京。
彩笔雄挥严褒贬，正邪历历氍毹展。
门户争攘斥佞臣，山河断送缘马阮。
知君肝胆愤权奸，月旦风高不等闲。
红粉娥娥过俊士，青衿草草胜衣冠。
君才似此宁多有，关王马白汤洪友。
巧将离合谱兴亡，剧史应传千古后。
呜呼！有才如君不免厄，知君惨淡暮天碧。
薏苡明珠岂偶然，九天阊阖罡风出。
文章招祸惹愁根，专制千年几许人！
扫尽浮云清宇宙，心香一瓣我羞君！
噫吁！松桂荣兮故山昵，石门灵兮迎君匿。
得君地下此长眠，泗水尼山更生色！

淡黄柳·合肥怀姜白石

高城伫足，依旧垂杨绿。望断寒云无雅躅，
廓落归来宋玉，徙倚桥头黯萦郁。　　想深曲，
幽窗闪灯烛。筝琶共、绮词馥。正春宵婉娈情如醁。
事去缘空，后期难约，愁绝淮南小屋。

满江红·安国访关汉卿墓①

骤雨初停，孤村路，淖溅游屐。斜阳下，青蒿桔梗，黄芪白术。四面天开田野旷，原头坟起一碑立。记梨园魁首此长眠，留胜迹。　感天地，窦娥戚；惩豪恶，娇娘识。要为民抒愤，呵凶叱逆。四海争夸铜豌豆，千秋共仰银椽笔。冀歌坛剧苑继遗风，传远泽。

【注】

① 安国为著名药乡，田野多植药材，城中有庙祀药王邳彤，关汉卿亦曾为太医院尹。

莺啼序·重读《桃花扇》，感赋

秦淮板桥旧曲，有楚腰纤细。香梦断，儿女浓情，尽付石城流水。惊回首，凄凉影事，弥天抱恨愁无涘。赖云亭词客，酸辛谱出声意。　三月烟花，才人系马，正秣陵侨止。绾赤绳、画客相牵，公子平康访翠。绮楼高、华灯灿耀，蓉帐暖、春宵旖旎。尽欢娱，美景良辰，销魂何似！　红芳旋尽，败叶还生，萧索狂风起。细咨问、妆奁贵重，竟出阉党；钗钏裙衫，岂惜轻弃！阮胡羞恼，含沙喷嘿，金枪惊散鸳鸯宿，走淮扬、鸾凤伤分袂。中原板荡，南朝卒尔迎君，马阮独操先辔。　楼头激烈，碎首淋漓，保此身完美。叹薄命，寒闺深闭。血渍犹存，点染丹青，新书远寄。河亭置酒，渔阳三弄,筵前斥尽魏家种,算峥嵘、竟此娇姿妓!
伤心千里江南,扇底桃花,金陵王气!

珠还曲

巍峨昆仑接庾岭,浩荡黄河连珠水。
珠水湍奔入仃洋,罗浮一脉延鹤咀。
万年古史溯从头,港岛内陆原一体。
《山海》经传夸欢朱,星躔朱雀居鹑尾。
居民奕世捕捞鱼,交州南海入郡图。
荜路辛勤开草泽,蜃蚌含胎未见珠。
沧桑几度时世换,海道开通起商战。
殖民主义自西来,要取良湾为据点。
此时岛陆已分离,隔海微茫烟一片。
港阔水深浪静恬,佳处天然寰宇鲜。
初闯屯门葡萄牙,设营未遂徒咨嗟。
继来问鼎荷兰族,折戟仍同梦亦赊。
西方有岛国,厥名英吉利。
炮舰伴商船,剽悍乘时起。
商船满载阿芙蓉,舳舻千里来海东。
阿芙蓉风香十里,醉我士女如醇浓。
漆灯队队飞萤火,车走雷声语未通。
此日遨游云雾里,此时销却万夫雄。
万众惊呼禁鸦片,西关直捣英商馆。
义律低头敛猾容,林公振臂惩刁悍。
烟收箱箧二万余,虎门汤沸随潮远。
禁烟消息入英伦,狂吠狺狺泰晤滨。

侵略有词强指鹿，鸱枭搏肉反诬人。

内阁卑猥成决议，炮火连天启战云。

战云初度珠江口，近前无计逦北走。

厦门又被邓公歼，浙东转向津门寇。

魏绛仓皇唱和戎，诏书一纸毁崇墉。

将军远戍伊犁去，水乡义勇遣归匆。

拙谋陡长鲸鲵志，巨舶如山袭穿鼻。

大角崩倾沙角危，奋起陈连升父子。

父子身先将士随，七百义军同日死。

虎门更有关将军，苦战连宵不顾身。

靖远炮台援弹绝，捐躯慷慨气凌云。

虎山横档起悲风，海涛狂啸颂英雄。

翠柏乍疑人影绿，木棉犹认血殷红。

一自平陵鼓声死，鹰鹯搏食张凶咀。

敌忾虽欣百姓同，满朝朱紫多昏愦。

不平条约起江宁，港史从头记汗青。

庚申戊戌签盟后，九龙新界亦沦英。

沦英港地多屈辱，从头尽数难更仆。

风云任尔百回旋，港岛人心连大陆。

百五年来事已非，几多汗血换芳菲。

昔时荒落渔村地，今日明珠耀海湄。

声名震寰宇，文物焕新姿。

亚洲称小虎，飞腾世所稀。

朝朝闹市争绚丽，夜夜银灯耀彩霓。

复道交叉飞彩凤，天桥高架驰虹。

大厦摩天百二重，车如流水千衢雍。

启德航机向四方，九龙铁路连京垄。

海运中心商舶来，巨轮如鲫逐喧豗。

自由口岸无征税，货殖骈阗万户开。

金融事业居前列，购物天堂誉八垓。

太平山下话辉煌，消得劳人几度霜。

赤柱有情迎旭日，西风无语送斜阳。

皇冠错置从头缀，永作吾民顶上妆。

两制并行倡两爱①，繁荣稳定更无疆。

为君高唱珠还曲，海水东流日夜长。

【注】

① 指一国两制和爱国爱港。

满江红·丙戌秋赴日本，机上有作

银翼翔空，凌旷窈、玻璃蓝碧。兴足底，绵飘絮舞，潮涛凝圻。列子乘风千里近，长房缩地垓成尺。笑蓬莱层浪遏秦皇，今轻擘①。　浮弱水，扁舟窄；登崇岭，东山屐。算平生谙尽，露朝霜夕。荒草不迷萧客路，寒林岂碍劳人陌！丐天公、长许贲韶华，逍遥适。

【注】

① 《列仙传》载：秦始皇遣使者入海求安期生，未至蓬莱山，辄风波而还。

沁园春·谒毛主席纪念堂

　　三月京华，晴晖泻耀，玉柱金甍。正万人肃列，争瞻伟范；四方辐辏，共仰仪型。壮士环持，芝兰绕护，意态从容卧水晶。北厅里，倚山河屹立，松柏常青。　　悠悠岁月峥嵘，建几许奇功举世惊。想秋收崛起，井冈深据；长征浩荡，抗日扶倾。鏖战中原，翻江倒海，唱彻雄鸡天下明。传火种，看红云冉冉，旭日高升。

水龙吟·秋日谒陈独秀墓

　　一声霹雳惊雷，高扬民主倡科学。清愚扫昧，激抨专制，笔逾矛矟。马列旌旗，扶工建党，元勋先觉。算向来青史，如公健者，从头数，应麟角。　　岔道苍茫失落，尽宵人、蛾眉谣诼。持真求实，披肝输胆，风姿卓荦。节烈沉雄，反顽抗日，忠贞诚悫。叹凄寒墓道，零花败卉，绕英雄幄。

海门谒文天祥石像

朔风凛冽飞霜雪，江南千里人愁绝。

苕莕茅蒲尽靡披，青松矫矫矗高节。

勤王诏应慨阑珊，家赀散尽市征鞍。

岂不知同羊搏虎？得殉国难死应闲！

皋亭斥虏遭羁縶，长淮出没波涛急。

土围马粪伴惊魂，竹林雾露怜失魄。

归来偃蹇拜平章，一麾直指向汀漳。

江西子弟多豪俊，风起云飞卫故乡。

昊天不吊孱王徙，荧惑失行鼙鼓死。

铩羽仓皇走空坑，妻儿尽陷兵成溃。

复趋南岭入潮阳，磁针不改旧肝肠。

莲峰绝顶长凝望，崖山不见见重洋。

涛声呜咽英雄恨，宝剑狂挥镌石璺。

"终南"义蕴自深长，扑茂劲苍留远韵。

我来访古上莲峰，春风骀荡晓光融。

高树迤连松柏绿，木棉遥映杜鹃红。

巍峨硕像凌空拄，须飘目炯凝远渚。

出鞘跃跃待青萍，丹心贯日护吾土。

千年往事未如烟，今古薰莸自判然。

砥砺国魂祧远绪，慷慨长歌正气篇。

如梦令·白云春晓

翠岭雾纱轻缭，花树欲醒含笑。倐起海霞红，又报白云春晓。春晓，春晓，处处画眉啼了。

宝鼎现·海珠广场晨景

星沉月度，晓色初开，娇花凝露。渐现出、丰姿英爽，凛凛桥头雕像武。车声起，趁轻尘软雾，两岸行人来去。甚蓦地、喧阗忽巨，听得乐声飘举。　　广场热闹人融煦。按清音、抬手扬股，有多少白头翁妪，沐浴阳光齐起舞。谐节奏、焕风华流彩，一对神仙胜侣。妙缤纷、探戈狐步，引得旁人目注。　　檀板恰伴笙箫，歌拍逐、声腔激楚。唱多时、惆怅杜鹃，又柴房叹苦①。冀挽俗、重兴曲圃，不间凉风雨。待日晏、抖擞精神，三五相随散互。

【注】
① 谓粤曲《惆怅杜鹃红》与《柴房自叹》

瑶华·广州花市

条风布暖，细柳笼晴，弄一天春色。花街十里，呈秀媚，惹得游人如鲫。衣香鬓影，绕红翠、青阳寻迹。更逦迤、霜叟黄童，并作探芳佳客。　　牡丹药菊玫蔷，挟大蕙洋荷，竞艳争熠。祥和节候，移异卉、万里凫飞晨夕。大同遽梦，看世界、联珠圆璧。遍禹甸、草暖葩馨，点缀小康金碧。

戚氏·癸未岁始游长隆夜间动物世界

晚风轻，一天灯火洒羊城。汽骑如梭，游人似鲫，萃门庭。心倾，早知名，长隆动物夜峥嵘。欣逢吉日熙代，向此临眺佐欢情。乐奏声急，夷番舞艳，纷舒妩媚娉婷。更奇观诡幻，空中失女，白手驯牲。　　堪赞踏浪群英，涛头蹴板，险障迅翻登。西姝丽，泳衣轻裹，皓体莹晶，立前汀。健捷婀娜，腰旋腿摆，百态千形。劈波战汐，壮士娇娃，仿佛徐步闲坪。　　暗里风光好，机车逐轨，秘探宵垌。尽展山容野貌，有犀熊虎豹共狮麋。迓来胜景无边，五洲遍历，瞬息全球骋。顷刻间、邈远中华境。叹环宇、宽窄无凭。斗柄移，渐觉寒兴。看嘉客、簇拥未安宁。正承平世，繁华岁月，举国温馨。

洪肇平

1946 年生，字子正，号髯翁，福建晋江人。少岁移居香港，曾任香港官立中文夜学院讲师。现任树仁大学教授，主讲诗词。著有《侵云楼诗》《枕云山馆词》等。

夜饮偶成

沽来白酒醉红裙，讶彼深秋夜似春。
莫笑低昂花意态，最难驰荡月精神。
堆盘奚必鱼虾美，织指翻怜瓜果新。
文采风流应识我，天教放浪作词人。

布衣

我是天南一布衣，经坛岁月早忘机。
先生自有吟诗兴，弟子何妨鼓瑟希。
剧爱斯文天未绝，休嗟吾道世相违。
身当沧海横流日，耻向西山赋采薇。

春日楼居即感

何须弹铗叹无鱼。春笋清蔬味有余。
物外幽花开便笑，酒边习气积难除。
未酬入世平生志，早负堆胸万卷书。
借得高楼长近海，摩云玩月可安居。

池荷

池水绿于苔，风荷寂寂开。
何须人见赏，只要我常来。
鸟啭清幽径，旗招潋滟杯。
行吟真趣在，物外日徘徊。

忘却

忘却鸡虫事，来从野鹤游。
名心淡似水，逸兴放于舟。
花树摇芳渚，烟波入翠畴。
风前须俯仰，鱼鸟与迟留。

席上赏月即题

卷帘玩月小楼西，一笑相逢自着迷。
落笔眼中无老辈，看花席上有新题。
狂来谁赏低昂态，酒半还听激荡鼙。
拾得清晖盈手赠，安心何处不幽栖。

奇材 (二首)

(一)

无端歌哭意堪伤，借酒宁辞醉万场。
纵算当今生李白，奈何难见贺知章。

(二)

天挺奇材耐岁寒，昂藏惜此旧衣冠。
儿曹偏要论资格，合在深山自赏看。

浅水湾畔

怒潮裂岸欲吞山，人物都随俯仰闲。
万木声酣楼阁外，一槎身在水云间。
海天倒影风摇荡，鹰隼盘空日往还。
晚遇居然传韵事，行歌杯里醉红颜。

临江仙·过潮青阁旧址追忆希颖师

又过高楼劳怅望，石塘谁忆潮青。英雄已去恨难平。行吟思看剑，酒后与谈兵。　　沧海门生凭吊久，斜阳犹照空城。漫寻陈迹泪纵横。伤心桥下水，呜咽不成声。

摸鱼儿·登青山昌黎碑处

占天南，悬崖一角，昌黎题字千古。登临太息横流日，身世沉吟风雨。凭吊处，怕浊酒、难浇块垒堆如许。危弦声苦。叹末世文章，问公安在，吾道更谁主。　　逡巡遍，重倚阑干几度。遥天笙鹤归否？非烟非雾残碑畔，漫听哀蝉低诉。呜咽语，只落叶空阶，摇落青山暮。心香一炷，向故纸长烧，廓清邪说，隐约见旗鼓。

满江红·登西安古城垣偕李静云

游侣偕来，登临处、茫茫故国。城垣外、烟云浩荡，横空吹雪。信有蟠胸兵百万，谁怜极目天西北。呼唤里，怀抱直须开，舒长策。　　听渭水，波涛急。看秦岭，旌旗没。思古情尤在，须髯如戟。卿是丹青调粉手，我真风雅填词客。待归时，合写入关图，留行迹。

木兰花·泛舟

买花载酒笙歌外，借得扁舟同徙倚。芳洲兰茞托幽怀，锦帕鸳鸯题细字。　　罗裙飘处摇春水，印粉腮边容易醉。浮生行乐唱新词，人在清江烟浪里。

祝　捷

女，1973 年生，湖北省武汉市人。本科学历，东莞中华诗词学会理事。

春日

陌上青青燕又回，桃婚李嫁不须媒。
背人欲照合欢镜，何处犹歌《摽有梅》。

茉莉

清香漫裹回廊月，玉靥青裳绕梦回。
纤手盈盈轻折取，倩郎插鬓伴侬开。

荷花

越女试新装，裁云碧作裳。
冷香凝晓露，翠袖映霞光。

楼中小饮

琴声绕耳聚琼楼，暂借醇醪作胜游。
月魄透帘随酒入，花溪带韵伴情流。
思从叔夜难成技，欲嫁刘伶不自羞。
醉眼观花移桂影，逍遥何必梦庄周。

客途

水路又山程，楚音犹粤声。
朝从客里远，暮向枕边凝。
长是栖新驿，无人称旧名。
黯然心底月，知往哪方明。

骆　洛

又名骆运新，1927 年出生于吴川市塘㙟镇佩村。吴川诗社理事，湛江诗社社员，广东中华诗词学会会员。

训世

遗产应遗万古传，阿房金坞易成烟。
经诗亘古今犹在，书卷坚于铁石坚。

夜读偶成

瞆眊仍耕一卷书，任人嘲笑老贫儒。
谁能识得余心乐，秉烛之明胜斛珠。

骆雁秋

原中共清远市委书记、清远市人大常委会主任。现为广东中华诗词学会顾问，清远诗社社长。

萧克上将百岁华诞志贺

萧克将军于1994年春莅临清远考察指导，视察新市区和飞霞风景区，特题词勉励："北江源流远，凤城气象新"，对我本人以及清远人民鼓励很大。今值萧克将军百岁华诞，赋诗一首，以表敬意和祝贺。

北伐途中赴武昌，铁军行列炼顽强。

枪林弹雨何须惧，赤胆忠心正义张。

喜读"宣言"明道理①，烽烟入党意飞扬。

南昌起义光史册，转战粤东囚铁窗。

流落羊城陷绝境，毅然北上汗珠黄。

湘南暴动苍茫日，浴血新征党领航。

星火燎原谁可挡？旌旗猎猎遍井冈。

长征路上君行早，草地雪山沐朝阳。

圣地延安灯火盛，雷霆惊世党中央，

八年抗战威风凛，立马横刀斩豺狼。

日寇闻风早丧胆，人民战争慨而慷。

挥师南下三山动，势若摧枯逐蒋帮。

戎马六十壮铁骨，紧跟党走不彷徨。

军政教育当无愧，培养人才作栋梁。

《浴血罗霄》悲且壮，将军本色好文章。

诗书自有神奇在，笔走龙蛇震大江。

武略文韬惊四海，炎黄文化放奇芳。

长存浩气身心健，寿比南山日月长。

【注】

① 指《共产党宣言》。

夜宿惠州世外梅园

踏遍名山与大川，难寻世外一梅园。

芬芳四季繁花发，万绿千山百鸟喧。

飞瀑倾天如泻玉，云岩千仞探深渊。

冰川古道君行早，蔽日林阴我独穿。

结伴登高新境界，天池揽胜壮神元。

古藤绽放花千树，含笑晖春映杜鹃。

悦耳溪声频入梦，星光月影弄清泉。

人生喜得无烦事，世俗尘嚣永绝缘。

【注】

2008 年 1 月 16 日下午，应世外梅园园主张如松先生之邀，在广东省乡镇科学决策促进会秘书长黄华兴同志的引领下，前往参观考察，夜宿溪边木楼有感。次日清晨赋上诗以记。

游山西晋祠

历尽沧桑万里程，游人如鲫若倾城。

参天唐槐花满树，翠绿园林百鸟鸣。

依阁凭栏流碧榭，赏心悦目意难形。

仙桥水景尤为美，智伯渠流分外清。

不系之舟游四海，难寻此地得安宁。

齐年周柏三千岁，独树撑天万古情。

圣母慈怀恩泽远，太宗墨宝史留名。

胜瀛楼阁光芒射，对越枋前功德盈。

侍女宫娥神态异，金人铁汉叹孤零。

台前水镜传雅韵，三晋名泉别有声。

信是地灵人更杰，汾河化酒贺精英。

此行乐得留真趣，钟鼓齐鸣颂太平。

石之恋

此物灵光闪，补天五色齐。

无言神韵在，相爱自相知。

丽质山川动，坚心志不移。

海枯情未了，笑抱醉如痴。

袁伟民

1920 年生，广东省东莞市常平镇人。中学退休教师，曾任东莞中华诗词学会副会长。

宋王台

飒飒寒风云未开，怅然凭吊宋王台。
当年帝子今何在，空见华车往复来。

感怀

白云苍狗眼迷离，世道浮沉似弈棋。
枯菀①奚须占筮草，是非本自了心扉。
名缰利锁疏他发，黄卷青灯断我髭。
栽得满园桃李艳，春蚕丝尽亦何辞。

【注】
① 枯菀：即盛衰。枯，衰。菀，盛。筮草，古人用来占卜。

东莞中华诗词学会成立感咏

秦灰已冷慨沧桑，庆我中华睹曙光。
世运宜催文运盛，诗魂应伴国魂香。
凤台喜续风骚集，禹甸欣翻鼎革章。
雅会从今多翰墨，思无邪句颂兴邦。

拜星月慢·为若石先生悼幼女一文而作

　　点点桃红，丝丝柳绿，伴女魂归阆苑。玉阙徐开，问谁家莺燕。拜王母、顿觉琼枝玉树璀璨，漫忆何时曾见。泪眼盈盈，望人寰音断。岁悠悠、未泯尘缘恋。　　谁堪诉、梦睹严亲面。总凭舐犊情深，对儿容悲叹。隔仙凡、慰语何由转。齐死生、数可忘修短。望老少、泄泄融融，祝双亲履健。

【注】

　　若石之悼幼女一文结尾一段，希望女儿在梦中给他念她喜欢的一首词："杨柳丝丝绿，桃花点点红……轻声问莺燕，无限春光容易老，故人何不早相逢。"

望海潮·桥溪闹元宵

　　夜空云净，春池水暖，花街鼎沸歌笙。烟柳画楼，桥溪不夜金城。笑语逐欢声。指画屏鸡唱，碧沼莲灯。光柱龙宫，恍疑尘世是蓬瀛。　　如潮队伍游行，有双龙闪甲，骈毂飘旌。仪仗振威，群狮献艺，喧阗鼓角争鸣。人海更欢腾。看耀空花炮，流彩飞星。明月今宵好景，万众庆升平。

袁雪枚

1949 年 10 月生，广东龙门县人。大学文化。曾在林场、教育部门工作，后调入银行龙门县支行。中国楹联学会、中华诗词学会、中国诗歌学会、广东中华诗词学会、广东楹联学会、广东省民间文艺家协会会员，惠州市民间文艺家协会理事，中华诗词文化研究所研究员。

学诗有感

试笔方知苦，春宵入梦迟。
博观诗百卷，一字白青丝。

纪念抗日战争胜利六十周年有感

关河喋血尚流腥，便有删书篡史声。
罪证如山千古在，卢沟月照弹痕明。

莫仲予

（1915—2007）字尚质，号小园，广东新会人。广东省文史馆馆员。擅书法篆刻，能诗文倚声及古琴。著有《岭南诗评》《留花庵诗词钞》等。

灯前

灯前忽起十年思，严遣仓皇就道时。
老去尚容穷虎穴，归来顿失拙鸠枝。
依刘岁月身难料，入洛声名自不期。
坐雨虚堂宵欲尽，所留残梦似应知。

念奴娇·萝岗探梅

嫩寒未减，渐残冬，毂碾野桥霜滑。黛暗螺云，攀磴道，问讯玉岩香雪。绣屐粘尘，靓妆临水，照影怜双绝。绮寮风细，飞霙青琐斜缀。　　惆怅几度寻诗，广平幽抱，往事都消歇。楼笛声凄，谁料得、消受一痕萝月。邓尉层峦，孤山千树，负却花时节。枝头笑拈，春光休恨偷泄。

骊山怀古

野狐髇栗雨霖铃，魂断马嵬一夜兵。
记得三郎亲羯鼓，春风次第入华清。

望海潮·珠江泛月

阑痕堆锦，霓魂弄夜，露华轻漾江潮。绣幌摇波，花瓷试瀹，月团细碾香飘。倚槛仰层霄。正新凉展布，宿暑沉销。万里晴空，满城笙管奏虞韶。　　中秋月近堤梢。念催人潘鬓，垂白萧萧。青剑自磨，黄花未老，人间秋事方饶。画舸乐今宵。任余年尽瘁，商略明朝。且向鹅潭逐影，鼓吹度双桥。

登邙山望黄河放歌

五龙峰上秋风凉，潜蛟逐浪翻腾骧。
巴颜喀拉北山北，昆仑箭激奔澜狂。
咆哮万里东入海，巨灵掌擘嵩华藏。
百川九道决地节，晧旰纡直垂天潢。
甘宁蒙陕晋豫鲁，沃土亿顷饶麻桑。
中州平陆古帝业，郑曲分野角亢当。
砥柱峡束三门势，孟津直迈邙山阳。
邙山西接虎牢隘，双桥凌空横缇浪。
南北河广杭一苇，用安行旅便工商。
三峰鼎足盘十八，三亭耸立临高冈。
纵观渺漫俯沉璧，溯源愿与仙槎扬。
万邦接踵来重译，下窥壮阔惊洪沧。

吁嗟夫！

黄河之水天上来，金樽对月酬汪洋。
汪洋哺育五千载，禹汤递嬗绵炎黄。

喜迁莺·丁卯秋登黄鹤楼

漫游川鄂。正霜气横秋，西风依约。屏拥吴山，棂通巫雨，天堑一楼新着。绿洲岸连鹦鹉，橘子青摇阑角。侧耳听、听江城玉笛，梅花重作。　　酬酢。檀几畔，墨浪雪泥，茗碗龙团瀹。画栋雕甍，名书素绘，点缀鼎彝琼阁。红袖卷帘风袅，一览海天寥廓。汉江上，看临来依旧，当年黄鹤。

丘逢甲诞生百二周年

日月鲲洋梦，风云鹿耳旗。
灵槎通紫宙，俊物旧乌衣。
波靖销兵甲，时清谢蕨薇。
念台悬榜在，留待故人归。

厦门郑成功祠

玉帛干戈误鬓丝，踟蹰中道叹淹迟。
森森松柏今犹在，千载悠悠赐姓祠。

林文忠祠下作

万里仓皇遣戍年，残民宁忍罪销烟。
甘蒙白下输金耻，终见延康易代禅。
论世大名垂宇宙，盟城暴虎结鹰鸢。
晋江风月珠江水，尽在巍巍篆榜前。

春梦词（七首选三）

（一）

花开看尽待花残，待得花残未忍看。
负手阑前空记恨，成泥砌下尚凝寒。
非时物每招天妒，入世人多隔岸观。
风露警时天亦瘁，不堪篱落小盘桓。

（二）

永巷明珠久寂寥，一琴一箧两萧萧。
诗词老病工尤拙，书到亲朋近更遥。
裘敝敢呵苏子妇，时残宁憾伍胥箫。
双眸自信能青白，放眼春波几度潮。

（三）

八年从此厌笙歌，绿柳繁阴百舌多。
病鹤翎伤终在沼，蹇驴文炳却凭河。
难期一诺徐君剑，犹待重营燕子窠。
修竹万竿原不恶，墙根新种小青萝。

陈屋杂诗 （二首）

（一）

听梅楼上虚双绝，琴画凭谁作我师。
一艺已嫌馀事累，清灯寒影夜阑时。

（二）

频年百炼仍顽铁，四壁无归未典琴。
寄语梁间双燕子，春来何事又相寻。

东湖小集同艺专诸子

堤柳依依合有思，繁阴沮暑午凉时。
晴窗潋滟人留影，佳木葱茏鸟唤枝。
麟史文章原不烂，鳣堂风雨各相期。
白云天外无穷意，说与栏花恐未知。

朝云墓下作

万里相从度岭云，孤山塔影薄林曛。
六如亭下芊芊草，一树梅花伴古坟。

十四夜雨

一夜秋霖怯嫩寒，抚膺惆怅立阑干。
关心最是明宵月，莫负人间仰首看。

分春馆挽朱庸斋先生

烛炧虚堂夜气寒，词人心力枉抛干。
沉雷疾雨嗟来急，剩句零篇欲续难。
江汉东流应不变，玉绳西落竟无端。
论交回首春风座，凄绝凭棺溯胆肝。

莫各伯

1948 年生，广东雷州市人。广州美术学院毕业。有《诗词写作》《莫各伯中国画人物选》等出版。

【中吕】山坡羊

清风频送，瑶琴轻弄。升沉荣辱都如梦。酒千盅，趣无穷。岭梅何意充梁栋？圆缺盈亏归笛孔！输，我不懂。赢，我不懂。

【正宫】叨叨令·自题工笔仕女

寒塘雁落怜孤影，一痕淡月诗家境。流萤明灭飘南岭，轻罗小扇秋光冷。省的也么哥？省的也么哥？半帘幽梦人初醒。

咏发

顶上青丝镜里稀，旧梳齿散理难齐。
也曾嫉恶冲冠起，未肯谀人压首低。
敢以微忱忧社稷，何妨千缕委尘泥。
无须杜宇伤春暮，笑指婆娑柳满堤！

咏史

韩信

巨臂回天出草莱，功名总误世间才。
早知兔死终烹狗，不上刘邦拜将台。

关羽

沙场百战义如虹，已失荆州道未穷。
一死将军留浩气，莫将成败论英雄。

范蠡

扁舟一叶泛江湖，此去谁言不丈夫？
行则随时藏亦好，功成身退大乘除。

丁丑中秋看月全食得句

才圆又缺缺将圆，圆缺关情在碧天。

一片朦胧卿更好，恼人只是隔帘悬。

游格林威治天文台于东西半球分界线留影得句

红叶如花醉万重，寻诗人没暮烟中。

翻身我立天球脊，一脚凌西一脚东！

莫振瑞

1941 年出生于广东阳江。现为中华诗词研究所研究员，新会冈州诗社理事。诗词作品入选《中华诗词年鉴》和《中华诗词年选》等。

满江红·惊闻公款吃喝超千亿

醉月楼中，尽多是，老饕馋客。席上望，山珍海味，杯光盘溢。一桌盛来三亩谷，半樽喝去千人食。花公款，白用也无忧，风流极。　　贫困户，倒悬急。为民仆，当思及。被酒精昏得，了无声息。壶里乾坤钱与位，胸中日月车和色。应不忘，创业几艰辛，堪长忆。

倪文娟

女，1971年生于广东揭阳。本科学历，主治医师职称。中华诗词学会会员，广东岭南诗社社员，广东中华诗词学会会员，揭阳诗社、岭海诗社社员。

七夕小调

冷月银丝织锦屏，霓裳曲尽逐流萤。
曾经脉脉秋波水，滴作银河万颗星。

采桑子·诗客雅集感咏

桃源有讯飞鸿雁，水约云邀，淡写轻描，竞逐诗情弄海潮。　　胸中万首铿锵调，玉琢冰雕，傲世高标，阅尽繁华见寂寥。

戚氏·感悟人生

暇与友人谈论世事，探索人生真谛，觉有所悟，词以志感。

击沧浪，逝水难遏去流长。世事纷纭，乱花飞絮，总迷茫。思量，莫彷徨，人生百载是沧桑！烟波浩渺尘海，我欲凌水向朝阳。绕过礁石，几经艰险，笑迎恶浪侵舱。喜登临彼境，飞轴驰骋，坦道康庄。　　和煦，丽日春光。盟友咏侣，雅集赋词章。新晴后，彩虹天宇，画舫榕江。笔花香。友谊应惜，亲情莫负，更效鸳鸯。米茶酱醋、课子诗书，共享平淡安康。　　漫漫人生路，怀鹏鹄志，万里翱翔。纵乏丰功伟绩，尽涓埃点滴报家邦。莫教老去年华，夕阳一抹，方叹青春误。对利名财色须防腐，梅菊格、经雪凌霜。孝义仁、古训休忘。把传统美德广弘扬。借填词赋，聊抒感悟，不尽衷肠。

莺啼序·悼母

　　瑶筝拂尘急奏，痛连心十指。声声泪，曲调难成，只把玳瑁敲碎。字字血、铺笺待写，如焚五脏身心累。唤亲娘，路断天涯，恨无双翅。　　碧落黄泉，音容杳杳，叹相违永世。忍哀恸，强扮欢颜，徒增辛酸未已。慰家人，稚儿老父，拭泪眼，去途迢递。祷安康，相伴相依，难离难弃。　　衔泥春燕，舔犊老牛，深恩永铭记。忆往昔、几度风雨，几度斜阳，竭厥艰辛，纤肩挑起。余生劫后，多番辗转，春蚕到死丝方尽，化春晖、无怨亦无悔。晴天霹雳，忍看蜡炬成灰，空叹人生如戏。　　亲魂入梦，嘱咐殷殷：趁韶华明媚！忽惊醒、断鸿声远，万点寒星，残月凄风，撕心裂肺。尘缘一脉，人间天上，光阴易老愁不老，待何时，融化随流水？点燃缕缕心香，泣血清明，对天遥祭。

潮州广济桥抒怀

　　十八梭船韩水迢，蓬莱仙阁架浮桥。
　　摘星应共飞虹舞，折桂还将玉兔邀。
　　得月琼楼青霭绕，栖梧金凤紫霞飘。
　　冰壶醉饮韩湘子，谁道凡尘逊九霄？

【注】
　　摘星、飞虹、得月、青霭、栖梧、紫霞、冰壶均为广济桥二十四洲楼名。

徐　续

1921 年生，号对庐，广东惠阳人。早年从事新闻工作。工书能诗。现为中国书法家协会会员、广东书法家协会会员、中华诗词学会会员、广东中华诗词学会常务理事、中国楹联学会会员、广东楹联学会副会长、广州诗社顾问。著有《对庐诗词集》。

黄今成摹江山万里图

万里江流路八千，碧山迢递绿杨烟。

霜桥蔓草连云岫，雾壑寒芜落野泉。

楼阁依山巢燕垒，池台临水俯龙渊。

长空雁字横天半，高树蝉声噪枕前。

三楚妖姬当酒肆，五陵豪客倚鞍鞯。

黄云紫陌成闾里，绿水青山作市廛。

柳岸渔人操网罟，屋庐高士读芸编。

苍茫烟霭栖鸦树，浩渺烟波放鸭船。

策蹇野桥秋瑟瑟，牧羊荒渚草芊芊。

虚亭一角人谁到，幽馆闲门少俗缘。

伐木乡樵惊宿鸟，寻诗雅士听啼鹃。

长洲峡口帆樯集，傍午江头估客眠。

远近江村烟万灶，萧森松柏树千年。

登临岂乏寻幽客，耕读还多负郭田。

长卷灿然文士画，毫芒纤密镂金笺。

重摹笔墨工逾细，终竟丹青妙入玄。

隔世谁传王石谷，一朝顿悟画如禅。

渊源一脉知谁是，淡墨轻岚释巨然。

题伍铭波溪山无尽图

长空远水写溪山，无尽溪山欲尽难。
蔓草芊芊山寂寂，丛菁乱葆绿云间。
野堤花绽清溪曲，危崖飞瀑鸣幽谷。
水石淙铮白板桥，烟岚缭绕青藤屋。
曲径时来麋鹿踪，潜渊夜有鱼龙宿。
荻岸霜寒泊钓船，竹篱露冷催黄菊。
世外渔樵亦可人，山中鸡犬皆仙族。
水阁披襟书味长，拄杖行吟云相逐。
山居卜筑在桥西，桥西种就千寻木。
长松高柳一窗青，寒云乱叶三秋肃。
生涯岁岁结烟霞，丘壑难忘远尘俗。
百亩闲田蕨笋肥，一溪春水鱼虾足。
能摹此景是丹青，一卷溪山世外情。
何处溪山堪入画，坛坫当年早识荆。
冈州画笔自清绝，不与时流较工拙。
髡残浑厚与世殊，原济莽苍安可夺。
承传二石继前踪，搜尽奇峰笔如铁。
大江南北几去来，五陵结客肝肠热。
泼墨研朱三十年，始知面壁臻奇逸。
一轴山林草树香，山居我亦未能忘。
何如五岳寻山去，更写溪山百尺长。

题苏药农花鸟蔬果图

画师勾勒疑有神，水陆草木何缤纷。

花鸟鳞介各异彩，园蔬果菜如星繁。

猗兰芳馥生楚畹，缕缕幽香凝画卷。

不随草棘不当门，故应植向宜春苑。

纫兰为佩起幽思，美人情意竟谁知。

春叶葳蕤秋皎洁，欣欣生意九龄诗。

芙蕖绰约香凝袂，爱莲千古文章在。

褪尽红衣见绿房，清歌打桨知谁采。

采莲人在藕花深，百练湘裙晓露侵。

摘得莲蓬还采藕，鸳鸯惊起漫相寻。

人生到处亲鱼鸟，观鱼听鸟忘昏晓。

青山客路鹧鸪啼，鹧鸪啼处催人老。

冯谖弹铗叹无鱼，秋风张翰感莼鲈。

赤壁夜游鱼与酒，黄州词赋记髯苏。

古云淡泊甘藜藿，野蔬充膳聊堪乐。

诗书味厚菜根香，菜根入画高情托。

般若馆主斯何人，图成不负云水身。

芳村自昔多逸士，今得苏子如比邻。

频年绘事全忘倦，袁氏门墙高数仞。

炉火青时意自如，点苔破墨霜毫健。

君不见

白菜椒茄照眼明，一拳腊石态峥嵘。

法书更写先生柳，卷轴飕飕风雨声。

跋方楚雄画虎

威仪赫赫称山君，丰林邃洞为紫宸。
凰高草偃一长啸，万山摇动狐兔奔。
绿茵花下作高卧，彬彬儒雅疑能文。
古云才多日绣虎，以此命意非无因。
方生画笔通造化，锦毛历历如春云。
披图得与虎为友，虎须可捋虎可亲。

题广州华林禅寺达摩殿（三首）

（一）

殿堂新敞佛光开，禅定闻钟日几回。
尚想萧梁旧时事，飘然一苇自西来。

（二）

西城初地古江浔，遗履当时见佛心。
终竟秣陵挥手去，留将幡影在华林。

（三）

端为苍生坐冷关，九年面壁未曾闲。
至今熊耳峰前月，犹照嵩山古佛坛。

赠书家卢有光

一寸毛锥重百城，酒酣飞白气如兵。
零缣片楮书何价，沧海长风笔有声。
磨砺只缘耽艺事，生涯未必为浮名。
输君鸟迹蝇头字，香入梅花砚墨情。

挽广东佛教协会会长云峰大师

不生不减更奚疑，岭海传灯代有师。
脉继南宗承法乳，云归西竺在春时。
东坡乡井情何限，贾岛秋风感可知。
尚想六榕香满径，月光禅榻夜敲诗。

纪梦

来从梦寐去随烟，楚楚腰肢绝可怜。
阆苑飞琼初谪世，秦宫弄玉未成仙。
玉楼翡翠原同幻，兰圃芳菲只是禅。
洛浦惊鸿才一瞥，感甄一读一茫然。

题居廉《牡丹蛱蝶图》

调谱清平句有神，洛阳金粉墨犹新。
薛涛枕席衷谁诉，长素楼台忆尚频。
自是情深蜂亦醉，孰云香甚蝶难亲。
春风带出倾城色，应拜丹青第一人。

跋王申勇熊猫图

峨眉回首故乡云，竹海生涯远俗氛。
骨相敢侪高雅士，芳徽应比鹤鸾群。
淇园饮露宜能洁，笯谷吟风静可闻。
他日蜀川迢递去，幽篁深处待寻君。

从化温泉杂诗

松园

苍松深处筑名园，松老苔斑绿满轩。
最是松涛秋作雨，龙螭十万上天门。

竹庄

万绿萧萧榜竹庄，拂云啸月耐秋霜。
交枝寒玉幽窗下，宛见佳人翠袖长。

翠溪

流水滔滔下翠溪，楼台花树绿云低。
雕栏绮户闻莺处，桃叶梅魂待品题。

碧浪桥

一桥碧浪水萦回，溪色林光映绿苔。
好在月明三五夜，箫声还共玉人来。

瀑布

碧浪桥西入翠微，岩飘香雾欲沾衣。
层霄鹰隼知何意，百丈泉边带瀑飞。

蝶恋花·别意用王国维韵

夜后中庭清似雪，一抹微云，怕见如钩月。草草流年今省彻，墙阴隐听寒虫咽。　　犹记倚楼眉黛色，旧梦追寻，寸寸轮蹄辙。人在天涯空复说，他生应许无离别。

点绛唇·题宋人水阁纳凉图 (二首)

(一)

水阁风清，鱼龙睡后成幽独。自敲棋局，静听潇潇竹。　　一缕清愁，蓦忆人如玉。双眉蹙，几回叮嘱，旧约何曾续。

(二)

竹簟新凉，一窗幽绪秋萧散。此情何限，人在蓬山远。　　长记当时，柳下莺声乱。成悲惋，乱愁难遣，怕见离亭燕。

徐文学

广东省湛江市坡头区科协主席兼区委办公室副主任。

临江仙·题富贵竹

富贵何来心自问，难经烈日严霜。无花无果占华堂。茎枝输柏劲，苗叶逊兰香。　　诗海画坛非此物，原生僻壤穷乡。今人矫艺造温床。改头求位显，换面博名扬。

题黄花岗七十二烈士

丰碑耸立傲浮烟，长使诗人忆万千。
宝剑横飞惊敌胆，义旗高举壮南天。
枪声唤醒农奴梦，碧血凝成革命篇。
今日国强民富足，英雄遂志笑黄泉。

徐晋如

1976年12月生,字康侯,号胡马,江苏盐城人。著有《人苏世——北大第一保守派思想文录》《大学诗词写作教程》。诗词编为《胡马集》《红桑照海词》。又有《缀石轩诗话》。主编有《忏慧堂丛刻》《词乡校丛书》。

永兴道边民舍见题诗唯捉其首句云善似青松恶似花

奇诗故谁为,中有哀欢托。

来结销魂游,诵此情寞寞。

彼其灵鬼才,攘余三日乐。

怪己富秋心,漫怨秋词索。

我今不羡松,善不憎花恶。

一剑入南溟,万里但寥落。

清谈误国或犹未必然士风陵替谁之过欤

争能治国习清谈,回首觚棱意未甘。

海外可余生理地,域中难得不群男。

销愁唯饮天山雪,纪梦微怀松月龛。

欲作明王狮子吼,芳荃错杂正沉酣。

嫦娥

一角山河云里看，可怜万里照虚寒。
长眉自似当年淡，心事宁从沧海宽。
连帚彗星还拂日，参天碧树不栖鸾。
疗情圣手何由觅，天上人间辨已难。

五月二十七日清真饭馆听雨

春残病宴雨潇潇，隐谷幽芳况寂寥。
剑匣频传玉龙吼，精庐独接富春潮。
东南列宿皆低拱，西北群山未可摇。
墨漆沉沉都此夕，飞光迷魄两难招。

偶感

平生抱负近全讹，惟伴清人得放歌。
寂寞聊凭醉春酒，汪洋谁与说天河。
西乡月照今休问，李志曹蛉世复多。
江树成围宁一恸，自来不悔著情魔。

世纪之挽 （五十首选二）

（一）

蒙庄思惹后来痴，齐物心情蛱蝶知。

阅历乃从哀乐备，此生无梦已多时。

（二）

一客慷慨说自由，一客喟然吁民主。

渐觉清月冷侵人，沉沉唯有冯夷舞。

【注】

说自由者，祁州陆杰；吁民主者，吴县凌锋。

水龙吟·别谢华育

古今第一伤心，都因浊酒销清志。云来海上，风从雠国，醉予如此。大野鸿哀，庙堂柘舞，不争何世。对新蒲细柳，蛾眉惨绿，还独洒、新亭泪。　　惯见成名竖子，遍乾坤、炫其文字。茫茫八极，沉沉酣睡，似生犹死。江汉难方，香荃谁托，两间憔悴。向人前应悔，倾城品貌，被无情弃。

减兰

百年心事，谁会凭栏歌啸意。四海斜阳，有人负气立苍茫。　　浩旻无语，唯得片云相尔汝。万里秋山，终遣宾鸿度上关。

徐瑞培

1947年生，广东汕头人。先后在农村、矿山、工厂、机关工作，现为汕头市人大杏园诗社常务副社长。

登桑浦山龙泉岩

桑浦北延气势绵，山灵水致出龙泉。
仙家洞府飞来石，古寺香烟续晚禅。
入耳书声疑远送，品潮唐韵自悠传。
游人若问清辉处，岩上风光接海天。

郭伟光

1960 年生，广东南海人。中华诗词学会、广东中华诗词学会会员，广东楹联学会副秘书长，广州诗社社委，《南国楹联》《诗词》编委。

珠江

大江流逝几年华，倒映楼台漾落霞。
珠水惜春情不尽，千秋犹抱一城花。

红棉

映霞耀日缀南天，犹似英雄血色鲜。
花瓣不随风乱舞，高情自在碧云巅。

北郊古村新木

初舒娇嫩两三叶，十载争春势挺云。
有鸟飞来棋局碧，万楼如海一将军。

参观徐悲鸿画展

才艺牢笼西与东，描来何止四蹄风；
古今尽蕴豪怀里，诗画偏藏傲骨中。
举世岂无千里马，逢时能有几悲鸿？
云山珠海多娇甚，不及丹青一代雄！

参观赵少昂画展

总是传神不舍形，笔花含尽古今情；
枯杨未折笼烟绿，小鸟犹啼入画声。
"自有雄风藏草泽"，岂无长啸破苍冥。
不知多少沧桑味，好向横塘问月明。

木兰花慢·过海印大桥望东湖

载车声越海，迎稻浪，送荷风。展天远新途，群楼绕翠，断陆连红。烟空，渔舟出没，自横琴大业谱何雄。待燕巢莺换柳，穿云射日弯弓。　　过从，雨播湖东。葵乡乱，竹阴重。看活水抬头，岸跨天骥，峡踞江龙。芳踪，蝉争剩树；对遥山，谈笑倚长虹。汀里酒旗月约，任他留醉田翁。

水乡

潮来又送半篙青，时有舟人网月明。
为把一江春载起，几回挥起落花声。

气球

圆脑圆头个个同，几多大气一包中。
自从得意高升后，谁敢言他内里空。

登帽峰山

荷笠耘籽学种瓜，野芳诱动市人家。
虹横大道迎初日，雨播平田发嫩芽。
邃古石盘云壑树，当春泉应草塘蛙。
相登绝顶穷原委，一握同持是绿霞。

河满子·广州北郊

绿遍蔬瓜垄亩，红迷灯火楼林。白发村翁腰
尚健，茶烹蟹眼同斟。雨霁萤群闪动，泥融燕侣
追寻。　　入座溪声絮语，卷帘山色飞临。渡品
清波闲浣濯，兴来一曲南音。水岸新栽苗木，经
春渐渐成阴。

石门访榕

岸古源清溯马雄，村多老树隐泉踪。
香沉极浦欣浮虎，钓动澄澜语梦熊。
扎地根深皆自力，摩霄干杰不矜功。
大江中圣醇如酒，待渡人来绕绿丛。

金缕曲·东山湖

榕抱烟波绿。照几番，评泉茗碗，挽澜棋局。匝地凉生风轻卷，学步孩提赤足。呼朋侣，枝头鸟逐。水柱喷云飞白雪，泻银河乱落珠千斛。痴儿女，争相掬。　　周遭楼宇齐云簇。且同珍，一方净土，两湖纯醁。桨影摇来闪银网，晃动卧波虹浴。汀洲远，有人看竹。老干盘空张健翮，荫行人消解炎荒溽。悠然想，采莲曲。

从化良口山行

冈峦拱玉，记种瓜大野，圆荔红熟。问胜来游，热土新翻，悠然三五青犊。偶因移石云根动，阵雨过，嘤鸣声绿。浣细泉，激响叮当，想见饮溪麋鹿。　　左右牵衣草木，小径更宛转，兰在空谷。露润灵喉，风挟奔蹄，淡淡寒生林麓。置身净境无尘到，但耿耿，炊烟野屋。惜岁时，来学扶犁，莫负催耕布谷。

郭伟廷

广东中山人。广州中山大学毕业获博士学位。现任教香港教育学院。鸣社成员。

乙亥游青城山

林壑叶吟商，凉飙生绝壁。
磴润山雨后，古观几寻历。
青城气萧森，秋暑已相易。
夏夜薄轻寒，神爽意快适。
谷传步虚声，如身添羽翮。
山外叹炎凉，谁免拘形迹。
妙思踏凫舄，哂笑黄金轭。
世事同浮云，长生又何益。

春郊晨步

朝花开后落谁襟，我问南天万里云。
清苦数峰残宿雾，温寒二月化春霖。
诗情难写细缊色，佳景能回铁石心。
孤伞相依成恋恋，山中遥听独鸣禽。

访曼殊故居 （二首）

（一）

风回伞影访苏家，苔绿空阶细雨斜。
破钵袈裟仍寂寞，门庭谁为种樱花。

（二）

秋阳无力乍阴晴，为吊骚魂到此行。
雨巷潇潇人不见，倚门仿听八云筝。

题王心帆南音曲词

记与明星诀别时，苦将歌曲化馀悲。
天刀切断鸳鸯梦，始得人间妙绝辞。

咏梅

静倚霜天犹伫思，孤山寒艳在瑶墀。
亭亭影入黄金月，一派婵娟白雪知。

辛末中秋偶题

佳节年年酒梦边，潮声人语共流川。
无情最是南楼月，寂寂临窗一夜圆。

浣溪沙·丙戌迎月

迎得婵娟此夜光，秋虫风里欲添裳。人间静
已换炎凉。　　细味清愁如听曲，沉吟幽意似衔
觞，相逢始觉久相忘。

郭应新

1939 年生，号惜余春慢，广东顺德人。朱庸斋弟子，工艺美术师。诗、书、画、戏剧均有涉猎，省作协、剧协会员，《岭南诗歌》编辑，代表作为话剧《西关女人》。

蝶恋花·乙巳春感十四阕 (仅记其一)

风紧落花红片片。天北天南，尽逐行云转。委地无声旋聚散。觉来牵惹愁无限。　　凄苦鹃声啼四面。暮雨朝云，敢问愁深浅？忍向旧游寻昔见，西园此夕空行遍。

高阳台·甲辰春游湖，见水湄坠一燕，而岸柳间有孤燕盘旋。感触无端，怅然命笔

小劫情天，重招怨魄，风前徒惹思深。一晌年光，阅人几换晴阴。萋萋望断江南路，过黄梅，忍觅双禽。最难禁，片片飞红，谁作香衾？　　催花总恨呢喃杳，料芳魂翠羽，一例消沉！无限晴烟，依然低亚江浔。梦华枉寄前春事，甚芳菲，偏警愁心？自消沉，细雨细帘，只影空寻。

梦江南·忆丙午秋事 (二首)

（一）

悲往事，悲绝哭垂杨。九月狂飙魂乍断，十年离乱事难忘。湖畔总凄惶。

（二）

悲往事，悲绝忆仙姿。神倦未忘家国事，声沉犹唱易安词。魂断乱离时。

风入松

丙子残秋，得接正光海外来鸿，并附近作七绝十二首。诗、书读罢，百感交侵。词以作答，兼呈厚韶师姐。

浮生旧事忍回眸，何况更残秋。沧桑百劫分携后，每开函，总是乡愁。故国山川尘梦，大洋风雨孤舟。　华年锦瑟水东流，水去倩谁收？宵深再诵回肠句，黯销魂、霜映层楼。今夜密西河畔，也应冷月如钩。

八声甘州·丙午后人事沧桑，爽尽前约。梅开十度，怅然重赋

记一襟芳思逐华轮，冲寒赴花田。正风飘幽径，云开晓日，游侣相牵。极目如潮似浪，香雪欲浮天。何必孤山去，此亦陶然！　瞥眼十年一梦，便十年辜负，岭上婵娟。问多情琼萼，依旧为谁妍？料司花、频吹玉笛，怨伊人、不到断桥边。争知我，每春归日，难遣缠绵。

玉楼春·听琵琶独奏《黄河》

灯昏渔唱声呜咽，黄水悠悠飘泪血。忽然裂岸起惊雷，走马挥刀风凛冽！　悲歌摇动关山月，烽火燃烧千里雪。狂澜骤向指中生，满座神凝肝胆热！

夜过四十八坳

繁星车外急飞扬，浮动群山入眼忙。
四十八弯过一霎，依然天静月如霜。

瞻仰抗日英雄纪念碑

溪深林密旧疆场，手捧鹃花祭国殇。
浩浩天风吹不断，四山回唱"打东洋"！

郭笃士

（1906－1990），广东揭阳人。毕业于中山大学。曾是省、县人民代表，地县政协委员。又曾是揭阳诗社、书法协会顾问、名誉会长。诗词书画俱精。

减兰·闲情

看山如酒，细味轻尝情愈厚。渐引渐深，中有怡怡造物心。　　百年易老，人间尚少忘忧草，薄醉看山，细雨斜风未觉寒。

唐伟明

1975 年 3 月生，广东省东莞市人。毕业于广东教育学院艺术设计专业。现为东莞中华诗词学会理事，广东省书法家协会会员，供职于东莞"莞香"创作中心。

夜读

星暗虫鸣夜未央，春寒灯下读华章。
少年肝胆无人识，拼向书城作故乡。

蝶恋花

天意从来难料说，才护晴芳，又遣寒风咽。卷起画栏花似雪。香魂怜取双飞蝶。　婉转情怀心易怯。料得家园，玉展芭蕉叶。十里橘花香未歇。绿阴又是听啼舌。

少年游

深宵篱落乱蛰鸣，远近几星灯。沉沉玉漏，衾孤影冷，无奈月偏明。　相依暗忆花香里，轻笑共调笙。寂寞如今，销魂最是，梧叶落声声。

秋夜思

瑟瑟凉风动客思，疏篁廊畔唱秋词。

星沉野外书灯冷，月挂楼西晓梦迷。

折柳堤边帆影远，寄情天际雁书稀。

离怀暗诵江淹赋，愁绝梧桐叶落时。

唐惕阳

1927 年 10 月生，湖南汨罗人。毕业于广州中山大学电工系。长年从事电信技术工作，曾任广州市电信局副总工程师。广州市书法家协会、广东、湖南诗词学会和中华诗词学会会员。

赠友，八十自寿

磻溪罢钓岁华摧，八十回眸醉眼开。
求索生涯迷道远，文章事业忝功微。
真情照胆酬知己，秃笔涂鸦寄雪梅。
把酒临风敦夙谊，关山万里听惊雷。

纪念黄兴逝世九十周年

誓扫皇权反大清，孙黄携手创同盟。
忠肝侠胆风雷吼，碧血黄花神鬼惊。
戊戌功亏辛亥继，广州义举武昌成。
百年未竟前贤业，更待重登德赛程。

寄侯井天兄

泉城憾未叩尊门①，胜迹如林仰北辰。

侯井天编昭义胆，散宜生笔撼昆仑。

长腾血喷三千界，尽瘁心劳十八春②。

一事惊天功德满，挽回正气振乾坤。

【注】

① 随旅游团游山东，过济南一日，未得登门拜访，憾甚。

② 侯编《聂绀弩四体诗词全编》，经六度增订，历十八载。
兄云："十八年只办了这么一件事。"

寻梦长白山

五月到长春探亲，打算游长白山。因气温尚低，还未开放旅游，未遂为憾。

缘何过此仰名山，峭壁危崖梦里攀。

秀壑怎教流黑水？天池那日卷狂澜？

岁寒该有常青树？地老能无不白冤？

未睹巍峨真面目，空留遗憾入雄关。

虎门行 (二首)

(一)

不跳龙门入虎门，难忘雪耻洗伤痕。
当年浴血平夷塞，此日怡情度假村。
碧草红花藏义塚，天风海浪唤忠魂。
何当再举林公火，烧尽人间腐朽根。

(二)

故垒依稀迹未磨，伶仃无复旧风波。
桥连远岸车追月，义薄南天帛代戈。
后舸总催前舸急，友情终胜敌情多。
夕阳红似天培血，永谱人间正气歌。

〖中华诗词存稿·地域专辑〗

中华诗词学会 编

广东诗词卷

卷 四

广东诗词学会 编

中国书籍出版社
China Book Press

目　录

唐　庄

女。原名唐修文，1924 年生，广东汕头市人。退休教师。汕头岭海诗社社员，翠园诗社名誉社长。著有《读月楼诗词草》。

鹊桥仙

莺花已老，芙蕖渐绿，转眼落英飞絮。鹃声燕影任风飘，莫问他、春归何处。　　轻云淡霭，浓阴湿翠，柳外烟波无数。沙鸥逐浪自忘机，从不管、潮来潮去。

唐景凯

1935 年生，广东电白人。西北师范大学中文系毕业。历任广州广播电视大学、广州业余大学、广州中医学院教师、中文系主任，古典文学教研室主任。著有《中国词的物体意象》、《五四以来的中国词坛》《中华旅游词》等。

临江仙·游西安、咸阳感怀

西去渭城曾作客，黯魂一曲阳关。且将乡愿寄秦川。可怜风景异，云水缈迷间。　　欲觅画图亲水石，狂歌五柳门前。还寻津渡望桃源。平陂馀莘草，斜日满秋山。

高阳台·兰州胜游

桥寂冰嘶，塔孤雪压，川原一色苍茫。千古屏防，几多别恨离肠。前尘逐逐天涯步，黯兰皋、陇首西凉。泪休弹，万里风云，四海为乡。　　桃红杏紫幽萍绿，荡鸥夷溶泄，雁渚风光。瓜密葡青，五泉水泱泱。店名十里夸江左，驻游车、歌弦琳琅。只消凝，斜日啼莺，似送行装。

满庭芳·郊游

枫树流丹，秋波泛爽，天公幸付芳时。溪山如旧，游子竟何之？空识香红叶叶，应恨我、误了佳期。纵葱翠，南州独擅，秋叶异春菲。　　韶华随序去，匆匆易失，渺渺难追。况人间长怨，花讯多迟。休说高丘寂寞，畅幽怀、暂忘骚词。亭榭外，馀霞散绮，孤鹜自依依。

蝶恋花·感朱淑贞身世

又是黄昏吹细雨。难觅伊人，肠断空遗句。絮委鹃啼春不语，沉沉旧怨教谁诉。　　生怕秋来萧瑟序。烟烬迷弥，触折昆仑柱。天外羁魂休返顾，死生尘世无凭据。

虞美人·武昌鹦鹉洲

登蛇山远眺鹦鹉洲，略翻崔颢诗意，吊正平。

费仙驾鹤云游后，阁败楼非旧。烟波杳杳已堪愁，更奈孤魂冤骨哭啾啾。　　渔阳蹀躞参挝鼓，侯相藏刀斧。汉川白榆尚离离，鹦鹉古洲芳草任萋萋。

凌世祥

1937 年生，大专文化，广东吴川人。中华诗词学会会员、吴川诗社副社长。已出版诗文专集 15 集，获广东省第三届鲁迅文艺奖，诗文连续五届获湛江市文艺基金奖。广东省文化先进工作者。

花农

新花赶市趁天明，一担春光一担情。
堪笑迷香双彩蝶，相将追逐入羊城。

南溪春早

荆花含笑燕低飞，湖畔朱楼锦绣围。
自是南溪天独厚，春光偷向柳梢归。

代人悼旅台丈夫

花枝犹染旧啼痕，哭落残阳满地昏。
千里吊君唯有梦，卷帘望月盼归魂。

水上渔家

一叶轻舟逐浪飘，渔家夫妇赶春潮。
捕鱼忘却黄昏近，更向斜阳深处摇。

狂饮

推杯狂饮嘴流油，烂醉如泥未肯休。
官长还嫌肠胃小，一餐吃掉半层楼。

棉收时节

陌上娇声笑语稠，新棉如雪染山头。
村姑竞摘无留意，误把浮云一篓收。

江村雨后

环楼簇簇野花开，艳似江村少女腮。
喜得暑消长夜雨，香瓜爬上小阳台。

凌德钦

1929 年生，广东吴川市人。编著《天涯芳草集》一卷。是中华诗词学会、两广诗词学会会员。

含羞草

每逢挑逗总低头，芳草区区不逐流。
借问世间时尚女，袒胸露腿可知羞。

春钓感怀

风和日煦泛春波，撒饵垂纶镜未磨。
莫叹迩来鱼渐少，只缘湖畔钓竿多。

容 辛

1912 年生，广东新会人。曾任新会冈州诗社副社长，现为新会冈州诗社顾问。

雾门远眺

人到白头不等闲，痴心欲上扯旗山。
前朝灰烬随波逝，世纪重光抱璧还。
罂粟残根犹隐隐，英雄碧血尚斑斑。
雾门桥下狂涛涌，粤海南天第一关。

容忍之

（1908-2004），广东新会人。广东中华诗词学会会员，新会冈州诗社首届社长、名誉社长。有《山谷诗词抄》。

夏初即景

层楼遥望彩云归，夏雨新晴见夕晖。
浩浩雷江观鲤跃，森森龙岭听莺啼。
连天绿毯舒香稻，映水红霞尽荔枝。
最是赏心农事好，丰穰同写方言诗。

珠江敌前夜渡西江

1990 年珠江纵队成立四十六周年纪念。

五桂山乡迭战功，珠江儿女竟英雄。
军民义重同根苦，地武情深比酒浓。
纵有敌营连岸上，岂无倭舰弋江中。
天兵飞越阎王海，直教群魔震暮冬。

抒怀 (二首)

(一)

灵均浩气楚天高，超越时空亦足豪；
多少子兰俱已矣，人心赢得是离骚。

(二)

诗魂怀海更凌霄，唤取长虹架彩桥。
喜见灵犀通美亚，五洲无复路迢迢。

登凤山凌云塔

朝登凌云塔，引领望四极；
暮登凌云塔，天地渐昏黑。
日月有晦明，四时寒暑易。
为何多变换，此理无人识。
我欲问苍天，苍天长默默。
我欲问孔子，孔子难解释。
搔首独徘徊，此理终难得。

黄　雨

（1916－1991），广东澄海人。曾任中国民间文艺家协会理事、广东文联委员、广州诗社顾问等。著有《听车楼集》《历代名人入粤诗选》《新评唐诗三百首》等。

嘱鸟

羽翼初成出小窝，飞鸣跳跃竞欢歌。
人心叵测休轻信，翟尉门前有雀罗！

中秋咏月

自将皓洁对霜寒，碧海青天任往还。
不到无尘高处去，清光那得洒人间！

花县洪秀全纪念馆感赋

东南半壁定山河，同室操戈竟为何？
圣殿灵光归渺邈，金陵紫气没烟波。
阵前壮士凌锋镝，宫里天王醉绮罗。
起义英雄零落尽，龙袍空绣剑空磨。

悼刘少奇同志 (二首)

(一)

寻思那得不心寒，元首内奸朝夕间。
事有难言天似海①，史无前例罪如山。
十年悲铸九州错，八字宁忘一寸丹？
洗得奇冤公已矣，文来平反不堪看！

(二)

株连四海万家门，党锢如斯古未闻。
雾暗荒山埋国士，乌啼深院锁元勋。
人间默默心填血，霄汉沉沉月断魂。
待得漫天风雨散，落红遍地已纷纷！

【注】
① 借黄仲则句。

谒屈大均墓

每从史册笑君王，坑士焚书枉自忙。
落尽皇冠英冢在，松楸长荫宝珠冈。

无题 （五首）

（一）

燕王何必筑燕台，骏骨千金买亦呆，
莫道人才非易得，一条裙带便牵来。

（二）

为官不足复经商，美钞轻抛落海洋。
道是何妨交学费，悠然一笑共飞觞。

（三）

于今万物皆商品，当代高明有绝招。
国格尊严人格贵，也堪折价暗推销。

（四）

馆所楼堂禁不休，镶金饰玉竞奢求。
诸公欲了平生愿，粪土当年万户侯。

（五）

凭它舆论卷波澜，检讨书成心自宽。
此日乌纱从摘去，明朝易地又加冠。

读报掇记

双入狱

报载：广东某地前地委常委夫妇，因贪污受贿，同被判刑。

为有黄金照眼红，鸳鸯枕上灵犀通。
夫人自是恩情厚，生死同牢伴相公。

傻瓜

报载：广东某地委秘书长曾有名言："人家送礼（行贿）不收，也是傻瓜。"此公不愿当傻瓜，卒成罪犯。

贿赂不收也傻瓜，惊人妙语出官衙。
未知今夜铁窗里，梦得黄金有几车。

狗丧

报载：四川一农民，失手打死镇长家狗，被勒令披麻戴孝，仿狗爬行，为狗送葬。农民及其家人哭声动地。

戴孝爬行恨不仁，椎心屈辱哭沙尘。
来生好变官家狗，莫作中华贱主人！

观冰兄画展

画个钟馗唔捉鬼，画来老鼠戏花猫。
银毫长恨非霜剑，难斩人间半只妖！

黄大斌

1930 年生，广东普宁人。曾任普宁市文联专职主席、普宁市人大常委会专职常委等职。现任揭阳市揭阳诗社副社长、普宁市铁峰诗社社长。为中华诗词学会、中国华侨文艺协会会员。有个人诗作《怀薰集》《抚裘集》和文集《向晖集》。

读章诒和《往事并不如烟》感赋

往事如烟不尽然，回眸历劫忆犹鲜。
凛风骏骨绀翁辈[①]，患难真情贵女贤[②]。
命薄心高才媛笔，彩浓触细震魂篇。
昭昭世道尊人性，青史终归证正偏。

【注】
① 绀翁辈，即著名诗人聂绀弩等。
② 贵女贤，即康有为女儿康同璧等。

黄小雨

1970 年生，笔名水天、藏山、小羽，陆丰市东海镇人，大专学历。供职于建设银行汕尾分行。广东中华诗词学会会员、广东书法家协会会员。

八声甘州·暮春夜思

任斋窗半掩漏蟾光，春残意犹寒。想来年飘泊，征鸿过处，恁地无眠。纵有豪情万种，霜冷倩谁怜？应乘清风去，嗷桀排天。　　未渡红尘劫难，渡凡心魔障，也自熬煎。便灵猴化佛，也是取经还。问庄生、梦中蝶影，究何时、飞出梦魂间？今宵后，把禅关悟，悟破禅关。

望海潮·汕尾三月

海隅新市，清凉雨后，碧空万里无埃。神女极眸，仙山滴翠，升平几处歌台。处处是蓬莱。看徜徉携手，耆老童孩。一句乡音，几回追梦到天涯。　　晚春三月云开。把孽龙醉倒，卧睡宫阶。回岸万家，收绳理棹，漫将年计安排。振橹上天街。待风生暑热，鸥鹭飞来。共庆丰收喜悦，最是故乡怀。

一斛珠

蝶烦蜂扰。一枝红杏红娇少。清魂暗蕴阳关调。却倩何人，共享新词妙？　　春来春去春渐老。破靴踏遍云山渺。云山只在梦魂绕。乱绪来时，都向诗中了。

桂枝香·兰

素心铁骨，自九畹栽来，此境还发。如画如诗如雪，应寻何物？记从白石清吟后，到而今、几多风月。旧怜新爱，擎杯只有，淡醪能设。　　这香缕、多些太俗，少些不沁人，何忍攀折？身在庭前案上，暗吞龙舌。更无艳色供青眼，对萧帘、轻语低说。幽幽君子，清奇风格，几人能阅？

鹧鸪天·读魏新河《秋扇词》

着意翻回一卷春，平生此刻最销魂。半楼玉笛银箫梦，吹落冰壶未染尘。　　骑白鹤，踏青云。摘星抱月傲灵均。豪情抛掷云天外，爱此沧溟一点真。

如梦令·海上赋

身入苍茫无主，但作擎天巨柱！踏浪上云端，了断人间凄苦。摇橹，摇橹，一处天街雪树。

解连环·深宵读书

寸心何托？唯书香墨韵，小楼一角。灯昏暗、映在心头，却满绪青柯，半怀红萼。读句深宵，浑也是、银盘珠落。更罗胸万象，列案千机，铿锵弦索。　　未忘苦中作乐。纵百结回肠，纸边梳掠。十载事、几许忧愁，总忧灭愁生，一番量度。残月无知，偏照得、书中魂魄。合翻间、此情脉脉，淡斟轻酌。

八声甘州·甲申年春节赋

又一年春鼓急相催，好雨拭清眸。看门前倒福，枝头滴瑞，燕侣莺俦。趁此金猴降世，一棒扫千愁。假我迎春笛，吹上琼楼。　　天汉烟花落罢，再甘醇举起，共祝神州。把红绫绾束，装点少年头。驾神舟，云霄漫渡；振诗魂，一唱起龙虬。追强杰，待鳌头占，华夏千秋！

谢池春·夜半敲诗

十载行吟，诗绪将无还有。最难时、黄昏过后。夜虫能唱，夜风香如酒。更何堪、夜灯如豆。　　此心早许，哪管无眠消瘦。有心田、梧桐半亩。将来凤翥，伴伊游霄九。任窗前、鸡催清昼。

永遇乐·诗梦

积墨成心，揉诗作梦，仍未明了。一片残荷，半池败苇，欲共红稀少。江湖纵目，已非今昔，早被莺歌缭绕。看灯前、堂堂七尺，此情柔弱堪笑。　　汨罗水冷，乌江血热，只有凄风凭吊。文未通天，武难撼地，何惜青丝老？怅然回首，红尘过客，叹我苦吟清调。到而今、江郎才尽，还争昏晓。

黄天骥

1935 年生于广州，广东新会人。毕业于中山大学中文系并留校任教，现为教授、博导。任全国古籍整理出版规划小组成员、中国戏曲学会会长。曾任国务院学位委员会学科评议组成员，中大中文系主任，研究生院常务副院长。出版了《诗词创作发凡》《纳兰性德和他的词》《俯仰集》《黄天骥自选集》等。

花市行

花拥五羊春满路，倾城争说买花去；
东风浅笑过墙来，轻逗几点黄昏雨。
雨余巷陌绝纤尘，浮光泛彩茜罗裙，
灯下买花香惹鬓，春到枝头已十分。
十分春色十分情，含情凝睇入红陵；
松柏两行霜染翠，栏杆九曲玉雕成。
尚记栏杆萦绕处，夜深忽放花千树，
心香瓣瓣结花环，春雨潇潇愁不住。
万里神州一片白，缟素梨花和泪摘，
年年花发望清明，丰碑已在人心勒。
白花深处有花魂，缥缈音容梦愈真，
骨重神寒天宇器，曾将妙手绣乾坤。
风云初动乾坤转，啮花虫豸蒙头蜷；
京华十月醉红枫，如荼如火催春暖。
春暖今年放百花，双桥烟水润山茶，
谁剪云中千段锦，飞落羊城百姓家。
买花逶迤西城走，夭桃夹路镶银柳，

珠江初泛鸭头青，水映花光浓于酒。

篱边把酒倚修竹，坐对丛丛深浅菊，

珠球蟹爪间金鳞，藕白飞黄缀肥绿。

遥看梢头花似雾，吊钟微颤挹清露，

风前嫩蕊吐轻红，恍作霓裳羽衣舞。

窈窈婷婷淡淡妆，水仙含笑琐窗旁，

纤手高擎双玉盏，暗香微度到心房。

春回艺苑胜花坛，千红万紫挟霜还，

柳腰莲步随腔转，铁板铜琶尽兴弹。

弹罢舒眉发浩歌，芳华重睹泪滂沱，

恨短恨长缘底事，年来年去莫蹉跎。

莫惧花根冰雪压，苍生护暖新芽苗；

买花归去写新词，春心欲共花争发。

颙立捧花向九陔，春莺飞去又飞回，

岭头陇外花如海，花魂何日复归来！

重霄乍觉彩云开，仿佛花魂喜满腮，

如许春花来不易，寄语东风着意栽。

蝶恋花·端午怀屈原

端午千河擂怒鼓，浪卷旌旗，旗里蛟龙舞。酾酒临江风射雨，夜阑醉读怀沙赋。　　吟罢沉魂无觅处。且把诗情，投入波心去。海日忽浮如血铸，衡阳雁叫南天曙。

足球吟·寄足球健儿

天安门前擂大鼓，神州浩气连天矗；
绿茵场上健儿飞，荧光屏畔情如煮。

一蹴跳丸飘若线，破雾穿云看不见，
忽惊明月坠碧空，訇然匝地流光溅。

齐挥铁腿向球门，横身倒踢紫金冠；
斗处骇观狻猊搏，伏时巧作蛟龙盘。

盘弓跃马张双翼，全守全攻齐努力，
去如东海退秋潮，来似昆仑轰霹雳。

霹雳轰顶不须忧，雄狮振鬣猛摇头；
珠球洒落三山外，仰天长啸乱云收。

云去雨来风转壑，底线传中势磅礴；
半场堵截树铜墙，后防顿觉烟波恶。

铲破重围不顾身，飞将军自九霄落，
练兵千日用今朝，人生哪得几回搏！

短传燕子穿三角，长传饿虎摇山岳；
斜传急雨射苍穹，回传宝剑收锋锷。

战旗猎猎风萧索，前冲后突单枪戳；
凌空怒吼荡乾坤，鲤鱼拔刺翻身扑。

翻身只手挽狂澜，一夫倚柱镇雄关；
箭雨刀风迎面起，屹立苍茫若等闲。

鼓鼙愈紧气愈壮，万人喧呼意豪宕；
振兴中华奋国威，海角天涯翘首望。

翘首冲天弱转强，苍生底事喜如狂？
凋残十载严霜尽，逆境屠龙意味长！

　　醑酒含情酬健旅，云山珠海同君醉，
　　兵家胜败事寻常，胜者不骄败不馁。
　　奔腾跳掷寒和暑，阑干汗滴神州土；
　　丹心热血铸儿郎，儿郎尽是擎天柱。
　　尚祈努力更加餐，万里扬帆过险滩；
　　横扫千军如卷席，敢攀星斗落人间。

围棋咏·时聂卫平赴日参加昌棋杯赛事

　　秋风猎猎银鹰举，国手东征跨海去；
　　回望齐州九点烟，扶桑只隔一帘雨。
　　雨滴波生白玉堂，汉家豪客振棋纲；
　　千金宇内求骐骥，五色云间下凤凰。
　　拂衣直上攻擂处，呖乱鸟声啼不住。
　　一决雌雄壮士心，嘤鸣求友情常驻。
　　横戈驻马阵云高，雨卷龙腥出海涛；
　　北线穷阴围棘莽，南边巨浸接深壕。
　　棋枰对坐千山静，敛气凝眸看日影；
　　兜鍪不动战旗斜，霹雳收勒听军令。
　　须臾子落起风雷，顿觉眉间剑气吹；
　　布下"小星"光闪灼，犄角连环不可摧。
　　迎敌分兵开虎口，坚城滚石大如斗；
　　直插"天元""宇宙流"，应手从容饮杯酒。
　　酒酣顺势发奇兵，貔貅怒跳入空营；
　　振臂一呼惊草木，敲棋犹作乱金鸣。
　　中腹大空尖、顶、靠，栈道明修瞒敌哨；

"小飞"斜出度陈仓，微睨金鳌抛锦罩。

锦罩腾挪动九天，六军翻似滚油煎；

露重鼓寒声尽死，戟锁重关马不前。

满座但闻风索索，赤日炎炎霜雪落；

气结声吞血欲凝，唯有哀兵夜吹角。

楚歌四面月将残，紫塞荒凉暮色寒；

大局行看江海泻，谁人只手挽狂澜？

咬牙搔首沉吟久，拍案急抛"胜负手"；

拼掷头颅决死生，五岳乍崩天乱抖。

雕弓晓射踏霜蹄，沙场骨白血肥泥；

短兵搏杀"收官子"，孤棋"打劫"系安危。

胜负安危休细数，渐散尘烟收战鼓；

斗酣转觉友情浓，投袂推枰齐起舞。

纹枰三尺入玄机，黑白分明接翠微；

覆雨翻云千载事，落花流水一招棋。

一着之差势尽倒，当时国把黄龙捣；

古今中外几多人，功败垂成没芳草。

京华恰见聂旋风，凯歌高唱入云中；

漫把棋形连世势，拈花微笑论英雄。

手谈斗智兼斗力，国运蹉跎棋运戚；

元戎卓识与天齐①，助我雄飞张羽翼。

卧薪尝胆几春秋，报国心丹耀斗牛；

锻砺戈矛期一战，岂能徒白少年头。

心底无私思路广，虎穴龙潭由我闯；

囊棋仗剑走天涯，铲平沧海千层浪。

闻君此语倍精神，昌棋爱国竟难分；

烂柯仙叟跨龙去，尚留浩气满乾坤。

满乾坤，说聂君，"杀伤电脑"慑心魂；

迎风独立三边静，秋山黄叶落纷纷。

【注】

① 陈毅元帅关心围棋事业。

邓世昌百年祭 （四首）

（一）

古柏环苍冢，明湖一镜开；

波留辽海月，魂绕望乡台。

肝胆甘涂地，关河历劫灰；

长风来万里，慷慨有余哀。

（二）

遗像立云肩，千秋尚凛然；

横眉寒敌胆，裂眦跃玄渊。

壮士拼齐死，将军不独全；

年年沧海日，铸血照中天。

（三）

弹药多暗哑，将军杀敌难；
苟不诛墨吏，谁与挽狂澜！
浪死三千士，空怀一寸丹；
从头翻恨史，灯下发冲冠。

（四）

百年申国耻，酹酒诵英名；
星斗光祠庙，旌旗拂殿楹。
河山千劫在，生死一毫轻；
今日军威壮，烟波万里平。

菩萨蛮·鼎湖避暑山庄

湖天暑气飘无迹，浓阴滴翠一池碧。小榭暗生凉，山葵放野香。　　寒泉激碎玉，水畔鸳鸯浴。浴罢舞灯红，相携满袖风。

金缕曲

报载大连某旅店轻慢前往开会之教师代表，有感近年来教师遭际。因赋。

（一）

　　粉笔生涯耳，算朝朝，飘尘染袖，倦神劳髓。磨尽此身成灰土，栽就满庭桃李。风乍变，十年劫起。识字翻成忧患始，向苍茫咽下涓涓泪。天亦老，夜如水。　　棍棒茅棚霜露里，最牵情，藏书贱卖，稿篇焚废。柴米油盐茶酱醋，兼顾老婆孩子。凭谁问，流年飞逝！七尺昂藏甘浪掷，独人民育我难抛弃。十月六^①，开新纪。

【注】
① 一九七六年十月六日"四人帮"倒台。

（二）

　　毕竟春回矣，渐神州，冰澌溶泄，飞红舞紫。闻道海滨沙岸暖，千里嘤鸣而至，又岂料无门栖止。流毒未消休懊恼，且由他，儇薄情如纸。非与是，凭公议。　　纵横斗室书和字，夜深沉，斟词改句，寒灯独倚。苦辣酸甜何足问，一笑置之而已。更不需《离骚》伴醉。况是京华舆论正，要尊师重树新风气。金鸡唱，腰撑起。

蝶恋花·咏羊城 (三首)

(一)

一月五羊花吐蕊，暗逐轻寒，点逗风光美。岭上红梅含半醉，横斜疏影迎霜倚。　淑气初回烟带腻，收拾残冬，卷起重重被。放眼明朝春雨翠，殷勤裁剪桃和李。

(二)

五月珠江敲天鼓，日丽潮平，忽睹鱼龙舞。两岸争喧声若煮，千舟竞发飞如虎。　意畅酒酣跨阔步，挥手撩衣，劈破迷蒙雾。勇往直前齐奋橹，英雄自有冲天处。

(三)

九月登高云漠漠，水坳山隈，又见新楼阁。碧瓦朱甍金凤啄，琼轩矗立天鹅落。　越秀流花天夜幕，星汉交辉，灯映垂缨络。广厦筑成连巷陌，持螯赏菊听弦索。

黄日强

1982 年 4 月生，广东省东莞市人。北京交通大学本科毕业。东莞中华诗词学会会员，现在东莞市政协工作。

月夜怀人

萧萧桐叶月昏黄，独举霞觞怨夜长。
回首伊人相约日，天涯何处诉衷肠。

怀乡时负笈都门

春色微茫夜，离人久未眠。
行吟芳草地，惆怅落花天。
明月共千里，青灯守一年。
乡音何处觅，岭海隔云烟。

清明

小桥才过又池塘，芳草萋萋曲径长。
一抹烟霏迷旧迹，几朝微雨换春装。
鸟啼高树声声碎，花倚低墙簇簇黄。
白纸飞如蝴蝶舞，随风零落怨斜阳。

凉夜偶得

轻寒漠漠夜迢迢，倚遍栏干酒未消。
凉月半襟花影瘦，玉人何处弄清箫。

中秋夜游颐和园

昆明湖畔柳青青，月满花枝鸟不惊。
笑语楼台还射覆，一樽醉入管弦声。

黄文彬

1942 年生，字玄同。现居香港。著有《岭南诗人资料检索》
《龚自珍诗一字索引》《古欢楼诗存》《拗句韵列》等。

搜得先师《一芦存稿》赠其哲嗣刘锐之其钝先生并胺以四诗

曾无绛帐与皋比，小屋藜床为说诗。
此是卅年丁酉事，忆来还似不多时。
四海当年有困穷，劳生萍转各西东。
每教问字烦邮使，书札残存廿二通。
天风吹送海之隅，温峤如何忍绝裾。
记否师门难作别，惠和坊外久踟蹰。
神飞遥祭知无补，徒向妻孥说旧恩。
所以龙威心事苦，洞庭波渺往来频。

怀邬丈伯健爱时先生

秋老晴窗话别时，支吾人语转迷离。
为怜去国难为别，忍以虚词慰老悲。
从此天涯怀杖履，诵来诗句想须眉。
侯芭隐有心丧痛，儿女灯前那得知。

频年 (四首)

(一)

事有难言不忍言，江南旧事怅如烟。
青天碧海成孤往，从此风尘五十年。

(二)

频年旧梦感何如，海外离魂惯索居。
乍数流光岁惊晚，中心万感不成书。

(三)

莫言市隐寂于僧，夜赋宜春句尚能。
写就花笺归一束，小楼灯影冷成冰。

(四)

怕言经义厌言愁，痴拥虚名集强留。
海角骎寻人欲老，蹉跎两字换春秋。

杂忆

大雾横江障似纱，舟人指点望仍遮。
伊谁浪迹三春暮，自在江心一叶斜。
侧帽傍舷充午枕，近村荷笠走平沙，
岭南一十四州县，今夜灯前谁氏家。

误向

误向风尘岁月多，蓬山归计有风波。
徒令哀乐中年感，忍付清商子夜歌。
天外迷踪留句在，酒边无泪奈伊何。
平生或有靡芜意，未肯湘灵壁上呵。

红叶

三秋容色抹朝霞，曾记高寒是妾家。
一为多情题句后，悔随流水向天涯。
空山点染真如梦，细草殷勤眷落花。
最记浔阳秋月夜，荻花曾共听琵琶。

过香港孖冈山二战遗垒

寂无人处亦生哀，废垒斜阳今独来。
兵气久销犹俯仰，暮云何意共徘徊。
守军负创虫沙劫，孤岛当时兰蕙摧。
谁与春泥证心事，只今灯火灿楼台。

暮春飞天津

南国红棉早著花，津门杨柳未抽芽。
云涛送客三千里，日晷移针一点差。
入市旧游争索笑，小楼谈往涩于茶。
如何霓影笙歌处，错认天南卖酒家。

叠韵和萧辉楷

负却年华不辱身，何妨功业负卢纶。
等闲纸上求青眼，又向云间露一麟。
岁首喜能来旧雨，深杯同与古时春。
束书意气君何壮，半老蟫鱼欲问津。

题番禺刘氏四家诗

不嫌冒昧不嫌村，不待予言敢不言。

旷世名流成定论，一家词赋可同尊。

丛残有客能高义：文献因人得保存。

我欲此间寄微慕，灯前检稿又重温。

黄令时

1982 年生。现于香港中文大学翻译系攻读哲学硕士课程。

阅《百年香港》旧照

古照重刊墨样新，居然驻得旧时春。
青衿长辫才人扇，凉帽轻纱仕女巾。
跑马郊原天爽朗，游车芳草气氤氲。
眼前事即百年事，赢得沧桑迹未陈。

负笈归港

挥手欧盟东复东，归心思切旧帘栊。
迤来徽上残弦静，更忆瓶间往日红。
异域闻歌知惜别，碧天裁句意难工。
经年负笈三簧舍，可是相思一例同。

过车公庙

绀墙香火沥源乡，六百年前旧战场。
一死宋臣留姓氏，千秋庙貌耿辉光。
廊花剑血红疑染，风树干戈哭有殇。
感慨读碑斜日暮，还将此意咏沧桑。

赋禽流感

一时风鹤禽流感，虐在人间初得名。
谁复闻声思祖狄，更疑疫埠是香城。
天心播弄原难测，人意苍黄还屡惊。
欲问淮南鸡犬事，仙家检疫怎经营。

山深渐觉衣裳薄

市廛回望隔烟岑，始觉山行路转深。
泉壑声摇人肺腑，海天愁入客胸襟。
无衣与子同其栗，落帽谁人尚雅吟。
怕是寄君诗亦冷，此中当有岁寒心。

黄志豪

1931.12 年生，字自逸，号乃青，广东吴川人。曾任吴川市文化局副局长、文联副主席。又曾任吴川诗社社长、《梅江诗词》主编。现为吴川诗社名誉社长。是中华诗词学会、中国楹联学会会员，广东中华诗词学会理事。著有《黄志豪诗联集》《诗对入门》，主编《当代诗词集萃》《吴川古今对联选》。

偕出席西北地区先代会青海代表登大雁塔

雁塔高登直上云，长安佳气一番新。
题名旧事何须羡，无限风光属后人。

次韦丘吟长咏菊

黄花香九月，谁与同高洁？
冷眼看群芳，秋来多落叶。

冬菊

所尚金英霜雪姿，不希落帽赶风期。
幽香独殿群芳后，莫笑生来不入时。

春湾石林

如马如狮如巨人，千奇万状细看真。
问渠底事多如许，共入深山好避秦。

文山

重重叠叠竞行文，案牍如山五岳增。
几度刨锄移不得，愚公此日恨无能。

读《赫鲁晓夫的秘密报告》

个人崇拜事堪哀，亘古专横一独裁。
几度呼号才揭出，可怜覆辙又重来。

行路难

李白曾吟蜀道难，何如今日路多艰。
靠山吃水重重卡，唯有方兄过得关。

贪官铭 （戏仿刘禹锡《陋室铭》）

才不在高，有位则名。官不在大，有权则灵。
多占楼室，惟吾得馨。逢亲灯放绿，有贿眼垂青。
吹拍有黑帮，宠爱多白丁。独专厚黑学，取贪经。
无忠言之逆耳，无工作之劳形。开好大后门，筑
起受礼亭。群众云：无耻之尤。

老龙潭 (二首)

(一)

峪深松茂见龙湫，银瀑穿云带月流。

泾渭分明良有以，从来清浊在源头。

(二)

当年梦斩有耶无？是处藏龙信不诬。

奇景天生风物异，幽篁独坐鸟相呼。

【注】

　　老龙潭在宁夏泾源县，为泾河源头之一。这里是传说中魏征梦斩老龙之地。

洞庭竞渡歌

洞庭五月波浮天，彩旗猎猎雷填填。

龙得云雨竞腾舞，扬桴击楫齐争先。

南粤健儿叹威武，湘皖黔闽尽劲旅①。

天下精英会洞庭，百龙竞渡闹重午。

楚累一去二千载，楚江遗俗终古在。

竭来湘水吊诗魂，骚赋悠悠启万代。

浩渺烟波深复深，楚些难招冤屈魂。

潇湘风雨声呜咽，恍闻泽畔行悲吟。

屠王聋瞽自不察②，萋斐哓哓能铄金③。

遥望九关虎豹恶④，极目千里伤春心。

搔首问天天渺渺，远游大地地沉沉。

卜居乐土非所宜，怀沙诀绝天地喑。

沉湘千载长增哀，竭忠尽智仍罹灾⑤。

能与日月争光焰⑥，未能拨得浮云开⑦。

举世皆醉孰知己？自古庸人俱忌才。

沉骨肯消国破恨？行吟应见魂去来。

贾傅投文摧肺肝⑧，阳明凭吊多忧伤⑨。

屈当乱世自已矣，贾值明时恨转长⑩。

而今喜逢天下平，中华振起双文明。

举贤任能重知识，开放腾飞风雅兴。

【注】

①　第四届全国龙舟赛在洞庭南湖进行。广东顺德男女队双获冠军。获奖的还有湖南、安徽、贵州、福建等省队。

②　秋瑾诗："楚怀本屠王，乃同聋与瞽。"

③　萋斐，谗言。

④　《楚辞招魂》："虎豹九关，啄害下人些。"

⑤　《史记》："屈原正道直行，竭忠尽智以事其君。"

⑥　《史记》："推此志也，虽与日月争光可也。"

⑦　《新语》："邪臣之蔽贤，犹浮云之障日月。"

⑧　贾谊投书以吊，而因以自喻。

⑨　王守仁（阳明）《吊屈平赋》："世愈隘兮孰知我忧。"

⑩　屈原于乱世被逐，尚可说也，贾谊乃明时被谪，尤觉痛心。

黄坤尧

广东中山人，1950 年生于澳门。台湾师范大学文学士，香港中文大学哲学硕士、哲学博士。现任香港中文大学中文系教授。专治声韵训诂、古典诗词及现代文学。著有《清怀诗词稿》《沙田集》《清怀词稿和苏乐府》《清怀三稿》《温庭筠》《诗歌之审美与结构》《香港诗词论稿》等。

三月

三月北风江水寒，年年释法可心安。
一团乱局团团转，明日黄花日日看。
两袖清风求去易，无端冷雨载行难。
杜鹃已谢余零粉，今夕霜凋百卉残。

平江谒杜甫墓

九月平江聚斗魁，湖湘星月灿成堆。
汨罗舟入清秋冷，大历歌吟动地哀。
祠庙闲寻供想象，神州犹待振风雷。
凤凰献瑞掏心血，千古遗阡德泽开。

挽春吟和韵

秋山红叶长精神，银汉盈盈欲问津。
神六渐圆天上梦，大千回望网中人。
太空蓝绿滋奇彩，终古玄黄濯暗尘。
今夕蓬莱思远客，几回风雨送残春。

【注】

2005 年 10 月 12 日，神舟六号太空船顺利升空。

聚散

聚散原无准，人天隔海涯。
严城消息断，终夜水云痴。
扑蝶惊飞去，寒花泫欲悲。
松山冲冷雨，哀乐少年时。

怨煎

怨绿愁蓝浅水边。蓬莱橘紫失澄鲜。
横行蟹逐殊方岛，直道风微在莒田。
海峡有潮瓜再摘，江山无主壑难填。
忍看撕裂人间世，南北何堪萁豆煎。

石头店

　　锺伟民打破传统题材，自行访石设计珍品。店中有周雕师所刻"采珠"杜陵冻摆件，高一尺，裸女三十一人悬浮于碧波之中，富于动感。王作琛所刻"新生"黄巢冻，检出一窝雏鸡，复有"出水芙蓉"善伯冻、"五行·水"鲎箕田诸作。石头皆似凝脂溶化，软腻而流动。当日所喝普洱茶原为茶砖，锺伟民称乃用大铁椎打碎，略嫌粗暴。店中珍品极多，大师雕刻，游刃有余，自亦通于精妙剑法。畏闻也者，怕祸及顽石，难为玉碎也。

冬日暗黄昏，来访石头店。
室雅透玲珑，不著纤尘染。
水晶与蜜蜡，四壁光辉闪。
田黄鸡血红，云霞争吐艳。
巧手周雕师，采珠浮激滟。
三十一裸女，滑溜难遮掩。
更看王作琛，雏鸡一窝检。
嫣红双莲房，出水芙蓉脸。
溶化美人脂，五行水色渰。
题材翻新境，创意同烈焰。
艺术品味殊，禅机存一念。
邀我登阁楼，品茗坐竹簟。
野生普洱茶，苦涩回甘渐。
畏闻大铁椎，夭矫屠龙剑。
天地忽澄鲜，顽石头能点。
出门大道行，通灵已无玷。
回望松山颠，佳气斗牛验。
打造新名牌，万花争富赡。

独上黄龙

江郎才尽阮郎羞，青藏行吟东藏游。
人事都迷山水去，风花长系梦魂留。
台阶独步怜瑶草，林木参天濯翠流。
五彩池中涵幻碧，高山薇蕨已忘忧。

四川阿坝州又称东藏，高山流水，风光各异。夜抵南充

缥缈星云透夜空，微茫灯火到南充。
嘉陵江上半弦月，冷浸北湖花树中。

登南郭寺，依杜甫《秦州杂诗》韵

车上南郭寺，来寻不老泉。
潜流余水井，霜柏接枝传。
三月秦州客，千秋陇右边。
诗声回古道，登览一潸然。

春分

受难连复活，春分蟾月圆。
久迷深绿海，重现碧蓝天。
鼎革孚时望，乾坤交泰年。
阳明花艳放，正气合招贤。

遥望清溪川

清溪川乃首尔市政府新近修复之天然河道，流淌于市区中心，上有二十二桥，方便往来。集旅游、购物、消闲、环保诸概念为一体，具有城市建设之典范意义。可惜大会临时取消游览清溪川节目。

清溪川上美人愁。可是缘悭一夕游。
二十二桥羞月影，当年呼酒过扬州。

厓门吊古

厓门乃宋帝昺君臣投海殉国之地，张弘范尝刻"镇国大将军灭宋于此"石上，后为徐瑠铲去。现属海军军区管辖范围。

苍崖南望水茫茫。一代军民决战场。
蜑户有心存宋祚，将军无耻翦吾王。
飘摇风雨林花寂，澎湃江潮海角荒。
雄魄魂归时世换，人间无语吊兴亡。

戊子开春

乡情惨淡不成春。炮竹隆隆入岁新。
断续火车南岭外，萧条冰冻北江滨。
水仙无复飘香屑，柏酒难尝泛苦津。
风雪漫天情亦老，一船同渡未归人。

浣溪沙·长安春意，和魏新河韵 (二首)

(一)

二月春风暗雨时。长安市上柳如丝。相逢清夜语依依。　　急鼓繁弦催酒令，浮红涨绿饮花诗。十年人事卷涟漪。

(二)

二月柔条绿渐工。杏花零粉展春容。枝头翠鸟两情浓。　　蜂蝶无心芳意拙，蛾眉凝睇玉钗风。可怜桃李太匆匆。

临江仙·春归和韵

叶恋花时花恋蝶，春来莺燕相呼。大观园里住仙株。掀帘窥笑靥，珠翠入时无。　　云雨迷蒙湖海绝，春归宁问荣枯。山长水阔彻真如。心窗涵满月，天外一灯摅。

黄松坤

1948 年生，笔名白云。现为澄海诗社副社长，澄海楹联学会理事，中华诗词学会会员。

回忆

欲读经书疗我愚，背书下海捕无鱼。
特权经济十余载，大款原来不读书。

黄尚志

1947 年生，广东南海人。中国楹联学会、中华诗词学会会员，蟠龙诗社副社长，与人合刊《三友诗集》。

蝶恋花·摩梭女

戴珞披璎裙褶弹，臂润腰圆，靥辅承红朵。舞步轻盈真袅娜，欢歌一夜围篝火。　　休笑丈夫无你我，阿注婚盟，不是偷情果。母系流传相与可，千年睥睨儒家锁。

高阳台·丽江情思

窄巷幽深，苔桥缀翠，沿河绿柳繁花。绣榭雕廊，临流小院人家。灯笼串串黄昏后，隔窗棂，活酒评茶。最堪奇，乐赏么些，文赏东巴。　　人研真合神仙境，见一城黛瓦，五凤檐牙。玉水龙潭，高崇雪岭朝霞。浮生但得余闲暇，便何妨，远迹天涯。到滇边，涤尽烦思，脱尽名枷。

水调歌头·献给青藏铁路的建设者

遍地飘哈达，沿路播经幡。热烈锅庄狂舞，锣鼓彻云间。亘古荒原鼎沸，空谷长回汽笛，高路破重山。呗呗唐蕃路，自此不言难。　　保生态，降冻土，战高寒。填壑移山凿隧，露饮雪同餐。挑战高原极限，笑傲生存禁地，唾手等闲看。待到长龙过，荣佩奖章还。

黄念三

1931 年生，湖南岳阳人。毕业于军事院校及业大中文系。曾在中南军区及广州工业部门工作。现为广东岭南诗社理事、广东省老干部诗书画摄影研究会诗词分会副会长。有《挹清居吟草》印行。

屈子祠

神坛不拜拜骚坛，屈子祠堂细细看。
痛惜荩臣遭毁谤，深悲国器葬洪湍。
离骚精粹中华宝，天问深涵世界观。
爱国诗魂寰宇颂，韵留玉笥馥弥漫。

访黄遵宪人境庐

人境庐中胜景留，朝来爽气晚凉秋。
七分明月三分水，百步梅江五步楼。
叠石成山芳圃静，栽花绕槛曲池幽。
卧虹榭畔宾常满，报国深情寄唱酬。

重阳游惠州西湖

卅六西湖惠并杭①，浓妆淡抹共风光。
孤山苏迹豪情古，巍岭丰碑浩气长。
玉塔微澜波映月，芳洲秋艳翠含霜。
谊深景美诗心畅，旧雨新朋赋绮章。

【注】
史载中国西湖三十六，唯惠州足并杭州。

南巡路上好风光

1997年5月5日至7日，参加广州军区老干部大学和岭南诗社组织的"重走小平南巡路"采风活动时随感得句。

一路清风一路花，耆英奋发晓飞车。
三朝遍访南巡地，采得春光送万家。

游黄狮寨

冷雨醒清秋，蝉声伴我游。
山枫颜似醉，溪竹翠如油。
百壑藏云海，千峰锁雾洲。
黄狮美胜画，仙境世间留。

黄育群

1968 年 7 月生，笔名群言，别号庐隐，广东普宁市人。大学本科，政工师，就职于中共汕头市委统战部。现为汕头市民间文艺家协会会员，市作家协会会员，杏园诗社理事，《杏园诗词》副主编。

咏海南五指山

五指奇峰出，擎天气独豪。
君山同俯首，岂是自鸣高。

浪淘沙·游揭阳市梅云镇后洋神港公园

簇锦缀青峰，夕照尤红。神池荡漾水淙淙，玉液甘泉真适意，妙在其中。　　何处觅芳踪？此地相逢。后洋胜景兴游浓。妙舞轻歌心益畅，不是仙宫？

黄城达

（简历暂缺）

青岛听涛

岛绿林阴花满溪，海风吹浪拍长堤。
涛声奏出千年曲，溯古思今总切题。

谒海瑞墓

三朝阅历一忠公，正气凌霄震粤东。
愤笔上书除弊政，扶黎济庶策豪雄。
时无俊彦抬棺胆，世有蛀虫伤国风。
莫要侈谈形势好，还嗟妖雾尚迷蒙。

登蓬莱阁

更于何处觅佳游，喜踏沧波上此楼。
朝汛白浮千点鹭，晚枫红染一川秋。
秦皇汉武谁无死，种药仙丹不解忧。
寡欲清心人自寿，养生妙法岂他求。

黄施民

（1922—2003）原名黄玉宇，广东南海人。曾任广东省委副秘书长、宣传部副部长，深圳市委书记兼副市长。先后担任过广州诗社常务副社长、岭南诗社社长、广东中华诗词学会常务副会长。诗词创作出版有《深圳吟》《深圳风华词集》《南窗诗抄》和《黄施民诗词集》。

鹧鸪天·初赴深圳特区

慢说东山钓隐时，岂无承命赴戎机。朝辞穗石临边地，暮踏桥头步水湄。　　山动影，柳飞丝，风来堤岸步轻移。吹凉双鬓孤城晚，犹自南天寄远思。

沁园春·深圳经济特区成立十周年

十载启关，怒马先奔，岂不快哉。看南陲胜概，破空竟出；九州生气，排闼而来。古塞荒凉，霎成新异，堪为苍生共举杯。扬鞭去，有风生两腋，宁肯徘徊！　　玲珑高厦崇台，更天外奇花着意栽。爱罗湖多丽，国门壮伟；桐山耸翠，圳水潆洄。惯吸东江，欲吞西海，一代新人亦俊才。长歌起，指大鹏飞处，万里云开。

鹧鸪天·访香港叙于陆羽居

　　陆羽重来十载移，茶香绕座启新思。"选堂"万卷探深海，"慷烈"千章解妙词。　　天正晓，岁如痴，"望云"肯不步成诗①。血浓于水情何似，老尚风流一笑时。

【注】

① "选堂"指饶宗颐，"慷烈"指罗慷烈，"望云"指曾敏之，皆香港著名文化人。

鹧鸪天·登梧桐山电视塔①

　　碧绿千重路渐高，浮云脚下觉身飘。梧桐铁塔穿天极，电视楼台入月梢。　　情意茂，彩姿娇，波频轻送影春宵。中原赢得风光盛，异调何惊冶艳刁。

【注】

① 深圳电视台设于梧桐山顶，正计划兴建微波发射台。

游星洲花芭山

　　灯花星雨洒轻盈，岛影山光海气清。岭上胡姬真国色①，花芭能语对神凝。

【注】

① 胡姬花为新加坡国花。

临江仙·访京都岚山周总理诗碑①

花树姣妍千里，诗碑傲岸重霄。一生高义醉樱骄。缤纷铺绣锦，皎洁罩冰绡。　　昨夜翻飞细雨，胭脂倾染江潮。落英吹雪未空飘。春山留碧绿，枝叶挂新条。

【注】

① 诗碑上题总理咏樱诗。日俳句称落英为花吹雪，龚自珍称落英为倾胭脂。

瑞鹧鸪·寄别潘受诗长

壮岁烽烟反汉畿，护花还欲化春泥。中原落日归邦冷，半纪抛乡入梦悲。　　得识新知逢异域，却怜旧雨别冬时。血浓于水情千缕，为寄清思托小诗。

水龙吟·早春登白云山偶赋

举头万里江南，重铺嫩绿春无际。几经风雪，松涛云海，依然壮丽。摩星岭下，珠江东去，千帆竞济。况花城回暖，登临啸傲，知多少，胸中意。　　往日五羊低首，却如今，已非劫地。丹青重绘，山河定治，斗牛紫气。无须辜负，峥嵘岁月，少年才艺。问有谁还自，逆风背向，对空垂涕！

金缕曲·赠香港曾敏之①

曾是天涯客。记从前、奔忙两地，送迎南北。几许文章方壮岁，人识望云羊石。却奈何、凝寒沉碧。"求友嘤嘤"惊逆遇，尚长歌、独去吟骚域。安有泪，徒陈迹。　　而今复听吹金笛。早经闻、香江重寄，居停华壁。一页征帆浮海外，何惜轻舒飞翼。自定有、一番春色。佳日得寻名胜地，料登临赋咏多行色。酬此意，邀今夕。

【注】
① 敏之兄笔名"望云"。

念奴娇·与诸子登七星岩

七星岩秀，看水剪西湖，山移阳朔。削壁锥崖天欲破，不见人间斧凿。北海碑雄，端州砚古，胜迹犹如昨。层林叠翠，凌空多少仙阁。　　眼底千里风云，扬清激浊，浩气冲霄廓。此际高吟应壮阔，一任豪情磅礴。吸尽西江，飞为春雨，绿涨溪和壑。尘寰随处，新晴烘暖河岳。

满庭芳·《诗词报》创刊

吐紫争浓，含芳竞放，百花洲里多晴。乱芜收拾，更极目青青。正见城头高树，有晨鸟、出谷初鸣。云山下，轻歌趁晓，诗句壮新声。　　且听。吟不尽，南园清韵，故国真情。似鼓角侵天，铁马交兵。细数千年绝调，曾谁咏、当代文明。凭君去，铜琶敲起，赋一代中兴。

金缕曲·《当代诗词》创刊

纵目芳菲艳。问花城，旧时相识，可仍清健？莫谓遮颜曾破帽，休说老来笔倦。闻道是、风流重现。铁板铜琶应已惯，况江南、未少英和彦。且约定，吟词苑。　　骚人当代争春暖。更新声、寄情轻吐，啼莺清啭。欲把山河都笑咏，壮士偏多豪叹。昂激处、叱雷呵电。意气纵横冲霄汉，又何妨、好句凝千炼。写一代，中兴传。

临江仙·访张家界

恰似剑刀林立，恍疑阵列千军。奇峰豪气可吞云。形藏如虎踞，势抱若龙奔。　　未惜攀藤附葛，何怜乏力酸筋。青山许我伴诗魂。花溪歌玉树，野店醉黄昏。

鹧鸪天·读梁启超《饮冰室文集》

十一童龄熟百家，少年志切振中华。忧时每作苍生问，革故常将异俗夸。 怀胆识，走天涯，饮冰室有热肠花。启蒙当日先行者，已见文明敢破芽。

满江红·林则徐二百周年诞辰访虎门沙角炮台

故垒秋风，牙旗卷、依稀营幕。凭吊处，云横水寨，台高沙角。百世英名辉日月，一碑亮节参天岳。对斑斓古炮念前雄，怀腾跃。 销鸦片，驱海鳄；千载业，公超卓。有元戎马驻，西夷胆落。二虎门吞强虏血，伶丁洋断胡樯索。遍三星义帜举乡闾，气磅礴。

黄海章

（1897—1989），广东梅县人。曾任中山大学中文系教授。中国古典文学著名学者，尤精于《文心雕龙》研究。著有《中国文学批评论文集》《中国文学批评简史》《明末广东抗清诗人评传》《黄叶楼诗》等。

抵掌

抵掌论成败，纵横说是非。
帝王原是贼，史传半儿嬉。
江树前朝倒，渔翁烂醉归。
茫茫今古事，一笑了玄机。

河清

久绝风雷响，宁闻骏马嘶？
河清唯有颂，补阙竟无诗！
叶密光难度，霜寒花发迟。
扶桑看晓日，照彻凤凰枝。

独鹤

秋林鸦噪剧纷纷，独鹤盘空迥不群。
嘹唳一声无与和，自舒健翮入层云。

忆旧游四绝句

罗浮飞瀑

瀑水松风发大声，山花怒放鸟无名。
于今尚作飞腾梦，四百峰头自在行。

普陀海月

终古涛声撼碧空，嶕峣乱石浪千重。
为何月上潮平夜，万里镕银静不风？

南岳观日

繁星历历满中天，海气蒙蒙幂大圜。
涌出一轮天尽赭，栩然身在石峰巅。

丹霞夕照

横江列岫似云屯，长老无言挈众孙。
精舍一椽诸虑肃，夕阳烘出万千村。

【注】
长老峰为丹霞主峰。

平生

平生无梦到王侯，胜水名山豁远眸。
诗国尚容吾啸傲，余年不逐世沉浮。
旧巢无复来新燕，好月依然上小楼。
卅载悲欢何限事？游丝风卷莫回头！

说诗

笔底烟云变古今，纵横六合任吾心。
浮声切响缘何事？海水天风激妙音。

世路

世路崎岖亦饱经，江天廖廓寄吾情。
濛濛野水孤帆远，隐隐青山夕照明。
物我两忘心自泰，跖尧同尽孰为名？
老夫得趣形骸外，不逐王公作送迎。

怀绝岛陈君

风义存今日，沧桑劫几回？
路凭山海阻，魂逐浪涛飞。
诗国容吾隐，知音似汝稀。
重逢应白首，何日慰心期？

水龙吟

罗浮足底云生，峰头独立高无辈。飞腾壮思，九垓汗漫，仙人游戏。绛阙珠宫，琼楼玉宇，都无凭据。看英雄竖子，帝王寇盗，频起灭，微尘里。　　万树梅花荒矣，喜遍山杜鹃红丽。瀑泉千叠，白光摇荡，化成云气。云跃泉飞，雾奔电掣，浮生能几？只苍松不老，依稀犹认，当年游侣。

满江红

秋月重圆，凭高望，依然清绝。最好是、蛮云收尽，水天澄彻。灯火万家闻笑语，诡谋一瞬都消歇。看月中老桂自婆娑，花争发。　　莫轻让，头如雪；兴大业，跨前哲。问神州八亿，几多英杰？大地秋光无限好，奇峰绝顶能超越。听一声长啸月轮高，惊天阙。

玉楼春

越王台上春初晓，十里红棉红未了。珠江滚滚乱帆飞，空际纷纷盘大鸟。　　溪山如画堪倾倒，莫问朱颜今已老。峨峨宫阙黍离离，多少王侯成腐草！

黄锦清

现为清远诗社理事。

春风

海北天南处处家，辛勤但使绿无涯。
岂容冰雪翻天地，暗运神功护百花。

秋夜咏史

秋月当空今古明，皇陵无数鬼相争。
儿童不解秋风客，但问诗人李杜名。

黄德存

广东阳江市诗人。

秋日登高

深秋无雨自轻寒，日照层林尽染丹。
黄菊经霜花尚艳，清流绕廓水微澜。
登山不觉苍山老，行路常思世路难。
何用酒杯浇块垒，且将风景当诗看。

雨中登祝融峰

初来南岳雨连宵，寻梦何曾怕路遥。
瀑似珠帘山外挂，溪如玉带眼前飘。
白云煮石烟缭绕，碧树撑空鸟寂寥。
巨笔淋漓峰万仞，凭谁运腕向天描。

黄镇林

1936 年生，笔名黄钺，广州市白云区人。广东师范学院中文专业毕业。先后任中学语文教学、机关宣传及报刊编辑副编审。曾任广州诗社副秘书长、《诗词》报副总编辑、广州作家协会会员、新加坡狮城诗词学会顾问、全球汉诗联盟顾问。主要作品有《绿珠》电影文学剧本、《南越王》长篇历史小说、《海韵山情集》（诗词集）、《白云居诗词论稿》等。

西域骋怀

西出阳关景象奇，天山云物久神驰。
胡琴羌笛陶人醉，汉月唐风惹梦思。
不尽白杨连朔漠，无边红柳壮西陲。
悠悠丝路飞花雨，牧女情怀总是诗。

番禺宝墨园

番禺自古风光异，情系珠江惹梦思。
山水有灵堪入画，园林无景不成诗。
四时花木清香溢，一馆珍藏宝墨奇。
漫步石桥消俗虑，归来常念锦鳞池。

【注】
园内收藏爱国华人赵泰来先生捐赠的一大批珍贵文物，价值连城，为宝墨园增光。

珠海渔女像

渔姑玉手捧明珠，独立潮头照海隅。
朝送云帆征远海，暮迎归港满舱鱼。

黄鹤楼

黄鹤归来远度辽，层楼耸立楚天娇。
当年崔颢留佳句，此日江城涌热潮。
九省通衢连广宇，双流天堑架长桥。
龟蛇对峙沧波涌，三镇交辉入汉霄。

壬午中秋寄意

金风飘玉露，兴会胜兰亭。
珠水物流畅，云山笑语倾。
九州同醉月，四海共嘤鸣。
湛湛清辉夜，魂牵两岸情。

北海十里银滩

十里银沙十里滩，椰风海韵荡胸间。
健儿搏浪涠洲岛，渔女扬波北部湾。
莫道天涯无凤至，争知合浦有珠还。
宏开西部物流畅，络绎洋船过海关。

柳梢青·罗托鲁瓦市政公园

　　薄雾笼沙。火山遗址，地热烟霞。雨后轻寒，枝头飞雪，烂漫茶花。　　难忘北岛风华。动情处、琪林绽葩。海外桃源，一方热土，毛利人家。

【注】

罗托鲁瓦市在新西兰北岛。是毛利原居民的发祥地。

临江仙·锦江泛舟

　　十月阳春风送爽，锦江翠浪回环。赤城千仞壮霞关。蓝天悬彩练，碧水抱丹山。　　两岸奇峰相对出，观音照影清湾。轻舟泛绿载歌还。梦回红石谷，情系水云间。

万里长城

　　蜿蜒云路上摩星，天宇空濛入眼青。
　　万里蟠龙边塞险，千年烽火警钟鸣。
　　幽燕自古多豪杰，秦汉从来重甲兵。
　　好汉迎风抒壮志，长城内外颂升平。

踏莎行·新加坡

　　热带鲸波，蕉风椰雨。星洲好景春常驻。胡姬烂漫满城花，龙飞海外擎天柱。　　岛国花园，琼楼玉宇。两洋会合天涯去。巨轮滚滚五洲通，全球瞩目风鹏举。

望海潮·墨尔本骋怀

　　百年风雨，墨城旧事，回眸"猪仔"堪惊。沙里淘金，披星戴月，终年饱受欺凌。大浪诉心声。水底捞明月，难遣乡情。北望神州，奈何精卫海难平。　　于今澳国繁荣。看花园城市，异彩纷呈。众望所归，华人市长，传承中外文明。人海又欢腾。"猪仔"伤心地，海晏河清。他日宏图好景，声誉满寰瀛。

【注】

据当地导游介绍，现任墨尔本市市长约翰·苏是华人，原名苏震西，祖籍广东顺德。

南京媚香楼

　　铁骑南来涌战尘，金陵贵胄各逃奔。
桃花扇上斑斑血，不是男儿是美人。

凤凰台上忆吹箫·悉尼歌剧院

碧海银湾，白帆几叶，鼓风欲待征航。恰半开莲瓣，拥抱阳光。巨大长虹卧海，波渺渺、海韵悠扬。凝眸处、崇楼杰阁，水国云乡。　　堂皇。舞台绣幕，知几许明星，粉墨登场。看百年悲喜，千古兴亡。唯见天鹅妙舞，多少事、终日回肠。余音袅、情牵悉尼，举世留芳。

【注】

悉尼歌剧院，形似几叶白帆，飘浮海湾；又如半开莲瓣，拥护阳光。举世闻名，澳洲独创。

武夷山玉女歌

庚午金秋，参加纪念辛弃疾诞辰八五〇周年全国学术会议代表团，乘竹筏沿九曲溪畅游武夷山景。途中，舟人遥指大王、玉女二峰，并告以神奇传说：古有名王大者，因其治洪水有功，人称"大王"。下凡三玉女私心倾慕，而三姐独得所钟。但铁板鬼作祟，向玉皇告密，帝大怒，令把大王、玉女点化成两峰，并把告密者亦点化成铁板嶂，横在两峰之间。天上人间，诚多憾事，感而赋此以志。

武夷绮丽好风光，水秀山清百卉芳。
六六奇峰皆胜景，三三曲水韵流长。
千岩万嶂笼烟雨，翠竹苍松揽夕阳。
路转峰回开境界，餐霞饮露胜仙乡。
春潮荡漾凡心动，月夕花晨谁与共。

寂寞灵霄辗转思，人间可遂春闺梦？

联翩姐妹下凡尘，偷出天宫飞彩凤。

仙袂飘飘舞碧峰，岫云缭绕桃源洞。

一丘二壑足流连，悦目怡情物外天。

姐妹贪游忘昼夜，临风照影曲溪边。

簪花大姐回眸笑，二姐涂脂俏脸妍。

三姐娇痴人可爱，大王伟岸孰争先？

制龙治水丰碑立，两姐倾心暗掩泣。

妹有灵犀早孕胎，低眉侧面羞何及！

垂涎玉女梦成空，铁板狰狞山鬼急。

因妒成仇奏玉皇，雷轰电扫神兵袭。

武夷旖旎变沙场，血染清溪历劫殃。

点化石头千古恨，横刀断爱绝鸾凰。

牛女年年期七夕，缘何一板只相望。

绵绵此恨无穷尽，付与诗人话断肠。

【注】

六六，指武夷三十六峰，三三，指流贯武夷的九曲溪。

烟花璀璨回归夜

珠光璀璨耀长空，彩凤翩翩舞玉龙。

飘洒银花笼海碧，扶摇火树烛天红。

普天协奏回归曲，寰宇同瞻大汉风。

举世炎黄期一统，山欢水笑九州同。

黄赞发

1941 年生，广东汕头人。中山大学历史系毕业。曾任汕头大学党委书记、文学院兼职教授。中华诗词学会会员、汕头市岭海诗社社长、广东省历史学会副会长。文史研究成果颇丰，出版有《潮汕先民与先贤》论文集。又有诗词集《潮水情》。

望海潮·焰火春温夜

飞泉倾瀑，散珠喷焰，浑然溢彩流光。捣落虹霓，移来烽火，依稀十里画廊。俯仰尽煌煌。更海风习习，细浪汤汤。美哉城，今宵浴在水中央。　　莫嗟前夜颠狂。乃豪歌劲舞，少壮之昂。多少筹谋，多时郁抑，何妨一夕抒将！热土揽资商。再三年五载，十年其昌。看取春潮万里，直挂云樯。

晚兴

耗尽青丝添白丝，文心无悔赤心持。
苍颜饱染风霜色，秃笔难濡粉黛姿。
月照楼头敲旧稿，风摇灯影嚼新思。
夕阳兼得落霞艳，正是行藏微醉时。

萧 兴

1929—年生，笔名萧柏，广东普宁人。曾任揭阳诗社副秘书长等职。现为岭海诗社社员，揭阳诗社理事。

蝉

炎夏层林播雅音，无私无畏自高吟。
斑斓尘世多迷惑，饮露餐风不动心。

龚　刚

浙江杭州人，北京大学比较文学博士，清华大学伦理学博士后，澳门大学中文系助理教授，澳门中国比较文学学会理事长。著有《钱钟书：爱智者的逍遥》等学术专著四部。

和来均忆濠镜小泉居诗

客舍天南已数年，词关别绪懒成篇。
庭中木叶疏犹密，江左琴音去复还。
王谢功名仍寂寂，庄骚才性自翩翩。
一朝别却濠江水，且向雨花参镜缘。

香山记行

城中故友半飘蓬，渺渺群山驿路东。
万木低眉迎客至，片云传意许心同。
高台煮酒邀苍鹤，野径扶鞍绕绿丛。
明日凭窗凌下界，料思回雁怅鸿蒙。

题红叶石雕

霜风渐紧叶初红，红到深时过眼空。
幸有雕工怜旧影，始知木石意能通。

题书蠹

书中有物好为师，老眼昏昏觅小疵。
未辨学林真俊彦，临川臆解水之皮。

龚伯洪

1942 年 12 月生，广州市人。广州文化专家。广州市民间文艺家协会副主席，广州文史馆馆员。有专著多种出版。

纪念邓世昌

手摸凤眼树，身沐古贤风。
海战知神勇，船冲见烈雄。
百年天地转，万里岭湖红。
邓氏祠犹壮，高吟仰太空。

"天下第一关"匾

五字雄奇留巨匾，疏狂文士未留名。
游人自有刻碑口，岂赖红花捧彦英。

障冈古村落

障冈一列清朝屋，民俗农家赏古风。
奶树婆娑凭石绽，残墙起伏忆钢溶。
檐前壁画生花笔，柱角梁雕妙手工。
锦绣白云留此地，流长源远颂神龙。

崔浩江

1933 年生，广东省书法家协会会员，分春馆门人。有《抹云楼词》。

采桑子

东湖水满浮春日，嫩柳迎风。舞蝶惺忪。罗带轻飘卷翠红。　　画栏倚遍沿堤去，试认莺踪。幽径珍丛，斜日归来意尚浓。

浣溪沙·咏水仙

玉屑清流翠作堆，楚宫娇舞弄腰支。幽香明月更无诗。　　暮雪萧萧人静后，轻寒恻恻梦醒时。倩他梅萼慰相思。

高阳台

清港观鱼，花洲听鹊，未输满屋琴书。山色冥迷，凭谁写入长图。东风不约斜阳住，忆旧情、总是愁馀。更消凝，残絮溪前，老尽莺雏。　　重来换了花时候，听廊边蛩响，雨后蕉疏。欲唤青骢，何堪故径靡芜。霜华倘满烟丛里，怕画梁，海燕难居。话游踪，几桨兰舟，几钿香车。

紫萸香慢·风雨送春

倚危栏，群芳狼藉，绝怜舞蝶娉婷。问游踪何处，堤外柳，乍阴晴。正自离怀凄断，更风狂雨横，憔悴关情。倩兰舟轻棹，载送惜花人，费几日、已无落英。　　堪惊。浅梦还醒。愁未减、过清明。记名园夜月，银笺赋笔，吟啸升平。紫云一歌传恨，怕凭吊、瘗花铭。听鹃声、遍啼香国，料她知道，春事如此轻轻。幽恨莫名。

八声甘州·秋蝉

怪商飙几度恁无情，梢头乍星星。正斜阳欲敛，吟风翼薄，瘦影伶俜。袅袅余音凄楚，向暝入帘旌。多少悲笳里，催送归程。　　招得宫魂来否，但一林黄叶，各自飘零。对残妆暗镜，空忆鬓边青。莫低诉、金茎露尽，有断鸿、呜咽和秋声。堪回想，绿槐丹荔，雨霁虹明。

浣溪沙·用李曲斋先生赠分春馆原韵

宋艳班香剩几家，金陵王气趁才华。浓霜无奈瘦黄花。　　往事水楼春意满，秦淮清梦绕无涯。好抛心力护新芽。

高阳台·夕阳

荒渚寒生，平芜烟断，雁声阵阵凄凉。侧帽西风，翠微往事难商。眉峰浅黛闲云暗，叹重游、黄叶他乡。黯羁魂，野渡舟横，趁暝鸦翔。　　秦宫汉阙知何处，但离离燕麦，入望苍茫。短鬓萧疏，临流可奈情伤。今宵缺月休重倚，引吴钩、泪湿征裳。更难堪，戍鼓沉沉，故国离觞。

浣溪沙·桂林游

万壑千峰翠欲流，漓江清浅泛轻舟。花桥疏柳雨新收。　　画壁细参三舣棹，象山重认几回眸。数声渔笛过芳洲。

临江仙·登罗浮

策杖登临乘雨霁，隔花随路徜徉。一重云瀑一岩香。嶂烟迷磴道，空翠湿衣裳。　　最是罗浮春不断，翩然彩蝶双双。酥醪观外伫初阳。江山真似画，雄踞护南疆。

鹧鸪天·游番禺余荫山房

绣阁高楼起桂丛，参差翠竹淡烟笼。盟鸥昔日犹存否，明镜莲池水蘸空。　　随凤蝶，过桥东。商量红绿地三弓。玲珑水榭闲窥影，深柳堂前问燕踪。

鹧鸪天·早春

雨霁长空走白云，彩虹天际望无垠。红桃初啭黄鹂暖，绿柳斜穿紫燕分。　　蜂酿蜜，蝶撩人。醉观池沼羡鱼欣。今朝折取一枝去，报道芳村春事新。

盘中玉

1944 年生，原名盘泽松，别号三友轩主人，广东台山人。广东中华诗词学会会员。

游湖南长沙岳麓山

寻幽访胜最怡情，一入名山万虑清。
雾幕低垂林道静，风樯远望水云轻。
残碑有字留真迹，古刹无僧诵旧经。
独立峰头心恋恋，漫随前客认归程。

落花

小园景色一番新，遍地残红盖俗尘。
昨夕初逢连夜雨，今朝曾问卷帘人。
情如有泪朱成碧，事到难言假亦真。
化作香泥培嫩蕾，枝头依旧见精神。

偶感

浪迹江湖宠辱忘，纵情诗酒自清狂。
微躯虚誉成何事，冷月空阶思故乡。
此日有谁歌白雪，当时唯我梦黄粱。
韶华本是无根物，不必伤心鬓渐霜。

盘中宝

（1929—1989），原名盘泽霖，别号雪林居士，广东台山人。
生前为广东中华诗词学会会员。

无题 （二首）

（一）

秋水传神似有声，是真是假梦难清。
晚逢自古空馀恨，老去而今未了情。
深感殷勤花语重，倍怜婀娜柳腰轻。
尘缘不敢存非想，期以来生早识卿。

（二）

神交未许失严庄，得识云英愿已偿。
语重但疑愁亦重，情长怕惹恨还长。
惟将心事随流水，漫把诗怀斗晚阳。
偏我无端添白发，一回低首一思量。

留一字胡抒怀

四九年华历雪霜，青衫相伴解温凉。

半生命蹇情何恨，一字须横气自扬。

举盏几曾成酒癖，挥毫毕竟是诗狂。

纵然白发侵双鬓，依旧高吟望远方。

柳梢青·寄怀海外亲友及台湾同胞

珠海潮回，故乡日暖，人在春台。青鬓相违，白头未聚，欲饮停杯。　那堪往事追怀，今又是、红棉早开。伫望神凝，天涯游子，何日归来。

盘中珠

1948 年生，原名盘泽荣，别号望春楼主人，广东台山人。广东中华诗词学会会员。

春郊晚步

村北蔬畦笑语哗，丰年人说好禾麻。
风前螺角催归犊，雨后田畴噪乱蛙。
短笛垂杨吹落日，长天宿鸟接飞霞。
抒情别有新佳趣，撷得山花簪鬓斜。

抒怀

少年胆气最豪饶，万斛艰辛敢自挑。
漫说高才堪倚马，也曾壮志欲题桥。
风雷望断难为雨，升斗谋无愧折腰。
一听鹃声惟堕泪，空凭词赋忆唐尧。

静夜思

漫言苦读堪经国，今日斯文似觉闲。
世浊几人真独善，时清万物总相关。
名能淡泊谈何易，笔若应酬诗可删。
欲尽苍凉孤愤感，蘸将浓墨写江山。

盘耕轩

（1904—1974），原名盘文殷，字庚廷，号逢尊，别号耕轩，广东台山人。

游山偶成

山河无恙我登临，触景题来豁俗襟。
峻岭云连看鹿走，长松风劲听龙吟。
流泉澄澈清心境，空谷溟濛喜足音。
拖屐支筇归蹀躞，一弯新月几家砧。

观戏

深涂粉墨共登场，演罢诙谐复演庄。
随便作忠还作孝，居然称霸又称王。
功名赫奕空身世，花烛风流假洞房。
寄语少年休错认，透看幻局慎行藏。

康斯馨

1945年6月生，广东阳江人。阳江市诗词学会、楹联学会会长。

重游八达岭长城有感

八达重游觅国魂，敢将古迹作家珍？
当年姜女民间泪，犹化寒风警后人！

过武夷一线天感悟

山岩四海本同宗，底事分成壁两重？
对峙局中天自窄，横行隙里路何凶①。
从来狭隘难容客，未见阴森可卧龙。
穿出豁然开朗后，心潮百丈荡心胸。

【注】

武夷一线天长140余米，最窄处0.3米，小径湿滑崎岖，最狭段几无光线，游人须侧身横行而过。

木棉

春归粤海鸟翻风，得意群芳竞紫红。
未许云端颜色寡，敢擎朱笔点长空！

题庐山石径

百曲斜山径，憨憨石磊成。
直催人向上，不与瀑争声。
倔强穿霾雾，从容历雨晴。
分明龙脊骨，支起万峰青！

章唐笺

1953 年生，广东潮州人，长期从事教育、文化工作，现为《潮安文艺》主编。有《章唐笺诗选》。

鹧鸪天·登岱岳

绿锦横空揾晓晖，峰巅一览众山微。高低紫峤丹岩拥，远近秦松汉柏围。　观玉泻，赏金飞，乐中犹觉事心违。来时忘借唐寅笔，将此名山尽画归。

无题

凌波久不过横塘，雨魄云魂两渺茫。
瘦竹潇潇空弄碧，疏花脉脉枉浮香。
灯红画阁春情暖，月白幽窗秋梦凉。
半阕新词成往事，玉箫声远暮天长。

梁 益

珠海市诗词楹联学会会员。

竹仙洞摩崖狂草赞

鹤醒猿惊激电流，龙蛇竞走逐飞舟。
是谁偷得张颠笔，千古江山胜迹留。

苏曼殊

才如江海命如丝，一袭袈裟和泪诗。
不帝秦兮明素志，断鸿零雁寄幽思。

梁　常

曾任韶关诗社社长。

端午观龙舟

茫茫何处吊灵均？天问雄词怅泽云。
凤击重霄音宛在，龙沉九海浪犹存。
汨罗有恨涛千载，湘水多情酒一樽。
读罢《离骚》山鬼哭，万人江上赋《招魂》。

岁暮韶关晚眺

雄关夕照众峰娇，曲折征程意未雕。
万里苍烟南岭暮，百年桑海北江潮。
高歌粤水情何重，跃马长城梦尚饶。
剩有凌霜诗笔在，九州何处不风骚。

韶关东桥夕照

展眼东桥晚，征帆万里还。

西风吹红叶，汽笛壮云山。

浪下三江险，鹰飞五岭闲。

落霞天外尽，灯火上韶关。

风流子

廖承志公新逝，据云韶关芙蓉山古庙当年曾监禁廖公等革命前辈，三叠前韵以志感。

俯仰西堤畔，谁家笛？风月一天涯。正十里栏杆，缁尘湖海；一江灯火，唉影龙蛇。滩声急，斗牛光焰炽，剑气武津斜。莽莽韶州，巍巍天险；中兴时代，歌舞年华。　　望古牢何在？芙蓉秀，英雄气贯长霞。多少青春热血，今昔犹夸。纪百载烽烟，一时豪杰，千秋功业，万代风花。细数弹痕炮迹，壮史如麻。

梁三苏

号二白，1938年生，广东新会人。华南工学院机械工程系毕业。曾执教中山大学等校。现是广州荔苑诗社理事，佛山诗社社员。

次韵敬和采庵师《江楼秋思》

九点齐烟一点山，曾经烽火翳云鬟。
园开秋色无金锁，鸟倦天涯念玉关。
消却残霜春已近，安排韶乐凤应还。
征帆印尽江心月，冷落黄花旧圃间。

吊钟花

烂柯山上惯栖迟，吊影霜晨只独知：
长乐不闻花外色，寒山空忆夜深时。
拟随木铎宣新政，谁系金铃护故枝。
一俟众芳司太皓，钟钟齐发报春熙。

几见

几见乘波一苇轻，未尝展翅九霄鸣。
谁将妙法施三界，别抱玄机护众生。
惜是有心难作梦，于居无处却传情：
移规再度寻新范，万里方圆待汝耕。

湘月·从采师清游兰圃承以词见贶，次韵试和

　　试寻芳草，共清风同列，野云为第。隔断绿尘朱壁里。缥缈寓形如谜。叠翠凉森，凹晶香酽，静境饶诗意：琐窗开处，小桥低度流水。　　依约贾氏亭园，大观重现，涉蹀多游子。移畹栖棚千姐妹，犹佩楚骚英气。高结元戎，雅酣海客，曾有青芜喟。半厢花影，一瓯闲话相对。

永遇乐·有怀一持公

　　月故依然，木犹如此，能向谁诉。露白葭苍，草衰鸿断，秋意添几许。那厢帘子，一时风味，曾记玉人金缕。只西风，空怜瘦菊，不知旧时佳侣。　　流光逝也，诗灵酒魄，到底天涯何处？春梦秋云，人情世事，漠漠生涯路。当年杏树，暗消风日，剩有寒蛩自语。深灯下，一帘秋影，一池秋雨。

梁之汤

1927年生，广东省佛山人。离休前系广东第五、六届人大代表，遂溪人大常委会副主任。中华诗词学会会员。著有诗词集三种。

鹧鸪天·呼唤和平

战火纷播飞祸殃，血仇不绝日无光。五洲企盼硝烟尽，四海殷期经贸昌。　　除霸道，享安康，单边主义莫疯狂。和平情聚群黎力，焉待焚香礼上苍！

梁少权

1937 年生，广东中华诗词学会会员，广州荔苑诗社、岭南诗社、武汉九州诗社社员。

山野游

如梦秋光醉似痴，漫山红叶未纷飞。
碧湖云影撑舟渡，霞浦渔人坐钓矶。

鹅潭秋暮

鹅潭伫立九秋天，洒浒疏榕淡淡烟。
忘却红尘身外事，只留诗意润心田。

巫山一段云·泮溪唐荔园怀古

日照荷塘上，兰舟乐泛游。绿堤红荔满枝头。碧水映琼楼。　　骚客常临处，年年春复秋。荔园世代足风流，千古赋诗酬。

梁玉芳

字郁樵，号留兰阁主，广西桂林平乐人。供职于广东河源市国税局。现系中华诗词学会理事、广西诗词学会副会长、广东中华诗词学会常务理事、岭南诗社常务理事、广东省河源市诗词协会副会长。著有《留兰阁吟草》。

我与诗词十五年 (三首)

(一)

清清漓水滋兰草，最忆春来听啼鸟。
几岭晴岚梦里归，一江烟雨心头绕。
渔歌樵唱自年年，暮鼓晨钟音渺渺。
唐宋遗风待直追，玉溪行迹漫寻找。
九二年头筹大赛，诗联评奖传中外。
玉溪学者八方来，古郡风姿千载再。
蜡炬成灰别恨天，春蚕到死牵丝债。
伊谁大句赋凌云，青史如今添异彩。
格调承传风雅颂，山川日月凭挥洒。
缠绵意绪倍伤怀，锦绣文章休问价。
燕石收藏笑大方，余心执著追贤者。
花间月下记前盟，除却诗词人不嫁。

（二）

江海飘摇随浪迹，天涯何处许容膝。
兰留小阁落新丰，月照孤身缠旧疾。
出道人哀入道呆，离乡泪写思乡集。
峰巅俯瞰界三千，鹤矗长空心振翼。

（三）

夜静兰斋勤奋笔，幽香阵阵催新意。
长城万里脉连绵，瑰宝千秋光绚丽。
枉顾妆眉染浅深，沉吟面壁怜憔悴。
弘扬诗教纪元开，空却双肩非我辈！

和李商隐无题（何处哀筝随急管）

十月繁花开遍野，买舟重过江南岸。
一时人物领风骚，九域文华耀寰半。
壮士悲歌变徵音，无题绮语须深看。
西昆尚祖少陵诗，尧舜风淳成浩叹。

【注】
十年前，余为筹备中国首届李商隐学术研讨会到过沁阳。

中秋次日欣接星汉兄《天山韵语》

天山韵语去雕凿，笔底乾坤胸次阔。

雪化心泉接海湖，风吹世路横沙漠。

鹰歌自度昊高低，草色何分春厚薄。

耿耿星河望眼深，遥遥塞上悬冰魄。

雁过

雁过槎城秋气暖，繁花两岸香盈盏。

无边月色故交深，万绿湖波龙戏浅。

情网缠绵寄鼠标，诗怀寂寞调丝管。

汝生几度客重阳，重九卿云休望断。

北归寄病中张兄文廉

来观桃树谁佳丽，露掩玄都门次第。

芳草斜阳古道边，彭城柳笛云天际。

回眸海岛月初圆，剪影诗坛刀小试。

意欲研丹病榻前，青禽山水怜迢递。

【注】

张兄，徐州市诗词学会会长。刘禹锡故乡人。著有《柳笛集》和《当代诗人剪影》，曾担任《中华诗词》编辑部主任。

悼张文廉吟兄

五十弦哀难系日，彭城岁暮寒云积。
伤心雪岭落梅花，去魄黄泉横柳笛。
一盏青灯小豆红，三秋白鹤高天碧。
椰林莫唤海风来，翻起诗书犹历历。

中秋酹月悼舒徐先生（并序）

余《留兰阁吟草》以月为主体意象屡见于书中，舒徐老为之撰写了《试评梁玉芳笔下的月》一文。舒老不幸病逝，是年中秋对月悲成一律，以寄哀思。

萧瑟西风歌一阕，举头何限辉凄绝。
悲欢离合世间情，圆缺阴晴天上月。
意象无端令感伤，舒徐去后谁评说？
骚人笔底转冰轮，千古心窗凭照彻！

历次全国中青年诗研活动回眸

首次于1992年4月在郑州黄河风景区召开。第二次于1994年在广州、清远召开。1995年5月南京会议，全国20多位青年诗人代表与会，商议成立全国中青年诗词学会等事宜。第三次于1999年8月在湖南永兴召开。第四次于2004年10月在井冈山召开。

榴园初绽蕊，鬓髻疏疏插。
骑鲤过黄河，嵩云封古刹。
岭南荔熟时，濯足飞来峡。
李杜杯邀朋，河山醉若画。
金陵春梦回，花草营阶下。
纵目紫金山，今谁成业霸。
丹霞竞放舟，举袂西风飒。
古月彻江天，倾樽休问甲。
乾坤井上观，舞剑人潇洒。
吟帜映红枫，青筠添史话。

梁世权

广东吴川市兰石镇人，退休中医师。

咏竹

浓阴密翠影离离，窗外何嫌种万枝。

劲节真堪医俗骨，虚心自可作良师。

随风摇曳非原质，迎雪葱茏实本姿。

直上干云将有日，一朝雷雨喜逢时。

梁邦基

1930年生，广东恩平人。中山大学毕业。曾任羊城诗社副社长兼《羊城诗刊》主编。著有《天保楼诗词集》。

金缕曲

一九六七年暮春品茗于流花西苑，素为人吟咏之地，风光静寂。忽惊昔日同来之诗侣多已入狱，嗟叹之余，愤而赋此。

三月湖光媚，水流花、漂天涵树，波堤同翠。曲院回廊幽一角，雅座宜人闲憩。谁解我、对茶滋味？修竹画屏空掩映，想当年、骚客今余几？吟兴会，哀成罪。　　盆栽屈似龙沉气，比人间、魔围妖网，英雄委地。万里阴霾关塞黑，苦难连年谁记？愁不见、广寒仙子。起拍栏杆无限恨，正东风、千树花飞坠。点点是，穷途泪。

临江仙·阳朔纪游

碧莲峰下迎江阁，重临眺晚凭栏。漓江水秀映群山。画船邀客泛，醉梦入瀛寰。　　携来仙侣歌娇婉，高吟我亦开颜。飘飘忘却在人间。落霞孤鹜景，赏罢未思还。

水龙吟·游西樵

奇岩乱石凌空，仰观千石飞流激。银河倾泻，玉龙腾舞，戏珠霰雪。穷谷雷鸣，洞天云绕，登临寒彻。玉清潭石畔，披襟踞弄，沧浪水、湔华发。　　拾翠名山闲适，拂缁尘，摩挲岁月。流觞曲水，前贤胜事，苔封遗迹。昔日兰亭，今来修禊，吟情洋溢。恣擎钟狂饮，天湖在抱，饱餐春色。

踏沙行·一九九六年三月陪同孙穗芳博士谒朱执信墓并合照

阴雨绵连，孤坟冷寂，鹃啼春半寒山碧。当年先烈辅元勋，匡时效国丰功赫。　　女杰怀仁，花光延客，同瞻碑刻钦贞节①。堪欣合照纪游踪，定教伟绩长相忆。

【注】
① 墓碑"朱执信先生墓"是孙中山先生亲题的。

梁成楼

1962 年生，广东吴川人。笔名梦幻楼主人。吴川诗社社员，作品散见诗词刊物。

步韵北京孔凡章吟长《戊寅迎春曲》韵原玉 (四首)

（一）

豪吟得意竟忘形，世态炎凉几度经。

岁月无情催白鬓，光阴有意逝华龄。

壮游身负琴书剑，狂啸心轻殿阁铃。

诗酒陶然春正暖，翻欣绿草映帘青。

（二）

小桥流水乐居家，紫陌阡阡眼望赊。

水浸西江千里月，春融南岭四时花。

尘心曾向红楼近，素志常怀绮梦遐。

极目云天沧海阔，临风遣兴酒流霞。

（三）

光阴荏苒岁时更，户外啼鸦送晚晴。

困苦生涯常记忆，勤劳事业几经营。

莺花辜负三春景，鸿爪常留卅载情。

且拥琴书欣自乐，何求四海钓浮名。

（四）

诗缘万里两相谐，冷暖人情处处皆。

不羡繁华居殿阁，自甘淡泊乐心怀。

梦游湖海连江汉，意寄山川遍楚淮。

但愿能挥钟子剑，不教魑魅到天街。

梁华驹

1956 年生，广东吴川市人，中华诗词学会、广东中华诗词学会会员，作品散见于各报刊。

湛江港晚眺 (回文)

山连海宇海连天，水映红霞落日圆。
澜涌滩沙浮石卵，浪哮礁岛泊舟舷。
闲鸥戏屿盘潮笑，健燕嬉涛舞态翩。
弦月悬空星闪闪，鲜鱼满载竞归船。

老当益壮

人生到老莫悲嗟，落日余晖耀晚霞。
残菊香浓谁可比，苍松节劲众皆夸。
生姜是老才称好，绿酒非陈不算佳。
烈士暮年心更壮，武功未逊少林娃。

农村新貌

家家摩托岂稀奇，致富农民乐不支。
傍晚村姑何处去？骑车兜市买胭脂。

咏蚁

管汝强躯似鬼魁，休欺此辈小身材。
兄弟合和山能倒，千里长堤一样摧。

梁自然

1927 年生，顺德市容奇镇人。从事教育工作多年。现任中山诗社副社长。著有《半闲轩吟草》。

黄遵宪

感遇时吟动地歌，诗坛革命拓先河。
河山寸寸惊蚕食，梦里看图泪更多。

沁园春·咏广州

为问仙羊，何时献穗？几历沧桑？看黄冈芳草，春回又绿；社陵旭日，雾散弥光。省港风雷，牛栏桴鼓，百粤昔曾缚虎狼。英雄树，信名城见证，笑倚穹苍。　　十年事岂寻常，讶郁郁云山换艳装。听南天韶奏，蛰龙奋跃；先行号响，骏马腾骧。滚滚珠江，淘沙汰滓，冲破千关势莫当。东逝水，挟楚庭流韵，声震遐方。

梁守中

1938 年生，广东南海人。中山大学教授，广东中华诗词学会理事。著有《刘禹锡诗选》《南园前五先生诗》等。

鼎湖山行偶拾

入山寻红豆，寂寂暮云收。
所思无所觅，一夜枕泉流。

读严霜诗有赠①

偃蹇南州卧，萧然寄此身。
高吟涛裂石，孤抱酒怜人。
老去笔弥健，天昏眼愈真。
白头风雨后，一笑对芳辰。

【注】
① 刘峻兄遽归道山，赋此志哀。

雨过

雨过川原草木舒，溪山风物近何如？
云容我笑浓为淡，晓色谁教素化朱？
兰芷枯因萧艾密，平芜低见岱宗殊。
曾经绝壑忘怀抱，依旧窗前理故书。

黄山纪游 (二首)

(一)

摩空峭壁立，绝径上天都①。
铁索扳崖苦，奇松豁目殊。
霞生千嶂幻，云涌一峰孤。
不尽登临意，纵横入画图。

(二)

振袂莲花顶②，群峰竞刺天。
云涛奔万马，晓雾失层峦。
松劲龙鳞古，崖危鸟道连。
归来问胸次，诗思满山川。

【注】

① 天都，山峰名。
② 莲花，山峰名。

谒陈白沙祠

一儒雄岭表，千古白沙祠。
碧玉楼犹在，茅龙字欲飞。
堂堂开杰构，凛凛见丰仪。
凉夜流江去①，清空沁肺脾。

【注】

① 陈白沙有"凉夜一摇轻艇去，满身明月大江流"句，心境清旷，澄明如水。

梁安仁

1920 年生，广东梅县人。早年毕业于福建协和大学，获文学学士学位，著有《安仁诗稿》、《安仁诗稿》（续集）和《安仁诗稿》（增订本）。曾任梅县诗社荣誉社长。

孔壁有书藏纪念严叔夏老师

见像凝思切，忍闻恶斗场！
斯文全毁弃，师道尽沦亡。
授业通经典，言诗主宋唐。
千秋人去后，孔壁有书藏。

怀台岛友人

壮岁扬鞭去，征途历九迁。
几回思笑影，两峡诉流年。
黄叶惊华发，青灯忆旧笺。
丹心留一片，待到醉君前。

梁伯彦

（1919—2005）广东信宜人。中山大学中文专修科毕业，曾任教师、记者、编辑、社长。又曾任广州白云楹联诗词学会顾问。著有《文学新论》《旧体诗基础知识》等。

中秋怀亲人

汉明二叔久历戎行，抗战时出任国民党九十九军军长，率部驻防湘北前线，与日军周旋。后至台湾，忽忽三十余年矣。忽忆其抗战咏怀诗中有"虽经怒发千丝白，未许雄心半点灰"之句，因缀成一律，聊寄所怀。

沙场百战见英才，坎坷军中究可哀。
江北抗倭穿弹雨，湘中守土叱风雷。
虽经怒发千丝白，未许雄心半点灰。
顺水临帆知有日，亲情畅叙共擎杯。

重游飞来寺

携侣探幽趁嫩晴，廿年岑寂木鱼声。
江山重秀非无法，佛我相看亦有情。
崖下披云寻药草，林间随意听松笙。
斜风细雨空门外，也领山僧送一程。

梁披云

学名龙光，别号雪予，1907 年生于福建永春山乡。早年毕业于日本东京早稻田大学经济学专业，1996 年移居澳门，任澳门中华诗词学会会长、澳门笔会创会会长。著有《雪庐诗稿》《梁披云书法集》《梁披云教育思想》等书。并主编《中国书法大辞典》。一生热爱祖国，曾任第六、七、八届全国政协委员，全国侨联顾问、国际儒学联合会顾问等。2001 年，澳门特区政府为表彰其功绩，授予银莲花荣誉勋章；2007 年末，再获澳门特区政府授予大莲花荣誉勋章。

秋声

蝉声月色了无痕，风雨潇潇独掩门。
野哭千家秋似海，孤城鼓角正纷纷。

秋郊纪游

菊瘦枫丹月更幽，雄心抛却事清游。
骄蹄得得霜痕重，踏破溪山一片秋。

渝州杂咏 (二首)

(一)

危楼独倚意何堪，万里关河百战酣。
最是嘉陵春色里，依稀烟景认江南。
夕阳如血洒孤坟，千载英风尚薄云。
太息七星冈下路，只今谁识故将军。

(二)

芳草萋萋望欲迷，海棠溪畔鹧鸪啼。
人生只合渝州住，底事车尘逐马蹄。

荷塘

依旧荷塘小阁前，湖光山色共婵娟。
流萤织梦香风里，还我童心四十年。

柴扉

柴扉昼静自深扃，倦眼遮书乍醉醒。
消受小园宽半亩，紫藤花下待山莺。

五律 (三题)

(一)

万里投荒久，时危梦亦难。
有怀长郁结，无路问平安。
忽尔双鱼至，真如隔世看。
却开花甲满，稍觉此心宽。

(二)

往岁渝州住，支离一病身。
孟光真我嫂，诸侄亦相亲。
行李烦忧虑，危楼共夕晨。
团圆何处是，但祝万家春。

(三)

烽火关山暗，东南道路长。
悠悠辞蜀郡，戚戚到江乡。
党锢阍儿擅，鸱嗥腐鼠扬。
鹓行凭气类，回首益情伤。

七绝 (七首)

(一)

江户栖迟忆少年，小枝花树老婵娟。
若松灯火依稀是，何处春风古宇田。

(二)

轻雷隐隐入朝霞，薄晕凝酥透碧纱。
遮莫蓬莱春料峭，踏歌连臂访樱花。

(三)

雾雨溟蒙画本开，峰峦浓淡指天台。
林花偶露麻姑面，笑靥遥迎远客来。

(四)

曲径清池拥竹松，禅林终古有唐风。
分明灵隐飞来也，一洗尘襟礼鹫峰。

(五)

伽蓝天半耸峥嵘，饮罢灵泉心水清。
满眼春光深似海，红梅一树最关情。

（六）

穿林入隧赴崔嵬，霁野奔车殷若雷。
远近高低春色染，看山真个画中来。

（七）

宿雾朝云乍有无，心光指处岂模糊。
老夫非是轻螺黛，却爱溪山泼墨图。

重读虚之蜀道劳军感旧赠诗

秦关蜀栈劳军时，肝胆平生各吐之。
顾我狂言时怒目，听君高咏辄舒眉。
天人事业堂堂去，湖海襟期渺渺思。
幸有清诗纪鸿爪，一回披读一神驰。

朔雪

朔雪风号海气寒，聊将酩酊战衣单。
五云何处空搔首，未许寻常冷暖看。

昙花

花开夜半笑轻盈，一霎优昙了俗情。
玉翠香清怜片刻，几人相伴到天明。

梁继红

1954 年生，女。广东中华诗词学会会员，广州石油化工总厂退休技工。

端阳

江上龙舟闹，城中角黍香。
兴来寻艾酒，一盏润诗肠。

题鸡冠花

笑谓司晨客，金冠尚在不？
颇疑风捉弄，窃去挂枝头。

看电视转播足球赛

夜半厅堂坐，喧哗似稚童。
挥拳嗟越位，跺脚喊传中。
场上输赢幻，屏前喜怒融。
忽将呼吸止，射手正弯弓。

夏游竹园

入眸皆绿意，沁腑是清香。

风憩千竿寂，枝繁一径凉。

何曾离俗境，已似履仙乡。

隐隐蛰声懒，悠悠野趣长。

神怡思古彦，景雅忆琼章。

嗜竹王公句，怀民郑令肠。

低吟嗟俊逸，细味觉芬芳。

效尔冰霜操，管它名利场。

无邪心坦荡，有节气方刚。

草木堪为友，知音数翠篁。

【注】

王公，东晋王子猷也，性爱竹；郑令，郑板桥也，曾吟："衙斋卧听萧萧竹，疑是民间疾苦声。"

戊子新春祝愿

社君当值酹三厄，祈尔能将劣性移。

莫窃民膏肥汝腹，黔黎尤盼免寒饥。

【注】

社君，鼠之别称也。

访梅

云冻天寒盈岭白，南山喜会罗浮客。

林深径冷尽风声，骨瘦神丰皆雪魄。

谢屐常沾落瓣香，霜枝每吻游人额。

欲将倩影付丹青，又恐冰心难绘画。

浣溪沙·题柳泉居士

苦雨凄风不忍闻，一腔孤愤意难伸，宁听狐鬼唱秋坟。　　牖下灯前频搦管，村头野外每搜神，笺中异类世间人。

梁雪芸

1949 年生，女，广东南海西樵人。早年师事李曲斋、朱庸斋、吴三立、吴灏等名家，兼擅书画。曾任广州诗社社委，《诗词》报编委，广东书协理事。现移居海外。

临江仙·甲寅答素翡，并柬耀正、福桂

一纸遥天传问讯，谢他鸿雁殷勤。春韶只解故催人。雨留栖幕燕，风送渡江云。　几度分携零落后，殊乡影事犹新。兰桡击水浪花频。江山还似旧，哀乐自能分。

烛影摇红·甲寅夏日咏风筝

乱点斜阳，百寻彩线谁为宰？乍看如蝶复如鸢，相逐仙幢盖。界破残霞暮霭，斗长空，翩跹万态。霎时恩怨，过燕来鸿，芳心何耐！　随分行藏，托情纨素凭风载。院边檐角笑时儿，镇日欢能在。目眩遥天淡彩。渐黄昏，浮云似海。明朝休问，踪迹谁边，垂杨沙外。

念奴娇·夜上武夷山六曲天游，翌晨不见日出，然云蒸雾罩，别有可观

星灯月烛，沿磴道，直上天游峰翼。再蹑再攀，原为讯，霞彩明朝消息。一壑初回，重峦复障，随步生寒碧。纵横山界，夜阑尤觉历历。　　堪爱临远登高，宣和画本，过眼疑相识。好向遨游霄汉里，暂作岩扃骄客。似卷仍舒，徐来又去，心逐云踪迹。别饶仙趣，未须还待红日。

浣溪沙·赋为花城摄影题咏展览

山馆晴明看影廊。一夜撷尽岭南芳。万红争炫好风光。　　花气连云开丽象，苔枝输绿染春坊。栽香人巧胜东皇。

喝火令·题纳兰性德画像

曲艳情尤艳，恩深误更深。叶辞花谢两难禁。无分暗香同驻，魂梦杳何寻。　　绝塞还知己，高怀见道心。重光一脉动长吟。未了相思，未了雪霜侵。未了燕谗莺妒，流恨巳沉沉。

踏莎行·丁卯重三花城第一回修禊作

岭表风和，湖塘日暖。芳屏十里晴初转。踏青三月趁云来，春衫影落莺花乱。　　曲岸流觞，兰溪洗砚。清词丽句歌呼遍。山阴余韵到浮丘，霞融腻玉波光远。

【注】

浮丘乃广州西湖内之风景点。

浣溪沙·甲子春感

三月云烟作兴长。满湖清溜縠纹张。桐花好处当仙乡。　　一自风斜阴布雨，荡红不上木兰艭。几回飞梦水中央。

虞美人·越秀山广州美术馆

丹龙火凤橹翠绕，径仄通幽窈。生香活色吐氤氲，长使蜂酣蝶醉日纷纷。　　十年花事殚残罢，山馆苔成画。好风回护越王台，又见艺林珍朵八方来。

浪淘沙·欢庆香港回归，告慰朱彊村词仙于天上

六合水云光。烨烨香江。掣鲸身手起家邦①。耻辱百年都雪了，又换红桑。　　泰岱矗东方。今我炎黄。行看四海尽归航。共结同心成一统，寰宇谁当。

【注】

① 朱古微有"不信沧江睡稳，掣鲸身手，终古徘徊"之句。

水龙吟

余先后得蔡国颂学长来鸿及徐续、赖春泉、李汝伦、邓圻同诸诗文家寄赠其著述，依次为：《对庐诗词集》《石壁居诗词》《蜂蝶无缘》《畅秋集》感何如之，赋此以谢，并寄怀广州诗社诸君。时己卯诗人节前八日，寓纽约玉龙台。

异邦风雪霏微，珠玑一卷来天外。故人信息，故园情事，芳馨满载。今我炎黄，雄瞻寰宇，光生岳岱。看掣鲸身手，乾坤重造，播青史，开一代。　　长忆高吟岭峤，掷金声，河山飞彩。春晴夏雨，云生烟岛，几多沾溉。地隔天遮，东西南北，乡心不碍。对莲花问月，松涛索句，又何时再。

浣溪沙·中日插花艺术交流会上赠日本大师丁华染

　　草月门庭贮玉烟，飞花临水屋三椽。半帘银蕊柳初绵。　　一代风骚开胜会，神山禹甸艺交传。真疑身汇画中仙。

临江仙·王朝云墓

　　占断西湖佳丽地，六如亭畔朝云。红梅白塔两相亲。苏堤花下水，桂影月中身。　　南岭投荒甘作侣，砚边磨出精神。柳绵芳草驻骚魂。江山添胜迹，栏槛著蕃春。

喝火令·丁卯上巳寄怀静庵词丈暨鸿社诸君子

　　香江珠水蒉香岛，鸣鸿振玉声。茂林觞咏话兰亭。遥想宋台今夕，词笔自纵横。　　银矿流高韵，山房聚客星。记随烟舸入空泠。拍拍鸥轻，拍拍浪花明。拍拍晓风帆影，一棹破沧溟。

【注】
银矿乃指香港银矿湾。

行香子·为配广州日报《花城新姿》专栏图片《白云山下》作

日艳霞明，月丽波清。九龙泉，香洌江城。门开南国，花开瑶琼。看棉姿雄，松姿劲、菊姿英。　　红藏翠盖，崇楼连野，问谁人，织就春荣。好风催暖，又拂长旌。听鸟声喧，箫声沸，鼓声并。

捣练子·自题画白牡丹

微月下，碧波前。素影投光弄晚烟。为爱风流高格调，愿抛心力染春妍。

梁鉴江

1940年2月生，广东广州人。1962年毕业于华南师范学院中文系。广东人民出版社编审、中国韵文学会理事、中国柳宗元研究会理事、《柳宗元研究》顾问、中华诗词学会常务理事、中华诗词文化研究所顾问、广东中华诗词学会顾问、广东楹联学会副会长、广州诗社社长、《诗词》报总编辑。长期从事中国古典文学研究和诗歌创作，著有《柳宗元传》《走进高雅》《青琅轩集》《北亭集》等十二种。

六十年代初与周锡、陈永正、刘斯奋有南郊纯阳观之游，旧地重经，感而有作

天下文章我未能，东风何限草青青。
纯阳万树题云句，细雨深堂破壁鸣。
彩笔倘堪传别赋，白鹅原可换黄庭。
凭君珍重春如许，老去啼莺不忍听。

太湖鼋头渚口占

浪拍桥横碧浸天，秋山红树太湖船。
何当卜宅鼋头渚，占尽风烟二百年。

屈大均逝世二百九十周年有作

一叹皈禅道，皇州竟陆沉！
秋风悲旧垒，匕首蹈高岑。
莽莽秦关雪，萧萧越国吟。
归来应白发，河岳正森森。

湘西山行

秋风微雨过湘西，莽莽崇山未见畦。
独有杉排流水急，白云红树语声低。

题陈维崧《湖海楼词》

少年意气立蛟桥，说剑秋堂酒未消。
老去诸生何落寞，天涯月冷雨潇潇。

春夜独坐

独坐休长啸，楼高入好风。
满堂春欲奋，一卷味无穷。
夜色浓如酒，新瓶萼渐红。
天星犹淡淡，为我照窗东。

夜宿衡岳

客夜吟蛩闹，难眠叶满阶。
一灯秋彻骨，万壑寂无涯。
隐隐湘江浪，茫茫屈子怀。
乘风吾欲去，步月上天街。

永州怀柳宗元

11 月 5 日谒永州柳子庙，主人命题辞，即撰"柳庙千年古，愚溪一水长"书赠。归后补成一律。

日暮潇湘浪，悠悠会此方。
芙蓉鲜北渚，人物杳西冈。
柳庙千年古，愚溪一水长。
秋风知逐客，吟啸过江乡。

题刘梦芙《啸云楼吟稿》

中年哀乐竟如何，未及夔门鬓已皤。
漠漠青天谁与问，茫茫词海几多讹！
西风雪幻三千绿，沧水云横一卷歌。
莫向重台瞻凤阙，银光不老是星河。

酬吴静山画集

十年弗见子，见子贻画集。
感子有大成，昂然而卓立。
闲来览画卷，清风荡胸臆。
挥笔起重峦，泼墨云变色。
斧劈见粗豪，披麻惊秀极。
云海涌黄龙，郁郁林莽黑。
重墨写祁连，疾笔无雕饰。
淡淡出黄山，纤毫见功力。
或写王蒙意，林壑绝尘迹。
或拟倪云林，江亭杳行屐。
子既负高才，博采而厚积。
面壁数十载，不为浮名役。
鹓雏发南海，腐鼠不为食。
鹍鹏击万里，尺蠖岂能敌。
子居东山隅，声名已破壁。
健笔天下行，一奋凌风翼。

挽刘峻

仙赋琼瑶未尽才，刘郎一去最堪哀！
春风痛葬横天笔，故作潇潇夜雨来。

奉和逸老己卯正月初三宴集之作

围炉粤海度新元，灯下雄谈酒尚温。

风雪几回迷远渡，文章乱世仰高门。

长吟小阁催江月，不尽崇山有梦痕。

莫叹韶光添白发，南园劫后又春魂。

龙虎山诗会

虎啸龙吟地，风云会小楼。

崖红初日暖，雁叫满天秋。

诗国谁高手，浮觞共曲流。

凭栏山远近，一叠一奇幽。

从化梅林

疏枝横雪入梅林，玉蕊奇香已弗禁。

我爱流溪三万树，不教墙角便清吟。

从化风云岭

凌霄过一隼，快意上风云。

远近晴波闪，高低野卉芬。

层林消块垒，曲径得诗文。

下岭笼离子，归来净俗氛。

梁简能

（1907—1991），名炳坤，号简斋，广东顺德人。历任香港大学教席。著有《简斋诗草》《魏晋南北朝诗论》《九歌笺注》等。

对镜

江湖归后翻怜命，魂梦年来强自安。
中酒每疑春色在，拈花长忆少时欢。
偶然临镜惊迟暮，更欲张灯照胆肝。
相对无言各惆怅，与君共守一冬寒。

简斋清夜

品茶饱饭更何能，读罢歌余月既升。
为接花香时易座，恐惊鸟梦故篝灯。
端居无事犹思出，老去闲行岂欲登。
便尔临楼瞻北斗，此身已在最高层。

仲夏重过负暄山馆故址有怀伟伯先生

甲午清明一往遐，于今重过是谁家。
旧游如梦惊啼鸟，孤馆无人见落花。
已自行行更延伫，即虽惘惘久咨嗟。
死生新故空余感，且复何心咏折麻。

李研山芦荻秋风图为道宣题

疏树播商声，萧萧无限情。
秋风到芦荻，天地尽闻兵。

秋望

徒劳千里目，望断万重山。
山外多秋色，秋边是故关。

春半

春光九十正中时，懒向新丛觅故枝。
自有幽怀堪寂寞，更无好语致芳菲。

秋怀

五羊游钓遍穷海，三蜀流离到上京。

布被回温芳岁梦，锦笺难写素秋情。

天涯幽鸟吟哦好，故国寒花寂寞生。

欲向西风问消息，遥瞻北斗已斜倾。

题昙花卷子

谁家新画本，佛国旧移栽。

未许骄阳照，时和明月来。

古今同烛转，顷刻见花开。

爱乐原如是，吾生知所裁。

惘惘

惘惘将安适，行行欲待谁。

有怀劳梦寐，无字注相思。

秋色淡如许，好山空自奇。

斜阳上高树，宁复照低枝。

题画山水

拨雾来登海上山，不知秋气到人间。

披图始觉严霜在，对坐真疑故国还。

三楚旧游今复接，九州多事我何闲。

知君自有难平处，写出巉岩未许攀。

题大千居士画乔松高士图

写松居士今何去，遁世高人此退藏。

已种深根蟠地固，更生奇骨向天张。

大材肯为殊方用，三径同悲故国荒。

独对苍蚪寄怀想，秋边云外送斜阳。

五一生朝

五十无闻最可惊，诸儿宁识乃翁情。

从何乡邑容归老，赖有诗书不忝生。

午夜恶声欹枕听，丁年高气与云横。

只今剩有难忘者，山外青山是旧京。

梁德琪

1930 年生，广东南海人。中国楹联学会会员、南海诗书画摄影协会平洲分会理事。著有《岁寒集》。

阳朔望月亮山

银镜挂中天，时时圆不缺。
洞开云自归，山巧人何拙。
桂影落空明，碧霄增秀澈。
退闲似露鸥，杯酒谈风月。

梁耀明

（1912—2002），号锳斋，广东顺德人。商余好读书，推动乡邦文化亦不遗余力。尝组鸿社、锦山文社于香港。著有《听晓山房诗集》。

流溪河晚步

青枫簇簇画桥西，信步来听杜宇啼。
竹外沙明流水曲，望中天远落霞低。
旧栽庭木空成抱，新筑檐云欲与齐。
一代纷华方踵事，垂杨十万又盈堤。

沙田望夫石

矗石烟墩说望夫，断肠如妇海应枯。
只缘离别人同苦，遂令哀顽世共吁。
月冷浮梁闺里梦，天荒吐露晓前鸪。
一般渲染诗家惯，事尽无稽亦感吾。

鸿社诸子来集听晓山房

鸡黍三秋一约坚，海天风雨故人船。
食唯求简存乡味，至但能常亦胜缘。
已惯虚盈觇水月，不妨歌啸共云烟。
小园拓土依林壑，种得山花待晚妍。

村居闲坐赠内（结褵五十年前夕）

藜苋平生喜共甘，清吟近日兴弥酣。
一湾秋色尤妍柳，半百柔丝尚似蚕。
白首未孤先母祝，青春欲挽老奴贪。
多君不减殷勤意，种得黄花绕径三。

丙子花朝

有酒花朝一笑倾，未须得失问生平。
勇犹可贾宁衰老，诗爱由衷出性情。
功罪岂应从世论，儿孙惟望起家声。
楼头月色清如许，赢却风光付小明。

秋思

晓园信步讶霜新，瞥眼篱黄换绿陈。
默默砌前蛩语歇，疏疏风里柳眉颦。
心唯一往关忧乐，论待千秋定伪真。
万物似随天气改，江芦花掩隔汀苹。

秋雨

滴叶声声冷跳珠，西风无赖又相揄。
秋来谁解清疏意，细雨窗灯一卷俱。

读在山堂诗续集寄墨斋

好句喜非缘病得，奇思每叹在吾兄。
吐辞略减为经意，益爱深醇入自然。

过厓门癸亥二月

浪啮厓门暮未平，依稀沉帝有哀声。
一丝宋脉归奇石，百战军魂剩溃兵。
兴废独嗟吾夏惯，颠连人侯大河清。
慈元殿外无情柳，醉煞东风绿自成。

访雨花古寺甲子冬日与故乡诸友

白发归来认旧题，流花桥外古村西。
稚梅初种殷望雨，新笋犹藏未破泥。
入座已非前默对，看山今喜得相携。
胡麻欲熟僧家饭，篱落东边唱午鸡。

读小山草堂诗稿车尘集续呈新安

楼静灯深月上迟，读君续集小山诗。
玉堂人物东篱致，公子风怀北海厄。
一字不从闲处著，余生好与淡中持。
吾庐岛外原偏远，浪得因缘入妙辞。

送大钝之澳洲癸亥

压思离愁作语难，卅年世事总堪叹。
一枝巢稳旋翻雨，万里湖平乍起澜。
肯笑弓鸢余悸在，但伤分雁老怀酸。
辛勤岭雅苗方绿，可有人来继抱残。

上林春·寿馀庵

灯火排天争昼。正诘夜、元宵时候。尊前豪概纵横，有楚楚鬓香翠袖。　　百年海角诗家寿。看桃李、阶兰同秀。清狂又道风流。休轻负、满庭春绣。

江城子·丁巳花朝

二分烟雨八分晴。柳盈盈。水初平。似梦春光，难道是羊城。檐燕呢喃浑不断，争絮絮、故园情。　　且开尊酒对芳庭。小诗成。片心清。笑语雏孙，今日百花生。试为爷爷拈一线，枝上下，系金铃。

芭蕉雨·丁巳和静翁听晓山房雅集

细草黏天一碧。讶山川似锦，针神织。小院石榴花赤。烘眼吐火争霞，摇烟染壁。　　客东风致胜昔。呼酒边词觅。挹几阵藕香，薰吟席。漫自怅，镜中颜、看取出浦帆光，宜人暝色。

临江仙

玉荔芳堤斜日，青旗村店东风。昌华故苑梦魂中。画船珠幔重，低语涧泉喁。　　江上月明依旧，情怀卅载犹浓。水萍云絮奈无踪。尊前吟絮乱，天外碧山重。

彭乐田

佛山诗社社长，佛山作协名誉主席。中国作家协会、广东中华诗词学会会员。

南国桃园

带雨桃花别样红，华妆灿烂嫁东风。
芳心万朵娇如火，不负青春绿海中。

董子珏

1928 年 8 月生，广东饶平人。广东中华诗词学会会员，汕头岭海诗社社员。

斑竹

斑竹凌霜过，凄凉怨恨多。
愿君修作笛，可奏不平歌。

赤壁怀古

无边天堑水流迟，折戟沉沙实可悲。
举网得鱼苏子赋，当歌对酒魏王诗。
英雄千古浪淘尽，天下三分得主谁？
江渚渔樵依旧在，河山渺渺柳垂丝。

董每戡

（1907—1980）浙江温州人。著名戏剧史家。曾任中山大学教授。著有《中国戏剧简史》《西欧戏剧简史》《三国演义试论》《五大名剧论》等。

无题

书生都有峻嶒骨，最重交情最厌官。
倘若推诚真信赖，自能沥胆与披肝。

呈詹安泰先生

书生积习总难忘，酒后常疏戒履霜。
长日空怀心耿耿，连宵深悔视茫茫。
浮名已为多言误，大错宁成致命伤？
枕上排愁歌代哭，群蛙声里起彷徨。

哭田汉同志

南国论交五十年，艰难剧运共同肩。
才高惯作逢场戏，笔健常挥急就篇。
肝胆照人如朗月，深情慰我屈华轩。
讵知一别成长诀，诗未终吟泪湿笺。

痛失稿

1966 年秋，突失书稿，痛惜之至。忽忆白居易"野火烧不尽，春风吹又生"句，转觉泰然，一笑置之，然不能无诗以纪之。

一箱论稿十箱书，珍护何曾饱蠹鱼。

病手推成文百万，无端野火付焚如。

【注】

书稿为"文革"中抄家所失，包括《中国戏剧发展史》六十万字，《笠翁曲话论释》二十万字，《三国演义试论》增改稿二十万字，《明清传奇选论》等共百廿万字。作者患手颤，写字时以左手按于指间，强力为之。

金缕曲

扫荡妖氛久。怅遗留、诸般顽疾，不时相遘。积气难除尊歌德，犹忌良医妙手。凭带病延年增寿。却喜阳春来南国，五羊城、花地将铺绣。前景美，莫回首！　雄狮岂是寻常兽？幸鼾眠、蓦然梦醒，举头高吼。四化长征号角响，老少精神抖擞。齐努力、争先恐后。发聩振聋吾辈事，献丹忱、有笔堪驰骤。凭实践，证其谬。

董锦标

珠海市诗词楹联学会会员。

步苏东坡《东栏梨花》韵

芳菲点缀老山青，碧水繁花布满城。
莫怨东栏梨树雪，人生过处尽清明。

满庭芳·观老年书画展有感

黄菊飘香，红枫摇曳，满园秋色洋洋。长河征棹，来去也遑遑。多少荒滩峻岭，蓦回首，苦辣甘香。欣然看，春华秋实，重彩绘斜阳。　雄鸡鸣杜宇，山泉泼墨，皆显琳琅。看凤飞龙舞，怀旭流芳。更着唐诗晋帖，尽化作，浩浩汤汤。巡天际，千帆墨海，思绪尽轻飏。

程祥徽

北京大学中文系毕业，香港大学哲学硕士。曾任青海民族学院教师。1979—1981香港大学语文研习所兼职教师。1981—2002澳门大学讲师、助理教授、副教授、教授。其间曾任中文系主任，著作有《语言风格初探》《语言与沟通》《中文变迁在澳门》等。

寄秉和

剑桥夜巷动歌吟，南粤冰魂此处寻。
心事如潮随梦去，秋风一阵出佳音。

退休吟

泛梗归来不系舟，回看百舸正争流。
挥毫欲写陈年事，把盏全消旧日愁。
青海天高人气暖，潭山林矮鸟声幽。
世间竞撰长生诀，老气填胸唱晚秋。

傅子馀

（1914—1997）号静庵，广东番禺人。历任"中央日报"岭雅周刊主编。广州大学语言系及香港广侨学院讲席。《岭雅》在港复刊后任主编。著有《抱一堂诗集》及《桐花馆词》。

登大屿山

巨鳌负坤舆，沙洲此第一。

两峰高入云，冥茫探晓日。

灵草生其巅，鸟起晨风疾。

有物化氤氲，远播大无匹。

弥漫几十里，天低海气溢。

下瞰青绵绵，奇石怒而出。

矫如牛马奔，蹲作龙蛇屈。

万象森眼前，十步辄相失。

横跨冈四三，俯仰人六七。

极目苍莽中，造化竟何物。

排霄楼阁高，拂槛炉烟郁。

一厓挂斜晖，双塔长兀兀。

下山脚力尽，兹游吾愿毕。

自岭南新村沿山路入茶果岭

束海为湖水可狎，沙黄草浅散群鸭。

陂陀十里云气低，渐觉冥冥天宇压。

眼前知有几山川，尺地亦足供回旋。

四山浮翠淡相连，一室明净生云烟。

泉甘水滑蟹眼煎，先生得句非徒然。

六月炎风此地发，树少岸长路何窄。

似路非路村非村，泥淖不深石头滑。

遣意

小大宁殊便，高低莫可缘。

已曾遭笑叹，更欲待夔怜。

物物皆无主，人人各有天。

但应随所遇，不必问当然。

雨后作

沥云压树油油绿，抚景年来欢未穷。

花影已担连日雨，鸟声横唾一楼风。

中人天气生凉热，老我时光誓始终。

屡向园庭寻断句，只缘诗有不常工。

香江书感

岛云噬日水平隄，楼宇依然入望齐。

灯火渐迷山上下，路尘重认市东西。

当前物色顽如故，老去诗名且勿提。

惆怅十年情未改，鸟飞宁觉海天低。

五十生朝

寻常小聚到今兹，残腊光阴爱此时。

生世不辰犹自幸，事天有命敢云知。

家缘母在休言老，迹与人疏偶见遗。

一暖门前春已漫，东风何负岁寒枝。

北窗

北窗吹雨为谁鸣，过眼从教万态轻。

浓雾拨开天岂窄，高山移去地难平。

五千年后今犹古，十亿人中死又生。

容我委心观造化，一灯消尽老来情。

长堤即景

老树沿江起，孤舟犯雨开。

不知何处岸，放过一桥来。

九日忆沙洲村舍

屏山断扎雁衔来，香冷星龛一梦才。
我有旧情销未得，菊花无主也须开。

斋居绝句 (三首)

(一)

守黑宁忘老氏言，有诗一卷谢尘喧。
楼高不解看初日，却遣余光淡到门。

(二)

鸟语晴窗知昼闲，小儿痴坐石犹顽。
出门便道风光好，不借凉秋数点山。

(三)

集名鱼尾不忘进①，书作蝇头宁谓工。
笑我廿年贪夜坐，小斋长接一灯红。

【注】
① 予为寂园抄订诗稿。

采桑子·寄朱庸斋

新荷寸寸塘边路，欲到无由。笛沧洲。颠倒平生一少游。　　记曾扶梦潇湘去，风雨凝眸。莫莫休休。唯对蛮花自唱酬。

醉翁操·效东坡

年年鸥弦。谁传。影娟娟。堪怜。更深梦回闻啼鹃。隔窗灯火依然。肠暗牵。泪下湿红绵。惜彼垂柳兮似烟。　　谢娘少日，花发春妍。谢娘老去，春在荒祠水边。春有恨兮难填。水有声兮难圆。冥茫天外天。东坡成飞仙。我未了尘缘。半生相忆明镜前。

国香慢·梦中

柳眼盈盈。听莺篁几度，暗递春声。年年宝筝流恨，似散还凝。欲挽香车共语，又灯下、斜送娉婷。相逢定何许，为尔多姿，占我闲情。　　水楼薰短梦，怕红绵枕上，此际难明。梦回重做，争奈非雨非晴。缥缈华堂高烛，紫箫引，幺凤银屏。赘蟾共今夕，一觉依然。海碧天青。

点绛唇·题襄陵旧香楼词

镂叶雕花，赋情多在闲庭院。水楼香远。风月看题遍。　金粉旗亭，旧约留歌扇。年涯转。倚樽还见。老去秦郎面。

登调景岭观日人所筑堡垒，下山时遇雨

山草没膝山欲藏，火云炽热山难当。
眼前但有天与海，上下一气青茫茫。
曩者倭人曾踞此，叠石为堡山之旁。
尔来三千六百日，四面断壁生红桑。
山兀兀，水泱泱，山风浩荡旗飘扬。
我今横跨冈上冈，更与何物相低昂。
少年嬉笑声如狂，下山无路山更苍。
山泥滑足草有芒。山花寂寂留芬芳。
须臾白日成昏黄，山灵吹雨下太荒。
进退不可空徊徨，山坳谁此建山房，

当门一树擎秋光。秋日市居

赏秋先供菊，秋不在瓶边。
暑退尘难净，风高草自便。
雁声宁到海，虫语欲喧天。
莽莽拳山下，看云又一年。

甲辰九月飓风

海气蓬蓬起，天心莽莽探。
抟空风力疾，盖地雨声酣。
鹢退征于六，龙飞变已三。
玄云昏野北，大石陨山南。
贫户居难徙，荒村步所耽。
把茅宁补屋，潴水便成潭。
祸本穷来受，忧原老去担。
小楼聊自庇，秋色一灯涵。

芰荷香·本意寄朱庸斋

海天荒。正薰风午枕，吹梦西塘。早荷孤袅，浅流犹带幽香。亭亭绿盖蘸夕漪，起弄霓裳。谁共折碧倾觞。村坞不见，暗自思量。　　往事花前漫相诉，剩老仙词笔，水佩同芳。碎云筛雨，赋他一镜红妆。鸳情惯系，便舣舟、频绕珠房。遮莫顾影秋来，红衣渐减，翠叶难当。

释定持

（1922—1999）广东南澳岛人。原中国佛协常务理事，广东省佛协副会长。著名诗僧。

圃中记五

大墩阡陌半烟霞，茅舍淹留百姓家。
四面岚光生水底，一行秋雁向天涯。
黄昏青草观萤火，落月垂杨听暮鸦。
浮世屡随尘劫换，此心无妄不须嗟。

释圆彻

（1928—2004）广东梅县人。17岁在江西出家。原中国佛协理事、研究部研究员。著名诗僧、书画家。

弘一老人晚晴亭感怀

乙未孟冬于清源山瞻谒弘一法师骨塔，经十年动乱唯晚晴亭尚存。

晚晴亭畔记追寻，千丈岩前万木森。
砥柱当年曾起律，法门此日孰传心。
清于止水同寒月，笑契忘言演妙音。
春满华枝公去也，高风终古仰缁林。

水调歌头·正月十二重得朴老来书敦促乃于十九日赴京

雁字传春讯，雪里笑梅花。似怜野衲狂狷，疏影故横斜。便捡钵瓶飞去，合共坡仙把臂，谈笑向京华。纵谈尘刹外，驰骋海天涯。　　掬诚悃，惊殊遇，叩公家。殷勤前席温语，神采灿朱霞。指点法门流弊，极目神州馀子，尘里几僧伽？担荷当同勉，此愿等恒沙！

鲁文珊

女，1926年生，广东新会人。新会冈州诗社社员。

江城子·玉湖春夜

圭峰山下玉湖平，晚风清，月华明。璀璨霓虹，辉映更晶莹。远近游人知几许？湖边侣，步轻盈。　　桃花岛畔小舟轻。玉壶倾，溢芳馨。如画如诗，时有弄箫声。似梦疑仙非偶尔，翘首望，翠烟凝。

虞美人·老人节放歌

黄花遍地迎人笑，又是重阳了。妪翁一族沐春风，品茗旅游晨运乐其中。　　丹心一片依然在，只是容颜改。欣逢盛世不知愁，诗画琴棋歌舞竞风流。

采桑子·遥寄

夜深闻奏离愁曲，折柳凄然，赠柳凄然。秋月春花又几年。　　鱼沉雁杳空怀念，朝盼归鞭，暮盼归鞭。盼得重逢好梦圆。

曾圣任

（1925—2000）笔名鲁父，号沧海楼主，广东潮安人曾任报社编辑、特约撰述。出版有《沧海楼诗选》一书。

咏蚕

旦夕为人织嫁裳，终身未识绮罗香。
轻柔万缕能温世，淡泊一生常饱桑。
作茧应怜甘自缚，吐丝莫问替谁忙。
辛勤到死长不悔，潜德幽功合表彰。

曾克

（1900—1975）字履川，号涵贞，又号颂橘，福建闽侯（今福州）人。曾任国立暨南大学教授，国史馆纂修。晚岁居港任教新亚书院。著有《颂橘庐丛稿》七十三卷，纂有《曾氏家学》《曾氏家训》《曾氏家乘》三书。

次韵迪庵谿蒙楼

城郭依微白下山，孤飞看汝海东还。
清游尽日终疑暂，结习吾曹讵易删。
寒吹千林声别恨，残阳一道影酡颜。
何年一棹江乡去，夜雨闻歌九曲湾。

寄伯鹰辽宁

华年燕市游嬉侣，穷塞辽东句读师。
有妇抛书工作馔，背人据案与论诗。
鼎犀铸象虞初志，兵马腾鹰杜老词。
北海声名子潘子，可无玉臂忆寒时。

庚白以游吴淞炮台诗见示次韵奉答

废垒秋风落日殷，残烽明灭乱流间。
创深私斗犹相斫，梦断孤飞且独还。
望海可能泻悲泪，观河无复驻衰颜。
眼看万族终无托，始信孤云一味闲。

白门感述 (二首)

(一)

比翼双飞事费猜，横江我自御风来。
闻声对影俱无分，系魄缠魂漫自哀。
芳草池塘春畹晚，飞英庭院梦徘徊。
多生清劫销难尽，又向胡园过一回。

(二)

旅燕寻巢迹未荒，闲情别意两茫茫。
柴门悄倚通微笑，幽径重过认暗香。
耿耿星河人渐远，迢迢波路夜初长。
云英故有蓝桥约，知待何年乞玉浆。

等是

等是阎浮历劫身，射屏影事半成尘。
岂知字水涂山合，及见风鬟雾鬓真。
万憾缠绵吾未老，十年爱玩彼何人。
他生缘尽君休说，一梦迷离未许亲。

次壮翁送峻斋还昆明

寤寐孤衾窈窕思，好珍后约莫来迟。
朱唇玉貌休疑梦，秾李夭桃要及时。
三载泪痕青鸟记，双飞心事碧鸡知。
多情欲语黄居士，倘为情天络一丝。

答渔叔

平生九牧论交期，岁晚才微辱见知。
地负海涵终自罔，川崩山竭欲何为。
大儒精魄追难复，诸佛威神接未迟。
便拟摧烧文字了，独参般若断闻思。

别匡山

历历苍围紫翠纷，飞筇忍与别匡君。
来年倘有登临会，准拟携家住白云。

有寄（二首）

（一）

清才绝艳复无伦，碧海迢迢易怆神。
残劫三年皮骨尽，寒宵一梦笑啼亲。
蛟吟响答虚堂雨，凤纸魂嘘小阁春。
银汉蓝桥莽何许，有人夜夜数星辰。

（二）

幽梦私书几去来，芳春逝水苦相催。
望中员峤犹烟雾，劫外穷溟自草莱。
弦涩金徽休谱忆，盟悬玉镜只凝哀。
灵鹣叫断惊鸿影，愁绝当年赋洛才。

木棉

火维修干屈嶙峋，正色繁英意绝伦。
倚海照天神落落，烘霞蒸日影尘尘。
流离边徼知何谓，披拂春风似有因。
老矣英雄空抚髀，不成衣被只轮囷。

散原先生八十生日 (二首)

(一)

帝使扶元气，孤噫振国维。

九天飘咳唾，四海念须眉。

绝岛蛟螭横，深堂燕雀嬉。

匡山摇独梦，微论接天倪。

(二)

万怪看皇惑，西江汇众流。

风雷极开阖，星斗与沉浮。

堕泪皋夔业，冥心甫白游。

铸金形影在，光气拥千秋。

作书

飘然凌纸渥洼姿，不作千秋万岁思。

奇气填胸聊一吐，故人悬梦倘相知。

龙跳虎卧馀孤咤，鼠啮蟫噆有夙期。

便共太空摩汤去，崩云惊电斗酣嬉。

论诗答庚白

孤抱吾曹寄何许，箝结宁能恣汝语。

歌呼聊与共嬉醨，比似鸡鸣动风雨。

眼中流辈多能诗，十九句摹求字似。

模成甫白纵万千，后有万年宁须此。

新学小生极纵肆，绝惜问学仅口耳。

婥鄯复为耆宿嗤，咏叹无复声音美。

交讦交丧诗恐忘，一线垂绝险莫比。

谁欤发愤汇旧新，异境独开绝傍倚。

尽搜万态入肝肠，一扫陈言屏爪觜。

子才横绝吾所畏，说诗意态今无二。

出今入古洞渊微，纷纷流俗宁解是。

我迫官事鲜为诗，独弦哀歌聊自戏。

不废江河非所当，一笑云龙或共子。

杜公草堂 （二首）

（一）

童稚娱嬉地，兹来梦寐经。
丛篁幽曲径，溪水静疏亭。
诗卷堂堂在，兵尘恻恻冥。
萧森鸣万籁，如为泣精灵。

（二）

展拜偕予季，疲兵列队呼。
雕戈横落日，画碣冷平芜。
天地哀吟久，江湖客路孤。
平生念踪迹，洒泣独踟蹰。

曾希颖

（1930—1985）名广隽，以字行。号了庵，彼庵、思堂。祖籍山东武城，世居广州。工诗词，喜书画。居港后历任联合书院、官立文商专科学校教席。著有《潮青阁诗》《了庵词》。

雕虫

雕虫射虎技何殊，负气同看误壮夫。
十万罪言私激烈，一场春梦太模糊。
抱冰盛暑肠犹热，望旦遥天眼欲枯。
最是难忘江湜句，不知诗外尽穷途。

叔雍赐书慰藉良厚赋答

停云怅望邈相思，万里南溟去雁迟。
每自乌头伤逐客，漫从犀角话奇儿。
风波突起图难状，霜霰交侵酒不支。
细绎赠言终破涕，爨桐犹有作琴时。

点绛唇·思绍弼

驻笛津亭，归舟天际年年误。故园花树，春去知谁主。　　头白相思，有恨终黄土。潮来去。望穷烟浦，摇落山川暮。

秋日过陶然寄怀润桐绍弼

楼前江水也遗痕，那辨兴亡与怨恩。
怪事书空难敛手，秋怀得酒易销魂。
谁言张俭家犹在，不遇何戡泪已吞。
往日风骚如未绝，回车争忍过南园。

石塘旅望

放浪谁堪赋丽情，石塘笙笛久销声。
春花秋月归前世，海水天风卧老兵。
聊借楼台凌百尺，欲收云物过千程。
旁人莫便嘲肥遁，京洛江湖孰重轻。

戊申夏日赴九龙讲席风雨舟中书感

休夸入海比潜龙，活计依然断简中。
荒雾隐楼征世幻，惊波浮岸感途穷。
沉冥一往馋衔木，羁旅无归托避风。
自负平生好腰脚，输他穿榻老辽东。

哭润桐

天色积层阴，山川失春绿。

人日诗未寄，逝者一何速。

殡宫远隔海，穿隧其地缩。

长卧竟恬然，沉醉类眠熟。

无殊炉边旧，疾世懒展目。

伤哉南园侣，三已赴鬼录。

撒手君又去，念我太幽独。

盖棺那忍见，宁免纵声哭。

当时各自负，意气凌鸿鹄。

本拟扶将起，偏遭兴亡局。

李余相继丧，佟墓草亦宿。

摧藏居海澨。相哀君与仆。

累年艰步履。病废遇尤酷，

志业究谁就，剩此诗一束。

休讶吊者少，安用集伧俗。

聃云知稀贵，斯语慰差足。

回车对横流，讵止痛在腹。

点绛唇·偕肇平山园赏鹃花

淡荡游情，山园又逐春风到。几番吟啸，心事花知道。　　去岁来迟，今岁来偏早。依然好，翠园红抱，不厌诗人老。

曾宝玉

1938 年生，女，广东省汕头市人。现为广东中华诗词学会会员，汕头市政协岭海诗社理事。

游西山天台峰

寻幽踏胜上天台，绝壁龙门为我开。
一望滇池无限境，三千风月入诗来。

曾海秋

1945 年生，广东汕头市人。现任汕头市人大杏园诗社副秘书长兼《杏园诗词》副主编。

茗饮

花庭雅座绿窗旁，嗜茗潮乡饮未央。
语细钗裙叙家裕，兴酣父老侃麟祥。
罐中世味斟堪赞，杯外人情品愈香。
有好工夫千户爽，清心岂独是龙汤？

蝶恋花·长廊听曲

听曲长廊滨海去。送爽时分，榕叶阴浓处。锣鼓轻敲弦管抚，红裙翠袖翩翩舞。　　唱罢桃花来过渡。又听陈三，荔镜缠绵语。乡曲关情欢意聚，座中多有周郎顾。

曾祥麟

1928 年生，广东省大埔县人。原广东省体委宣教处处长。历任岭南诗社常务理事、副秘书长，广东省老干部诗书画摄影研究会理事、诗词分会会长等职。有《祥麟诗集》印行。

邓小平同志南巡喜赋

忽闻南岭动雷鞭，响彻云霄赤县天。
号角频吹催骏马，旌旗劲拂扣心弦。
珠江浪涌千帆发，盛世花开百载妍。
骀荡春风苏万物，宏图再展福人间。

挽张志新烈士

天骄一代竞风流，革命何曾怕断头。
秉性忠贞无媚骨，绞刑架下斗貔貅。

七十抒怀

光阴荏苒催华发，俯仰沉浮几度秋。
早许头颅图报国，今将余热献宏猷。
胸无城府乾坤阔，心有灵犀雅韵稠。
颐养天年甘淡泊，闻鸡起舞竞风流。

曾敏之

　　1918 年生，祖籍广东梅县，落籍广西罗城。1978 年定居香港，曾任香港《文汇报》代总编辑。现为香港作家联会创会会长《香港作家》文学杂志社社长，暨南大学、同济大学客座教授，华侨大学名誉研究员。2003 年 7 月被香港特区政府授予荣誉勋章。著有《曾敏之杂文卷》《曾敏之散文选》《曾敏之文选》《望云楼随笔》《望云楼诗词》等三十多部。

庆祝香港回归感赋

全民翘首宋王台，香岛明珠拱手来。
为有元戎标两制，欣看四化谱新阶。
九州开拓康庄道，华夏同欢盛世杯。
今日虎门消奇耻，安危终证仗贤才。

丁巳清明有悼周恩来总理

杜鹃声里又清明，万里难消雪涕情。
束束花环萦梦寐，滔滔逝水悼英灵。
安危久系关天下，荣瘁何曾计自身。
正是苍生望霖雨，东山无计起斯人。

离暨南大学之夕感赋

　　余任教暨大，瞬经十载。昔日荒芜之地，今已蔚为园林。翠竹漪漪，湖光滟滟，风物殊佳。只以素皓穷经，花辰虚度。今当离去，难望重来，赋诗作别。

柔枝弱干护泥沙，摇曳春风散绮霞。
树碧千层莺巧啭，烟笼崇阁月横斜。
葱茏满目怀园叟①，寂寞离情对素花。
难望汉南重过日，十年如梦送生涯。

【注】
　　① 园叟指曾任暨大校长之陈序经，尽力于校园建设，贡献良多。"文革"中于天津受迫害而死。

无题

蓼红蘋白露华滋，秋水澄空雁下迟。
闲里棋枰翻惘惘，镜中霜意又丝丝。
拂衣难觅东陵种，高卧还吟元亮诗。
结得衡门归淡泊，一瓢长醉待明时。

抒怀一律

风雨孤怀入暮年，客途渺渺志犹坚。
曾观沧海鱼龙衍，笑结名山翰墨缘。
几试秋茶知世味，为经霜冷悟参玄。
浮生若问归何处，好撷梅花伴醉眠。

怀念绀弩

休将樗散喻奇材，三草歌吟诗境开。
情逾汨罗抛史泪，感因黔首赋沉哀。
布衣一袭敌华衮，傲骨何曾埋草莱。
最是阴晴风雨候，斯人形象映天阶。

寄南中故人 （时寄寓温哥华）

太平洋上海云稠，此日孤蓬万里浮。
折得枫华聊寄远，客怀渺渺似沙鸥。

游维也纳森林①

千章林木长幽径，如听蹄声得得来。
灵感神思成美曲，人间天上画图开。

【注】
①　游施特劳斯所谱"维也纳森林的故事"之森林，体验其
成曲环境，为之陶醉不已。

地中海滨忆佩瑜

碧蓝天海望无涯，浪拍长滩笑语哗。
忽忆太平洋上旅，曾如命鸟共浮槎。

赠星洲原甸

蕉雨椰风忆昔时，沙嗲低唱未成痴。
圣淘沙上风光美，铸就诗人瑰丽词。

游昆明西山谒聂耳墓 (二首之二)

翠竹苍松绕墓台，英年不永寄沉哀。
钧天不及民歌手，犹挟风雷万里来。

题越秀山双溪寺

双溪早已破禅关，烟锁重门镇日闲。
正是天南春漠漠，花开无语老空山。

七仙姑峰 (漓江泛舟)

为爱漓江美，披云下碧流。
遥看明镜里，挽髻正梳头。

登香港太平山远眺

试踏秋阳上太平，山花如笑海风轻。
凭栏休负浮生愿，云水征帆系远情。

赴北京大学作学术交流①

士切登龙仰论坛，先贤遗训两相参。
流年虽换光芒在，长耀神州万仞山。

【注】
① 应北大温儒敏博士之邀，在新开设之"蔡元培学术论坛"
交流学术意见。此坛为弘扬蔡元培先生所倡民主与科学之精神。
王蒙、余华曾莅坛讲演。

还乡二题口占一绝

休问浮沉身外事，且衔哀乐掌中杯。
多情自有平桥水，照得天涯浪子回。

早发漓江

波光摇荡群峰醒，星月纾眸水色蓝。
买得蒲帆江上去，笑携文侣看春山。

临江仙·感旧

青鸟不传云外讯，频年梦绕江州。几番相忆
是离愁。殷勤劳跂望，慷慨诉书邮。　　却向缁
尘寻旧影，那堪星鬓霜秋。斜阳淡淡入高楼。浮
沉多少事，一醉付东流。

临江仙·记与诗人杜运燮兄酒叙并呈陈凡、梁羽生诸兄

正是飞花催岁暮，香江重聚文旌。卅年别梦耐重温。龙蛇曾漫舞，蕉雨润高文①。　　闻道朦胧抒世虑，转教人忆虚襟。海天辽阔展鹏鹍。笔堪驱造化，休问岁华侵。

【注】

①　梁羽生于三十年前写过《草莽龙蛇传》，杜运燮写过《热带三友》散文集，曾脍炙人口。

浣溪沙·访浅水湾萧红墓地

犹吊遗踪一泫然①，依稀树影杳如烟。可堪战乱话当年。　　万斛才情归净土，满腔热血见遗篇。银河朗月照无眠②。

【注】

①　用陆游句。女作家萧红于一九四一年太平洋战争时期病殁于香港，埋骨于浅水湾。

②　五十年代初由香港文艺界将萧红骨灰葬于广州银河公墓。

曾楚楠

1941 年生，广东潮州人。长期从事文艺及文史工作，现为副研究员，汕头岭海诗社副社长，潮州诗社社长，中国唐代文学学会韩愈研究会副会长、《潮州文史资料》、《潮州诗词》主编。

蜡梅

蜡梅开岁暮，盘郁出庭墙。
无叶枝如戟，有花颜若霜。
临风铁干挺，照影碧泉香。
月下低回处，相看夜未央。

相思树

谁将藤粉洒南疆，林野丘山披嫩黄。
三月相思花似海，却疑春色是秋光。

过山海关

雄峙燕云锁海山，一夫凭据万夫难。
史中留记三千载，天下扬名第一关。
残堞岂缘贞女泪，重门尝印汉奸颜。
精忠国士魂安在，伫望烽台铁炮寒。

【注】

民间有孟姜女哭倒长城之说。伫立关前，恍见历朝民族败类丑恶嘴脸。

温 雄

广东省德庆县人，1927年出生于广州。1950年到东莞工作，曾任东莞中华诗词学会副会长兼秘书长。

沁园春·春日登越秀山镇海楼

落尽红棉，独上层楼，悯悯情怀。溯半生遇合，泥途风雨，丁年抱负，海市亭台。于世多尤，此身易老，草草劳生几劫灰。危栏外、望云横北国，不见蓬莱。 堂堂岁月难回。幸落拓、江湖不自哀。虽豪情老去，犹存傲骨，华年过尽，未作庸才。懒改疏狂，勤培老节，淡泊浮生亦快哉。年前事，待星移物换，再论兴衰。

迁居

陌巷蜗居且自安，一帘秋梦布衾寒。
生途暗淡常为客，骨相嶙峋不合官。
读史学诗培老节，栽花赋草作清欢。
秦灰拂净身虽健，未有余钱换个闲。

沁园春·九日白云山

霜叶初红，征衫已薄，又到重阳。上云山人倦，一陂残照，亭林秋老，几树寒螀。罚酒园荒，题糕客渺，诗道悲如世味凉。黄花好，放西风篱落，慰我寒香。　　茫茫劫史玄黄。谁管领人间换海桑。奈裸身击鼓，难抒孤愤，倚楹弹铗，未改清狂。风雨愁人，江湖老我，身世沉浮酒一觞。凭谁约，我明朝散发，濯足沧浪。

念奴娇·羊石送春

珠江流水，送残春、暗换仙城云物。赵尉离宫斜照里，剩见沉沉墓壁。洛社蓬蒿，文坛风雨，谁再吟香雪？槐安梦觉，而今多少文杰。　　悲忆十载秦烟，中原鼎沸，血幻红棉发。千劫江山华表冷，望里神光明灭。眼底沧桑，胸中冰炭，霜点萧萧发。百年歌哭，楚庭依旧明月。

寒食偶得

犹怯馀寒懒上楼，情怀漠漠淡如秋。
可怜寒食帘纤雨，只洗残香不洗愁。

谢伟国

1952 年 11 月生于广州。广州诗社社员，广州《诗词报》副总编辑。

丁亥秋日江上有怀

江上云飞又一年，秋风无不被情牵。
雁回莫问浔阳事，冷落芦花渡客船。

丁亥自题墨荷 (二首)

(一)

倚梦虚怀秋月光，结缘十载墨荷香。
羡君唯凭痴心笔，染化多情洛水妆。

(二)

质洁三宫逸不群，惠风长曳绿烟云。
夏红秋淡冬枝韧，春末新尖贵出尘。

谢创志

1971 年 5 月生，广东省东莞市东坑镇人。东坑中学教师，东莞中华诗词学会副会长。

夜读

萧斋长坐拙如斯，一卷芸编未暂离。
静听秋虫时唱和，西斜明月照青衣。

游松山湖

停车松山下，松湖绕山曲。
东山种荔枝，湖岸起新筑。
愧我市井人，对此忘尘俗。
披星渚畔渔，借月窗前读。
桂棹荡湖间，风光悦耳目。
芬芳兰可采，甘冽泉可掬。
嘉树纳晚凉，霜橙待秋熟。
山横夕照红，舟枕轻波绿。
众壑认归云，琼筵伴修竹。
此杯共谁添，花下斟醽醁。

游西樵山

黛色峰峦天外横，云生岩壑半阴晴。
翠微渐上惊衣绿，苔石轻行惜露清。
曲径远传山瀑响，林间细听落花声。
登临情思诗囊满，闲坐溪边待月明。

书窗春望

氄氄堤畔柳丝长，花气轻寒透小窗。
一纸短诗春写出，萍风杏雨鸟啼香。

临江仙·庭院深深

炊烟横截秋山远，谁怜断梗飘蓬。凭栏凝咽向西风。天涯孤客，魂断雁声中。　　照影昏灯长夜冷，情怀历乱谁同。凄凉夜半听鸣蛩。萧条庭院，玉露冷梧桐。

谢绍祯

1927 年 10 月生，广东省阳江市人。从事中国语言文学及书画教育工作 40 余年。阳江市政协原常委。中华诗词学会、中国楹联学会、中国书法家协会、广东省作家协会会员，广东中华诗词学会常务理事。

双喜之歌

阳江市荣膺全国唯一"诗""联"之市。

天东神土世称"华"，凤凰火涤颜如花。
山奇水丽美于绘，民心灵秀天人嘉。
百粤鼍江益翘楚，诗联特粹天飞霞。
天飞霞，地扬葩，"阳江现象"满目诗联家。
往缘辗转皂人手，冷抛栏枥骝和骅。
所幸芳原春色盎，暖风催动群红芽。
千里坚蹄腾汗血，飞鞍振鬣披风沙。
去年"诗词"跃龙榜，"楹联"今又银潢跨。
"中华诗、联"国唯一，骈飞双翼天无涯。
天无涯，邦惊哗：漠阳海大龙交挈。
远忆江城春花绽斗室，诗果联实欣盈车。
惟祈鱼筌不忘获，孙阳识力功长夸。
功长夸，功长夸，好将箕豆嘉蹄加。
江花无限人欢品，红芳处处堪摩挲。

西江月·红梅

销尽一枝横雨，赢来万本春风。漫天深雪出新红，看取千门欢动。　　不傍夕阳山外，偏朝晓日城东。今年花比去年秾，春与群芳长共。

论诗

作祖为孙以代殊，德能未必后贤输。
诗词唐宋双峰并，孰道前山不可逾。

谢彦溥

1930 年生，广东省阳江市人。现为岭南诗社、漠江诗社社员，中华诗词学会会员。

居穗时偶到珠江边观晨运即景

江畔依稀万树花，临风摇曳斗芳华。
露零曙色人如海，剑影拳风拂晓霞。

报载全国政协议政热烈有感

闻道新风重友声，中枢虚席听民情。
济时还仗扶轮手，海纳群言利政行。

和润芬兄题秋杂兴 (其二)

未是匡时济世才，搴帘延月照清怀。
诗穷不在名人录，市隐难忘古钓台。
念里田园应有寄，座中朋侣本无猜。
句成莫向愁边写，怯对黄花自在开。

谢健弘

广东梅县人。曾任中山大学历史系教授。有《涵庐诗抄》。

涵庐小唱

书痴退处岭东南，园角容身亦小堪。
净几明窗宜静读，新闻故籍乐同参。
雨豪瓦屋添琴趣，客妙山茶助逸谈。
绕屋时花皆手植，澄心顿觉众香涵。

读国平和放翁韵作

静寄松坡冷雨天，开缄遥忆老青年。
东溟鼓浪存琴操，北国穷源渡雪边。
无那风云千里隔，信他兰谊一生缠。
何当轻拂芭蕉扇，净扫神州宿雾烟。

昙花

淡香玉色不尘身，仿佛罗浮月下魂。
君作逛词我作和，一花酿得两家春。

谢康来

1952 年生，广东雷州企水人，博士，一级书法师，中华诗词学会、中国楹联学会、中国书画家协会会员，中华诗词艺术家联合会、世界汉诗协会副会长。

华山

才别孟源又玉泉，云烟隐约岳参天。
凌空莫测犁沟底，履险如夷御道巅。
擦耳崖沿欣挽索，舍身树上苦攀缘。
博台欲觅陈抟祖，赢得华山万万年。

沁园春·天涯海角

马岭山前，画卷舒开，美不胜收。望云霞灿烂，烟波浩瀚，风帆点点，远近飞鸥。椰树婆娑，沙滩延续，巨磊礁盘漫海陬。凌霄汉，挺南天一柱，几历春秋。　　油然缅想悠悠，孰锦绣诗篇此处留？自唐朝宋代，谪臣贬宦，胡铨哀叹，赵鼎悬忧。万里区区，凄凉荒寂，却去千年难返头。兴今日，数车流滚滚，贵客常游。

鹧鸪天·赤荒

　　莫道琼崖属赤荒，一年四季驻春光。万泉水绿开诗境，五指峰高入画廊。　　芒果盛，荔枝香，常逢饭后品茶郎。东坡昔日曾流放，奇绝兹游爽肺肠。

赖先楚

1966 年生，广东普宁人。中学语文高级教师。现为中华诗词学会会员、揭阳市作家协会会员、《铁峰诗苑》副主编、《春华诗苑》主编。出版有小说散文集《呼唤激情》，诗词集《犁浪集》，校本教材《中学生诗词格律入门》《诗词联格律》。

秋夜偶得

暗蚤阶砌响，秋气月光寒。
灵悟来天外，豪情涌笔端。
风轻心更热，霜重叶逾丹。
万古诗心洁，瑶台一箭兰。

观海

海天空阔碧盈盈，汹涌高潮万马声。
起落寻常人世事，一番壮丽慰平生。

赖春泉

（1922—2004）广东兴宁人。中山大学中文系毕业。曾任广州诗社副社长，著有《石壁居诗词》。

不寐

雁声阵阵叩天南，梦断蓬瀛酒半醒。
梧落桂飘风有信，江流石转水无情。
百年心事归平淡①，四海文章道圣明。
又是通宵眠不得，荒鸡声里剑长鸣。

【注】
① 借用龚自珍句。

除夕漫兴

腊鼓喧喧报岁阑，屠苏半醉独凭栏。
冰天刚过晴犹雨，春意初临暖尚寒。
涉世早知尘路险，无求始觉寸心宽。
长堤尚有向阳蕊，肯任寒风冷眼看？

谒人境庐

瞻仰人境庐，振衣拜乡哲。

开拓先行者，岭峤有三杰。

我公与康梁，寰海俱心折。

大同崇中土，民主轨西辙。

两卷海舆图^①，扶桑尤卓绝。

仗节英日美，气骨铮铮铁。

捍吾华裔权，沸我炎黄血。

几为八君子，头颅甘一掷。

创报宣新民，当代文章伯。

更擎诗革旗，提倡手口说。

政论入诗篇，民歌谱词阕。

诗海掀新潮，红豆繁花迭。

百载厉风雷，松柏历霜雪。

伟哉黄夫子，一瓣心香爇。

【注】

① 指魏源《海国图志》及黄遵宪《日本国志》。

金缕曲·抵家谒祖居

人海漂流久，乍归来，依稀难觅，旧家门牖。记取儿时嬉耍处，只剩古道斜陡。抬眼望，家山非旧。"炉寨""鹅峰"披彩雾，映"三溪"水库碧粼皱。山更美、水更秀。　　离时少小归成叟。去一人，回来五口，遑论休咎。幸喜莼羹鲈脍美，棠棣花繁叶茂。纵情道，翻身前后。说是今年年景好，看家家户户肥鸡酒。思祖德，遗荫厚。

金缕曲·石壁纪变

春暖花如绣。偕弟兄，猎奇探异，村前漫步。九曲清溪成一线，报道小河改路。苍郁郁、翠绿蚕豆。小立山头穷远眺，看湖光山色竞争秀。舟一叶，正飞溜。　　"角羊径"曲羊肠似。自古来，飞禽罕至，走兽难住。华屋千间飞径里，还有婆娑绿树。人道是、子弟兵驻。十里荒山成沃土，赖春风化雨栽培厚。穷石壁，变富庶。

金缕曲·合水纪游

合水风光秀。迎朝阳，背壶戴笠，迈开健步。指点旧时荒僻处，眼下新村无数。火车吼、乌金飞舞。潋滟波光收眼底，看长堤十里花如绣。拦水闸，出云岫。　　湖边古塔曾知否？想当年，宁江水溢，下游潦苦。一自平湖三峡出，灌溉良田千亩。尽其用、综合利厚。两网捕鱼十万斤，更红柑五月炙人口①。游兴尽，犹反顾。

【注】
① 合水水库新特产："五月红"柑。

金缕曲·离家惜别

春节匆匆度。霎瞬间，假期届满，遽登归路。廿五年来回一次，此后归期难奏。多少话、与谁倾吐？二老遗骸犹未葬，况嗣母风烛残年候。这般事，凭区处？　　依巢乳燕频相顾。偎母怀，呢喃絮语，有如讥诟。我岂无情轻反哺？只怕归期耽误。丢饭碗、难养家口。但愿倚天抽宝剑，把离情别绪斩除透。我去也，频回首。

詹安泰

（1902—1967）字祝南，号无庵，广东饶平人。曾任中山大学教授、中文系主任。著名古典文学专家，尤精于诗词的创作与研究。主要著作有《花外集笺注》《无庵词》《鹪鹩巢诗》《宋词散论》等。

惠州西湖访朝云墓 (二首)

（一）

艳事流传八百年，梦中花草旧山川。
明湖环抱楼残照，一塔当前罥暮烟。
多少题名伤坠粉，雾星啼泪剩青鹃。
我来奈是飘萧甚，懒向东坡问夙缘。

（二）

六如亭下葬娇娘，碑碣胜流苔点苍。
未信芳魂呼便起，得随名士死何妨。
近堤数艇留妆镜，终古寒鸦舞夕阳。
更有令人凄绝处，环湖楼院半芜荒。

闻乱忆香港诸亲友

遭乱同漂泊，凭谁问死生。

极天无净土，斗海有飞鲸。

梦入千家哭，城馀百战声。

何堪私痛在，未敢说休兵。

高阳台·郭介子笃士自蜀中倚声见怀赋报

断角吹春，昏鸦坠垒，离愁乱点苍烟。背面回身，对床人隔重关。临流谁惜青青鬓，自桃花、羞见当年。剩吟笺、与唤清狂，絮梦遥天。　招携待共峨眉雪，奈凌波步弱，啮臂盟坚。换羽移宫，飘歌荒水能言。钩帘日夕猩红涴，更何堪、坐老哀鹃。莫情悬，西北楼高，正好闲眠。

浪淘沙·癸未腊不尽二日

几度惜流年，风雨遥山。压帘云气上眉弯。燕子不来人又去，闲煞阑干。　莫便问平安，病也无端。珠尘劫火一番番。便做梨花开恰好，可奈春寒？

浪淘沙·夏夜坐月

黄月涨流星，鸦雀无声。梦沉书杳一楼灯。任是灵风吹不透，短短邮亭。　　眉样自倾城，谁惜惺惺。乱花飞絮旧同经。衣带全宽春信否，白袷飘零。

凤衔杯

揉碎春魂天不管，看新绿、小池萍满。正雨过凉生，寸鱼轻与浮花款。夕阳外，红千片。　　乱山昏，归路远。还凄动、暮鸦边雁。便放下离愁，极天烽火音书断。赖明月，长相见。

鹧鸪天·丁亥三月

花满园林绿满塘，惊风断雁过江乡。画堂深浅情如会，别院筝琶意有伤。　　芳袖冷，晚烟凉。沉檀一炷对苍苍。但教明月当楼起，不向人间看夕阳。

朝中措·乡思

霜风拂拂冷千山，声急泻江滩。悄上朱阑眉月，引教幽梦先还。　　一灯如笑，双垂白发，半醉苍颜。空买贫愁彻骨，断肠何止阳关。

虞美人·夜坐

压檐梧叶当阶泻，地僻无车马。照愁明月自西流，好在哀蛩啼梦已辞秋。　　故人检点今余几，坐惜尊前意。不成没了护花心，盼到来春长怕乱鸣禽。

齐天乐

国难日深，客愁如织，孤愤酸情，盖有长言之而犹不足者。香港作（1941）。

海天风日波涛壮，凭将劫灰磨洗。去国陈辞，横戈跃马，眼底英豪余几。风情老矣。听商女琵琶，隔江犹是。杯酒长空，望深到处腾光气。　　东华事随逝水。梦骄天路远，愁恨谁寄。红雨迷春，娇花拥月，多少前游佳丽。消惨痛泪。忍重觅秋魂，鬼歌声里。怅断关河，倚楼中夜起。

南浦

羞红怨碧，又因循、闲梦阁寒塘。空说秋悲无分，衫鬓点尘霜。记否昨宵杯酒，坐天明、苦泪浣凄香。正短堤嘶马，瘦桥盘雾，前路共苍茫。　　便到园林绣簇，语东风、帘燕忒难量。影落沧波归舸，凭寄早梅芳。谁耐废堂怨对，听黄昏、腊鼓唤椒觞。料暮云修竹，有人憔悴望还乡。

声声慢·出游

寻幽绝壑，抉翠层峦，荒涂客泪谁明。一片苍云，和风挝树成声。流泉自怜凄奏，媚娇禽、单佩丛铃。兰芷在，只隔花人面，入梦须惊。　　侬是青青双鬓，奈春魂一荡，千万愁凝。履迹苔痕，他年留话零星。因循旧情重省，剩当前、歌哭余生。山路稳，趁芳时、休问雁程。

点绛唇

费尽炉红，山楼十日寒威重。待花亲种，不见莺儿弄。　　只说春回，泪是春人贡。天如梦，一痕灯共，雨又潇潇送。

醉蓬莱

认苍云一片，秀野寻诗，北国携酒。翠幄重重，有娇禽啼昼。雨歇风轻，楼孤山远，劝词流回首。入梦安涛，呼鹃量泪，一般时候。　　漫说江南，采香何处，怨曲歌残，旧人归后。凄绝芜城，怕晚蝉高柳。闲冷襟期，恢疏风派，最花魂能守。未觉春空，遥笺天去，夕阳红又。

摊破南乡子·落花

沧海正尘飞，更谁问、轻聚轻离。红情梦断相思树，开无人赏，落无人管，一去胡归。　　未醉已如泥。吹万泪、莺燕空迷。但教不近危阑倚，春长不老，心长不死，一任鹃啼。

玉蝴蝶·戊子十月还乡作

破晓乍霜天气，岭南风色，花未惊寒。雁影难来枫岸，乱叶流丹。卷烘帘、媚春人老；嘶故垒、征马声酸。怎愁删、夜长心远，山重江宽。　　飞还。闲凉似水，么弦孤奏，短鬓双斑。却忆年时，帽檐斜溜白藤鞭。卸妆懒、口脂微褪；寻梦遍、脾性空传。更谁怜、古簧深眷，摇翠荒烟。

燕山亭·书感

空外哀筎，吹落冻禽，暝色旋笼高树。待指斗牛，与说开天，一觉前宵风雨。惨碧楼台，问经碎、秋魂知否。迟暮。长梦涩关榆，教儿闲谱。　　须信掩泪孤吟，误几度凭栏，片帆南浦。腰肢瘦了，翠翠携归，知他舞杨谁妒。万一回头，看海水、横飞天宇。休诉。离雁共、夕阳凄苦。

石州慢

水映寒莎，山抱古城，人远天阔。平堤十里楼台，乱峤秋痕圆折。笼烟翠野，立尽几度西风，销魂痴想明珰雪。苦语记亭皋，近花期芳节。　　舟发。烂桃鸳戏，暝柳莺啼，那回初别。目断经年，云雨歌尊愁绝。口脂香冷，绿鬓渐换新霜，重逢怕共双峰结。半面晚妆残，奈当时明月。

蝶恋花·庚子元日

寥落三年谁共语？历历前欢，一派荒唐路。百草千花春几度，思量总为多情误。　　始信瘦魂啼泪雨。错怪蛾眉，长有人相妒。梦觉华胥坚自许，从今且莫回头顾。

詹劲锋

1981 年生，广东省东莞市人，东莞中华诗词学会会员。

咏菊

黄花碧叶东篱下，月冷黄昏玉露浓。
羞尽百花君独艳，抱香枝上笑寒风。

水仙

玉立亭亭映画堂，凌波沐露漾春光。
银盆金盏标清雅，碧叶摇风惹梦香。

春雨

如丝如雾浮春绿，弄影柔枝绽嫩芽。
一夜连绵轻入梦，瞒人小苑润娇花。

小园

池水朝阳烁碎金，莺梭织柳闹春深。
翩跹蝶翅粘香粉，飞入东篱伴我吟。

红棉

含丹喷赤逼青霄，铁干擎天映日骄。
雄魄英姿千古颂，落花红染粤江潮。

詹建楚

（1971—）陆丰市湖东镇人。有《潮音居吟稿》。

江上吟

临夜冰缣色变乌，远山近树亦模糊。
渔郎独划初三月，直把繁星捕到无。

舟中吟

云垂南极倒山头，谁以沧波染四周。
忽见脚边生雁影，一声叫出满天秋。

咏史

堪笑君王费苦心，空将兵器铸铜人。
但行仁政安天下，谁以长竿刺暴秦？！

书怀

同是岿然七尺身，人为梁栋我为薪。
杜鹃啼血空悲切，精卫填冤却意真。
作茧方惊成自缚，化蛾不就屈难伸。
寓形宇内无他法，合与庸人作佣人。

遣怀

不是僧人不是儒，人心天意两糊涂。
海枯石烂犹磨杵，月白风清只串珠。
卖狗有方斟绿蚁，悬文无法换青蚨。
年来意气消磨尽，不与狂徒争丈夫。

蔡山桂

1937 年生，广东雷州市人。原雷州市政协委员。系中华诗词学会、中国楹联学会、广东省民间文艺家协会、湛江戏剧家协会会员，雷州诗社副社长兼秘书长、主编，雷州市楹联学会副会长兼秘书长、主编，著有《幕塘斋吟草》《蔡山桂诗文集》。

望海潮·雷州颂

天南佳处，山川秀丽，名城故郡雷州。烟柳画桥，平湖秀塔，周边叠起层楼。花树总怡眸。更南河两岸，万顷平畴。碧浪银波，渔歌晚唱数归舟。　　地灵人杰南陬。有逐臣贬宦，曾此羁留。平仲寇公，东坡学士，佳篇遗韵悠悠。今大展宏猷。正扬帆搏浪，万里航游。喜看前程似锦，奋发竞风流。

江城子·游杭州西湖

坡仙何处觅遗踪，雨蒙蒙，出城东。苏堤柳舞，莲叶满湖中。浩渺烟波鱼起浪，乘画舫，醉香风。　　六桥烟树雾重重。转晴空，乐融融。三潭印月，奇景映芳容。更喜行吟陪笑语，添逸兴，韵尤浓。

嵩山

中岳巍巍耸碧空，青岚烟霭绕高峰。
千寻幽涧浮秋色，万仞奇岩挺劲松。
古刹禅林遗韵事，摩崖石壁勒丰功。
唐皇女主今安在，唯见嵩山依旧雄。

蔡廷辉

别号蔡泰然。1940年8月生于香港，世居广州，大学中文本科。现为广州荔苑诗社副社长兼副主编；广东岭南诗社理事、编辑部副主任，广东中华诗词学会、广东楹联学会会员，广州诗社社员。《荔苑诗词》《岭南诗歌》编辑。著有《诚轩泰然诗词选》《泰然骊屑》等。

连续剧《袁崇焕传》首播式观后

一骑巡关抵万兵，擎天虎将播威名。
外驱夷狄忠家国，内抚军民获显荣。
宁远勋功迎御史，蓟辽诬陷绝冠缨。
先贤四百春秋日，留得英风耀莞城。

圆明园被掠国宝于香港拍卖

圆明劫火记犹新，拍卖喧嚣痛国珍。
铜首猴牛应可鉴，西夷涎欲直如焚。
外商贪利行为耻，燕贾投金正义伸。
虎噬狼吞百年事，中华岂复旧时贫。

黄帝陵

蜿蜒城北岭回环，第一陵园天下间。

感戴殊恩沐沮水，追怀遗泽仰桥山。

黄花秋霁供先冢，翠柏春霖想圣颜。

龙裔清明重九日，寻宗虔拜故乡还。

赋得寒梅以应湖北"梅园"勒石之邀

竞放严寒力战冬，彤云翻滚俏崖峰。

冰魂雪魄清幽韵，琪瓣瑶枝琬琰容。

廊舍花繁情倜傥，驿桥香沁世尊崇。

神州万卉论英气，仰尔襟怀国士风。

绮罗香·记分春馆门人乙酉初秋色色山庄摄录吟唱

冉冉晨阳，迢迢国道，联袂桃源寻趣。色色山庄，隐入翠岚深处。临碧水，激滟波光；步花径、间关莺语。且消受、锦榻明窗，一帘风竹卷秋雨。微闻清韵似诉。　　三变甘州词境，漫嗟行旅。摄像留踪，领略雅音遗绪。假山畔、倩影依怜；曲池边、俊郎容与。记当日、继唱分春，录音传妙句。

扬州慢·壬午初秋岭南诗社与东糖、科技分社联袂东莞可园采风

排闼山青，卷帘波碧，莞城旖旎秋阳。睹连云广厦，忆往昔穷乡。自春雨、滋荣大地，野田浓绿，花木清香。　趁新晴、游赏名园，联袂东糖。百年雅筑，喜而今、重焕辉光。有绿绮琴楼，邀山画阁，堪证沧桑。草草草堂仍在，吟诗处、亚字轩窗。想张郎当日，时迎骚客徜徉[①]。

【注】

① 可园乃清末张敬修所筑，岭南画家居巢、居廉曾客居此园多年，诗人张维屏、简士良、陈良玉、何仁山等在此园作客联吟。

满庭芳·贺北京申奥成功

九牧歌扬，五环旗展，中华世纪坛雄。莫城传捷，屏幕播寰中。龙裔辉煌此际，呼赢了、声震遥空。烟花灿、京华七月，人海舞长龙。　朦胧。回首处，盈眶热泪，款曲深衷。念赢弱当年，国困民穷。改革鸿猷廿载，喜而今、禹甸春风。新场馆、二零零八，奥运祝成功。

鹧鸪天·电视直播新世纪大型焰火晚会

　　十里长堤万木葱，霓灯七彩玉玲珑。花船荡漾飘仙乐，焰火缤纷彻夜空。　　珠水绿，瑞云彤，新年新纪两相融。一从革故龙骧日，华夏巍巍屹亚东。

汉宫春·辛巳立秋与诗友畅游宝墨园

　　岭表明珠，是紫泥胜地，宝墨名园。牌坊耸峙，气势俨入云天。龙门缓步，抚雕栏、怡乐亭前。沿曲径、回环廊榭，人行殿阁如仙。　　忆昔平芜郊野，只藏鸦暮树，废庙荒烟。如今碧湖翠柳，锦鲤花船。冰姿罨画，上河图、域外名传。行乐处、残阳一抹，依依秋陌归轩。

高阳台·轩辕庙

　　东叠碑廊，西连驿馆，山门肃穆恢宏。激滟龙池，当年洗玺升腾。桥山夜月粼波泛，拂金风，泪水枫赪。共寻根、卵石天然，赤子留名。　　轩辕古庙千秋后，有炎黄苗裔，繁衍隆兴。海外龙人，归来激荡心情。清明重九登高日，献心香，祭祖虔诚。仰丰神，黄帝浮雕，栩栩如生。

鹧鸪天·佛山市观"出秋色"①

雨霁云收向晚晴，汾江十里尽欢声。忻忻松炬煊秋色，烨烨琼枝照眼明。　　花吐艳，月生情，乱真蔬果恁晶莹。十番鼓乐鱼龙舞，灯海人山不夜城。

【注】

① "出秋色"是佛山市传统民间活动，所巡游物品，均以假乱真称著。

高阳台·读《涉江词》感赋次沈尹默韵

玉树新声，寒梅旧蕊，夜阑未释瑶笺。点检吟踪，断肠重省当年。倭尘铁骑纵横日，奈神州、泪血无端。镇伤情、去国辞家，秋雁春鹃。　　孤山蜀水归何处？剩离怀别绪，付与云天。漱玉词华，销凝劫里烽烟。流风约略欧秦晏，漫评量、几许灯前。最愁人、绝代清才，抱恨长眠。

鹧鸪天·电视转播钱塘江大潮观后

目注荧屏有所思，曾吟万面鼓声词。涛来拍岸山如裂，浪逐奔雷霰似飞。　　潮涨退，月盈亏。生涯常与愿相违。弄潮儿喜钱江信，吾爱风平浪静时。

水调歌头·大埔风情①

五虎卧原野，叠嶂入云天。登临纵目千里，豪气荡心间。碧水绕城飘练，楼宇依林隐现，灵秀蕴山川。历代藏龙地，今日展新颜。　　高陂玉，西岩茗，盛名传。故居光耀，客家族裔五洲延。天有埔星闪烁，岭有丰碑磅礴，胜迹史无前。再策骅骝疾，慷慨赋鸿篇。

【注】

① 大埔五虎山下近代出名人、名将无数。前新加坡总理李光耀故居在大埔县；大埔人杨捷兴教授发现宇宙一颗新星，被紫金山天文台命名为大埔星；广东省重点文物保护单位——三河坝战役烈士纪念碑雄踞笔枝山头。

木兰花慢

聊寄轩主曾翊良北游杭州，当行之际，亲挹鹅潭之水，掬云山之壤，奠洒于西湖、孤山中，复易其水土以归，谓灵气交秀云。余感其事，遂赋此以纪。

荔枝红照水，咏南越、有琼瑶[①]。羡桂子三秋，荷花十里，金主魂销。迢遥。岁华易逝，好山川，千载自孤标。久已鹅潭泛鹢，何当曲院听箫？　　征桡，心事逐江潮。两越恁多娇。看金牛珠海[②]，孤山羊石，衍沃相交。情高。曾郎美意，者襟怀、料理入风骚。匀就湖山秀气，天公合降英髦。

【注】
① 据典籍记载，李珣曾有《琼瑶集》。
② 杭州西湖又名金牛湖，据《水经注》记载，钱塘父老传言湖有金牛，故有此名。

蔡向葵

1968年生，广东潮阳区人。本科毕业，现任湖东小学校长，河溪镇小学语文教研中心组组长。汕头市人大杏园诗社社员，汕头市书法家协会会员，潮阳青年书协秘书长，《翰墨潮》副主编。

浣溪沙·谒桑田双忠古庙

浴血睢阳气撼山，成仁取义贼心寒，英名万载永流传。　　榕水滔滔龟屿凛，北山莽莽凤兜连，双灵结庙壮桑田。

蔡丽闺

女，1948年6月生，广东潮安人。现为汕头市翠园诗社、岭海诗社理事。

素馨花

生憎艳冶斗群芳，独擅清香向夕阳。
玉骨有缘依素冢，冰姿何幸托红妆。
愿将魂魄飘茶碗，不共杨花荡路旁。
最喜轻风明月夜，一枝相对解愁肠。

游海门莲花峰怀文信国

剑刻终南志未酬，中原王气黯然收。
更无砥柱扶危宋，空向海门望帝舟。
七代偏安羞社稷，百官尸位失金瓯。
茫茫碧水孤臣恨，化作莲花万古留。

蔡国颂

（?—2005）号乔斋，广东广州人。朱庸斋弟子，复随李天马习书法，黄文宽攻金石。生前为广州文史研究馆馆员、广州诗社社委、《文史纵横》编辑。主要作品收入《分春馆门人集》。

独夜

时广州武斗，街道多各自为垒。

偏居乱后更谁过，奈此秋怀独夜何。
沧海几堪尘土劫，劳生不尽短长歌。
去来咫尺唯门巷，辗转虚无岂绮罗。
他日越王台畔路，未应黄叶落花多。

浣溪沙

别有伤心酒未销，醉来犹自倚斜桥。数星灯火夜迢迢。　　信道如烟还似梦，未须来日只今朝。秋风何意为鸣条。

兀坐

长夜都无寐，长听风雨蛩。

难为持百感，兀坐任交攻。

老我秋风句，满阶落叶红。

云山空自在，怅望菊篱东。

湘中

洞庭北走大江东，雨后湖山乱转蓬。

七泽三湘遥客地，一天长日大王风。

霜林其奈思新橘，好句谁还爱晚红。

别浦声连秋塞漠，峰回寒雁夜书空。

七夕

迢迢银汉自流晖，儿女年年密愿违。

露冷星河犹北望，月明乌鹊此南飞。

秋生玉笛情何限，梦逐杨花事已微。

剪烛虚堂成独坐，渐寒心字两重衣。

陕中

泾清渭浊各波澜，缭绕宫墙腻水干。
战国七雄归一统，词人终古望长安。
关河百二饶残照，塞漠风云入夜寒。
最是少陵诗笔在，萧萧枫叶一灯看。

浣溪沙

惟有种情一往深，十年别梦不相寻。每思前事起推衾。　　月纵圆时应带晕，云虽出峡总无心。星辰昨夜几沉吟。

采撷

断简新题不自持，坠欢如梦梦犹疑。
惊鸿一瞥清波在，故苑重寻乱草滋。
回首向来黄叶地，倚栏今见日斜时。
相思红豆生南国，采撷春风有几枝。

秋登香港太平山

（一九八五年省亲香港，与从弟妹登山眺望）

扶摇直上缆千寻，夹岸楼台映绿阴。
百感一时纷杂沓，九秋绝巘此登临。
江山信美仍吾土，穷达虽殊却异心。
伫立苍茫天海处，倚栏人自费沉吟。

过黄山梦笔生花

安得生花笔，联翩思涌泉。
洞庭为墨海，禹甸写华笺。
江山洵信美，人物亦腾骞。
生气风雷后，相期大治年。

扬州小秦淮

一路楼台杨柳岸，骋怀游目画图开。
任他小李将军笔，百丈生绡绘不来。

瘦西湖廿四桥

眼底楼台夸小巧，周遭花木斗妖娆。
杜郎俊句传千古，标举风光廿四桥。

蔡和耿

1950年生，揭西县棉湖镇人。揭阳诗社和揭岭诗社社员。

山上观梅

登高信步意流连，山有蜡梅生石边。
倒影岩泉枝楚楚，傲霜风骨韵翩翩。
曾经长夜侵寒露，依旧雍容出嶂烟。
身在空灵云绕处，横瞻四野自怡然。

蔡佩君

1943 年生，女，广东汕头市人。现为汕头市岭海诗社理事，翠园诗社理事。

海滨望月寄情

举头喜见月华升，洒下银辉万里明。
淡淡小星天际闪，茫茫大海浪花腾。
同胞两岸遥相望，台岛三通盼早行。
诗句如能作桥板，笔耕夜夜寄深情。

蔡沛泉

广东中华诗词学会会员。

访梅（十一首）

（一）

冰天遥夜苦萦怀，想见梅英次第开。
今日琼仙铺雪浪，肯烦青使更相催？

（二）

侵晓霜禽叩牖鸣，穿门寒气沁心清。
定知逆鼻幽香远，一路披风踏雪行。

（三）

松间泉石竹间霞，冰缟晶莹带雪些。
最是令人魂欲绝，水边摇曳一枝斜。

（四）

昨向瑶池浴雪来，冰魂未肯染纤埃。
藐姑仙子高情甚，幻作人间百卉魁？

（五）

不施铅粉不宫黄，独立幽崖试晓妆。
处世何妨存傲骨，东皇许我斗冰霜。

（六）

白云生处有高僧，敢问君来访未曾？
忽听梅魂轻诉语，美人心事未全矜。

（七）

初回酣梦试新妆，环佩鲛绡暗惹香。
独立中宵依素月，谁家玉笛动愁肠？

（八）

晤君今日解相思，无限风情浅笑时。
寄语玉人休折取，华堂何及在山陂。

（九）

怅立花前步履迟，沉吟回首总痴痴。
殷勤拾取云鬟弄，少女情怀总是诗。

（十）

谁施幡帐护春温？风定清漪月一痕。
有客徘徊花影下，潇潇疏雨近黄昏。

（十一）

节愫端庄见凤仪，随他深壑与荒湄。
已报欲来春踯躅，辞根肯怨晓风吹？

支农杂忆 （四首）

（一）

少年为客早，惘惘涉穷荒。
风雨思前路，葵花向太阳。
不期终濩落，徒尔濯沧浪。
非谓冥难化，创痕每自伤。

（二）

胼胝无日夜，墨面辟蓬蒿。
夏莳云流火，冬犁上断刀。
凿池霜割肉，斗贼胆生毛。
骤雨狂飙厉，虺虫视我曹。

（三）

数年经数谪，冷暖费沉吟。
薄暮红尘起，征途浊浪侵。
美人皆寂寂，驽骥故喑喑。
清夜谁家子，优悠独鼓琴？

（四）

采木山中去，幽崖尚有梅。
花繁谁做主？“命运”党安排：
“不足培为栋，摧之朽化埃！
吾家盆景好，早晚树梁材！”。

蔡泽瑾

1970 年生，别署朴堂，广东澄海人。汕头市书法家协会会员，政协汕头岭海诗社、人大杏园诗社社员，著有篆刻集《陋室铭》等书。

梅

寂寞寒梅树，花开岁又新。

山深人罕至，与雪共精神。

蔡炫辉

1946 年生，广东澄海人。1969 年毕业于华南师院。原澄海电大教务处主任，澄海政协四、五、六、七届委员。现为中华诗词学会会员，广东书协会员，汕头书协理事，岭海诗社理事澄海诗社社长澄海书协顾问。著有《历代书家杂咏》。

观潘君画鲤

借得春江活水融，菇蒲萌动鲤翻空。
画师能识濠梁趣，妙笔澄心使化龙。

【注】

濠梁趣：濠梁之上庄子与惠子相与语鱼之乐趣。见《庄子·秋水》。

蔡起贤

（1917—2003）号缶庵，广东潮安人。长期从事教育工作。擅长诗词。对地方文史颇有研究，为潮汕知名学者。著有《缶庵诗词钞》《缶庵论潮文集》。

登桑浦甘露寺洞天用饶宗颐先生别雁荡山诗韵

狮髻何峨峨①？岂非巨灵剖。

狮口侈流涎，浸渍润林薮。

三面纳天光，何须开窗牖。

山风扑面来，伫立不可久。

蒙垢今重光，喧哗杂童叟。

弥勒腹便便，容我扪以手。

山路昔畏途，今也人车走。

亦思攀藤萝，欲起时掣肘。

扫云见文峰②，玉简幸可觏。

拂石敷座坐，所憾未携酒。

耳目应接忙，山灵爱已厚。

下山蹑石阶，陡削惧回首。

【注】

① 甘露寺，形似侈口笑狮，寺顶覆石，俗谓狮髻。

② 玉简峰古为潮州一景，号文峰飞翠。

鹧鸪天·观电视剧《红楼梦》和方笙同志

世路多歧哪尽头？冤亲一揆证红楼。芙蓉有诔催天老，斑竹无声泣血休。　真警世，岂悲秋，拼将心愿托歌讴。嗣宗屈子同斯痛，求索何方改旧流。

蔡景升

1941 年生，号朴斋，以号行。广东广州市人。曾从事技术工作及经商。现为广东中华诗词学会会员，广州荔苑诗社社员。

重登南岳

又踏南衡上祝融，披风沐雨亦从容。
群山七二虚无处，唯见凌霜万壑松。

萝岗赏梅

戊子岁余独上萝岗，梅花盛放，忆去年此夕，有怀荔苑诸友

独立萝峰冷，分香各自知。
临崖花共瘦，撷韵意偏迟。
去岁罗浮梦，今朝故旧思。
素心随雪白，珍重向南枝。

己丑祭张公采庵有怀

斗米天涯老，如今始祭师。

心香随貌远，白酒酹杯迟。

夫子神长在，景行道不稀。

相依春树下，抱朴自相期。

次克光、柳青兄原玉 (二首)

（一）

一派春阳沐户庭，迎霞泡露倍光明。

结庐差近渔樵乐，探律还从李杜声。

历劫江湖皆证道，相将鸥鹭两关情。

白头未觉桑榆晚，叠叠云山步履轻。

（二）

翰墨同源意自亲，诗囊羞涩步芳尘。

风骚振律君真健，雅乐腾歌韵亦新。

梅魄依襟兰作客，溪云为伴月相邻。

山居休道无桑落，熏得吴刚满面春。

摸鱼儿·暮春寄语

倚梅乡，结庐尘远，山深宠辱都杳。暮天几叠萍云色，倒鉴绿池斜照。春欲去、借数点榴花，守住残阳笑。冰丸恁小。听摇竹庭空，鸣蛙院静，拔剌锦鳞扰。　　茶烟袅，雁聚溪前山表。新声催拍萦绕。溶溶月色浑如昨，恰似少时情调。天未老。纵过尽嫣红，一片青青草。如霜襟抱。待凝碧天涯，含黄菊径，兰桂相将舞。

望海潮·本意

鲲鹏羽中翼，南溟翔雪，貔貅百万声嘹。鲛泪催滩，银山泻岸，横吞石堰鼋鼍。八月起狂飙。正钱塘月满，堑口风高。一线东来，层雷西著动云霄。　　盈虚休问前朝。想灵胥剔目，范蠡轻桡。重水浪回，前波汐老，消磨多少娇娆。磅礴看今宵。有穿云广厦，架海金桥。溶入朝阳暮霭，九牧更逍遥。

临江仙

佳节恹恹随分过，空劳一夜蟾阴。可怜风月已侵寻。秋光余一线，装点绿遥岑。　　漫道簪花同载酒，忍看旧渍衣襟。欲将心事付清吟。楚天云雁远，闲了老鸥心。

瑞鹤仙·己丑秋尽与柳青过流花西苑

对西园婀娜。剩秋痕、映柳红亭梳裹。茶烟度雅座。共流连、漫理诗心词课。庭轩可可。动吟魂、湖边唱和。认流花古水，重台秀叠，远山云卧。　堪笑当年何事，终日营营，世情难破。湖山唤我。枕南山、锸轻荷。等闲身、料理疏篱荒圃，容与幽诗楚些。算流光自过。还趁夕晖未堕。

渡江云·武昌有怀

楚天黄鹤渺，心仪胜迹，日暮抵名城。一身馀绮染，未浣征尘，入耳大潮声。群楼列岸，烁虹霓、光扰龙庭。卧碧波，桥飞鳌背，隐隐入沧溟。　心倾。汉阳烟树，鹦鹉沙洲，待时人憧憬。笑当年，孙郎霸业，腐草流萤。三湘七泽钟灵地，指顾间、几代豪英。凝伫久、江天雨霁云轻。

蔡景星

广东广州人，画家。荔苑诗社社员。著有《傍虹吟草》。

五彩滩

观景台高奋力攀，红黄紫赭色斑斓。
一泓秋水连波绿，西北明珠五彩滩。

游英德通天洞

秀水湖光一径攀，英城地下有仙岩。
通天洞府多幽趣，怪石玲珑异世间。

芙蓉嶂

柳色湖光一望收，芙蓉影里泛兰舟。
龙王昨夜兴云雨，万丈苍崖挂碧流。

旅途即兴

好趁秋晴秋日长，偶将游兴赴西疆。
一丘驼队鸣铃韵，万里沙尘卷夕阳。
羌笛已无杨柳怨，诗情常逐白云翔。
筵前笑语杯中酒，共品全羊阵阵香。

喀纳斯山村

西部调研不计程，老残犹自学年轻。
纳斯山下炊烟白，蒙古包前草木青。
秋水涓涓诗思冷，金风阵阵马嘶鸣。
木楼梦觉清清夜，笔底图添爱国情。

蔡景康

1934 年生，笔名诚轩，以号行，广东广州人。曾任广东省阳山县人民政府办公室副主任。岭南诗社副社长。著有《诚轩泰然诗词选》。

阳山贤令山摩崖石刻怀古

贤令摩崖矗，文章代有声。
鸢飞云路阔，鱼跃水波轻[①]。
诗思怀前哲，山花带古情。
韩公遗泽远，翰墨与时清。

【注】
崖上镌有"鸢飞鱼跃"，乃韩文公手迹。

庚辰深秋佛山再访梁二白

又踏禅山路，放言汾水吟。
卅年相砺意，一往共鸣心。
洒脱知君健，空灵不我临。
风怀情可寄，万里正秋深。

飞燕

征途但见海波扬，才过云乡又水乡。
千里关山怀故垒，几番雷雨寄危樯。
折腰掌上身轻似，系足诗成语未央。
若解古今多少事，乌衣巷口问斜阳。

即事 (1979 年)

破帽尘衫二十年，无端遭际赶牛鞭。
如花岁月能多少，瞩目风云却万千。
枯树方闻枝又绿，冤禽但证海难填。
从今拭去伤春泪，放眼重量大自然。

读经偶成

浩荡风前感若何，投闲岁月囹圄过。
梦中白卷曾欺世，眼下黄庭怎换鹅。
特色真成千古业，经书岂是小儿科。
如无孔孟非华夏，国粹滔滔看九河。

廖开鉴

1935 年生，广西容县人。曾任广东省军区老干办主任。岭南诗社副社长。

争春

细雨如油贵，风和花满枝。
雄音开盛世，彩翼翥明时。
播种争春早，奔康恐日迟。
三农生瑞气，舒翮任飞驰。

威震云天第一枪

南昌举义义旗张，威震云天第一枪。
推倒三山光日月，振兴百业绝炎凉。
经天纬地春风暖，革故图新国力扬。
今日欢歌歌八秩，高科强国固金汤。

除夕晚会观聋哑人舞蹈"千手观音"有感

玉女霓裳陈出新，观音再世降凡尘。
扬清激浊擎千手，济世扶危纳一身。
铁棒成针夸壮志，残躯绝技赞精神。
红梅簇簇迎春放，尽展爱心聋哑人。

蝶恋花·军妇怨

许了归期期又误。接二连三，难却军人妇。梦里相逢千百度，倚门望断天涯路。　　冬去春来天又暮。桃谢桃开，怕看千红舞。无限春光留不住，光荣小宅能言苦？

千秋岁·泰安客家楼

泰安楼伟，碧水青山里。清景绮，朝阳丽。承天缘地隽，人物风流继。泉酿酒，客家情调千秋岁。　　改革春风至，翰墨陶人醉。如椽笔，将军字。珠玑镶四壁，古韵添新意。文瑰宝，万川此日闻遐迩。

廖启良

1933 年生，广东兴宁市人。广东中华诗词学会副会长。著有《廖启良文艺作品选》。

悉尼港即景

碧波托起白莲花，跨海长桥卧彩霞。
玉宇琼楼矗两岸，风中帆影逐云斜。

【注】
雪莲花喻悉尼歌剧院，位于南半球最长跨海桥——悉尼大桥旁。

凤凰木

恍似朝霞叶上浓，花城通放凤凰红。
岐山来仪还飞否？正见婆娑舞好风。

红棉赞

雄姿矗矗托穹苍，荐血催春舞凤凰。

我借温馨诗酒酿，为君正气举千觞。

海门莲花石感赋

春日寻芳到海涯，诗心感慨石莲花。

忠贤远去魂何在？且看红棉万树霞。

【注】

传说此石为当年文天祥守望等候宋帝赵昺时用靴踩成。故有"忠心踏破石莲花"之句。

廖绍禹

广东省陆丰市人。出版有《法留散人诗词》。

放牛

彷徨觅路问村娃，黑面骑牛破笠斜。

有待江山圆好梦，无常风雨不还家。

红花满树蜂衙闹，晴日沿途蚊阵夸。

短褐单衣歌夜半，曾随曙色闯天涯。

木兰花慢·印尼华侨林道有先生捐资千万在陆丰兴建启恩纪念中学，感而赋此

忆扬帆海上，沐风雨，荡孤舟。念浪逐飘萍，心驰故里，梦绕神州。悠悠万重烟水，几销魂、别意久难收。开放归来一笑，红花飞上人眸。　　江河终古向东流，报国愿须酬。把赤子深情，黄金宝贵，尽付黉楼。弦歌满堂俊艾，更相期、莫负少年头。指顾潜龙飞跃，会当刮目环球。

贺新郎

碧血黄花路。白云深，海明珠艳，尉佗城古。一炬烟消鸦片祸，北伐中原帅府。播遍地英雄花树。叱咤五羊仙石起，听纶音独领风骚语。春浩荡，天鹅蠹。　　神州开放繁华处。逐车流，立交旋转，高楼无数。市列绮罗宝灿，集散五洲商贾。漂亮煞，时装男女。蕉荔渔粮殷富地，醒蛟眠底通途去。星簇簇，龙飞舞。

谭　弘

1925 年生，广东省阳春市人。中华诗词学会、广东中华诗词学会会员，岭南诗社、漠江诗社社员。有《谭弘诗词集》。

春归燕

日暖春归燕，呢喃软语融。
衔归千里绿，掠过一园红。
精构营新垒，低徊觅小虫。
飞飞阡陌转，恋我屋堂东。

临江仙·白水瀑布

雾锁群峰烟树，崖悬百丈珠帘。飞流怒啸挟雷喧。朝阳初喷薄，碧浪舞晴川。　　十里涛声撼地，半潭虹影浮岚。壮观画卷动心弦。何须寻胜境，身已入桃源。

谭仲川

1927 年生，广东新会人。中华诗词学会会员，广东中华诗词学会理事，新会冈州诗社和松园诗社顾问。著有《仲川诗文集》《浮生寄情》等五本诗词集。

临江仙·水乡

杉羽浓浓绿绕，海天漠漠烟笼。家园果木吊灯红。微茫烟雨里，燕剪一堤风。　　堤外谁家鹅鸭，栅栏碎影重重。一声欸乃破空蒙。姑娘竿举起，人影水天中。

登圭峰山

势欲摩星桂岭峰，暮年攀陟亦心雄。
雾开潋滟澄湖玉，树静空鸣古寺钟。
苔檗难寻苏轼句，亭碑犹记白沙风。
周公风范今仍在，长使葵乡铭五中。

【注】
元诗人罗蒙正有游圭峰山诗句："东坡题咏今残剥。"寺侧有白沙讲学亭。周公指周总理，曾视察新会七天。

圭峰花园

林涛扑翠一园晖，佳景四围观入微。
花圃香飘痴蝶舞，喷泉静看水珠飞。
偏多秋兴菊先灿，哪有闲愁绿正肥。
难得迂回穿曲径，鸟声送我载诗归。

八十感赋

几番风雨未糊涂，云海星河道不孤。
居处哪堪流水浊，登山何处顺风呼。
敢将心胆浮埃洗，要把身名正气扶。
但冀奚囊多锦句，晨光月白咏真吾。

春歌

十载投闲身未休，放骸形外结诗俦。
时人有被金钱误，志士常怀社稷忧。
桂岭青霞飘远近，玉湖小艇吊沉浮。
韶光倘若能归我，一曲春歌唱到秋。

谭润芳

1970 年出生，女，广东省东莞市望牛墩镇人。东莞中华诗词学会理事。

念故人

草木扬花大地新，长堤绿柳袅春晨。
倚窗遥看村边路，错认行人作故人。

春景

细雨轻寒半掩扉，池塘漠漠柳丝垂。
衔泥燕子雕檐下，斜剪春风一并飞。

肇庆途中所见

流云一缕暮来时，沙岸垂波袅柳丝。
轻荡兰舟划月色，半江渔火半江诗。

别离

杯盈美酒不言欢，十里长亭春草寒。
款款罗裙拖夜月，依依细语诉潺湲。
灞桥烟柳枝还绿，朔漠王嫱泪未干。
唱罢渭城闻玉笛，伊人唯有梦中看。

熊　鉴

又名章汉，别号楚狂，1923 年 12 月出生于湖南沅江市阳罗镇七子峡。鼎革前当教师。1951 年 5 月参加中南行政委员会华南分会工作，随后历经广东省丝绸进出口公司，广东省纺织工业局，广东省物资厅等单位。1983 年退休后，任广州《诗词》报编辑，《当代诗词》编委等职。著有《路边吟草》一，二，三辑。

甲子九月望与诸旧聚首沅江琼湖

凉风起湖面，明月出林梢。

好会诚非易，相期半世遥。

风尘一挥手，白发忽潇潇。

互问生平事，心潮比浪高。

自别阳关道，常逢独木桥。

岂不畏艰险，天地正飘摇。

白首怀闾里，青春误宝刀。

湖山仍念旧，容我作渔樵。

身外无长物，关心酒一瓢。

烟云看往事，风月听松涛。

更深各归宿，相约在来朝。

来朝沧海去，夜夜梦今宵。

临江仙·谢友邀请从商

乍过天寒地冻，山花喜沐春温。本无佳色可销魂。但随新雨露，点缀旧乾坤。 历尽峰回路转，归来已近黄昏。家贫不必酒盈樽。老僧放入定，幸勿乱敲门。

答老友问近况

二月杨花去向迷，天风吹起各东西。
多年雪上销鸿迹，何处梁间觅燕泥。
少壮轻狂论刺虎，如今惆怅怕闻鸡，
别来休问荣枯事，苦辣咸酸四味齐。

【注】
小斋名四味斋。

临江仙·寄张辛汗

眼底新呈万绿，身旁喜过千帆。廿年风雨路漫漫。洞庭三尺浪，沧海浪如山。 羞理闲中白发，流连梦里乡关。个中滋味有谁谙。弄潮人老矣，肝胆未曾寒。

多丽·岳阳归后曙初来信索诗①

忆同游，海天遥望悠悠。挽吟肩，湖山信步，芦花铺白人头。上层楼，又牵忧乐；谈往事，一笑恩仇。汽笛嘶风，渔舟唱晚，承平岁月不知愁。想少年，弄潮翻浪，哪识拜公侯。蚕丛道，蛇盘鼠踞，棘满荆稠。　　待归来，流连夕照，腰间锈了吴钩。岂诗僧、竟逢京兆；非高士，敢谒荆州？五岭云深，三湘路远，多情时念我沉浮。蓦听到，长空鹤唳，撕破一天秋！霍然起，难禁热血，滚滚横流。

【注】

① 李曙初，诗人，时任岳阳地区计划委员会主任，兼任中国最早成立的洞庭诗社社长。谦虚好客，有古风焉。

赠荒芜诗人

荒芜之处有呼声，谁作惊天动地鸣？
太史高风凭笔直，男儿白眼对刀横。
麻花堂忘麻烦事，纸壁斋谈纸上兵。
虎口余生羞怯虎，张弓再向虎山行。

赠诗人李汝伦

李子真人杰，忧时敢否臧。

一腔情激烈，廿载路彷徨。

易白青春发，难收骏马缰。

忘怀求富贵，豁命写文章。

笔落清泉涌，诗成正气扬。

挟威雷击顶，洞远箭穿杨。

亟待匡风化，尤须振纪纲。

希民衽席上，置己俎刀旁。

容我江湖客，游君翰墨场。

开言见肝胆，劝酒暖心肠。

辞赋今何用，田园久已荒。

于身无一补，相笑接舆狂。

答熊克立、宋谋玚先生

书生老去说沉浮，走尽崎岖始识愁。

剩有残躯添世界，已无余血为人流。

儿曹怪我多闲事，朋辈怜余善杞忧。

吴若免于成越沼，伍员何惜抉双眸。

宿南岳玄都观大风雨作呈清虚道长

诵经声里杂吟哦，遥夜孤灯白发歌。

古寺重来新道众，金身再塑旧神多。

空门往昔清虚否？尘网如今解脱么？

又听轰隆河汉决，泥途更遇雨滂沱。

还乡访少时同学（三首录二）

（一）

别来长忆少年游，乍见惊看两白头。

昨日事成今日梦，昔时欢是此时愁。

强弓早折凌云翼，巨浪先摧逆水舟。

故国垂杨应亦老，西风黄叶满湖秋。

（二）

旧时湖水旧时山，旧日飘零燕子还。

一颗心朝勤政殿，十年魂断鬼门关。

无穷风雨摧花易，有限年华报国难。

百里长堤新树绿，防洪古柳早投闲。

赠宋谋场乡兄

南国骄阳北国霜，男儿元不计炎凉。
我随桃梗浮沧海，君负盐车上太行。
万劫犹存心慷慨，十年此觉梦荒唐。
而今望断潇湘水，且把并州作故乡。

呈胡希明老先生

潦倒江湖客，元非用世材。
惯随鸥鹭影，敢上凤凰台？
公久东山卧，吾方歧路来，
阶前容吐气，只恐损青苔。

赠老友诗人蓝令白

雪覆须眉不自知，为牛还似少年时。
朱门犬吠穷光蛋，市井人呼老白痴。
致富无由因有德，求官有道奈无私。
高风生未登皇榜，留待归西写悼词。

戏赠遐之居士（胡遐之晚年入佛门）

问君何以古稀年，犹与空门结善缘？
儒释论仁无悖理，人妖乖道共参禅。
从龙豪杰虽堪笑，傍虎奴才更可怜。
世上乌鸦同一色，西天未必胜东天。

步路志霄先生《徐福吟》元韵

始皇巨口吞六合，诸侯魂魄归碧落。
做了皇帝想神仙，遂命人寻不死药。
仙药偏生海上山，守山护药有鲸鳄。
纷纷方士欲逃秦，故领娃娃辞玉阙。
飙风骇浪不回头，甘与鱼龙同出没。
从今喜作自由身，一入烟波忘岁月。
中原扰攘两千年，岛上儿孙谁觉得？
阿房一炬了无痕，徐福为神日本国。

谢古求能赠诗

是谁天外发长吟，透出深山到老林。
羡汝心肠都姓古，惭余头脑不宜今。
客愁怕听群鸦噪，蝉唱难随万马喑。
又喜梅州人境里，喷来热血化春霖。

赠诗书画家陶景明

陶公之笔善传神，诗书画意皆写真。

上写如来玉皇帝，下写九流三教民。

龙蛇腾跃成狂草，墨水泼出花和鸟。

花鸟能勾骚客魂，龙蛇吓得叶公倒。

画就常闻黎庶传，诗成却惹鬼神恼。

何如改撰河清颂，高才或可为时重。

愿君画人莫画妖，以免妖氛充市曹。

何如大写龙麟凤，祯祥嘉瑞人所梦。

有客新从海上回，侈谈海外有蓬莱。

神仙不属阎王管，猿鹤虫鱼亦快哉！

我谓谣言多捉影，愿君莫写西洋景。

引起边关偷渡风，白首还须作反省。

陶公陶公公姓陶，公家自古爱清高。

不随乃祖桃源去，偏向沧溟弄大潮。

容我为君三祝酒，祝君巨笔扫狂涛。

送朱出国游

白头有幸渡重洋，异域风光细品尝。

总信国情安苦乐，试探民主究兴亡。

休将白眼看夷狄，莫再陈腔唱汉唐。

《今古奇观》供一笑，青莲醉草吓番邦。

赠别第二届全国诗词研讨会诗人

楼外楼台山外山，这边风景那边看。

儿时错认长安近，老去方叹蜀道漫。

交友交通声气易，知心知道隐微难。

荷花喜热梅安冷，若论清操伯仲间。

熊润桐

（1909—1974），字鲁柯号则庵，广东东莞人。广东高等师范毕业。终身从事教育。著有《劝影斋诗》。

读郑子尹江弢叔金亚匏三家诗

诗到咸同有变声，故应离乱异承平。
牛栏俯仰巢经子，驴背驱驰伏敔生。
共道韩黄参格律，孰知危难验功程。
可怜秋蟪吟弥苦，千古文人浪说兵。

雨后溪堂晚饮次心一韵

回首城西水一方，灯船何似此间凉。
临风笼鸟宁忘树，得雨蜗牛欲上墙。
对坐暂窥无隐旨，隔溪微渡晚来香。
但教景物支闲味，酒价年时且莫详。

六榕寺晚饮

如此禅门岂避尘，劫来林木渐成薪。
榕阴半合留残照，榜字重圬失旧神。
蔬笋肉边聊大嚼，江山愁外有微呻。
荒亭共领残秋味，多恐明朝迹亦陈。

九日寄家人

九日初于客里逢，振衣来挹海天风。

黄花不与佳辰值，白发宁能去岁同。

莽莽高原弹泪望，滔滔逝水挟愁东。

茱萸插后谁相忆，空向云端认断鸿。

客中偶感

孤抱悠悠误到今，海天愁思付行吟。

廿年旧句人能诵，十月新寒客尚禁。

岂免虚名供薄俗，何当浊酒伴清琴。

乱馀身世同零雁，只剩随阳一片心。

次韵和晦闻先生辍咏之作

一曲沧浪意可思，要之天命在人为。

民多偷乐何云国，士到沉忧欲废诗。

秋水鸣蛙声亦暂，深池瞎马语尤危。

瞻乌未识于谁屋，只有林宗共此悲。

端午雨中

依然叠鼓动江城，谁解惊心到死声。
无地与埋终古痛，彼苍何靳片时晴。
原知风雨随潮急，都付儿郎击楫轻。
寂寞深杯聊独写，醉来歌哭不分明。

与湘父荔湾茗话

茗碗闲邀得共斟，荷枯柳折不堪吟。
浮生著处关忧乐，一水移时有浅深。
孰谓求田非上策，休论报国负初心。
岂无画舸供摇兀，回首鸥盟可再寻。

岁暮立春作

一夜风生绝岛春。却怜微意在埃尘。
梦残灯火知何世，目送云涛老此身。
虚道佳辰宜对酒，独寻芳草不逢人。
朝来望尽天涯路。陌上歌成自苦辛。

岁暮述怀

投老人间百不宜，海涯寄命只堪嗤。

鬓边日月摇摇白，梦里星辰冉冉移。

有许山川留晚望，无多怀抱托新知。

残年顿感千忧集，奈此天回地动时。

黎心斋

（1901—1988）名廷榮，广东顺德昌教人。早岁毕业于广东省立法科大学。曾为执业律师，有声于时。余事或诗或书，著有《心斋诗词》《黎心斋草书联稿》。

陈寂园求题枕秋阁图

庾郎从去国，萧瑟遍江湖。
海市浮嚣远，沙禽叫梦孤。
冷怀长自兀，秋味四时俱。
沈陆欹吟阁，诗心画得无。

香港陷敌喜李研山冯印雪赵少昂张韶石郑春霆脱险至澳

万吼排天劫火侵，山楼颤动陆垂沉。
奈何上国虚神武，终见降幡变古今。
出入死生悬一笑，查牙胸腹剩微吟。
也将黧黑延尘面，海角平添几足音。

澳门晓发

劳劳破残夜，晓色重吾行。

长路开千里，扁舟先一程。

归心天地阔，换世死生轻。

回首西湾树，离离胸次横。

过惠州西湖

西子云无恙，明妆待汝临。

六如双塔影，一棹五湖心。

桥孔窥空阔，莼丝系浅深。

朝云不可见，偏带夕阳寻。

吊屈

众醉原知有独醒，蹈江人或诮沽名。

已看荃蕙随茅化，不比蘋蘅见艾荣。

九死未消臣子恨，一哀何补楚魂贞。

抚时惘惘诗伤激，秋菊微闻罢落英。

次答区季子见寄

闲居尔我共长戚，之子情深意谓何。

秋色坐分连海月，风裾常若摆烟萝。

偶寻别梦松山麓，犹闭当年诗酒窝。

白露兴思殊未已，可无一答故人歌。

清明日偕汪孝博登妈阁后山

年年负此清明节，聊借他山共眺思。

古庙红棉撑气象，疲心顽石起嵚崎。

荒荒日色排云乱，隐隐春帆出海迟。

君是鉴湖烟水客，可堪莼鲙在违时。

浣溪沙·季子抚我灵璧锡以小令有拜石何如宠石真句亦拈以发端为答

拜石何如宠石真。泗滨灵璧旧山根。移来东海领烟云。　　磷磷风骨终怜汝，落落奇怀欲化君。袖中常自有深温。

山居杂诗 （十一首录四）

（一）

三间野屋不成村，扫叶清心事小园。
雨后凄惶鸠唤妇，崖倾流转竹生孙。

（二）

一镜澄江挂彩虹。虹光低与水光融。
如环虹影谁曾见，早入新诗急就中。

（三）

掩迹江干合洗心。长松修竹自摇阴。
鸣蝉据作家天下，真使幽人欲废吟。

（四）

残夜西楼落月黄。幽光临水射偏长。
微云自诩轻绡薄，付与天娇试浴装。

黎承堃

祖籍新会，1925年8月生于阳江。大专学历。先后任中学教师、律师、市政协文史委员、侨报编缉等职。中华诗词学会、广东中华诗词学会会员，阳江市中华诗词学会常务副会长兼秘书长。著有《仰峰楼集》。

观影片《秋瑾》

一瓣心香礼竞雄，平生肝胆见贞忠。
头颅不向深闺白，颈血曾教战帜红。
买剑鬻钗真慷慨，赴汤蹈火亦从容。
蛾眉尤比须眉烈，破锁除枷倩启蒙。

甲戌春节抒怀

园林添锦鬓添华，又沐新阳兴倍加。
除夕昔垂千滴泪，芳辰今赏满城花。
晚逢蔗境思磨砺，江涌春潮欲泛槎。
余热未甘闲处冷，肯教空帐浪淘沙？

重履九江

浔阳重履不胜情，似有琵琶切切声。
司马长歌商妇泪，白头犹被动心旌。

游阳春八甲鹅凰嶂

烽火青纱夜突围，峰高似觉白云低。
当年虎啸猿啼处，错落楼台耸翠微。

黎荣坤

1946 年生，大专文化。广东中华诗词学会会员，荔苑诗社副社长。

菩萨蛮·花不知名分外香

春风槛外朝霞织。云烟曲径芳菲匿。雨露记花朝，红裙轻燕娇。　　粉腮凝目媚，不独游蜂醉。迷惘对香痴，盛名谁可知？

八声甘州·菊赋

归来岁晏见华鬟，寒花蕴幽姿。看素妆轻袅，玉容乍掩，仍自矜持。休更销魂比瘦，惆怅易安词。霜冷无穷意，难奈秋悲。　　萧索残花遍野，任飘零逝水，倩影何思。叹芳心已委，无语问佳期。凭窗前、好诗缘景；备丹青、片纸写东篱。苍茫里，望斜晖处，百感斯时。

颜聂耳

广东陆丰诗社社员。

蒲公英

一如处子立芳丛，冰雪精神淡淡容。
素志但求天下绿，飘蓬从不怨东风。

无题

抱得焦琴无处弹，尘生宝剑弃墙间。
何当一挽银河水，淘尽心中十万言！

观戏有感

鼓声一歇喝声呼，七月依然人祭孤。
做尽人间假把戏，练成台上硬功夫。
胡言倒是认真讲，为事果能实干无？
口吃皇粮如我辈，应羞难得是糊涂。

读《闲未得斋诗钞》赠卢时杰诗翁

不寻玩乐不寻尊，不拜黄金不拜神。

身退多时常有系，人闲未得岂无因。

但将腕底笔当刃，细剖世间伪与真。

少壮沙场一时杰，依然点火照斯民。

颜锦堂

1953 年生大专学历。广东中华诗词学会会员，省书法协会会员，荔苑诗社、岭南诗社社员。

征地别旧居

四十年来生长处，伴随风雨赖居安。
门庭故旧辞堪恋。巷陌寻常觅再难。
容膝昔曾思广厦，立身今欲寄匡山。
莫言此去无余物，抱愿仍多未可闲。

游园杂咏

曙色熹微现彩霞，园中垂绿柳如纱。
只今辜负闻鸡起，不赋锟铻赋落花。

潘　根

广东中华诗词学会常务理事，顺德诗词学会副会长。

春日漫步

风和日丽听欢歌，辟地培苗洒汗多。
已惯逍遥甘化蝶，宁知咏叹作扬梭。
缘槐梦欲夸宏举，傍水欣观泛锦波。
家国兴衰常系念，纷争楚汉念萧何。

鹊桥仙·湖南莽山

原生莽态，天台远眺，起伏群山雾绕。天神巨柱一金鞭，似号令、群峰听诏。　　飞流湍瀑，枫丛绿少，欲觅闯王踪渺。三湘自古醉骚人，赏野趣、晨鸡报晓。

卜算子·梦

一见已钟情，夜静低声语。执手沙滩踱步行，再约黄山去。　　曼舞够温馨，喜得芳心许。只望来年有胖娃，恨醒香犹据。

潘小磐

（1914—2001）号馀庵，广东顺德人。肄业于香港英皇书院。著有《馀庵词》《馀庵游草》《馀庵诗》《馀庵诗续》等。

荔园前晚趣

连山吐孤月，万象顿澄鲜。

沙上乱人影，风中闻管弦。

繁声秋始切，清气夜能全。

还供小儿女，追凉池树边。

七月二十五日作

鸣笳叠鼓动连城，半壁西南地欲倾。

万众安危纷自计，前军消息苦难明。

已怜背井遥为客，可得穷山更避兵。

生长承平老离乱，不知悲涕向谁横。

（甲申时年三十一）

正月廿一日喜翠华六妹南回

牙樯锦缆带烟霏，握手江头杂笑欷。
兵革十年吾亦老，风涛万里汝才归。
仓皇尚问黔山事，温暖初宽沪渎衣。
顾影雁行犹缺一，苍梧回首黯斜晖。

有赠

红颜争信不飘零，骀荡春波悔化萍。
桃骨漫怜秋后瘦，鬟瞳犹向劫馀青。
惯来媚笑痴难掩，才到伤心语乍停。
肯许有情眉鬓傍，共搴罗幔数流星。

清平乐·辛夷

春雷乍动，惊破东园梦。紫帕迎风高髻耸。冉冉祥云团拥。　　此花不是凡花，眼边春色无涯。几日不来仄径，转怜扑地残霞。

回里杂咏

大野苍茫远见山，飞来一塔白云闲。

客心更比奔轮疾，先到凤桥鹅社间。

天阶夜坐数天星，影事温寻到稚龄。

时堕流萤墙角树，冷光幽思共冥冥。

祖居旧在东门外，出入城时记赭垣。

城堕濠平墟亦改，菜花唯见蝶飞翻。

石栗阴阴一碧连，钟楼无那晚含烟。

眼中四十年来事，诉尽蝉声总惘然。

太平塔畔几经春，归抚松楸咽泪新。

解说当年壶榼事，村前逢着守坟人。

潘思敏

1920 年生，女，广东南海人。尝学倚声于中山郑水心。为海声词社社员，《岭雅》顾问。著有《茹香词活》《茹香楼诗词草》。

秋灯话旧

域外干戈际，秋宵客馆清。
空阶馀月影，凉露蘸花明。
有客来今夕，悲歌忆旧京。
余怀殊渺渺，何日见升平。

闻笛

黄昏疏雨过，秋色满郊原。
侧耳听邻笛，游心到故园。
清音入寥廓，馀响落潺湲。
不见倚楼客，临风谁与言。

石排湾太白舫

亭亭江上舫，来去又多时。
此日逢良会，称觥颂介眉。
山河犹禹甸，鬓发渐潘丝。
美酒知何价，何辞醉一卮。

和水心师乙巳生朝

吾力犹能肆汝杯，稼轩此际亦豪哉。

愿言共祝无疆寿，更约同看早岁梅。

接席嘉朋随类聚，当头好月拨云开。

馀情一顾伊凉曲，正误还须大匠材。

题画蝉

露重风高月上林，轻罗斜倚小楼阴。

闲吟已废悲秋句，应是无声意更深。

丙辰中秋前夕石香台迎月有赋 (二首)

(一)

奇石生香不染尘，高台挹月好迎宾。

时平共喜人康健，万里澄光岁岁新。

(二)

拂槛花睡夜迢迢，目接沧浪醉意消。

最是教人行乐处，九分圆影立中宵。

鹧鸪天·松鹤邀泛舟言将返印尼倚声赠行

有客招携泛夏航，鲤门鳌海叠峰黄。临风明日人千里，煮梦南天水一方。　　弦语涩，起横塘。繁灯倒影异浔江，更谁为湿青衫泪，蛋雨蛮烟世味凉。

踏莎行·题馀庵词集

翠岫流连，青溪洄泝。山容水态堪陶铸。曾闻西北逐征尘，一身蛮胆忘风雨。　　婉约新词，逍遥雅句。吾家奕叶皆能赋。殷勤为祝燕归时，双飞愿见差池羽。

菩萨蛮·闰花朝

东君舒柳裁千缕，阴阴尽日无风雨。楼外满芳菲。吹香上客衣。　　祝花重借酒。肯说闲消受。是处即桃溪。仙郎休路迷。

浣溪沙·莲

谁道江妃幻化身。冰裳素袜不沾尘。水柔风定露初匀。　　烟雨陂塘劳梦寐，海山文酒共殷勤，只今爱者又何人。

望江南·闰中秋

江楼上，秉烛事清吟。此日凉秋犹觉媚，他年好月待重寻。与证海天心。

潘洁华

1948 年生于广州，女，号白羽。1975 年起，受教于张采庵先生之门。广州荔苑诗社社员。著有《白羽斋诗词钞》。

游佛山中山公园

满载诗情践约来，一园锦簇向春开。
多情孔雀深知我，笑问屏开第几回。

菩萨蛮·夏夜

星河耿耿明如练，画栏人倚轻罗扇。一处素
馨花，幽香宜沏茶。　　寂然风渐淡，烦渴难消减，
对此夜深深，朱盘思绿沉。

蝶恋花·烈士陵园和采师韵

冉冉碧云初阁雨。秋水重湖，竹里弯环路。
水榭湖楼花映处，晚香簇簇秋无数。　　白石崇
阶人拜墓。血荐轩辕，耿耿怀英举。一束红花明
意绪，南风回荡青松树。

摊破浣溪沙·早起看花

百草千花烂漫狂，盈盈人面醉芬芳，只为贪看妍丽态，冒风凉。　　素菊娇桃谁不爱，却无人作鬓边妆。阵阵卖花声过也，怯春光！

清平乐·植树造林

春魂作雨，染绿江南路。卷上筠帘凝望处，暗数落花无数。　　新雷击破阴天，相随植树人员。做就清凉世界，千株万棵年年。

潘新安

1923 年生，广东南海人。亦商亦儒。著有《小山草堂诗稿》《草堂诗缘》二册。

饯岁

从教事有大如天，拨置茶边与酒边。
饯岁未能蠲旧俗，买花谁复惜闲钱。
满城灯上冬冬鼓，一夕春回漠漠烟。
眼底繁华何所缺，安身期得太平年。

夏初沙田小饮

拂面垂肩柳万条，曲堤新涨欲平桥。
一春花尽稀游蝶，四月风和早沸蜩。
洼地微嫌残潦积，酒炉权避午阳骄。
当年壁上题诗处，已被蜗牛古篆雕。

卢沟桥

滚滚桑干接碧寥，高碑古木日边桥。
孤军此地头曾掷，降虏今时态复嚣。
修好纵遭形势逼，积仇宁逐岁年消。
也知怒目横东海，三百狻猊白石雕。

南京

山影岚光淡若无，悠悠春水长菇蒲。
龙蟠虎踞终何恃，夕照苍茫旧帝都。

三峡

荻洲芦渚大江分，江笛江声聒耳闻。
世换已然归一喟，险凭曾此退千军。
空存栈道危峰日，有待天风散峡云。
寄语啼猿休自苦，须知刘禅是庸君。

九日登太平山茶亭

每逢佳节感居诸，况复秋去乍卷舒。
踏地将无乡旅别，看山长此友朋如。
寰中气运归真宰，脚下沧桑问老渔。
一角茶亭风日好，年年瞻顾坐篴箊。

潘镇漳

广州荔苑诗社副社长。

羊城五湖咏

荔湾湖

泮塘五秀动吟风，渔唱犹闻韵尚融。
清水一湾情似旧，绿波荡漾荔枝红。

流花湖

芝兰转瞬变流花，别院离宫映晚霞。
往事如烟波渺渺，何妨把盏煮新茶。

东山湖

翠堤春晓迓知音，柳绿桃红句易寻。
共桨同舟桥洞窄，柔声细语诉情深。

麓湖

环山金液远尘嚣，冉冉清风绿万条。
婉啭嘤鸣春不老，横空初霁赏虹桥。

白云湖

防洪治旱白云湖，水净林深百鸟呼。
生态还原新所在，羊城又见起宏图。

霍锐锦

广东佛山石湾人，长期在陶瓷企业工作。中华诗词学会会员，中国诗歌学会会员。出版有诗集《犁，醒在深秋》。

珠江源

千仞危崖一斧开，玉瓶乍裂起惊雷。

洞中飞瀑梨花树，山底流虹琥珀杯。

神女深闺人不识，银河踏浪出瑶台。

珠江最是源头处，舒卷霓裳着意裁。

江城子·铁道兵战友聚会有感青藏铁路通车及神舟飞船成功升空

壮哉十八少年郎，乌蒙箱，金沙江，隧道硝烟，万壑响风枪。铁血炸开天堑路，生死事，笑寻常。　　今闻铁路入西疆，宇船航，猛鹰扬，世界殊惊，华夏撼诸强。战友相逢头已白，欣国盛，举千觞。

溪瀑

跃下悬崖归大江，奔波千里为谁忙？

死生不作回眸客，只顾东流到海洋。

如梦令·垂钓

　　岸树数声啼鸟，心事雨知风晓。一缕系清波，管它鱼儿多少。垂钓，垂钓，钓出江山娇俏。

如梦令·闲望

　　信手推窗晴否？蓦见新虹相候。远岫白云闲，飘入半壶清酒。厮守，厮守，莫负一川烟柳。

戴胜德

1944 年生于上海，浙江宁波人。中国作协会员，广东省作协文学院一级作家，广东省文史馆馆员广东中华诗词学会会员，广东楹联学会会员。著有小说、散文集十余种。

一剪梅

剑戟交加挑雪明。花列香营，树列香城。东皇葭月发春兵？正出师名，严出军令！　　只待春风拂素旌。魂也香凝，影也香清。千红万紫听金鸣。草也青青，鸟也声声。

咏秋芙蓉

冰雪浅鞷对晓风，翠裳薄袖倚栏栊。
莫非凝露酿为酒，醉到黄昏面越红。

秋夜雨游绍兴环城河 (二首)

(一)

黄酒满湖醉会稽，绿杨夹岸运河堤。
断石牵痕寻汗渍，六朝载过古城西。

(二)

秋雨江南夜未宵，轻舟移入柳千条。
运河半绕稽城外，回首烟波廿七桥。

魏晋泉

汕尾市诗词学会会长。

秋登华山

五盟推主莲花率，独路难攀西岳峰。
峤峙万寻霄汉外，瀑飞千仞雨烟中。
中原地敞秦川物，白帝城虚汉苑宫。
拂拭飞云千嶂过，融融丽日八方风。